复旦大学新闻学院九十华诞"好学力行"丛书　　　丛书主编：米博华

STUDENTS AT
FUDAN JOURNALISM SCHOOL :
COLLECTED WORKS

记录中国：
复旦大学新闻学院学生新闻作品集

朱佳 王怡静 潘宵 范佳秋 编

中国出版集团　东方出版中心

图书在版编目（CIP）数据

记录中国：复旦大学新闻学院学生新闻作品集 / 朱佳等编. —上海：东方出版中心，2019.10

（复旦大学新闻学院"好学力行"丛书 / 米博华主编）

ISBN 978-7-5473-1538-5

I. ①记… Ⅱ. ①朱… Ⅲ. ①新闻—作品集—中国—当代 Ⅳ. ①I253

中国版本图书馆CIP数据核字（2019）第 195365 号

记录中国：复旦大学新闻学院学生新闻作品集

编　　者　朱　佳　王怡静　潘　宵　范佳秋
责任编辑　曹雪敏
封面设计　陈绿竞

出版发行　东方出版中心
地　　址　上海市仙霞路 345 号
邮政编码　200336
电　　话　021-62417400
印 刷 者　昆山市亭林印刷有限责任公司

开　　本　890mm×1240mm　1/32
印　　张　19.75
字　　数　475 千字
版　　次　2019 年 10 月第 1 版
印　　次　2019 年 10 月第 1 次印刷
定　　价　88.00 元

目录
Contents

2016 年"记录中国"专业实践项目

已发文章

浙江武义温泉小镇开发"遇冷":正期待获得更多
社会资本青睐 ……………………………… 3

浙江界村纪事:常住人口已不到 20 人,年轻人都
下了山 …………………………………… 7

古村落"郭洞"求变:门票收入下降六成,经营权
欲第四次移交 …………………………… 17

求解祁连山生态保护:护林员断档,一站点 48 岁
以上占 2/3 ……………………………… 44

甘肃山丹县两年减少万余名贫困人口,"能人帮
扶"起了大作用 ………………………… 55

张掖农村婚恋调查:有的一家仨光棍,还有人结
婚一年媳妇跑了 ………………………… 61

安徽金寨红色教育提速:以井冈山为标杆,争取
全国"有位子" …………………………… 67

安徽灵璧营销"霸王别姬"搞旅游脱贫,虞姬文化
园被寄予厚望 …………………………… 75

贵州草海兴衰记:人鸟争地成天然污水厂,人类
让步后慢慢恢复 ………………………… 89

贵州湖南多地争夺"夜郎"之名，遗址公园、古国重建均有
规划 ··· 98

毕节持续发力谋求分享贵州旅游红利，知名度低瓶颈亟
待破局 ··· 107

精准扶贫"贵州模式"的村级样本：脱贫资料生成二维码
贴门上 ··· 115

"滇西一只鸡"面临走出去难：缺统一标准，拟先开进复
旦食堂 ··· 126

云南永平的全国最大核桃市场梦：缺资金，六年只建成
一办公楼 ··· 133

其他文章

脱贫名城沸点冷却？武义"温泉小镇"需再加把火 ·········· 142
明清的遗声，现代的呐喊——古村郭洞的困局 ··········· 147
从希望小学到职业学校 ································· 167
"比国家干部还忙"的扶贫第一书记 ··················· 180
洪灾过后：长源村村民前路依旧艰辛 ················· 189
"留下一支带不走的医疗队" ························· 194
两位复旦人的一年滇西"挂职记" ··················· 199

2017 年"记录中国"专业实践项目

已发文章

高考故事|复旦教授陈思和：大学最宝贵的就是一种大
气象彰显 ··· 207

高考故事|学者金光耀忆高考：感恩高考，我是幸运的少
数人 ··· 213

高考故事｜经济学者石磊：原本想当诗人，后对经济产生
兴趣 ………………………………………………………… 221

高考故事｜复旦教授梁永安：插队四年，坚信高考迟早会
恢复 ………………………………………………………… 228

高考故事｜作家李辉：考进复旦后偶遇恩师贾植芳，改变
一生 ………………………………………………………… 237

高考故事｜77级考生马申：45分钟做完史地卷又誊写了
一遍 ………………………………………………………… 247

高考故事｜人大教授李秋零：机会不来不去做梦，来了就
要抓住 ……………………………………………………… 258

高考故事｜中国第五代摄影师侯咏：对电影的思考始于
1978 ………………………………………………………… 268

高考故事｜上外最受欢迎教师罗雪梅：考入师资班，使命
感加身 ……………………………………………………… 279

西南联大80年①｜京津校友追忆：宽严相济自由创新是
联大魂 ……………………………………………………… 287

西南联大80年②｜联大南迁西行：偌大中国竟无处安放
书桌 ………………………………………………………… 301

西南联大80年③｜为什么是西南联大：三校八年何以合
作无间 ……………………………………………………… 318

西南联大80年④｜联大蒙自之歌：停留不到四个月，影
响至今 ……………………………………………………… 330

老兵口述｜夏世铎：一生服膺于"刚毅坚卓""爱国革命"
……………………………………………………………… 345

老兵口述｜抗战老兵王炳秋的峥嵘岁月：曾与西南联大
结缘 ………………………………………………………… 356

其他文章

于起翔：高考只填第一志愿，上复旦实现记者梦 ………… 364

复旦办学小现象，北碚文化大气象 ……… 371

记者手记

• 北京—天津小分队 …………………………… 383

• 长沙—昆明小分队 …………………………… 388

• 蒙自小分队 ……………………………………… 397

• 重庆北碚小分队 ………………………………… 403

2018 年"记录中国"专业实践项目

已发文章

连云港第二座机场拟取名"花果山国际机场"，2020 年亮相

………………………………………………………… 419

烟台朝阳街区历史建筑将全部收归国有，部分修缮工程

开始招标 ……………………………………… 424

记录中国|95 年"寸铁未生"：连云港的"神经末梢"焦虑

………………………………………………………… 432

记录中国|首批国开区天津样本：从盐田到工业区再到

核心城 ……………………………………… 445

记录中国|破除加快发展最大瓶颈："高铁时代"的湛江未来

………………………………………………………… 456

记录中国|重塑城市竞争力：从四大名片到再造"新宁波"

………………………………………………………… 468

记录中国|从海事大学回望大连：因海而兴，再"转身向海"

………………………………………………………… 481

记录中国|广州故事：白天鹅宾馆、城中村与移民大军 …… 493

记录中国|跨渤海研究 26 载：烟大轮渡通航，桥隧仍在
    筹划 ……………………………………………… 507

记录中国|"建三代"成程序员：南通产业转型的蝴蝶效应
    …………………………………………………… 526

记录中国|"大福州"时代来临，力争海峡西岸核心城市 …… 539

记录中国|温商 40 年流变：从"出走"到"回归" ………… 549

记录中国|青岛重新发现高铁 …………………………… 559

记录中国|浮沉 1990 年代：北海超常规发展往事 ……… 573

记者手记

广州—湛江—北海分队 …………………………… 589

宁波—温州—福州分队 …………………………… 595

大连—秦皇岛分队 ………………………………… 601

连云港—南通—上海分队 ………………………… 607

天津—烟台—青岛分队 …………………………… 616

作者名单 ……………………………………………… 619

2016年『记录中国』专业实践项目

关于中国贫困地区脱贫情况的调查报道

浙江武义温泉小镇开发"遇冷":
正期待获得更多社会资本青睐

澎湃新闻记者　李闻莺
复旦大学新闻学院学生　费林霞　韩可欣　许愿

（发表于 2016 年 9 月 26 日）

因温泉扬名的浙江武义,正期待获得更多社会资本青睐。

澎湃新闻（www.thepaper.cn）近日获悉,由武义温泉旅游度假区管理委员会（以下简称"武义温泉度假区"）牵头负责的温泉小镇开发"遇冷"。此前规划的十大重点项目,超半数进度放缓,其中还有两个处于完全"无人认领"状态。

武义温泉小镇是浙江打造特色小镇进程中的一次尝试。

据中共浙江省委机关刊物《今日浙江》报道,2015 年 1 月,浙江省十二届人大三次会议通过的《政府工作报告》中,"特色小镇"作为关键词出现。

报告提到,要加快规划建设一批特色小镇,在全省建设一批聚焦七大产业、兼顾丝绸黄酒等历史经典产业、有独特文化内涵和旅游功能的特色小镇。

2015 年 4 月,浙江省政府公布《关于加快特色小镇规划建设的指导意见》。该意见对特色小镇的重要意义、产业定位、运作方式等进行阐述，并透露全省将重点培育和规划建设 100 个左右特色小镇。

此后的 2015 年 6 月和 2016 年 1 月，两批共计 79 个浙江省级特色小镇创建名单出炉。

武义温泉小镇是首批 37 个浙江省级特色小镇之一。

据《金华日报》报道，温泉小镇位于武义温泉旅游度假区核心区域，规划面积 3.8 平方公里。

武义当地出台的《加快建设温泉小镇的若干政策意见》显示，通过五年（2015—2019 年）建设，计划总投资 38 亿元，实现接待游客约 350 万人次，旅游收入 35 亿元，创造税收 2.8 亿元的目标，力求把温泉小镇打造成特色产业发展的新引擎。

美好蓝图实现起来并非一帆风顺。

根据武义温泉度假区提供的资料，温泉小镇建设包括十大重点项目，分别是陌上花开·溪里湾、飞神谷国际慢城、国际汽车文化创意体验园、璟园古民居文化创意园、温泉萤石文化博物馆、婺窑文化博物馆、百泉谷温泉养生园、武川温泉养生馆、寿仙谷国药养生园、溪里休闲旅游特色村。

按照计划，这些项目最晚要在 2016 年或 2017 年完成一期建设并投入运营。

但据武义温泉度假区规划建设办副主任潘卫星介绍，目前除璟园古民居文化创意园、温泉萤石文化博物馆 2016 年 1 月开馆，陌上花开·溪里湾一期正在建设外，另外 7 个项目进度均不同程度放缓。

其中，溪里休闲旅游特色村仍在规划阶段。飞神谷国际慢城住宅项目 2016 年 9 月开工，时间晚于预期，2017 年投入运营难度较大。

百泉谷温泉养生园因更换投资方，建设进度有所耽误。

国际汽车文化创意体验园预留土地已流拍。原来的意向投资方暂时以租借土地的形式开展与汽车文化有关的经营活动，原规划的体育场馆、办公大楼等设施均未开建。

武川温泉养生馆虽已完成土地转让，但因投资方出现资金问题，开发处于停滞。

进度最慢的是婺窑文化博物馆和寿仙谷国药养生园。两个项目的预留土地至今没有转出。原来的意向投资方均已退出，新的投资方尚未找到。

"旅游项目建设成本比较高，回收时间长，不像工业，如果投产，（成本）一两年可能就回来了。"潘卫星坦言，旅游开发本身带有一定不确定性，再加上当下经济形势相对严峻，投资商也变得比较犹豫。

以百泉谷温泉养生园为例，该项目 2015 年就已启动，建到一半因资金问题停工。2016 年春节后，原投资方决定退出，美国通用旗下的一家公司接手，新计划是打造高端健康体检机构。

武义温泉度假区党委委员赵泓坦言，旅游开发对资金需求较大，至少都是上亿级，招商引资成为当下最大的困难。作为政府部门，他们只能先加大基础设施投入、做好周边配套，通过做强自身吸引更多社会资本。

值得注意的是，纳入特色小镇创建名单只是规划建设的开始。根据浙江省政府制定的相关政策，特色小镇要接受年度考核，考核合格才可获得相应的土地和财政支持。

《钱江晚报》也曾报道，浙江省发改委相关负责人此前表示，特色小镇创建既不是只"给牌子"，也不是一直"戴帽子"，而要经历严格的申报、评审、退出等机制。

2016 年 6 月，浙江公布首批 37 个省级特色小镇创建对象考核成绩单。在优秀、良好、合格、警告和降级五个等级中，武义温泉小镇获得"良好"。

潘卫星认为，这次没拿到"优秀"，和温泉小镇创造的税收不大以及建设进度不快有一定关系。赵泓则表示，希望有更多社会资本把目光投向武义，"思路是好的，按规划打造出来，确实是个很不错的地方"。

作者手记

第一次经过温泉小镇，是乘车去武义县城的一个村庄时。当时是 7 月，初夏阳光正好，武义县空气质量不错，一路蓝天白云。特别是离开县中心后，房子逐渐减少，视野更加开阔。我们这一群沪上来的孩子对这久违的晴朗天气着迷不已，对着车窗外的天空一顿狂拍。忽而一群黄色建筑闯入我的镜头。我放下手机往外看了一眼，欧式风情，十几幢排开，但是明显没有建完，毛坯房周围也没有建筑工人和应有的热闹的建房情景。

后来才知道这是武义县温泉小镇十大项目中的一个，并且有个好听的名字"百泉谷"，因为资方更换而不得不暂停。这是我对温泉小镇的初印象。

确定了要写温泉小镇项目之后我们才开始了对各方的采访。在距县城十几分钟车程的这一块核心区域，我们到温泉酒店实地感受，与保洁员、售票员等员工交流，到温泉度假区管理委员会做更加全面的了解，感受到了经济形势不乐观对于旅游投资的影响。

在武义这样一个山清水秀的地方建设一个"温泉小镇"，听起来十分有吸引力，不过也前路漫漫。在武义几天短暂的停留让我们对这个县城很是喜欢，也真诚地愿她能跨越重阻，越来越美。

——韩可欣

浙江界村纪事：
常住人口已不到 20 人，年轻人都下了山

澎湃新闻记者　李闻莺
复旦大学新闻学院学生　韩可欣　许愿　费林霞　赵婷

（发表于 2016 年 9 月 27 日）

　　这是一个常住人口不到 20 人的村庄。现在长期住在村子里的村民几乎全都是 60 岁以上的老人。

距离武义县城 60 多公里的界村，山清水秀，村里只剩十多位老人。
李闻莺　图

它叫界村，在浙江武义县境内，同时与松阳、遂昌接壤。

过去 20 余年，武义县探索的"下山脱贫、异地发展"的扶贫之路得到国内外的广泛关注，超过 400 个村庄、1.6 万余户家庭、5 万多人搬到山下，条件得到大大改善。

但也有少数人出于某些原因没有下山。他们至今住在大山深处，远离城市喧嚣，生活亦有种种不便。

界村就是其中一个。

山上生活艰苦

武义县城西南方向 60 多公里，便是界村所在地。因为途经山路，车速上不去，行驶需要一个半小时。

距离武义县城 60 多公里的界村，长住村庄的村民不到 20 位，几乎全部都是60 岁以上的老人。　蒋芷毓　图

澎湃新闻(www.thepaper.cn)和复旦大学新闻学院联合组成的"记录中国"报道团队抵达村庄的时间是在 7 月初。室外气温超过 30 摄氏度,但村里的老人仍然都穿着长袖。一位老人解释,山里早晚气温低,特别是晚上,睡觉还得盖被子。

到达的当天上午,"记录中国"报道团队见到了 10 位村民,最小的 66 岁,最大的 74 岁。

村支书何子法介绍,界村共有户籍人口 138 人,60 岁以上的 41 人。现在,年轻人都下了山,而老人们有的在山上、山下两头住,有的被子女接下了山,有的仍住在村里。长期住在村里的老人,据粗略统计还剩十几位。

"这个时间,有的可能出去干活了。"何子法告诉澎湃新闻,住在山里的老人,习惯了忙碌。有的人种点甜玉米,有的在自家院里种蔬菜,还有的去山上采摘野生粽叶用来增加收入。

对山里的村民而言,卖粽叶是为数不多的赚钱机会。每隔几天,有商贩上山收购,湿粽叶 3.5 元一斤,干粽叶 8 元一斤。早些年,村民还会砍毛竹拿到山下去卖,如今 100 斤毛竹只卖 20 元,廉价到没人再打它们的主意。

除了赚钱机会不多,交通不便也是村里人经常念叨的。70 岁的周美华,一个小时里感慨了五次"苦死了喂"。她念叨几十年前大儿子生急病,那时没通公路,只能往山下抬,人没到医院就不行了,死的时候只有 16 岁。二儿子生下来,公婆要求分家,她和丈夫开始动手造房子,黄泥是一锹一锹从山里挖来的,"夜里月亮降了,水挑起来,黄泥拌起来"。

老人们为何不愿意下山?

既然山上生活如此艰苦,老人们为什么不选择"下山脱贫、异地发展"？

其实，界村原本有机会整村下迁的。1993年，武义县开始全面探索"下山脱贫"，曾先后引导423个自然村，5万余人搬迁下山。

当时的做法是，政府协调各个部门，在山下找一块土地，让下山村民购买地皮重新建房，相应的费用也有所补贴。

但在过去，下山是件"超前"的事。界村的老人们回忆，当时界村经济条件还算好，也吃不准下山能干什么，搬迁的事大家意见不一致。

这一情况，也得到武义县扶贫办原主任董春法的侧面印证。

这位在扶贫岗位工作23年的"老扶贫"告诉澎湃新闻，过去在各个村开展工作，最难引导的就是老人。山上日子虽然清苦，但故土难离。

"我们一直都是宣传引导，但不发动、不命令。"董春法表示，本着自愿原则，确实有极少数村民一直留在山上。

虽然整村没有下山，但年轻人的观念要开放得多，山上有限的收入来源，促使年轻人纷纷外出谋生，零散下山也就成了自然而然的事情。

武义有"超市之乡"之称，一些界村人在周边的永康、义乌以及金华市区开起超市。子女在外赚钱，老人留在山里，这是界村许多家庭的普遍状态。

在山上住了大半辈子，老人们对山村也是住出了感情，住出了习惯。

68岁的何有文曾经在县城给别人打工，做了几年又回到界村。他说山上空气好、水好，关键还有自由。

"在外面做工，要看别人脸色，这里我自己说了算。"何有文的家就在村口，是前几年新盖的砖房。忙完农活，他就坐在自家墙边,抽着烟,和老伙计们聊聊天。

何有林比何有文大 6 岁。他在武义县城做了十多年保安,每月工资从最初的 400 元涨到 2 000 元。眼看年纪大了,身体也吃不消,老板的嫌弃也让他觉得受了气。2015 年,何有林认为是时候回村了。

山下生活成本高和不想给子女添麻烦,也是老人们不想下山的重要原因。

山里的老人平时花销不大,对物质要求不高,自给自足,孩子补贴,政府基本养老金和老年补贴,条件差的还有最低生活保障,基本温饱不是问题。

怕的是生病。66 岁的王美香,2014 年查出肿瘤做了手术,住院期间都是儿子照顾。她有两个儿子,一个在金华开超市、一个在武义县城打工。

自从做完手术,王美香再没下过山。她清楚下山生活条件会好一些,但"睁开眼就要花钱"。老人说,这几年孩子们赚钱不容易,不想给他们增加负担。

郑女莲最担心的也是开销。

她 68 岁,患有心脏病和气管炎,随便一盒药就要七八十块钱。最近几年,老人去金华住过三次院,费用主要靠儿女凑一些。

"我不想下山,没有钱,身体又不好,不想给孩子们添麻烦。"说到这里,老人背过身,抹了抹眼泪。

不到 50 岁的何子法留恋的则是祖祖辈辈生活在一起的邻里乡亲。他在界村长大,不管走到哪儿,最挂念的还是村里特有的人情味。他觉得无论是在山上还是山下,让村庄作为一个整体继续存在才更为重要。

武义县界村,68 岁的郑女莲老人。　　蒋芷毓　图

不下山怎么办?

如今,界村虽然只剩下十几个老人,但依然是所有界村人的家园所在。

何有林感慨,年轻人搬到了金华、杭州、上海,但只要老人在,老房子在,孩子们回来还是在同一个地方。村子的凝聚力也依然存在。

每逢村里有大事要办,下了山的村民们还是会纷纷回到村里聚齐。所以,别看界村平时空空荡荡,每到清明、春节以及婚丧嫁娶,车子多到都停不下。

留在山上的老人都对子女有美好的情感。子女要发展,老人也要得到赡养,这确实是一个难题。养老问题既需要家庭的投入,也需要政府的帮扶。

武义在其精确扶贫的工作报告中,有这样一条:要当"家长"兜底支持,让贫困人口"不掉队"解困。

事实上,整个武义的脱贫任务已经完成,但任务完成后,改善人民生活的工作还将继续。除了经济上解决贫困,在生活上还要给予便利,精神上还要给予满足。

武义县民政局干部黄敏,是由县里派至界村的第一书记。工作日和双休日没有少往界村跑。

他说,"我们有一个民生大篷车,专门解决的就是山上老人们的办事需求,县政府各个部门的工作人员,在车上设服务台,给老人们提供一站式的办事服务。"

提供服务上门还不够,真正解决老人们的问题的办法,是方便

武义县上黄村,有"江南布达拉宫"之称,至今还有七八十人住在村里。
蒋芷毓　图

他们下山。

过去村民要下山，步行三四个小时才能到镇上。20 世纪 80 年代后期，界村人决定自己筹钱修路，路修了一半，又被大雨冲垮。大约十年前，政府修建了现在这条通往山下的公路，宽度有 3 米多，可使面对面上下山的两辆车同时通行。

2013 年，往返村镇的公交车开通，每天早上 8 点和下午 4 点往返两趟。这成为不会开车的老人们外出最主要的交通方式。

村子的未来：消失还是迭代？

在界村的老人中，不少人有这样一个悲伤的想法，随着老伙伴们一个个离世，村子会不会就没有了？

2015 年秋天，村里又有一位老人去世。这让何子法愈发感觉到，随着老人一个个离开，村子也很有可能消失。

对此，38 岁的村委会主任何建明更希望用"迭代"这个词来形容村子的未来。

武义，一直以"温泉小镇"闻名，事实上，可挖掘的旅游资源还有不少。

和界村相邻的上黄村是一个拥有数百年历史的村庄，地处半山腰，高低起伏的地势让老房子层层叠叠、错落有致，也因此有了"江南布达拉宫"的称号。

上黄村村支书王泽民说，全村 383 人，平时住在村里的七八十位，基本也都是老人。最近几年，不少驴友或摄影爱好者跑来拍照，这让上黄村看到了发展旅游经济的可能性。

界村也得益于上黄村知名度的提高，游客逐渐增多。何建明动起了脑筋，他想利用山区水质优良的资源，办一个纯净水加工厂。此外，村班子还想利用"江南布达拉宫"的效应，办一个"高山有机农场",集农家乐餐饮、休闲、采摘、观光于一体,方便游客。而一些已经下山的年轻人,也或多或少看到了上黄村的机会,萌生了上山开民宿致富的念头。

只是目前的盘山公路同时通往界村和上黄村,由于路面相对狭窄,车辆交会时行驶缓慢,给发展旅游带来一定阻碍。2015 年秋天,两个村联合把情况反映到县里,希望拓宽道路。该诉求得到县交通部门的重视,拓宽工程也在 2016 年启动,预计 10 月完工。

此外,界村和上黄村还在共同修建一条长约 2.55 公里的林道。这条路通往武义和遂昌交界的地方。费用初步核算需 60 余万元,两个村各出一半,村干部先行垫付,同时再向上申报,等待政府的报批。

何子法说,这么做,一方面是想方便村民和遂昌那边的村子走动,另外也考虑到路修好了,外面有更多人进来。只有别人愿意来,他们才有可能搞旅游、搞开发,村庄也不至于轻易消失。

何建明认为,未来若能使山林旅游经济兴起,无疑将推动"下山脱贫、异地发展"工作进入新的阶段。从下山脱贫到上山致富,这条路应该走得通,但基于目前的知识、能力和村里有限的资金,他也表示,界村尚在寻找时机和有兴趣的投资者。

"好在越来越多年轻人看到山上也有'富矿'可挖,只要绿水青山在,村子一定会焕发新活力。"何建明说。

作者手记

界村距离我们当时所在的武义县城有一个多小时的车程。前往界村的那一天,上山的公路正在进行拓宽施工,尤其难走。

由于武义几年前实行了下山脱贫的政策,村里的年轻人纷纷下山。一部分老人被接下了山，去往别处；而剩下的十几位老人则因为各种原因留在了山上。因而，如今的界村不免给人一种"空心村"的感觉，它朴素又宁静，却又太宁静。

我在与村里的郑奶奶聊天的过程中，了解了更多留在山上的老人们的普遍想法和生存状态。他们一方面是住惯了山上，加上年事已高或是有病在身，因而不想下山；另一方面是担忧下山后生活成本过高，因而不愿下山。尽管在我们眼里老人们的生活单调而又一成不变，但对他们而言已是自给自足、自得其乐。

对于界村来说，下山成果已现，而不下山也应当有新的出路。周围村庄的高山蔬菜、有机农场、民宿等发展方向，也许值得界村借鉴。当然，还有许多难题需要各方一起去克服。

——许愿

古村落"郭洞"求变：门票收入下降六成，经营权欲第四次移交

澎湃新闻记者　李闻莺

复旦大学新闻学院学生　费林霞　赵婷　蒋芷毓　韩可欣　许愿

（发表于 2016 年 9 月 28 日）

山环如郭，幽邃如洞。

在浙江金华下辖的武义县，有一个距离县城约 12 公里的地方，名字叫作郭洞。

郭洞景区入口。　李闻莺　图

郭洞不是洞，当地人也不姓郭。

它是 600 多年前一位何姓的官宦子弟迁居至此后，逐渐繁衍兴盛的一处古村落。

如果说以前的郭洞，是个有历史记忆的地名；现在的郭洞，更多时候以景区的身份存在。

1998 年 7 月 3 日，郭洞古生态村景区对外开放。

它是武义第一个开始售门票的景点，也是被列入"首批中国历史文化名村"的全国 12 个古村落之一。

然而，18 年过去，曾经被寄予厚望的郭洞似乎还在"原地踏步"。

没有游人如织，谈不上旅游致富，120 万元的年门票收入，是销售顶峰时的四成还不到。

是什么困住了郭洞向前的脚步？未来的它将何去何从？

郭洞景区入口处的简易停车场。　　蒋芷毓　图

近日,由澎湃新闻(www.thepaper.cn)和复旦大学新闻学院组成的"记录中国"报道团队走进郭洞。

古村

2016 年暑期的郭洞,显得有些冷清。

车子开入空荡荡的停车场,扬起一片灰尘。收费员是一名精瘦的男子,他以每天 30 元的工资守着这里。当车主担心停车位置会堵住进出通道时,他回答"不会不会,现在人不多的"。

进村要经过一条宽约 3 米的水泥路。路边散布着数家饭店和花花绿绿的帐篷,热气把人逼进了屋子,只见忙着装修房子的工人和三两只打闹的狗。

如果不是村口东北角的票房,很难意识到身处景点。30 元的全价门票上印有"郭洞古生态村"六个字。另一张 15 元的半价门票标注出更多信息:"首批中国历史文化名村""中国民俗文化村""国家 AAA 级风景旅游区""江南第一风水村"。这才是游客来的理由。

站在标志性景点回龙桥上,导游介绍着它的悠久历史:回龙桥,元代已有,称为"石虹",后因年久失修,分别于明朝隆庆年间和清朝康熙年间两次重建。

回龙桥只是"古生态村"的一扇窗口。它的另一侧连接龙山,山上有众多树龄超过百年的古树。

导游说,山林之所以能郁郁葱葱,得益当地人数百年间的固执守护,"上山砍柴罚拔指甲,毁其小树断其一指,砍伐大树罚斩一臂膀,砍倒古树逐出族门"。

这里的"族门",可追溯至 600 年前住在山脚的何氏人家。

何胜云在其著作《双泉古里郭洞》记载,郭洞所在地,至少在宋

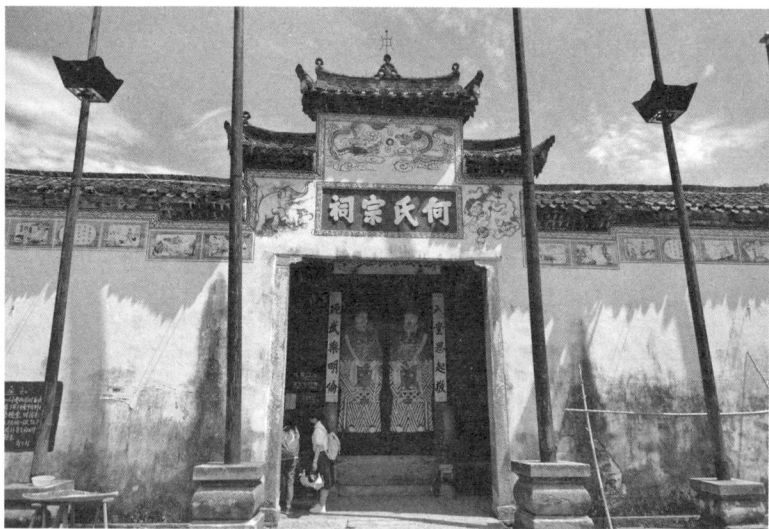

郭洞景区何氏宗祠。　蒋芷毓　图

初甚至唐代就有村落。元代末年，一位名叫何寿之的官宦子弟从武义县城迁居至此，何氏逐渐成为村中大姓。

今天的郭洞，准确说是个地名，覆盖郭下、郭上两个行政村。前者生态保护较好、古迹较多，与旅游开发的联系也更密切。

郭下村村支书何晓宏介绍，目前有村民 1 050 人，大多姓何。近几年，年轻人多外出发展，住在村里的主要是老人和小孩。

村里还有许多不起眼的老宅，仿佛从久远的过去走来。

海麟院，初建于明末，清乾隆年间重建；凡豫堂，初建于明崇祯年间，是当地明清建筑的代表；何氏宗祠，初建于明万历三十七年，400 年来多次修缮，保护良好。

可是村民们对此无感。

"没看头，没看头。"小溪边，一位年过六旬的何姓老人对眼前的美景不以为然。他感慨，村里这几年几乎没变化。除了每个月能拿到 60 元的补助金和年底的 400 元,再无其他收入。

何晓宏解释,郭下村给老人发放的补助金标准为 60 岁以上发 60 元/月,70 岁以上发 70 元/月;80 岁以上发 80 元/月;90 岁以上发 110 元/月。此外,村里给每个人上了医疗保险,为 200 元/人,年底时每个村民还能领到 400 元。

除了直接受益不多,不能建房更让大家感觉受限。

走在鹅卵石串起的小巷,时常可见木结构或土结构房子。有的因为年久失修,已无法居住。

一位村民说,因为处于景区核心区域,老房子不能拆也不能新建。也有人偷偷盖了三层小洋楼,那是胆子大的。

"你说搞旅游有什么好处呢?"上述村民反问。

郭下村铺着鹅卵石的小巷。 李闻莺 图

亮相

如果时光倒退 20 年，郭下人对旅游也曾有过热切期盼。

那是 1997 年春天，两队远道而来的人马打破了小乡村的平静。他们一队由来自清华大学建筑学院的陈志华、楼庆西和李秋香带领，主要来做乡土建筑调研；另一队是浙江电视台《风雅钱塘》栏目的编导人员，他们要为郭洞拍摄一期专题片。

"数百村民和学生手持鲜艳的映山红，夹道迎接。"建筑专家洪铁城清楚记得清华大学师生抵达郭洞的一幕。

他在《七上郭洞》一文中写道，1997 年 4 月 4 日一早，春雨绵绵，陪同清华大学师生前往郭洞。临近村子一百来米，天公作美，雨停了，耳边响起锣鼓声和鞭炮声，热烈的场面把大家惊呆了，也让他激动得掉下眼泪。

郭洞能在当时引起外界关注，并非一蹴而就。

1985 年，早年外出参军的郭下人何胜云因病回乡休假。在父亲的提点下，他翻阅了清嘉庆九年版本的《武义县志》和家族前辈写的《何氏宗谱》，萌生为家乡做点事的念头。

据何胜云回忆，除了 1983 年县文管会做过文物普查，郭洞在当时几乎不为外界所知。趁那次休假，他写了《郭洞山水风光美，开发建设莫迟疑》一文。乡政府将该文上报至县有关部门和县电视台，那是郭洞首次向全县展示自己的文物古迹。

20 世纪 90 年代起，在县文管会的帮助下，郭下村民开始陆续修缮村里的古建筑。特别是在 1996 年，村里几位德高望重的老人提出要维修最重要的古迹何氏宗祠，村民积极响应。这一举动引起县里注意，当时分管科教文卫的武义县副县长傅美桃也给予大力支持。

也是在 1996 年初冬,郭下村来了一位特殊的客人——时任金华市文物局党组书记的洪铁城。

洪铁城是金华人,搞了几十年建筑设计和城市规划。调至金华市文物局后,他觉得应该抓一抓古建筑和古村落的保护工作。1996 年 11 月 22 日,他来到武义县城,提出想看看古村落。时任武义县博物馆馆长的涂志刚把他带到了郭洞。

郭洞景区标志性景点回龙桥。　蒋芷毓　图

"'山环如郭,幽邃如洞',这就是'郭洞',这真是'郭洞'!"初见郭洞的那份惊喜,洪铁城把它写成了文字。回到武义县城,他向县文保部门的工作人员表达了三点意见:郭洞是我国南方典型的风水古村落,很美,很完整,极为难得;郭洞村的厅堂、民居很多,而且较完整,很有价值;要认识这是一个历史文化资源,不仅要保护好,还可以开发利用……

仿佛冥冥之中有注定,两个月后,我国乡土建筑研究的倡导者、清华大学建筑学院教授陈志华给洪铁城打来电话，征询乡土建筑调查地点。

洪铁城推荐了郭洞，听了介绍，老教授当场同意。

转折

多年以后，年过八旬的何胜云回忆起郭洞旅游开发的历程，总会用"极不平常""转折点"等词语形容 1997 年。

1997 年 4 月，中国乡土建筑研究的"三游侠"陈志华、楼庆西和李秋香带着清华大学的学生来到郭洞。他们一住就是半个月，精心测量并绘制了 60 幅古建筑图，同时拍摄了大量照片。

在此期间，浙江电视台《风雅钱塘》栏目拍摄完成半小时专题片《双泉古里是家园》，这是郭洞第一次进入省级媒体视野。同年，郭洞获批县级历史文化保护区、省级风景名胜区，从而迎来新的机遇。

何胜云告诉"记录中国"报道团队，郭洞正式被作为旅游景点开发，是在 1998 年春节后。当时，他被武义县风景旅游管理局（以下简称"武义县旅游局"）任命为郭下村历史文化风景旅游管理处主任，负责景区开发前期准备。

搞旅游开发，首先要有经费。

何胜云回忆，他向县旅游局借了 5 000 元，郭下村所属的武阳镇政府拿出了 2 万元启动资金。横店集团创始人徐文荣在参观郭洞时，也慷慨解囊拿出 5 万元。凭借 7.5 万元，筹备工作顺利进行。在此过程中，何胜云特别提到郭下村村民的热心相助。

"为了节省开支，我跟村民说，参加做工的，不发工资，每天只给 5 元点心钱。"何胜云说，他当时采用记账做工的办法，承诺景区开发成功后补上。这笔钱到 2003 年才补上。

1998 年 6 月,《武义日报》刊登了何胜云写的一篇文章,名称为《郭洞景区吸引人》。文章介绍了郭洞旅游开发进入最后冲刺阶段的情况。时任武义县县长的金中梁在该文上面做了批示,建议从县旅游局、博物馆、教文委等单位抽调人员组成旅游开发工作组,为郭洞景区开发提供帮助。

在多位熟悉武义旅游发展的人士口中,金中梁是一位常被提及的人物。20 世纪 90 年代,他曾先后担任武义县委副书记、县长、县委书记,目前为金华市常务副市长。

何胜云说,金中梁对郭洞旅游开发十分关注。当年还是县长的金中梁几乎每星期都要到村里走一两次,村里老老少少都认识他。郭洞的特色饮食"竹筒饭",也是金中梁写介绍信,建议何胜云派人去金华学习怎么做。

在武义县博物馆前副馆长薛晓白眼里,金中梁本身就是一位对旅游很有想法的官员。

薛晓白告诉"记录中国"报道团队,20 世纪 90 年代,金中梁曾在浙江大学攻读工商管理硕士。其毕业论文就是 1998 年出版成书的《寻找新沸点——武义温泉旅游业发展展望》。在这本 7 万余字的著作中,金中梁谈及了对武义旅游开发的思考,其中郭洞被列为旅游开发的近期目标之一。

迎客

1998 年 7 月 3 日,这一天对郭洞而言,是个值得载入史册的日子。当天上午,一辆来自上海的旅游大巴开到郭下村口,郭洞古生态村景区(以下简称"郭洞景区")正式对外试营业。

"村里很多在外打工的人都回来了,人山人海。"当时就在现场的薛晓白回忆。此前 20 多天,薛晓白作为县旅游开发工作组的一员进驻郭洞。他坦言，刚开始也有村民反对，认为破破烂烂的老房子，很难搞旅游。但县领导很坚决，认为一定要搞出来，不能不冷不热的样子。

"那时候有个说法叫'景点造势、强行启动'。"在武义县旅游局工作多年的朱连法也曾是县旅游开发工作组成员。

他告诉"记录中国"报道团队，县里确实对郭洞非常重视。第一批来自上海的游客到达武义县县城时，当时分管旅游的副县长站在酒店门口，跟游客挨个握手。

武义县对郭洞景区旅游开发如此"用心"是有原因的。

金中梁、朱连法所著的《新沸点：武义旅游业发展研究》一书显示，武义是个传统农业县，20世纪90年代前期，旅游业在当地还是空白。郭洞是被作为武义第一个风景旅游区来打造的。

作为武义旅游业的"零突破"，郭洞景区一度快速发展。2003年10月，由郭下、郭上组成的"郭洞村"被评为中国历史文化名村。这是由建设部和国家文物局共同组织评选的一项荣誉，首批共12个，其中还包括安徽黟县的宏村、西递村和同属浙江武义的俞源村。

朱连法回忆，郭洞名气打响后，人气也旺起来。周末或节假日，车辆排到了郭下村村口1公里以外。2005年左右，门票收入达到顶峰，一年超过300万元。

与此同时，武义旅游业也伴随着温泉开发打开局面。《新沸点：武义旅游业发展研究》一书提供的数据显示，2003年，该县游客总量为32.21万人次，大约是1998年的2.8倍；景区门票收入337.52万元，是1998年的28倍。

欣欣向荣背后，却也有暗流涌动。

朱连法、何胜云等人表示，郭洞景区正式开放后，郭下村村民曾两次将毛竹搭的票房烧掉，两棵树龄百年以上的古树也受"连累"被大火烧毁。

村民为何作出如此过激的举动？缘由要从郭洞景区的管理体制说起。

朱连法介绍，景区开发之初，是交给郭下村自己管理的。1999年，当时的村干部找到县旅游局，说搞不下去，希望旅游局出面帮忙。郭洞景区的经营管理权于是交到了武义县旅游局的下属单位景区管理处。这是一个自收自支的事业单位，朱连法担任景区管理处处长。

按照双方商定内容，1999年春，郭下村和景区管理处签订协议，后者每年向前者支付一定费用，全权负责郭洞景区的开发经营。随着游客越来越多，村民们认为景区管理处只顾赚钱，投入到村里的费用太少，多处受损古建筑得不到维修，不满情绪渐增。

经营

作为郭洞景区开发的见证者，何胜云也认为，郭洞之所以后来出现种种问题，或多或少都与体制不顺有关。

和朱连法的说法有所不同，在他看来，县旅游局从一开始就盯上了郭洞这块"肥肉"。

据何胜云回忆，从1998年下半年开始，县旅游局领导曾找过他三次，想要郭洞景区的经营管理权。

"虽然没同意，毕竟有压力。"何胜云说，他于1999年2月交出了郭下村历史文化风景旅游管理处的图章，景区暂由当时的郭下村干部代管。

没想到，仅仅一个月后，村里就向县旅游局作了妥协。

何胜云坦言，他一直没去细究村干部当时为何那么做，想必是有难处，但这一决定也为郭洞的管理体制埋下了隐患。

郭洞景区，正在修缮的明清建筑海麟院。　李闻莺　图

据武义县旅游委员会提供的信息，1999 年，景区管理处支付给郭下村的费用为 3 万元，2000 年提高至 4.4 万元，之后以每年 10% 递增。2004 年 9 月重新签订协议，支付给郭下村的费用提高至 65 万元/年。此后不久，文物古迹较少的郭上村也提出诉求，景区管理处也向其支付 15 万元/年。

另据武义县旅游委员会工作人员透露，由于当年村民闹得比较厉害，重新签订 65 万元/年的协议之前，2003 年，景区管理处还曾在原协议基础上另外向郭下村老年协会支付过 2.4 万。此外，协议中曾提及三年内投入 15 万元用于村里开发保护，实际也做得不够。

何胜云回忆，景区管理处支付给郭下村的费用涨到 65 万元/年后，大家很高兴，但村里只能拿到一半。

景区管理处要求,65 万元有一半为景区建设费,这笔钱先放在县旅游局,用的时候上报申请。这也意味着,郭下村的直接收益只有 32.5 万元。

郭下村村民的不满,朱连法颇为无奈。

他告诉"记录中国"报道团队,景区管理处对郭洞景区的投入主要花在宣传推广上,但村民看不到也不理解,这是思想观念上的差异。

"我们有些招待票是免费的,还有大量团队票是打折的。"朱连法解释,当时他们聘用了一些村民负责检票。

村民按游客人流量统计,算出来一年的门票收入有 500 万元—600 万元,但景区管理处账面的门票收入一年最多也就 300 多万元。

朱连法同时表示,郭洞景区的经营收入,每年都有报表公开,

郭下村村口新建的停车场以及票房。　蒋芷毓　图

但村民们不相信。对于村民不断提出的"加价"要求，县旅游局认为这是无视合同的严肃性，一时间也接受不了。

朱连法还特别指出，景区管理处只是县旅游局下属的一个事业单位。它没有上级拨款，日常办公经费和员工工资都要靠经营收入支付。

当年，朱连法既是县旅游局干部，又是景区管理处主任，可以说有些政企不分。这一特殊时期的特殊产物，后来也历经改制，逐步完成公司化转型。

移交

无论实情是什么，受影响的还是郭洞。

这个对武义旅游业颇具里程碑意义的景区，开放十余年后都未能理顺管理机制。

朱连法说，由于矛盾无法缓解，2007 年，他们把郭洞景区的经营管理权移交给郭下村所属的熟溪街道办事处（以下简称"熟溪街道"）。

2012 年，武义县委县政府为加快温泉旅游度假区的开发建设，将武义温泉旅游度假区管理委员会（以下简称"温泉管委会"）与熟溪街道机构分设。作为县政府派出机构，温泉管委会不仅负责温泉度假区的开发建设，还代管郭下、郭上等 8 个行政村的社会、经济事务。

郭洞景区因此又交到了温泉管委会手上。"熟溪街道倒是说过不要景区一分钱，多的钱都给郭下。"何胜云说，熟溪街道和温泉管委会每年给郭下、郭上的费用延续了此前的标准，分别为 65 万和 15 万。

此后郭洞景区发展如何？

何胜云提供了一组数据：2008 年，郭洞景区游客 12.8 万人，门票收入 245 万元；2012 年，游客下降至 8 万人，门票收入为 172 万元。

另据温泉管委会透露，2015 年，郭洞景区门票收入为 120 万元，这与最高时的 300 多万元相差甚远。

在朱连法看来，郭洞景区游客下降，与近年来周边新景点的出现有关。例如新开发的武义牛头山森林公园和大红岩景区，会对游客有所分流。但他同时也指出，无论是熟溪街道还是温泉管委会，它们的"行政色彩"更浓，事务更繁杂，缺乏懂旅游的专业人才，郭洞在这两家单位手上也没发展好。

对于郭洞景区的现状，温泉管委会党委委员赵泓并不回避。他坦言，温泉管委会接管郭洞景区后，一直没有成立相应的营销团队，景区自身建设也跟不上。同时，由于景区工作人员为外聘，其中一部分就是郭下村民。这些人虽然受温泉管委会雇佣，有些事也要听从村里安排，协调起来确有不便。赵泓还表示，外聘人员工资低，少数人自身素质有限以及缺乏完善的考核制度，导致景区服务质量一般。

近两年，温泉管委会正在加大对景区建设的投入。据赵泓透露，前两年，郭洞被列入浙江省美丽乡村精品村项目，获得 1 800 万元经费支持。

目前，温泉管委会已花 240 万元在郭下村村口新建停车场，其中包括新的票房和公厕，2016 年下半年投入使用。接下来，他们还打算修建公园，对村里的古建筑进行外立面改造、修缮，同时更新票务系统，建立市场营销团队等。

"现在郭洞是 AAA 级，如果在我手里被摘牌，那可就惨了。"赵泓坦言，郭洞门票收入下滑，确实让他压力很大，趁现在有点资金，总是想为景区做点事情。

商业

虽然管理部门做了不少工作，但在建筑和文保专家看来，这些年的郭洞令人失望。

何胜云最近一次回郭下村是 2016 年清明后，"一团糟，回去看到就生气"。他提到，2015 年 8 月和 12 月，当地媒体公布了武义县农村环境卫生整治当月最差村庄和"两乱"集中整治第二周最差村庄，郭下村赫然在列。

薛晓白已经把目光投向武义另一个古村"山下鲍"。对于郭洞，他摇摇头，"我同学过去，拍的照片回去发现都没法看"。

薛晓白说的"没法看"，主要指郭下村村口，也就是郭洞景区的

郭洞景区何氏宗祠对面的商铺。　　李闻莺　图

入口处。由于旅游开发,通往村庄的公路两旁布满了饭店、旅店、烧烤摊、小卖铺等。傍晚时分,每隔十几米就有一个卖"竹筒饭"的摊位,制作竹筒饭产生的浓烟在空气中飘散。

薛晓白认为,郭下村村口部分已开发过度,给人拥挤的感觉。这一点,曾经带队考察郭洞的楼庆西也指出过。

2006 年 4 月,这位在郭洞申请"中国历史文化名村"过程中起到关键作用的老教授重返郭洞。

据楼庆西当时统计,郭下村开了 19 家饭店,其中半数为 2003 年以后新开的;经营旅游纪念品、土特产的小商店和摊位 13 家。楼庆西还注意到,村口西侧山脚下原有一排土墙的村里库房都改为饭店,新建铺面房鳞次栉比;离村门约 120 米处新建一票房,由于体量过大而与一侧的新建厕所一起完全遮挡了村口北望的原有景观;饭店产生的浓烟、污水,也在破坏古村环境。2006 年 7 月,楼庆西把此次郭洞之行写成调查纪略,发表在《中国建设报》上。这篇文章此后又被收录进《楼庆西文集》,题目就叫《救救古村》。

2007 年 4 月,时年 78 岁的陈志华第三次前往郭洞。

何胜云回忆,看到村口的田园风光被浓厚的商业氛围替代,村口的古树亦被烧毁,陈志华边走边对他说,"幸好谢老(著名文物专家谢辰生)没来,要是来了,恐怕要中风。"

当天同行的薛晓白记得,发现好好的古民居为了做商铺前后被打通,老教授潸然泪下。

"什么叫悲剧?就是把美好的东西在你面前捏碎了给你看。"陈志华引用鲁迅的这句话,令他印象深刻。

何胜云说,自那以后,两位德高望重的老教授再没来过郭洞。

2016 年 7 月,楼西庆在接受"记录中国"报道团队电话采访时表示,十年前写了《救救古村》后,郭洞一直有人与他联系,也表示会整改。

实际做得如何？这位已经 86 岁、有点耳聋的老人只能在电话里反复问"记录中国"报道团队，"你们看到的怎么样？"

曾担任陈志华助手的清华大学建筑学院高级工程师李秋香告诉"记录中国"报道团队，由于身体欠佳，陈志华近几年很少外出。

2016 年 6 月，李秋香曾带队在郭洞短暂停留，就景点而言，感觉还是那么一点地方，没有新的变化。

她说起 2007 年和陈志华一起回郭洞的体会，"添了很多新房子，还有农家乐，水口的状态和生态，不能和以前相比了"。

建筑

无论有多少商业气息，郭洞的精华还是古建筑。

据武义县文物保护管理所在第三次全国文物普查期间（2008

郭洞景区明清建筑燕翼堂。　蒋芷毓　图

年—2009 年)所做的统计,包括在国家文物局登录备案和一般登记的在内,郭下村共有明代建筑 17 处,清代建筑 10 处,民国时期建筑 6 处。此外,郭上村亦有明代建筑 6 处、清代建筑 4 处,民国时期建筑 13 处。

2012 年 11 月,武义县明确了"郭洞上下宅古建筑群"为县级文物保护单位。该古建筑群包括回龙桥、海麟院、何氏宗祠等 7 个点。

薛晓白坦言,目前文保单位多为古代公共建筑,古民居纳入文保范围的难度还比较大。

2012 年,住房和城乡建设部、文化部、财政部组织开展了全国第一次传统村落摸底调查,郭洞进入首批 646 个具有重要保护价值的中国传统村落名录。此后不久,武义县曾拿出 400 万元对郭洞的古建筑进行修缮。

"本来我们的理解是全数投入(古建筑修缮),但资金分配的时候还是有一部分放到了基础设施建设。"薛晓白说,当时他们只能从抢险加固、消除隐患这个最基本要求做起,最后花了 100 多万,其中政府负担 80%,村民出 20%。

如果说古建筑还可以尽力抢救,新建筑却让文保人士感到无能为力。谈起郭下村正在建设中的几个项目,何胜云连连叹息。他指出,修停车场是必要的,停车场边同时新修的还有两处建筑,一是票房,另一个是公厕。

"票房实在盖的不是地方,把回龙桥的景致挡住了,水口也挡住了。"在何胜云看来,票房和公厕的位置应该换一下,这是规划出现了错误。

朱连法也对新建的票房表示遗憾。他指出,票房屋顶上的马头墙,也不知参照了哪里的建筑,完全不是按照郭洞的风格设计。

薛晓白特别惋惜的,还有何氏宗祠对面的公厕。

他告诉"记录中国"报道团队，公厕的位置，原来就是农村用的"茅坑"。它用鹅卵石砌成半墙，里面是木结构搭建，大便掉下去"咚咚"直响。

陈志华曾经称赞，"这是我看到过的最漂亮的厕所"。后来为了满足游客实际需要，"茅坑"还是被改造成现代化的公厕。

"我是不建议把它拆除的，哪怕搞一个旅游标本，洗干净，供游客参观。"薛晓白眼里，古村的猪圈、柴火房都是宝贝。保护古村落，除了要保护它的形态，还要保护与村庄发展息息相关的东西。

这一点，何胜云也有同感。他说自己当年开发郭洞景区时，曾想把村里的鹅卵石路修得更平整。浙江省文物局的领导表示，一草一木都不要动。何胜云因此也记住了三个词——"古风古貌、原汁原味、土里土气"。

郭下村，村民家的土坯房装上了铝合金窗。　蒋芷毓　图

现在的郭洞,已谈不上"原汁原味"。走进郭下村,可看到木制的雕花窗被铝合金窗代替,气派的烤漆大门矗立在小巷深处。几幢现代风格的二三层楼房,与原有的古朴气质格格不入。

一户已经住上三层楼房的徐姓人家透露,房子是 2000 年原址拆除重建的。当时没有通过审批,村里罚了 800 块钱。"只要不超过 12 米高,不用红瓦就行。"上述徐姓村民表示。

新村

村民建新房的情况,郭下村党支部书记何晓宏不是没有了解。据他解释,新房大多是郭洞景区开放初期建的。这些人家,要么在相对偏远的位置,要么老房子破旧到难以居住,建新房也是为了改善居住条件。

然而,针对历史文化名村保护,我国已有明确规定。

2008 年 7 月 1 日起实施的《历史文化名城名镇名村保护条例》显示:在历史文化街区、名镇、名村核心保护范围内,不得进行新建、扩建活动。但是,新建、扩建必要的基础设施和公共服务设施除外。上述条例还提到,在历史文化街区、名镇、名村核心保护范围内,拆除历史建筑以外的建筑物、构筑物或者其他设施的,应当经城市、县人民政府城乡规划主管部门会同同级文物主管部门批准。

但何晓宏认为,对大多村民而言,不解决实际困难,保护无从谈起。

北京外国语大学的韩振华和哈尔滨工业大学的朱学昭曾在一篇研究中引用过 2006 年 6 月的一组统计,"郭下村近年盖新屋已达 57 户,急需盖新屋的有 52 户,想住新房的 60 余户,想结婚而没有住房的 20 余户"。

另据云南大学旅游管理系 2015 年 8 月为郭下村所做的规划显示，郭下村木结构和土结构的建筑加起来，占全村建筑的 47.9％。按好、中、差等级划分，该村质量为"中"的建筑占 54.2％，质量差的占 7％。

"我们还有大约一半的村民住在简陋、破旧、狭窄的老房子里。"关于郭下村民的住房难，何晓宏能举一大堆例子。

有的村民家，兄弟多，住房少。平时他们外出打工，春节回家看父母，晚上还不能留宿。还有几户人家，因为解决不了住房，娶不到媳妇或谈了女朋友也分手。

在何晓宏看来，拆老房建新房，是解决住房困难最实际有效的办法。这一举动不能完全怪村民——现在都有"跟风"习惯，看到一家盖了没什么事，自然蠢蠢欲动。

"记录中国"报道团队了解到，郭下村批地建新村的问题，村干部多年来一直向上反映，未得到及时解决。

2013 年 4 月，何胜云给早年关心郭洞、已调任金华市常务副市长的金中梁写信。他在信中提到了郭洞景区多年存在的问题，建议用特事特办的办法先批给郭下村建设用地指标。

据何胜云透露，金中梁在这封信上做了批示，表示"老房保护问题、居民新村建设用地指标和新景点开发这三点可通过旅游部门向武义县政府建议采纳，分步实施"。

但此事并未在当年获得实质性进展。

2014 年 8 月，何晓宏向温泉管委会提交《郭下村两委关于要求政府批地建新村的诉求》，同时请求转呈县委县政府。"是保是毁两条路，要保，建新村；要毁，做历史罪人。"在这份诉求报告中，何晓宏措辞激烈。他提出，村东北侧、紧挨郭溪公路附近有块地。它原本就是村里的，2010 年被温泉管委会预征收，此后一直闲置。大家商量了一下，认为在该处建设新村比较理想。

郭下村,近乎废弃的木制老房子。　蒋芷毓　图

改变

　　就像何胜云曾经把 1997 年视为郭洞的"转折点",2015 年对郭洞而言,也是具有特别意义的一年。这一年,郭下村村民期盼多年的新村用地有了着落。

　　据温泉管委会党委委员赵泓介绍,这块地就是郭下村之前看中的。它离老村 2 公里多,紧挨公路,处于温泉度假区核心区域。赵泓还透露,批地的意向,2014 年就有了,但由于该地块此前确定为旅游用地,建住宅必须先修改规划,才能安排用地指标。

　　2015 年,郭下新村一期约 1.67 万平方米用地指标获批。

　　赵泓表示,接下来县里还要再分两次给郭下安排新村用地,总面积将达到 3.8 万平方米。除了新村用地,持续多年的体制不顺也从这一年开始"解冻"。

据赵泓透露，考虑到景点基本集中在郭下村，他们从 2015 年起就酝酿把管理权逐渐交还给郭下村，希望能有助于景区未来发展。

这意味着，郭洞景区开放 18 年以来，经营管理权将面临第四次移交。"走了一个弯路，浪费了十几年时间。"对于这一变化，何晓宏颇为感慨。

他告诉"记录中国"报道团队，前不久，温泉管委会牵头让郭下与兰溪诸葛村对接，希望向其学习经验。

公开资料显示，同样隶属金华的兰溪诸葛村 1994 年开始发展旅游。在村党支部书记诸葛坤亨的带领下，探索出一条"村党支部和村委会＋旅游公司＋文保所"的模式，景区门票收入目前已超过 2 000 万元／年。

如今，摆在何晓宏面前的事情很多。新村建设方面，一期土地已完成平整，可解决 53 户人家的住房问题。村民购置地皮加上建房，预计要花 30 多万元。如果把原有住房交还村委会，经过评估，可抵扣一部分。

据何晓宏介绍，整个新村，预计可建造 120 幢独栋房屋，此外还有 70 间类似于老年公寓的户型。经济困难的老人可选择老年公寓，价格预计在 10 万元以下。

2016 年下半年，分房程序即将启动，主要采用自愿报名和村委会审核并公示的办法。"肯定会出现矛盾，到时有什么可以放到桌面上讨论。"对于接下来的困难，村支书已做好心理准备，并表示将优先考虑有实际困难的家庭。

和新村建设相比，何晓宏面临的更大挑战是收回经营权后，如何让郭洞景区重获生机。

据何晓宏透露，目前已着手申请成立公司，暂定名称为"郭洞旅游发展有限公司",最终版以工商部门批复为准。届时,何晓宏将出任公司董事长,总经理聘请旅游管理方面的专业人才担任。按照他的设想,郭洞的发展,需要引进人才、加强营销、提高软硬件基础设施等。等新村建好后,新成立的公司可通过购买或租赁的方式整合村民的房屋资产,统一修缮后,进行民宿或其他商业项目的开发。已经衰落多年的主街,将来也可能被打造成一条商业美食街。

观望

即将进入新阶段的郭洞,已不像过去那样被寄予厚望。

2016 年 7 月,"记录中国"报道团队在郭下村走访时发现,当地人对景区的未来态度不一。

经营回龙饭店十多年的何广星相对看好,他希望景区的发展能够带动餐厅的生意。村民周女士持怀疑态度,"郭洞发展这么多年还是这样,以后能发展好吗?"相当一部分年纪较大的村民,对新村建设和收回经营管理权一事并不了解,仿佛村庄的未来已与他们无关。

刚刚退休的薛晓白表示,希望有了新村后,郭下不要把所有村民都迁出来。"从文保的角度来看,还是希望村里有人住的。"在他看来,只要把居住密度降下来就可以,古村落还是应该有人文的延续性。

朱连法时不时还会去趟郭洞,以专家的身份,而不是作为旅游局官员。他表示,旅游开发要因地制宜,并没有哪一种固定模式。比如乌镇,政府主导性比较强。兰溪诸葛村主要是村里管,当地曾有人想改变这个体制,但村里坚持下来,并且管得很成功。

"关键是村干部有没有管理能力,是不是打算用心去做。"朱连

郭下村村口，烧制竹筒饭的摊位。　蒋芷毓　图

法坦言，旅游这个行业，入行并不难，只要领头人用心，管理权回到村里还是好事。

何胜云 85 岁了，住在金华，对郭洞的下一步持谨慎态度。他表示，除了要找一个有知识、有眼光、懂旅游的人接手，同时还要政府牵头、成立相应的保护委员会。

关于保护委员会，《浙江省历史文化名城名镇名村保护条例》已有提及。该条例第四条显示，历史文化名城所在地城市、县人民政府应当成立保护委员会，历史文化街区、名镇、名村所在地城市、县级人民政府可以成立保护委员会。保护委员会由人民政府负责人、相关部门负责人以及有关专家和公众代表组成，负责研究历史文化名城、街区、名镇、名村保护和管理中的重大问题，协调和监督保护规划的实施等工作。

"要市场化运作，但也要有人把关。"在何胜云看来，郭洞应该在保护好的基础上,适当开发利用。如果不坚守保护为主的原则,很容易走上建设性的破坏之路。

曾经和陈志华、楼庆西一同考察郭洞的李秋香依然在继续着乡土建筑研究。她坦言,像郭洞这种情况的古村落还有很多。这些年,上面出台的政策非常好,到了下面就变味儿。"我们都很担忧,但是没办法。"李秋香这样表示。

作者手记

《古村落"郭洞"求变:门票收入下降六成,经营权欲第四次移交》是我们组最长的一篇稿子,几易其稿,李记者和组员们从选题、收集资料、采访到写稿都花费了大量心血,终稿长达 11 409 字。

我印象最深刻的是对何胜云老人的采访。85 岁的老人,作为郭洞古村旅游开发的元老,为其保护奔走 20 年,写下大量文字,言辞恳切令人动容。老人一刻不停述说 3 个小时,为现状痛心疾首。就是因为像何老这样的人存在,我们下笔时战战兢兢,只希望这篇长稿发出后能带来改变,为古村尽些微薄心意。

在这个过程中,我们和政府官员、无党派人士、博物馆馆长、村干部、普通村民等等打交道,去往偏远山村,走进历史悠久的古建筑,的确看到了一个未曾接触过的中国。我想我开始明白"力行在路上"的含义了。

——韩可欣

求解祁连山生态保护：
护林员断档，一站点 48 岁以上占 2/3

澎湃新闻记者　卢梦君
复旦大学学生　林芊蔚　韩晓蕾　施许可

（发表于 2016 年 7 月 26 日）

祁连山像是甘肃张掖的背景，山脉东西总长 800 公里，其中 650 公里在张掖市肃南裕固族自治县境内。

走出张掖甘州机场抬眼望去，蓝天的边际就是祁连山的轮廓。从机场前往城区的路上，视线中的山脉逐渐宽厚，有时能看见山尖上积雪银光一闪。再近一点，仰望时能看见森林和草原覆盖下雄壮连绵的轮廓。

这座河西走廊的"母亲山"，经历过远超其承受能力的开发和随之而来的生态破坏，目前正在朝好的方向改变。

2015 年 9 月，张掖市政府、甘肃省林业厅、甘肃祁连山国家级自然保护区管理局（以下简称"保护区管理局"）主要负责人因保护区生态环境问题被环保部和国家林业局约谈，问题聚焦于矿产资源开发活动明显、水电站设施建设繁多、旅游设施涉嫌未批先建等。

清查与整改随即展开。

近日，由澎湃新闻（www.thepaper.cn）和复旦大学新闻学院联合组成的"记录中国"报道团队走入甘肃祁连山自然保护区，走访保护区管理局负责人和一线保护站工作人员。

十八届五中全会上，"绿色"被明确为五大发展理念之一。越来越多的国人、管理者开始重视绿色、生态以及可持续发展。这对祁连山来说无疑是好事。

而自然保护区的生态环境要恢复健康的状态，依然还面临着生态保护与民生及经济发展的矛盾、管理体制不顺、管理能力较弱、护林员断档等多重待解难题。

从 2015 年开始，祁连山自然保护区内正在建设的、手续不全的项目被要求补办手续。图为马蹄寺景区内一处停建项目。　韩晓蕾、林芊蔚　图

"你愿意做护林员吗?"

冬天是祁连山最危险的季节。

由于干燥，森林防火丝毫不能松懈，积雪使得山里交通事故频发，一不留神就可能把车开下山崖，雪线下移的同时，野兽的活动范围也随之下移。山脚的商户、山间的牧民都回到山下的村镇上

过冬，但护林员仍要留守。

张天斌是马蹄自然保护站的站长，他告诉"记录中国"报道团队，冬天巡查时必须两人同行，他们往往一边走一边在森林里大吼，以震慑野狼。

马蹄自然保护站官网显示，保护站辖区总面积151万亩，在职员工61人。也就是说，如果将辖区面积分摊，每个人将看护约2.5万亩，即16平方千米，相当于36个天安门广场。

一到冬天，护林员几乎成为方圆万亩地里唯一的人迹。

1988年，甘肃省祁连山自然保护区成立，保护区管理局作为省林业厅派出机构专司管护职能。

像马蹄自然保护站这样的一线保护站总共有22个，由保护区管理局、所在地林业行政部门双重领导。祁连山原先的国有林场则加挂了"保护站"的牌子，形成"一套人马，两块牌子"的格局。此外，每个保护站下设数量不等的管护站。

祁连山保护区管理局党委书记裴雯告诉"记录中国"报道团队，平均每个管护站有3—5名护林员。按照规定，护林员每月巡山日期不得少于22天，换言之，护林员每月只能在家待上8天。每个人的休息时间可由站内自行协调决定，而每到春节，就是站长最为难的时候。

这些祁连山的护卫者，拥有专享祁连山腹地景致的便利，也面临着许多"不足为外人道"的窘境。

保护站为护林员配有防火摩托车和GPS定位系统，但由于缺乏野外生活的装备，护林员巡查只能当天往返，无法深入路程超过半天的林区。

张天斌指着远处一座山峰的顶端告诉"记录中国"报道团队，那也是马蹄管护站的辖区，但是他只能在当地牧民有事上山时随他们进入。

相对于保护站现有的落后的基础设施和人员装备,国家补助的资金显得十分不足。

裴雯坦承,少数管护站住的还是 20 世纪 80 年代的危房:不通水电,一年需要用车拉上两三车生活用水。

他还透露,国家发改委已经批准了保护站的基础设施建设项目,给每个管护站通水电道路,争取装上电视和网络。

在过去,国有林场属于企业化管理的国营事业单位,可以通过林业经营获得收入,上缴利税;加挂保护站的牌子后转变成为公益性质的事业单位,工作重点从经营变为保护,不能赚钱,但可以获得财政补助。

2015 年,中共中央、国务院印发《国有林场改革方案》,明确规定国有林场的主要职责是保护和培育森林资源,维护生态安全。用裴雯的话来说,就是"国家给钱,你就好好保护就行,再不用操心挣钱的事"。

事实上,虽然保护站职工全部属于编制内人员,但地方财政只承担一部分职工的固定工资,其余职工需要"自收自支",也就是靠国家的"天然林保护工程"等项目获得管护收入。

以马蹄保护站为例,在职员工 61 人,其中靠县财政发工资的职工 16 人,"自收自支"的职工 45 人。

由于工作艰苦、条件简陋、收入偏低等原因,保护站的护林员正面临着断档和老龄化的困境。

张天斌说自己每月收入三四千元。根据张掖市统计信息网的统计,2015 年张掖市人均年劳动报酬 48 577 元,每月平均达到 4 000 元。相比之下,年轻人更愿意选择到数十公里以外的张掖市区打工。

张天斌介绍说,马蹄保护站所有护林员年龄都在 35 岁以上,48 岁以上的更是占到了 2/3。为了弥补人员的不足,保护区采取

"社区共管"的方法，与一些当地牧民签订管护合同。

"换作是你，你愿意待在这吗?"张天斌和裴雯问了同样的问题。

保民生还是保生态

多年来，张天斌已经习惯了护林员职业的辛苦，但工作中还有别的事让他"矛盾得很、无奈得很"。

在面对地方政府为村庄铺设自来水管道或是修路的工程队时，他说自己内心常常感到矛盾。

"人家民生工程，老百姓通水通电，也是很大的事情。"他说，机器作业需要挖掉大片植被，对于林业部门，这是破坏生态的行为，必须阻止。

生态和民生成了鱼和熊掌，似乎难以兼得。张天斌亦没有结论，他只能上报上级部门，交给保护区管理局和地方政府协调解决。

在张天斌的工作经验里，协调过程中往往仍是以民生为重，生态环境只能在建成后适当恢复。

与生态保护相冲突的不仅是民生工程，还有旅游、采矿、畜牧等经济项目。

马蹄自然保护区与马蹄寺景区部分重合，辖区内常常需要建设旅游设施和景观建筑。

马蹄石窟的历史可追溯至晋代，是张掖由来已久的著名景点。马蹄寺景区在 2004 年被评为 4A 级景区，现在由马蹄寺文化旅游有限责任公司经营，张掖市旅游局直接管理。

虽然占用了保护区管辖范围内的林区，但保护区不能分得景区的旅游收益，也不能插手景区经营。

张天斌告诉"记录中国"报道团队,保护区内景点的施工需要拿到甘肃省政府或肃南县政府的有效批复,占地面积较大的则需要由省林业厅上报国家林业局批复。文件从甘肃到北京再回到山里,有时需要长达一年的时间。因此,保护区里常常出现未批先建的施工项目。

保护站的职责就是"摁住"这些违规项目。但是批复文件下来了,他也只能看着施工队砍树挖地,大建寺庙招揽游客。

张天斌说,偶尔也会有当地牧民在自家牧场上开发农家乐等小型旅游项目,"理论上是不允许的",但这能给农牧民增加收入。

裴雯表示,保护区要对生态脆弱区域实行减畜或禁牧,需要按照土地面积给予牧民补助,要求一些矿产、旅游项目退出保护区时,也需要国家的经费补偿经营者和职工的经济损失。

这意味着,在等待生态效益逐步显现的过程中,生态补偿将悉

马蹄寺景区的标志性石窟。 韩晓蕾、林芊蔚 图

数由国家财政负责。

清查和整改

十几年前,打击盗伐、盗猎是保护区的主要工作。当地居民盗伐的主要目的,是建造房屋,但是随着铝合金等木材替代品的出现,对于大型木料的需求越来越少。

张天斌向"记录中国"报道团队回忆,从前打击林业违法的时候,当地居民会产生抵触情绪,不明白为什么"要管着我们",有时护林员甚至要通过打架来制止他们的违法行为。但在多年的大力宣传下,牧民们也逐渐感受到"保护好山水,是为了自己的子孙后代"。

河西学院农业与生物技术学院副院长孔东升认为,在经济、民生与生态保护发生冲突的时候,一定是倾向于生态的,"在这个问题上,政府的脑子是清楚的"。

裴雯认同这个说法。他表示,现在保护区的工作重点已经从打击违法犯罪变成了科研。但他同时认为,政府环保意识的提高是在近几年经济发展以后才出现的现象。人们生活水平提高了,才更多地考虑生态效益。

可以看到的是,越来越多的国人开始认同"绿色 GDP"。

2015 年 8 月,中共中央办公厅、国务院办公厅发布《党政领导干部生态环境损害责任追究办法(试行)》,明确规定相关地方党委和政府主要领导成员需要被追责的情形。并明确说明,对生态严重破坏负有责任的干部不得提拔使用或转任重要职务。

这些情形包括贯彻落实中央关于生态文明建设的决策部署不力,致使本地区生态环境和资源问题突出或者任期内生态环境状况明显恶化;地方决策与生态环境和资源方面政策、法律法规相违背；地区和部门之间在生态环境和资源保护协作方面推诿扯皮，主要领导成员不担当、不作为，造成严重后果等，直指生态保护的核心问题。

2015 年 9 月，张掖市政府、甘肃省林业厅、保护区管理局因祁连山生态破坏问题被环保部和国家林业局约谈，问题聚焦于保护区内矿产资源过度开发、水电站建设过多以及旅游设施未批先建。

约谈过后，张掖市迅速组织发改、国土、环保、水务、林业及保护区管理局 5 个核查组，对保护区进行清查。

2015 年 12 月，张掖市环保局相继印发了祁连山国家级自然保护区张掖段"水电建设项目区"和"旅游开发项目区"生态恢复治理工作实施方案。2016 年 2 月，保护区管理局在官网上公布了整改任务落实情况汇报。

远在山中的张天斌能感受到国家坚决的态度。他说，2015 年

马蹄寺景区内的游客骑马项目。　韩晓蕾、林芊蔚　图

开始，对于造成生态破坏的建设项目，国家的态度是"零容忍"。

在基层，他们能做的只有加大宣传、严格执法。从 2015 年开始，正在建设的项目被要求补办手续，新的项目则"一律不得进入"。

理顺管理体制，提升管理能力

2015 年 9 月，新华社记者黄文新在探访祁连山生态之后，在记者手记中将问题概括为"各种利益的交织，历史沿袭的旧账"。

过去建设的生产项目成了令治理者头疼的问题。保护区管理局在 2016 年 2 月发布的"关于环保部、国家林业局《约谈纪要》整治任务落实情况的汇报"中谈到了这一点。

1997 年颁布的《祁连山自然保护区管理条例》将祁连山分为核心区、实验区和经营区，规定实验区内经保护区管理局批准，可以进行地质勘测、旅游等活动；经营区内在不破坏植被的前提下，可以开展多种生产经营活动。因此，经营区内形成了大量矿山、道路、耕地、景区、水电等设施，也一直存在放牧、旅游、水电和探矿等生产活动。

2014 年保护区范围调整时，未能将一些村镇、矿区、水电站、主干道路划出保护区区域，这便与现在"零容忍"的要求相矛盾。

汇报文件称："有些建设项目投资大，效益高，是当地政府财政收入的主要来源，在国家转移支付较少、生态补偿不到位的情况下，近期全部关停退出有一定难度。"

与此同时，祁连山自然保护区管理机构面临管理机制不顺、管理能力相对较弱的问题。

2015 年 10 月，甘肃省政府法制办等单位拟定了《甘肃祁连山国家级自然保护区管理条例（修订草案送审稿）》，向社会各界征求意见。

修订说明称,目前保护区的22个基层保护站只加挂了保护区管理站的牌子,至今没有经编制部门批准,管理体制不顺。因此,应理顺保护区管理体制,取消国有林场建制,统称为自然保护站,由保护区管理局统一按照自然保护区法规管理,避免多头管理。

修订草案送审稿还明确了禁止在保护区内开展采石、开矿、挖沙、取土等不符合主体功能定位的各类开发活动,同时保护区内旅游业务由自然保护区管理机构统一管理,所得收入用于自然保护区的建设和保护事业。

2015年12月,保护区管理局印发了《甘肃祁连山国家级自然保护区管理能力提升工程实施方案》,提出了打造"数字祁连山"一个工作新亮点,实施好科学化和规范化两项管理,全面推进项目争取和建设、主要保护对象监测保护和社区共建三项重点工作。

方案还规定了每一条措施的负责人和验收日期,旨在从内部提升管理能力。裴雯相信,在种种举措下,保护区的队伍素质、科研能力、基础设施都会不断提升。

在张掖市的保护区管理局内,有一个祁连山自然保护区展览馆,上到二楼,大幅的祁连山贴画铺满了整面墙,延伸到地面。

"蓝天、白云、雪山、森林、草原,再下面就是,美丽富饶的河西走廊。"裴雯说,"这就是我们想要实现的壮丽图景。"

作者手记

发展、保护、贫困、匮乏、传承,中国社会有着广阔而复杂的现实,它们就像地下水一样,我们在张掖只稍微挖掘,就在眼前奔流开来。许多人对记者的想象都是用文章揭露社会暗面,拯救困难中的人们，殊不知一篇文章一次采访正如精卫衔的一颗小石子，只能在大海上激起一点微不足道的波澜，然后沉没。只有在天神的帮助下，大海才能被填平——然而精卫很多，哪来这么多天神呢？

我常常想，如果我不是学了新闻，如果我不是参加了这次采访，我和这些人——上千公里外的自然保护站站长、生态保护教授、管理局书记——可能一生不会有任何交集，我也不会知道在祁连山脚下他们过着怎样的生活。

而当我坐在祁连山下的藏民饭店里，听着站长说他在大雪覆盖下的祁连山上且行且啸的故事，我还是会觉得：

学新闻真是值啊。

——林芊蔚

甘肃山丹县两年减少万余名贫困人口，"能人帮扶"起了大作用

澎湃新闻记者　卢梦君　　复旦大学学生　董子豪

（发表于 2016 年 7 月 31 日）

作为甘肃省 18 个严重干旱缺水县之一，甘肃省张掖市山丹县面临的脱贫压力着实不小。

地处河西走廊中部的山丹县，总人口 20.69 万人，人均水资源占有量不足 600 立方米。

"自然条件较差、气候灾害频发，增收渠道狭窄、公共服务落后，因灾、因病（致贫）现象时有发生。"山丹县政府如此形容辖内 13 个省列重点贫困村。

这些贫困村大部分地处祁连山浅山区，是山丹县精准扶贫精准脱贫的主战场和攻坚区。

近日，由澎湃新闻（www.thepaper.cn）和复旦大学新闻学院联合组成的"记录中国"报道团队在山丹县位奇镇和李桥乡采访两日，了解当地贫困家庭情况和政府精准扶贫工作。

实施精准扶贫精准脱贫战略，是党的十八大以后对扶贫开发作出的重大战略调整。精准扶贫的目标是到 2020 年，我国现行标准下农村贫困人口实现脱贫，贫困县全部摘帽，解决区域性整体贫困。

"记录中国"报道团队在采访中发现，能人帮扶是山丹县精准扶贫工作的一大重点。

2015 年，山丹县制定出台了《山丹县能人助推精准扶贫行动

实施方案》，逐步形成了"创业能人＋贫困户""合作组织＋贫困户"
"公司企业＋贫困户""政策平台＋贫困户""骨干人才＋贫困户"
"能人班子＋贫困户"的"6＋1"能人带动扶贫模式。

2015 年底，山丹县贫困人口由 2013 年的 14 200 人减少到 973
人，贫困发生率下降至 0.64%；13 个重点贫困村建档立卡扶贫对
象由 2013 年的 1 276 户 4 263 人，减少到 2015 年的 102 户 265 人；
贫困人口人均可支配收入达 5 810 元。

山丹县当地不少耕地因干旱都无法种植作物。　张烨媛　图

李桥乡：引荐 43 人随致富能人赴异地务工

用当地干部的话来说，能人是有技术、有闯劲、懂经营的行家
里手。

李桥乡河湾村村民李长平父母年老体弱，他 30 多岁了还没成

家,全家收入靠仅有的 4 亩耕地维持。

精准扶贫工作开展以来,驻村工作队反复研究,引荐李长平和能人李长才签订帮扶协议,让他随李长才建筑工程队赴新疆淖毛湖务工。

在工程队,李长平每天的工钱有 200 多元。与之相比,留在山丹当地务农,每亩地的纯收入只有 300 元左右,个别干旱缺水的土地只能达到每亩一两百元。

山丹县品玉综合养殖有限公司是李桥乡龙头企业,这家企业的负责人张志品同时也是上寨村党支部书记。

张志品主动以"投母还犊"方式带动附近农户致富,开创出公司投放、农户养殖、订单收购的"公司＋贫困户"新模式,还在公司实行贫困户优先进企业务工等措施。

上寨村贫困户赵广元就在张志品的公司打工。赵广元表示,

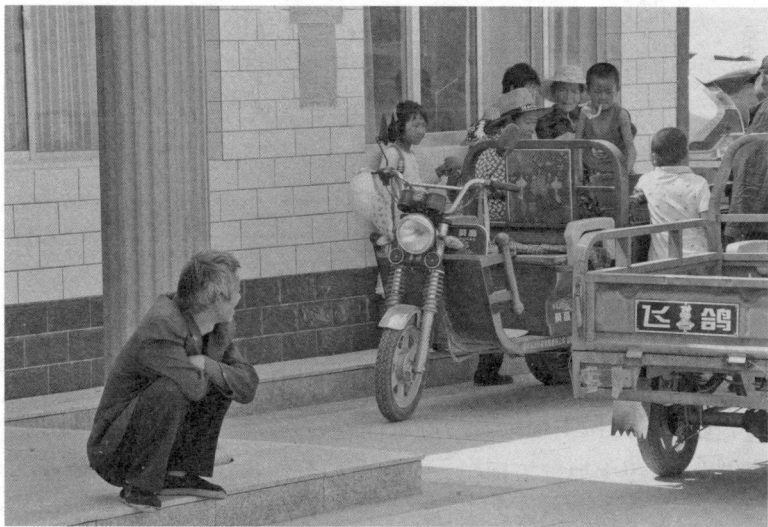

能人帮扶是山丹县精准扶贫工作的一大重点。　董子豪　图

自己除了每月能收入 2 000 元左右，"还能学到养殖技术"。

据政府介绍，李桥乡引导贫困户与致富能人对接，通过能人组织劳务输出、与能人签订《帮扶协议》等多种形式，使得许多缺乏技术、有发展能力的贫困户，找到了脱贫致富的出路。

截至目前，李桥乡 71 户精准扶贫户中，已有 17 户 43 人通过引荐随致富能人赴异地务工；有 9 户 19 人通过与能人签订《帮扶协议》，开展结对帮扶。

位奇镇：133 名致富能人结对 416 户贫困户

整个山丹县位奇镇，共有 133 名致富能人参与到精准扶贫工作中，他们与镇上的 416 户贫困户结成帮扶对子。

位奇镇侯山村的田晶在 2013 年初回乡创业，投资 50 多万元，建成"夕阳红"创业基地，发展养鸡产业。

为了发展好养殖业，田晶吸纳本村 10 名留守老人，管吃管住，每人每年还发工资 1 万元，并定期免费组织体检。

20 世纪 60 年代起，汪庄村很多年轻人在附近"下窑"挖煤，赚取工分和报酬。到了 90 年代，煤窑逐渐关闭，但经年累月的"下窑"给当年的这些年轻人留下了顽疾。吴登第便是其中之一。

吴登第常年有气喘、咳嗽的病症，2011 年查出了肺结核，无法从事重体力活。

汪庄村驻村干部宋福超告诉"记录中国"报道团队，2016 年安排吴登第到能人蒋华承包的土地上采摘枸杞，帮助他增加收入。

靠在外地做工程致富的蒋华，2014 年在精准扶贫的号召下回乡创业，承包土地种植枸杞、西瓜、蘑菇等作物，吸纳贫困户就业。

"如果市场风险波动大，我一个人承担（风险），效益好的时候大家共同致富就行了。"蒋华说。

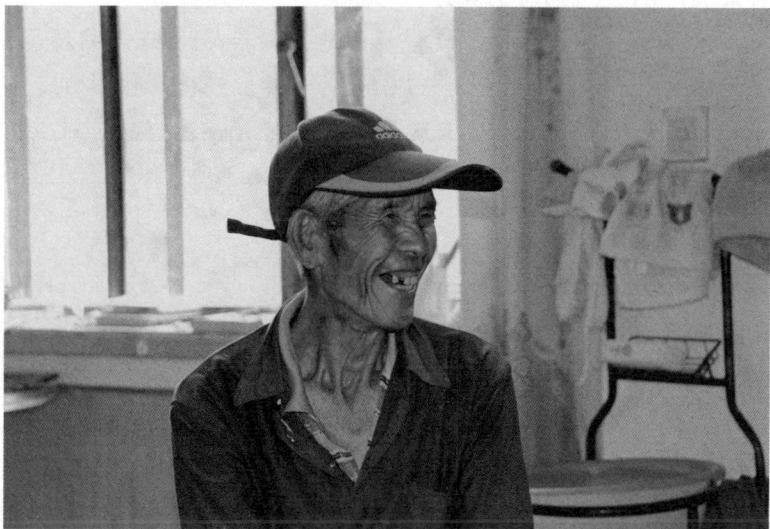

吴登第在窑下挖煤 30 余年,2011 年被查出肺结核。　张烨媛　图

　　宋福超向"记录中国"报道团队介绍,蒋华经常与驻村帮扶工作队干部商讨产业发展相关事宜,并多次随同到周边市、县、乡考察种植业,为自己以后的创业开阔眼界。

　　2016 年,蒋华的产业已初具雏形。"只要有劳力的(贫困户)都能吸纳进来。"宋福超说。

作者手记

　　此行下来,我有两个很深的感触。一个是每个家庭致贫的原因各有不同,在我们走访的几个村,贫困户家家都有本难念的经,如果说干旱的自然环境是客观因素,那么疾病、上学、结婚,则雪上加霜地加重了家庭负担。另外一个就是,精准扶贫这一政策还是相当有必要和有效的,针对各个贫困户的实际情况有针对性地进行帮扶，而不是开同样的药方。比如针对家有年轻劳力的家庭介绍工作，针对家有老人的家庭送牲畜进行饲养，针对家有残疾、病患的家庭给予医疗补贴和定点服务，针对不宜种植农作物的土地进行绵羊的圈养等，短短几天的采访下来，也确实能够感受到政府在这方面的努力。

——董子豪

张掖农村婚恋调查：
有的一家仨光棍，还有人结婚一年媳妇跑了

澎湃新闻记者　卢梦君
复旦大学学生　施许可　董子豪　张烨媛

（发表于 2016 年 7 月 28 日）

　　李卫国（化名）没想到，花了 40 多万给大儿子娶回来的媳妇，就这么跑了。

　　这个 53 岁的西北农村老汉皮肤黝黑皱纹深嵌。他和老伴带着小孙子生活在甘肃省张掖市山丹县李桥乡，大儿子如今只身去新疆打工，小儿子刚刚从大专院校毕业。

　　"还欠着 30 万的债，走一步算一步吧。"他说。

　　当所谓的"剩男""剩女"成为舆论场高频词汇的时候，中国农村或许在经历更严重的光棍危机。

　　武汉大学社会学系副教授刘燕舞在 2011 年的研究论文中指出，（中国农村）光棍率在 20 世纪 70 年代至 80 年代中期变化较为平缓，自 80 年代中后期至今，则逐渐加剧上升。

　　"经济因素对光棍的形成越来越成为最重要的直接原因，然而，其背后的机制则主要是通过将婚姻变成一种高消费而得以实现。"刘燕舞写道。

　　2016 年 7 月，澎湃新闻和复旦大学新闻学院联合组成的"记录中国"报道团队在张掖市山丹县位奇镇和李桥乡采访发现，男性婚恋难成为采访中难以回避的话题。

不吃不喝攒六年

李卫国清楚地记得，为了给大儿子娶媳妇，他曾购买了县城一套 30 万左右的房产、一辆 20 万左右用以跑运输的大卡车，还花了 12 万元彩礼以及各种仪式的开销。

这个程度的开销在当地农村是娶媳妇的"标配"。

李桥乡党委副书记徐成林向"记录中国"报道团队描述，当地娶媳妇讲究"一动不动"，"一动"即一辆车，"不动"即县城一套商品房，而不出彩礼就讨不到媳妇。

他算了一笔账：按照山丹县目前每平方米三四千元的市价，一套商品房要花费 30 万元左右，加上装修、购置家具，总计 40 万元。再加上一辆车和至少 10 万元的彩礼，娶个媳妇至少要花费 60 万元。

"一家两口靠手艺在外面打工的话，一年赚 10 万，不吃不喝得 6 年。这几年劳务市场不景气，好多项目不开工，赚不来（这么多）钱。没手艺的更赚不了这么多。"徐成林说。

靠着贷款加借钱，李卫国在 2009 年完成了大儿子的婚事。

2010 年，跑运输的大儿子赔了钱。儿媳妇说了一句"回娘家过正月十五"，便再也没有回来。

李卫国还跑去隔壁镇子，找到儿媳妇的娘家打听，得到的说法是"出去打工了"。

之后，李卫国把县城的房子卖了，但"赔了钱"；贷款还不上，大卡车就被抵押去了。30 岁的大儿子跑去新疆打工，他的小孙子从小喝奶粉长大，如果想妈妈了就"哄着"。

李卫国已无力再考虑两个儿子的婚姻问题：这是大儿子自己的事，小儿子也要先找到工作再说。

"账太多，顾不上了。"他说。

女孩不愁嫁

人口性别结构失衡,再加上经济因素的搅动,农村光棍逐渐聚集在贫困和弱势群体中。

山丹县位奇镇的孙法生(化名)只有 56 岁,脑溢血后基本失去了劳动能力,是村里的贫困户。

到孙法生家里采访的时候,他聊起了小儿子的事。

2010 年,孙家花了 11 万余元在村里新砌了住处,一个小院子,里头几间平房,简单装修、外墙贴着白瓷砖。除了盖新房,孙家还筹了 10 万元的彩礼钱准备给小儿子娶媳妇。对于年收入不到万元的孙家来说,已经是巨额的投入。然而,这场婚姻最终不了了

孙法生在 2010 年为小儿子的婚礼新盖了住房,但婚没结成。　　卢梦君　图

之——原因是孙家"没有楼房"，意即没能在县城买一套商品房，没达到"一动不动"的标配。

如今，孙法生和老伴只能为年近 30 岁的小儿子发愁。在孙法生看来，借了钱能娶到儿媳妇也算很有本事了，毕竟有钱娶不到儿媳妇也是常有的事。

徐成林向"记录中国"报道团队介绍，在李桥乡有一家三个光棍的：爹是光棍，因为媳妇死得早，两个儿子也是光棍。

"有时候，有了钱也不一定找到媳妇。一看经济基础，二看家里情况，像那种情况：家里穷，一群光棍，肯定生活负担重一点。女方也要挑的。"徐成林说。在 2016 年初，《中国青年报》的一组专题报道曾引述了西安交通大学人口与发展研究所教授李树茁等人的研究结果。

李树茁等人根据几次全国人口普查的数据，以 20 世纪 80 年代初我国的出生人口性别比为参照，对我国 1980 年到 2010 年间出生人口的性别情况进行分析，推算出这 30 年间我国出生的男性为 2.9 亿人，女性为 2.54 亿人，男性比女性多出大约 3 600 万。

他们给出的结论是，由于 20 世纪 80 年代开始的市场化、城市化和计划生育政策的复合影响，中国人口性别结构已整体失衡。

"20 世纪 80 年代后出生的男性中，将有 10% 至 15% 的人找不到或不能如期找到配偶。考虑到边远地区是婚姻挤压的最后一级，农村失婚青年的比例要高得多。"李树茁说。

用徐成林更接地气的说法就是，"这个地方一过 25 岁都成大龄青年了，男女都一样"，但是"女孩不愁嫁"。

流失的农村女青年

为了帮助脱贫，一些乡镇将"劳动力输转"作为主要手段之一，而劳动力输转也在加速农村的婚恋难问题。

　　因为干旱缺水、粮食价格下降等原因,山丹县部分农村农民种地收入单薄,每亩地一年的纯收入仅有 300 元左右。根据政府信息,整个山丹县 13 个贫困村 2015 年输转贫困户劳动力 4 300 人。

缺水问题困扰着山丹县的绝大部分农村。　　张烨媛　图

　　以位奇镇为例,镇上的两个贫困村新开村、王庄村 2015 年分别组织劳务输出 1 000 人次,而两个村的总人口分别是 694 户 2 774 人和 418 户 1 739 人。

　　当地干部在受访时还谈到了农村光棍增加的另一原因:外出打工的男青年因为房子、收入等现实问题很难在城里找到对象,与之相较,外出打工的女青年则更容易在城市里解决恋爱婚姻问题。

　　为此,当地农村男青年不得不提前谈婚论嫁的时间,同时将自己的目标锁定为十八九岁的女青年,要在她们出去打工前就把人"圈住",把婚事定下来。

　　刘燕舞根据自己在全国十余省市农村的调查,从光棍问题最严重、一般化、不太严重三种地区的情况推算，全国农村 30 岁以上的所有未婚男子大约在 2 000 万左右。

《新华每日电讯》2016 年 2 月刊载的一篇评论文章称，在个体无力解决剩男婚姻问题的情况下，从各级政府到社会组织都应该伸出援手。因为农村剩男不仅是剩男的个体危机，甚至是一种农村危机，而且还有可能影响到城市发展。

"如果在精准扶贫中把贫困农村剩男列为重点扶贫对象，通过教育培训等手段提高农村贫困剩男的谋生及致富能力，无疑是给他们加分，方便早日成家。再比如，近年来农村女孩纷纷外出打工，也造成农村剩男增多，如果向劳动力输入比较集中的地区定点输入农村剩男，既能增加他们收入也能让他们多认识女性。"上述评论文章称。

作者手记

我们一行四人去了李桥镇的河湾村和金寨村走访，在村委领导的指引下，走访了四户贫困农家，并且在路上巧遇一位因儿媳妇突然离家出走，致使家庭崩溃的老人，他还带着刚刚放学的孙子，孙子的学费和生活费全都是靠儿子打工的工资和政府的补贴。了解到因婚致贫、因学致贫的案例，所以对张掖的扶贫状况有了大致了解。

——施许可

安徽金寨红色教育提速：
以井冈山为标杆，争取全国"有位子"

澎湃新闻记者　程真
复旦大学新闻学院学生　吴畅雪　郭孜
（发表于 2016 年 8 月 30 日）

"中国革命的重要策源地，人民军队的重要发源地。"

这是 2016 年 4 月，中共中央总书记、国家主席、中央军委主席习近平调研安徽省六安市金寨县时，对金寨为中国革命所做历史贡献的权威定性。

被誉为"红军的摇篮、将军的故乡"的金寨县位于安徽省西部，地处大别山腹地，系鄂豫皖革命根据地中心区域。金寨是全国著名的革命老区县、中国工农红军第一县、全国第二将军县。

2016 年暑期，由澎湃新闻（www.thepaper.cn）和复旦大学新闻学院联合组成的"记录中国"报道团队走进金寨，了解到该县以安徽金寨干部学院为依托打造的红色革命传统教育，正处于以井冈山为标杆、快速发展的阶段。

三个"十万"

从县名来看，金寨县就可谓中国革命的产物。

1932 年 9 月，在红军第四次反"围剿"中，国民党军卫立煌部进占金家寨，划安徽、河南和湖北三省交界部分边区，始设县治，称"立煌县"。1947 年刘邓大军挺进大别山，9 月上旬建立民主政府，更名为金寨县。

此前的土地革命时期，金寨境内相继爆发了立夏节起义（又称商南起义）和六霍起义，先后组建了 11 支成建制的主力红军队伍。一个县诞生 3 个层次、11 支成师建制的红军队伍，这在中国人民军队的发展史乃至世界军事史上都是少见的。

据金寨县政府官网介绍，在全国 4 支长征队伍中，有 2 支（红 25 军和红四方面军）直接诞生、主要发源于金寨。当前解放军陆军的 18 个集团军中，至少有 6 个集团军（第 12、13、16、21、38、39 集团军）和金寨红军有渊源与血脉关系。

历史上，金寨县为共和国培育了 59 位开国将军、600 多位地师级以上领导干部。全县先后有 10 万英雄儿女参军参战，绝大多数血洒疆场、为国捐躯，每 2.5 个金寨人就有 1 人牺牲，约占全国烈士总数的 1/100。

新中国成立后，为治理淮河，国家在金寨境内修建了梅山、响洪甸两大水库，库容量近 50 亿立方米。建库时，淹没良田 10 万亩、经济林 14 万亩、经济重镇 3 个（包括金寨老县城在内的金家寨、麻埠、流波），移民 10 万人。金寨人民为了中国革命、建设和发展奉献了三个"十万"（10 万英雄儿女、10 万亩良田、10 万移民）。

但是，因苦于没有明确的历史定位，一直以来，对中国革命事业贡献巨大的金寨县显得"默默无闻"。

直到 2016 年 4 月 24 日，习近平来到老区金寨调研。

"烽火岁月，金寨人民以大无畏的牺牲精神，为中国革命事业建立了彪炳史册的功勋。"金寨县政府官网指出，这是习近平总书记对金寨人民为中国革命的贡献给予的高度评价，对金寨在中国革命历史中的地位作出的精准定位。

红色传承

习近平在调研期间指示,要加强革命传统教育,沿着革命前辈的足迹继续前行,把红色江山世世代代传下去。

"作为金寨人,不做这个事,对不起脚下的红土地。"在谈到金寨的革命传统教育时,金寨县委党校副校长李业坤向"记录中国"报道团队表达了自己的心情。

安徽金寨干部学院是金寨开展革命传统教育的重要基地。习近平调研金寨期间,吃住全部在这所学院,下榻在学院的 208 房间。

据李业坤介绍,金寨县有系统地规划革命传统教育是 2010 年才开始的,有组织地开展革命传统教育则是在 2011 年 3 月底。起步虽然晚,但安徽省委、六安市委领导非常重视红色教育这项工作,因此这项工作发展得很快。

2015 年 10 月,安徽省委组织部依托金寨县委党校建设了安徽金寨干部学院。学院加挂中共六安市委党校金寨分校、六安市干部教育学院、中共金寨县委党校等牌子,是中组部 76 个重要党性教育基地之一,现已成为中国社会科学院、国防大学、西安政治学院、中共安徽省委党校、安徽省军区、海军指挥学院、南京政治学院、陆军指挥学院、空军指挥学院、火箭军指挥学院等单位的党性教育基地、革命传统教育基地和国防教育基地。

安徽金寨干部学院校园占地面积 258 亩,建筑面积近 3 万平方米。学院可以一次性接待教室培训 1 500 余人,餐饮 800 人,住宿 360 人。

"习总书记来了金寨之后,确实给我们带来了品牌效应。"李业坤介绍道,习总书记来到金寨之后,安徽金寨干部学院的接待人数由月均 1 000 人达到了月均 3 000 多人。加上全国正在开展"两学一做"学习活动，学院迎来党员干部培训的一个高峰，2016 年 1—7 月，学院、党校已培训 128 期、9 400 余人次。"学院、党校目前处于超负荷运转之中，9 月份的培训接待都已经预约完毕。"

特色立院

作为革命老区，金寨县红色历史厚重。李业坤指出，开展革命传统教育的目的就是让"我们脚下的红土地增辉，让新时期革命老区的党旗大放异彩"。

安徽金寨干部学院坚持"特色立院"，结合金寨特有的红色资源，走金寨自己的路子。

在教学内容上，学院充分挖掘金寨红色资源，围绕党性教育，开发了《弘扬大别山精神，加快老区发展》《鄂豫皖革命根据地的光辉历程》《大力弘扬大别山精神，加强干部党性教育》《大别山红军与长征精神》《金寨抗战与抗战精神研究》等特色课程。

习近平来金寨调研时，参观了红军广场、革命烈士纪念塔、红军纪念堂、金寨县革命博物馆等地，这些红色景点同样是学院干部培训的现场教学基地。

此外，学院现场教学基地还囊括了金寨县一系列著名景点，包括红军墓园、梅山水库、红石嘴大坝、县光伏产业园、立夏节起义旧址南溪镇丁埠大王庙、红 32 师成立旧址斑竹园朱氏祠、天堂寨刘邓大军千里挺进大别山前方指挥部、红军遗址园等。"现场教学，给大家一种直观的感受，感性认识更强一点。"李业坤解释道。

为了达到更好的现场教学效果，金寨改造扩建了金寨县革命烈士陵园、金寨县革命博物馆，维护维修国家、省、市三级革命遗址 45 处，布展开发了立夏节起义旧址大王庙、红 32 师成立旧址朱氏祠、豫东南道委旧址接善寺等纪念场馆 10 余处。在鄂豫皖革命纪念园异地兴建了抗战时期安徽省政府、红 25 军军政机构旧址等,将金寨丰富的红色资源优势转化为革命传统教育的培训资源优势。为了把分散各处的红色景点串联起来,金寨还兴建了登山健身步道。步道设计总长 600 公里,融入金寨县丰富的绿色旅游、红色革命、人文等资源要素,把全县范围内的红色人文景点、蓝色水区景点、绿色自然景点串联起来。这种设计,既能满足作为干部培训现场教学基地的需要,又满足了游客参观红色景点、欣赏自然风光的需要。

在教学模式上,安徽金寨干部学院探索出"红色＋X"教育模式。红色是主色调,X 则是特色和亮点,即以红色党性教育为主题,结合金寨基层党组织建设、美丽乡村建设、生态环境保护、现代农业等工作亮点,开展现场调研教育。简而言之,就是因材施教。"举个例子,如果是农村基层党组织过来培训,我们就带他参观山区现代农业。"李业坤指出。

目前,安徽金寨干部学院已初步形成了一支专尖结合的师资队伍。学院以县内教员为主,再从基层干部、教师中选拔一些口才好、应对能力强、适合干革命传统教育的人士担任党校教员。为充实自己的师资库,安徽金寨干部学院向社会招考本科生、硕士生、博士生,也外聘领导专家。近期,学院就特聘了 9 位中国社会科学院马克思主义研究院专家为兼职教授。

打造多样化师资库,目的是为了符合干部培训的差异化需求。"你要高端的,有高端的;你要土的也有土专家,老百姓、村干部直接走入课堂,进行访谈式教学。"李业坤介绍道。

对标井冈山

除了挖掘自身资源,安徽金寨干部学院也注重学习国内其他红色教育和干部培训基地的做法与经验，特别是跟金寨县条件相似的江西省井冈山市。

安徽金寨干部学院简介称，学院和中国井冈山干部学院建立了广泛的交流合作关系。

井冈山根据地是中国第一块革命根据地，是中国革命的摇篮，"中国革命名山"的地位不可撼动。中国井冈山干部学院为国家财政全额拨款的中央直属事业单位，由中央组织部直接管理，江西省委协助管理，中央政治局委员、中央书记处书记、中组部部长赵乐际兼任学院理事会理事长、学院院长，级别远高于安徽省委组织部管理的安徽金寨干部学院。

同井冈山类似，金寨县也是著名革命根据地——鄂豫皖根据地的所在地，同样地处革命名山——大别山的腹地。正因如此，金寨或多或少地把井冈山当作自己的标杆。

事实上，金寨与井冈山的合作已有一段时间。金寨县委及金寨县委党校领导班子都曾"上井冈山取过经"，井冈山干部学院也同样派人来金寨考察过红色资源，两者关系比较密切。

"我个人就两次上过井冈山。"李业坤向"记录中国"报道团队介绍起自己的经验。

2010年，他就去过中国井冈山干部学院，主要是交流、座谈，并去现场教学基地考察。在井冈山，他初步研究出了两个红色培训"菜单"：《鄂豫皖革命根据地的光辉历程》和《金寨精神与领导干部作风建设》，还摸排了几个现场教学点，准备回来布展。

2013年，他第二次上井冈山，考察井冈山干部教育学院，主要学习教学管理经验，包括费用收取、组织结构等。

井冈山干部教育学院是中共井冈山市委直属事业单位，是对外开展党性教育和红色培训的专门机构。

对于井冈山，金寨确实是虚心请教，"请来了"现场教学、体验式教学、社会实践教学、专题教学、研讨式教学等多种教学形式。

中国井冈山干部学院有一项课程叫"走村入户",让学员进村入户调查,直接走进老百姓家里,与农民同吃同住同劳动,深入了解群众实际、群众所需和群众所盼。安徽金寨干部学院则开展了"三同(吃、住、劳动)三体察(党情、国情、民情)"社会实践活动。

井冈山干部教育学院设置有"11 个一"课程,包括:穿一套红军服,吃一顿红军饭,唱一首红军歌,走一段朱、毛红军挑粮小道,听一堂井冈山革命斗争史,访一位老红军后代,进行一次社会实践调查,重温一次入党誓词,过一次组织生活,开展一次红军体验教育,观看一场大型实景演出《井冈山》。

安徽金寨干部学院也实行了党性教育"11 个一"活动,即:每天叠一次被子,跑 2.5 公里早操,交一篇小楷书法,集中看一次新闻联播,课前进行一次演讲,一周读一本红色书籍,每人交一篇学习心得,每期重走一次红军路,集体重温一次入党誓词,每人写一篇调研报告,开展一次文体活动。

不过,在向井冈山取经的过程中,金寨也发现了一些难题。

李业坤在《关于赴井冈山干部教育学院的学习考察报告》中提到,中国井冈山干部学院、井冈山干部教育学院与江西干部学院三者既有分工又有合作。中国井冈山干部学院主要培训中组部调学对象;江西干部学院主要负责江西省委组织部调学对象;井冈山干部教育学院主要承担其他干部培训,定位为进行革命传统教育和国情教育的基地。

相比较而言,金寨县却只有安徽金寨干部学院这一家在支撑。随着培训人员越来越多,学院已经在超负荷运转,至 2016 年 7 月底,已接待了 9 400 余人次,且社会办学占多数。而中国井冈山干部学院一年只接待 10 000 人,其中中组部调学干部 6 000 人、社会教学 4 000 人。

井冈山干部教育学院建有课程挖掘、人员管理、培训运作等一整套灵活机制。他们依托中国井冈山干部学院、中央党校、江西省委党校、井冈山大学等师资力量，培养了一批专职的现场教学老师，并聘请当地党史专家和革命先烈后代，形成了一支力量雄厚、年轻有活力、素质高强的师资队伍。在推广联络方面，该学院把全国分为北京、上海、广东、江西四大片，分别确定专人进行推广。

安徽金寨干部学院的定位是"立足全省、面向全国"，但由于知名度还不够高，推广联络方面仍是短板。在学院超负荷运转的情况下，管理体制机制创新和师资人才引进也是当务之急。

"我们肯定走井冈山干部培训的路子，但也要有自己的特色。"谈到未来的规划，李业坤指出，"我们的目标就是全省一流，全国'有位子'。我们会吸纳延安、临沂等地的一些好做法，打造大别山金寨的模式。"

作者手记

每个人都有自己的想法，接触真实也许是调研、采访最令人好奇的地方。习大大来访金寨，不少出租车司机点赞，因为这给金寨带来了如织的游人。前段时间长源村的村民打电话给我，说洪水冲垮的道路还没有通，问我能不能跟县里的领导说说，可我实在没有这个能力帮忙解决。那种爱莫能助的感觉至今犹在，也愈发觉得自己幽微渺茫。作为记者，我们能做的事实在太少，唯有一支笔，书写出那些被掩盖的、忽略的情绪、症结，从中自省，也为这个社会的自省提供一些素材吧。

——郭孜

安徽灵璧营销"霸王别姬"搞旅游脱贫，虞姬文化园被寄予厚望

澎湃新闻记者　程真
复旦大学新闻学院　付怡雪　王梦卉　方芷萱　王宇
华东师范大学　范文韬
（发表于 2016 年 7 月 20 日）

　　从 2007 年调任县文化旅游局局长开始，53 岁的安徽宿州灵璧县文广新局现任局长王从效就执着地推广"虞姬文化"。

　　他甚至提出"灵璧是一座'撬动中国历史的小城'"的概念。

　　王从效认为，垓下之战，固然可被视作项羽的"东方滑铁卢"，但也同时"开启了汉王朝气势磅礴的宏伟篇章，让辉煌的汉文化光耀于全世界"。齐眉山之战（1399 年，明燕王朱棣在灵璧西南娄子镇打败建文帝，一举扭转战局），改变了明王朝的命运和权力格局，并奠定了北京作为都城的政治基础。

　　在王从效看来，灵璧作为一座小城，在这里发生的两大战役"改变了中国历史的发展进程，于无意中上演着地域经济文化的兴衰沉浮，甚至成为撬动某一时期历史演进车轮的重要支点"。灵璧也因此成为"汉兴之源""明盛之地"。

　　历史风云过后，小城开始变得很沉静。7 月 3 日至 7 日，由澎湃新闻（www.thepaper.cn）和复旦大学新闻学院联合组成的"记录中国"报道团队走进灵璧。

墓园

一条河,一条路,一座村庄,两种乡容。

河叫老塘河,路是 303 省道。因为霸王别姬传说和虞姬墓的存在,这里建设了主打楚汉文化的 3A 级景区虞姬文化园、楚汉文化商业街和居民住宅小区。

只不过,景区和住宅楼分别位于河东及路北。较高的建设和卫生标准,甚至会让人误以为并非置身于皖北农村。

只有当脚步迈过老塘河和 303 省道,往西南深入田野和村庄时,才会发现在村民自建楼房的间隙里,依然散落分布着数十户低矮平房甚至是土房。

两种乡容隔路相望的这个村庄,就是因 2 000 多年前楚汉战争中的霸王别姬传说而得名的安徽省宿州市灵璧县虞姬乡虞姬村。

因为有虞姬墓,虞姬村在 2014 年 11 月经国家旅游局等部门确定为全国乡村旅游扶贫重点村。而作为灵璧县打造“奇石、虞姬、钟馗”三元文化旅游之一的虞姬文化依托所在,以虞姬墓为基础建设的虞姬文化园也顺理成章地成为全县的文化地标,获得各级政府部门的政策和财力支持。

虞姬文化园的故事,还得从 2 000 多年前项羽和刘邦间的楚汉战争说起。

公元前 202 年,项羽被刘邦的汉军围于垓下,四年楚汉战争走到了最后的决战时刻。据司马迁《史记·项羽本纪》所载,身临穷途末路,项王高歌《垓下歌》:“力拔山兮气盖世,时不利兮骓不逝。骓不逝兮可奈何,虞兮虞兮奈若何!”虞姬感到自己将成为负担,于是起舞和之:“汉兵已略地,四面楚歌声。大王意气尽,贱妾何聊生!"她随后拔剑自刎,自此霸王别姬。

虞姬的故事经传说和演义,2 000 多年来绵延不绝。虞姬死后的墓地,即位于垓下古战场遗址范围内、现灵璧县城以东 15 里的虞姬乡虞姬村。

安徽灵璧虞姬村虞姬墓。　方芷萱、王宇　图

虞姬墓在民间流传 2 000 多年,几经重修,"文革"时曾遭遇严重破坏,坟茔被破除,墓碑和墓冢也受损不轻,直至 1980 年方才得到文化部门培土复原,修复墓碑,绿化墓地。

灵璧县文广新局局长王从效现年 53 岁,2007 年从县财政局调往文化旅游局任局长,从那时起就成为虞姬文化最为执着的挖掘者之一。他还被外界视为灵璧打造文化旅游大县的操盘手之一。

在王从效看来,当年虞姬拔剑自刎的行为可解读为两点:身为女人,她忠贞地捍卫爱情,宁死不做汉俘;身为妻子,她自刎以不拖累项王东山再起。

"你们注意看文化园中的虞姬雕像了吗?"王从效特别强调，"她不是传统的小家碧玉之美，而是美得大气、有担当。"

王从效曾到江苏沭阳县颜集镇考察。沭阳是虞姬的故乡，也是项羽与虞姬邂逅之地。根据典故，就是在这里，项羽一力举起大鼎，斩获了美人芳心。但是颜集镇虽有虞姬庙，却尚未对虞姬文化进行深度挖掘。

1986 年被评定为省级文物保护单位后，虞姬墓的保护工作并没有明显进展。在王从效调任文化旅游局局长后，灵璧对虞姬墓的保护和开发利用速度明显加快。2007 年，灵璧县文化旅游局开始虞姬墓扩建维修规划的相关工作，2010 年 1 月占地近百亩的虞姬文化园一期工程破土动工。2012 年 5 月，耗资 5 000 万元的虞姬文化园一期正式开园，虞姬长眠之地被赋予新的意义。

比如，在 2010 年 1 月举行的奠基仪式上，时任灵璧县委书记的唐庆明就提出，力争把虞姬文化园建设成为全国著名的 4A 级景区，并以此来打造全国优秀旅游县城。

彼时，灵璧县政府对虞姬文化园的期望不可谓不高：常年可接待游客 20 万人次，年门票收入达 500 万元，旅游总收入 3 000 万元以上，并对发展繁荣灵璧旅游产业、增加财政收入、夯实灵璧经济基础等方面发挥重要作用。

如今，虞姬文化园一期开园已 4 年多，但其门票年收入目前在百万元左右，远没达到预期中的 500 万元。至于早已列入规划的二期工程何时能够开工，目前尚没有明确的时间表。

村庄

作为虞姬村党总支书记，韩修文也盼望着二期工程能够尽早启动，为全村的脱贫工作带来更多帮助。

韩修文及虞姬村村委会主任李爱义,自 1994 年就开始担任现职,据他们介绍,他们村本来并不叫"虞姬村",曾经名为"东风大队",大约在 1980 年前后改为现在的名字,"虞姬乡"的乡名也是后来改的。

现在的虞姬村是安徽省首批新农村建设示范村、市县共建美好乡村重点村、灵璧县重点打造的文化旅游特色村,全村共有土地 9 010 亩,耕地面积 7 536 亩,人口 5 340 人,以小麦和玉米种植为主,2012 年农民人均纯收入为 6 600 元。

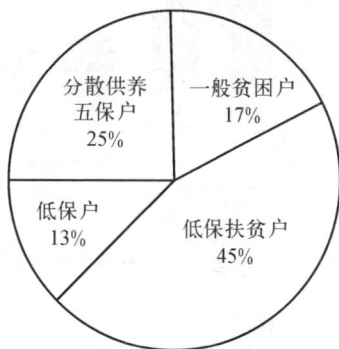

虞姬村贫困户属性分布图。

作为一个整体,虞姬村没有被列入灵璧的贫困村,但目前全村仍有 40 户共 122 人的贫困人口。

虞姬村"两委"提供给"记录中国"报道团队的该村贫困户最新统计表显示,122 人的贫困人口中,一半左右均因患病、丧失劳动力及残疾等原因致贫。

"没,两个(儿子)都没打工。"7 月 4 日下午,当"记录中国"报道团队来到虞姬村 84 岁的村民余思兰家时,她正坐在屋前的小板凳上。

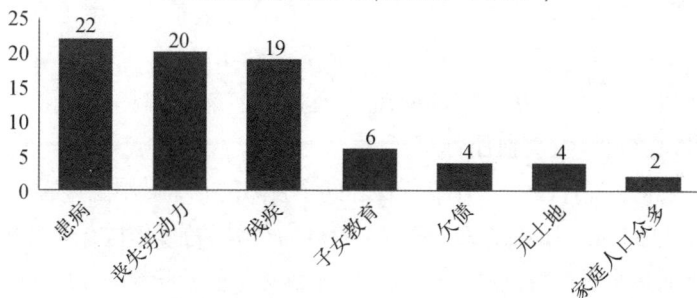

虞姬村致贫原因统计表(有多因,单位:户)

虞姬村脱贫需求统计表(有多项，单位：户)

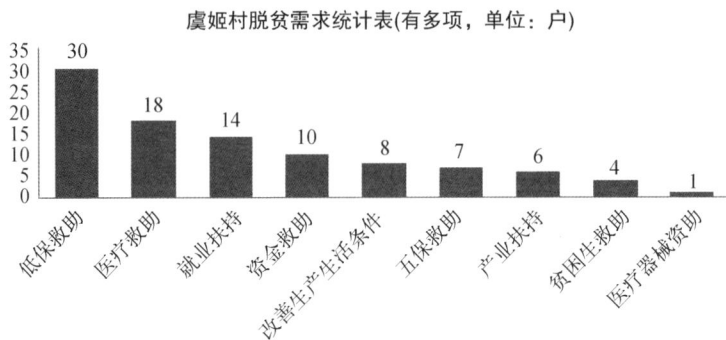

虞姬村扶贫措施统计表(有多项，单位：户)

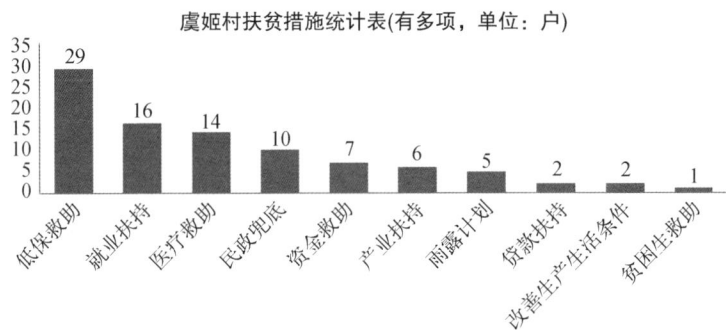

以上数据均来自虞姬村"两委"，截至时间为 2016 年 7 月。　范文韬　制表

　　灰色外套松散地裹着余思兰瘦小的身躯，布鞋上红色的绣花已被泥土磨成酱紫，右脚鞋上破了洞。墙面剥落的土墙吊着几张撕碎的春联，红纸已经被雨水洗得发白。虽是下午，但不到三米宽的屋里就已漆黑。

　　余思兰的两个儿子因智力问题不能外出务工，也很少与村里人接触。"他们家好多年以前就很困难了。"邻居解释道，"老人也有病，心血管病、高血压都有。"

　　余思兰耳背，一家老小靠低保和两个智障的儿子做小工过活，一年收入仅几千元，只能依靠政府兜底。这样的贫困户在虞姬村有十多户。

　　也并非所有村民都没有体会到虞姬文化园建设带来的好处，张训化（2016年7月预脱贫）即在重建时做过栽花等园林绿化工作。

"一天工资70（元），做一天算一天。"从2009年起，张训化在农闲时断断续续做了三年。

75岁的张训化一家多难。孙子几年前出过车祸，每年到上海复查两次就要花几千元的药费，妻子王念翠因恶性肿瘤动过手术，二儿子患糖尿病，大儿子和小儿子也因为家里建房负债十多万。

张训化夫妇在四年前被定为低保户，2016年初定为贫困户，漏洞是一年4 000多元的低保远远补不上的。"2012年园子建好不用栽花了，活儿也就没了。"老人叹息道。

从河西看虞姬文化园。　　方芷萱、王宇　图

项目

事实上，仅就旅游资源来说，虞姬村已经是灵璧全县9个旅游

扶贫村中最具特色和优势的村子了。

据灵璧县旅游局办公室主任丁建征介绍，2014年11月，国家旅游局等部门下发《关于实施乡村旅游富民工程推进旅游扶贫工作的通知》，在全国范围内征集"旅游扶贫村"。灵璧县经过筛选，向国家上报了10个，最终有9个村子通过审核。虞姬、卓庄、彭黄等村，与安徽全省20个县的56个村一起，共同入选第一批名单。

乡村旅游富民工程旨在以增强贫困地区发展内生动力为根本，以环境改善为基础，以景点景区为依托。大力发展乡村旅游，增加农民就业、提高农民收入，集中力量解决贫困村乡村旅游发展面临的突出困难，带动贫困地区群众加快脱贫致富步伐。

彼时确定的主要目标是：到2015年，全国扶持约2 000个贫困村开展乡村旅游；到2020年，扶持约6 000个贫困村开展乡村旅游，带动农村劳动力就业。力争每个重点村乡村旅游年经营收入达到100万元。每年通过乡村旅游，直接拉动10万贫困人口脱贫致富，间接拉动50万贫困人口脱贫致富。

2016年，安徽省旅游局等政府部门再次发文，除了将它们列为乡村旅游扶贫重点村外，还确定了给予补助的方式。

目前，灵璧县农委已牵头制定包括乡村旅游在内的全县产业扶贫规划初稿，县旅游局也正在制定中长期旅游规划，2016年底可以定稿。

而在此之前，和虞姬村一起被列为灵璧县第一批国家级乡村旅游扶贫重点村的渔沟镇卓庄村、浍沟镇彭黄村，其发展进度相对缓慢。但禅堂乡大吴村则可视为一个能够被借鉴的旅游扶贫案例。

据丁建征透露，大吴村建起了现代农业合作社，旗下的果蔬大棚每年可以为村里提供三五百个就业岗位，其中就解决了不少贫困户的就业和收入来源问题。而在虞姬村，从浙江温州返乡创业

的农业产业化带头人张培,虽然也很想尝试这种模式,依然担忧着
政策、融资及气象灾害等困难。

张培 29 岁,虞姬村当地人,不到 20 岁开始外出务工,主要从
事餐饮业。10 年时间积累了 100 万左右资金后,2013 年开始返乡
创业,在虞姬、渔沟等乡镇承包了几十亩田地,从事果蔬大棚种植
产业,并计划成立灵璧浩园果蔬农业合作社。

张培在虞姬村的果蔬大棚,选址就在虞姬文化园斜对面。

张培的想法是,跟虞姬文化园合作经营,只要是文化园的游
客,凭门票可享受一定折扣,在他的果蔬大棚中从事采摘及农家乐
服务。

张培在展示他种植的西红柿品种——皇太极。　　方芷萱、王宇　图

"现在的文化园规模不大,游客最多一个小时就逛完了,周边
也没什么餐饮设施。"张培解释说,"这样的游玩难免显得单调。如
果管理部门愿意跟我们对接,让游客逛完后再来我们这里采摘,吃

吃农家乐，这不也拉长了产业链嘛。"

张培还透露，目前他的大棚已经向 10 名左右的村民提供了就业岗位。将来如果发展顺利，他还会向更多村民，特别是贫困家庭优先提供工作岗位。

虽然仍处于发展的初步阶段，张培对自己在虞姬村的项目依然看好。这种看好，部分来自他对灵璧全县历史文化旅游资源的信心。

未来

包括虞姬文化园在内，目前灵璧的各大文化旅游项目还没有取得较好的经济效益。

王从效向"记录中国"报道团队解释称，文化旅游产业是一个投资大、周期长的行业，要以长远眼光看待，不能以短期经济效益作为评价标准。

丁建征也指出，旅游是个长产业链，不能仅看景点的门票收入，还要看旅游消费带动的餐饮、住宿等行业收入。此外，文化旅游项目的建设还能提升城市品质，改善投资环境吸引招商。比如灵璧近年来开业的几家中高档酒店，就是在奇石园等景点建成后陆续入驻的。

在王从效、丁建征等人看来，虽然目前的发展形势不尽如人意，但他们依然看好灵璧文化旅游产业的未来。

对这一未来一样看好的，还包括虞姬村党总支书记韩修文。他期待着虞姬文化园二期工程尽早开工，并带动虞姬村贫困户脱贫致富。

据韩修文介绍，目前虞姬文化园旅游扶贫的帮扶范围涵盖了十几位村民。如园内的四名保安、三名保洁人员，现在家庭年收入在一两万元之间，已经不在贫困线边缘。

虞姬文化园中心社区规划图。　方芷萱、王宇　图

通过旅游项目建设，为贫困人口提供就业岗位，解决收入来源，是旅游扶贫的基本模式。

如果二期工程进展顺利，韩修文估计文化园可为贫困户提供四五十个就业岗位，主要从事保安、保洁、餐饮等服务。而在建设过程中，村民也可以通过务工获得收入。

此外，依据灵璧县的现行政策，全县贫困人口每人每年可享有不超过 3 000 元的专项补助。这笔钱不会直接以现金方式发放给贫困户，他们可以将其用于投资包括虞姬文化园在内的扶贫项目，并按期取得分红。

但是，正如灵璧县农委在其牵头制定的"十三五"产业精准扶贫规划（初稿）中所分析的那样，"生态旅游和文化旅游虽然已经大力开发，但尚未形成气候，景点建设缺乏吸引力，农民尚未感受到旅游发展所带来的直接收益"，虞姬文化园二期工程何时能够开工

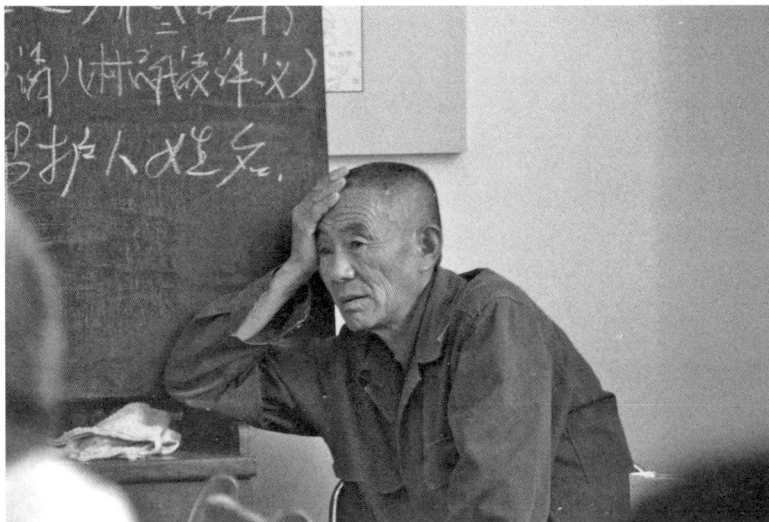

7月4日下午，一位贫困户在村委会参加虞姬村扶贫会议。
方芷萱、王宇　图

依然不为外界所知。

对于包括虞姬文化园在内的灵璧文化旅游产业发展所面临的问题，一些专家学者也提出了他们的建议。

曾在宿州挂职的合肥工业大学经济学院副教授束克东指出，灵璧文化旅游业的发展虽然面临一些不足，但也有自己的优势。

他指出，灵璧的不足在于其所在区域经济欠发达，周边地区人均 GDP 水平较低，文化旅游市场潜力有限；加上目前灵璧旅游资源的知名度并不高，其吸引域外游客的能力也就不强。

束克东还认为，尽管灵璧的自然景观相对缺乏，但其拥有较为丰富的历史文化资源，而这些资源往往是独一无二的，具有不可替代性。政府和企业如果能够加大投入力度，对这些资源加以保护和利用，并做好交通、餐饮和住宿等配套服务业发展，灵璧文化旅游产业的前景还是值得期待的。

城市文化规划专家、北京诸夏城市规划设计研究院文化发展顾问尹正鸿,曾前往虞姬村考察。他认为,虞姬文化园是一个文化旅游带动文化建设的成功案例。尽管位置相对偏了一些,成熟时间可能会较长,但无论是对于打造文化还是开展扶贫工作都有着积极作用,中西部地区可借鉴这种模式。

同时,尹正鸿也指出旅游扶贫的开展不能盲目。既要逐步改善周边乡村地区的环境,也要将产品设计融入当地文化。

尹正鸿认为,项目的规模可以不大,但一定要有特点,"可以通过传统戏曲、地方演义项目、农家院、博物馆等把民族文化的东西展示出来"。

对于如何将文化旅游和扶贫工作结合起来,中国科学院地理科学与资源研究所研究员钟林生则强调:"现在同类产品太多,农家乐遍地开花,最终要靠市场,还是得做出特色。"

他认为,政府应该在规划阶段邀请专家等权威人士为当地旅游发展定好位,"做好前期方案设计和后续服务的咨询很必要"。

而在组织阶段,政府应有序引导村民,如组织农家乐协会,将服务细化,把特色菜品、特色采摘分区域规划,同时加强价格规范化和标准化管理。

"贫困户没有旅游参与能力,就只能干一点苦力活,所以政府培训很重要。"钟林生指出,应将旅游扶贫和精准扶贫相结合,使贫困户"从不想服务到想服务,从想服务到会服务"。

事实上,对于专家学者提出的这些建议,包括灵璧县旅游局、虞姬村两委等在内的旅游扶贫业务部门基本上也是知晓的。

他们面临的问题是:时间紧,任务重,人手少,标准高。

据丁建征反映,其所在单位灵璧县旅游局,包括局长在内只有5 名在编公务员,"要做的事太多了"。

作者手记

　　从县城到田头，从高档小区到农家土房，如果再将我学习过的上海、南京和养育了我18年的芜湖连在一起，我的眼前展现出了一幅华东地区的社会画卷。在上海徐汇，房价可以高到一平方十几万，在农村的贫困之家，一个人一年收入不过千元。

　　农村的模样绝非一言两语就可以说得清，也绝非去过一城一地就可以窥见全貌，但是这短短五天已经开启了我对农村认识的大门，在我对中国社会认知的拼图上仓促地补上了一块。

——王宇

　　从前期了解到的仅仅是可能有贪腐、形象工程的旧问题到拆迁等新问题，在与村民的交谈里，我对中国农村的刻板印象渐渐地清晰和被颠覆。现在的农村，有残墙破瓦，也有新式别墅，有面朝黄土背朝天的耕种，也有技术大棚的新科技引进。

　　五天的实践，让我更加真实地理解到新闻工作者的重担，我笔下的世界究竟与真实情况贴切了多少，我的记录又究竟能掀起多少波澜，正是在不断地寻找与呈现中，我们把现实与理想中的中国展示给世界。

——王梦卉

　　此次活动给我莫大的收获，由于在国外居住了很长的时间，第一次亲身到我国县城进行社会实践活动，我更了解在过去一些年间，我国的社会主义新农村建设的成就和问题；第一次有机会和学生同吃、同住、同采访，我对于90后的学生有了更为直观的了解。当有些学生在身体不适的情况下，仍然坚持一丝不苟地完成指导老师的每日任务，作为学长的我欣喜地看到了复旦精神的一种传承，作为复旦新闻人熠熠闪光的品质。

——姚建华（指导老师）

贵州草海兴衰记：人鸟争地成天然污水厂，人类让步后慢慢恢复

澎湃新闻记者　康宇

复旦大学新闻学院学生　张一然　黄驰波

（发表于 2016 年 7 月 22 日）

　　它是与青海湖、滇池齐名的中国三大高原湖泊之一，也是国家一级保护动物黑颈鹤的重要栖息地。

　　外界对它的景致曾给出"湖天合一"的评价。

　　它就是草海，坐落在贵州毕节威宁彝族回族苗族自治县。

　　然而，在很长一段时间里，它也曾遭遇严峻的人鸟争地、水污染等问题，一度被调侃为"贵州最大的天然污水厂"。

　　关于草海的生态保护和综合治理问题一直备受关注。2015年 10 月 28 日，草海生态环境保护与综合治理启动大会暨首批治理项目集中开工仪式在毕节市威宁县举行。大会传达学习贵州省委书记陈敏尔的批示。陈敏尔在批示中指出，要进一步完善和落实草海生态保护与综合治理规划，扎实做好面源污染治理、生态修复和环境优化等工作，让草海这颗"高原明珠"更加靓丽。

　　在 7 月初召开的生态文明贵阳国际论坛 2016 年年会上，来自中国和瑞士的专家举行了专题研讨会，为草海的发展建言献策。瑞士水务专家磊托·舒尔泰斯在发言中说道："草海应该大力发展旅游业。经济发展是非常重要的，但假如要在湖边发展工业，污水处理的成本将非常高，是相当不明智的。"

　　草海之所以吸引众多关注，是因为目前针对草海的污染综合

治理已进入新阶段。

近日，由澎湃新闻（www.thepaper.cn）和复旦大学新闻学院联合组成的"记录中国"报道团队走进威宁县，实地探访草海的现状。

"人鸟争地"的博弈

作为贵州高原上最大的天然淡水湖，草海这颗"高原明珠"的生态保护一直备受关注。

公开资料显示，草海形成于清朝嘉庆年间，水域面积最宽时为50多平方公里。由于20世纪50年代末"围湖造田"和70年代初的"人为放干"，草海的水域面积大幅缩减，一度减至5平方公里，草海及其水系遭受了严重破坏，导致了人畜饮水困难、候鸟迁徙离开等恶果。

草海的大幅缩减甚至也影响到了云贵高原的气候，当地一度饱受干旱、冰雹等恶劣气候的困扰，有分析认为与此有关。

草海被誉为世界十大观鸟基地，同时也是全球最大的黑颈鹤越冬地之一。鸟类的消失给当地政府和民众带来了"危机感"。

面对历史遗留的生态问题，草海的保护工作被提上日程。《贵州日报》2015年4月刊载的一篇名为《草海治理之路》的报道中提到，1982年，贵州省政府决定建坝蓄水还湖；1985年，当地建立了省级保护区保护典型的高原湿地生态环境和以黑颈鹤为代表的珍稀鸟类。同时还通过加强法律法规和生态保护教育，提高草海周边群众"人人爱鸟、人人护鸟"的意识。1992年，经国务院批准草海晋升为国家级自然保护区。1995年，中国政府保护生物多样性行动计划又将草海列为国家一级保护湿地。

来自黔东南州的摄影师杨文斌2008年第一次来草海，就被这片宁静的湿地吸引。2012年，他从教师岗位转行到媒体从事摄影工作,开始有意识地用镜头记录下草海的生态变迁。

通过多年观察,杨文斌注意到,因为每年有成群结队的珍禽来草海越冬,这些珍禽会啄食草海周边种植的庄稼,让居住在附近的村民不胜烦扰。

"早不过九月九,晚不过三月三。"杨文斌说,"农历三月三之后,候鸟才会陆续从草海飞走。"

由于村民们种植的白菜、萝卜、土豆等作物经常被候鸟啃食,有些村民只能放弃在正月前后播撒土豆种子,改在农历三月三之后才播种。

"庄稼被啃食得太厉害,一些村民肯定是不高兴的。有时候他们就会向草海管理局(注:'草海国家级自然保护区管理委员会'的前身)反映,由此获得一定的补偿。"杨文斌说。

对于这些不远万里来越冬觅食的"贵客",村民们虽然无奈,却也没有真正驱赶过这些候鸟。20 世纪 90 年代甚至还出现过当地村民祖正文以身挡猎枪护鸟的故事,一度传为佳话。

30 余年的保护,让草海"劫后重生"。如今的草海重新形成水草丰茂、生态良好的湿地生态系统,水域面积达到 25 平方公里。草海也成为我国西南地区最大的候鸟越冬地。

《贵州日报》2015 年 4 月披露的一组统计数字显示,如今草海有包括国家一级保护物种黑颈鹤在内的 224 种、10 万余只鸟类在此过冬,候鸟总数占全国 1/6 以上。

近两年,草海附近村民还人工种植了优良草种紫花苜蓿、黑麦草、三叶草等黑颈鹤和其他鸟类喜食的植物。

杨文斌告诉"记录中国"报道团队,黑颈鹤在当地被视为吉祥鸟。他曾花了近五年时间跟拍一位草海护鸟老人臧尔军,"用臧老的话来说,这里的鸟儿就像是村里面自己的孩子,每年看到它们来过冬,就像是在外的孩子回了家"。

"贵州最大的天然污水厂"

除了曾发生过"人鸟争地"的矛盾，草海还曾遭遇严峻的水污染危机。

"记录中国"报道团队从草海国家级自然保护区管理委员会（以下简称"草海管委会"）计划发展科负责人段荣彬处了解到，草海水体遭受严重的污染，来源包括城区生活污水、环草海村庄污水、农业化肥和农药污染等。

段荣彬说，过去由于草海所属的威宁县非常贫困，是国家级贫困县，周边的老百姓首先要考虑的是如何解决温饱问题，根本无暇顾及生态保护。他们在承包的土地上进行耕种以此谋生，土地耕种使用的化肥、农药，以及草海上游老城区的生活污水，便都流进了草海，成为草海首要污染源。

上述《贵州日报》的报道提及，随着城市化进程加快，生活垃圾和污水不断增多，草海流域分水岭内，9 万多人的生活污水流进了草海，还有庄稼地里施用的化肥和农药也在雨季流入草海。

"水污染问题确实很严重，我在 2008 年第一次到草海时，就在西海码头看到水面上漂浮着污染物，水体的富营养化比较严重，绿藻铺满水面，水不清，看不到底。"杨文斌也向"记录中国"报道团队讲述了草海的水污染危机。

多重污染冲击下，草海一度被调侃为"贵州最大的天然污水厂"。

多年来，为了解决草海的水污染问题，相关部门付出了不少努力。

2013 年 8 月，中国科协赴草海调研，调研结果显示草海水系生态面临严重威胁。草海区域内森林覆盖率仅为 15％，常年蓄水面积仅 25 平方公里,如果不及时治理,30 多年后草海极可能退化为沼泽。水污染问题更为严峻,草海上游水质为 V 类,中游水质为 Ⅳ 类,下游水质仅能达到 Ⅲ 类水质标准。

也就是说,按照《中华人民共和国地表水环境质量标准》,草海的水质远没有达到国家级自然保护区 Ⅰ 类良好水质标准的要求。

针对草海的种种威胁,中国科学院院士孙鸿烈等 20 位专家调研后撰写了关于采取抢救性措施保护草海的报告上交国务院,这份报告还获得了国务院总理李克强的批示。

2014 年,贵州省委责成省发改委牵头,委托中国国际咨询公司评审所有项目,编写了《贵州草海高原喀斯特湖泊生态保护与综合治理规划》(以下简称《规划》)。一年后,国家发改委批复同意该规划。批复内容包含八个方面:生活污水处理、面源污染控制、生态保护和修复、水资源保护和利用、城乡布局统筹优化产业结构调整、环境管理能力建设,及少量的重金属污染防治,共 43 个项目,总投资达到 107.9 亿。

《规划》将分两期实施,近期为 2016 年至 2020 年,远期为 2021 年至 2030 年。

水污染治理的棘手程度,加上国家发改委的批复意见,让威宁县政府决定从整体上采取综合治理措施系统解决草海的水土流失、水体污染、物种安全以及生态系统退化等问题。

《毕节日报》2016 年 4 月报道,在毕节市"十三五"规划中,威宁组建了贵州草海国家级自然保护区管理委员会,管理体制由"厅市共管"(贵州省林业厅和毕节市政府共管)调整为贵州省人民政府授权毕节市管理。

草海管委会已开始在综合治理上"大展拳脚"。段荣彬对"记录中国"报道团队表示,当地打算通过完善老城区污水收集管网、建成草海污水处理厂、环草海分散式污水处理系统工程等方式进行草海污水治理。

据草海管委会规划建设科负责人祖启朝介绍，目前草海在靠近老城区处新建的一个污水处理厂已于 2016 年 4 月投入试运行，加上一个以前的污水处理厂，总处理污水容量每日可达 2 万吨。此外，针对草海水质监测也已经展开，草海管委会投资 355 万元购进的三套移动式水质监测船已在草海中上下游投入试运行。

"草海综合治理工程才刚刚启动，初见成效，很多项目还没有完全完成。等到项目完成后，草海一定会有新的大变化。"祖启朝说。

改变已经悄然发生。

7 月中旬，"记录中国"报道团队搭乘民用小船行驶到草海核心水域时观察到，草海的水质变得很清透，一层层的绿色水草在微风吹拂下在水中漂来荡去。

易地搬迁，实现"人鸟共存"

在草海的综合治理过程中，开发旅游资源、实现可持续发展也是其中一个重要方面。

当前威宁正处于城镇化快速发展的阶段，远景城市规划可达到 80 万—100 万人。整个威宁的总体规划，也以综合考虑草海保护为前提，尽量减少城市发展对环境的冲击，力图打造以草海为重点的县城生态经济圈，鼓励发展生态旅游、生态农业等绿色生态产业。

段荣彬向"记录中国"报道团队透露，下一步环海路将建立生态隔离带，并在草海周边种植乔木，打造森林公园，免费向公众开放。草海的旅游产业也将延伸至周边乡镇，北面草坪以及草海附近的板底乡等地区，都将打造生态旅游，实现经济效益和生态效益

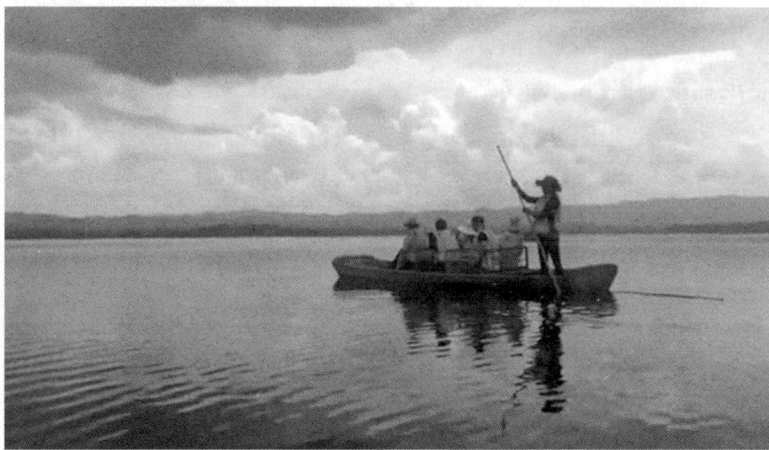

"记录中国"报道团队在草海看到,整片湖泊目前已建成了开放式景区,环海路上的农家乐也逐渐红火。 黄驰波 图

的双丰收。

与此同时,为了退耕还湿,当地还实施了移民搬迁工程,整合扶贫生态移民和棚户区改造等项目,扶持村民就业。

45 岁的邓荣(化名)就是扶贫工程易地搬迁的居民之一。邓荣告诉"记录中国"报道团队,他们家以前靠种地、喂猪赚取收入,实施搬迁以后,她家获得了土地补偿款,花了十几万盖了一栋新房。

如今的邓荣还有了一份新工作,成为草海景区的游船公司雇来的"船娘",每天按号出勤,排号划船。每条船一次可拉载 6 名游客,收费 360 元。而每载一船客人,邓荣便可收入 180 元。

邓荣说,自己闲时还可以帮有划船编号的邻居代划,算下来一个月可以入账接近 3 000 元。每逢冬天观鸟旺季时,游船的生意会更加忙碌。"以前只能种地,现在划船比种地的收入好很多。"邓荣笑着说。

邓荣有四个孩子，一儿三女，大儿子已经结婚，三个女儿还在读书。谈起如今的生活，邓荣的笑容便从皱纹里钻出来。她很满意现在的划船工作，夫妇俩的收入足够供孩子们继续念书。

邓荣说，以前没有想过可以靠这一片草海养活全家。她目睹了草海由盛及衰的危机，也见证了这片水域焕发重生。她会给船上的游客讲，这两年草海的变化："冬天好多鸟来草海（过冬），我划着船经过湖面上时，成百上千只鸟就在船前面飞起来，很漂亮，很壮观。"

"记录中国"报道团队了解到，目前草海周边的易地搬迁工作正平稳有序进行。据段荣彬介绍，草海的生态敏感区搬迁涉及500户共2 000多人，总建筑面积达15万平方米的安置区已经在建。投资12亿的威宁县老城区棚户区改造工程，也正在开展对草海周边7 112户征拆房屋的测量工作。

"生态移民不仅治标，还是治本。只有真正减少了人类活动，才能真正提高草海的自净能力。"祖启朝对"记录中国"报道团队说，草海从人鸟争地逐渐转向人鸟共存。

杨文斌总是会回忆起2016年春节拍摄黑颈鹤时的一幕："我们趁着天亮之前，沿着山路走到草海的胡叶林核心区。所有的黑颈鹤就在一两百米的水面站成了一排，特别壮观。日出时，鸟儿一批批地腾空而起，红日、草海水、姿势优美的黑颈鹤，那画面太美了。"

随着草海水域的不断扩大，震撼到杨文斌的美丽画面还会不停出新。

据段荣彬介绍，根据综合治理规划，到2020年草海水域面积将恢复至33平方公里。

此外，贵州省委省政府在批准成立了草海管委会的同时，还成立了贵州草海保护开发投资有限责任公司。目前，草海管委会正利用PPP合作、低息贷款等模式大力融资，治理草海。

段荣彬说,贵州省正在筹备扶贫攻坚基金,拟加大对生态扶贫的倾斜,"草海也将借力这个平台,让这里的水更清、鸟更欢、民更富"。

作者手记

退耕还湖是一个过程,治污更需要循序渐进,正是透过草海清澈静谧的湖水,停留在船舶上的虫儿,我们发现草海生态的良好。为了这篇报道我们采访了当地官员与民众,如果可以,以后报道中还应该注意专家视角的解说。

——黄驰波

虽然以前去过青海湖旅游,但当我来到被誉为"高原明珠"的草海时,依然被这里的美丽景色所震撼:宽敞的码头、成片的紫色花海、清澈湖面上的木船……秀丽的草海风光不输许多名声在外的景点。小组成员们架好机器、备好采访提纲,就草海生态变迁历史、生态扶贫工作进展等问题详细采访了草海管委会计划发展科负责人,还和易地搬迁后转业在景区划船的草海居民进行了交流。在实地采访后,我们又对部分内容进行了追加访谈,最终完成了《从人鸟争地到人鸟共存:贵州草海的治污案例》的长篇报道,发表在澎湃新闻上。

——张一然

贵州湖南多地争夺"夜郎"之名，遗址公园、古国重建均有规划

澎湃新闻记者　康宇　　复旦大学新闻学院学生　汤禹成

（发表于 2016 年 7 月 18 日）

2016 年 4 月，有媒体报道，山西、安徽、湖北三地为争夺"杏花村"地名归属对簿公堂。

近日，由澎湃新闻（www.thepaper.cn）和复旦大学新闻学院联合组成的"记录中国"报道团队在贵州毕节调研时又获悉，贵州、湖南多个县市也打响了对夜郎古国都邑的争夺战。

根据贵州民族出版社出版的《夜郎史籍译稿》一书记载，夜郎古国曾是我国西南地区最大、最重要的王国，东至湖南西部，西括滇东地区，北以长江为界，南括广西西北部的广袤地区。这一带地区是彝族先民世世代代生息和繁衍的地方。西汉时夜郎古国范围有所缩小，仅辖如今的贵州，但《史记》中仍有"西南夷君长以什数，夜郎最大"的记载，这也是夜郎两字第一次出现在可查的正规史料中。

家喻户晓的成语"夜郎自大"指的就是夜郎古国。这一成语源于《史记·西南夷列传》中简单的一句话："滇王与汉使者言曰：'汉孰与我大？'及夜郎侯亦然。以道不通故，各自以为一州主，不知汉广大。"

事实上，夜郎国的自大并非没有缘由，如上文所说，夜郎古国曾经确实很大。

曾辖如此大面积的夜郎古国的都邑定在哪里？对此，学界一

直未有定论。于是,从 2003 年起,贵州、湖南多地便打响了对夜郎古国都邑所属地的争夺战。

贵州毕节的赫章县、遵义的桐梓县、铜仁的石阡县,还有湖南西部的新晃侗族自治县,都是争夺夜郎古国都邑所属地与夜郎文化队伍中的一员。

毕节赫章：有夜郎古国时期重要文物出土

在这场争夺战中,最有竞争优势的要数贵州毕节的赫章县了。

赫章县,隶属贵州毕节市,位于贵州省西北部乌江北源六冲河和南源三岔河上游的滇东高原向黔中山地丘陵过渡的乌蒙山区倾斜地带,以盛产核桃闻名。

进入赫章县,许多与夜郎有关的元素就会进入视野。夜郎大道、夜郎大酒店、夜郎国家森林公园等名称都在彰显着赫章与夜郎文化密切的联系。

赫章人认为,夜郎古国的都邑就在该县的可乐民族乡。

夜郎始见于《史记》"西南夷君长以什数,夜郎最大"的记载。

赫章县夜郎文化研究院研究员赵祥恩告诉"记录中国"报道团队,唐朝时期彝族先人曾收集汇编出一本关于较早年间彝人各部、各家史书的古文献,命名为《彝族源流》。这本书曾记载,乍侯国的治所就在可乐。"乍"是西周末年六国分封时的乍侯国的封号。乍侯奉拜"楚那蒙"(彝语,《史记》音意并译为"夜郎"),因此乍侯国也被称作"夜郎国"。但《彝族源流》中提到的关于"乍侯国的治所就在可乐"的这一记载从未被正规史料确认。

赵祥恩说,如今能证明赫章县是夜郎古国都邑所在地的证据有两处：一个是彝文文献,另一个是出土文物。

《黔中早报》2011 年 11 月 9 日刊发的一则报道提及,负责可乐遗址墓葬考古发掘的贵州省博物馆研究员梁太鹤介绍说，自1958年在赫章县可乐民族乡发现第一批出土文物以来，考古部门先后进行了9次发掘，但引起国家和考古界关注的是2000年的考古发掘。

2000年的秋天，贵州省文物考古研究所在可乐发掘出墓葬108座，出土文物547件，其中就包括"套头葬"。这被认为是夜郎民族所独有的奇特葬俗——铜釜套头，铜釜或铜铣套脚。

这一特殊的葬俗被国家文物局评为2001年度"中国十大考古新发现"之一。可乐遗址古墓群也被列入国家重点文物保护单位。

目前"套头葬"等重要出土文物陈列收藏在贵州省博物馆。它也是证明夜郎古国的都邑在赫章县的主要证据。目前除赫章县可乐民族乡外，全国其他地方尚未发现更有说服力的物证。

虽然有"套头葬"佐证，赫章县的夜郎文化推广目前仍然处于起步阶段。

据赫章县规划局工作人员蒋荣对"记录中国"报道团队介绍，2006年，赫章县规划局委托东南大学制定了"可乐考古遗址公园"的整体规划，拟在文物出土处划定14.16平方公里的规划范围，打造与夜郎文化相关的"可乐考古遗址公园"。2012年规划完成，一年后又做了控制性详细规划与修建性详细规划。

目前，这一规划仍在国家文物局处于备案状态。

遵义桐梓：注册"古夜郎王朝"商标

遵义桐梓则认为桐梓才是夜郎古国的中心。

至今，桐梓县仍有一个镇以夜郎命名。据2015年9月《遵义晚报》的一篇报道，桐梓县夜郎镇也是全国至今唯一仍以夜郎命名的行政区域，曾为唐、宋夜郎县城遗址，唐代诗人李白流放地。

虽然没有较确切证据证明桐梓县曾是夜郎古国都邑所在地，但桐梓在争抢夜郎文化品牌上可谓抢得先机。

2010 年，桐梓县古夜郎旅游责任有限公司成功向国家商标局申报注册了"古夜郎王朝"商标。该公司申报注册此商标时，全国各争议地均向国家商标局申报了夜郎商标注册，竞争者多达 50 余个。

古夜郎旅游有限责任公司创始人谢昆志在接受《贵州都市报》记者采访时曾说，该商标类别涵盖了旅游、文化、影视、餐饮、娱乐及雕塑、手工艺、古典家具等与旅游息息相关的产业。

不过，各地对夜郎古国都邑的争抢与商标注册并没有多大关系，前者是历史确认，而后者是商业行为。

遵义市工商局商标广告科相关负责人在接受《贵州都市报》记者采访时指出，即便最终确认别地才是夜郎古国的都邑所在地，且因此而将地域更名为夜郎，但是该地想以夜郎作为招牌发展旅游就没有可能，否则会构成侵权，承担经济赔偿责任，要想在具体经营行为中利用这块招牌，只能出资购买"古夜郎王朝"商标使用权，前提还是该商标所有人愿意。

此外，2010 年 10 月，《贵州都市报》又曝出桐梓县要斥资 110 亿元打造与夜郎文化相关的大型旅游景区的消息。不过随后桐梓有关部门负责人便出来澄清并无此计划。桐梓县委宣传部门通过《贵阳日报》辟谣，桐梓县的主要投入还是会放在解决民生问题和基础设施建设方面，不会花很多"冤枉钱"。

这一谣传缘何而来？这和前文提到的已经取得"古夜郎王朝"商标的谢昆志有关。他曾对《贵州都市报》"透露"了这一消息，但其实 110 亿只是他自己的估算。"这只是民间商人的愿望，不代表政府的意志。"谢昆志说，"都吵着要建夜郎古国，对桐梓来说正是大好机会，我当然希望媒体报道，提高自己'构想'的关注度。"

事实上，近两年，如何借夜郎之名提高桐梓县的知名度也引发了桐梓县主政者的思考。桐梓县政府的官网首页上赫然打出了"诗意夜郎"的宣传字眼。

来自桐梓县政府网站的消息显示，2015 年 12 月初，桐梓县召开了"十三五"规划课题调研暨纲要编制成果汇报会。会上该县县委书记吴高波还特别强调，要打好"夜郎"这张名片，走特色发展之路。

湖南新晃：斥资 50 亿打造"夜郎古国"

湖南省怀化市新晃县也早早加入争夺夜郎古国都邑所在地的行列。

新晃提出的观点是，秦汉时期它就属夜郎古国治地，并列出了新晃是中国稻作、鼓楼、巫傩文化保存最完整的地区，从古至今一直延续了"竹崇拜""牛图腾"以及斗牛、斗狗等夜郎文化的证据。

在新晃侗族自治县人民政府网上，可以搜索到 25 条与夜郎有关的消息，《浅议夜郎文化与侗文化的内在联系及传承关系》《古夜郎新晃的历史坐标》等文章介绍了新晃与夜郎的历史文化关联，还有其他的文章则介绍了新晃的夜郎现象：从夜郎谷到夜郎古乐城，从夜郎歌舞到夜郎广场，以及古夜郎侗族农耕文化博物馆等。

官网中一篇题为《夜郎古国里的"灶王宫"变迁》的文章开头写道："在夜郎古国国都（与上文的'都邑'同义）所在地湖南省新晃侗族自治县龙溪口古城东侧正大门的入口处，屹立着一座十分引人注目的道教古建筑'灶王宫'。"

这些足以见新晃所争夺的不仅是夜郎文化，也不仅是为了证明自己是夜郎古国治所的一部分，更是将范围扩大至对夜郎古国都邑所属地的争夺。

据新华网 2010 年的一篇报道,当年 10 月 16 日,湖南新晃县在长沙召开了夜郎古国策划评审会,并对外宣布将斥资 50 亿重建夜郎古国。同时,《新晃侗族自治县旅游发展总体规划》也在会上评审通过。

该篇报道中称:"'夜郎古国'项目包括夜郎古国、夜郎大峡谷、燕来寺、舞水长廊四大战略组团,共有 20 个分主题景区。"

六年前新晃宣称要打造"夜郎古国"时,预计整个项目工程将于 2020 年完工。六年过去,湖南新晃的夜郎古国能否如期完工不得而知,"记录中国"报道团队在新晃县政府官网中也未查到任何与此有关的最新动态。

"争名战"背后现争议:夜郎县不等于夜郎古国

多地争抢夜郎古国都邑所在地,无疑是为了打造夜郎文化品牌,进而获得更多的文化旅游资源。然而,"争名战"的背后也引出不少争议。

夜郎古国通常是指战国至西汉年间存在于西南地区的部落方国,这是一个强大的部落联盟,包括若干夜郎族群的部落。

中共党史出版社出版的《解析夜郎千古之谜》一书中讲述,西汉成帝河平年间,牂柯太守陈立斩夜郎王兴,夜郎国从此破灭。但后来以夜郎王故地建立的夜郎县,却一直延续下来。

赫章县夜郎文化研究院研究员赵祥恩告诉"记录中国"报道团队,无论是湖南新晃,还是贵州桐梓、石阡,它们都曾属于夜郎古国辖地,它们争抢夜郎古国都邑所属地的主要原因,是在它们的辖区都曾设置过夜郎郡或夜郎县。

夜郎古国虽然灭亡,但神秘的夜郎文化一直对中国的行政区划产生影响,唐代便出现了一股"夜郎热"。

《解析夜郎千古之谜》一书写道，公元 634 年，唐太宗在今湘黔边境，以辰州的龙标县设置巫州（后改沅州），同时建立夜郎、朗溪、思微三县。公元 704 年，武则天以沅州所属的夜郎、渭溪两县设置舞州。40 年后，唐玄宗将夜郎县改名为峨山县，其地正是在今天的湖南新晃。

湖南争抢夜郎古国都邑所属地时，还曾借助过李白的《闻王昌龄左迁龙标遥有此寄》中的诗句："我寄愁心与明月，随风直到夜郎西。"

事实上，这里的"夜郎"是指当时的夜郎县，也就是如今湖南辰溪一带。而王昌龄被贬之地龙标（今贵州省锦屏县隆里乡），当时正是处于夜郎县的西面。但彼时的夜郎县早已不是曾经的夜郎古国了。

赫章县还有一家夜郎大酒店和夜郎国家森林公园，这些都在彰显着赫章与夜郎文化密切的联系。 汤禹成 图

另据资料记载,公元 742 年,唐玄宗改如今重庆与贵州毗连地区的珍州为夜郎郡,珍州下原设有夜郎县。公元 807 年,夜郎郡并入溱州,溱州仍有夜郎县,便是今天的遵义桐梓县。

可见,遵义桐梓、怀化新晃都是在夜郎古国灭亡数百年以后才成立了夜郎县的,虽然它们曾属于夜郎古国辖地,但是否夜郎古国的中心,甚至是都邑所在地还需更多证据佐证。

司马迁在《史记》里写道:"西南夷君长以百数,独夜郎、滇受王印。"如今,夜郎古国王印仍然未被发现,因此夜郎古国的都邑究竟在何处仍然是一个备受争议的话题。每一个与夜郎有关系的地方,都在为了夜郎品牌背后的文化价值和商业利益,努力向世人宣誓"主权"。

作者手记

澎湃对选题有自身的要求,这是我进组后的第二天,澎湃老师就告诉我的。康宇老师是澎湃的记者,所以她对澎湃的选题要求非常明确:"有争议性的。"所以当我们第一天在座谈会上,听到毕节的赫章在与遵义桐梓、怀化新晃争抢夜郎古都的时候,康老师就显得特别兴奋。她和我说起了澎湃以往的稿子,比如各地对于杏花村的争夺,还有复旦学子关于黄山是否应该改名为徽州的激辩。因为康老师对这个选题非常有信心,所以我们调整了第二天的行程,第二天我们决定直接奔赴赫章,去那里的夜郎文化研究院看看。

在夜郎文化研究院,研究员给我们简单地介绍了夜郎文化以及现在正在争夺的几个地方,并且阐述了各地争夺的理由。还为我们提供了一些书籍,我和康老师当场分工照相,这些资料也成为我们后来写作的重要依据。

在毕节的这几天我陆陆续续地开始准备这篇稿子的写作，包括查阅一些网络资料，也去查阅了几个争夺地的官网，看看是否有一些主打夜郎文化的文章。

在我们要离开毕节的那一天早晨，我写好了稿子并且交给了康老师。康老师回到家后便开始修改，在我们回来后的第三天，这篇稿子就发在了澎湃上，成为"记录中国"发出的第一篇文章。

——汤禹成

毕节持续发力谋求分享贵州旅游红利，知名度低瓶颈亟待破局

澎湃新闻记者　康宇　　复旦大学新闻学院学生　汤禹成

（发表于 2016 年 9 月 7 日）

8 月 30 日，第十届毕节旅游产业发展大会在夜郎古都——贵州省毕节市赫章县开幕。围绕本届大会，毕节市各县区召开了一系列相关主题活动，如威宁彝族火把节、百里杜鹃乡村旅游发展大会、"云上花海天籁之音"贵州屋脊高原音乐节等。

联系毕节最近在各大媒体对旅游业的宣传推广，以及 2016 年 8 月 2 日在毕节市大方县开幕的"藏彝羌走廊·彝族文化产业博览会"，可以发现，毕节市已经开始在旅游产业上发力，试图依靠旅游产业更好地带动经济发展。

事实上，不少毕节人都对家乡丰富的旅游资源引以为傲。毕节市旅游局副局长施正军近日曾向澎湃新闻和复旦大学新闻学院联合组成的"记录中国"报道团队介绍了毕节旅游资源的五个特点："得天独厚的气候条件，神奇秀美的自然风光，深远厚重的历史文化，独具特色的地方风物，多姿多彩的民族风情。"

然而，相比贵州省的其他旅游城市，例如依托红色旅游起家的遵义、以黄果树瀑布闻名的安顺，毕节的旅游业并不起眼。近日，"记录中国"报道团队走进毕节，力图了解毕节旅游产业发展存在的瓶颈以及观察毕节市如何破局。

交通的制约

谈起制约毕节旅游发展的首要因素，在毕节市委宣传部工作的吴炜给出的答案是交通。

他说："毕节是典型的喀斯特岩溶山区，之前受交通的制约，丰富的旅游资源是养在深闺人未识。"

"记录中国"报道团队在贵阳中国旅行社官网上查询时发现，贵州的常规旅游线路是黄果树瀑布—荔波—西江苗寨三地捆绑游。贵州的旅游点很丰富，但比较分散，旅行团一般以贵阳为据点，先到安顺游玩黄果树瀑布，然后折返回贵阳住宿，再往黔东南走，游览荔波和西江苗寨。

"记录中国"报道团队从贵阳中国旅行社了解到，除去上述知名旅游路线外，位于毕节市织金县官寨苗族乡的 4A 级景区织金洞近年来逐渐成为旅行社的新宠。

贵阳中国旅行社工作人员小贾告诉"记录中国"报道团队，旅行社 2016 年已经开始主推织金洞的旅游线路，"原来织金洞是每周二、周四、周六才发团，现在已经是每天发团了"。究其原因，是因为"高速公路通了，缩短了织金到贵阳的时间，只需要 2 个小时"。

毕节的织金洞此前受困于交通不便，如今高速公路开通，解决了交通难题。下一步要考虑的是如何进一步提高景区知名度。

小贾表示，未通高速公路前，从贵阳到织金至少需要 5 个小时，而且路况非常差。

小贾口中的这条高速公路指的是 2015 年 2 月 16 日开通的清织（清镇—织金）高速公路。作为厦蓉（厦门至成都）高速公路贵州段的组成部分，清织高速起自贵阳市代管的县级市清镇市红枫湖。

据《贵州都市报》2015 年 2 月 16 日报道："高速公路开通后，

清镇至织金的车程将由原来的 4 小时缩短至 40 分钟左右。"

高速公路的开通,也大大缩短了织金洞到贵州省西线其他景区的时间。《贵州都市报》还介绍道,往年从黄果树瀑布景区到织金洞需坐车 5 个小时左右,而且基本上都是山路,游客很难将两个景区串联起来游玩。但清织高速通了之后,从织金洞经红枫湖抵达黄果树,总行程只有 178 公里。于是,走过黄果树瀑布,再看织金洞,即刻成为贵州西线自驾两日游的五星选择。

受困于较低的知名度

交通的便利在一段时间内并未给织金洞带来激增的旅游人数。目前大多数旅行社并没有安排织金洞捆绑黄果树瀑布的线路。"原来有黄果树捆绑上织金洞的路线,但是收客效果并不理想。"贵阳中国旅行社工作人员小贾告诉"记录中国"报道团队。

小贾觉得效果不好,有可能还是因为织金洞全国知名度较低,游客询问率也不高。

他举了荔波的例子。荔波是世界自然遗产保护地,凭借着美丽的山水风光,曾被评为全球最值得去的 50 个旅游景区,"这种宣传是很给力的,一下子荔波知名度就高了。"

同样,毕节希望主打的红色旅游也面临着知名度不高的问题。

贵阳中国旅行社还没有安排任何有关毕节的红色旅游线路。提起毕节的红色旅游,小贾甚至有点疑惑:"毕节红色旅游比较有名气的是哪个景区? 我们觉得远没有遵义、赤水有名。"如今该旅行社每天都安排了去遵义的团,赤水则是每周五、周六发团。

毕节的百里杜鹃则不像织金洞那么幸运。虽然百里杜鹃已经在 2013 年跻身贵州全省仅有的三大 5A 级景区,但由于它主打的观赏杜鹃花项目具有季节性特点,旅游路线安排往往只在 3 月中旬至 4 月中旬这短暂的一个月内。"记录中国"报道团队询问了贵州多个旅行社,得到的答复都是,百里杜鹃就那一个月花期正旺,花期一过吸引力就不大了。

此外,毕节威宁的草海旅游景区也不是大众首选的旅游胜地。贵阳花溪国际旅行社开辟了草海的旅游线路,四人以上即能成行。不过,花溪国际旅行社的工作人员告诉"记录中国"报道团队,这条线去的人很少,很少有人问起。

各县努力破局

或许是因为已经认识到这些问题,近两年,毕节各县区的旅游、宣传部门已经开始在破局上发力。

威宁县的草海旅游景区,是世界十大冬季观赏候鸟的胜地之一。除观鸟特色外,草海景区也挖掘了自身其他核心资源。

威宁县委外宣办工作人员向"记录中国"报道团队介绍了草海的五大特色:"丰富多彩的民族文化,号称海外天国的石门坎文化,低纬度高海拔、强日照、大温差的特殊气候所营造的良好生态资源,丰富的农游资源,五大核心资源共同构成了观鸟外的旅游吸引力。"

为了发展草海的旅游,威宁县施行了一系列配套措施。

威宁县委外宣办主任王宏认为最重要的是基础设施得到了有效的改善:"目前我们的一条毕威(毕节—威宁)高速公路已经通车,大大方便了我们的出行。同时我们也开通了从贵阳到威宁的两趟旅游列车和重庆到威宁的旅游专列,这样我们的进出通道就比较方便。在这个基础上,威宁机场、四条铁路、四条高速公路还将在'十三五'期间建成。"

此外,威宁也正在逐步形成基本的市场意识,对旅游产业的认识和规划是很重要的突破。威宁县政府大力鼓励发展当地旅行社,尤其是地接社。2014 以来,威宁陆续成立了七家旅行社,当地政府对最先成立的乌撒阳光旅行社、草之海旅行社、黑颈鹤旅行社进行扶持,给予每家 10 万元的市场启动资金。"在今年(2016 年)举办的'第二届撮泰吉旅游文化节'上,通过我们当地旅行社招徕的旅客就达 1 300 人,大大地提高了威宁旅游的知名度。"王宏介绍道。

威宁的努力似乎得到了回报。"记录中国"报道团队从威宁县委外宣办了解到,2016 年上半年,草海共接待游客 177.8 万人次,实现旅游收入 5.97 亿元,与 2015 年同期相比,分别增长 156% 和190%,实现了威宁旅游的井喷式增长,而除了贵州省内游客,还有来自四川、重庆和云南的大批观光者。

百里杜鹃风景名胜区也在积极破局。针对花季时间短暂的问题,该管理区试图在赏花外开辟新的旅游资源。

百里杜鹃旅游开发投资公司副总经理曾凡华告诉"记录中国"报道团队,"观光旅游在当前以及今后较长一段时期,仍将是百里杜鹃重要的细分市场。但百里杜鹃的观光旅游,应从单一的花期杜鹃花观赏向'杜鹃花＋'、山水观光、民族风情等多元化全年型生态旅游转变,例如春夏赏花、秋季赏叶、冬季赏雪等。观光旅游产品得到丰富和补充,观光客源群体规模必然增大"。休闲度假避暑、露营和户外运动、科考修学培训都将成为百里杜鹃新的消费点。

"记录中国"报道团队从百里杜鹃管委会了解到,百里杜鹃风景名胜区管理委员会成立于 2007 年,当年景区旅游共接待 56 万人次,旅游综合收入 2.3 亿元。到 2015 年百里杜鹃接待游客达到480 万人次,旅游总收入 26 亿元,分别是 2007 年的 7.5 倍和10 倍。

毕节百里杜鹃正在积极扩容旅游资源,力图在非花期也能吸引游客。

推广力度加大

毕节市旅游局副局长施正军曾在接受媒体采访时用一连串的数字证明毕节旅游业的稳定发展："2015 年，全市实现旅游业增加值 78 亿元，占全市 GDP 的 5.9％，占第三产业增加值的 13.6％，带动社会就业 15 万人；而 2016 年截至 5 月底，全市实现旅游综合收入 174.6 亿元。"

毕节的旅游业发展虽然呈现不错的局面，但与贵州其他旅游大市还是存在一定差距。根据《2016 年遵义市政府工作报告》，2015 年遵义市旅游接待人数达 6 200 万人次，综合收入达到 547 亿元。

在旅游产业上发力，谋求分享贵州旅游红利，已成为毕节市县两级政府的共识。2016 年 1 月，时任毕节市市长的陈昌旭在做 2016 年毕节市政府工作报告时，曾就这一年毕节旅游业的发展给出了总体规划。陈昌旭指出毕节市需要大力发展文化旅游，措施涵盖组建市级旅游集团公司，抓好全市省级旅游景区建设，打造四条旅游精品线路，培育"五大生态文化旅游集聚区"，加快织金洞"5A"级旅游景区创建，推动慕俄格古城、支嘎阿鲁湖、九洞天、韭菜坪、洛布石林等景区创建"4A"级旅游景区等。

陈昌旭还提到，毕节市要举办好第十届旅游产业发展大会、2016 国际杜鹃花节、织金国际溶洞文化节、草海国际观鸟节等节庆活动。

纵观过去的八个月，这些旅游文化活动都在逐一有序地开展。

《2016 年毕节市政府工作报告》还写道："坚持市场导向，灵活运用网络营销、媒体营销、体验营销和航线营销等方式，大力开展宣传推介。加强与旅游企业、社会团体的合作,聚焦省内、川渝和珠三角等传统市场,拓展潜在市场和海外市场,不断提高旅游品牌的知名度和影响力。力争实现旅游综合收入 360 亿元以上。"

在这样的提纲挈领下,毕节开始积极地借助媒体、网络等平台深挖旅游的"富矿"。2016 年 8 月初,"藏彝羌走廊·彝族文化产业博览会"在毕节市大方县开幕,就有包括《南方周末》等媒体刊发大幅报道。此次第十届毕节旅游产业发展大会也邀请了多家全国媒体参与报道。

作者手记

这次去毕节回来以后,我和康老师都明显地感觉到自己对毕节的关注增多了。发现网络上有什么关于毕节的新闻,我们都会转发给对方看一看。有一次和康老师聊天,我们发现毕节最近在发力宣传旅游,有各种各样的文化节和文化活动。而那时候我的姑丈刚好去贵州旅游,我推荐他们去毕节玩时,他们说旅游团并没有安排毕节的路线。我就把这个情况告诉了康老师。康老师就说:"唉,这个可以做成一个选题呀,为什么毕节的旅游资源开发得不是很好,毕节又是如何破局的呢?"于是我就开始着手准备这个选题。其实有很多新闻点就蕴藏在生活中。

我问之前在毕节认识的一些县委宣传部门的工作人员有针对性地要了一些资料,而且还对几个贵州当地的旅行社做了电话采访(这个还要感谢《南方周末》给我的锻炼),再加上对比毕节、遵义、安顺等地的 2016 年政府工作报告,以及搜集了一些相关报道,基本上摸清楚了毕节发展旅游面对的瓶颈以及为了破局所做出的努力。

梳理完资料和文章逻辑后，我便开始了这篇稿子的写作，因为资料充分，逻辑也很清楚，所以我很快就完成了。这篇稿子最后也发在了澎湃上。

——汤禹成

精准扶贫"贵州模式"的村级样本：
脱贫资料生成二维码贴门上

澎湃新闻记者　康宇
复旦大学新闻学院　许燕　邵京　汤禹成　黄驰波　张一然
姜娜莉
（发表于 2016 年 9 月 26 日）

2005 年，刚从黔西师范学校毕业的陈龙来到贵州毕节市黔西县中建乡红板村，在红板小学任教。

每周他都要离开红板村去乡里开一次会。那时通村公路还未修建，红板村到中建乡没有通车，陈龙又没学会骑摩托车，只能靠步行。一来一回，每隔一段时间他就要走坏一双皮鞋。

他来到红板村任教的第一年是在红板小学老校舍度过的。老校舍孤零零地坐落在山顶的一块坝子上，是一排石头房子，屋顶盖着七零八落的青瓦片，每逢下雨，雨水便沿着瓦片的缝隙流淌进教室。教室门前还是土路，大风吹来，扬起的尘土灌进教室，有些对尘土敏感的孩子会忍不住咳嗽起来。

2006 年，老校舍对面修建了新的教学楼，红板小学的 40 余名师生才搬进新楼房。老校舍则被改造成饲养牛羊的牲口棚，石砌的平房如今已经泛黑，几间教室的窗户被数根木条钉住。

贵州省黔西县中建乡是贵州省"100 个一类贫困乡镇"之一，而红板村正位于这个贫困之乡东面高高的群山顶上，属于一类重点贫困村，是距离中建乡最远的村子，条件也最落后。

这两年，因特别贫困而名声在外的红板村，开始有了好的转

这是红板村村民李勇过去的家，也是现在全村唯一被保留下来的土房，已无法居住。　黄驰波　图

变，某种程度上说，已成为精准扶贫"贵州模式"的一个村级样本。

2015 年 5 月，红板村通往黔西县城的水泥公路正式通车。2015 年，全村有贫困人口 163 户 597 人。截至 2015 年底共脱贫 26 户 114 人。2015 年，全村人均年收入提高到了 4 620 元，相比 3 年前的不足 2 000 元，增长了 131%。

2016 年暑期，澎湃新闻（www.thepaper.com）联合复旦大学"记录中国"报道团队走进红板村，探寻精准扶贫"贵州模式"的村级样本，观察红板村在实施"精准扶贫"前后的变化，以及脱贫取得的成果。

"羞于启齿"的家乡

从中建乡到红板村，开车走通到村里的水泥公路也要花费半个小时的时间。

如果没有这条路,进入红板村的难度是可想而知的。这条路是2015年5月才修好的。长期以来,通往红板村只有一条土路,运输物资全靠人背马驮。"曾经村民自发将土路修成沙路,但不到两年,雨水就将沙路冲得泥泞不堪。"中建乡党委书记唐宝书向"记录中国"报道团队讲述红板村曾经的落后面貌。

交通落后只是红板村全面贫困的一个缩影。

过去的红板村贫困到什么程度?用唐宝书的话来说,就是"不少红板村人在外都不愿意承认自己是红板人"。唐宝书的两个朋友就是这样的,介绍自己来自哪里时,会说自己是临近乡镇的重新人或者中坪人。后来和他们熟悉了之后,唐宝书才知道,那两个朋友都来自红板村,只是因为家乡太贫穷,他们才碍于面子"偷改"了户籍。在外人看来如玩笑一般的囧状,却曾是红板村人心里的痛。

45岁的李正洪没有"偷改"过户籍。十多年前,在他觉得日子实在熬不下去时,他带着从云南远嫁过来的妻子逃离了红板村,到毕节市金沙县打工。

以前的苦日子让李正洪不愿过多的回忆。一提起过去,李正洪眼圈就红了,吞了几口唾液后仍说不出话。坐在他身边的红板村党支部书记瞿开维简单介绍了李正洪家的情况。

在逃离红板村之前,李正洪夫妻和他们的三个孩子一直寄宿在李正洪父母家,不大的房子里还住着李正洪的哥哥和弟弟。"你们能想象当时的居住情况,当时全村几乎住的还是土房子,条件非常苦,根本无法生活,更不用提什么发展挣钱了。"瞿开维对"记录中国"报道团队说。

如今,村里的土房全都被当作危房改造了,只有村委会旁的一所土房被保留下来。这所旧得已无法住人的土房是村民李勇家的，土房四周长满杂草，内部破旧不堪的模样如今被定格在李勇家的相册里。两年前，李勇家就盖起了新的房子，是砖混结构的，就建在村委会对面。

而陈龙心中对曾经的红板村的记忆，更多地落在那些孩子身上，落在他初来乍到时的那排红板小学的老校舍上。

红板村海拔比较高，每年十月到次年四月，气温都很低。

陈龙向"记录中国"报道团队回忆了 2005 年他当一年级班主任时看到的一幕：教室里的木板凳很高，一年级的孩子们坐在板凳上，脚都够不着地。冬天是穿着单薄鞋袜的孩子们受苦的时节。往往一堂课下来，他们的脚就会被冻得麻木。有时候一堂课上到一半就要暂停，让孩子们围在火炉旁取暖。

孩子们的脚旁，总会放一个麻袋，里面装着柴火和土豆。那时的红板小学还没有能力为学生提供午餐，孩子们的午餐就是自己烤的土豆。

陈龙站在废弃的红板小学老校舍前回忆过往，距他来红板村教书，已经过去11年。　姜娜莉　图

一所小学的改变

红板小学的改变始于 2006 年。时任红板村党支部书记的李国勇告诉"记录中国"报道团队,红板小学的老校舍是在 1972 年由村民集资筹建的。"当时很穷,学生们的书包都是破旧的塑料口袋,他们背不起新书包。"

2003 年,黔西县教育局拨款 30 万,修建了红板小学的新校舍,并于 2006 年投入使用。如今,红板小学共有教室 7 间,学生144 人,教师 10 人,是中建乡唯一保留的一所村级完小,学生范围也扩大到了红板村周边的 3 个村寨。

红板小学的学生食堂,明亮、干净。2011 年,红板小学曾因"免费午餐"走进红板而为人所知。这一公益项目大大改善了学生的午餐质量。　姜娜莉　图

红板小学新校舍的教学楼有两层,教室窗明几亮,学校食堂则单独建在了教学楼旁边。食堂门口午餐计划的金色牌匾上写有"微基金""天涯公益"和"免费午餐计划"标志。

公益项目"免费午餐计划"就是从这里起步,逐渐推广到更多的村级小学。

2011年3月,中央电视台《今日说法》栏目报道了红板小学有2/3的学生因路途遥远和家庭困难吃不上午饭。

这则报道发出的当天下午,网络公益组织微计划(已成立微基金)便联合天涯公益、麦田计划等多家单位发起"免费午餐计划"行动,通过淘宝网店认购爱心午餐、领取爱心游戏号等方式筹集专项资金,并于2011年4月1日正式启动了红板小学免费午餐计划,让250名在校生吃上了第一顿热腾腾的午饭。

免费午餐计划启动之初,按每个学生每天2.5元的伙食标准进行配餐,公益捐款"微基金"可供应红板小学3年的免费午餐。

如今,3年的时间早已过去,但免费午餐计划并没有停止。2012年3月,义务教育范围内的一到六年级学生的午餐支出纳入国家财政的支持范围后,微基金便仅用于学前班学生的午餐开销。

红板小学现任校长陈文栋向"记录中国"报道团队介绍,2016年1月微基金停止资助后,红板小学又与贵州省青年志愿服务基金会合作,为学前班的孩子免费提供营养午餐。目前,红板小学食堂有2名厨师,他们为学生制作的午餐统一为两菜一汤,荤素搭配。每个学生每顿的午餐标准提高为4元。

"去年(2015年)暑假,我们学校食堂的师傅还参加了黔西县教育部门举办的培训班,目的就是提高厨艺,为孩子们烧出营养美味的午餐。"陈文栋说,随着红板村条件的逐步改善,他期待孩子们的午餐能更丰富、更营养。

红板小学的变化,不仅仅体现在学生们能吃到免费午餐。如今的红板小学还有专门的图书室,三年级以上的学生就可以进入图书室借阅书籍。村民李勇的儿子李宜鸿这个学期开学就上三年级了,他对可以进入图书室借书阅览充满期待,科幻故事书是他的最爱。

陈龙说,现在越来越多的老师来到红板小学任教,越来越多的家长也愿意把孩子送过来读书。从生源流出到回流,红板小学花了近十年的时间。毕节市黔西县中建乡人大主席代志立有些欣喜地告诉"记录中国"报道团队,红板村已经走出十余名大学生。

图中是如今的红板小学新教学楼,2006年建成投入使用。　姜娜莉　图

全乡的"脱贫样本"

红板小学的旧貌换新颜只是红板村逐渐摆脱贫困的一个真实写照。

随着扶贫攻坚战的打响,红板村正慢慢撕掉多年来"贫穷、落后"的标签,在奔向小康生活的路上越走越快。

快到红板村时能看到"看真贫""扶真贫""真扶贫"的大牌子立

在路边,格外显眼。

唐宝书向"记录中国"报道团队介绍说,夯实基础设施建设、改善农村生产生活条件是红板村扶贫工作的重点。

"新建通村水泥路 6.5 公里,硬化六、七、八组通组进寨路 5.7 公里;实施危房改造 26 户(计划脱贫户 1 户),亮化住房 40 户(计划脱贫户 18 户)。"等举措都被写进了《中建乡红板村 2015 年度扶贫攻坚"六项行动"计划》。

据《毕节日报》2015 年报道,红板村自 2012 年来,在扶贫工作中累计投入资金 1 127.4 万元。其中整合资金 395.2 万元投入水、电、路、讯、房和教育、生态环境等基础建设,整合资金 732.2 万元投入种植、养殖等产业发展(含农户贷款 460 万元)。

多年前,曾因家乡贫困,找不到挣钱机会的李勇逃离了红板村,南下广东谋生。2014 年,红板村开展对村民土房的改造工程,李勇家也建起了新房。精准扶贫的一系列举措让李勇看到了家乡发展的希望,他和妻子于 2015 年返乡。

返乡后的李勇,研究起了土鸡养殖。李勇在红板村特色土鸡生态养殖基地养了 200 多只土鸡,还养了 4 头牛。李勇透露,养一头牛有 2 000 元的补贴,土鸡的鸡苗则免费由村委会提供。土鸡养殖基地的场地由政府出钱买下,村民贡献劳力围建而成。

"记录中国"报道团队从红板村村委会了解到,截至 2015 年底,红板村特色土鸡生态养殖基地以"支部＋协会＋贫困户"的方式建立,实现连片养殖,覆盖贫困户 75 户。此外,红板村还实现连片养羊 45 户,连片养牛 62 户。

脱贫资料制成二维码

解决住房与道路的问题只是最基础的努力。

现在的红板村扶贫工作日益精细,扶贫方法逐步创新,每个精准脱贫户不仅被建档立卡,及时上传"扶贫云",而且农户的脱贫资料还被制作成二维码,贴在每家的大门上。

贵州省执行的大数据精准扶贫建设,终端到达的就是村寨农户家。这是最后的环节,也是最重要的环节。

作为大数据的数据源,红板村如何做到数据精准呢?

精准确认扶贫的范围是关键。据中建乡党委委员、负责红板村精准扶贫工作落实的李果介绍,红板村以贫困户属性(有无劳动力和是否享低保政策)将贫困户分成四类:一般贫困户、有劳动能力的低保贫困户、没有劳动能力的民政兜底的低保贫困户、无保人员三无人员。"只要有劳动能力,通过产业扶植或者其他方面帮扶,能通过自身能力脱贫致富的——这个范围才是精准扶贫的范围。"李果说。

"记录中国"报道团队通过在红板村走访了解到,每个贫困户都被"建档立卡"。在村委会办公楼的档案室里,有一排文件柜,文件柜里整整齐齐地码着全村精准扶贫户的 100 多本档案。

每一户的扶贫信息都被制成档案,套上塑料膜存档。这些扶贫信息档案记录的内容非常详尽,包括扶贫户整个家庭的基本情况、致贫原因、帮扶责任人、帮扶计划、实施项目、走访记录等。

随着"扶贫云"在 2016 年初的推广适用,红板村的扶贫工作组还在电脑上安装了相关系统,建立了电子档案。

据中国网 2016 年 1 月中旬报道,2016 年 1 月 12 日,贵州省副省长刘远坤曾公开表示,在实施大扶贫战略中,贵州将继续强调"精准",并充分利用大数据来实施精准扶贫,专门建"扶贫云",真正把对象搞精准、把原因搞清楚、把管理搞规范,做到因户施策、因人施策。

作为贵州省精准扶贫对接的 22 个试点村之一,红板村的每一步发展变化都会引来关注。毕节市扶贫办的一位工作人员对"记录中国"报道团队表示，他对红板村在创新扶贫方法上的大胆尝试印象深刻。红板村贫困户的脱贫信息被制作成二维码，不仅贴在上述的扶贫信息档案中，还贴在了农户的家门上。其目的是为了让农户在家门口就可以及时掌握精准扶贫各项举措的实施情况。

村民祝才明家的"二维码"就贴在了房屋外墙的正中位置。读取二维码后，祝家的精准脱贫资料就快速地呈现出来。通过这些信息，"记录中国"报道团队了解到，祝才明夫妻已过不惑之年，养育了五个孩子。家里最大的女儿已经在黔西县城上高中了。祝才明家里一年收入的大部分钱都花在供孩子读书上。对孩子教育投入的增加让这个原本就生活艰难的家庭背上了更沉重的负担，因学致贫是这个家庭的主要致贫原因。

每户家庭致贫原因不同，决定了帮扶他们脱贫的举措也有区别。针对祝才明家的情况所执行的扶贫方式是"精准养殖业和教育扶持脱贫"。

对此，李果给予了进一步的解释："如农户家有土地，家庭成员有养殖经验，还有劳动能力，村里会征求农户意见，同时给予建议。比如这家适合养牛，就按'先建后补'方式发放一部分扶贫资金，农户没有自筹资金的就动员农户去银行贷款，财政给予贴息。村里现在有一个'特惠贷'政策，一个建档立卡户在三年内可以享受五万元以下的免担保抵押贴息贷款。此外，县里还拿出财政资金建立了一个风险基金库。如果养殖业脱贫举措因不可抗力导致项目失败，就由县里的这个风险基金给予农户损失50%的补贴。"

在李果看来，红板村的扶贫体现了"六个精准"（扶贫对象精准、项目安排精准、资金使用精准、措施到户精准、因村派人精准、脱贫成效精准）的相关政策和措施落到实地，贫困户致富脱贫的希望指日可待。

　　而在唐宝书看来,红板村的目标远不止脱贫这么简单,红板村完全可以被打造成"美丽乡村",虽然目前距离这一目标还有很长一段路要走。唐宝书相信,能打赢脱贫攻坚战的红板村,还会发展得更好。

"滇西一只鸡"面临走出去难：
缺统一标准，拟先开进复旦食堂

澎湃新闻记者　康宇　　复旦大学新闻学院学生　王媛媛

（发表于 2016 年 7 月 19 日）

　　中国有三大小吃"神店"：沙县小吃、兰州拉面、黄焖鸡米饭。虽然不同地方的连锁分店烹制出来的小吃口味有着些许差别，但不可否认它们均已成为知名小吃，受到快餐族追捧。

　　提到黄焖鸡，多数人首先想到的就是黄焖鸡米饭。实际上，一道被誉为"滇西一只鸡"的菜肴也有着独特的风味和浓厚的饮食文化内涵。"滇西一只鸡"指的就是云南永平黄焖鸡。

　　近日，由澎湃新闻（www.thepaper.cn）和复旦大学新闻学院联合组成的"记录中国"报道团队在云南大理白族自治州永平县调研时了解到，永平黄焖鸡是当地独具特色的名吃，但是因其缺乏统一标准致品牌难立，一直以来都没能走出大山，在全国范围内形成连锁规模。

永平遍地黄焖鸡

　　"千古博南，味道永平。"

　　这是永平县着力打造的形象定位。永平县位于大理白族自治州西部，下辖四个乡和三个镇。县政府驻地就在博南镇。永平县建置历史悠久，可追溯到东汉明帝永平年间，立县之初取名博南县，故有"千古博南"之称。而"味道永平"里的"味道"首屈一指的当属永平黄焖鸡。

　　永平县委宣传部副部长何正坤向"记录中国"报道团队介绍，永平县城里总共有大大小小 300 家左右黄焖鸡饭店。从店名可以看出，绝大多数饭店都会打出"正宗""老字号"等字眼以吸引路过的吃客。

　　在永平县主要干道博南路上，"记录中国"报道团队看到，一家叫"永平老字号黄焖鸡"的饭店隔壁就是一家叫"三姐妹老字号黄焖鸡"的饭店。下午 3 时许，即便午饭时间已过，两家饭店仍有少许顾客在吃饭，哪怕一桌只有两个人也会点上一道招牌菜永平黄焖鸡。

　　"永平老字号黄焖鸡"饭店老板娘陈悦（化名）说，这家店已经开了 10 多年，每天基本上都能卖出 40 到 50 只鸡。"生意这么好不想做大吗？"对于这样的问题，陈悦轻轻摇了摇头，"我不知道外地人会不会喜欢我们的口味，云南人很吃得惯，很多人想吃黄焖鸡还是会到永平来。"这对陈悦来说似乎已足够。

　　苏字海开的店大概是永平黄焖鸡饭店中最有个性的一家。他的店名叫"春明饭店"，只有四个字，连"黄焖鸡"的字眼

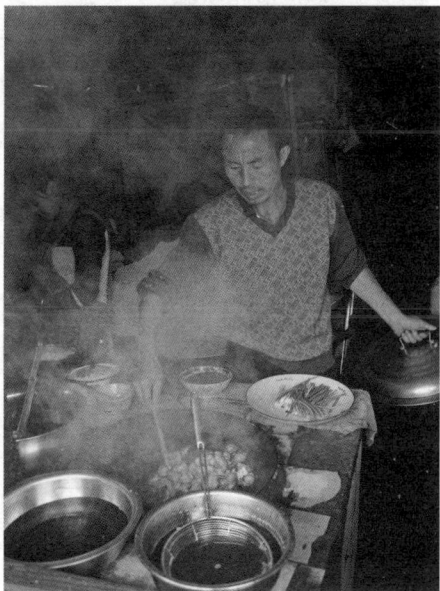

春明饭店老板苏字海烹制永平黄焖鸡。老苏说，每家做这道菜都有一套工序，做出来的味道不尽相同。据永平当地人介绍，老苏家的这道菜味道最正宗。

刘日炜　图

都没有写，更不用说"老字号"了。不过春明饭店自开店至今已有35年时间。很多永平当地人都觉得苏字海做的黄焖鸡味道才是最正宗的。

春明饭店不在永平高速路出口附近的博南路上，反而建在一座小山上。博南古道就从店外经过。博南古道曾被称为经济贸易的"南方走廊"，是古代朝廷用来向云南西部边疆地方官府传递紧急公文的重要驿道。

春明饭店面积不大，只有30平方米左右，房子里外都算上只摆了6张桌子。"要吃春明家的黄焖鸡，得提前预订。"何正坤对"记录中国"报道团队说。

这家仍坚持使用土灶烧菜的，看上去并不起眼的老店还登上过中央电视台。虽然"广告"都打到央视了，55岁的苏字海却仍守在这方寸之地，每天限时限量地经营着他的小本生意：每天中午和晚上加起来也只卖20多只黄焖鸡。

由于"老苏牌"黄焖鸡味道广受好评，不少吃过念念不忘的吃客都建议老苏出去开分店，把永平黄焖鸡的招牌打出去。

"有想过（这个问题），早几年是孩子小，要读书，我们走不开，现在是年龄大了，身体又吃不消。也想过把店面开大一点，就是资金和能力还不够。"苏字海说。

缺乏统一标准

永平遍地是正宗黄焖鸡饭店，永平黄焖鸡这个品牌却一直没能走出县城广为人知，像"杨铭宇黄焖鸡米饭"那样在全国范围内形成连锁规模。

"我们当然希望永平黄焖鸡的味道能传得更远，让更多人品尝到。"永平县委宣传部副部长何正坤对"记录中国"报道团队说，"但是目前来看,推广永平黄焖鸡仍有一些难题没能解决。"

其中一个难题就是永平黄焖鸡缺少统一标准,导致品牌难以树立。国家食品安全风险评估中心首席专家吴永宁对"记录中国"报道团队解释说:"品牌建设一定要有标准,先有标准后有品牌,有标准才能产生形成品牌的基础。国家标准是一个最低标准,企业标准是在国家标准上面更高的规范,企业以标准为基础形成自己的特色,就有了品牌。"

新华网 7 月 11 日曾报道,吉林省将为冷面、参鸡汤、石锅饭、米糕四项料理制定标准。某种意义上说,制定统一标准成为打造品牌,尤其是连锁规模式知名品牌的第一步。

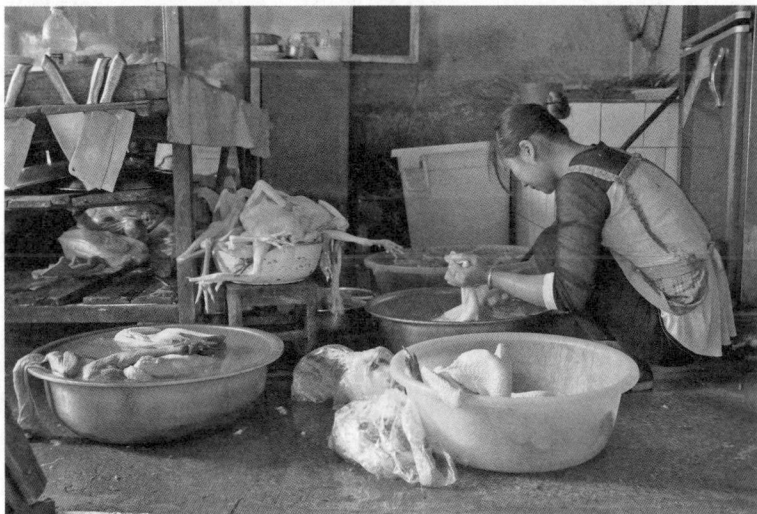

永平黄焖鸡是一道独具特色的当地名吃,选用的食材是博南山鸡。图为烹制这道菜之前的洗鸡过程。　刘日炜　图

苏字海认为,永平黄焖鸡确实需要确定一个统一标准,首先在食材上就要统一。

"有了这个标准，每家店就都要用博南山鸡。购买一只博南山鸡进价大概是每斤 22 块钱，但如果是饲料喂养的肉鸡每斤只要 6 块钱，成本比我们低很多，但做出来的黄焖鸡又是差不多的价格，他们就会比我们赚得多。"苏字海认为，有了统一标准，相当于给不良商家上了"紧箍咒"，这样外来游客到永平，也可以吃到最正宗的永平黄焖鸡。

不过对于永平黄焖鸡来说，这个统一标准却难以制定。何正坤透露，事实上，永平县政府相关部门以及餐饮行业协会早几年就提出过想要制定一个关于永平黄焖鸡的行业标准。

"记录中国"报道团队从永平县市场监管局相关负责人处进一步了解到，为永平黄焖鸡制定统一标准一事最终搁置了。原因在于黄焖鸡是一个实体菜肴，每一个餐饮店都有自己的独家做法。餐饮店烹制黄焖鸡完全可以按自己的标准，那么统一的食品标准就很难制定。

食材可先推广

在云南岚福源生态资源投资有限公司董事长刘强看来，即便正宗永平黄焖鸡市场打开，规模也不会太大，很难打出品牌。

"我之前就是做餐饮行业的，一款当地特色饮食要推出去，一定要经过改良适应大众的口味。之前我们在永平找了几个做黄焖鸡口碑比较好的老人来试过，每个人做出来的口味都不一样，因为配料不一样，但共同点是口味重，饮食口味偏淡地区就不一定吃得惯，所以要做成'黄焖鸡米饭'那样的日常配菜，很难实现。"

如何能让永平黄焖鸡走出县城广为人知，也是作为永平县定点帮扶单位的复旦大学的师生一直在思考的问题。近些年，复旦大学一直致力帮助永平打赢脱贫攻坚战。

据在永平县曲硐村挂职的复旦大学教师姚志骅透露,2015年底,永平县相关领导曾提出希望能与复旦大学达成合作,把包括永平黄焖鸡在内的永平美食带去上海。"近期也在调研永平美食在学生中的接受度,如果将来各项条件都成熟,可以考虑在学校食堂开设永平美食专窗。"姚志骅对"记录中国"报道团队这样说。

如果推广黄焖鸡有难度的话,刘强认为还可以换个思路去做。"永平黄焖鸡的一个最大卖点其实是博南山鸡。"刘强说,食材的选择直接关系到一道菜肴的受认可度。目前,刘强正在着手开发博南山鸡的深加工产业。"我们主要还是在卖鸡,博南山鸡的肉比普通肉鸡香,我们经过处理再配好黄焖鸡的改良调料包,希望以这样的方式打造出一个永平黄焖鸡的品牌。"

根据刘强所经营公司的规划显示,仅永平县西昌村一个收购点一次性就能收购到4万只博南山鸡,而从鸡苗到长成一只3斤左右的成鸡,大概需要140到150天左右。不过刘强也透露,这还只是初步规划,"现在公司做的项目比较多,规模化生产的厂房还没有建立起来,而且相关项目认证也还在申请过程中"。

刘强的规划不排除具有现实可行性。上海环球港展销云南农特产的云品中心负责人虞洁对"记录中国"报道团队表示,永平县的农特产要进入上海,还是得从食材类做起,比如博南山鸡。但是要推广,首先也要有统一的规划标准,其次是必须要保证在这个标准下能规模化生产,"对很多经销商来说,关心的实际是量。品牌影响力如果要做起来,量的供应必须得跟上,要出量就要规模化生产。比如要做博南山鸡推广,先期投入大量资金打出市场后,如果后续供应跟不上,那前面的努力就白费了。"

推进博南山鸡产业向规模化、标准化发展,也是永平县政府接下来努力的方向之一。

据何正坤介绍,规模化发展主要体现在鼓励有条件的乡镇采取产业扶贫方式养殖博南山鸡；标准化则体现为不能用饲料或人工添加剂喂养，因为烹饪黄焖鸡的鸡不能太老，且一般以不超过3斤为宜。"现在博南山鸡主要还是村民自主放养，放养才能保证鸡的品质，如果有企业做规模化开发的话，政府可以在企业的收购、加工等环节进行严控，从而保证质量达标。"何正坤说。

作者手记

在采访过程中，跟着春明饭店的老板第一次了解了制作黄焖鸡的全过程。显然，此黄焖鸡非写字楼下的彼黄焖鸡，工序也更多和更用心。手艺的传承靠的是——"匠心"。尽管写了黄焖鸡品牌难以走出去和产业化的困境，但也会问自己，为什么一定要产业化？我们热衷于报道国外独家手艺人的几代传承，但其实我们自己也有，不是吗？某种程度上来说，春明饭店的老板也是在保护着这门手艺。多学习、多了解，认知便更加宽容。

——王媛媛

云南永平的全国最大核桃市场梦：
缺资金，六年只建成一办公楼

澎湃新闻记者　康宇　　　复旦大学学生　王嫒嫒

（发表于 2016 年 8 月 3 日）

马克辉这一年都很忙，作为云南省大理州永平县曲硐小城镇保护与开发工作领导组办公室副主任，他在忙着"重启"一个重点项目。

永平县委、县政府于 2010 年 4 月在永平县城博南路西侧上马

六年过去，曲硐核桃交易市场除了一栋办公楼外其他项目工程还未建成。
刘日炜　图

建设了一个集加工、交易、仓储、信息服务等为一体的泡核桃产品交易市场。彼时，《云南日报》以"全国最大核桃交易市场"来介绍这个项目。

这个项目位于曲硐村。曲硐村所属的永平县博南镇成立于2005年12月，由原老街、曲硐两镇撤并而成。该镇位于永平县境中西部，是县城所在地，是全县政治、经济、文化的中心。

永平县委、县政府当初上马这个项目，主要是为了解决曲硐村核桃交易中"以路为市"严重影响县城交通的问题。

近日，由澎湃新闻(www.thepaper.cn)和复旦大学新闻学院联合组成的"记录中国"报道团队在永平县调研时了解到，六年过去了，这个全国最大核桃交易市场尚未建成，当初项目规划区域内的大面积土地还处于闲置状态。

"实际上这个项目一直在研究，只不过沙盘做好了，又反复调整思路推倒重来，现在重新进行项目申报了。"马克辉对"记录中国"报道团队说道。谈及这个项目何时能落成，马克辉也无法给出时间表，只是表示"能拿到足够资金，应该就可以启动了"。

迟迟未建成的项目

坑坑洼洼的泥水地、角落里堆放着废石料、从地缝里钻出来的野草已经没过脚面，时不时还有一群家禽踱着方步从这里经过。这是"记录中国"报道团队近日在永平县城的主路博南路西侧一片空地上看到的一幕。

在这片闲置空地靠近马路的一角，建有一栋颇为洋气的黄色办公楼，共有三层。

这栋楼的挂牌单位是"永平县曲硐小城镇保护与开发工作领导组办公室"。马克辉就在这里上班。

而这栋楼原本是要被打造成曲硐核桃交易市场的。

大理电视台 2014 年 11 月曾报道,早在 2008 年,永平县委、县政府就对曲硐核桃交易市场进行过前期规划。

2009 年,曲硐核桃交易市场项目正式启动。2010 年永平县政府工作报告提到,2009 年城镇建设速度明显加快,"启动了县城综合集贸市场扩建、县城停车场、曲硐核桃交易市场、北斗林场棚户区改造等项目建设"。

"记录中国"报道团队检索永平县政府官网"重点工作通报"一栏发现,2009 年 12 月初,永平县商务局曾发文通知,将于当月 22 日召开核桃交易市场选址及建设内容听证会。时任永平县商务局副局长的蒋张才在会上做了发言,对这个项目方案的背景做了相关介绍。

同年 12 月 28 日,永平县商务局发布了关于这次听证会结果的公告。公告最后明确"核桃交易市场选址在曲硐,并按该市场的修建性详(细)规(划)建设"。

从 2010 年 4 月到 2014 年,这个项目一直由蒋张才负责推进。据蒋张才介绍,当时完整的曲硐核桃交易市场的规划面积是 114 亩,其中 41 亩是曲硐村卖核桃的商户自发形成的老市场,另外的 73 亩面积是一个扩建工程,包括新建一栋综合办公楼,以及打造一套与交易市场相配套的信息系统和检测检验系统。

上面提的黄色办公楼就建在这 73 亩规划土地上,大楼占地约 2 亩。除了这栋办公楼,项目的其他规划工程一直没有动工。

蒋张才对"记录中国"报道团队透露,当时对这个扩建项目做过两个计划,一是做成公益性市场,资金全部由政府来出。不过因当地政府自身"造血"能力不足,后来调整了计划,即当地政府进行招商,出让一部分项目占地,让招进来的企业按政府规划自行建设,回收的资金再做公益性设施。"2014 年前后我们引进过几家外省企业,有的还签署了投资意向,但后来企业那边说经济下滑就搁置了。"

2014 年,蒋张才因为工作调动不再负责这个项目,由马克辉接手负责。这两年,马克辉一直在想办法继续推进曲硐核桃交易市场项目。

要最终完成这一项目并非易事。在分析曲硐核桃交易市场项目陷入瓶颈原因时,马克辉认为主要问题还是资金短缺。

马克辉对"记录中国"团队表示,现在看,要按最初规划完成 73 亩土地上的全部项目,大概需要 5 000 万元,"县里能拿出来的有限,缺口还是得向国家争取"。

实际上要投入的资金恐怕还不止这些。蒋张才对"记录中国"报道团队透露,原来申报曲硐核桃交易市场项目的时候,总投资就已超过 2 亿元。后来项目起步,陆续到账的资金约 700 万元,而这些资金无法用至项目建成。

马克辉说,他现在要做的就是争取资金,在不改变项目原始规划目的的前提下,让大企业进来,为这个启动六年却迟迟未建成的项目"添砖加瓦"。

核桃贸易第一县

永平县之所以在打造曲硐核桃交易市场上发力,与曲硐的核桃销售规模日益壮大有关。

曲硐村是滇西地区最大的回族聚居村,在方圆不到 2 平方公里的土地上居住着 1 600 多户 7 200 多人,其中 95％以上是回族村民。

21 世纪最初几年,善于经商的回族村民开始做起了核桃买卖,曲硐也逐渐形成了商户自发组建的交易市场。

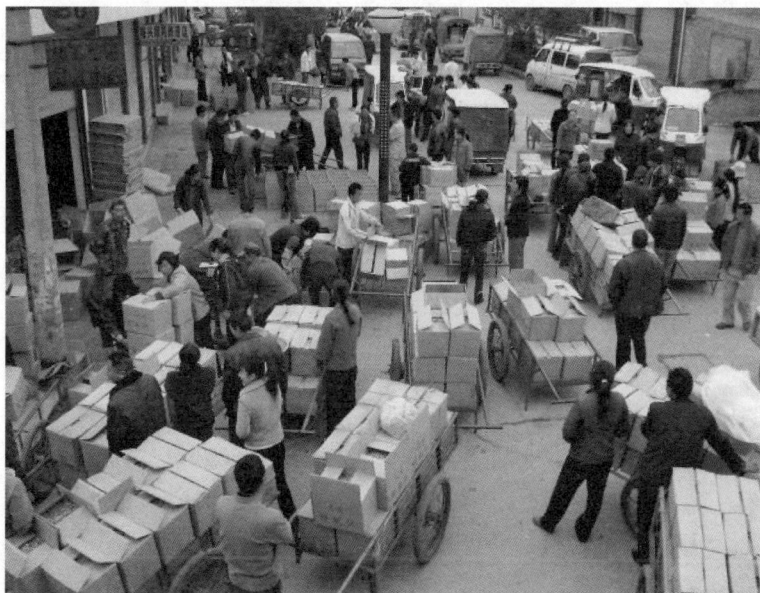

每到核桃旺季,曲硐核桃经营商户自发形成的老市场便人满为患,"以路为市"的现状仍棘手。 姚志骅 图

永平县曲硐核桃经营协会会长马永宁告诉"记录中国"报道团队,经过最初几年的发展,曲硐做核桃买卖的人越来越多,核桃交易规模随之越来越大。2009 年 4 月,包括他在内的 55 名个体户成立了核桃经营协会。到 2009 年底,协会里的成员超过 700 户。

有趣的是,曲硐原本是一个不产核桃的村子,但全村却有八成以上的农户在从事核桃的加工交易。马永宁对"记录中国"报道团队说,曲硐做核桃的特点是"两头在外",即生产种植在外,以及销路在外。

马永宁说:"核桃拿到曲硐来就不愁卖。"

每年一到核桃收购季节,马永宁领导的协会成员就组成专业营销队伍，将与大理州毗邻的保山、怒江、德宏、临沧等州市的核桃源源不断地收购到曲硐，再通过曲硐客商销往省外。

2015年10月来到永平曲硐村挂职的复旦大学教师姚志骅也向"记录中国"报道团队描述了核桃销售旺季时的一派景象。

每年9月到次年2月是当地核桃销售的旺季。旺季时几乎每天，天刚蒙蒙亮，曲硐村的核桃交易市场便热闹起来。"成交""过来秤""欢迎再来"等叫卖声不绝于耳。曲硐被誉称为"云南滇西地区最大核桃集散中心"和"核桃贸易集散第一县"。

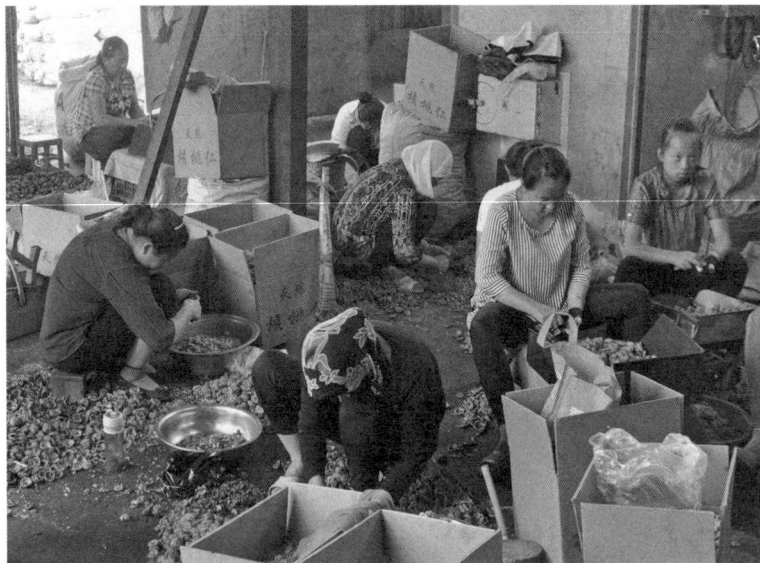

曲硐一个核桃加工作坊内，数名工人正在对核桃进行剥皮处理。
刘日炜　图

2014年11月，大理电视台报道，由于抓货能力强，产品质量和经营信誉较好，曲硐村吸引了大批外地客商前来交易，每年从上海、浙江、四川等地入驻的客商达200多户，形成了以周边村寨农户种植、村内农户经营、大户集中、外商联营的购销网络体系。

永平县曲硐核桃经营协会副会长马志达对"记录中国"报道团队透露,曲硐核桃每年的交易量超过 5 万吨,产值在 15 个亿左右,甚至更多。

这无疑是一个非常可观的交易规模。2016 年 5 月中国网发布了一则关于云南核桃市场培育和品牌树立问题的调查报道,文里提到:"目前云南省最大的核桃交易场所位于云南省大理州永平县曲硐村,2014 年永平县核桃产值近 22 亿元,占云南省核桃产值的 1/4 左右。"

曲硐成为云南省名副其实的"核桃营销第一村"。

"以路为市"困境

然而,与曲硐核桃销售规模日益壮大相伴而生的问题也出现了。

永平县曲硐核桃经营协会副会长马志达说,曲硐村内本来是老百姓的生活区,现在核桃生意做大后,狭窄的道路、拥挤的交易区已经满足不了需要,当地不少客商都希望能尽快改扩建市场。

改扩建市场要集中解决的问题就是核桃交易"以路为市"的现状。

曲硐一名核桃经营户告诉"记录中国"报道团队,现在核桃交易主要还是在曲硐的两条路上进行,核桃销售旺季时,从曲硐村的村口到交易核心区都站满了人,车子通行都成为难题。她一度寄希望于县政府打造的全国最大的核桃交易市场能建起来。在她看来,这不仅能解决核桃交易"以路为市"、严重阻碍交通的问题,也能在一定程度上带动整个曲硐村甚至永平县的经济发展。

缺少大型核桃交易市场，不仅是曲硐村面临的困境。曲硐这种"原始的实物交易"可以说是云南核桃交易领域的一个缩影。

上述中国网的调查报道也提到，目前云南没有上规模的核桃交易场所，百万桃农和核桃产业都处于原料买卖的初级阶段。"核桃产品的销售大多是核桃贩运户从集市零星收购，再卖给加工企业或销往异地，这也严重制约着云南核桃产业的长远发展。"

除此之外，缺乏大型的核桃深加工企业，也是曲硐村和永平县无法回避的现实。目前永平县仅有3家企业在做核桃加工，但这3家也只是简单的粗加工，即将核桃进行礼盒包装，或者是制成枣夹核桃、核桃糖、核桃酱等简单的产品。

还有一个比较奇怪的现象，永平县每年的核桃产值超过20亿元，但在永平当地餐桌上、超市里销路最好的却是一个叫"漾濞核桃乳"的品牌。"记录中国"报道团队了解到，位于永平县东边的漾濞县在核桃深加工的路上越走越乐观。2010年漾濞县还成立了全国首个核桃研究机构——云南省林业科学院漾濞核桃研究院。

曲硐核桃产业如何打赢突围战，引发了不少当地工作人员的思考。

谈到曲硐核桃产业发展的瓶颈，在曲硐村挂职的姚志骅认为，长期以来的粗放型经济增长模式以及薄弱的经济基础造成了核桃交易的经营模式单一，技术含量低，产品附加值低，抵御市场风险能力低。"当地政府税收非常有限，相对应的，政府对于核桃市场的监管和服务能力就显得弱化。"姚志骅对"记录中国"报道团队说。

永平县最大的清真寺广场上立着一块展示牌，主题是"曲硐古村落保护与开发规划"。展示牌内容写道："2014年2月，（曲硐）入选'中国历史文化名村'，2015年5月调整充实了曲硐古村落保护开发机构，开启了曲硐发展的新篇章。"

马克辉说,围绕"中国历史文化名村"继续推进建设核桃交易市场就是其中一项重要工作。为此,他忙碌了一年多。

作者手记

第一次进行实地调查采访,在当地尽可能多地走访不同信息源,为了保证所传达的信息更接近事实,回到上海后对上海云南特产推广项目也进行了后续跟进。虽然最后发表出来的结果只是取了所有材料中的一部分,但对于个人眼界的开拓有极大的帮助。在这篇报道中学习到了两个需要注意的点:一是一定要多数据进行多方求证,力求精准;二是在新闻报道中,防止为了写作而写作,要强化重点突出对象,这样报道可能会更具体、更吸引读者,更有利于传递声音,从而解决问题。

——王媛媛

脱贫名城沸点冷却？
武义"温泉小镇"需再加把火

复旦大学新闻学院　费林霞　韩可欣　许愿

　　武义旅游以"浙江第一、华东一流"之称的温泉闻名，其着力打造的温泉小镇却在 2016 年经济增长放缓的影响下步履艰涩，十大项目中四大项目因招商引资困难或原有投资方撤资而暂停。三年的考核期将到，"温泉小镇"的牌子是否能保住成为武义县温泉度假区目前紧张的问题。

　　在历史上旅游产业对于武义县意义重大——地处钱塘江和瓯江上的山区县武义曾被确定为"贫困县"：其南部山区 13 个乡镇曾被浙江省委、省政府确定为贫困地区，贫困人口达 12.4 万人，占全县 1/3，其中 8 万人居住在高山、深山，20 世纪 90 年代年人均纯收入仅 418 元。通过十几年的努力，县政府依靠优良的温泉资源和良好的生态环境发展旅游，帮助山民"下山脱贫"，2015 年底实现了贫困线以下人口数为零的成绩，让武义成了名副其实的旅游扶贫富民的"县域样本"。

　　1997 年，武义县城以南 4 公里，规划面积 8.5 平方公里的省级旅游度假区被浙江省人民政府命名为"温泉"度假区，也是目前浙江省唯一一个以温泉命名的度假区。而武义温泉小镇位于武义温泉旅游度假区核心区域,规划面积 3.8 平方公里。2015 年 6 月,温泉小镇被列入首批 37 个创建省级特色小镇名单,12 月武义县制定出台《加快建设温泉小镇的若干政策意见》,提出要通过 5 年(2015—2019 年)建设,计划总投资 38 亿元,实现接待游客约 350 万人次,旅游收入 35 亿元,创造税收 2.8 亿元的目标,力求把温泉小镇打造成特色产业发展的新引擎。

2016 年 6 月,浙江省公布了 37 个省级特色小镇创建对象 2015 年度考核成绩单,在优秀、良好、合格、警告、降格评定中,武义温泉小镇等 9 个创建对象获"良好"评级,如果三年考核期到,温泉小镇的建设没有达标,则面临摘牌危险。而为何没有拿到"优秀"评级则与温泉小镇建设放缓和税收不理想有关。

温泉小镇十大项目分别为:武义溪里湾"陌上花开"、中国温泉萤石博物馆、璟园古民居、百泉谷温泉养生园、武川温泉养生园、飞神谷国际慢城、国际汽车文化创意体验园、婺窑博物馆、寿仙谷国药养生园、溪里休闲旅游特色村。其中建成的有温泉萤石博物馆、璟园古民居一期,其余项目或进展缓慢或暂时搁置。

可以看到的是度假区干线上清水湾·沁温泉度假山庄对面的一片地产工程只建起了毛坯,黄土裸露。据了解这块地产就是百泉谷项目。据温泉度假区的工作人员解释,百泉谷大酒店因为资金问题停滞,本来是按五星级打造,投资商已基本敲定,但由于市场萧条,整体经济环境不好,投资商在别处的房地产项目资金卡壳,故退出百泉谷项目。其他进展缓慢项目也是因资金问题而困在摇篮中。"旅游的投资产出周期长,且不确定性太大,民间资本有顾虑。"目前百泉谷已由美国通用旗下汇华公司以 6 000 万左右美元接手,并将其定位由"养生园"更换成高端医疗康体机构,项目不久将重启。

近年来华东地区温泉行业如雨后春笋的状况也对武义温泉旅

游产业造成了一定冲击，游客被分流让其收入方面略有下降。武义的主流客源来自上海，旅游的半径会影响其消费选择。"比如嘉兴杭州苏州都有，游客选择多了，比如我一个小时车程可以泡温泉，那为什么要花四五个小时跑来，特别对于上海的游客来说。"武义县旅游委员会委员吴晓娟略表担忧地说。

主要负责温泉度假区运营管理的浙江省武义温泉旅游度假区管理委员会表示，其在负责乡镇工作的同时要负责温泉小镇项目，编制偏少、有职能而不一定有职权等状况让他们管理工作中有操作难度。对于温泉小镇困境的解决办法，除了加紧公建项目比如绿道的建设，他们也瞄准高端康养产业。"社会上对健康的重视让我们对做医疗康养有信心。浙江这一块（康养）基本在杭州邵逸夫医院、空军疗养院。打造高端康养产业，能吸引全国各地人群来体检，体检不可能说一天两天结束了，过来住一个月两个月，包括体检、疗养，甚至有些来进行康复的，这样人气就能上来，人气上来档次也就上来，不愁赚钱了。"管委会工作人员向记者描述。目前温泉度假仍以走马观花式的短线游为主流，个中原因，不乏周边配套的缺失。温泉养生要和其他消费项目结合，形成规模效应，再配套完善的周边，才能让游客逗留更长时间。这也在温泉度假区的规划之中："构建'一廊六组团'的空间发展格局，以康体养生为重点，集休闲运动、商务会议、生态人居等功能于一体。"温泉度假区建设规划如是写道。

温泉是如今武义的金名片，旅游是亮点，温泉则是"沸点"。武义靠旅游走出贫困，能否持续沸腾，则要靠武义人民的共同智慧。

记者点评

这是个消息稿，由费林霞、韩可欣、许愿共同完成，具体由费林霞执笔。稿子的主题是武义温泉小镇开发"遇冷"。遇冷的表现为：十大重点项目超半数进度放缓。

原稿问题在于：

1. 开头累赘，点题不明确。

既然是消息稿，第一段还是要尽量简练直接，说明问题，让读者马上知道你要说什么。

原稿开头第一句：武义旅游以"浙江第一、华东一流"之称的温泉闻名，其着力打造的温泉小镇却在2016年经济增长放缓的影响下步履艰涩，十大项目中四大项目因招商引资困难或原有投资方撤资而暂停。

武义旅游以"浙江第一、华东一流"之称的温泉闻名——这句其实很累赘。"浙江第一、华东一流"是当地对外宣传的口号，不适宜直接放在新闻稿中。另外，据我补充采访了解，十大重点项目，超半数进度都出现放缓，其中两个项目完全没有人接手，而不是原稿中提及的"四大项目因招商引资困难或原有投资方撤资而暂停"。

2. 稿子中出现一些具有主观色彩的句子。

比如：（1）三年的考核期将到，"温泉小镇"的牌子是否能保住成为武义县温泉度假区目前紧张的问题。（2）温泉是如今武义的金名片，旅游是亮点，温泉则是"沸点"。武义靠旅游走出贫困，能否持续沸腾，则要靠武义人民的共同智慧。

另外，消息稿，就是写客观事实，不需要点评。最后一段"点评"意味太浓，完全没有实质性内容。

3. 资料堆砌。

这个稿子，需要的是温泉小镇和浙江建设特色小镇的背景资料。没必要提武义下山脱贫。

原稿第二段可以全部删去，就事论事，不要扯远了。

4. 句子不通、表述不规范。

"规划面积 8.5 平方公里的省级旅游度假区被浙江省人民政府命名为'温泉'度假区,也是目前浙江省唯一一个以温泉命名的度假区。"——主谓宾是什么?

"旅游的投资产出周期长,且不确定性太大,民间资本有顾虑。"目前百泉谷已由美国通用旗下汇华公司以 6 000 万左右美元接手,并将其定位由"养生园"更换成高端医疗康体机构,项目不久将重启。——双引号里面的话谁说的?

"主要负责温泉度假区运营管理的浙江省武义温泉旅游度假区管理委员会表示。"——管委会的谁表示?

——澎湃新闻指导记者李闻莺

明清的遗声，现代的呐喊
——古村郭洞的困局

复旦大学新闻学院　费林霞　赵婷　韩可欣　许愿

前言

郭洞是浙江武义县南部的一个生态古村，也是中国首批 12 个历史文化名村之一。村民主要为何姓，先祖可追溯到北宋宰相何执中。村庄按《内经图》设计布局营建村落，发展数代，最终形成了"山环如郭，幽邃如洞"的环境，郭洞也因此得名。郭洞分为郭上和郭下两村，郭下村为景区主体。1998 年 7 月 3 日郭洞正式开始对外开放旅游，现受浙江省武义县温泉旅游度假区景区管理处管理。

古村印象

车子开进村口黄土裸露的停车场，扬起一片灰尘。烈日包裹、蝉鸣激烈，热浪遇到村口古树投下斑驳的阴影，才让人有了片刻喘息的机会。

停车场的指引工作人员是一位穿着白色汗衫的精瘦中年男子，看到有车开近便从村口坐聊的人群中退出来，快步跑到砂石遍布的场子上，声情并茂甚至有些动作夸张地引车。

因为车不多，停下很容易，不过没有规划停车位会让人担心停下后会被后来开进的车堵住。引车的人摆手说："不会不会，现在人不多的。"据他介绍，他是郭洞村民，也是受雇于此景区管理处的正式雇员，每天工资30元，负责守这个停车场。

买门票需要再步行横跨整个停车场到村口正对面的票房。重建的票房已让人看不到曾经两度被烧、村民表达愤怒的痕迹。

票房布置简单，没有现代化的计算机前台设备，售票员手写款项。售票窗口上方近半平方米面积的导游牌挂了三位导游名牌，而其中一位就是售票员。"现在处于淡季，用不了那么多人，前几年旺季的时候，别说这里的导游忙不过来，还要去外头请，我自己一天都要跑十几趟。"这位身兼两职的导游介绍说。

7月的郭洞显得有些冷清。一条三米宽的通村水泥路旁散布着饭店和红红绿绿的小摊棚子，热气把人逼进了屋子，街上见几个在建材尘土中忙着装修房子的工人、守着小摊贩卖的妇女、两三只打闹的狗，看不到热闹的气息。

郭洞的正式入口树荫覆盖，十分隐蔽，在一旁近一米高的大白马路映衬下显得有些局促，也不易让人发现。门洞连着绿苔霉布的古城墙，也是景区第一道检票口所在之处。一张磨得有些光滑的木桌、一把凳子基本是检票处的所有设施。所聘也皆郭洞村民，后来得知这是景区管理处优先照顾本村村民就业的办法。

村内怡人的自然风光很大程度上得益于村民对于山林的保护。"上山砍柴罚拔指甲，毁其小树断其一指，砍伐大树罚斩一臂膀，砍倒古树逐出族门。"导游机械且熟练的讲解让我们对郭洞的族规留下了深刻的印象。举目皆古树，俯拾皆药材也让郭洞的"龙山"以"森林氧吧"而闻名。

郭洞最具吸引力的也是景区对外主打的旅游牌，是村内密集的保存良好的明清古建筑群。但由于年久失修，许多建筑外墙已经斑驳脱落，成了危房或已然倒塌，村内1/3的老宅已无人居住。

游客的主体观光线路全程不到半小时,让人沿途感慨古朴风景的同时也产生古村是否会"空心"的担忧。

村内主要的常住居民是 60 岁以上的老人,而其中何氏居多。他们或因不舍离开家族集群,或因经济条件不够无力在村外县城买房而留守村中。村内也不乏"胆大"的村民在古村之中建起了两三层的现代水泥房,铝合金的窗户、铁制大门,新房鹤立在一群明清建筑中,村民顶着政策的压力是为了平衡改善生活的压力。"年轻人要建新房子结婚,老房子不能满足现代生活的需求,姑娘都不愿意嫁过来。"这些新房在原地基的基础上,或偷偷赶工建起,或建在景区核心区块之外的古宅之中,也有个别被政府以"违章建筑"的名义拆掉,这样的举动也使村民和政府之间关系更为紧张。"违章建筑那么多,凭什么就拆我一家? 我是很不服气的。"村口一位不愿透露姓名的摊主说。

风景如画、宁静悠然,郭洞确实一步一景。但作为 AAA 级景区来说,没有游人如织,也没有完备的设施和专业的工作人员,稍显短促的游玩线路和村口混乱的布置会让慕名而来的游客有些许惊讶和失望;而通过澎湃记者的深入了解,平静的景象下更深层的是发展旅游与保护古建筑的矛盾,是村民们改善住房的需求与不能拆旧建新的矛盾。而这些矛盾洪流都在"旅游搞了十几年还是这个样子"的抱怨下蠢蠢待发。

这番景象可能不会让人想到,郭洞,曾经是武义旅游的开端;几年前,也有"进村的车队排到 1 公里外"的场景。

郭洞初崛

1997 年 4 月的一天,春日的余晖未尽之时,两队人马打破了古山村的宁静。一队从北京远道而来:清华大学建筑学院楼庆西、陈志华教授,高级工程师李秋香带领五个清华学子来郭洞测绘调研;另一队是浙江电视台的有线台《风雅钱塘》栏目剧组,为郭洞拍摄专题片"双泉古里是家园"。迎接清华调研队的那天,村民们手里舞动着的映山红红得耀眼。不但村里一片沸腾,县领导也将目光聚集于此。郭洞一时成为舆论焦点。

郭洞得到如此关注不是一蹴而就的。早在 1985 年,生在郭洞、少年参军的何胜云老人,在北方部队工作十余年后,病休回乡。离乡多年的何胜云在病中翻阅《武义县志》《何氏宗谱》,感慨郭洞自然风光、历史人文资源的丰富。当时的郭下村集体经济前亏后空,入不敷出,村民迫于生计甚至变卖家当。

眼见村民们"捧着金饭碗讨饭",何胜云对郭洞进行旅游开发的想法愈发强烈。用他自己的话来说,是"从小出去,没有为家乡人民做点事",因此想借开发旅游改善村民生活。

不久,他整理写就《郭洞风光山水开发建设莫迟疑》一文,主要介绍郭洞的自然人文风光,并送予县政府、电视台,后者将其拍为专题片。此文 1992 年经修改后刊发于《武川潮》合刊上,为郭洞的旅游开发作了宣传准备。何胜云大女儿丽丽告诉我们:"退休后,父亲的精力都花在郭洞上了。"

1996 年将近年终,郭洞明代文物建筑——何氏宗祠——修缮一事,经村中老年人协会领头,基本尘埃落定。

何氏宗祠建于明朝万历三十七年,祠中有古戏台一座,400 多年树龄的罗汉松一棵,祠堂正厅、后厅及戏台边厅悬挂着明清两代浙江巡抚、抚台、学正、郡侯、邑侯、教谕、学师等名人题赠郭洞人物的匾额 90 余块。

此次维修,在老人们的倡导下,不仅是恢复原貌,还要充分体现其文物价值,丰富其文化内涵。何氏宗祠的修缮,无形中迈出了郭洞旅游开发的第一步。

同样在 1996 年的冬天,时任金华市文物局党组书记、高级建筑师的洪铁成第一次考察郭洞,被郭洞的山水人文深深吸引。

"郭洞是我国南方典型的风水古村落,很完整、很美,极为难得","郭洞村的厅堂、民居很多,而且较完整、很有价值"。随后他又六上郭洞,为清华师生的调研活动提供支持。

武义县县长金中梁也对郭洞开发尽心尽力。他在硕士生论文《新沸点》中,详细论述了用旅游带动武义经济发展的观点。郭洞无疑是武义旅游开发的重要环节,他对郭洞的宣传和开发给予高度重视。前期开发过程中,他一周常常会来郭洞两三次,村民们都对他十分熟悉。

1997 年这一年,除了清华师生前来调研、省电视台拍专题片这两件大事,何氏宗祠也修缮告竣,同时郭洞先后被评为省级风景名胜区、县级历史文化保护区。郭洞开发形势一片大好。

何胜云认为时机已到,需抓住机遇,及时开发,在全盘考虑郭洞开发问题后,他拟定了共 6 大项 21 小项计划。1998 年 3 月,何胜云被任命为郭下村历史文化风景旅游管理处主任,郭洞旅游开发正式启动。

开发过程困难重重

首先就是资金问题。村里没有可作开发的资金,何胜云就多方筹措:旅游局从办公经费中取出 5 000 元,武阳镇政府拨款 2 万元作为启动资金,横店集团董事长徐文荣参观郭洞后,了解到古建筑修缮资金匮乏,也捐赠 5 万元。

其次是劳工问题。没有足够的经费聘请工人,何胜云便动员村民,提出除木工外村民做工不给工钱、只补贴每人每天五元点心钱,但会悉数计入工夫账,待景区开发成功后按记账补偿村民。就在这 75 000 元和村民志愿自发的劳动下，秉着"保护第一开发第二"的指导思想，经过三个月的努力，计划项目完成约百分之七八十。6 月，何胜云发表《郭洞 98 前期开发已进入最后冲刺阶段》，得到金中梁县长的批示与大力支持。金中梁当即从旅游局、教文委、博物馆、武阳镇、林业局、城建局派专人成立工作组进驻郭洞，就环境卫生、景点布置、树木冠名、宣传促销等方面进行规划。

1998 年 7 月 3 日，在多方努力下，郭洞景区正式对外开放——让武义旅游真正实现了零的突破。

当第一辆从上海开来的旅游大巴停到武义县宾馆门口时，分管旅游的武义县县委副书记迎上前去同游客们一个个亲切握手，欢迎他们的到来。这一天，何胜云邀请的几桌客人，每人只拿到两个大肉粽和两个红鸡蛋，连宴席都没有摆。从这时起，武义这个山川秀美，却一直默默无名的小县城开始向全国，乃至全世界的游客们敞开怀抱，郭洞景区作为武义旅游的一张闪光"名片"也迎来了井喷式的发展。

2002 年 2 月，郭洞景区成为浙江省级历史文化保护区，同年 12 月被中国农村社区发展促进工程组委会评为中国民俗文化村。2003 年 11 月被建设部、国家文物局批准为中国历史文化名村，成为第一批 22 个中国历史文化名村之一。

随着郭洞景区名气日渐打响，并与周边清水湾温泉度假村联动开发旅游，到 2005 年，郭洞一年游客数量逼近 10 万人，双休日和长假期间每天都有超过 2 000 名游客进村参观。武义县博物馆副馆长薛晓白回忆道，"那几年景区真是人山人海，脚后跟都打到后脑勺了，进村的车队能排到 1 公里外"。

郭洞景区蒸蒸日上，游客络绎不绝，使许多本村、邻村甚至武义县城的商家们纷纷嗅到了这块"宝地"的商业价值。

村口处，原有的一排土墙房已被一幢幢本村人所盖的三层农家乐饭庄取代，烤制竹筒饭的熏烟日日不停。新建铺面房鳞次栉比,超市、饭店、旅游纪念品店,甚至由一幢老楼改造的"鬼屋"也存在其中。鬼屋的售票员大娘向记者介绍道,"这儿一张门票 20 块,平常玩的人可多嘞!"她边说边指着墙上一排形色各异的鬼脸面具,"小孩们喜欢这些,玩完鬼屋有时还买个这个"。

与此同时,景区内部的商业店面也不断增加。一些是直接利用原有的老楼装修为独具特色的农家饭店,如纫兰堂,平日里包桌少则 10 桌,多则 30 多桌,另一些则是景区开放后新建的商业店铺,如何氏宗祠对面的买卖街。一位不愿透露姓名的古玩店老板娘谈道:"宗祠这儿的位置好,我也是之前听说郭洞旅游热才赶着2007 年到这儿开店的,生意红火时一天卖个几千块是可以的。"

矛盾渐显

时过境迁,2016 年暑期长假已至。对于在郭洞景区开店近 10年的古玩店老板娘而言,此刻的她已没有手持蒲扇、倚靠在摊位旁使劲吆喝的心情,因为这个"旺季"实在是冷冷清清。

"其实,前几年的生意就已经大不如前,"老板娘叹了口气,边摇头边嘟囔着,"现在我们也只能走一步看一步喽。"

据古玩店老板娘回忆,郭洞景区游客人数直线下降始于 2011年。2011 年开始景区营业额开始大幅下降,由鼎盛时期的 300 多万元快速下降至 100 多万元。据武义县旅游局统计,2015 年郭洞景区收入为 80 多万元,这仅仅是鼎盛时期景区收入的 1/4。

在古玩店老板娘和一些村民看来,郭洞景区急速衰落的主要原因是武义近几年旅游景点如雨后春笋般不断涌现,分走了大量客源。牛头山风景区的开发成为夏日游客野外戏水的首选去处,4A 级景区大红岩峒山因其独特的地貌受到了游客的青睐,就算是同类的历史古村落景区,俞源太极星象村因其开发更加完善、旅游推广力度更大也成为郭洞景区的首要劲敌。

但是，在多年前亲手将郭洞景区孵化并陪伴其一路成长的何胜云老人心中，"郭洞的发展问题是复杂的，也是亟待解决的"。

何老总结了郭洞景区在发展上存在的三大问题：第一个是古建筑的保护问题，一些村民拆除老房建新居，还有一些景区新建设施破坏了古村原有的风貌；第二个是旅游开发没有满足村民实际诉求的问题；第三个则是最为严重的问题，郭洞景区经营权"一转再转"，到底应该交到谁的手中？

古建筑怎么保？

根据记者了解，事实上早在 2006 年，清华大学建筑学院的楼庆西教授就发出"救救古村"的呼号，他在文章中写道："几年来，郭下村内也新建了几幢房屋。中街附近一座明代住宅，主人因伙房将倒塌，乘机将住宅拆除，在原址建二层新房，既毁坏了一幢老宅又破坏了老环境。"

十年过去，记者走访郭洞景区发现，在景区规划的核心区域内新房建设数量较少，只有几个路口的拐角处有三四幢三层小白楼，郭下村村支书何晓宏解释道，"这些房屋大多是 1998 年景区开发前建上去的，也有的是老房子实在不能住了才建的"。

但是，当记者走到景区深处较为偏远的地方，又是另一番景象。不少二层、三层小白楼拔地而起，一个个崭新明亮、带有防盗网的铝合金窗与对面老旧破烂的木质花窗"交相辉映"。还有一些更为富裕的家庭换上了三四米宽的烤漆大门，并在门前用水泥浇筑了一小块停车场地。

一位在村里居住了几十年的大妈对这番景象早已司空见惯，"有钱的、有点关系的早就盖房子了嘛，以前上面也就是睁一只眼闭一只眼"。

66 岁的徐美寅一家也在 2000 年初,将 20 世纪 80 年代的泥土房拆掉,盖起了一幢 3 层小楼。他坦言,"当时原址原建没有通过审批,上面罚了 800 块,但只要房子不超过 12 米,不用红瓦就行。现在可不行啦,不让盖房子了"。

实际上,除了景区开发早期一些古建筑遭到破坏,当前仅存的明清古建筑同样面临着严重的"保护危机",哪些古建筑要保?该怎样保?郭洞古村落保护难题由来已久。

2002 年,武义县政府、建设部、文物保护局等单位决定将郭洞景区申报为浙江省级历史文化保护区,哪些古建筑物该列入省保名单成了当时会议讨论的主要难题。一方面,当时一些古建筑物尚有人居住,申请成功后村民难免会完全依赖政府,房屋有任何小毛病都找政府帮忙。另一方面,如果贸然宣布,村民之间可能会因房屋落选产生不必要的矛盾和冲突。

最后,只有回龙桥、何氏宗祠和村口古城墙被列入文保名单。

2013 年,武义县政府向郭洞景区投入 400 万元资金用于修缮和景区维护。令当时参与修缮工作的薛晓白诧异的是,"本以为 400 万都是用来修缮古建筑的,但实际上大部分资金都用在了景区基础设施建设"。对于这次修缮工作,薛晓白心中还是留下了些许遗憾,"当时村庄基本上修了一遍,但由于钱不够,旅游线上坍塌的重点建筑没办法一一恢复"。

如今,浙江省开展精品村建设活动为郭洞景区投入资金 1 800 万元,中央古村落保护项目也拨款 290 万元,郭洞古建筑的修缮资金难题暂时得到了缓解。

然而,从事文物保护工作多年的薛晓白还是没办法放下心来,"当年郭洞的宣传口号是'风物秦余',这里就是一个要保存古老风情的地方啊!可现在造好的一些设施怎么看怎么不顺眼"。

他举了这样一个例子，"何氏宗祠对面原有一个老厕所，是卵石造的，上面是木头，旁边有小杉树上去，大便是咚咚很响地掉落下去的"。他还深刻地记着当年清华大学建筑学院陈志华老教授的赞言，"这个厕所是我看到过的最漂亮的厕所"。而今，为了满足众多游客的实际需要，一座现代式厕所矗立在原地。

"哪怕是把老厕所清洗干净，当一个生活标本放在那供人们参观也行啊。"薛晓白补充道。

在郭洞，"青砖黛瓦马头墙"是其明清古建筑的一大特色，高低起伏的马头墙，给人视觉产生一种"万马奔腾"的动感，也隐喻着整个宗族生气勃勃。然而，不久前刚刚建好的新票务中心的马头墙却令不少人感到尴尬。

何晓宏坦言，"这个规划设计很不理想，马头墙的'马头'太大了，房檐中间的这两个'马头'又是多余的。"

此次包括马头墙在内的修建规划已经不是郭洞第一次制定的规划方案了，据何胜云老人介绍，在 2007 年之前郭洞景区就先后三次制定规划方案但又因各种原因三次"流产"，其中包括 2006 年清华大学建筑学院拟制的一份比较好的保护规划。2015 年，云南大学工商管理与旅游管理学院云南卡瓦格博旅游研究院为郭洞景区制定了新的规划方案并已投入实施，然而，因其前期考察不够深入，施工过程中各种弊端也渐渐显现。在朱连法看来，"规划单位都是有资质的，关键是规划论证的环节没有请旅游方面有实践经验的人去"。

目前，郭洞景区最新规划方案已交由杭州浙江城建园林设计院完成。

旅游开发与村民诉求

二三十年里，郭下村由默默无名的小山村摇身变成了国家 3A

级景区,但在村民们心中,开发旅游后的"红利"并没有真正满足他们的实际需求。

目前,郭下村还有约 50％—60％ 的村民住在简陋、破旧、狭窄、没有卫生设备的明清古建筑里。因郭洞景区早已被评为历史文化保护区,根据古建筑保护条例不允许违拆违建,村民们只得勉强在老房子中生活。

何寅余一家现有四口人,家庭所有房屋建于清代,无法满足居住需求,现在不得不暂时借住在原郭洞小学教师房;何德雨一家的情况则更为严重,三代十口人只有明代建筑一室一厨,儿孙们只能在县城安身。

现在,尽快解决村里的住房问题成了何晓宏心中的头等大事,他说:"每次提到保护古建筑,群众都会说不批地建新村就别再说保护,老百姓喜欢解决实际困难,不喜欢说大话、空话。"

同样令一些村民感到不满的还有村集体资产的分配问题。一位何氏老人告诉记者,"村里在开发旅游取得分成后就给 60 岁以上的老人发福利,但是这么多年过去了,才涨了 10 块钱"。对此,何晓宏解释说:"村里老人的数量不断增长,最初只有 150 多个人,每年增长十几个,现在共有 228 个老人。所以平摊到每个人身上很难涨很多。"

何晓宏算了一笔账,全村老人们的养老补贴一年将近 25 万元,全村 1 050 来个人,医疗保险一年也近 20 万元,再加上过年每人都还会发放 400 元钱,这又是 40 万,实际花费总数超过了每年村里领到的旅游分成 65 万元。

据一些村民反映,郭洞旅游鼎盛的那几年村里经常组织村民们到其他城市旅游,旅游开支中一部分由村集体出资,剩下的则由村民自己出资。

"要是当时生意火的时候不去旅游、乱花钱,现在也就攒下很多钱喽。"一位大娘边说边摇了摇头。

景区怎么管？

据记者多方了解，郭洞发展问题的关键在于管理体制——如果说郭洞古建筑保护问题和村民诉求不满的问题是郭洞外显的"疾病"，那"一转再转"的经营权问题则是制约郭洞发展的内在"毒瘤"。

1998年7月起郭洞景区开放初期，经营管理权完全归郭下村所有。半年之后，村领导发现想要搞好旅游并不是一件简单的事情，既需要资金支持也需要大量的人才支持，因此把经营管理权转让给旅游局下属的景区管理处。（两方说法不同，旅游局说是村里来找的，而何老说是旅游局眼红景区收益来施加压力）

在景区管理处管理的年头里，最严重的矛盾就是旅游收益的分配问题。据时任景区管理处处长的朱连法回忆，"最早给村里分5万元，后来村民们对这个数字不满，把竹子做的临时票房烧掉了两次，无奈我们决定以后（每年）都给郭下村65万元，给郭上村15万元"。

此后，不论经营权如何交替，65万元的规矩一直被遵守下来。

2007年，郭洞景区的经营管理权交由熟溪街道管理，2014年又转交给新成立的温泉度假区委员会管理。

清华大学建筑学院著名古建筑专家、现年87岁的陈志华教授是武义县人民政府2000年特聘的古村落保护顾问，从1997年第一次考察郭洞后从未停止关心郭洞的状况。而在他2007年第四次来到郭洞时，村口接连的饭店、五颜六色的硕大广告牌，以及很多违章建筑让他无比痛心。何胜云在同年写的《古稀教授为郭洞落泪》中回忆道："他（陈教授）还说：'除了山西的一些地方，你们的破坏也已经和他们差不多了。'"

这种状况并没有随着时间的推移而好转。不久前,在武义新闻网 2015 年 8 月 24 日公示的武义县农村环境卫生整治最差村庄中,以及 2015 年 12 月 28 日曝光的"两乱"集中整治第二周最差村庄中,作为国家 3A 级风景区和生态文化精品村的郭下村都赫然在列。

路在何方?"各"家争鸣

要解决乱建新房的问题,薛晓白从文物保护的角度,希望降低郭洞核心区的居住密度,同时保持一定居住率以延续古村的人文性,那么就需要部分村民外迁。

外迁的问题,一方面难在土地难批。

据记者了解,和郭下村同为"中国历史文化名村"的俞源早在十几年前就获得土地建起了新村,大量人口搬迁至新村不仅有助于俞源古建筑的保护也推动了景区整体开发。

究竟是什么原因造成郭下村批地建新房如此困难呢?

原来,两村基本情况就有所不同。俞源所属乡政府就在附近办公,有乡政府积极协调,拿到土地就相对顺利;而郭洞景区经营权一转再转,每个拥有经营权的单位都对此关切甚少,因此批地建房就一直被搁置下来。

另一方面也难在原先村落的人文氛围被破坏——需要考虑土地利用率,新村的规划接近小区的建设,再难有街巷的感觉。"曾经的邻里之间的热乎关系比如串门等等也改变了。"薛晓白这样感慨。

新村的房子尚未分配到户,少数迫于生计的郭下村民只能拆了古宅建新房。朱连法坦言,旅游局对建新房的控制力度还不太足,政府不仅需要综合执法,还要加强对老房子改造的引导,同步进行新村建设和老村修复。

但如果村民不配合就很难办。在何胜云看来,他们最不满意的地方在于"几十年了,郭洞没有变化,情况还在变差"。

开发与保护如何平衡?

郭洞作为中国历史文化名村,国家法律法规对其保护有明确规定。

根据《浙江省历史文化名城保护条例》(1997 年 7 月 30 日公布施行)规定,有条件的历史文化保护区所在市、县人民政府应当成立保护委员会,对其保护、管理等重大问题进行论证,提出意见,并协调、监督保护规划的实施。

何胜云将古村开发概括为三句话"古风古貌,原汁原味,土里土气"。1998 年,作为开发郭洞的初行者,何老想将村口的鹅卵石路修得更平整,当时省文物局的领导说:"一草一木都不要动。"这句话也让何老深受启发,当村支书将天然河岸砌上水泥,他痛心疾首:"人工雕琢太重,河流失去了古风古貌。"

十几年来,郭洞将明清古建筑都修复了一遍,基本上保持了其原汁原味。"这是郭洞这些年做的一件好事,我还给楼教授报了喜。"何胜云说。在他看来,只有在保护好的基础上,才能适当地开发利用,否则很容易变成建设性的破坏。他举了村里的河道修缮一例,原先两边是古树林和弯弯曲曲的河道,经过一番建设现在却看起来像弄堂。"不是说新的就一定好。建得越多,破坏越厉害。"

何晓宏则持不同观点:"发展和保护是必须同步的,没发展的话谈不上保护。尤其是这个古建筑的保护,如果没那个经济支撑也保护不了。上面今年给你两百万,明年不一定给你。"由于近年来人工、材料等费用的上涨,以及古建筑修复的特殊性,村里一直存在资金紧张的问题。

因而,如何处理好建设与保护两者的关系,是郭洞景区未来发展过程中的一大难题。

经营体制怎么定?

探究郭洞这些问题的根本,朱连法和何胜云不约而同地提到了村里经营管理体制不顺这个状况。

郭洞景区发展至今 18 年,经营管理权几易,在村支书何晓宏看来,这是"走了一个弯路,浪费了十几年时间"。

"熟溪街道可能不专业,而温泉度假区这边开发项目多,精力又不够。"村支书何晓宏说,"我想如果旅游局一直做到现在,应该比现在情况好,但是村里面如果早就成立公司,请专业的人来做,应该最好。"

何晓宏的这一想法来自兰溪市诸葛八卦村的成功经验。诸葛八卦村在 2002 年的时候就成立公司经营旅游,现一年门票收入高达 1 800 万元。

楼庆西教授也曾在 2006 年对我国一些文化名村的发展模式进行比较分析。周庄镇由镇政府直接管理,集保护、建设、旅游权于一体;山西西文兴村则将该村的旅游开发权承包给私营实业公司,公司投资 140 多万元修整了村里的老建筑并和政府共同投资 300 万为村民建新住房 50 余幢。

按照我国《文物保护法》有关规定,文物单位是不允许出租、承包给企业组织与私人的;文物单位的事业性收入专门用于文物保护,任何单位或者个人不得侵占、挪用。

因此,根据以上一些古村的成功经验和相关法律法规,楼教授提出,"在县政府领导下,由县文保、旅游部门和乡政府、村委会等方面共同商定古村保护,旅游门票收益的分配比例交由各方组成的管理委员会经营"。

再度回归

而今,由于景区近几年的效益不佳,加上度假区方面没有太多精力管理,郭洞景区的第四次管理经营权转移——交回村里,已经被提上了议程。

何老对于村主任与村支书的工作积极性表示不满意,何老的意思,郭洞只能由合适的承包人来管理,承包人必须"很有知识,很有眼光,很懂经营,会搞旅游"。并且这个承包人不能是本村人,以防止钱流入私囊。同时,村里需要成立委员会来监督、管辖承包人的行为。

朱连法也寄希望于村里能出现像诸葛八卦村的村支书诸葛坤亨那样出色的当家人,领导郭洞发展旅游业,同时引进旅游管理人才,使郭洞的旅游业走出困境,重获发展。

改变进行时

郭下村已经开始着手成立公司。

公司的名称暂定为郭洞旅游发展有限公司,最终名称以工商批复为准。公司所有权和经营权皆属村集体,每一位村民都将享受到景区收入的分红。何晓宏表示,在2016年底前,公司一定能够注册完成。"度假区非常支持公司的创立,我们的想法是一致的。"

村支书何晓宏在新公司成立后将出任董事长一职,而总经理的职务,将聘请专业的管理人才来担任。同时,目前村里也在公开招聘景区的主管人员。

除了管理方面的人才,营销团队也是郭洞所缺少的。到目前为止,郭洞在营销方面,尤其是网络营销,几乎是完全空白的。没有任何的营销团队,更谈不上营销策略了。

目前,村里正在寻找合作的营销团队。"我们接过来做之后,这一块肯定要上去。"何晓宏表示,"以后网上营销这一块比例会越来越大,像携程等等几十个平台,无论在哪个平台买的票,我们都集中放到一个平台上面去。"何晓宏的初步想法是给予适当的打折优惠,尽量避免过高价无人问津和过低价扰乱市场。

公司成立后,企业化的管理将推进自动化。自动售票系统将取代传统的人工售票,景区入口也将采用刷身份证进入或用微信扫描验证等方式进入。

在创立公司的同时,郭下村目前有六个正在进行或已经完成的项目,分别是建停车场、建票务中心、铺石板路、外立面改造、廊桥公园建设、新村建设。停车场和票务中心不久前已经建成,村口的石板路也已铺设完毕,于 7 月 14 日验收。廊桥公园项目,即义乡桥工程,目前已完成 70%。

其余两个重点项目,新村一期建设和房屋外立面改造也正在进行中。

新村的总面积共有 40 000 平方米,可造 120 栋独栋房屋,除此之外还有 70 间老年公寓。一期的总面积为 16 733 平方米,可解决 53 户人家的搬迁问题。

据何晓宏说,村民购置一块地皮,加上建房和装修,大约需要 30 多万。如果把自己原先在村里的地皮还给村里,还可以抵掉一部分钱,而具体抵扣的数额,要等之后村委会来确定。经济困难的家庭,还可以选择老年公寓,总价都在 10 万元以下,再加上若是交还村里的土地抵扣一部分钱,经济压力就会大大减小。

村里的想法是，村民搬去新村后，村里尽量把能收回的土地收回。另一种方法是让新成立的公司来买断，从而把公司的资产做大。若村民实在不同意卖，也可采用长期租赁的形式，定下二三十年的租期，由村里进行统一的内外部修缮，再进行商业开发。

对于新村建设，村里的年轻人大多持支持态度，不少村民为了子女的教育也愿意搬进新村。而村里的不少老人，对老房子有着深厚的感情，加上不愿多折腾，因而表明不会搬去新村。

虽说新村解决不了所有村民的搬迁，何晓宏却并不担心。他认为，村里的确需要保留一些住户来保留人气，不能一味地往外搬，"一个村如果没有人气的话，开发出来也没有什么意义"。

新村的户数不够覆盖所有村民，怎么分配？

村民先自愿报名，然后村委挨家挨户审核，审核结果再放到党员大会和村民大会上讨论，并将讨论结果张榜公布。遇到某些家庭有儿女结婚、家中危房等特殊情况，村委在首批搬迁名额发放时也会优先考虑这些村民。

"矛盾肯定有的，反正我们都放在桌面上讨论的，不藏起来掖起来。要比大家比，比他困难的你讲出理由来。"何晓宏说。

村里正在进行的外立面改造则本着"修旧如旧"的原则在进行。将现代化的门窗换成古门古窗，同时把外墙面粉刷成混入草木灰的偏黄的白色。待新村搬迁推进后，收回的房屋和土地就可进行统一改造。例如早年是商业街而今衰落的横街，何晓宏表示："如果将来能收回一些沿街房屋，我们考虑把它做成美食一条街。"

社会在发展，旅游业在发展，近年来特色古村落景点越来越多，游客的去向也越来越分散，郭洞景区不进则退，发展是唯一的出路。未来，餐饮和民宿等第三产业的逐步提升，将壮大村里的集体经济。随之而来的更多合适的就业创业机会，也将逐步改善村民的生活，旅游扶贫将得到推进。

面对郭洞景区的未来发展,村民们态度不一。在村里经营回龙饭店的何广星比较看好郭洞的发展,他希望景区的发展能够带动起店里的生意。村民周女士则持怀疑态度:"郭洞发展了这么多年还是这样,以后能发展好吗?"还有相当一部分年纪较大的村民对村里的规划一问三不知,他们并不知道自己的村庄即将发生巨变。

何胜云表示:"郭洞是否能发展好,我持观望态度。"

记者点评

郭洞的稿子,每个人都有参与,写得也比较认真,初稿比我预想的要好。但我后来还是做了大量修改和补充,修改后交给领导的稿子超过 1.1 万字。

具体有以下问题:

1. 没有认真写导语。

初稿导语即"前言",内容如下:

郭洞是浙江武义县南部的一个生态古村,也是中国首批 12 个历史文化名村之一。村民主要为何姓,先祖可追溯到北宋宰相何执中。村庄按《内经图》设计布局营建村落,发展数代,最终形成了"山环如郭,幽邃如洞"的环境,郭洞也因此得名。郭洞分为郭上和郭下两村,郭下村为景区主体。1998 年 7 月 3 日郭洞正式开始对外开放旅游,现受浙江省武义县温泉旅游度假区景区管理处管理。

新闻稿件不是写书,一般没有"前言"这回事。

一篇深度报道,首先要有导语。导语可以对全文进行概括,也可以先抛出问题、引导读者继续阅读——总之,要让读者看了导语后,大致知道你的稿子要说什么,且有兴趣往下读。初稿的"前言"

部分，完全没有达到导语的要求。

2. 缺乏对郭洞古建筑的系统介绍。

郭洞的价值很大程度在于它的明清古建筑。这些古建筑有多少幢、建造于什么时期、哪些具有代表性等等，稿子都没有提到。前面不提这些古建筑多么珍贵，后面写受损，分量就不够重。

3. 没能做到善于运用各种资料、数据。

这里的善于，包括多看资料、多方参考，出现不一致的内容，要进一步求证核实。数据要尽量准确，这里可以参考论文、公开报道、采访对象的介绍等。另外，数据也要多方印证，尽量不要直接引用一个人的单方说法。

4. 郭洞的经营管理问题没有说清楚。

朱连法和何胜云在这方面都有各自的看法，且有部分内容呈对立面。两个关键人物的说法都应呈现，让读者自己做判断。此外，经营管理问题，对景区有什么样的影响，以及为什么造成如此影响，这些内容都提得不够。

5. 过于主观的内容谨慎使用。

如文中有这么一段：

"究竟是什么原因造成郭下村批地建新房如此困难呢？原来，两村基本情况就有所不同。俞源所属乡政府就在附近办公，有乡政府积极协调，拿到土地就相对顺利；而郭洞景区经营权一转再转，每个拥有经营权的单位都对此关切甚少，因此批地建房就一直被搁置下来。"

上述内容来自村支书给的材料。他可以在材料中这么写，这是他的观点，但作为记者，首先引用内容，没有说明来源。其次，这种单方面指责郭洞景区拥有经营权的单位是否有依据？要么去调查清楚，要么就不要提，太主观了。

——澎湃新闻指导记者李闻莺

从希望小学到职业学校

复旦大学新闻学院　　郝晔

两年前的这个时候,何思佳正在收拾行李准备开学,当时的她还在犹豫是否应该选择金寨职业学校——而不是和大部分同学一样报考普通高中,不管最后是否达到了录取分数线。而现在,作为金寨职业学校首批招收的 2 352 名学生之一,她觉得这是她"短短人生经历中最正确的选择"。

作为吴邦国同志 2012 年视察金寨县时确定的"5+1"项目之一,金寨职业学校(以下简称"金寨职校")可以说是含着"金汤匙"出生的,这所斥资 5 亿、占地面积逾 500 亩打造的职业学校,能否成为改变这个国家级贫困县孩子们命运的机会呢?

从希望小学到金寨职校:发展依赖国家发力

和班上 50 多个同学一样,2015 级学前教育专业的学生张丽娜也是每两周回一次家。她要先坐公交车到 11 公里外的梅山镇,再花 10 块钱打车回到 30 多公里外桃岭乡的家中,单程就要两个多小时。母亲曾几次告诉她要多在学校读书学习而不是把时间花在回家的路上,她心里知道,对于这个主要依靠父亲在外打工、年收入只有 5 000 多元左右的家庭来说,来回 22 元的路费显得有些奢侈。

位于安徽省西部大别山腹地的金寨县,是鄂豫皖革命根据地的中心区域,农业人口约占全县总人口的 85%,早在 1986 年金寨县就被确定为国家重点贫困县,2013 年金寨县农民人均纯收入为 7 104 元,仅为当年排名全省第一的铜陵市的 63.5%。

金寨职业学校正门。　郝晔　图

相比于"中国工农红军第一县"的称号,金寨更为人所熟悉的标签是希望工程。

1990 年全国第一所"希望小学"在金寨县成立,而希望工程的标志——手握铅笔头、两眼充满求知渴望的"大眼睛"苏明娟恰是张丽娜的同乡。26 年前曾作为中国青少年发展基金会副理事长率队考察金寨县的李克强,在 2014 年回复金寨县希望小学的孩子们的信中写道:"消除贫困或难短时兑现,可创造公平必须刻不容缓。"正是在这一年初,国务院发布了《国务院关于加快发展现代职业教育的决定》,明确提出"牢固确立职业教育在国家人才培养体系中的重要位置",标志着我国现代职业教育的顶层设计已经完成。

金寨职业学校的图书馆、办公楼和小广场。　　郝晔　图

同年 8 月 15 日,经过两年筹备的金寨职业学校正式开学,学校开设现代农艺技术、机电技术应用等 11 个专业的 3＋2 大专班和服装制作与生产管理、计算机应用等 15 个专业的中专班,计划在三年内实现招生 6 000 人、非学历教育培训每年万人次,打造成具有"较大规模、高水平"的国家级示范中等职业教育学校。

金寨职校从无到有的过程,就是国家自上而下加强对职业教育事业发展支持力度的折射。

就在吴邦国同志视察金寨一个月之后,2012 年 7 月,安徽省教委发布了《关于成立大别山职业学校规划编制指导组和专家组的通知》,文件中写道,金寨职业学校的组建"时间紧、任务重、要求高",要求各有关部门和单位给予大力支持。之后金寨县原来的两所职业高中——江店职高和双河职高撤并,从其中共优选 103 名教职工,包括 63 名公共基础课教师、24 名专业课教师;同时安徽省教育厅每年都从全省的职业学院中选派支教教师和教学管理人员 11 人、外聘教师 10 人到金寨职校任教,共同组建起了这所正县级、市县共管的职业学校。不仅如此,2013 年《安徽省教育厅 2013年工作要点》中明确提到要"加大对安徽金寨职业学校建设支持力度";甚至在 2014 年 4 月《安徽省 2014 年中等职业与成人教育工作要点》中更是强调要"确保学校 9 月份正常开学使用"。

金寨职校内假期里空无一人的教室。   郝晔   图

而当宏伟的校园建成完工之后,雄心勃勃的金寨职校面临的第一个难题就是:招生。据校办公室的余大国主任介绍,原来两所职校在合并之前,春秋招合计招生 1 000 人左右,而现在每年需要招收的人数翻了一番,招生压力陡然增加,"招生包保责任制"就是在这样的情况下诞生的一项"应急之策"。

为保证生源,金寨职校学校在编教师分成 60 支"招生小分队",本县和外县比例为 2∶1,每一支生源队负责几所生源学校,通过"定任务,定措施,定奖惩"——以目标生源为基准,每缺一人扣 200 元,多一人奖 200 元——的方式尽量减少目标学生流失率。

为完成学校定下的指标,春季招生的老师往往在刚过完春节就开始进校走访和宣讲,作为劳动输出大省的安徽,如果无法尽早抓住目标学生的心,其中的不少人很快就会加入进城务工人员的返城之旅而放弃学业。尽管学校为一、二年级学生提供每年 2 000 元的国家助学金和针对家庭特困生的 4 000 元补贴,同时还有来自中国烟草集团、中国人寿等社会企业的捐资助学金,完成学校制定的招生人数的 60%——招生目标底线——也绝非易事。招生教师所要说服的,不仅仅是面对繁华城市和金钱诱惑的学生,更是长期积累的"重高中、轻职中"社会观念。

从普通高中到职业教育:改革需要社会动员

说起来刚成立不久的金寨职业学校,土生土长的出租车司机洪师傅赞不绝口:"学校又大,楼盖得又好,上学还给钱,多好!"可提到自己在学校里读书的侄女时,他轻叹了一口气。"哎哟可惜了,"洪师傅说,"本来她是可以上高中的。"

洪师傅的态度也是很多金寨人对职业学校的态度:好是好,可是如果可以上高中,还是会选择高中。

与职业教育的先行者德国比起来,中国民众对职业学校的认同感普遍相对较低。德国的中学生毕业以后有约六成左右的学生会选择职业教育之路,成为一名"技术工人",而根据我国教育部 2015 年发布的《2015 年全国教育事业发展统计公报》的数据计算,中国的中学毕业生中大约只有三成做出了同样的选择。对于中国学生来说,初中毕业之后选择"读高中、上大学"几乎是不二之选,尤其是在 1999 年中国开始进行以"拉动内需、刺激消费、促进经济增长、缓解就业压力"为目标的高等教育扩招改革之后,大学招生人数和高考录取率逐渐升高,大学不再遥不可及,成为家长"圆梦"

金寨职业学校的宿舍楼和实训楼。　郝晔　图

的寄托。而改革开放之后随着劳动密集型产业兴起，工厂对技术工人的需求达到前所未有顶峰的结果之一就是——"技术工人"这四个字自新中国成立以来所培养起来的"崇高感"在市场化浪潮中被大大稀释了，户籍制度的松动在为进城务工人员提供了新的发展机遇的同时，也逐渐固化了人们对"职业教育"所培养人才的社会地位的认知，教育资源也开始发生倾斜，普通高中和职业高中背后所隐含的未来阶层分化就此开始。新千年之际开始的职业教育商品化改革在某种程度上也将物质与学业选择直接挂钩，"大学"两个字却依然保持了人们期待中的"高贵冷艳"，更不用说传统观念中"万般皆下品，唯有读书高""学而优则仕"等所产生的影响，"重高中、轻职中"逐渐成为绝大多数学生和家长心照不宣的选择，职业学校就此被边缘化。

　　而原本推动普通高中与职业高中社会认知正常化的中学教师，在很多时候也没有在平衡这两种学校上发挥应有的作用，扮演

"明德尚能"是金寨职业学校的校训,远处是学校的实训楼之一。 郝晔 图

应有的角色——通常都是一刀切,很少因人制宜地主动向学生们介绍职业学校。"他们都只给好学生们介绍金寨一中,都是说一中怎么好,"张丽娜在回想自己的初三生活时说道,"不是一中就是其他(普通)高中。"当时坐在教室后排有些犯困的她甚至都没有注意到课间走进教室介绍金寨职业学校的两位老师,直到周围的小伙伴一起开玩笑"要不我们就去这儿吧,还给钱"时,她才迷迷糊糊抬起头看了一眼讲台上站着的人。"没听谁说过(金寨职业学校),"张丽娜说,"本来也没想着一定要去的,成绩好不好都觉得还是应该上高中……实在考不上就去打工。"何思佳还记得当时同学们一度对这所新学校有过热烈的讨论,"大家都觉得学一门技术说不定就可以改变一生,"但当她第一次和父母说起想要报考时,还是遭到了父母和老师的一致反对,"他们还是觉得应该上普通高中,然后将来考大学。"

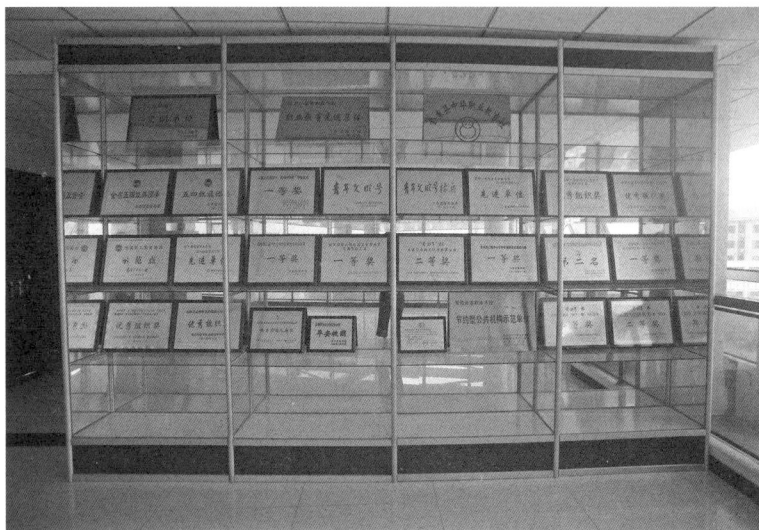

金寨职业学校的展示橱窗。　　郝晔　图

最终，何思佳所在班级的 52 人中共有 25 名学生来到了金寨职高，而何思佳考大学的选择也没有变，她选择了学前教育专业"3＋2"的五年制、分段培养的高职项目，明年她就将参加针对高职学生的"对口单招"考试，考试通过即可升入对口合作的合肥幼专，与当年通过普通高考入学的学生享受相同待遇。在她入学的 2014 年，安徽省教育厅出台鼓励政策，凡获教育部主办或联办的全国职业院校技能大赛三等奖以上奖项，或获安徽省教育厅联合主办的未纳入国赛的省级职业院校技能大赛前三名且为一等奖的考生，报考相应专业时，面试通过后可直接录取。在金寨职校中，像何思佳这样选择"3＋2"项目的学生约占总人数的 1/3——绝大部分是当年考试成绩较好的学生。据国家教育部的资料显示，2014 年中职毕业生升入高一级学校就读的学生比例为 15.32％，5 年内上升了 6 个百分点。但教育部职业技术教育中心研究所所长杨进认为,职业教育固然不能成为"断头教育"、需要为学生提供上升空间,另一方面,需要始终坚持以就业为方向,不能把职业教育引导到升学的导向上去。

在距离金寨县西南方向90多公里的地方,就是因管理严苛、奉行传统教育方式、"一切向高考看齐"而闻名的"亚洲最大高考工厂"毛坦厂中学。另一所不断创造高考奇迹的"名校加工厂"——河北省衡水中学也将落户合肥市长丰县,2017年9月开始正式招生。

从留守少年到企业工人:校企创新改革路径

令第一年做班主任的华金国意外的是,27岁的他觉得班里学生很好管,平时很少给自己添什么额外的麻烦,班里的学习氛围也还不错,一些有积极性的同学会主动聚在一起探索怎么背单词更快。"以前是通过考试把人分成优等差等,现在来到了一个新的起点,可能感觉大家都差不多,可以重新开始了。"有31年教学经验的肖家儒老师也觉得合并后的"新职校"和原来有些不一样,他担任班主任的2014级计算机班绝大部分学生都是男生,可做过的最出格的事情也不过就是逃课去网吧,"半路就被监控探头发现给抓回来了",上课也很少有干扰课堂纪律的行为。"首先要让他们尊重老师,这是最基本的,"肖老师说,"但真的坐在那里能认真听的也不错,大概能有2/5就不错了。"他觉得这和班里绝大多数孩子从小父母就不在身边可能有不小的关系,他们"平时不太说话,但很喜欢玩手机"。工龄已有26年的学前教育班班主任陈慧老师也表示,很多留守儿童在行为习惯、学习方法上可能确实有一定欠缺。"正是因为他们从小缺少父母的关爱,才形成了现在淡漠的表达方式,作为老师,要让他们把学校当家,要有耐心去逐渐改变他们才行，"陈慧老师说，"即使不能成才也要成人嘛。要从发现他们身上的闪光点开始。"——比如三位老师都提到的：动手能力强。第一次带学生去服装制作相关的实训室时，华金国发现这些平时上课木讷少言的孩子们好像进入了一个全新的世界，沉浸在设计和制作中，创意飞溅，下课许久也不愿离开。

2014 年 3 月，在中国发展高层论坛上，教育部副部长鲁昕表示未来中国建设发展现代职业教育过程中将以建设现代职业教育体系为突破口，调整教育结构，建立面向生产一线、系统化培养基础技术技能人才的体系。《国家中长期教育改革和发展规划纲要（2010—2020 年）》也指出，发展职业教育，要将其纳入经济社会发展和产业发展规划，实行"工学结合、校企合作、顶岗实习"的培养模式；实现"政府主导、行业指导、企业参与"的办学机制，促使职业教育规模、专业设置与经济社会发展需求相适应。

金寨旅游服务实习基地。　　郝晔　图

在金寨职校内的人工湖畔,伫立着一座造型优雅、尚在建设中的楼宇,据金寨职校总务处分管基础建设的王修银老师介绍,这是即将投入使用的旅游服务实习基地,这座由同济大学操刀设计的、建筑面积近 8 500 平方米的实训基地耗资近千万,已经被一位小有成就的校友承包,建设成为一座星级宾馆,在完成内部装修、正式开始对外营业之后,不仅学生在校内就可以完成高标准实习,也能够为学校带来一定的经济收益,是校企合作、互利双赢模式的一个典范。但金寨职业学校官网上公布的《安徽省金寨职业学校旅游实训基地招租》文件中显示,实训基地的年租金仅为 84 万元,由于宾馆仅向学校缴纳租金,日常营业收入将全部归运营者所有,则学校方面如果想要收回建设成本,至少需要十年以上。金寨职校现有实习实训室 93 个,总投资超 6 000 万,也与省内外 50 多家大型企业建立了学生实习就业基地,与县科技局合作创建新型企业孵化服务机构,为学生创新创业提供有利平台,希望通过此举真正实现"升学有门、就业有道、创新有路"。

但合作不等于让利。校企合作中如何保证学校方面的利益,真正实现 2010 年教育部部长袁贵仁所说的良性互动模式,使学校成为校企合一的生产型学校,企业成为学习型企业,也许在具体的实践中还有待进一步摸索。

接下来的几年中,金寨职校将继续扩大规模,新建教学楼、宿舍楼、食堂、实训基地等 3 000 平方米的项目,建设完成金寨技师学院,届时整体项目的投资将达到 20 亿元。

2016 年 8 月 10 日,金寨县政府发布了《金寨县鼓励金寨职业学校毕业生在本县企业就业创业实施办法(试行)》,为与县内企业签订 1 年以上劳动合同的毕业生一次性补助 1 500 元,推荐到现代产业园区企业就业满 1 年的人力资源中介机构以每人 600 元的标准给予奖励,创业毕业生还将享受扶持补贴、税费减免、担保贷款

金寨职业学校后方正在开发和规划开发为学院的土地。　郝晔　图

金寨职业学校的思源湖和湖畔的旅游实习基地。　郝晔　图

等优惠政策。但不少学生并不希望在本地就业,学校中的绝大多数老师也都非常支持自己学生的决定。"我还是希望他们毕业之后可以到大城市去,"华金国说,"至少出去看看,不管是深造还是工作。"

从金寨县出发沿东北方向驱车260公里,就来到了凤阳县小岗村,38 年前这里的村民怀着极大的勇气和胆识率先实行包产到户,即后来被称为家庭联产承包责任制,推动了中国的市场化改革。38 年后的 2016 年 4 月 24 日,习近平总书记在安徽调研时首站即到访金寨,肯定了金寨县的革命地位。而金寨人民能否继续以大无畏的牺牲精神在新时代脱贫致富呢? 金寨职业学校的转型发展,或许会成为改革发展大浪中的一朵浪花。

（文中张丽娜为化名）

记者点评

　　整篇文章中规中矩,符合新闻规范,看得出作者采访了很多信源,做了大量资料收集和整理工作。且文章的条理很清楚,文字功底较好。但同关于扶贫书记的报道一样,立意和写法,陷于套路化、程式化,对职业教育的采写,没有足够亮点和出彩之处。

——澎湃新闻记者程真

"比国家干部还忙"的扶贫第一书记

复旦大学新闻学院　施钰　郝晔

　　"今年的雨水好多，"2016年6月30日晚上，住在安徽省金寨县桃岭乡牌坊村的张传雨在睡觉前瞅了一眼窗外的雨自言自语道，"这么大的雨，可千万别出什么事情啊。"她有点担心家里这幢住了将近30年的老房子，现在村里还住土瓦房的人家一只手都能数得过来，村里的"第一书记"孔祥智来家里看了几次，劝她早点腾退宅基地，搬到集中建造的中心村庄去，她不愿意，觉得盖新房的成本太高了。

　　凌晨三四点，她接到一通电话——"快走！赶快到村里来！"电话里传来孔祥智火急火燎的声音，"雨太大了！赶快过来！别在家里住了，太危险了！"她"嗯"了一声，有点不知所措，直到孔书记第四通电话打来，告诉她情势危急，洪水随时可能会冲垮房子，她才和丈夫匆匆冲入雨中……

　　后来她才知道，孔书记一夜没合眼，电话打到嗓子哑，一直忙到第二天晚上确认全部村民都已安置妥当之后才稍作休息。洪水，只是这位曾经的六安技师学院教师在调任牌坊村驻村工作队队长之后的一年多里所面临的众多挑战之一。

　　作为国家级贫困县的金寨为确保2019年实现全县8.34万贫困人口如期脱贫，近3万户贫困户稳定增收，在全县71个重点贫困村派驻了扶贫工作队，工作队队长就地任村党组织第一书记，落实精准扶贫、精准脱贫的要求，逐年盘点销号，牌坊村的孔祥智就是他们中的一员。这些奋斗在安徽省各条战线上的骨干队员们怀着满腔热情自愿申请来到金寨，希望通过一己之努力改变金寨贫困落后的现状，但他们实际所面临的困难和压力却远超预期。2016 年 7 月，复旦大学新闻学院的师生们深入安徽省金寨县扶贫一线，了解第一书记们的理想如何照进现实。

金寨县长源村，被洪水冲毁的进村道路。　郝晔　图

扶贫调查：一户一户摸，一组一组走

"没有孔书记我们早就被洪水冲跑了！"洪水消退之后的两周，张传雨回忆起当时的场景依然心有余悸。张传雨一家是牌坊村"第一书记"孔祥智对口帮扶的 7 户人家之一，也是村里扶贫攻坚的重点对象。

　　牌坊村位于梅山水库上游，一面背山，三面环水，属典型的库区一线村，全村共有 18 个村民组，共计 741 户，其中登记在册贫困户共 137 户 453 人。作为第一书记兼任扶贫工作队队长，孔书记每天早上 7 点就到村支部，一直到晚上八九点才能下班，加班更是家常便饭，"每天事情多得做不完"。到牌坊村的这一年多，他不仅要为村里想办法找资源、搞项目、贷资金，更要挨家挨户调查致贫原因，"一户一户摸，一组一组走"，时刻关注脱贫效果，为大数据扶贫提供第一手的准确资料，还要向贫困户介绍脱贫政策，跟进项目进展，甚至要协助村干部调解村民纠纷。

　　除了村里的工作，孔祥智对于自己主动承包负责的 7 户村民的脱贫工作更是时时挂在心上。村民陈业枝说，孔书记经常来自己家里，基本半个月到一个月就肯定会来一次，或者就打电话来问，尤其在洪灾过后。村民陈祖锐已嫁到外村的女儿陈娇娇也没有逃过他的"骚扰电话"——由于母亲过世，父亲外出打工，年纪尚小的妹妹与她同住在婆婆家，孔祥智实地探访了几次，摸清了陈家的情况，不仅平时会打电话询问，逢年过节父亲回家时更会亲自带着慰问品上门。在洪水中农田全部被淹的张传雨说，孔书记在洪水退了之后亲自到家里慰问，"连水都没有喝"，送来了村里慰问的 500 元钱和 4 桶油。"我心里急得很，他一直安慰我不要哭，不要慌，"她声音有些哽咽，"孔书记对我们好啊，就像大人对孩子一样保护我们。"

　　一年多来，孔祥智和全村干部一起做出一份详细的《精准扶贫四个清单》，家庭情况、收入、致贫原因、需求写得一清二楚，更列出了脱贫措施清单、时限和具体的责任人，纸质版被放大打印出来，贴在村委会的办公室里，还有两份分别在金寨县扶贫移民局和村民手中，定期更新，监督村干部的政策落实情况。按照计划，2016 年全村有一半的人口要完成脱贫工作，2017 年要实现全村贫困人口缩减至 59 户的目标，这样才能在 2019 年前实现全部脱贫。

金寨县牌坊村,新建中的中心村庄。　郝晔　图

新官上任三道坎

　　事实上,孔祥智刚上任时产生过退缩的念头。

　　2014 年 8 月,当时还是六安技师学院老师的孔祥智欣然同意单位的选派安排,准备前往金寨县担任扶贫工作队队长,可两个月后他就遇到了第一道坎——母亲突发脑溢血,性命垂危,家中妻子身怀六甲,父亲又是老年痴呆。"我的心情很矛盾,斗争也很激烈,讲真心话,当时我真的不准备下村,"孔祥智说,"确实是因为家庭情况不允许,我也怕我因为担心母亲而不能安心在这里工作,影响组织交给我的这个任务。"但因为当时一时找不到接替他的人,所以单位先让孔书记顶一段时间,没想到这一顶,就做到了现在。

　　11 月 20 日,孔书记的母亲在医院病重不治。他当时和单位讲:"既然来了就来了,也不用换人了,就我来干吧!"就这样,他安顿好父亲,将妻子从市里接到了乡里,一心一意扑到工作上,扎根在了牌坊村。

令孔祥智没想到的是，挑战才刚刚开始。

"一开始我对贫困村不了解，两眼一抹黑，以为来到了希望的田野上，"孔祥智回忆起刚来到牌坊村时的场景，哭笑不得，"2014年下半年我对村里的了解还是很肤浅的。"

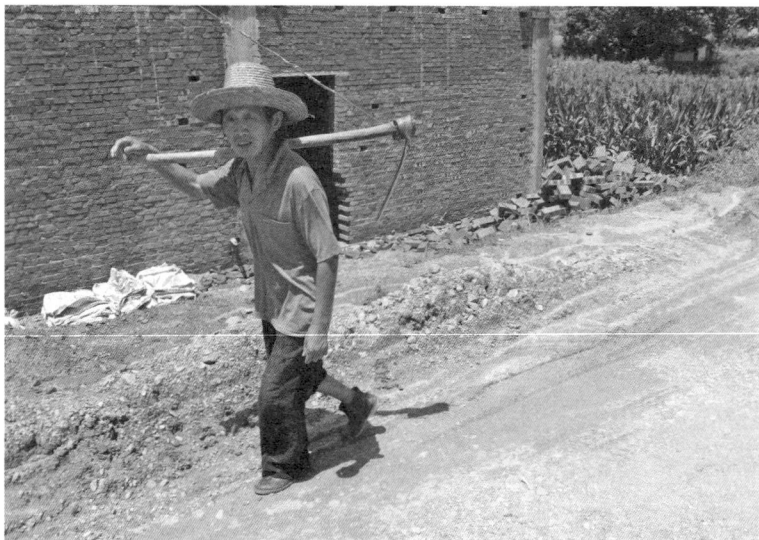

金寨县牌坊村，在建中心村庄中行走的当地农民。 郝晔 图

新官上任，干劲十足的孔祥智在村干部的带领下简单了解了村里的情况，觉得这里山清水秀，自然条件优渥，他迅速提出了两个建议，一是充分利用自然资源发展瓶装水，二是结合全县优势，提倡全村种植板栗。"当时也有干部不太支持，是我力排众议，坚持要试试看"，结果两个项目报上去，也很快获得了上级的批复和支持，他更是意气风发、准备挽起袖管大干一场，没想到第二道坎就在此时让他摔了个大马趴——辛辛苦苦采样送到合肥检测的瓶

装水样品由于前期的取水抽检过程不合规范,取水样本也有问题,导致检测结果非常不理想;被寄予厚望的板栗种植业不仅没有出什么成果,还闹出了人命! 一位80多岁的老奶奶在独自一人打板栗时不小心摔伤身亡,收获季里牌坊村的收成没有排在前面,受伤的老人倒是多了好几位,加上当年板栗收购价不高,种植板栗的农户叫苦不迭。孔祥智为了保护村民的积极性,自己出钱以较高的保护性价格从村民处收购了100斤板栗,准备存在家里等着过年送给亲友,这一收、一存他才知道,除了种植,板栗的储存、加工也都需要投入大量的时间、精力以及建立对外的市场联动机制,而牌坊村里缺乏的正是劳动力——年轻人都外出打工了,留在家里的都是老弱妇孺,板栗的采摘、加工又亟需青壮年劳动力的支持。孔祥智担任第一书记的第一个春节,只能拎着好不容易"幸存"的20斤板栗回家。"我开始想,我究竟错在哪儿了,为什么我的想法本来挺好的,但实际落实起来就完全不行呢?"

冬去春来,孔祥智再回到村里时仿佛变了一个人,他先去请教在村里工作多年的村干部,一次又一次请他们介绍村里的情况,接着又亲自一户一户走访村民,从认路开始,认门、认脸、摸情况,和村民在家里、田里、棚里、电话里、村委会里一遍又一遍落实情况。熟悉每家每户的情况之后,和村干部一起为每一位贫困户制定脱贫解困措施,他不再一意孤行,也不再"力排众议",听的多,说的少,也不仅仅追求"面子上的好看",而是实实在在从每一家的情况出发。首先充分利用政策优惠,将县里的光伏发电、宅基地改革、美丽乡村建设、扶贫搬迁、移民搬迁等政策安排落到实处。其次开展特色创新工作,如招商引资,改进种植方法,设立保护价,促进特色农业的发展;帮助村里搭建淘宝电商平台,出售土特产等。目前正在联络进行的小黄姜种植计划,就是他在村干部的建议下,一个厂一个厂地联系沟通、亲自"跑"出来的优质项目,该项目也获得了村民的支持。"第一批村民已经爆满啦！太多了！现在还要往下筛呢！"孔祥智笑呵呵地说，"现在我才敢说，我是全心全意为人民服务的，踏踏实实做事情的，至少我无愧于心！"

迈过了前两道坎的孔祥智，面对第三道坎，他有些迟疑。

全职村干为何留不住人？

谈及申请担任第一书记的初衷时，孔书记笑了一下，搓着手说道："说起来可能有点矫情，当初决定下来是的确想做一点事情，想做一点力所能及的事情。"但他没想到的是，贫困村的现实情况和他曾经在书上、电视上看到的情况差距很大，"有些事情还是要自己下来看看才知道"。

金寨县牌坊村，村委会墙上挂着的"脱贫攻坚作战图"。　郝晔　图

一般来说，村干部自己在村里有土地，在处理村务的同时还要兼顾生产，但目前金寨县的第一书记们都是脱产工作，全心全意投入到脱贫攻坚中。全职的第一书记们责任重、工作量大、精度高，

但每个月工资只有一两千，没有交通、电话补贴。"一个山头一户口，一天只能填两个表，"桃岭乡龙潭村第一书记殷德军说，"调查表、扶贫手册什么的，隔一（段）时间就要换一次，打印一次，电子（化）一次，这是统计类的报表，你不问不谈不行，这个是动态的，有时候时间很紧张，我跑瘫了都做不完啊！"这一现象被第一书记们戏称为"办公室里一句话，乡村干部跑断腿"。

除了走访村民需要花费大量的时间，填写复杂的表格同样考验干部的能力。在大数据精准扶贫的政策下，使用办公软件来统计数据、制作和更新表格、在线传输等是对村干部的基本要求，很多年纪较大的老村干们虽然对村里情况"门儿清"，但对电脑等"高科技"一头雾水。目前村干部人数少，素质参差不齐，多数数据统计录入和更新等文化水平要求较高的工作就压到了第一书记们的

金寨县老城区房屋顶上密密麻麻的太阳能热水器，充足而强烈的阳光为当地开发光伏发电提供了良好的契机。　郝晔　图

肩上。殷德军反馈说不少年轻的村干部很难沉住气，只是将村干部工作当作一段经历，更无法做出什么成绩来，"工资低怎么留得住人啊？活儿又很多，不可能嘛！"。

即便每天勤恳工作，也依然存在上级不信任和村民不支持的情况，这让孔祥智有些费解。如果说农户不够通情达理还可以多跑几次，多讲道理，但上级对干部的不信任就让他有些无奈。"动不动就电话查岗。你说你在村里，用村里的座机回个电话，你在农户家里，让农户接电话，但如果你手机没电了就没办法解释了。"虽然表示理解，但总觉得心里有点委屈，不止一位第一书记表示上级部门应该"知人而后善任"，要给予驻村队长一定的灵活度和自由度。

对此，金寨县扶贫与移民开发局的副局长时培甫表示："问题是存在的。可以说金寨村干部比一般国家干部还要忙，部分村干部因为太累干不下去了。有的干部也有怨言。"但他也透露，到十三五末计划把村干部月工资提高到3 000—3 500元左右，也可以提拔一部分表现好的干部担任乡镇党委委员。

吃过午饭，孔祥智拿起鼓鼓囊囊的公文包就要走，"今天还要去走访几家贫困户，有一些贫困户的调查资料要上报"，话音刚落，他用手抹了一把头上渗出的汗珠，踏上了返回村部的归程。

记者点评

第一书记题材的选择，结合目前对"第一书记"的关注，与时政相关度比较高，素材选择也有可取之处，看得出采访前和在整理资料上都下了功夫。但在立意和写法上，有些陷于套路化，落于俗套，没有足够亮点和出彩之处。

——澎湃新闻记者程真

洪灾过后：长源村村民前路依旧艰辛

复旦大学学生　郭孜

7月17日，"记录中国"金寨报道团队乘车来到距离县城200里外的吴家店镇长源村，这是本月安徽省金寨县爆发洪灾以来受灾最严重的村庄，林作能、张福霞夫妇等5人不幸身亡，总计47户138人被安置转移。

报道团队在山下遇到两位刚从村里领到救援物资准备回家的月亮岩组村民林兴荣和高艳荣，得知他们住在山上，我们决定跟他们一起走这一趟回家路。

上山路变成石头城，天堑何时变通途？

此行比我们想象的要艰辛得多，路上不时看到大面积的坍塌，依稀可见当时洪水的威力。原本上山的土路被洪水冲下来的大块砾石完全阻断，犹如一座石头城。河流上的桥梁也被冲垮，一块块水泥板瘫在岸边，钢筋裸露。原先风景壮丽的龙潭河大峡谷此刻满目疮痍，只有石间的水流依旧湍急。

中途休息时，林兴荣告诉我们他们早上五点钟就从山上出发，直到七点半才终于到山下。当我们即将从石堆里走到地面时，看到一段"夭折"的水泥路，高艳荣告诉我们，这段短短的水泥路是山上的五户村民自己出钱、出力修的，因为这一段是河流转弯处，以往每年汛期特别容易被冲垮，所以专门加固了。这次洪水来临，唯一的一段水泥路也没能幸免于难。"我们修路的钱都打水漂了，这是真的被大水冲走了！"高艳荣苦涩地一笑。

我们询问林兴荣，村里面是否有意向清理岩石，恢复道路，她显得有些愠怒："没有！他们还指望我们自己修呢，我们哪里拿得出钱？"长源村扶贫工作队队长李书记在电话中告诉我们，清理恢复冲毁的道路需要几百万元，村里暂时还没有这笔资金。

一位村民的女儿周元（化名）在线上采访中告诉我们，2016 年村里让山上的村民每户出 3 000 元拓宽原有道路以及修水泥路，但没想到刚完工没过几天就发了洪水；刚竣工的桥也在洪水中毁于一旦，但桥本身质量不高可能也是被冲垮的原因之一。周元还告诉我们，她从父母处得知 2014 年村里收到一笔 120 万的修路拨款，但是这笔钱压根没有用在修路上，土路依旧遍地砂砾；村委会还特别"大方"，多次将本村的修路计划转让给别村。我们就此采访了李书记，他表示 2016 年才挂职长源村，对 120 万修路款毫不知情，但县里面 2016 年上半年的确有对长源村修路的拨款，就在即将批准修建水泥路面的时候，洪水却发生了。

除此之外，周元告诉我们，村里每年每小组都有 5 000 元的封山补贴，但这笔钱从未真正分到每户村民手里。村民高艳荣和林兴荣也知道存在这笔钱，并告诉我们，这 5 000 元名义上是按照各户所分到的山林区域大小分给村民，和周元告诉我们的一样，这笔钱据说实际是用在了修路上，但具体如何使用，用了多少，则不得而知。

在金寨县人民政府网"书记信箱"，我们看到有月亮岩组村民 2016 年 1 月 5 日询问修路事宜，得到的回复是："长源村月亮岩水泥路已经列入我镇 2016 年度第一批水库移民后扶项目库，投资 50 万元，等省移民局批复后即可实施。2015 年我镇已投入 16 万元兴修该路的一座大桥。"

洪灾之后,村民通路呼声很高,"书记信箱"在 7 月 19 日的回复是:"经过镇村干部前期进村入户仔细核灾,镇已向上级部门报送灾后恢复重建报告,正在抓紧联系专业技术人员对桥梁、道路制定修复方案,因该路段已列入农村道路畅通工程,待路基完工后即可铺筑水泥路。"

药材种植损失惨重,灾后村民生计成难题

长源村的村民中,年轻一代多出去务工或者上学。老一辈留守在家,靠种植药材为生。药材主要是天麻和七叶一枝花,种植所得也是子女学费的来源。2016 年由于洪涝灾害,冲毁了不少田地,药材损失惨重。

周元告诉我们,她家是贫困户,她在合肥上大学每年算上学费总计花费约 2 万元,虽然申请了 8 000 元的助学贷款,但加上妹妹也正在念初中,家里的经济压力不小。这次洪灾导致她家种的药材几乎绝收了,她和妹妹的学费都成了父母心里的难题。

我们询问李书记村里是否对此次受灾严重的种植户有资金补贴,李书记说,村里面没有专项资金用在这方面,除非村民自行购买了农业保险,否则村里也无能为力。李书记补充道,在村里设点的农业保险机构保险范围小,主要针对粮食作物,村民种的药材等经济作物可能并不包含在内。

搬迁成本高,下山路迢迢

每年夏季龙潭河峡谷汛期水位上涨,都对居住在山上的村民的安全造成不小的隐患,村委会也曾多次劝山上村民到山下居住。"书记信箱"在 2015 年 6 月 18 日咨询中回复道:"由于长源村人口

居住十分分散，不通水泥路的自然村庄较多，该村是县重点扶贫村，三年内可以整合扶贫、库区移民等项目资金解决一些群众急需解决的问题，但水泥路也只能通到人口较集中的地方。想每个自然村庄都通水泥路，短时间内做不到，想每户都通上水泥路难度更大，希望你能理解。当前，我们鼓励散居深山的农户到统一规划区建房，或到城镇购买商品房，来提高生活品质。"

那么农户是否买账呢？村民高艳荣和林兴荣告诉我们，他们山上的二层水泥小楼是十几年拼拼凑凑修建、装修好的，花了不少积蓄，而在山下买地皮需要两万元，这一笔钱他们很难挤出来。

另外，到了山下，他们又要以什么为生呢？住在山上时，指望种植药材的收成；到了山下，再想悉心照料山上的药材显然是不现实的，可孩子们还在上学，家里又没有别的经济来源。

扶贫队长李书记告诉我们，政府对于山上居民搬迁下山的补贴很有限，尤其是非贫困户，补贴就更少。金寨县"书记信箱"是这样回复长源村村民关于搬迁的询问的："镇村两级对群众进行拉网式排查和广泛地宣传发动，鼓励住在地质灾害隐患区和偏远山区的群众搬迁至中心村建房，或者到集镇、县城购房。搬迁可以享受以下政策：1. 宅基地有偿退出，符合一户一宅的可以享受宅基地有偿退出，根据不同的房屋结构享受不同的补偿标准；2. 属于贫困户和库区移民户的，可以享受贫困搬迁和库区移民搬迁补助，每人 1.5 万—2 万元补偿标准；3. 属于地质灾害点的，可以享受地质灾害搬迁补贴，每户 3 万元补贴。通过上述政策叠加，一般的农户搬迁可享受 10 万—20 万元不等的补助资金。"高艳荣和林兴荣两家既不是贫困户、库区移民户，又非处于地质灾害点，所以得到的一点补贴对于村民眼中"浩大"的搬迁来说无疑只是杯水车薪。

报道团队临走时长源村下起了暴雨，雨中的山峦朦胧，让人几乎忘却了暴雨曾经的狰狞。洪灾过后的长源村，泥泞的前路上仍有一块块大岩石,不知道多久才能搬完通车。回想洪灾当头时,我们感动于军民万众一心的团结,但洪灾过后,留下的不应该仅仅是悲情。如何逆洪流而上,将生活变得和以前一样,甚至更好,才是阿姨叔叔们的愿望。

记者点评

　　抓住金寨洪灾过后的新闻点,使得报道具有时效性。亲身体验,跟随村民走这一段回家路使得报道更为具象生动,但也正因如此,使得报道带有个人的情感色彩,失去了一定的客观性。在行文上以学生而非记者的视角来写,也不是很恰当。

——澎湃新闻记者程真

"留下一支带不走的医疗队"

复旦大学新闻学院　乔等一

穿过略显昏暗寂静的走廊，经过正为病人测量血压的护士，我们跟随几位医生走入永平县人民医院的办公室。呈弧度排开的五把椅子，暗示着作为团体的五位受访者。

很快，四位医生入座，还留下一个空位等待着刚结束妇产科手术的医生。这批来自复旦大学附属金山医院不同科室的医生，组成了对口支援大理永平的医疗队。这支医疗队接触了那么多异地的人和事，当面对记者的提问和镜头的捕捉时，仍然免不了一丝紧张。从下乡义诊的经历开始谈起，大约15分钟以后，妇产科李医生才推门而入，内科的王医生和普外科的黄医生都表达了关照："李医生很辛苦，腰扭伤了还在做手术。"

确实，"马不停蹄"可以用来形容这支队伍。作为第十二批支援云南昭通市、第一批支援大理永平的医疗队，他们前三个月还在昭通第一人民医院。根据上海市卫计委和复旦大学的部署，短暂的回沪探亲以后，5月11日凌晨4:11就奔赴永平县人民医院，开始了另一次三个月的对口支援。

相比昭通第一人民医院有前人铺路和相似的医疗水平，来到永平以后，他们成了这一贫困县县级医院的探路者，"从一颗小螺丝钉变成了大螺丝钉"，担当起了主任医师的职责。他们涵盖了几乎所有的科室，从内科、妇产科、骨科、骨外科到耳鼻咽喉科，剩下儿科有待后续的医疗队填补。

在其位谋其政,他们寻找着各自科室的短板。普遍发现,永平县人民医院缺人,缺基本知识和技能,缺基础设备和药物。而核心就是,缺乏意识和制度。

近几年,永平县人民医院经历了人才流失之痛,大量骨干医师跳槽或改行,多数去了大理州的医院,剩下的基本是四五十岁的老医生和年轻后生,以至于有些科室难以维持。因此这支由20世纪70末80初出生的成员组成的医疗队,成了这里的短期支柱。他们可能无法解决人员紧缺的难题,因此他们试图在意识和制度上进行变革,"留下一支带不走的医疗队"。

内科王医生表示,这里的科室不像上海的医院分得很细,因此一个科室就要面面俱到,工作繁琐也就不再注重细节。比如接诊时门诊医生有了诊断,后续医生不再详细问、查,直接根据这个诊断来用药;查房时不甚仔细,不会思考病人有什么问题,为什么出现这些问题(甚至有时候病历也不带)。"查房是获得资料的第一手途径,如果这方面没做好,下一步也可能做不好。"因此王医生每周会带领着大家进行一次大查房,并要求做到晚查房。此外,基础设施和基本药物的短缺也带来了诸多问题。内科呼吸科的病人很多,王医生知道他们出现了什么问题需要如何治疗,却无从下手,因为没有药物。不久前金山医院副院长来到永平,带了3 000多元的药,王医生便发给那些最急需的人。虽然依靠外部的药物支援不是长久之计,但是这一举动让永平的医生知道了这些药的存在和使用效果,并且让他们意识到了规范化治疗的重要性。当地医生已经开始申购这些呼吸科的药物了。

孟医生把在金山医院建立起来的讲课制搬到了永平。巧合的是,同样都是周三上午查完房。于是他就把这个时间定为专门的讲课时间,让医生护士轮流讲课,把病人病例捋一遍。这里的人少,医生加上老主任再加上孟医生自己,总共只有六人。这样轮下来，平均每个医生一个月讲两次课。孟医生要求所有医务人员全部参与，正是这种严格要求，使得大家的积极性被调动。讲课制也被其他几位主任医生运用到各自的科室之中。

李医生所在的妇产科作为基础科室，在这样的县级医院，"眉毛胡子一把抓"，什么都要扛起来。因此锻炼出了一群具有丰富临床经验的医生。很多事情都能处理但缺少规范，优秀的临床经验毕竟无法替代理论知识。"有些东西是不断推进更新的，我能做的是改变他们习惯但不太合理的东西。"她选择首先让同事们在意识和理念上逐步改善，接下来就要引进新的技术，比如申请了腹腔镜，准备让同事们从最基础的病例开始看起。一切都要从困难中一步步走下去，医生做手术不特意准备基础设施比如纱布，这样的情况让李医生颇为头疼。有一次做宫外孕手术，她需要穿刺针医院却没有准备。最后好不容易找来了针，同事们看到说"这东西我们有"。原来他们并不知道此物有何用处。"所以改变他们的理念和制度就够了。这样才能对医院的长久发展有好处。"

相对于有一定文化水平的医务人员，这里的老百姓淳朴得让大家惊叹。"中国妇女真坚强，云南体现得最彻底。"李医生如此感慨。她反问，你能想象一个人贫血到正常人的 1/3、1/4，她依然坚强地在外面劳动吗？你跟她说住两天院我给你调一调，解决一下目前的问题，她都做不到。王医生谈起下乡义诊时遇到的一个病例。那是一个患有心梗的老太太，医生竭力劝她住院，然而她说自己家中有事，硬是拖了三天才来到医院就诊。对于心梗的病患，三天内根本无法想象她会发生什么不测。人们的保健意识普遍差到了一定程度，对于医疗队的成员们来说，想要改变他们的意识理念，恐怕是长路漫漫。

但与此同时，这里的淳朴民风也令他们无比动容。李医生感叹，他们无比相信医生，你说咱们去开刀，我尽力。他就没有二话，接受。相比起在上海,谈话的纸张可以写得无限长。这里的手术知情同意书也非常简单,李医生曾经提出需要正规化、详细化,但这里的医生却回答:"他们很淳朴的,这就可以了。"医患矛盾全中国都有,但这里的病患绝不会在细节上吹毛求疵,他们只会在医生犯了不可原谅的错误或者他们无法理解某些风险悲剧的时候,才会产生敌意。不过,医疗队的成员们不会行冒险之事,在金山医院,在他们口中的"家里",他们需要让自己的理念和技术更往前走一步。但在这里,在永平,他们只会带来成熟的理念和技术。他们知道自己的使命,是让当地百姓获得福利。

如果说他们的降临给永平带来的是意识和制度的生命力,那么永平为他们送行时附赠的礼物也很是丰厚。"是机遇,也是挑战。"医生们走出了曾经局限自我的一亩三分地,走出了纯粹的环境,领略着中国大好河山的同时,也感受着另一片土地上人们的热情纯良。当有病人特地来找上海专家看病时,他们作为医生的自我满足感便得到了提升。一个原本只专注于呼吸科的医生,在这里却不得不独当一面又面面俱到。王医生在这里需要同时为消化科、心内科、内分泌甚至神经科的病人诊断。她被迫在工作上变得更加全面,同时在生活上,也会成长得更加独立,从一个被丈夫、父母护着的人,到一个学会自己做饭洗衣的人。其间的种种经历,冷暖自知。

这一代人,不再是当年的知青模样。这一代人,无所谓仓促,知道自己迟早要出来,时刻准备着,肩负起三级医生的责任。他们在三四十岁的年纪,上有需要侍奉的老人,下有尚在幼儿园的孩子甚至刚满一岁的幼儿,仍然义无反顾踏上这片土地。他们用做饭、健身、进城来丰富自己,用"可以当作麦当劳的肯德基"的当麦基来调侃偏远的日常。

虽然再过一个月,他们就要踏上归途。但这里铺下的路不会荒芜。8月9日他们离开,8月12日新的一批就要到来。他们已经开始与确认的后继者交流,告诉他们这里有什么,你们需要带来什么,我们为你们铺好了什么路,你们要继续向哪里走。

记者点评

　　看得出来记者同学花了很多心思工夫在里面,采访到了动人的细节与故事,给读者留下思考空间。文笔顺畅,富有感染力,但同时也带来弊病,即主观感情色彩投入太多,偏离了新闻写作客观理性的主轨,另外,还缺少客观的新闻事实描述。如果能把采访不局限在从采访对象所说内容中获取信息,会更精彩。

——澎湃新闻记者康宇

两位复旦人的一年滇西"挂职记"

复旦大学新闻学院　邵雨航

20 世纪 70 年代末 80 年代初,卷起一股农村经济改革浪潮,家庭联产承包责任制在全国范围内推广,农民重新获得生产自主权,无数人的温饱问题得到解决。

30 多年过去,生于那个年代的人已至壮年。而贫困农村地区的时代关键词也已发生变化。

33 岁的姚志骅是个土生土长的上海小伙,复旦新闻系毕业后选择留校工作。此时此刻,他正在距离上海 2 000 多公里外的云南大理州永平县,在当地人口最多的村落——博南镇曲硐村挂职第一书记。

从复旦挂职到永平县的另一位——39 岁的张阳勇,是分管科技,协管教育、卫生与扶贫的永平县副县长。他的家乡在浙西南,那里有着与滇西相似度很高的连绵青山。

一个生于 70 年代末,一个生于 80 年代初;一个是副县长,一个是村第一书记;一个初来乍到,一个距离告别永平还有三个月。

"入乡记"

2012 年起,教育部定点帮扶滇西边境山区,永平和复旦的定点帮扶关系也从那一年开始。在张阳勇来永平赴任之前,复旦已连续派出两位干部到永平挂职任副县长。而姚志骅则是第一位被学校派至永平挂职的乡村第一书记。

"来挂职之前，我把《马向阳下乡记》认认真真看了一遍，想有个准备，从城市到农村真的不是嘴上说的从城市到农村这么简单。"姚志骅说。

2015年10月，彼时的他要比现在白净许多，架着一副眼镜，在当地同事看来"书卷气很重"。初来曲硐村听不懂方言更不会说，于是乡镇里的干部打趣说："姚书记是大城市里来的文化人，希望可以带动曲硐村成为永平普通话最标准的村。"

连看起来不起眼的田埂也让人出洋相。"去农户家里，我没经验，就穿着运动鞋去走那些很窄的田埂，每走两步都要摔下来。"

而他的住处就在村委会一楼的小房间，一张床，一张写字台，一个衣柜，洗澡要去百米外的公共澡堂，厕所是村委会的公厕，也是整个曲硐村唯一不收费的公厕。作为颇有名气的核桃交易村，每年有8个月的时间，来自全国各地的客商涌至永平，随之导致这一公厕的卫生状况尤为堪忧。

而今，姚志骅在永平已经度过了8个多月。除了肤色被滇西高地的紫外线晒黑了几度之外，他的方言水平已经掌握到可以做会议记录，以及听每天清晨6点全村用高音喇叭播放的伊斯兰教唤礼词（曲硐村回族人口占95%以上），屋子里的"动物园"——一块钱硬币大的黑色蜘蛛、四脚蛇、蜈蚣与西瓜虫，还有全村100多条野狗，已经能以云淡风轻的口吻被他提起。

"但最大的挑战并非生活习惯或者其他，而是孤独。每到周末，整个村委会两幢楼就只剩我一人。而且，刚来的那两三个月特别想家，那时候女儿还没满周岁。"姚志骅说。

"扶贫记"

这不是姚志骅第一次来滇西。2004年来大理游玩，大学同寝室睡在上铺的兄弟就是大理州人,家在距离大理城区 20 余公里的乡镇。"我叫他晚上出来聚聚,想想不过就 20 多公里,结果他花了俩小时才赶到。"姚志骅回忆说。

十多年后重返故地,大保高速公路已经畅通,从大理城区到永平约一个小时车程,沿途红色土地风光秀丽,道路干净平整,这都令你无法把通往的目的地与国家级贫困县联系在一起。

永平县政府统计数据显示,目前永平全县共有 2 个贫困乡镇、21 个贫困村、180 个贫困自然村、建档立卡户 5 608 户 19 575 人,目标为到 2020 年实现农民人均可支配收入达 13 950 元,实现贫困人口脱贫 19 575 人。

2020 年也将是永平与复旦的定点帮扶关系的句点,扶贫也是两位挂职干部此行首要任务。

"可以这么说,我们做的所有工作都和扶贫有关,或者说通过复旦背后强大的资源做得更多的也是扶贫。但这种扶贫不是说帮永平拉回真金白银,而是通过推动教育卫生的提高让老百姓有更好的教育卫生资源,从而让他们自发地去摆脱贫困。"张阳勇认为,复旦作为教育机构,优势也在于教育和卫生。"我们也在动用我们强大的校友资源给当地经济上的支持,比如我来这边之前我们就确认了一名校友每年捐 30 万资助当地经济困难的学生,目前我们也通过校友联系了北京的一家企业,7 月份会捐一台 64 层的 CT,价值估计在 600 万—700 万之间。这些都是复旦在做的事,但这些不是复旦本身去做的,而是通过校友资源,通过社会市场一些基金的运作,来这边做一些对口的扶持工作。"

挂职在基层的姚志骅表示:"平时工作百分之六七十都与扶贫密切相关。"他所在的曲硐村共有建档立卡贫困户 47 户,经过亲身逐户调研,他开出了这样的脱贫"药方":对实在没办法依靠自身脱贫的给予低保托底;对因病致贫的通过村级上报、镇级协调的方式给予一定医药费补贴,再通过购买农村大病医疗保险来减轻其经济压力;对居于危房和住房条件困难的贫困户则通过危房改造补助及异地搬迁扶贫的形式进行帮助;对因学致贫的则帮助他们联系县教育主管部门争取奖学金补助和学费减免。

在基础设施扶贫整改方面,姚志骅则还与村干部们一同向省州县各部门争取落实了 170 多万元专项资金:修复了总长 2.5 公里的马街河大沟,硬化了曲硐大清真寺至 320 国道的 300 多米道路,建设了 15 公里具有灌溉、防洪功能的小型农田水利工程,统一更换了全村路灯。

"变形记"

面对重油重盐的云南菜,在上海生活了 20 多年的张阳勇却表示自己"饮食口味本身也和这边有点接近,生活上各方面也还是很适应的"。小时候在浙江衢州的山村里长大,"这边也都是山,有小时候生活的味道"。对张阳勇而言,尽管来到永平不过一个多月,但生活上已经全然可以适应,更多的变化悄然发生于心理上。

"虽然之前想出来看看,但没想过会要出来挂职。"他坦言。

张阳勇回忆,4 月的一个星期四下午,复旦校领导找到了时任校保卫处副处长的他。"当时说能不能回去和家里人商量一下,这次出上海挂职家里人能不能克服困难。要求第二天必须给答复,可能是学校选拔的时候也比较晚了。回家商量后家里人也同意了。学校这边要我准备好,可能 5 月初就要出发。结果过了一个周末,到礼拜二的时候就告诉我 4 月 25 号(接下来这个周末)就要走了。所以我 4 月 25 号就到了昆明,28 号到永平交接。"

"前前后后就一个礼拜的时间,确实也没有太多的心理准备。"张阳勇说,"一开始觉得挂职更多是组织的要求,觉得出来是要在当地不折腾不添乱,做好工作,维护好复旦的形象,但出来后有一件事情改变了我对挂职的看法,现在我会努力去思考、去努力促成一件事。有8个永平年轻人曾经在复旦校园里的旦苑餐厅、燕园宾馆做过实习生,其中一位同学写的文章上了《人民日报》。她说复旦的帮助让她走出永平,感受到复旦的氛围、复旦年轻人对知识的渴望,以及通过复旦的桥梁她还能做更多的事情,她能够跟这个时代的其他青年与时代共鸣。她原来从未走出永平,但现在她发现还有另一种生活方式。我们复旦的帮扶可能是一项任务,我今天在这边挂职做副县长可能是组织上的要求,但反过来说,我们所做的大事小事确确实实能给当地的老百姓、官员带来生活上、思想上的改变。"

70后张阳勇以副县长的身份在永平的一年"挂职记"这才刚开始,在另一头上海,妻子为了照顾家庭,已经换了工作。

而曲硐村第一书记姚志骅的一年"挂职记"则已接近尾声,三个月后,他就将回到一岁的女儿身边,回归城市80后男青年的生活。

记者点评

这是一篇典型的人物稿,无论文笔文风还是框架结构都相对成熟,而且作者抓住了两位人物的内在关联,以充足的细节故事来刻画人物形象,是可取之处。但是作者对两位人物的描述有些轻重不均,而且对人物的刻画稍显片面,还不够立体,另外缺少对新闻背景的介绍,而恰恰这样题材的人物报道需要充足的背景知识来支撑。再者,两位人物的特写放置到一篇报道中写相应增加了写作难度,如果能把两个人物的联系挖掘更深,写作框架思路更灵活,文章会更具吸引力,当然,这是更高的要求了。

——澎湃新闻记者康宇

2017 年『记录中国』专业实践项目

纪念高考恢复 40 周年

重走联大西迁之路 继承先辈笃实学风

高考故事｜复旦教授陈思和：
大学最宝贵的就是一种大气象彰显

澎湃新闻记者　陈竹沁　　复旦大学新闻学院学生　赵慧敏

（发表于 2017 年 6 月 14 日）

　　"文革"爆发时，陈思和年仅 12 岁。那时"读书无用论"甚嚣尘上，他在小学读书时的成绩也不理想，渐渐地，他对知识产生了迷茫。

　　在一个冬天的清晨里，外公把陈思和从被窝里拉出，将他带到菜市场里，看营业员费力地将包裹着鱼的冰敲碎，同样的动作周而复始。"你看吧，你不好好读书，就和他们一起敲鱼去。"外公大声地批评道。

　　经此一事，幼年的陈思和知道了读书的重要性，更加发奋努力，在读书的起步期才没有落下。尽管当时街坊四邻被批斗，甚至抄家的事情令他惊恐不已，他也依旧坚持读书，积攒下丰富的知识，使他后来参加高考时能有的放矢。

　　1978 年 4 月，陈思和顺利被复旦大学中文系录取，毕业留校任教至今，成为当代著名文艺评论家。他总是毫不吝啬地表达自己对大学的爱意，"大学给予我很多方面的资源，最宝贵的就是一种大气象的彰显。也许并不是所有复旦人都能感受这种气象，但如果不进复旦，我可能走的是另外一种道路。"

1978 年 4 月才拿到了通知书

陈思和的办公室里，长约六米、高两米有余的书架上，密密麻麻地堆满各种书籍。这与他的另一身份"复旦大学图书馆馆长"颇为相称。

一头白发的他，说起话来总是带着温和的笑意。"我的生活经历极其平淡，没有上山下乡插队落户，1977 年恢复高考，我是第一届考上复旦大学中文系学习的，毕业后就留校任教，一直到现在。可以说是半生都是在复旦校园里度过的。"

陈思和的父亲是一个知识分子，在陈思和刚学会走路时就到西北支援新兴城市建设去了。母亲没有跟随父亲去"支内"，而是被安排到南京路商业局里当电话总机的接线员，这样方便照顾三个孩子。后来父亲突发脑溢血在西安去世，家中重担落在母亲一人身上。

1968 年 12 月，毛泽东下达了"知识青年到农村去，接受贫下中农再教育，很有必要"的指示，一时间，1966 年以后在校的初中和高中生，几乎全部前往农村。但是，他的母亲说什么也不愿意让他再出去，便让他留在家中，陈思和就有了大量的时间学习。

陈思和尚未在卢湾区淮海街道图书馆工作之时，便买了十来册的数理化自学丛书，用于自修。他相信未来会有一段文化建设高潮的时期，那时秩序将得以重建，知识的重要性也一定会被重提。

十年过去，"文革"结束，中央下达的第一个跟老百姓有关的措施就是恢复全国高考。在陈思和看来，此举对稳定民心的效果是显著的。"你可以恢复你的学习，然后通过高考来重新学好本领为国家工作，这样就激发了全国的年轻人，'老三届'加'新三届'，高

中生加初中生,即九批九届的同学一起去参加高考,那个时候不管
考得上考不上,很多人都愿意去试试。"

陈思和所在的淮海街道,当时报考的人非常多,大家在一起复
习功课,做习题,学外语,节奏紧张,氛围愉快。高考之前,街道让
几个退休教师来给报考的同学们做辅导,并且组织了一次模拟考,
也正是这次模拟考,让陈思和知道了高考是什么样的。

高考结束之后,他的录取之路并非一帆风顺,1977 年高考于
12 月结束,录取时间是 1978 年初,第一批发榜的时候陈思和没有
迎来好消息。但他坦言当时的心情是极其平静的,之后他很快就
又去参加了一个上海市专科学校的考试,并且被录取了。

陈思和认为,第一批高校招生,仍然受到观念因素的影响,主
要在工厂、农村和基层上招,"不愿意上山下乡的学生则像一个处
理品一样,好像要比其他人低一档"。

过了一个月左右,区招办传出消息来说,政府决定在若干学校
内扩大招生。过了没多久,大约是 1978 年 4 月 2 日,陈思和拿到
了录取通知书,他成功被复旦大学中文系录取。

其实当时上海考生报考院校时的主要选择是师范类院校,如上
海师范大学、上海教育学院等,可以保证将来毕业分配工作时能留
在上海。复旦虽名声在外,但是全国统一分配,很多考生怕以后再
一次分到外地,反而不敢报。陈思和没有非留上海不可的意愿,加
上对复旦一直以来的敬仰和崇拜,他还是报考了复旦并最终如愿。

"成为一个自觉的人"

"大学生活对我来说是我人生中最重要的一环,没有大学生
活,我后来的一切便都没有了,它彻底改变了我的人生。"陈思和
说,在复旦读书时最幸运的事情,便是遇见了贾植芳先生。在他眼

里,贾植芳先生不仅是他学业上的导师,更是他人生的导师。

在陈思和的印象里,贾先生在"文革"甚至之前很长一段时间都在受苦。1952年院系调整,贾先生被调到复旦大学,建立了中国现代文学学科。1955年他受到胡风案的牵连被捕,并被宣判了十年有期徒刑,1965年出狱后放回学校监督劳动,旋即又遭遇了"文革"的迫害。"文革"结束,他从印刷厂回到中文系资料室,虽然同样是劳动,但待遇要好多了,也自由多了。

尽管当时的身份还不是老师,但贾先生依旧乐于给同学们一些指导。陈思和与他的第一次接触,还是贾先生主动。

那时陈思和和同学李辉每天都要去资料室读书,时间一久,老先生便注意到了他们两个,并指点他们现在所读的书对他们的研究是否有所进益,并时不时推荐一些好书。

著名作家李辉也很感念这段相遇。

"晚几个月也许就碰不到他了,因为他(平反了)要带青年教师做事情。"李辉一度觉得,"他好像受难的20多年,就为了等到我们两个人。而我执着地要到上海来,想看看新世界,实际上就是为了看他。"李辉说。

后来贾先生带领中文系教师主编巴金研究资料集,缺少外文翻译人员,便找了当时正在研究巴金著作的陈思和和李辉帮他翻译文章。也正是在这段时间里,陈思和见识到了那些和国内大相径庭的外文研究,研究思路也由此打开,和贾先生也因此熟悉起来。

与贾先生相熟后,陈思和和李辉在图书馆关门之后,经常会到贾先生家里去,三个人喝喝小酒,吃点小菜,天南地北地聊着,直到凌晨一两点才会想到要回学校。也正是每晚的思想碰撞,让陈思和慢慢地认识到了现代文学的魅力。陈思和曾说:"是贾先生带领我走进了现代文学领域的大门。"

贾先生经历过四次入狱的人生起伏,却性格开朗,胸襟坦白,硬硬朗朗地活了一辈子,令陈思和十分欣赏。贾先生为人正直,即使在身陷囹圄之时,也依旧在大是大非面前遵守自己的原则,他经常说:"我的一生就是要把'人'字写端正了。"

"我这一辈子走的路,就是我自己会引导自己,怎么样去做一个最合理、合格的人,做一个对社会有自觉的贡献的人。"陈思和说,自己能成长为今天这样一个知识分子,就是来自贾先生的影响。

文学批评之路的源起

1978 年 8 月,陈思和的同班同学卢新华写了一篇小说《伤痕》,控诉了"文革"带给青年人的心灵创伤。小说写出来之后,便张贴在了学校四号楼的墙壁上,引发了热烈广泛的讨论。

中文系为此专门召开了讨论会,许多老师也参与进来,有的人支持,有的人反对。"他们当时的思想还比较'左',认为小说写得太悲观了,污蔑社会主义。"陈思和自然是站到了支持卢新华的这一方。

后来,有人将小说投递到《文汇报》,并于当年 8 月 11 日发表,通俗的小说语言和新闻媒体强大的影响力,使得文章一经发表就引发了强烈的反响,并间接掀起了整个社会对"文革"的反思和讨论。

在陈思和看来,《伤痕》得以面世,得益于在其发表前三个月就开始的对真理标准问题的讨论,"实践是检验真理的唯一标准"逐步获得了大家的认可。"如果不是时代发生了转变,《伤痕》肯定是发表不出去的。"陈思和说。

陈思和和卢新华的关系很好,他们不仅是同班同学,还是同年同月同日生。在《伤痕》发表后,陈思和也写了一篇评论性文章,肯定了《伤痕》的现实主义创作方法，并试着将其寄给《文汇报》。

陈思和还记得，当时《文汇报》文艺版编辑褚钰泉看到这篇文章，在《伤痕》发表的第二周就组了一个版面的争鸣文章，将他的文章作为支持意见发表在头条。"那时我很兴奋，似乎从那时开始，我就决定了走文学评论的道路。"

以后至今的 30 多年中，陈思和与文学创作紧密联系，文学评论也成为他的主要工作之一。

这么多年来，陈思和的批评观丝毫没有发生改变，"评论家并没有天赋的特殊的批评权利，评价家与作家应该是携手与共、并肩站在这个世界面前发表自己的看法；作家创造了艺术形象来表达自己，而评论家是借助作家的艺术形象进行理论的再创造，同样是为了表达自己"。陈思和曾在一篇文章中写道，作家和评论家的关系就像大道两旁的树，"它们之间各有规律，各成体系，不是对立的、依附的，一方为另一方服务的，而是谋求一种互为感应、声气相求的关系"。

回首当年的"伤痕文学"，无疑带着深厚的"文革"烙印，也印证了一个时代的文学和与其所在的时代是紧密相连的。陈思和说："当下的文学创作与时俱进，迅速反映社会生活的各种矛盾与冲突，唤起人们对生活的思考，这是现实主义文学最有魅力的地方。"

但同时，他也认为："文学不仅是一个时代的产物，它还是一种精神的派生物。精神有时候和时代是脱节的，因而艺术有时候会超越一般读者的要求，这也是要让更多的人知道，我们还有更高的追求。"

高考故事|学者金光耀忆高考：感恩高考，我是幸运的少数人

澎湃新闻记者　陈竹沁　　复旦大学新闻学院学生　谢履冰
（发表于 2017 年 6 月 8 日）

　　如果不是恢复高考的第一年体检不合格，也许他会去安徽的一所大学就读中文系，而不是进入复旦大学历史系的课堂；如果不是大学毕业分配的岗位不理想，也许他就不会努力考研，更不会成为治中美关系史的知名学者。

　　"有时候人生的有些关头确实很难讲，给你一些挫折反而会激励你。"复旦大学历史系教授、中华文明国际研究中心主任金光耀忆及两次高考和考研的经历，如是感慨。

　　"'文革'中间有知青经历的人最终能读书的还不到 10%，所以能够上大学读书的人是非常幸运的，我们实际上对那个时代非常感恩。"金光耀说，如果不是 1977 年恢复高考，"或者再晚个五年，我们就没有了读书的机会，我们这一代就会完全失去上大学的机会，真是想想就很害怕"。

"我要去读书"

　　早在 1976 年，金光耀就萌生了"要去读书"的想法。"文革"中他怀抱着建设农村的理想，在安徽黄山茶林场待了五六年，勤勤恳恳，是连队的连长。

　　然而他逐渐明白，这么多年的努力并没有改变农村的面貌，甚

至一辈子干下去，也改变不了什么。他心中的困惑越来越大，不知道要怎么办，就想到去读书。

当 1977 年 10 月 21 日，听到恢复高考的广播消息，金光耀当即决定："我要去考试，我要去读书，我要解救我的困惑。"

"文革"阴影仍在，很多知青都觉得不能学文科，文科和政治相关，很危险，而理科是硬的东西。"学好数理化，走遍天下都不怕"，是当时社会上普遍的看法。

但对金光耀来说，考理科俨然是不现实的。

1966 年"文革"开始，他才 12 岁，正是小学五年级。本该在 1966 年小学毕业的金光耀无学可上，就"荡"在社会上。

"中学生还可以参加红卫兵，而我们只能作为旁观者，观看着整个'文化大革命'的发展。"到了 1968 年，金光耀重返校园，接受中学教育。但 1968 年到 1971 年这三年，完全不是一个正常的中学教育，大家学的都是很浅的知识。

金光耀没有了物理、化学这两门课，改上工农业基础知识，语文课学毛主席的著作、诗词，到中学毕业时数学课只学到一元一次方程。

"现在回过头来看那个时候的课本，会感到非常浅，但我们这样就算中学毕业了。"所以，1971 年到农场的时候，金光耀也就小学五年级的水平。

"数学过不了，物理化学更不行。"在仅有的短短一个月复习时间里，他也根本来不及从头学起，而且他"还是对文科更有兴趣"，于是他仍然报考了文科。

但大家都在农场，要参加考试，不知道怎么考，也没有复习书，只能相互交流摸索。"文革"期间，上海印了一套知青自学丛书，当中有代数、几何等数学知识，这套书在当时非常热门，大家便互相借阅。还有人找到一本"文革"前的薄薄的历史复习大纲。针对政治，大家把报纸上重要的东西理一理，再去读。语文不知怎么准备，拿到什么就看什么。

白天要到山上干活,没有太多空余时间,怎么办?农场考生们早上6点半起床,7点出工,中午有人把饭送到田头,他们就在外面吃完再干活。如果农活中间休息的话,几个要考试的人就聚在一起,互相提问。下午5点下班,吃饭、洗漱完已经是晚上七八点了。金光耀所在的连队是自己发电,晚上10点就要熄灯,大家就在油灯底下继续复习到很晚。

"但是当时年纪轻,精力充沛。"大家还开玩笑,"缩小三大差别,其中一个就是缩小脑力劳动和体力劳动的差别,那我们就高度统一了嘛。白天体力劳动,晚上就脑力劳动。"

再战高考

1977年冬季,金光耀首战高考就过了分数线。然而体检的时候,并不知道自己有原发性高血压的他未能及早吃药,控制过高的低血压,最终与大学名额失之交臂。

这次体检失利一度让他十分懊悔,但多年后回首,金光耀不禁感慨:"第一次高考,我们农场几个过了体检的,都去读大学了,但都不是很好的学校。所以现在回过头来看,幸亏那次体检不及格!这其实是给了我更好的机会。"

原来,金光耀所在的黄山茶林场归上海市管辖,但1977年高考恢复得突然,地方教育部门一下子难以应对,就把安徽黄山茶林场的上海知青们临时安排在了安徽考区,出分前填志愿。

金光耀对自己的小学知识水平不抱太大信心,他想着"只要过分数线,只要读大学,不管什么大学我都要读"。当时的他不敢也不会填复旦,填的都是安徽的学校:安徽大学、安徽师大,还有一个在宣城的安徽劳动大学。那时的年轻人都有文学梦,所以不用说大学的第一志愿都是中文。

当时同在黄山茶林场的著名媒体人曹景行的回忆也与金光耀不谋而合。

"冰天雪地里，厂里用大卡车装着我们去太平县体检。因为我说自己生过肝炎，一个不及格图章就上去了。同行的金光耀因为血压稍微高了一点，也被挤出去。"曹景行回忆。

当时茶林场的知青们分析，是安徽方面不希望上海知青占用安徽名额。分数好的，在体检中，一点小病就被刷下来；而考上的，也被分到比较远、比较差的学校去。

"后来想想，还好当时没考取，如果考取了我一个人去上学，我妻子还留在场里，而且弄不好也是被分到比较远、比较差的学校。"曹景行说。

而第二次高考，他们都被安排回了上海考区，出分后填志愿。这一变化对金光耀而言，非常重要。

1978 年的高考安排在 7 月 20 日至 22 日。在经过小半年紧锣密鼓的复习后，金光耀再战高考，取得了 375 分的高分，其中历史考得最高，92 分。有了分数作参考，再填报志愿时，金光耀就有底气将复旦大学作为第一志愿。同时为了确保读书，在专业选择上，他也和上次不一样，把历史填到了中文前面。

作为参考指标加试的英语也取得了不错的成绩，48 分，金光耀感到很高兴，"因为也就学了半年（英语）"，"如果当时参加了口试，这个（分数）已经可以读外语专业"。这离不开教中学英语的姑妈的帮助，在他返沪期间教他音标，给他最初的英语学习提供了一个入门。

他的短板——数学虽然只考了 50 分，但金光耀"很满意，还很自豪"，因为文理科考同一张卷子，只是文科少做最后 20 分的题，80 分的题目算 100 分，所以这 50 分相当于理科的 40 分。农场中专门考理科的人，在数学复习上下了很大工夫，金光耀很多不懂的地方都要请教他们,但最后他们有的连 40 分都没考到。

国庆假期的时候,金光耀得到通知,他被复旦大学历史系录取了。异常兴奋的他,马上跑到农场的邮局里发了两封电报,告诉家人这个好消息。

同年 10 月 5 日,农场专门派一辆车子把他们这些考上大学的人送回上海。自此,他的人生走向就和同时代的很多人大大不同了。

匆匆四年

高考中断 11 年,不仅是优秀的学生无法进入大学,"我们的老师也是十年没有教书了,教书的愿望很强烈,给我们开了很多课"。金光耀回忆,给他们上课的老师可谓大师云集,既有杨宽、陈仁炳、汪熙这样的前辈大家,也有朱维铮、姜义华这样的中青年教师。

"每个人都有每个人不同的特点。"金光耀感到,"复旦历史系的老师能力都很强,各有特色。有的偏重于史料,很严谨;有的偏重于知识面宽,打开你的思路。"

当时的课表安排得很满,一周上五天半的课,上到周六中午。一般从早上八点开始,整个上午都有课,下午的课则比较少,"顶多三节课,上到四点就结束了",也没有夜课,留给学生自己支配。

金光耀就利用这些时间,找来很多以前没看过或是"文革"时被禁掉的小说看,比如狄更斯、巴尔扎克、雨果等人的作品。当时这些书都放在阅览室(现在的理科图书馆),不外借。"大家早上六点钟的时候就冲进去找书看,一直看到晚上九点半关门。"

有些比较厚的小说一次看不完,怎么办? 为了防止这本书第二天被别人拿走,金光耀"就故意放错,放在偏僻的架子上,第二天就只有我能找到,然后把它看完"。

金光耀回忆，因为课表固定，一个班的同学都一起上课，相互间都比较熟悉。当时每门课都有课代表，由班委指定，或者自己报名，"也没有很多的事情，老师要布置作业，和学生沟通就找他"。

大学四年，金光耀做过两门课的课代表。一门是金重远的"法国史"，"他的课非常精彩。他讲课的时候，除了注意学术性，也很注意和学生之间的互动，两节课如果时间长，他上到下半节课的时候，会穿插一两个有意思的东西调节一下气氛，一下子把大家的积极性又调动起来了，讲完刚好下课，时间控制得非常好，讲课在他那里真的是一门艺术"。

还有一门是陈仁炳的"世界史英语名著选读"。金光耀还记得，陈仁炳先生当时年岁已经很大了，"每次上课的时候，我帮他把椅子拿过来，放在讲台上，他就坐在那里给我们解读英语名著，声音不很洪亮，但是大家都听得很清楚"。

在解读那些名著的过程中，陈仁炳还会引出很多故事。他的教材是自选的，会讲到课文是选自哪一篇英语著作，介绍这本书及其作者的状况。"因为当时大家对外部世界的了解还是有限的，他会介绍很多背景，帮你把视野打开。所以大家感到有很大的收获，觉得他的课的内容非常非常的丰富。"

老师与他们的互动也多，会布置课堂作业并仔细批改，"批改了以后还可以和老师再约谈"。下课后，老师常会留下来和学生互动一段时间，"我们都会围着老师问问题，有时候感到课后的交流比课堂中间的收获更大"。年轻点的老师，有的还会到寝室里和他们交流。"当时教我们'世界上古中古史'的张广智老师，考试前会到我们寝室来和我们沟通沟通，看看我们还有什么问题。"

除了专业学习，大家也热衷于学英语，"当时大家都拼命背单词，我们楼下有些新闻系的学生很早就在楼下哇哇哇哇地念，我们还没醒就被吵起来了"。金光耀感到"时代完全变了"，学好英语可以"打开一扇窗门,了解更多外国与世界的东西",入学后也没有放弃继续学习英语。

到了大二大三,"我们班想学英语的人都会去图书馆借一本通史类的英语著作,把它从头到尾读下来。当时大家读的比较多的是韦尔斯的《世界史纲》。"金光耀笑说,到了大四,"我们都认为我们的阅读能力不比英语专业的人差,但是我们听不懂,一句话也不会讲,学的都是哑巴英语"。

回想这匆匆四年,尽管没有高中基础,打下的专业底子还很浅薄,但金光耀觉得,"的确看了很多东西,学了很多东西。更重要的是,懂得了要独立思考"。

知青治史

本科毕业时,金光耀虽然对自己的专业感兴趣,但对自己的研究能力并没有信心,觉得"24—28 岁就学了这么点东西","专业基础还是有限的"。加上他这时已经 28 岁,也该成家了,就不准备考研究生,想去报社做编辑,"和研究是有关联的,但是压力又不很大"。

但由于各种各样的原因,毕业时他被分配得比较差,到上海化工局党校当老师。"这给我很大的打击。"所以拿到通知的那一刻,金光耀就决定,"我要读研究生,我要再读回来"。

在化工局党校的这一年,因为刚去的老师还没有讲课的任务,比较清闲的金光耀就天天看考研的复习资料,一年后就考回了复旦。

"人都是有惰性的。"金光耀感慨,"哪怕给我分配了一个一般的文化事业单位,我也就做下去了,因为我原本不想考研究生。但是给我分了一个不好的,给了我一点挫折,反而激励了我。现在回过头来看，那一个打击也是比较好的，和高考第一次没考中是一样的，都是幸运的。"

顺利考上复旦的研究生后，金光耀师从余子道研究中国近代史，硕士论文做的是陈纳德与美国空军。1986年硕士毕业后留校，担任历史系助教，1989年去英国留学，学习中英关系史，1990年回国，1992年以后就跟着汪熙老师念博士，做中美关系史，1995年成为历史系副教授，从此专注于治学育人。

但这都是金光耀当时没想到的，他觉得"当老师还要讲板书，我的字写得不漂亮、很丑，做老师是很有压力的"，而现在他深深地感受到"还是做教师这个岗位更能发挥自己"。

"每个人的命运在那场大潮中是不一样的。"2001年秋天，当年在安徽黄山茶林场插队的人碰在一起，讨论着要为农场编一本集子，记录下来那个时代的历史。这项任务就交给金光耀和朱政惠这两个做历史的人了。

接下来，两人利用2002年和2003年的两个暑假，完成了照片集《知青部落：黄山脚下的一万个上海知青》。这本照片集于2004年由上海古籍出版社出版，也成为金光耀在自己学术领域新开辟知青研究的契机。

"我们是知青中很幸运的一部分人，上大学、做老师，但是很多的知青，因为那个特殊的年代就永远丧失了上大学读书的机会。青年人在该读书的年纪无法上学读书，是这一代人无法弥补的遗憾。"金光耀感慨。

高考故事|经济学者石磊:
原本想当诗人,后对经济产生兴趣

澎湃新闻记者　官雪晖
复旦大学新闻学院学生　欧杨洲　周华萌

（发表于 2017 年 6 月 8 日）

"高考的意义在于将复杂事情的不确定性因素减少,让许多资源和人才走上正轨,实现更大的效用和发展。"

从当学生到教学生,见证高考走过 40 年,复旦大学经济学院党委书记石磊有很多感慨。

1979 年,他从一名给地方文化局写诗歌,"想当诗人"的文艺青年,变成了"五个志愿全填文学"的安徽高考生,想通过高考走上专业化的文学道路。

当年数学成绩优秀的他随后被安徽大学经济系录取,并在经济学领域发掘了兴趣。

从事经济学研究、教学数十年后,他依然觉得庆幸,"比起所有人茫然、不知所向,高考提供了可以为之奋斗的目标"。

地方诗人

1976 年,石磊高中毕业,刚刚见证了一个时代的结束。

那一年,他 18 岁,给地方文化局写诗歌,偶尔在报纸上发表一些作品,对生活没抱太多希望,希望用文艺来改变自己的人生道路。

出身于地主家庭,成分不好意味着包括他在内的很多知识青年几乎不可能被推荐成为工农兵学员,继而进入高校学习。

他每天作诗,随心所欲,但是找不到切实的人生目标,不知道未来在哪里。

直到得知高考恢复,跟周围很多人一样,他刚开始都只有茫然和好奇,"这么多年都没有高考的训练,不知道高考到底是怎么回事"。

但眼前的路越发清楚,他渐渐意识到,未来改变命运的道路似乎只有一条。"一旦有了高考这个之后,事情就变得很简单了,我不需要靠别人,不需要靠完全不确认的东西,只需要靠自己的努力,就能改变自己的命运。"

高考恢复第三年,他终于下定决心暂停了文化局的工作,和几个高中同学在外面租房子复习,迎接当年的考试。

备考过程中,他一度非常忐忑,不知道原先学的内容在高考中用不用得上,因此还走了一些弯路。

"当时复习地理,以为地理就是地球物理的简称,我买了李四光编写的 16 开的《地质力学概论》,讲地球的物质结构。教书的祖父问起我的复习情况,看到我读的那本,他大吃一惊,赶紧从中学里借来一本地理教科书,当时离高考只剩下两个月了。"所幸,临时抱佛脚也有用处,最后在满分 100 的地理考试中,他还是拿了 89 分。

1979 年,全国高考首次统一在 7 月 7、8、9 日三天进行。

高考第二天就遇到了暴雨天,狂风大作。考前下发通知,要求每个考生自带砖头压考卷。

"好不容易写的试卷怎么能被风刮走呢?我们每人兜里揣着好几块砖头,考试时把卷子四个角都压着。"石磊记得,因为考场的课桌凹凸不平,不仅准备了砖头,他还自带了桌板。"买了那种又大又平的油画画板,背着进考场。"

那一年高考,全国录取率约为 6.1%,安徽省录取率大约仅为 3%。

填报志愿时,他的五个志愿里面全填的是文学。他就此解释为"当时的青年人都有一股强烈的家国情怀,经历了很多,积淀下来了这些思想情绪"。

不过,由于数学成绩优异,他最终被安徽大学经济系录取,也从此意外走上了经济学领域的学术研究之路。

经济学专业学生

"经济学不难,而且有很多有趣的东西,并不是单纯地谈财富,教人怎么变富有,而是还涉及很多关于中国经济的问题。"

进入大学,石磊很快对自己的专业产生了兴趣。"要改变中国低效率的状况,一是要把中国问题搞清楚,二是要掌握解决中国问题的理论工具。"

那时,经济学专业的课程设置与现在大有不同。

如今复旦大学经济学专业学生只用学一个学期的《资本论》,在当时,则要花三个学期研读。而现在课堂上重点教授的《西方经济学》,由于缺乏教西方经济学的老师,当时只能通过学说史和流派介绍来代替。

虽然高考恢复后,正式的教育轨道畅通,但教师数量严重短缺,结构不完善,不能满足教育的需要,也是实际的难题。

"高考恢复后一件重要的事情,便是教师归队。回到高校对老师们来说,也是重新找到了自己的方向,非常有教学热情。"石磊记得,给自己教《资本论》的老师原来就在巢湖农村的中学教语文和政治,能大段背诵《资本论》里的内容。

上课时,老师自己的知识体系不完整,也会和学生一起自学。

"比如'发展经济学'这门课程,我们就捧着武汉大学刘涤源、傅殷才这批国外学成归来的老先生编的教材，大多还是未出版的油印本。"

彼时，国内学界对西方资本主义经济学主要持批判的态度，但与"文革"时期压根不开西方经济学课程相比，已有了一定的课程和教材设置。石磊记得，那时的教材每章节结尾都会加一段批评，老师上课时也是这样。"但我们也就是通过这些教材学习到了西方经济学的基础知识。"

学校后来还从国外引进了一批外籍教师开设课程。同学们的英语不好，就专门配备了翻译。虽然大家听得不是很懂，但也算接触了地道的西方经济学研究思路。有了这个基础，学生们的自学能力也加强了。

但技术性的课程还是缺老师。比如，会计学的老师自己做账熟练，每天给学生发单据，但会计理论教得并不好。再比如，统计课的老师自己可能还没有弄懂课本就要上课，"不像现在有一套以数理分析为基础的统计分析工具和教材"。

石磊觉得，后来自己这一代经济学研究者都受此影响，做数学分析和实证研究时感到受限。"我在当时算数学学得好的，但和现在我带的几个博士生相比，很多东西他们能做，我就做不了。"

各个大学经济学的差距也在此体现。他回忆，当时复旦的西方经济学课程就由著名经济学学者宋承先和他的弟子教授。由于他们对马克思主义政治经济学和西方经济学都很了解，讲解也就更透彻。"教育资源扎实与否也影响了各个学校后来的学科发展。"

"落下的知识想办法补回来"

上了大学之后，石磊感觉自己之前浪费了太多时间，外语等基础性知识严重不足。但因为当时班级同学的起点都非常低，他意外地当了外语课代表。

大学公共英语教材从最简单的"ABC"开始,而自己的英语基础只停留在初高中老师教的口号标语。本来就喜欢背英语的他,把当课代表视作额外的学习动力。

学校教的是许国璋前四册英语教材,他找来俞大纲主编的第五、第六册,背起里面的狄更斯、大小仲马选集,"一课可能有 100 多个不认识的单词,我居然就硬着头皮一篇篇背了下来"。

学校图书馆有一个外文书刊库,他每周到图书馆借《北京周报》,管理员老先生看他来得勤,也只有他常来,本来只允许在馆内阅读的杂志也让他带回去读,每周看完后再来图书馆换下一期。

当时一本书要三四块,石磊的父亲是冶金技术员,三四块相当于父亲每月工资的 1/10。

每个月有 17 元助学金,其中 14 元是饭票和菜票,剩下的 3 元是生活补贴,加上父亲每个月给的 10 元生活费,13 元全部用来买杂志和书了。"虽然钱不多,买书时从来没心疼过。"

他给自己定了个小目标,要把马克思主义的经典全部研读一遍。他并不知道全集有多少本,只顾着让书店配齐准备购买。书店老板配全后通知他取书,到书店后才傻眼,整整四十九卷,两大摞书!他赶紧让同学把自行车骑来,又凑了些钱,把这叠书驮了回去。

20 世纪 80 年代初,"萨特热"兴起,石磊和同学们也对此感到新鲜,"不论是哪个学科的同学,那会儿讨论起问题时都像哲学家"。

除此之外,他还跟着哲学系的同学一起上课,读黑格尔的《逻辑学》,"从头到尾把西方哲学思想史听了一遍"。

伴随着 20 世纪的改革开放政策,国家处于思想活跃的状态中,当时的青年学生普遍关心国家命运走向。1982 年本科毕业时,石磊就将论文重点放在了中国人口政策上。

"我最后写了《梅多斯世界体系理论及中国人口政策的价值走

向》。这个题目现在来看都很高大上，也是那个年代非常前沿的问题。我运用的解决方法比较简单，是西方经济学中的理论逻辑方法，只用了一点点统计数表，没有用计量。"他回忆，自己论述了人口过多会造成粮食短缺、环境恶化、教育短缺等问题。

本科毕业后，石磊先去了干部学校当教师。上课提到煤矸石当煤卖的例子，得罪了当时坐在教室里的煤老板。感觉个人发展受限的他随后下定决心考研，去了西北大学。

"那里条件艰苦，除了读书也没有什么活动，单纯的生活反而有助于学习。"他回忆起在西北大学的求学时光。

导师何炼成和刘承思教授每周三会组织一次学术讨论，讨论前一星期定好题目，学生们就在这段时间大量阅读文献。

每次讨论从下午三点开始，到饭点了就到老师家吃饭，"气氛融洽得很"。何炼成和刘承思教授带出了一批学者，那时的西北大学也被称为"经济学家的摇篮"。

督促学生珍惜在校时光

1989 年，石磊从西北大学离开，在上海社科院读博士，随后又被公派罗格斯大学，赴美进修一年。1993 年，他到复旦做博士后研究，之后任教至今。从当年的经济学专业学生，他逐渐成长为一名经济学研究者和教育者。

受硕士导师的影响，石磊现在每周也会办一次师门研讨会，有专题性的公共政策讨论，有研究进展汇报，还有文献分发阅读。"石老师非常忙碌，但我们有什么新想法，只要提前电话或微信说一声，一般很快就能见面。"学生梁凯鹏说。

梁凯鹏目前博士研究生一年级在读，正在做产业扶贫金融支持的研究，这正是石磊所期待的"与大政方针相关，能切实解决国家问题"的课题。

读博期间,石磊养成了每天三四点起床的习惯,并保持至今。虽然他没有要求学生们也这样做,但仍时常督促他们珍惜在校时间,多做知识积累。

"人生不同阶段有不同重点,在什么阶段就应该干什么事,读书时心思不要太杂。"他还希望自己的学生进行文献阅读的积累,这样既能学习他人做研究的方法思路,又能在经济学之外扩大阅读面。

做学术需要耐心,也需要经济基础。"博士延期后拿不到学校补助,老师就会拿出自己的工资资助我们,希望我们能专注于研究。"梁凯鹏说。

从当学生到教学生,从培养研究生到参与学校管理,再看高考恢复 40 年,石磊感慨颇多。

"高考的意义在于过程简单化,把复杂事情的不确定性减少,让许多资源和人才走上正轨,实现更大的发展和效用。"

2000 年以后,教师队伍建设也在大跨步前进。"各个高校都十分注重人才队伍更新,大量引进人才,本校培养的能力也加强。"自己带出的几位博士生选择了留校任教,他觉得这些学生"水平比我高,一代的确比一代强"。

不过,他依旧关注高考恢复后一些仍待解决的问题。

"首先是教育结构和社会结构变迁相适应,也要反映学生的需求。和哈佛大学 7 000 多门课相比,复旦 2 000 多门的课程数量还是有差距的。"

另一个问题是公立大学为主的体制下的优化投资、融资。他认为,依靠财政投资往往捉襟见肘。"如果投融资多元化,一部分在国家计划内靠国家支持,一部分出于兴趣的项目也能筹到资金来源,说不定就会有重大的成就和发现。"

高考故事｜复旦教授梁永安：
插队四年，坚信高考迟早会恢复

澎湃新闻记者　陈竹沁　　复旦大学新闻学院学生　彭琪
（发表于 2017 年 6 月 7 日）

　　在高黎贡山下乡劳作的时光总是过得特别慢。18 岁的少年梁永安捆起粗粗的稻谷，抓起来抡过头，重重地往下一甩，然后丢给排成一行的女人，让她们用粗大的棍子敲打散开的稻谷。这周而复始的"脱粒法"极为费力，他一次次抬头看太阳，只希望它能赶快落下山去。

梁永安近照。　尼翁　图

那是 1973 年,"文革"中唯一一次恢复入学考试。但应届毕业生梁永安仍然没有机会参加。到了插队的时候,他还是年复一年地等着,心里装着高中老师为他种下的信念——恢复高考是迟早的。

1977 年 10 月,这一天真的来了。听着大喇叭里"恢复高考"的新闻,梁永安豁然感觉,时代真的变了。出于对文学创作的热爱,他填报了复旦中文系,有惊无险地拿到当年该系在云南的唯一招生名额。毕业后,他留校任教,至今已有 30 余年。

"国家走过了曲折的道路,我们都体尝过,有困苦,有悲剧。恢复高考又给了我们新的机遇,得到最好的教育资源。我们有一种国家复兴的时代使命感。"回想往事,梁永安感叹,那个时代最大的烙印就是理想主义,"这个社会还是需要更大的胸怀,带动一种价值观,这应当是超越市场规则的"。

劳作,在那时学会了坚持

1966 年,几所军队院校里边的一些干部被派去支援边疆,梁永安就这样随着家人从西安到了云南。但他并没有意识到,这样的一个转变,使他意外获得了非常好的学习环境。

在云南,梁永安就读的保山一中是八所省重点之一,那里的很多老师毕业于西南师范学院,他们有一种不能放弃的信念,相信恢复高考是迟早的,所以特别尽职尽责。当时,保山一中管理非常严格,夜晚教学楼灯火通明,"那个时候老师就抓晚自习,非常厉害。有时候不够努力,被老师猛训"。

1973 年 8 月,梁永安高中毕业。然而当时并没有等来盼望已久的恢复高考,18 岁的梁永安被分配到傣族地区插队劳动。

回忆起插队的经历,梁永安有两点很深的感悟。

一个是对自然的态度。"刚开始犁地的时候,牛不听话,不认识你,你要喂它吃草,跟它打交道,按照它的脾性干活,如果硬来,牛生气之后就会狂奔,弄不好会出大事。"

插队伊始,梁永安和同去的知青分到了一块三亩大的菜地,一直在城市生活的梁永安没有任何种菜的经验。靠着观察与学习,他积累了很多劳作经验,"我们就边学边干,慢慢知道菜苗刚刚种下去的时候,不能在白天浇水,因为白天浇水热气蒸发,会把秧苗烧死,晚上天气凉下来,菜地旁边正好是大河,就在月光下挑水浇菜。收获的时候,吃到自己种的菜感觉还是很不一样的,特别香甜,特别幸福"。

还有一个就是对劳动的体会。18 岁的梁永安因为命运的安排必须直面大强度的劳作,"不像中学时短期下乡劳动,累了就休息,没几天就回城。到了插队的地方,从早上一直干到晚上。那时候每天就盼着太阳赶紧动一动,盼着时间过得快一点,但是总感觉太阳就是不动。后来,也不能看太阳了,就咬着牙熬,一到休息的时候就很高兴,熬到中午,回去吃饭,然后下午接着干"。

时间久了,梁永安开始习惯这样的生活,"那个时候,我学会了坚持"。

意外,学校录取名单上没我

从在保山读书起,老师们就在梁永安的心里种下了一个信念:一定会恢复高考。可是等到高中毕业,等到分配到傣族地区,又在当地劳作了四年,梁永安都没有等到高考恢复的消息。

直到 1977 年 10 月,一天傍晚,梁永安在工厂的办公室和别人聊天,定时播报新闻的喇叭响了,第一则就是关于恢复高考。说着话的梁永安赶紧停下来,静静听着,不知不觉走出了办公室,站在二楼的台阶上,默默听播音里报出的每一个条件,符合、符合、全都符合,梁永安豁然感觉,时代真的转变了,终于有机会参加高考了。

当时的政策是先填志愿,再参加考试。一心想着文学创作的梁永安,把几个中文系名校盘了一遍,北京大学、复旦大学、南京大学、中山大学、山东大学,只有复旦在云南招生,于是毫不犹豫地将它填为第一志愿。

当时的消息闭塞,考完试后,梁永安才得知,原来那年复旦中文系在云南的名额只有两个,一个给军队,一个给地方。

"听到这消息,我的心情就像灌了一桶凉水。要是我早知道军队之外只录一个,我肯定不敢报。那一段时间心情很紧张,亲友们也都说,你呀,没戏了。"

有天一大早,他和两个工友拿着馒头站在食堂外面边吃边聊,刚刚咬了一口,突然天上掉下来一团鸟粪,不偏不倚,正好砸在馒头被咬的缺口上。工友都笑了,说这是吉兆,肯定是录取通知书要来了。

第二天上午,他正在工厂里劳动,外面有人喊:"梁永安,电报!"他心里一抖,旁边一起干活的工人说:"咦,是不是录上了。"隐约有些感觉的梁永安冲出工厂,邮递员把电报送到手上,上面写着:

"已录复旦,做好准备,接到通知就出发。"

从云南到上海,梁永安坐了 60 多个小时的绿皮车,一直坐着,到了上海火车站,感觉上海很挤,人特别多。又坐一个多小时公交车到了复旦,才六点半。

坐在传达室等教务处上班的梁永安打量着校园里老旧古朴的红砖主楼,心里嘀咕:"怎么一点都不气派,还不如原来在西安的军事学院主楼壮观。"

一直等到八点多,去教务处报到。"拿出通知书,和人家手里的录取名单一对,没我!"梁永安瞬间傻了眼,他心想,"就是没我我也不能走,你们给了我录取通知书,无论如何也要待在这儿,录取工作都结束了,能到哪儿去呢?"

查了许久,老师找出了原始手抄的名单,终于在里面找到了"中文系,梁永安",原来是工作人员打印的时候给漏了,全校就漏了他一个人。

核对好了身份,教务处打电话给系里,"来领人!"没过一会就来了两个老师,一男一女。女老师一来就握着梁永安的手连声说:"辛苦了,辛苦了!"突然又停下来,看了半天,说:"诶,不对呀,不是你呀。"

梁永安好不容易松下来的心又是一沉,这到底怎么回事? 转身一看,另外的男老师握着另一个青海来的国际政治系女生的手,也在忙不迭地说辛苦。

一问,才知道又是一出张冠李戴的误会,赶紧换过来。

如此一波三折,梁永安终于正式进入复旦,入读中文系。

文学,从未放弃的热情

在那个许多文人学者遭到批斗、人心惶惶的年代里,梁永安的文学热情一直没有消退,这也是他报考中文系文学专业的原因。这种文学的热情,很大程度上还是来自从小到大学校氛围的影响。

在西安上小学的时候,有一份期刊叫作《儿童时代》,还有一份报纸是《少年报》,这两份报刊梁永安都非常喜欢,一拿到手总是一口气读完。后来他又喜欢上各种神话传说,还有《福尔摩斯探案集》。

"家里很少给零花钱,但给了零钱就去买书。记得当时一本很厚的书才四毛钱,拿到手里就特别喜欢看,慢慢地,就培养起来这种看文学书的兴趣。"也有不喜欢看的书,比如《红楼梦》,"大人们都说

(这)是一本名著,可是看来看去,都是吃饭喝酒吵嘴,觉得没意思"。

初二的一个中午,梁永安提早来到教室,看着空荡荡的教室,脑子里闪现着小说里的精彩画面,他想"不如我也来写一个!"

第一次创作,就是在那个中午空荡荡的教室完成的,"也没有多想,写完了就随手投给了《云南日报》"。令他没有想到的是,没过多久,校长就带着《云南日报》的人找到了梁永安,原来是报社要来审核他的稿子是不是抄袭的,准备要刊登。

稿子刊登后对梁永安的影响非常大。"老师开始非常重视我,觉得我是可以写东西的。当时学校抓得紧,校长说上课不能看闲书,然后指着我说'梁永安例外',当时是非常自豪的。"后来参加演出队的乐队,演出队经常需要剧本,大家就让他来写,慢慢地就这样走上了文学的道路。

尽管大家对文人作家形象的看法多是浪漫,进入复旦中文系的梁永安大学四年却专心于读书,"整天都泡在图书馆,那时候一心只想着看书,每周都有读书计划,没有完成,星期天绝对不能休息"。

梁永安住的四号楼,刚开始的时候不熄灯,有很多同学深夜两三点也不睡觉,甚至整晚看书。后来学校要求晚上 10:30 准时熄灯,很多同学就跑到盥洗室或者路灯下边看书。"我也有过跑到盥洗室看书的经历,那时候真的是对读书有一种狂热。"回忆起当时的情景,梁永安脸上浮现一丝向往。

宁鸣而死,不默而生

1979 年,复旦校园里开始搞大型的演讲比赛。学习之余,迫切渴望表达自己的梁永安积极参与其中,他至今都记得,第一届比赛的演讲题目是《我与祖国》。

在那个张扬着理想主义和启蒙主义的年代,复旦学子对于演讲的热情非常高涨。比赛在第一教学楼顶楼的大教室举办，每年都是人满为患，好不热闹。

"那时候我也参加比赛，不过从来没有拿过冠军，都是第三名、第四名这种名次。"谈及此梁永安爽朗地大笑起来，"这种名次倒不管它，（要的）就是这种参与的乐趣。"

1981年冬天，梁永安就和新闻系的赵心树、哲学系的雷元星一起创办了演讲协会。经过多方面筹备，1982年春，演讲与口才协会在学校正式注册成立，赵心树时任协会主席，梁永安、雷元星任副主席。

他们给自己的协会取了一个口号，"日月我心，山河我口。宁鸣而死，不默而生"。35年来，"复旦演协"一直是最火热的学生社团之一，这个口号也传承至今，叩击着一代代青年学子的心灵。

在个性张扬的20世纪80年代，校园青春恋情也比比皆是。"思想解放猛烈的时候，有的恋爱甚至还会有点离经叛道。"梁永安回忆，"大夏天的时候，大家在宿舍穿的比较清凉。有的男孩子会到女生宿舍去，理直气壮地敲门说'我要和我女朋友一起休息休息！'吓得同宿舍的女生纷纷穿戴好跑出去"。

不得不提的还有1978年圣诞节，复旦的外国留学生与中国学生联合办篝火晚会。烤全羊之后，外国学生主动拉着中国学生跳舞，这可是从来没有的事儿。

一个法国女生拉着梁永安跳了几圈，第二天早晨上课路上，中国同学笑着说他"开了洋荤"。从这以后校园周末经常举办舞会，有很多学生跳舞。

当时的校党委书记夏征农觉得跳舞中有的同学情调不对，很小资。但是他并没有直接下达指示喊停，而是写了一张大字报，贴在校园主干道的黑板报上，"请同学们想一想这样的情调到底好不好"。梁永安正好看到书记贴大字报的过程，"就他一个人出来贴，没有秘书跟班,很民主的风格,没有以权压人"。

那时学校还给学生宿舍楼配备了黑白电视,学生们喜欢每天晚上聚在电视下看体育比赛和文艺节目。校长苏步青觉得影响学习,一声令下电视就收回去了。结果那一周校园大道旁的黑板报上全是抗议,还有人画了漫画,"电视被关在牢房里,抓着铁栏杆说'我要出去'!"

不久,苏步青说中文系需要经常看文艺节目,特批了两台大彩色电视发下来,中文系的学生因祸得福,都很开心。没过多久,全校宿舍的电视也都发回来了,但别的系还是黑白的。

理想主义,那个时代给的烙印

复旦有则民间校训,流传甚广,曰"自由而无用"。据说最早出自 81 级新闻系学生李泓冰的一篇散文。"但那个时候这句话是有点自嘲的意思,有点'书生百无一用'的意思。"梁永安说。

如今看来,"自由是肯定的,自由的意思就是多元化,能容纳不同的东西。自由是可以选择的,不是涣散,是通过多方面打开,做了一个选择。而无用是面向整体社会的功利心,复旦的文化更注重终极价值的判断"。

梁永安认为,"这个无用对中国社会是很宝贵的,这也符合现代大学的定义,大学最根本的功能不是一种职业教育,而是更高层面的人文养成"。

在大学时代,梁永安自承受到一批老先生的影响,形成了对知识分子生存方式的理解。"老先生们很单纯,有传统的书生的气质,现在很难看到。他们与世俗有很大的距离,靠学术立身,没有任何的投机取巧,对我影响很大。"

梁永安对中文系老系主任朱东润先生念念不忘。他回忆,有一次陪朱先生与欧美留学生座谈，有人提出一个问题：这么多年，您怎么承受得了这么大的苦难？

朱先生沉默了片刻，缓缓地说："国家那么大的悲剧，个人在里面，肯定会有灾难。就像一场大地震，会有死的伤的。老想这些，会很悲苦，还是要向前看，把国家建设好，不要再重复那些荒唐的事情。"

先生的宽厚给了梁永安深刻的印象，但更大的教育还在后面。有一次中文系举办师生书画展，梁永安作为学生会宣传委员，受托去朱先生家里，请他写一幅参展的书法。

朱先生欣然同意，问什么时候要。梁永安说第二天就来取，书画展后天开始。朱先生的神情骤然严肃起来，停了停说："你们这一代，不大懂中国传统文化。这是叫请字，一件很庄重的事儿，起码要提前一个星期来说，这才符合礼仪。"

梁永安听了面红耳赤，心里又惭愧又着急。朱先生见状，给梁永安的茶杯里加了点儿水，微笑着说："下次就知道了。我现在就可以给你写，可是不能啊。这样吧，三天后过来取。"

述说这些往事，梁永安有些感慨，"复旦会让你深化对人生的理解，她给你的教育资源是全国最好的，是每一个中国人辛辛苦苦的劳动，才造就了这样的学校。考入复旦当然说明了你的优秀，但也不能全归功于你自身的努力。你的获得远远大于你的奋斗，很多人只是差了一分，他就进不了复旦，得不到这样的培养。我们面对人民，要有一份内心的感恩"。

"国家正在文明变迁中，理想主义就是把个人的价值放在社会发展中实现，理想的价值远远高于个人的得失。"梁永安说，"国家走过了曲折的道路，我们都体尝过，有困苦，有悲剧，恢复高考又给了我们新的机遇，得到最好的教育资源，我们有一种国家复兴的时代使命感，做这个时代最有价值的新事。这个社会还是需要更大的胸怀，用理想带动一种价值观，这应当是超越市场规则的。"

高考故事｜作家李辉：
考进复旦后偶遇恩师贾植芳，改变一生

澎湃新闻记者 陈竹沁 复旦大学新闻学院学生 彭琪

（发表于 2017 年 6 月 6 日）

　　在 20 世纪 70 年代动荡的岁月里，21 岁的李辉参加了"文革"后恢复的第一年高考，进入复旦中文系课堂，成为全国"最幸运的 5‰"。

　　在中文系资料室，还是大一新生的李辉，更有幸偶遇一生的恩师与伯乐——贾植芳先生。受其影响，他广泛阅读，研究巴金，创

李辉 1978 年初入复旦大学，在校门前留影。 受访者供图

作文学，在复旦"7711"班"文学竞赛"的沃土上，慢慢接触到与湖北乡下完全不同的文学世界。

毕业后，李辉一直从事文艺记者和副刊编辑的工作，由研究巴金为起点，不断进入萧乾、沈从文、黄苗子、郁风等一批当代文人的精神世界，成为知名传记作家和散文家。

有时候，他还会回想起与同学陈思和一起见到贾植芳先生的那天。60 岁的他，坐在那里，抬头问他们要找什么书，随后从书架上抽出民国初版巴金著作，交到他们手上。

"晚几个月也许就碰不到他了，因为他（平反了）要带青年教师做事情。"李辉一度觉得，"他好像受难的 20 多年，就为了等到我们两个人。而我执着地要到上海来，想看看新世界，实际上就是为了看他。"

与 1973 年"高考"擦肩而过

李辉的母亲是小学教员，在公社的小学里教书。幼时他就一直跟着母亲的学校转，这里待一年，那里待一年。

就在他十岁上小学的时候，"文革"爆发了。由于社会不稳定，念书机会亦很少。李辉的初、高中生涯基本上都是劳动为主，"大概只有一年多的时间……算是正儿八经地去学习了"。

那一年，李辉所在高中宣传队把一群年轻的孩子集中起来成立文艺班。说是文艺班，其实

李辉 1974 年高中毕业照。
受访者供图

是为即将恢复的高考做准备,"因此,我们这批成天蹦蹦跳跳的学生,文化课成绩却都不错"。

回忆起一年短暂的文艺班时光,李辉感到幸运和快乐:在枯燥的政治术语和口号外,唱歌跳舞让他们接近知识,知道了家乡外面的世界;唱歌跳舞让他们有开放的心态和乐观的精神——在那个"男女授受不亲"、男女同学不敢随便讲话握手的年代,他们班男女同学间的交往却比别的班要自然、随意得多。

"我们的知识是从老师们的言谈举止中获取的。我忘不了老师带我们看月亮,看星星;忘不了在清晨老师带我们去乡下,脚下的草叶上还挂着冬霜。"李辉曾在一次聚会即兴讲话中感叹,"艺术让我们乐观、快乐,让我们总是对生活充满好奇和热情。在一个贬斥知识的荒唐年代,我庆幸在这样的班级度过中学时光。"

这份乐观一直伴随着李辉,度过上山下乡的艰苦岁月。

1974 年高中毕业后,他被分配在随南山区的茶场种茶。曾经有过一连几个月没下雨,知青们不得不每天冒着高温从水库里担水,挑到几里外的山上,浇灌刚刚冒出头来的新茶苗。一天,天空终于有了雨意,整个茶场的人都跑到院子里仰望天空,祈祷雨神。

茶场书记对着大伙儿大声说:"今天只要下了大雨,我们就把那头最大的猪杀了加餐。"在一阵欢呼声中,雨真的下了。大家跑进雨里,跳着唱着,甚至跑到猪圈里去看书记许愿的那头猪。

第二天的那顿加餐,成了全场的节日。李辉后来笑说,至今最喜欢吃肉,"如果一天没有吃肉,就感到肚子里缺些什么。只要单位食堂卖红烧肉,我是必买不可的"。

为高考作文汗颜

在茶场,有专门的知青函授点,会有从武汉来的一些大学的老师,教青年们写报告文学,带他们采访一些知青的典型,了解他们如何扎根农村……每当茶场工作结束,李辉就会和 50 多个人一起聚到知青函授的地方,老师教什么写什么,李辉最早发表的作品就在知青函授杂志上。

在茶场待了两年半后,李辉被湖北省油泵油嘴厂招工,因为一直以来对文学的坚持,被分配到工厂子弟学校做语文老师。也正是在那一年,全国恢复高考。10 月份公布恢复高考时,仅剩两个月准备时间。

李辉觉得只有通过高考才能到外面去。他坦承,当时不存在改变命运的想法,就是想出去玩,要离湖北远一点,别在这个小县城待着了。这是唯一的动机。

考完之后李辉过得迷迷糊糊。过完春节的一天,李辉在街上遇到了工厂招生团委的书记,书记说了一句"你的复旦大学通知书来了"。

知道过审了,像是有烟花在李辉的心底炸开。他没想到,入学一两年后回乡的一个暑假,一位与他同时参加高考但未能如愿的中学同学,竟给他带来一份特殊的礼物——他参加高考的所有试卷。

"其实你的成绩也不怎么样。"同学说。李辉也这样觉得。语文 74 分,数学 62 分,政治 69 分,历史地理(简称"史地")69.4 分,加在一起不过 274.5 分。

30 多年后,当他再次看到自己的试卷,除了感叹题目之简单,也为自己的答题"汗颜不已","笔迹之乱、知识之贫乏、文字之幼稚、见解之浅薄,用'惨不忍睹'这个词一点儿也不夸张。我羞于示人,连妻子也不例外。"在一篇文章中,他这样写道。

李辉对自己的作文更不满意。

"多么幼稚,多么可笑,哪里有一丁点儿文学性? 更难见最基本的文字功力。至于后面牵强的构思,也就不必提它了。"多年以后,已是知名作家的李辉哭笑不得。

这些试卷,大小不一,颜色不一,有的纸薄得透明,如今连写便条都不会用它们,可当年,却派上了大用场。"都说那是一个百废待兴的时代,试卷之寒酸正好印证了当时的物资的极度贫乏,若不是再见旧物,即便是我们这些过来人,大概也难以想象此情此景了。"李辉写道。

李辉在复旦图书馆查资料。　受访者供图

复旦"伤痕"班

1978年初,李辉走进复旦大学中文系,入住学生宿舍四号楼。全班71人,平均年龄大约在26岁。其中有好几位早在入校前就已经发表过诗歌、小说，甚至是当地小有名气的诗人、作家。巴金的儿子李小棠也在这个班，虽然这要等到很久以后才为大家所知。

文学当然是中文系最热门的话题，同学们意气风发，成立了不少文学兴趣小组，当一名作家更是不少人的梦想。但谁也没想到，最先引起轰动的是"外表大大咧咧、喜欢说笑、喜欢'打嘴仗'的卢新华"。

1978 年 4 月，写满 17 张稿纸的短篇小说《伤痕》，登上了四号楼底楼"百花"墙报栏。和它张贴在一起的，还有李辉的散文《奔腾吧，心中的长江》，写的是走进大学的激动。

李辉的宿舍在一楼北侧最东头，卢新华正住在隔壁，紧邻楼梯，推开房门，即可看到墙报前的读者。这出描写女青年在"文革"中与"叛徒"母亲决裂最后醒悟忏悔的悲剧，一连几天吸引了无数读者挤在墙报前，许多女生边看边抄边落泪。

复旦大学舞蹈队时的李辉(右)。　受访者供图

"与其他同学相比，入校前我虽喜欢写作却毫无文学根底，当时，自己的习作混在那些优秀作品中间，读来令人汗颜不已。如同是在懵懂中参加高考一样，所谓写作课与作家梦，在我依然是在懵懂中。"李辉后来在一篇回忆文章中写道，"作家梦与己无关，'7711'开始最初的文学竞赛时，我只是一个相对隔膜和不够资格的新生，充其量，机缘巧合成了一个亲历者"。

那时的新生李辉，由于幼年的舞蹈基础，参加了学校舞蹈队，正到处演出玩乐。到了暑假，《伤痕》在《文汇报》整版发表。

当时李辉回家乡度假，看望中学老师和知青函授班老师，大家都兴奋地提到了《伤痕》和阅读时的极大触动。果不其然，到了秋季开学，卢新华成了轰动全国的明星。作为班上的"邮差"，这个学期李辉送信最多的人就是卢新华。

陈思和、贾植芳和李辉。　受访者供图

"(班里)好多人都做得比较好，我们从下面来的，那时候还处于初始阶段，知识面也不广。"意识到自己书读得太少的李辉，开始整日埋头在图书馆，期望从这里汲取更多的养分。也正是在这里，他遇到了一辈子的恩师和伯乐。

受贾先生影响的一生

1978年底，同班同学陈思和跟李辉聊天："我们都喜欢巴金，就一起研究巴金吧。"李辉回忆："我当时很随便地答应了，就想有个事情做。"

这个时候恰恰巴金开始发表《随想录》，是发在香港《大公报》上的。他们经常到学校图书馆去看香港报纸，边看边抄，这在外面是看不到的。与此同时，他们开始去中文系资料室借书。

"进去一看，一位60多岁的老师坐在那儿，他问我们找什么书，我们说准备研究巴金。他就拿过来旁边一个架子上的书，说研究巴金要先看最初的版本，这是民国的版本。我们才知道，研究要从最初的版本做起，这是第一课。"

后来李辉才知道，那就是文坛大名鼎鼎的贾植芳先生。1955年贾植芳受胡风事件牵连被判刑，坐了10多年牢。出狱之后被安排在复旦印刷厂上班。"你别看他那么瘦，他还要干重体力活，搬运很沉的纸。"

贾植芳后来回到中文系资料室，因为没有平反，还不能当老师。每念及此，李辉总说："我觉得先生就是在那里等我们的。"

在一次接受采访的过程中，李辉很是动情地说了一段话："晚几个月也许就碰不到他了，因为他要带青年教师做事情。我就觉得，他好像受难的20多年，就为了等到我们两个人。而我执着地要到上海来，想看看新世界，实际上就是为了看他。我和陈思和对他都有一种对父亲的感觉。"

贾植芳老两口就住在复旦,也没孩子,李辉每周都要去他家好几趟,吃饭聊天。"贾先生喜欢记日记,每天都记谁来吃了什么,写得清清楚楚。我有一回看他的日记,我说:'你这么写,分明是让我还饭钱嘛。'"

李辉说,当时与贾先生的关系就很深了,"他是大学者,也搞翻译,还是作家,我跟陈思和都受益匪浅"。

1979 年,贾植芳获得平反后,便组织青年教师编一本巴金研究集,也喊上了李辉和陈思和,他俩就这样进入到研究巴金的领域。如今两人,一个是知名作家,一个是知名学者。

贾植芳有着与一般文人不同的江湖气,一生都在漂泊。在复旦印刷厂的时候,下至工人、炊事员,上到校长、书记,还有别的大教授,他都交往自如。他用他的人格力量和眼界,持续影响着李辉。

比如在研究巴金的时候,贾植芳告诉他们,英语不能丢。他让他们看美国出版的巴金著作,到了大四,还要求他们自己动手翻译。当时,李辉硬着头皮翻译了几篇叔本华的哲学论文和散文随笔。

20 年后,当他着手研究美国《时代周刊》上中国人的封面报道时,才意识到,如此一个大工程,不懂英语真是不行。"这确实要感谢复旦,感谢贾先生,让我英语没有丢,才有后面这些写作。"

李辉无数次表达过对贾先生的感激。"贾先生确实是改变我一生的人。有的人说,他个人学术成就不算很高。但是他有人格力量,培养了很多学生。受了他的影响,我才学会做一些事情,而我做的每件事,都是对他的回报和感激。"

2007 年 4 月,李辉因发表"封面中国"系列作品,被第五届华语文学传媒盛典评选为"2006 年最佳散文家"。次年 4 月,贾植芳在 93 岁高龄时去世。

生前，他曾多次告诉弟子，要认识中国就要去西北。身后，弟子陈思和促成了他在河西走廊"安家"。2014 年，贾植芳的 7 000 多册藏书被捐赠给河西学院，建起"贾植芳藏书陈列馆"。

李辉曾表示："我们这些弟子，仿佛与他的书和精神相伴，也融于其中。可以毫不夸张地说，我们也成了河西学院的一员。"

2016 年 7 月初，贾植芳先生百年诞辰纪念活动在河西学院举行。李辉与陈思和当即决定设立一个"贾植芳讲堂"，每年约请不同领域的学者、作家、艺术家等前来演讲，为新一代大学生提供内心与精神的滋补。

"这既是我们对恩师的感恩，也是为远方的河西走廊的教育，尽我们的绵薄之力。"对于贾植芳先生，对于 1978 年的相遇，李辉用一生在传承。

高考故事|77级考生马申：
45分钟做完史地卷又誊写了一遍

澎湃新闻记者　卢梦君　　复旦大学新闻学院学生　夏子涵
（发表于2017年6月10日）

　　在山东淄博胜利炼油厂，25岁的马申疲惫地从三班倒的给排水车间污水处理场回到集体宿舍。打了盆水洗漱，他边洗还边与一起备考的室友袁新念叨必记的一些数学公式。洗完之后才发现，自己竟然颠三倒四，先洗了脚再洗的脸。

　　那是40年前的1977年10月中下旬，中国的知识青年们刚刚

大学时马申在家学习。　受访者供图

得知恢复高考的消息，却只剩下一个多月的复习备考时间。说起那段日子，马申形容是"人都有点魔怔了"。

这年 12 月，当地的考生坐满了设在胜利石化总厂（现齐鲁石化）子弟学校的考场，马申正是其中一员。

后来，大学录取消息传到炼油厂，马申和袁新一个考取复旦，一个进了清华。厂里一时间传为佳话，说"炼油厂总共四人中榜，小小的给排水车间竟然考上三个！（另有一位来自济南的老高三学生董明章去了无锡轻工业学院）"。

1982 年 2 月从复旦新闻系毕业后进入上海文汇报社工作的马申，从此与新闻事业结下不解之缘，在这张报纸一干就是 32 年。

他曾担任过体育部、评论部主任，文汇报社副总编辑，连续担任四届中国体育记者协会副主席、两届中国报纸副刊研究会副会长。他参与过 1982 年以来的历届奥运会、亚运会、全运会等综合性大型运动会，以及世界杯、世锦赛等一系列世界重大单项体育赛事的前方一线采访与后方策划编辑工作。

马申说自己始终难忘高考这个历史转折点，是学习改变了自己的一生。

从 1969 年 5 月到 1978 年 2 月，他从黑龙江的下乡知青、炼油厂的石油工人，最后成为复旦大学的一名学生，其间一直没有放弃过的，就是念书学习。

"一个人属于一个时代，一个人把握一个时代，只有记住三人行必有我师，明白终身学习的道理，才能不虚此生。"马申说。

从天堂到地狱

马申 1952 年出生于上海。父亲早年投身抗战前念过几年私塾，新中国成立前母亲当过小学教师，舅舅是当地完全小学校长，外祖父为清朝末年的秀才,民国时期担任过一所中学的校长。

他说自幼深受父母影响。父亲说"字为人表",从母亲口里则第一回听到了"书中自有黄金屋"。

直到初二前,马申不但是一名"三好学生",从小学到中学,还一直担任课代表,又是中队主席,而"文革"的到来彻底改变了这一切。

"从天堂到地狱只在一瞬间。"他这样描述年少时的诸多不解和苦闷。马申的父母被打成了历史反革命、走资派,15 岁的他就患上了游走性风湿性关节炎,还要被送往黑龙江上山下乡。

1969 年 5 月 9 日生日那天,马申做了扁桃体摘除手术,为的是能在严寒气候下劳作尽量避免感冒,防止关节炎病情加重。四天后,刚过 17 岁的他登上北去黑龙江的知青专列,长途辗转 60 多个小时,来到了举目无亲的那片黑土地。

"全家都去彭浦车站送行,父母带着我妹妹和两个年幼的弟弟。火车启动的那一刻,站台上哭成一片,而我没哭,怕的是家人更难受,强忍苦楚,挥手作别。列车开出,车厢里渐渐平静下来,开始有了话语和零星的笑声。车到昆山时,我想起正在遭罪的父母和妹妹弟弟,再也忍不住了,走到两节车厢的接口处,关紧两边车厢门,独自蹲着痛哭。"马申回忆。

马申在黑龙江生产建设兵团一熬就是五年多。锄大地、扛大包、脱坯、沤麻,累活脏活都干遍了,也当过一年拖拉机手。尽管累得半死,身板倒是越来越硬朗了。

"连队几百号知青,特别是用水不易,得从六七十米的深井用辘轳一桶桶往上打。算照顾女生,一人一天两盆水,而男生只给一盆。这盆水必须抠着用:'一等水刷牙,二等水擦身,三等水洗脸,四等水洗脚,五等水洗那双天天粘泥带土的袜子'。那时的黑龙江嫩江平原,零下三四十度是常态,九月底就飘青雪了,一年草绿时节,不过短短三个月。"他说。

那几年,马申平日里沉默寡言。一些知青说他"很少搭理人,看上去有点冷漠孤傲",其实是家庭受挫让他感到压抑。

排解心头的种种不快和寂寞无聊,看书是个办法。一些知青间流传的书籍,也成为马申的读物,有莫泊桑、欧·亨利、托尔斯泰、契诃夫、陀思妥耶夫斯基、鲁迅等人的小说,也有普希金、郭小川,尤其是中国古典诗词读本。

"那会儿书少,喜欢的只能抄。我大概抄了5 000多首诗,就趴在炕沿上抄。"在留存纪念的三个笔记本上,密密麻麻誊写着清隽的字体。"父亲字写得好,教我从小悬腕练墨笔字,临大冬天找手感,有时故意开着窗户。"

马申所在的连队知青,爱书的不少,有两位北京的十六七岁知青,竟然能整段整篇地背诵莫泊桑、欧·亨利等人的短篇。歇工之余躺在炕上背书,也成为苦中取乐的一道风景。

"没书看的时候枯燥无趣,就把中学数理化教科书拿出来看,初三的看完,再看看高一的,做数学题玩,毫无目的就是玩。"他零零碎碎学,不系统、不规范,但有"老高中"们指点,仍有收获。

1973年,机会突如其来。

当时,工农兵学员招生中,有了极少"可以教育好的子女"的名额,但他最终放弃了争取的念头,原因是,他认为有比自己"更优秀的同伴"。结果,那位知青不但如愿回到上海上学,还在恢复高考后的首次留美研究生考试中拔得头筹,后来成为美国威斯康星大学终身教授。

走投无路之下,1974年夏天,马申回到了父母老家山东投亲靠友插队。一年后通过招工,来到胜利炼油厂当上了一名污水处理工。

去工厂报到那天,坐在车间宿舍里,他摸着一大堆发给新员工的劳动保护用品,单的和棉的工作服,翻毛皮鞋、帆布和皮革手套,热泪盈眶——"进这么好的大厂简直太难了！考上大学我都没有这么激动过！"

在山东老家，马申感受到特有的温暖。市图书馆老馆长是他父亲多年的好朋友，他工休日就跑去借书，每次用网线袋提个十几本，回来后"可以美美地享受"，再加上厂里的职业培训，"生活开始有了滋味"。

复旦大学 77 级新闻系毕业照。　受访者供图

小车间飞出"金凤凰"

1977 年 10 月，恢复高考的消息已经在铺天盖地传播开来。刚好回上海过国庆节的马申也从广播里听到这条消息。

"开始我没有那么主动地想去报考，认为老家亲、老家好，石油工人待遇已经很不错，知足了。但母亲对我说，你回山东去，考上考不上都得考，不由分说，给我买了张返程火车票。"

回到山东，距离 12 月份的高考，仅剩下一个多月的时间了。

"复习时间太短太紧张，我们污水处理工段又是三班倒，下班后打盆水到宿舍，竟然颠三倒四：先洗脚后洗脸，边洗还边念叨数学公式。那些日子，人都有点魔怔了。"

那一个多月，整个车间都陷入亢奋中。"为帮助我们复习，已拿到回京工作调令的车间技术员韦庆文师傅推迟了一个月回家，毕竟老大学生，功底就是不一样；为人仗义的小伙伴李惠欣，硬是将家里寄给他的济南二十二中一套稀缺的高考复习资料主动让给我，说你有希望能考上。"

那是一个如火的冬季。马申参加了中国迄今为止唯一的一场冬季高考。

考试顺利。他说，在考前，韦师傅已"猜中"了试题的 60％，自己则 45 分钟就做完了史地卷。

"师傅交代过，不打铃不交卷。"于是马申又征询监考老师，能不能再给张卷子？监考老师听清缘由后，竟然同意了。马申将做好的史地卷用心誊写了一遍，"像刻钢板一样精心，无一字涂改，这是考得最好的一门"。

对考试结果颇有信心的马申却迟迟等不来录取通知书。

"别人收到通知书已经过去十多天了，我还没收到。有一天，厂里教育处处长宋老师特意（把我）叫去安慰我，说这次没有考取不要难过，下一次你一定还有机会！"

回车间的路上马申有些郁闷。不料刚进车间大门，支部书记见面就告诉他——"通知书来了，是复旦大学。"

马申看了信封上的改寄邮戳才知道，录取通知书先前被错递到了胜利油田——一个与胜利石化总厂平级的单位。

1977 年高考，胜利炼油厂总共四人榜上有名，马申所在的给排水车间占了三个。他寝室更是一人复旦、一人清华,一时间在厂里传为佳话:"小车间飞出了金凤凰。"

但高考留给马申印象最深的一件事,却不是金榜题名。

"高考时坐在我前面的是其他车间的一位女孩,数学考试结束打铃了,我见她呜咽着突然哭出声来。好可怜!"

老师收卷时,她的试卷已被泪水打湿模糊了,"考试无法重来,对她真是残酷"。

复旦大学 77 级新闻系课程表。 受访者供图

"沉疴待起劳针灸,广厦鸿开赖栋梁"

进入复旦大学新闻系后,马申很快感受到校园内大师云集的景象。有为新闻学理论做出里程碑贡献的王中教授,有学贯中西

的外文系杨烈教授,有深谙音韵训诂学的一流大家中文系张世禄教授,还有著名历史学家、课堂上议论风生的汪熙教授等等。"给我们开课的教师阵容,可谓群星闪耀,盛极一时。"他感慨。

被"文革"积压十年、更有被错划成右派长达 20 年之久的老教授们,终于回归课堂,重焕青春。

无论老师还是同学,都在极力挽回曾经失去的时光,全身心地投入,专注于这场返本开新的教与学之中。

开课外国文学史的杨烈教授掌握多国多种语言,"他跟我们说,语言这种东西很简单的,学学就会了"。马申笑着说道,杨烈的一口四川话韵味十足,犹在耳际。

杨烈讲解《荷马史诗》风度翩翩,举重若轻:"以前介绍荷马这个盲人诗圣,起初翻译过来大约要 300 来字,而我用了两句话,亦可概括其成就和一生——生前乞食走江湖,死后七城争拥戴!"先生说罢,轻轻一句:"我很得意。"

在给 77 级新闻系学生上的最后一节课上,杨烈提笔在黑板上写诗一首《赠别》:"已策天人在庙堂,又持毫管赴疆场。沉疴待起劳针灸,广厦鸿开赖栋梁。负重千钧行远道,为山九仞满终篑。与民休戚同甘苦,永树心田一炷香。"写完后,他沉思一下,又将"负"改成"任","满"改成"慎"。

马申说,"他是为了让我们明白所肩负的责任很重。当谨慎,不自满。"

77 级的同学们个个争分夺秒,学习氛围浓厚。

"尤其开头两年,大家都闷头念书,几乎无人闲扯。去图书馆自修早早抢座位,文科教学楼阶梯教室、新闻系资料室也都要抢。绝大部分同学都是下午 4 点以后寝室里碰个头,接着打开水,吃晚饭,稍歇一会,然后就去自习。"

晚自习后,回到宿舍也不消停。"为学好外语,有同学在 6 号楼走廊上念单词念到半夜。甚至飙着劲,你学到 12 点,我学到 1 点,你学到 1 点,我学到 2 点。直到另外有同学跳出来:'干脆别睡了,大家都起来学算了!'"

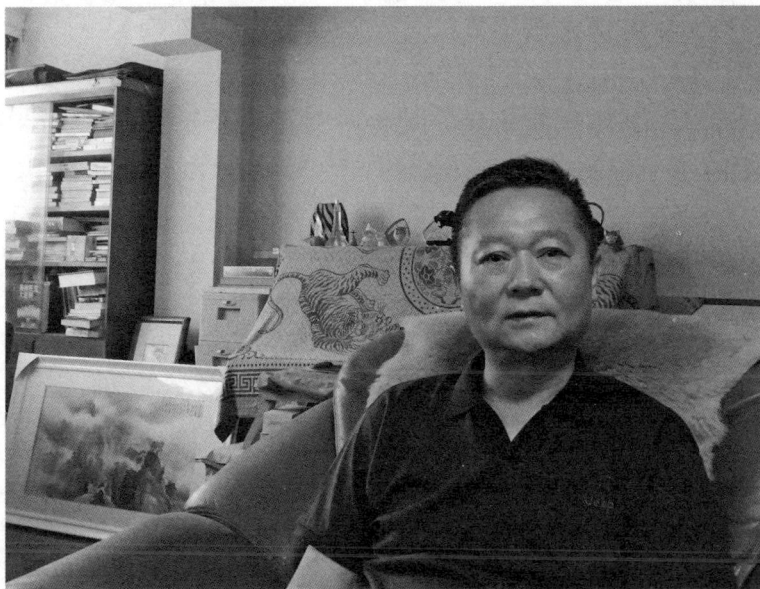

马申近照。 受访者供图

体育记者的光荣

"你们要当布鲁诺(文艺复兴时期意大利思想家、科学家、哲学家,为捍卫发展哥白尼的太阳中心说,被宗教裁判所视为'异端'而烧死在罗马鲜花广场)!"时任复旦新闻系主任的王中教授曾这样勉励学生,真正的新闻记者,要有为真理献身的勇气,既要有胆,又须有识。

大学四年，不仅让马申开始领悟到新闻的理论涵义，也让他逐步明确了从事新闻报道的具体方向。

"好新闻是跑出来的。"记者的职业往往是点灯熬油，疲于奔命，必须具有充沛的精力和强健的体魄。复旦的运动场上，经常活跃着马申的身影。他养成了常年晨练的习惯，无论长跑、打球、游泳，都喜欢。体育成绩在新闻系中出类拔萃，他拿过新闻系运动会男子 100 米跑和铅球比赛项目的冠军，还担任过校学生会体育部部长。

到大学第七学期，新闻系安排专业实习，马申去了《解放日报》。在那里，他与体育新闻第一次"触电"。

1981 年 2 月 19 日晚，中国男排在世界杯亚洲区预选赛上反败为胜，最终以三比二击败了当时的南朝鲜队，引起了巨大的反响。

马申记得，当时的复旦校园内，同学们群情激昂，点燃了扫帚和被褥，燃起篝火，唱起国歌，庆祝这一胜利，并喊出了"团结起来""中国万岁"等振奋人心的口号。

被此情景深深震撼的马申"有一种瞬间的冲动"。子夜时分，他用电话向编辑部作了现场报道，当班编辑根据他提供的材料，写成了一条"本报实习生马申 2 月 20 日 0 时报道"的新闻，发表在了当天《解放日报》的头版显著位置。

事隔一天，马申从中央媒体上又看到了有关北大校园对中国男排获胜反响的报道，从此"团结起来，振兴中华"成为中华民族的时代口号。"我真切感受到了新闻的巨大冲击力与其难以言喻的魅力所在。"

时至今日，回想起《解放日报》上的这篇零点新闻，马申仍觉得心绪难平。

1982 年 2 月大学毕业后，马申分配进了上海文汇报社，时任文汇报社总编辑的马达,副总编辑的陆灏、刘庆泗分别找他谈话,问他想干什么,马申毫不犹豫地选择了"体育"。事实上,无论他在报社哪个部门哪个岗位上工作,"体育记者"这四个字,都成为他职业生涯中引以为荣的符号和标签。

"决定你命运的问题并不复杂。"回过头看当时的选择题,马申依然觉得不难作答。他认为体育记者更有条件"读万卷书、行万里路",他也确实做到了。32 年间,他走遍五大洲,长见识,开胸襟,结识了志同道合甚至是一辈子的朋友。

回顾 40 年前的高考,马申说自己"只不过是幸运儿"。高考不但改变了一代人的命运,更是改变国家命运的一个拐点。

高考故事｜人大教授李秋零：
机会不来不去做梦，来了就要抓住

澎湃新闻记者　官雪晖　　复旦大学新闻学院学生　陈曦

（发表于 2017 年 6 月 5 日）

对中国大多数学哲学的人来说，"李秋零"这个名字称得上熟悉。

他曾花十年时间翻译的《康德著作全集》，几乎是每个进入哲学系学习的学生"人手一本"的书目。学术生涯中，他早早崭露头角，随后一心继承导师苗力田先生遗志，投身浩繁的翻译工作，多年如一日。

鲜有人知道，在 1978 年考入中国人民大学哲学系，成为当时人们所说的"天之骄子"之前，他曾经是河南南阳一个地道的农村小伙，过着田间劳作，一心挣工分的日子，没受过系统正规的教育，更自认不懂"哲学"为何物。

这一年的高考，也被他视作"改变了自己命运"的事。

希望

"我上了四年小学就辍学了，给刚出生的妹妹当专职保姆，那时候我还不到十岁。"1957 年，李秋零出生在河南南阳石桥镇一个知识分子家庭，父母分别受过大学和初中教育，都在中小学任教。

他出生的那年，全国范围内开始了反右运动。一大批知识分子受到波及甚至打击，命运急转而下。李秋零的父亲也成为右派分子之一。

1966年,"文化大革命"开始。正在镇上读小学的他虽然还是个孩子,但已经注意到学校没有了正常教学活动,"乱得一团糟"。

因为父亲的关系,李秋零不可避免地成了"黑五类"子女。"家庭出身不好"对他的影响随后整整持续了十几年。

"后来看文章说黑五类子女上大学受影响,实际上在我们农村,上初中都受影响。"从小学辍学后,他自觉读书无望,就在这段时间开始自学,补齐了剩下的小学知识。

因为年纪尚小身体单薄,不能很好地完成下田劳作,父母还是想办法把他送进了老家生产大队办的初中。碰巧赶上学制改革,入学和毕业时间由夏季改成了冬季,读了一年半初中后,他勉强拿到了毕业证。

"当时的初中教育,拿数学做例子,我进去的时候,教的是分数,相当于小学四年级的课程。从初中离开的时候,刚刚学到一元二次方程。"回忆起那个时候的教育水平,李秋零形容"普遍较低"。

虽然自觉"数学挺有天分",但再次离开学校的他正式成为农村的一名劳动力。很快,他习惯了日出而作、日落而息,"到田间挣工分"的日子。

"家庭出身不好"是身上抹不去的印记。李秋零虽然体格强健,18岁就成了生产队最棒的劳力,但是招工、参军、入团、入党等任何机会都与自己无关,"一切出路都被封死了"。

如果不是1977年的那则通知,他觉得,自己可能接下来一辈子都要在心里深埋着对继续上学的渴望,重复着连年耕种的生活。

"一通知恢复高考我就去报名了。仓促上阵,基本上没有真正地去准备,也没时间。"那年高考,李秋零报了文科,一共考4门,政治、史地、数学和语文。报考文科是不得已的选择,上了一年半的初中,他从来没有接触过任何理化知识。

1977 年 12 月，全国 570 万人同时走进考场。

考试要到离家 10 公里外的县城参加，但县城的旅馆最差的也要 3 到 5 块钱，那已经相当于李秋零在农村劳动一个月的工分值。犹豫后，他还是选择早晨提前一个多小时走去县城，午饭吃自己带的凉窝头，渴了就到附近的居民家讨口水喝。

没有老师可以请教，考前纯靠自学啃教材，没什么准备和基础，但他仍幸运地进入了初选，村里当年有 100 多人参加考试，只有 3 个人进入初选，他是其中之一。

意外的是，他最终没有被录取。按照程序，初选之后会进行政审和体检，可李秋零一直没有等来进一步的消息。他曾怀疑过是不是政审出了问题，仍抱着希望等到 1978 年 3 月份，终于才彻底放弃。

重考

来不及失望，李秋零接着投入了 1978 年高考的准备中。此时，1978 年高考的招生简章已经出台。

"1977 年高考虽然没有最终成功，但是增强了信心，从这个角度来说也是成功的。"有了第一年的考试经验，第二年复习的时候就顺手了很多。那时候已经有人针对考试大纲编写了复习材料，他花了一个月收入买了一套照着准备。

晚上不出工的时候，他就在七八点钟开始复习，并保证每天至少有三四个小时时间用来读书。他针对不同科目的特点，给自己制定了完整的复习计划。"数学不是短时间能够突击的，必须持之以恒。政治背得早没有用，主要靠临考前突击。"

与 1977 年高考不同，1978 年的高考科目变成了 6 门。历史、地理拆分，同时增加了外语考试，外语分数用以参考。

"大跃进"时期,国家曾提出普及初中甚至高中教育的目标,随后出现了"村村办小学,队队办初中,社社办高中"的情况。

高考前,李秋零就到了当地公社高中办的补习班,利用自己凑出的假期脱产学习了一段时间。"之所以能够那段时间脱产,也是因为平时我的出勤率比较高。规定每月出勤 26 天,我前面出勤率能到 28 甚至 30 天。"

谈及 1978 年改变一生的那场考试,李秋零连说"印象太深了"。

"一间教室四五十个人,坐得密密麻麻的。别说空调,连头顶吊扇都没有。四五个监考老师不停在教室过道里走来走去,监考极严。考试过程中流了不少汗,幸亏农村劳动有在肩头搭毛巾的习惯,多亏了这个毛巾。"对近 40 年前的事情,他几乎记得清楚每个细节。

印象最清楚的是数学考试。"毕竟是靠自学学过来的,虽然知识点都理解了,但是运用起来不是那么容易。我最后被一道几何证明题卡住了。这种证明题就是找一个突破口,比如怎么画辅助线。我实在想不出来,后来觉得不该在这浪费时间,所以就提前交卷了。就在走出考场一刹,脑子灵光一现! 但是已经晚了。"那道大题足足 20 分,满分 100 分的卷子,他拿了不到 70 分,在当时已经算是高分。

另一门是英语考试,分数只做参考,不算必考科目。没有实际学过一天英语,他抱着"报名费都交了,去看一看英语考试是怎么回事"的心态走进了考场。"进去了发现有选择题,虽然题干看不懂,但是可以随便选答案,2 分钟就选完了。"凭着对选择题的"瞎选",李秋零最后高考英语得了 8 分。

剩下好几门都考了 90 多分,尤其历史,都是他有着多年知识积累的擅长科目。满分 500 分,他最后得了 397.5 分。在当年"200 分就能上中专、300 分就能上大学"的情形下,这个分数已经远远超过了大多数人。

实际上，走出考场的一刻，李秋零已经预感自己的成绩相当不错。虽然没想过能上重点大学，但对于他而言，能上大学就已经意味着成功了。"身份发生变化，不再是农民了。大学包分配，不管是什么学校，一旦录取，毕业就有个工作了。"

可前一年落榜的情形还让他有着隐隐的担忧。尽管分数出来后，曾经有人对他说足够去北京上学了，他依然担心会在"家庭出身"上被限制。

到了填志愿的那天，尽管已知的圈子里根本没有人分数超过他，但李秋零在报名表上从高到低，连最低一级的中专，即县办的师范班都填了进去，还在下面郑重写上"服从分配"，生怕再次落榜。"实际上我就是摆明态度，让我上学就行。"

赴京

大学录取书如期而至，中国人民大学哲学系，辩证唯物主义与历史唯物主义专业。那时候通知书先发到公社的高招办，再由公社发出一封信给收件人，由其本人到公社去领取。

"一般我们那儿是邮递员把所有的信、报纸都送到会计的家里，由会计通知各家。但因为我这个信是叫我领高考录取通知书的，邮递员觉得是件大事，直接打听我家在哪儿。到我家才知道我正在田里干活，他又问清楚我在哪块地干活，直接找过来亲自拿给我。"

收到了这封信，虽然当时还不知道被哪所大学录取，李秋零心中的石头总算落了地。当生产队其他人投来好奇与诧异的目光时，他极力掩饰着自己的兴奋继续干农活，因为"父亲从小教导我们，要泰山崩于前而色不变"。

被人大哲学系录取，多多少少也是个巧合。在此之前，李秋零几乎没有哲学基础，只在高考前复习政治科目时背过几句。他的前两个志愿是新闻系和历史系。

"当时来河南招生的人大老师是哲学系的。据他后来跟我们说，他把两个年龄最小、分数比较高的，划到了哲学系。"就这样，他和后来担任人大哲学院院长、同为河南老乡的姚新中，被一同录取。

去北京上学前，李秋零从没有过远游，南阳已经是他眼中的大城市了。"别说是第一次坐火车，还是第一次亲眼看见火车。"

1978年秋天，没有家长亲戚送，李秋零自己把衣服被褥打了个背包，再加个挎包，就出发了。他先从家里走到县城，然后在县城坐上汽车到驻马店，并在驻马店搭上去北京的火车。火车用一天半时间把他带到北京，一张车票20块钱。

到了人大，对这个21岁，连普通话都基本不会说的河南农村小伙而言，生活的一切都是全新的。

"当时最强烈的感觉就是，不断地接受新东西。满眼看到的、耳朵听到的，我都想怎么去适应。一个没出过门的人一下子来到大都市，从过去的农村生产队的生活到了人大这样的生活，基本上全都得学习怎么做。"

父母从小教诲他，到陌生的地方做事要慢半拍，"看别人怎么做"，但他难免有些时候还是闹出了笑话。

北京的老乡知道他到北京了，给他来信，让他回电话约时间见面。"当时学校有公用电话。但是我不知道电话怎么打，只好拉着一个年纪大的同学带着我去。毕竟第一次不会，总不能站在旁边直勾勾看着别人怎么打吧。"

还有一次，班里同学一起去看电影，李秋零以前只看过老家的露天电影。"同学们照顾我，把最好的2号位置让给我。我进去之后找到了 1 号，就让 1 号边上给我让位置。人家看了我手中的票说我在另一边。我才知道是单双号分开排列的，1、3 在这边，2、4 在另一边。"

虽然都不算大事，适应起来还是需要过程。但李秋零从来没有因为"自己是土包子"而伤自尊。他觉得，这得益于同学间年龄差距比较大，年纪大的同学有不少人都有农村生活的经历，对年纪小的同学们比较照顾。

治学

"我们家庭一直遗憾的事，就是当时只有我考了大学，三个哥哥觉得过了年纪也成家立业了，就没有参加高考。"到了人大，李秋零发现比自己大十多岁的同学也有不少。他后来感慨，如果当年几个哥哥也硬着头皮考试的话，命运就会像他一样改变了。

他的学术生涯也从人大哲学系开始。从河南到北京上学，从北京到德国读研，他笑称自己完成了"三级跳"。

进入哲学系学习初始，他还是感受到了压力。班里同学中有不少对马列原著已经有相当的学习积累。靠着一直比较强的自学能力，李秋零在大二的时候迎头赶了上来。

1978 年，"文革"期间停办八年之久的人大正式复校。

比起很多高校，那时候的人大教学条件仍十分恶劣，校园里可供学习的空间非常有限。但好不容易继续回到课堂的学生们不肯放过任何用来读书的机会和时间。

"周末只有一天假，教室都锁上不让大家进，学校鼓励同学少读书、多活动，结果大家翻窗户进去上自习。"李秋零回忆道。他自己则是每天早晨天蒙蒙亮就起来到外面去读外语。他记得，还有走读的同学骑着自行车到校，车把上都挂着外语单词卡片。

复校后的人大哲学系大家云集。其中,著名教育家、翻译家、西方哲学史家苗力田先生唯一一次给本科生开设的西方哲学史课,让不少学生至今记忆犹新。

李秋零同样对苗力田先生的授课印象深刻。"某种意义上对我后来选择西方哲学专业,有比较大的影响。"

他对西方哲学尤其是康德哲学的特殊兴趣,基本到大四已经定型。从来不认为自己有天赋,但自认勤奋的李秋零快毕业时已经名列前茅,并考上了研究生。同班 53 个人,最后有 10 多个人上了研究生。

报考研究生时,其中有赴德国读书的选项,李秋零在报名表上"打了个勾",没想到又被录取了。

1982 年,在上海培训了三个月德语后,李秋零飞赴德国法兰克福。

"那时候改革开放刚刚开始,一下子从北京又到了德国法兰克福这样的大都市。"李秋零回忆,除了生活上要再次适应以外,语言也是问题。

"我在人大学的基本上是哑巴德语,自己觉得学得比较好,后来再经过口语培训,所以比较自信,觉得自己没问题。结果一进德国大学课堂马上傻了,大学课堂跟日常语言完全不一样。"第一堂课上,老师讲的内容涉及什么主题,李秋零听懂了,但是具体怎么讲的,老师的观点是什么,他却完全没听懂。

这之后,他自己买了袖珍录音机,上课的时候就录音,下课后回去一遍遍地听。由于德国纯授课模式较少,课上大多都是讨论,李秋零直到第二个学期才渐渐克服语言障碍融入课堂,并在德国同学面前独自完成了课堂展示。"内容就是我后来喜欢上的康德,由于自己准备充分,那次展示自我感觉相当不错。"

在德国两年读书期间,李秋零后来回忆,他选修了学校开设的全部有关康德的课程，并用德文通读了康德的大部分著作。

对他而言，德国生活经验影响至今的就是批判性思维。"如果说后来在学界崭露头角有一些优势的话，除了德语、拉丁语的语言优势，学会从多种角度去切入问题也是重要的一点。"

新一代

回国后，李秋零继续跟随导师苗力田先生学习。20 世纪 80 年代，苗力田组织了《亚里士多德全集》的翻译工作，李秋零有拉丁文基础，也参与了一部分。

1997 年，《亚里士多德全集》翻译完成，苗力田希望李秋零继续翻译《康德著作全集》。三年后，苗力田先生逝世，他独自扛下了《康德著作全集》的组织翻译工作。

从那之后，为完成苗力田先生遗志，他花费十年潜心翻译。2010 年，共九卷 340 万字的《康德著作全集》终于面世。

"翻译工作并不讨喜，不算学术成果，但老师坚持多年坐冷板凳，一直在做。他觉得自己的喜好和使命就在这里。"学生于竞游评价李秋零是一个"知道自己要坚守什么"的人。

"今天已经取得了学术成就的老师工作依旧特别刻苦。年轻时候，他每天工作 14 个小时，但现在还能坚持每天继续做这样的事情，从不间断。"于竞游曾听李秋零谈起过自己"黑五类"子女的身份历史，更多时候，他对学生谈起这些，没有太多抱怨。

女儿出生后，李秋零这些年渐渐感觉到了时代变革下两代人的命运差异。

"我们这代人是先天不足，没受过完整系统的教育，那时候可读的书很少。"李秋零说，女儿这代人从开始就接触正规的系统的完整的教育，所以基础打得好，可是少有人能经受住诱惑，长期忍受艰苦甚至享受寂寞枯燥的治学生活。

因为从小耳濡目染，女儿对哲学已经不陌生。高考的时候，似乎很自然地，女儿也报了哲学系。

回忆起自己的高考，李秋零的女儿说，中学时代一直学得非常轻松，从来没有参加任何补习班，虽然自认并不算刻苦，还是"自然而然地"考进了重点大学。

有时候酒喝得多了，李秋零还是会跟女儿讲起自己 1978 年以前一直看不到指望的生活。

他跟女儿说，"当年做农民的时候，没有想到有一天要离开农村。直到高考来了之后，有了这个机会。机会不来，我就不会去做梦，机会来了，我就要抓住。"

高考故事｜中国第五代摄影师侯咏：
对电影的思考始于 1978

澎湃新闻记者　陈竹沁　　复旦大学新闻学院学生　金冰茹

（发表于 2017 年 6 月 9 日）

　　1978 年春天，北京电影学院在"文革"后首次恢复招生。消息一经发布，立即引起全国轰动，吸引报考的年轻人逾万人。经过一轮轮专业面试和文化课复试的"大浪淘沙"，即使在扩招的情况下，最终录取的 78 级学生也仅 159 人。

　　倘若不是命运的垂青，中国第五代摄影师"三剑客"之一的侯咏，将不会出现在这份录取名单上。担心文化课考试的他，一早撕了北京电影学院的报名表，报考西安美术学院。就算考不上，接父亲的班去西安话剧院做个舞台美术的小学徒，也是早就安排好了的。

　　一张北电老师为其破格争取来的"准考证"，让他搭上了开往北京的火车，与他同行的人有张艺谋、顾长卫、张黎、赵非、智磊、王小列。随后的岁月里，他们一个个在中国电影史上写下了自己的名字。

　　"我们那时候对人的命运的理解，对生老病死的理解，就来自周围随时会发生的巨大的事件。"如今回到校园任教的侯咏，有时看不懂现在的孩子"只有今天，不问明天"。在他看来，艺术创作不可能离开对人生价值的思考，而他的答案言简意赅："人生，是为了对社会有用。"

从西安开往北京的火车

1978 年初夏,一个雨过天晴的黄昏,邮递员同往常一样,给陕西省电影发行公司大院的传达室送信。侯咏的姐姐正巧在传达室里,看到了封皮上写着"北京电影学院"的信。

摊开信,她激动地看了半天,也不知道信上写了啥,直到旁边的人帮着把字儿一个个地念出来,她才晃过神来,弟弟侯咏真被录取了。大伙儿都兴奋地叫起来。

侯咏的房间,正对着传达室,隔了大约两个篮球场的距离,他听见外头的动静,走出了房门。"嗯,我这会儿才算高兴起来。"

那是一种平静的,但是从心里头往外涌出的高兴,侯咏甚至"理性"地觉得,自己这会儿应该"哇!"一声喊出来,表现得兴奋一些才对。大学啊,未来啊,会是什么样的呢? 他不知道,但他期待。

其实,在这之前,他已经知道自己被西安美术学院录取了。但奇怪的是,西安美院的录取通知书竟然让他的心情隐隐地有些不愉快。他知道,自己还在忐忑地等待北京电影学院的消息。

侯咏从初一开始学绘画,高三要报考学校,他没想过自己会去考西安美院以外的学校。然而在北京电影学院招生考试报名时,好友王小列将一份报名表递到了侯咏面前:"我已经填好寄出去了,你也填一份,一块儿报名算了。"

侯咏把报名表带回家,想了一晚上,也都填好了,可第二天在班里,他还是把表格撕了。"先不说自己感不感兴趣,我能不能考上啊?"侯咏自认数理化是绝对的短板,一上高中就完全放弃了。可是电影学院摄影系的考试中数理化是很重要的一项,"明摆着,报了也是白报"。

报名表是撕掉了,可对电影的兴趣却被勾起了,"以前根本没看过它，可看过一眼之后不再看，我的心里就老想它，啧"。

侯咏就这样放弃了北京电影学院的报名机会，貌似死心塌地地投入到西安美院的备考中。

幸运的是，就在西安美院考试前的一天上午，北京电影学院摄影系西安考区的负责人曹作宾老师，出现在了他的面前。当时，除了北京、上海两地，西安是北京电影学院设立的第三个考区。下午要考影片分析，曹老师来到陕西省电影发行公司租借影片拷贝，在办理手续时正巧遇见侯咏的母亲，她与曹作宾说了侯咏后悔没报名的事儿。

"你愿不愿意考电影学院？"曹作宾问他。"想啊！就是不知道条件够不够。""让我先看看你的画吧。"侯咏领着曹老师看了自己的画，他从老师的眼神里感觉到，自己的画"与其他同学相比是出类拔萃的"。

当天下午，在影片分析考场门口，侯咏拿到了一张准考证——直到2002年北京电影学院50周年院庆时，侯咏与曹作宾再见面，他才知道，为了他的考试资格，曹老师特地向学校打了电话征求意见。由于曹老师的惜才，学校破格让侯咏参加了考试，而为避嫌，后来四年他都对侯咏"冷淡相待"。

正式考试，面试、影片分析、文艺理论等项目以及素描的补考，侯咏都觉得挺顺利。但是最后一门数理化的考卷一收，他便感到了"前功尽弃"。那张卷子上，他唯一一道答对的题目是用三角的算法做的几何题；加上零零散散的其他分，数理化100分的考卷，他只拿了29分。

幸而，所有科目的分数要折算成5分，平均下来，他得了4－，这个成绩在摄影系26个同学中排在中间。他被录取了。

一天一夜的火车，带着侯咏、张艺谋、顾长卫、赵非、智磊和王小列，从西安驶向了北京。

"一进大门，一条很宽很宽、笔直的大道，对着教学楼，特别宏伟的一幢教学楼。"这是侯咏从莫斯科大学照片上想象出的校园风貌，却在电影学院的荒芜面前打了一个趔趄。

侯咏回忆："接学生的大巴车从北京站来到朱辛庄，那里是一片荒芜，路的旁边就是校区了，结果没有围墙，全是铁丝网。铁丝网的尽头就是大门，破旧的两扇大门。进了门，窄窄的小道两旁全是草，小楼也就，唔，破旧。"

但，侯咏还是止不住兴奋。"如果没有考上大学，我应该会去西安话剧院做个舞台美术的小学徒吧。"

侯咏的父亲在"文革"中去世，此前在西安话剧院工作；"文革"结束，父亲平反，为落实政策，他能被安排到父亲的单位工作，"当时和话剧院的人事部门都说好了"。

而一场高考，把侯咏可以预见的出路引向了未知的将来。大学，打开了他生命中的摄影世界。

找食物的夜，红滤镜的夜

1978年，坐落在朱辛庄的北京电影学院将被解散的中央五七艺术大学（原本属于北京农学院）的校址作为临时校区。当时北京农学院还没有恢复办学，校区里没有教师宿舍，放学后所有老师都回城了，学校完全就成了学生的世界；而当时的朱辛庄，目之所及皆是荒芜，生活条件差，学生们没啥钱也没啥吃的，常常"见了肉就没命了似的"，所以学生们不时会去找食物加餐。

"张黎抓田鸡特别擅长。"侯咏笑说，他常常也会跟着一块儿去找点肉，"特别奇怪，一跳一跳的田鸡本来很不好抓；可在黑乎乎的夜里，用手电筒'啪'的一照，那些岸边的、水里的、荷叶上的田鸡都不动了，然后你手过去，'叭'！一把就抓住了。"这些田鸡，被他们放进篓子里，等着被扒皮、被做成可以让学生们打打牙祭、补补身体的荤菜。

1979 年，农学院恢复招生，电影学院 78 级的同学们多了一群农学院"校友"。

"农学院有一片试验田，种的红薯，品种特别棒！开始我们还不知道，等到有一天，他们收红薯。不知道谁得来的消息，晚上十点多钟，都快睡觉了，突然有人说，'欸，农学院把红薯挖出来了，都摆在田头，没收！我们要不要去弄点儿回来？'我们就集体出动，把放行李的大提兜'欻'一下扔到床上，拿着去田边了。"

田边有人守着，他们趁对方不注意，悄悄潜伏到田地里，往兜里塞红薯，提回宿舍好一大兜。他们把这些红薯搁到洗脸盆里，再放上水，用电炉子煮，"特别香，特别好吃！"

这些回忆，侯咏说得绘声绘色，充满红薯热乎劲儿的夜晚仿佛仍近在眼前。

如果说，生活条件不好，还能苦中作乐；学习条件差，就得挖空心思补。对侯咏来说，除了素描，所有的课程几乎都是从零开始，而一些涉及数理化的技术课程，是最让他头疼的。

比如，电影胶片需要冲洗，要知道冲洗的化学药剂的成分，得学有机化学。"哇，那有机化学的分子式，跟蜂窝式的，我太排斥了。"侯咏记忆犹新。但没办法，还得记啊。

那时他们的学习，是有股冲劲儿的。侯咏记得有一次，洗印课程的测验，考的全是有机化学题。"我还算勉强及格了，一看张艺谋的卷子，多少？ 五分！ 是百分制的五分啊！"

没上过高中的张艺谋，比起侯咏，化学基础更差。但第二天，侯咏在食堂碰到他，就见他拿着一个小本本儿，边背化学方程式边排队买饭。那时的小本本，都是把纸裁剪成条条，再用橡皮筋捆成一摞的。

在电影学院学习最重要的内容是看电影。那时好的电影资源少，但学校还是尽力地找片子。学校每周安排四场放映，学生们几乎每个周二下午去小西天中国电影资料馆看两部进口影片，每周六下午在朱辛庄礼堂看两部国产影片。

侯咏挺自豪的一件事是，他每看一部电影都会写一些观影笔记。四年，他写满了整整五个笔记本。在当时，这些笔记，一来帮助他思考电影的本质，二来能促进他对影片的解读和记忆，三来也见证了他逐步理解电影的成长过程。

"情节荒唐。好莱坞的电影如此不现实。"侯咏印象尤为深刻的是，在接受了两年美国好莱坞经典影片的熏陶之后，一次观摩《化身博士》，在看了一半的时候，他突然对好莱坞"编造"式电影心生厌恶，放映中间愤然离席。他后来称此次行为为"一次电影观念的'自我觉醒'"。

有学者认为，"侯咏创作初期与田壮壮合作完成的《盗马贼》等作品逐步把环境与人共融为一体，把自然、空间环境视为角色进行塑造，强调某种自然决定论的写实风貌，这些电影的拍摄奠定了侯咏纪实风格的形成"。但如果真要追溯他纪实风格的源头，也许就能在他大学时的观影心得中发现苗头。

观影之外，侯咏始终认为，实践是学习摄影最为重要的环节。可在当时的条件下，灯具简单，也没有柔光纸、看光镜等等设备，对于缺乏经验的学生来说，困难重重。如何创造条件，掌控拍摄效果？"就得因地制宜，找一些替代品。"

对此，侯咏动过不少脑筋，比如白天拍夜景时，要在阳光下拍出月光照射的院落，光靠眼睛是很难判断拍摄效果的，这时就需要通过灰色的看光镜，压暗自然亮度。可是没有看光镜怎么办？侯咏找了一块深红色的滤色镜来代替。看得久了，眼睛适应了红色，就渐渐变成了接近灰色的效果。

他跑向甲板，他跑进院子

刘长春从左侧的船头冲向右侧的甲板。这个第一次参加奥运会的中国人，跑出了自己的奥林匹克精神。这是 2008 年上映的《一个人的奥林匹克》——侯咏执导的第三部电影中的镜头。摄影机从船外侧面拍他的奔跑，人物的身影始终保持在屏幕左侧。

侯咏清晰地记得，20 多年前，电影学院 78 级摄影系同学联合创作的黑白电影《小院》，开机第一幕也是一个奔跑的镜头：一个小男孩儿从房门里跑出，跑向小院，院里床单飞舞，妈妈在晾衣服。

侯咏拍完第一条，坐在远处的孟庆鹏老师走过来告诉他："你一定要把人放在他前进方向相反的位置多一些，让他前进方向在画面中多留一些，不要让他迎面顶着画面边。"

在没有监控器的年代，侯咏以为拍成什么样只有自己能从镜头里看见，老师竟然离了老远、仅仅通过摄影机的摇动就能发现自己的镜头摇得晚了，跟得慢了？"我当时特别佩服，这是只有经验丰富的老师才能一眼看出的问题啊。"

侯咏由此更加领会到实践的重要性，"就像游泳似的，老师再怎么讲技巧，没有到水里扑腾过，永远不会了解水性，真正掌握游泳技巧"。

大一大二的摄影专业课程是拍照，实践的机会不算多。每位同学都渴望并且争取更多的可以外出拍摄的机会。

有一天早上，大伙儿一起床，就发现窗外一片洁白，空中鹅毛飘飘，地上白雪茫茫。他们立刻觉得，这样好的天气应该出去拍作业。于是同学们集体到系里申请停课去长城拍照，系里立马就同意了——老师们也都知道，好的自然条件对摄影师来说是可遇不可求的。所以全班同学赶紧坐上火车，从沙河站乘到八达岭，拍了一整天的雪景。回来的时候,大家都特别满足。

大学四年,侯咏保持了对影像艺术的新鲜感。而专业课之外,他最喜欢的是体育课。说起来,要不是初一得了黄疸型肝炎,医生不让他做运动,从小在陕西省业余体校训练乒乓球的侯咏,可能会以庄则栋为榜样,朝着专业运动员的方向去了。

到大学,他篮球、排球、足球,都玩儿。摄影系的足球踢得好,一向是电影学院里的第一名,会代表学院和外校比赛。拍摄《小院》之前,他因为比赛摔伤了左手手腕,好些镜头他都是吊着石膏拍的。

到 2007 年拍摄《一个人的奥林匹克》,侯咏更加深入地思考什么是体育精神,什么是奥林匹克精神。他说,大家所熟知的"更高、更快、更强"只是一个口号,真正的体育,是一种奋勇向前、挑战极限、战胜自我、永无止境的勇气和力量,这种劲儿才是体育精神。

现在,侯咏喜欢打网球,有空的时候一周去两三次。他说,运动中身心能得到难以言表的"美妙"体验,而能够表达的则是浅层次的"获得喜悦"和"忘我的"状态。

摄影与运动,动的艺术,侯咏享受于斯。

茉与茉的告别,花与花的笑

侯咏最喜欢的个人作品,是 2004 年的《茉莉花开》。片中第一段的结尾和影片的尾声,被孟老板抛弃的茉大着肚子坐上了人力车,回头时,她看见曾经的茉微笑着与她挥手告别;花和女儿搬了新家,回望来径,童年的花伏在滑梯旁,回过头冲她会心一笑。回望中,完成了充满仪式感的告别与圆满。

"学生时代,教科书教导我们真实性是摄影的本质;后来我才明白,摄影艺术的真谛是创造和改变我们眼中的现实世界,而不是

实习作品《小院》剧照。　　侯咏　图

复制和纪录现实的手段。"如果说大学四年让侯咏渐进式地积累知识、养成美化的习性，那么后来 30 多年的创作实践，则是让他颠覆式地塑造自己的艺术观点。"在我受到的整个艺术教育中，我学到的就是一种方法、一条道路，我以为这就是全世界；但实际上，这只是全世界的一面，这个世界有无数面。"

　　比如创作《一个都不能少》时，为了拍出在影像上要毫无摄影痕迹的作品，侯咏开始反思自己。"我要去掉我身上的一些创作习性。很可怕。我从小学到大学，通过这么多年的教育和学习，我一直在养成一种习性。这种习性是什么？这种习性就是美化。而我现在要反对美化、打破美化，我们要拍出生活当中最本质的、最常态的东西。我这么多年学习的东西全作废了。全作废才对了！"侯咏的美学观念和摄影技巧，在实践中颠覆、转变。

　　然而不管怎样转变，侯咏始终认为，电影创作不能脱离对人生的思考和理解。

当年拍《小院》的一个晚上,张艺谋、吕乐和侯咏畅谈理想,张艺谋说想当导演,吕乐说想出国,侯咏说想做个优秀摄影师。它们很快都成了现实。可是有一天,远在法国的吕乐给侯咏写了一封沮丧的长信:我出国了,我在法国除了男妓什么都干过了,但我发现,出国似乎并非我的理想。

收到信时,张艺谋和侯咏都在国内干得热火朝天。20 世纪 90 年代初,吕乐还是回国了,重新投入电影创作。此后他和侯咏、顾长卫被并称为中国第五代摄影师"三剑客"。

想起那个"理想之夜",侯咏也忍不住感慨,"人对自己的梦想是要有个清晰的认识的"。

2012 年,侯咏来到上海戏剧学院任教,现在是电影电视学院电影系主任。给学生上课,也和学生聊人生,他希望孩子们能够追问自己当下的生活、思考当下的意义。

举个最简单的例子,想想大学。上大学为了什么? 工作为了什么? 挣钱为了什么? ……也许最后没有答案,但这个追问的过程会让人思考人生的意义,明晰你在何处迷失,建立当下的自信,描绘出未来的远景。

可是有时候,学生们让侯咏感到吃惊。一个学生曾和他说:"老师,我为什么要这么清楚呢? 如果我知道明天要干什么,那么我的今天还有什么意思呢?"他还说,拥有这样观点的人不在少数。

"啊? 这么可怕吗?"学生们拒绝思考人生的价值,侯咏的话卡在了嗓子眼。

侯咏觉得,现在学生虽然在视听基础、艺术技巧上比他们当年强,但简单的经历和生活积累,加上实用主义、拜金主义、利己主义、虚无主义的时代潮流影响,如果不对自己的人生进行思考,那么不论是对艺术创作还是对今后的社会生存，都是不利的。

"我们那时候对人生的理解，对生老病死的理解，就来自身边随时会发生的巨大的命运起伏、社会事件和历史变革。而创作直接牵涉你对生活的理解。"侯咏说。

最后，当被问到"人生为何"这个问题有没有答案时，侯咏淡然地回答："其实世界上往往最高深的问题同时就是最简单的问题，也就是说，最简单明了的道理所蕴含的却是最深奥的人生哲理。"

"人是集体性的动物，每个人都无法离开人群而独自生存；所以说有人的地方就有'江湖'，而人在江湖必然要相互作用，这个作用必须得是有益的，因为害群之马必得去除，也就是庄子所言：去其害马者而已。"

所以，"人生为何"这个问题的答案，就是小学生都会的回答："做一个对社会有用的人。"这就是人生的意义呀，侯咏说。

高考故事｜上外最受欢迎教师罗雪梅：考入师资班,使命感加身

澎湃新闻记者　陈竹沁　　复旦大学新闻学院学生　金冰茹

（发表于 2017 年 6 月 1 日）

　　2012 年,罗雪梅回了一趟从前待过的制丝厂。工厂已经破产,仅存一两个破败车间,与边上的商品房一起,显得格格不入。那一刻,罗雪梅真切地感受到,1977 年恢复高考改变了她的一生。

　　当年,工人罗雪梅考入山东矿业学院(现山东科技大学),因数学成绩突出被择优选入特设的师资班。毕业分配,她如愿走上教学岗位,一教就是 35 年。如今,身为上海外国语大学国际金融贸易学院教授,1958 年出生的她已连续八年被学生评为"十大公选课人气教师"。

　　在罗雪梅看来,这些都是"顺其自然"的命运安排;她也毫不掩饰当年作为首批师资班学生的使命感加身,"我们从一进校就知道要当老师,深知自己是属于祖国,属于党的;我们不仅仅是为了自己学,更是为了祖国的教育事业在学"。

　　"这辈子最幸福的事,就是始终与我热爱的学生在一起,永远保持着年轻纯洁的心;最自豪的事,就是我教的课程深受学生欢迎;最开心的事,就是成为一届又一届学生的'雪梅姐姐'。"罗雪梅说。

大冬天的考场

　　1977 年的高考在 12 月,山东正是严冬时节。

罗雪梅的印象里，满满一教室的考生，个个儿都穿了棉袄、棉裤。虽然教室有个小火炉烧着，但还是冷啊，她的一双手冻得直打哆嗦。高考作文题是《难忘的一天》，和许多考生一样，她用冻僵的手写下了毛主席逝世的那天。

"我几乎是在'文革'里长大的孩子。"1965 年，罗雪梅刚上小学，一年后"文革"来临；1975 年她高中毕业，次年"文革"方才结束。毕业后，她先是响应毛主席号召成为下乡知青，过了一年半时间，遇上返城招工，便来到一家制丝厂工作。

1977 年 10 月 21 日，中央人民广播电台正式播发了重新恢复高校招生制度的消息。街上大喇叭里传出的声音，让她有些说不清道不明的感受，心里有火苗慢慢燃烧跳跃，说不激动是假的。

罗雪梅自认为是比较喜欢读书的孩子，小学中学的成绩都还不错，但上大学却是想都不曾想的事情。但这次机会来了，她决定抓住，毅然报名参加当年高考。

高考中断了 11 年，考试怎么考？谁也不知道。于是罗雪梅一边工作，一边翻翻高中课本——32 开、拇指厚、一半儿印着毛主席语录的课本。

大学、专业怎么报？问谁，谁也不知道。罗雪梅说，自己那时候只知道山东大学，便填了山东大学；想想高中时数学学得不错，所以报了数学专业。"就是试试呗，也没想考上怎么样考不上怎么样的，我这人一向顺其自然。"

1978 年 3 月，罗雪梅去山东矿业学院（现山东科技大学）报到了，"这学校我以前从来没有听说过。我们班里 30 多个同学，没有人报考这个学校"。

后来，班里的老师告诉他们，"文革"十年，许多知识分子受迫害，大学老师流失严重；而一旦恢复高考，将需要大量的老师。在这种情况下，仅靠少数的师范院校来培养教师是远远不够的，于是,办师资班就成了解决这一迫切问题的突击办法。一些部属院校就被派发了任务,挑出某些单门学科成绩好的考生单独开设师资班。

当时,山东矿业学院属于当时的煤炭部管辖,被要求设立了数学师资班。罗雪梅成了这个"应急班级"中的一员。

"30年后,我看了北大77级学生写的《永远的1977》,才知道当时本科、专科的录取率加起来才4.7%,我才感觉到自己有多幸运。"

师资班的日子

"这批学生可来了。"

"文革"期间,大学停止招生,直到1972年全国高校开始招收工农兵大学生,但学生的知识水平参差不齐,有的入校时连自己名字都不会写。这回终于有正儿八经考进大学的学生了,学校里的教师们自然欣喜极了。

可是,学生来得突然,没有教材怎么办?自己印。教师们在钢板上放上有方格的蜡纸,用笔一个字、一个字地把教科书的内容刻下来,接着放上草纸似的粗糙的纸(当时纸张稀缺,便是这样的纸,教师学生都视如珍宝),油墨辊子"咕噜"一下,才滚出一张印有文字的书页来。

"那真叫飘着墨香呢。"罗雪梅还记得,当时必修的《数学分析》课本就是这样印出来的,因为有多名老师分别负责不同章节刻版,所以油印教科书上的字体都有好几种。揣着这样的书上下课,她的心里真是感动。

工科院校,没有理科专业,要教数学专业的学生,只能现学现卖。比如矩阵理论、偏微分方程这样的课程,教师们得先去复旦大学、山东大学等名校学习，学完回来再上课。

"满黑板、满黑板地写啊，老师写得累，学生听得累——看着老师们满头大汗地边写边讲解，也累啊。"看着密密麻麻的板书，罗雪梅在心里暗自嘀咕，"我将来要当老师，个子矮根本够不到黑板上方，那不要擦更多的黑板啊。想想都着急！"

不过，也正是教师们满头大汗的样子，让罗雪梅更清楚地认识到了为师不易，要成为一位好教师，她得先把知识学得透透的。

让罗雪梅们感到幸运的是，学校为了培养出优秀的教师，专门聘请中科院和复旦大学等名校的知名教授来上课。"那些老师，后来有的成了院士。"

其实，刚入学的那一年，学校条件非常差。光说吃饭，罗雪梅是小组长，一下课就得冲去后厨帮小组里八个同学搬饭菜。那时，一盆饭、一盆菜就是他们的一顿。而饭总是陈年米煮的，里头的沙粒硌得牙疼；菜里难得见到一点油星，捞出一段捆菜的草绳也是常态，有时发现白色小肉虫，她和大家会笑称开了荤。

罗雪梅感慨，即便如此，经历过十年动荡，国家在艰苦中为他们提供学习的环境，学校、教师也是尽心培养，学生们怎么会去抱怨而不鼓足了劲儿地学习呢？"十年的时间要抢救回来。"

罗雪梅所在的数学师资班中，最大的学生已经是四个孩子的爸爸，最小的高一刚上完，一个班级用"三代同堂"来形容并不为过。而不论老小，每一个同学都在发狠学习，"一天都恨不得当三天用"。"我们从一进校就知道要当老师，深知自己是属于祖国，属于党的；我们不仅仅是为了自己学，更是为了祖国的教育事业在学。"

"说出来你都不信。"说起当年的学习风气，罗雪梅举了个例子，"我们老师每天下午都得去教室，不是去答疑、不是去督促我们学习，反而是去往外赶人的——老师们让学生出去活动活动，怕我们整天趴那儿学习,身体受不了。"

班里同学自习多在教室,一来,大伙儿有疑惑可以共同讨论研究;二来,图书馆里的许多书在"文革"期间被当四旧烧了,同学们看书反倒是在教室更加方便。对罗雪梅来说,大学所得的知识,来自课堂上老师的教学,来自那些油印的教材,来自同学们相互的探讨,也来自省吃俭用买来的书。

"那时候虽然穷,但买书可舍得了。"上大学时买的《哥德巴赫猜想》等书籍,都是 32 开的薄本,罗雪梅仍然珍藏着,"别看现在说起来只是几毛钱,那也是一周的伙食费了"。

而在学习之外,罗雪梅也珍惜大学生活中的朋友。

每天早上五六点,她出门跑完步,回来就给室友打水打饭。寝室里 8 个同学,8 壶热水瓶,她一壶壶地灌好水;8 个饭盒,她一个个地装好饭。室友一起床就能直接吃饭,直夸她热心肠。她听着,心里也热乎乎的。

学生给的宝贝

最初进入数学师资班学习的时候,罗雪梅常常困惑,自己性格内向,个子矮,怎么当得了教师呢? 可一转眼,现在的她已经教书育人 35 年,她估算了一下,自己教过的学生早已过万了,她也敢自信地说一句:"我的课堂总是充满欢笑的。"

毕业后,师资班的同学服从国家分配,到各个学校任教。罗雪梅去了秦皇岛煤炭财经学校(现河北科技师范学院),工作 11 年后回到母校山东科技大学,又教了 11 年,因为机缘巧合,她来到了上海外国语大学。在上外,她连续八年被学生评为十大公选课人气教师,被学生们热切地称为"雪梅姐姐"。

从理工科院校,到文科大学,学生们一直在变,她的教学方法也一直在变。她说："即使面对一点基础都没有的学生，也要让他们听得懂，学到本事。"

作为上海外国语大学国际金融贸易学院的老师，她不仅开设了高等数学的公选课，也一肩挑起微积分、线性代数、概率论、统计学等专业课程。

她还给上外没有任何数学基础的语言文学等专业的博士研究生开设了应用统计学。上外每年招收100多名博士生，选修应用统计学课程的经常达到八九十人，选这课人数最多的一次，有96名博士生。头回上课，学校安排的教室太小，走廊里乌压压地站满了人，她看见这阵仗，吓了一跳。

文科学生数学底子薄，读到博士的学生不少很多年都没有接触过数学了，这对罗雪梅的教学带来了新挑战。"无论课程多么抽象，多么难懂，我一定要把它变成简单直观的、可触可感的。"于是她在备课时，要精心选择或者编造一些贴近生活、通俗易懂的例子，让学生们听得明白，也听得开心，最重要的是能够帮助学生理解和掌握所学的专业知识。

博士生计姓同学在给罗老师的信中这样说："复杂的统计学概念和数学公式经您一解释，好像就可以和我的大脑'兼容'了似的；因为有了一位喜爱敬佩的老师，我对这门课的兴趣更大了。"

尽管教学方法一直在变化，但罗雪梅真诚对待学生是永远不变的。

她还记得，自己毕业前夕，班主任陪她围着泰山脚下的虎山水库走了好多圈，班主任像往常一样和她聊人生、聊理想、聊未来，对她说："老师这个职业，面对的是学生，培养的是国家的未来，责任重大，不能懈怠。"她把这话暗暗记在心底，把当初老师们的敬业精神与对学生的关爱也记在了心底。

现在，那些记在心底的种子，在她的生活中发了芽。几年前，她注意到班上有个女学生总是不说话,便找她私下交流。一问才知道,这个从河北来到上外的女生,因为与同学们外语水平的差距大而感到了自卑。罗雪梅便积极开导她:"小姑娘来到这里就是有了新的平台呀,好好努力可不比自个儿自怨自艾强?"慢慢地,她帮着这个学生树立了信心。该学生毕业直升研究生,主动拜在了她的门下。

罗雪梅每年教的学生都在 500 人以上,不可能与每个学生面谈,但她会给每位学生提供与教师交流沟通的机会——写信或发邮件。学生们也愿意找她谈人生理想、职业规划,甚至找对象的困扰。

20 年前,一个研究生喜欢上了一个学妹,但不敢直接找人家,小伙子请她帮忙,罗雪梅欣然应允,请两个人来她家吃饭。一条姻缘线,便这样牵上了。现在两人已经是两个孩子的爸妈了。在他们认识 20 年的纪念日特意发短信感谢罗雪梅,她惊喜地回复:"哈哈! 我是你俩的红娘哦。"

学生给罗雪梅写的信、画的画、签名的小册子,她都整理得妥帖,码放整齐。"这些都是我一生最宝贵的财富,是学生给我的无价宝。"

有同学毕业时给她写了一首诗,罗雪梅觉得写得真好:

> 高等数学、线性代数、概率论、统计学讲得深入浅出、通俗易懂的雪梅
> 一年四季都为学生盛开的雪梅,甘愿讲台上下都为学生奉献的雪梅
> 一生珍藏学生送的贺卡、明信片、留言簿的雪梅
> 做事风风火火,谈话实实在在
> 一生勤勤恳恳的雪梅
> ……

教书 30 余年，罗雪梅和学生之间的故事真是太多了。她把这些写下来，一写，就写成十几本书。这些书她并不打算出版，因为她说这都是她与学生的私密故事。每本书只打印一两本，留存珍藏。如果学生来看她，她也会把这些书拿出来："看看吧，有你们的故事，都有。"

西南联大 80 年①｜京津校友追忆：宽严相济自由创新是联大魂

澎湃新闻记者　官雪晖

复旦大学新闻学院　唐一鑫　金冰茹　徐进　张潘淳

（发表于 2017 年 10 月 10 日）

他们的少年时代在逃难中度过。

国土被占、家乡被毁、亲人别离，对于战争，他们的感受直观真切。

抗日报国——在战乱中颠沛辗转，读书的目的很简单。而这个共同的目标，让昆明在他们的求学生涯中留下了无法被淡忘的回忆。

包括他们在内，经历过那个时期的人都说，世界上没有一个国家能有一所大学，在环境和条件如此恶劣的情况下，培养出一批后来极具创造力的人才。

这是一所被给予了高度赞誉的学校，存在 8 年，毕业生不到 4 000 人，其间有诺贝尔奖获得者，也有"两弹一星"功勋奖章获得者，每个人的人生经历都被外界视作传奇。

如何评价国立西南联合大学在中国教育史上的意义？西南联大北京校友会会长潘际銮说："教育就像一个人游泳，只要能游到对岸就行，谁来游、什么姿势都可以，这样才能出人才。"

天津炮火中

1937 年 7 月 29 日，天津沦陷。

日军在占领天津当日，即以南开学生"抗日拥共"为由，对南开大学展开轰炸。空袭不成，百余名骑兵被派进学校放火，图书馆、教授宿舍及邻近民房一时间尽毁于火光之中。

南开是当时的抗日活动中心之一，在时任校长张伯苓的领导下，南开师生不仅会组织爱国游行、参加抗日宣传，还直接上前线支援。

"我大姐当时也在南开女中学习，她就上过前线支援过打仗的战士。"傅佑同说道。

傅佑同出生于 1923 年，炮火炸到家门口时 14 岁，刚考上南开中学。

他的父亲傅恩龄曾留学于日本庆应大学，专攻经济地理专业，回国后在南开中学任教，与张伯苓是同事。

傅佑同在天津家中。　张潘淳　图

关于南开被炸，张伯苓嫡孙、全国政协常委张元龙后来撰文称，傅恩龄主编的《东北地理教本》，"也许和南开被炸的根源有关"。

由于父辈曾在吉林省任职，傅恩龄对东北在地缘政治中的位置有着自己的认识。"到天津后，我父亲多次和张校长聊到东北的重要性。"傅佑同说。

1927 年，满蒙研究会在张伯苓力促下成立，傅恩龄为总干事。其后两年间，该研究会四次到东北进行大规模调研，搜集整理大量第一手资料，了解日本国情及日本在中国东北的侵略情况，并在傅恩龄的组织下于 1931 年编成《东北地理教本》。

教本以"地理"之名行"抗日"之实,为南开大、中、女、小四部通用。

"是它(《东北地理教本》),直指日本侵华野心。是教育抗战引发的思想觉醒激起了日本人的敌视。"张伯苓教育思想研究会理事李溥,在多年后翻阅当时的教材时明白了日军憎恨南开的原因。

但没等用上父亲编写的教本,傅佑同就匆忙随家人开始了逃难的生活。"我们先在法租界的广东中学教室躲避了一周,然后又去英租界租住。"

同是南开子弟的杨耆荀,天津沦陷时只有四岁,也过了一阵与家人在租界避居的日子。"我们到租界里去的时候,根本就没带什么东西,家里都没来得及收拾,所以家当几乎就全没了。"

杨耆荀的父亲杨石先是著名的化学家,毕业于北京清华留美预备学校,分别于美国康奈尔大学和耶鲁大学获得有机化学硕士、博士学位。1931 年,杨石先学成回国,一直执教于南开大学。

1937 年 10 月,杨石先安排妻子和三个孩子南下,自己则留下处理学校未了事务。"母亲仓促装了一点随身衣物,就带着我们登上了英国太古公司的轮船。"

在船上,杨耆荀和家人挤在三等舱的小房间。"海上一碰见大风大浪,整个船就来回大幅度地摇晃,桌上摆的东西全部都给弄地下去了,人都站不起来。"已经过了 80 年,对当时的场景,杨耆荀还记得很清楚。

近一年后的 1938 年 5 月,在同样的地点,天津海河码头,傅佑同一家也登上了英国太古公司的轮船。

终点都是昆明。那时候很多北方沦陷区的知识分子家庭像杨耆荀、傅佑同的家人一样,他们以民族气节为先,坚持不降,于是一面南渡、一面抗日。

迢迢入滇路

当时南下到达昆明最短的路线，是乘船到香港，再中转至越南海防，随后搭乘滇越铁路进入云南。

"上午 10 点钟上船。上船的时候，看到的旅客都是做买卖的，很多年轻人。"傅佑同回忆起当天的场景，"轮船载重 300 吨，旅客与货物混运，舱位有限，大部分人只能待在甲板上。"

"11 点钟开船，到晚上 7 点多，就正好到大沽口了，那里有日本兵在把守。英租界的东西他们也不能随便乱动，所以以往日本兵都没有检查过。但是我们这个船，他就一定要扣下，要检查乘客到底是哪些人。我们就上岸检查了一下，结果也没有检查出什么结果。"

后来他才知道，当时日军怀疑天津永利碱厂的老板和工程师在这艘船上。占领天津后，日军想接管永利碱厂，但被拒绝，随后就开始了对碱厂人员的抓捕活动。

船在第二天顺着海河驶入渤海，向南驶去。过了上海，船上的商旅们摇身一变，成了学生和知识分子。

"原来大家都假装是商人，你不装是商人，就怕查出来不让走啊。"傅佑同笑着说道，"过了上海，没有危险了，大家在甲板上唱起了当时流行的抗日歌曲。"

抵达香港后，他和家人继续坐船，通过广西北海前往越南海防市。

在海防，他们住在中国人开的旅店里。"内墙都是木头板儿的。中间不整齐、有缝儿，旁边开着灯，这屋不开灯也亮。完了满屋子到处都有蟑螂，以前在北方都没见过。还有这么大的壁虎。"说着，傅佑同比划了起来。

由越南转乘火车进入云南，傅佑同形容"车厢就是一个铁皮子"。"里头也没有座位，那车门也是开着的。我们小孩儿没事儿就可以下来，再跑几步就爬上去了。可是呢，在这条铁路上还有有钱人和法国人坐的车，像大巴士似的，比较高、比较短，那是快车。"

后来西南联大的不少师生都对这一路的颠沛有所感触。

杨振宁曾回忆，母亲怕他们几个子女走在路上被冲散，所以弄了些"袁大头"（大洋），给每个孩子的棉袄里面放上几个。"再放一张纸，说这个孩子叫什么名字，是杨武之的儿子，而杨武之将是昆明西南联大的教授，希望好心人看见了，可以把这个孩子送到昆明去。"

当时清华大学校长梅贻琦之子梅祖彦则记得，在中国的土地上逃难，所见皆是外国人的势力范围。"我们逃出来，到天津的时候住在租界里，看到外国兵。然后坐船到上海，在上海租界也看到印度的巡捕。从上海到香港，也有外国兵。后来到了海防，海防也是法国的军队。"

傅佑同一行人抵达昆明时，由长沙临时大学或坐车船或步行入滇的师生，已经做好了安顿工作。

1937 年 8 月，南开大学与北京大学、清华大学组成长沙临时大学，三校校长张伯苓、蒋梦麟、梅贻琦任常务委员，主持校务。

自发动战争以来，日军一直将长沙视为重要的战略目标，1937年 11 月即对长沙进行空袭，长沙临时大学随后决定继续西迁。

彼时，抗日将领龙云主政云南，在他的力促和帮助下，学校1938 年 2 月由长沙向昆明内迁。长沙临时大学湘黔滇旅行团出发的第三天，龙云便以云南省主席名义发出训令，指示"沿途经过各县县长妥为护送"。

1938 年 8 月，国立西南联合大学正式成立。大部分师生们跋山涉水徒步前往昆明，但一到昆明就立即投入复课工作。

"抗日、救国、回家"

西南联大来到昆明的初期，总办公处租用了昆明崇仁街 46 号，而随着大批师生相继到达，小院就显得拥挤不堪了。龙云知道后，便把自己位于威远街中段的公馆东院借给了西南联大。

"龙云不让国民党的力量进去，但是他特别欢迎大学进去。云南的文化水平比较封闭，中学的水平也比较低。龙云一开放，西南联大一进来，其他许多中学教师也进来了。外省的知识分子来到云南，很大一部分就进入学校，把云南的整个教育水平都提高了。"傅佑同这样评价。

位于西仓坡的西南联大职工宿舍建成后，很多教师及家属都住在此处。

"吴大猷住 1 号，江泽涵住 15 号，吴晗住在我家对面，潘光旦住 21 号，闻一多住 23 号，冯友兰住 24 号，吴有训住 25 号，我家则住 22 号。"同为教授子女，杨耆荀和不少同龄的孩子都熟识，"闻一多的三儿子、大女儿及江泽涵的二儿子都和我同年级，吴有训的女儿也跟我同班。"

在杨耆荀的童年记忆中，父亲杨石先总是忙于学校事务，即使是晚上回家，也常在书房看书，沉默不语。"他有空时会跟我们讲讲《三国演义》《西游记》里的小故事。"这是印象中和父亲一起度过的难得时光。

这一时期，杨石先担任西南联大教务长和化学系主任。"杨老师讲课非常认真，第一次上课就让你坐好，他准备好了纸，让每个人在自己的座位填上名字，以后上课就按这个坐。"西南联大 1945 级校友段镇坤对澎湃新闻回忆。

杨石先治学严谨，他教的化学课更是要求细致、严格。"上了

1944年西南联大中文系教授在昆明联大新校舍合影，左起：朱自清、罗常培、罗庸、闻一多、王力。

西南联大中文系教授合影。　　清华大学校史馆　图

实验课，要写实验报告，他都规定得很清楚。什么时候交，用什么样的纸，叠成什么样的格式，交到化学系办公室门口的信箱，这些形式一出，你做题目就不会马马虎虎了。"

段镇坤记得，规定12点交的报告，如果12点半交，作业发下来，就会被杨石先批上"late"。"大家是不敢马虎啊，认认真真地按照他的要求做的。他也不判分，就批一个'accepted'，意思就是接受了。"

现任西南联大北京校友会会长的潘际銮在1944年考入机械系读书。当年的云南省会考中，他夺得了全省第一的名次。没想到一进校，成绩向来优异的他在普通物理一课的期中考试中，收获了人生中第一个不及格。

这门课的任课老师是著名物理学家霍秉权。事实上，潘际銮一直很喜欢这位风度儒雅、态度和善的老师，上课也听得非常认

真,结果不尽如人意,对他而言是不小的打击。

"大学里的考试不限于课堂上讲过的内容,也不限于平时让做的习题。要想考得好,不仅要求对所学概念融会贯通,还要求掌握与之相关的其他知识。"掌握学习规律后的潘际銮开始了自主学习。

除了上课时间外,潘际銮几乎整天都坐在茶馆里自学。茶馆是当时联大学生心中的自习圣地,花费不贵,环境也更宽敞明亮。很快,潘际銮重拾"学霸"光环。

"经济系有位姓肖的老师还在课上特意问,潘某某来了没有。因为我考得比较好,所以他想看看我是哪一个。那一次正好我没去,他就很惊讶,怎么不来上课还能考得很好。其实这恰恰说明自学的重要性。"回忆起这段经历,潘际銮得意地笑了。

"33687",联大每学期用学号公布学生成绩,不少同学都熟悉这个学号,它似乎总是和高分联系在一起。只有少数人才知道,拥有这个学号的同学就是潘际銮。

"我们工科学生的学习很紧张,根本没有时间谈恋爱。"潘际銮也感慨,"再一个,工科几百号学生,也没有见到一个女生,所以也没有那个条件,都是在学习、做题目。"

潘际銮是江西九江人,家就住在长江边,抗战爆发后,十岁的他目睹了"所有的难民挤满九江大街"的场景。

长江沿线的城市上空每天都有日军的飞机往来轰炸。"一边走,敌机一边轰炸。"潘际銮跟着父亲逃难了三个月,途中得了伤寒病,肠胃几近溃烂,父亲硬是背着他一路逃到了云南。

到了云南,潘际銮该念初中一年级了。但父亲没有稳定的职业,他也只能跟着辗转。"这儿读了几个月走了,那儿念了几个月走了,所以我就上了六个中学,实际上读了三年书。"

跟潘际銮相似,大多数在云南的学生,战乱时读书只想三件事——抗日、救国、回家。

"不是为了名也不是为了利,能吃上饭就不错了。"潘际銮说,"什么时候把日本人打出去? 不知道。大家共同努力,就这么一个支撑,所以这也是当时学生勤奋好学很重要的一个因素。"

跑警报、做兼差

"只要是晴天,日本飞机总是明目张胆地来轰炸。"在昆明生活时,虽然杨耆荀年纪尚小,但至今仍记得"跑警报"是家常便饭。

"在学校上着课,一响警报,就和同学们往后面的坟堆里跑,要是在家里,就跑到联大北边土山上的防空洞里去。"

"因为国民党只有几门老旧的高射炮,射程又不高,所以日本飞机根本不害怕。战斗机还故意低飞示威,也就离地面二三十米的高度,连飞机驾驶员的脸都看得清清楚楚。驾驶员还扫射,有些人来不及跑开,就被打伤了。"提起这些,杨耆荀十分气愤。

在这种条件下,学生们普遍抱有强烈的爱国热情,潘际銮谈到,西南联大有三次参军热潮。

"第一次是 1937 年在长沙,有 295 人参军,那个时候刚好抗战开始,需要人才,学生就主动去了。第二次是 1941 年 9 月到 1943 年 10 月,美国飞虎队到中国来,需要翻译人员,就去了 400 多人。第三次,1944 年日本人打到缅甸,进攻腾冲,滇缅公路被切断,号召十万青年从军,中央组织了远征军。那个时候号召高年级的学生能去的就去,一下又去了 200 多人,西南联大前后从军的有 1 100 人,西南联大招生才 8 000 人,参军的学生占了总人数的 14%,都是自愿的,没有任何人强迫。"潘际銮回忆。

抗战全面爆发后,高校、企业、政府、军队等数百万人迁入云南。物资紧缺,云南物价飞快上涨。

"早上十块钱能买五斤大米,到下午只能买两斤半。"杨耆荀对于当时法币的急速贬值，仍记忆深刻。"最后买东西拿一书包的钱，一沓一沓的，才买一点东西。第二天你再去买，两书包也买不了这么多东西。"

为维持生计，西南联大的学生多少都会寻找兼差。傅佑同说："几乎百分之百的人都要兼职，休学也很普遍。"

1943 年考入联大机械系的傅佑同就直接休学了一年，在机械系的工厂里打工。

"它那里有一个热工教研室，用自己的实验器材，办了一个很小的人造冰工厂。"美军的飞虎队在昆明的医院需要人造冰，但云南以前根本没有冰，也没地方造冰。所以学校的工厂每天出一次冰，大概 30 多块，由美军开轻型卡车把冰运回。

此外，因为昆明没有正式的工厂，美军要用的自来水的管道零件，比如水龙头等，也需要学校机械系的工厂来做。"半个月我就雇一辆马车，把这个货送到仓库去。"

傅佑同还记得，当时仓库里都是白人，"大概都是家里比较有钱的，所以挺帅的嘛，都挺讲究的。开车的都是黑人。也挺好玩的"。他对美国大兵的肤色记忆犹新。

借着与美军打交道的便利，他也兼着帮教授买东西。美军的军用物资可以对外售卖，比如黄油、柠檬粉、餐盒、服装、皮鞋等。军用皮鞋尤其适用于昆明的"雨季"，还能防止蚂蟥吸血。除此之外，还有各类书籍、杂志。联大学生走幸田说，美军的书与杂志"在联大几乎是人手一册了"。

教授们同样也得寻求一份第二职业。费孝通卖起了大碗茶，闻一多先生给人刻章，赵忠尧自己做"中和牌肥皂"，傅恩龄则找了一份翻译培训工作。

傅佑同记得，到 1944 年底盟军开始反攻日本后，有大量的工作需要父亲参与。"在后方，特别在云南，没几个人懂日语。所以我父亲就进入了译员训练班,主要帮助美国人把日本人名翻译成英语。"

在父亲找着了这个兼职之后,傅佑同才重新回到校园学习。"我们就搬到译员训练班的宿舍里来住。有了这样一个额外的收入,我们经济上就比较宽裕一点。"

联大师生的兼差是常态,在当时甚至有笑话说,梅贻琦先生如果下令联大关闭校门三天,师生都不准出门,那么昆明市就要瘫痪了。那时的昆明,上到政府机关、民营企业,下到各个中学、小学,甚至是街边摆摊的都有联大师生的身影。

"神京复,还燕碣"

跑警报的杨耆荀在防空洞里也见证过一次精彩的胜利。

"有十几架日本飞机编队来轰炸了,美国飞虎队的飞机从上面冲进它的编队,一下子打了好几架日本飞机下来,掉进滇池。日本飞机就不敢散开,一散开马上被打掉。这次之后,日本飞机就没敢再来了。最精彩的一次就是这个,大家都出来看。"

后来他才意识到,日军在那次空袭中的失败是战争结束的前兆。1945 年 8 月 14 日,日军要投降的消息已经在昆明传开,杨耆荀当时正在家里,得知消息后激动得跳了起来。

抗战胜利,西南联大也迎来了北归复员的日子。因云南省教育厅提出"请将国立西南联合大学师范学院留昆单独设置并加扩充以适应滇省今后中校师资之迫切需要",西南联大决定次年夏天再迁校,师范学院留在昆明。

1946 年 7 月 16 日,对于这个日子,杨耆荀至今记忆犹新。这是他和家人离开昆明的前一天,也是文学家、民主战士闻一多遇难的日子。

1946年5月3日西南联大中文系全体师生在教室前合影，二排左起：浦江清、朱自清、冯友兰、闻一多、唐兰、游国恩、罗庸、许维遹、余冠英、王力、沈从文。

西南联大中文系师生合影。　　清华大学校史馆　图

　　杨家住在西仓坡 22 号，闻家住在 24 号，两家比邻而居。杨耆荀与闻一多三子闻立鹏、长女闻铭是附中的同班同学，因年龄相仿，他常爱找这些小伙伴一起玩。

　　在他的印象中，闻一多在家时沉默少言，或专心备课，或刻图章补贴家用。"去串门也是在先生旁边安静地看，不敢打扰。"

　　"国家糟成这样，再不出来讲话，便是无耻的自私。"7 月 16 日上午，本来答应家人和同志不演讲的闻一多还是没忍住，他在李公朴死难报告会上发表了最后一次演讲。

　　当日下午，他在明知白色恐怖的危险下，仍继续参加了记者招待会，控诉暴行，宣传民主运动。

　　就在回家的路上，离家一二十步的米仓旁，几个特务从背后突袭，一连朝闻一多开了十多枪。长子闻立鹤为保护父亲，也不幸中弹。

　　鲜血染红了门口的土地。女儿闻铭曾回忆："我们听到枪响，

就什么都明白了……跑到门口一看,一个横一个竖,躺在血泊里,我一下扑到我父亲身上去,我们叫他的时候,(他的)眼睛已经闭上了,但嘴唇微微动了一下。妈妈抱着他,血流了一身。"

"等我们回来的时候就听说他被暗杀了,他的大儿子也被打成重伤。"在闻一多遇难的那一天,母亲带着杨耆荀和弟弟上街去了,直到下午才回来。"母亲和我就赶到他家里去慰问,只有他夫人和两个孩子在家。那一天给我印象太深了。"杨耆荀连连感慨。

阔别九年再次回到家乡,天津在杨耆荀眼中已经是一片陌生的土地。

他和家人度过了记忆中第一个真正寒冷的冬天。"到了天津之后要生炉子,很不习惯。因为在云南是用木炭点炉子,一两根火柴一张报纸就点着了。但在这里,要用柴火点煤就很难了,必须先将木柴烧得很旺,那个煤才能点着。刚开始都用烟煤,冒好多烟啊,呛得要命。"

杨耆荀后来一直在天津生活,退休前是天津大学电力及自动化系教授。2017 年 5 月,84 岁的他再次来到昆明,"想去专门找一下西南联大"。

闻一多先生遇害的遗址还在,树了纪念碑,但西南联大旧址已不是从前的样子。"原来的教师宿舍,那些房子也都给拆了,改成了幼儿园。作为历史的遗留来讲,有些东西现在不可能按原样保存,只是仿制当时的样子。"

有人说,在当代中国应该再造一个西南联大。

杨耆荀觉得"不太可能"。"因为不可能把这些学校的人再集中在一块了,也没有必要再建一个。我觉得主要是学习它的精神,这个精神是最伟大的,有了这个精神,你不论在哪儿,它都能够发挥作用。"

西南联大 1945 级校友李曦沐曾说,西南联大是中国教育史上的一座丰碑。

"刚毅坚卓，能够团结人。"杨耆荀认为，这就是西南联大的精神，"南开当时是私立学校，北大、清华是国立学校，三校亲密合作，教师各扬所长，取得了了不起的成就。"

傅佑同感慨在战时环境下中国的"文脉"仍得以保全，而西南联大留给他的，也一直是对学术自由的推崇和对科学精神的执着。后来他在天津大学机械系任教，自己教学生时"也有受到西南联大时候的影响"。

"比较放手，比较尊重他们的自由。而且，他不是为我工作，这点特别重要。"傅佑同说。

潘际銮后来成为中科院院士，不仅在科学领域成就斐然，还曾出任南昌大学校长。在南昌大学校长任上时，他推行本科生教育改革。潘际銮觉得，宽严相济、自由创新的精神，是西南联大的魂，"也同样适用于今天的大学"。

他说，教育就像一个人游泳。"只要能游到对岸就行，谁来游、什么姿势都可以，这样才能出人才。"

西南联大80年②|联大南迁西行：偌大中国竟无处安放书桌

澎湃新闻记者　陈竹沁
复旦大学新闻学院　周笑　张一璁

（发表于 2017 年 10 月 11 日）

　　七七事变爆发 80 周年纪念日前夕，84 岁的姚净又回到了自己一手设计的西苑花圃。这座位于中南大学校园一隅的庭园，已历寒暑 30 载，如今盆栽成群，郁郁葱葱。

今和平楼。　杨鑫　图

　　路人无从知晓，这里的一砖一瓦，与校内现存的两幢砖红色工字形大楼——民主楼、和平楼同根同源。后者由梁思成、林徽因夫妇设计，1936 年底始建。

　　"1987 年中南工业大学（后更名为中南大学）扩建教学大楼，把清华大学建的几幢平房和学生宿舍拆了。我用拆下来的旧砖旧瓦建成了西苑花圃。"姚净时任校基建处副处长，他指着西苑花圃的围墙和窗户，"这些都是清华建校的遗物，当时是从武汉用船把砖瓦运过来，那时候的砖比较厚比较大，屋顶是缸瓦"。

抗战胜利 70 周年纪念雕塑，炮弹为日军 1938 年轰炸长沙所投。　张一璁　图

那年挖地基时，还偶然发掘出 3 枚炮弹，乃日军 1938 年轰炸长沙时所投。姚净坚持留下了 1 枚，等待了 28 年才终于在民主楼后的草坪上展出。

这些碎片的印记，恰好勾连起中国教育史上一段苦难辉煌之旅——

1935 年，北京局势危急，清华大学拟有迁湘计划。1936 年，清华最先计划在湖南举办高等教育及特种研究所，于长沙岳麓山下左家垅（今中南大学校园内）首期开工修建文法馆、理工馆两幢教

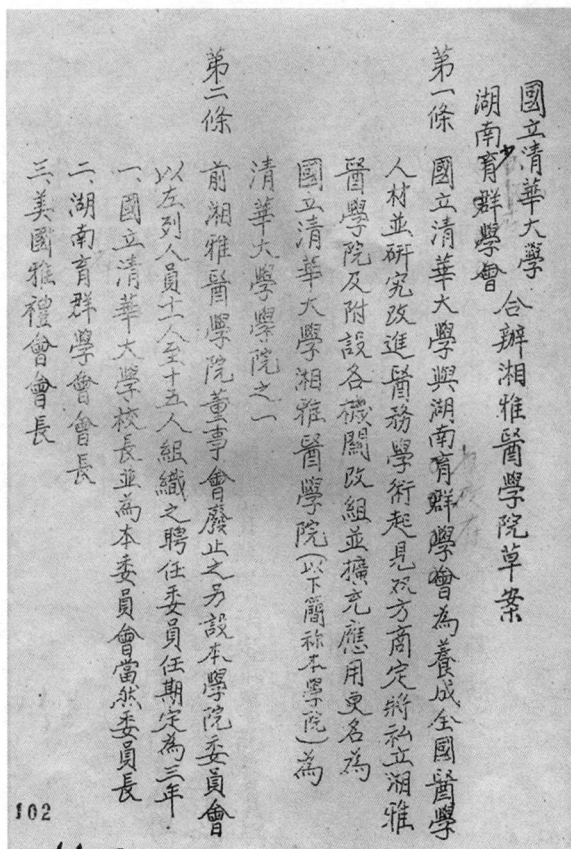

国立清华大学与湖南育群学会 1936 年 7 月签署合办湘雅
医学院草案。　湖南省档案馆馆藏　黄珊琦　图

学楼和一幢男生宿舍。因南方多雨,工期延误,上述三栋建筑直到
1937 年底才竣工。原计划中的农业馆、女生宿舍、教职员宿舍、食
堂等建筑项目,因清华大学与北京大学、南开大学先组成国立长沙
临时大学,后迁云南组建国立西南联合大学而终止。

　　自此,西南联大开始了一路颠沛的南迁西行。

始联合,驻衡湘

1937 年 8 月,即将在清华大学化学系完成第四年学业的黄培云接到通知,新学期在长沙上课。暑假结束后,黄培云即赶往长沙报到。

与他共同南迁奔赴长沙的,还有北京大学、清华大学、南开大学的教职员工和学生,闻一多、曾昭抡、任继愈等人均在此列。他们或从天津搭乘英国轮船到香港,再乘飞机或火车到长沙;或从北平乘火车到汉口,再至长沙;有些路段搭乘不上交通工具的甚至需要步行。

至 1937 年 10 月,三校抵达长沙的教师共 148 人,学生 1 452 人(其中新生、借读生 332 人)。11 月 1 日正式开课,这一天后来成为西南联大的校庆日。

三校联合自长沙始,而这一联合又是多方研讨商谈的结果。

云南师范大学教授吴宝璋编写的《享誉世界的西南联大》介绍,卢沟桥事变后,国民党邀请各党派团体代表以及学者名流 150 余人在庐山举行关于国是问题的谈话会。三校校长蒋梦麟、梅贻琦、张伯苓及曾昭抡等人都受邀与会。据现有史料推测,是在谈话会上或稍后提出了北大、清华和南开联合组成临时大学的问题。而云南师范大学西南联大研究所研究员戴美政据可靠史料考证,王世杰、傅斯年、胡适三人最先提出合组临时大学。

1937 年 8 月,教育部拟定了《设立临时大学计划纲要草案》,指出:国民政府"为使抗战中战区内优良师资不至无处效力,各校学生不至失学,并为非常时期训练各种人才以应国家需要","特选定适当地点,筹设临时大学若干所"。

8 月初,经过蒋梦麟、梅贻琦、张伯苓等人在南京的多方协商

后,大家同意将三校从平津撤退到长沙成立临时大学。8 月 28
日,教育部指定三校校长为筹委会常务委员,负责办理校址勘定、
院系设置等工作。

戴美政在《曾昭抡评传》中提到,选址长沙,一则当时长沙尚远
离前线;二则清华大学已在长沙修建部分校舍。1933 年长城抗战
后,清华大学即考虑南迁之事,至 1936 年 11 月正式动工,决定在
长沙设立分校,将农学院迁往该处。

1952 年,黄培云回到长沙,作为筹备委员会主要成员在清华
大学所建校舍的基础上建成了中南矿冶学院,并在此长期从事科
研工作,1994 年当选为中国工程院首批院士。

迄今 80 年间,历经国民革命军税警训练团、长沙清华中学、湖
南人民革命大学、中南矿冶学院、中南工业大学与中南大学的办学
历史,两幢由梁思成、林徽因夫妇设计的教学楼得以保存,并在中南
矿冶学院建院十周年时恢复命名为"民主楼"与"和平楼",现为中南
大学信息科学与工程学院以及资源加工与生物工程学院所用。

西南联大校歌中有一句难懂的歌词,"绝徼移栽桢干质",可谓
道出了三校联合内迁的本质:把国家的栋梁有用之才带到远离战
火的地方,让他们免受战争摧残。

安得广厦千万间

中南大学档案馆校史研究室主任、副研究员黄珊琦向"记录中
国"报道团队介绍,由于当时建筑工艺不发达,湘江两岸往返的运
输完全依赖船只,加之雨季影响,工期无法缩短,因而长沙临时大
学开学时,清华大学在建的校舍尚未竣工,也不够用。

经过教育部出面,学校与湖南省教育厅事先租得长沙城内韭
菜园的圣经学院作为校舍。黄培云回忆说:"圣经学院为美国教会

所经营，校园环境比较清净，教室内桌椅设备也比较完备，但是全校仅三层正楼一座，宿舍三座，无法容纳众多的师生。除正楼可充分利用作为教室和实验室外，宿舍仅能作为单身教职员宿舍。"

除此以外，中央警官学校让出的陆军第四十九标营房三座成了男生宿舍，涵德女校楼房一座作为女生宿舍，容纳 1 000 人许。即便如此，黄培云和二哥黄培熙依然无处安置，只得"在附近新盖的民房租了一个地方，没有床，在地板上铺上草，直接睡在上面，吃饭也在那"。

数十里外南岳的圣经学校则作为分校校舍，容纳了文学院教职员 30 余人、学生约 200 人。工科学生分别在湖南大学、重庆大学、南昌航空机械学校上课。理科实验设备一部分暂借湖南大学、湘雅医学院的使用，一部分筹款购置。据黄珊琦了解，理科同学到湘雅医学院上实验课常常要步行半小时左右才能到达。

蒋梦麟回忆长沙临时大学往事时曾说："虽然设备简陋，学校大致还差强人意，师生精神极佳，图书馆虽然有限，阅览室却座无虚席。"

黄珊琦称，抗战期间，以清华大学为代表的京津高校与湖南各界有过多方面的合作，比如教学图书方面，与国立北平图书馆、湖南国货陈列馆图书室合作，并出资再行购置。湘雅医学院还为清华大学前来长沙开展前期工作的研究人员及家属提供可靠、优惠的医疗保健服务。

战火再次逼近

黄培云记得，开学当天即有日机光顾，接连的轰炸更是伤及市民，"当时虽然困难，但还正式上课"。

长沙临时大学设置了文学院、理学院、法商学院、工学院 4 个学院共17个学系,三校联合办学的同时,在办事机构和研究单位方面保持相对独立。化学系二年级学生董奋在日记中记述,当时的课程有微积分、经济学、定量分析、德文、无线电等,陈省身、陈岱孙等人授课,科目考试也如以往一样进行。

然而日军的轰炸日益肆虐,南京陷落后,教学秩序更是难以维持。1938年1月24日,同学们还在上吴有训的物理课,空袭警报突然响起,师生不得已停了课。黄培云把热水瓶、笔记、书等较为珍贵的物品放在床底,一有轰炸警报就跑到山上去。

1937年12月,因首都南京被日军攻占,知识分子和官员阶层充满悲观论调,甚至认为两周内日军就会攻打长沙。而长沙临时大学的学生们在圣经学院的大草坪上举行集会,大家悲壮挥泪,表示坚决拥护政府,抗战到底。事后,曾昭抡在《学生运动的前途》一文中对此次集会写道:"散会以后我心中的思想,就是只要中国的青年都是如此,国家还可以不亡。"

战火再次逼近,使长沙临时大学面临日益严峻的危机。戴美政向"记录中国"报道团队介绍,当时长沙临时大学学生为爱国热情激励,纷纷投笔从戎,在长沙举行"反日市民大会",纷纷报名服务军旅。据《1938年1月长沙临大学生名录》统计,当时参加军事工程、战地服务等抗战工作的学生有713人,占总数近一半,"救亡还是上学"的争论最终又变成了"留长沙还是去云南"的考虑。

湖南省主席张治中不赞成迁校,他希望"使这一般的知识分子领导起全湘的人民来"抗战救国;而武汉卫戍总司令、军委会政治部部长陈诚意识到长沙将是日方重点进攻目标,因而赞成学校搬迁——这也代表了当时国民政府保护知识分子、保护民族文化教育根本的意图。

长沙临时大学邀请张治中、陈诚到校演讲,意在引导学生作出抉择。后任西南联大训导长的查良钊在《抗战以来的西南联大》一文中记述：很多同学愿随学校赴云南者，陈诚将军是给了很大影响的。

1937 年底，蒋梦麟飞往武汉，先后与新任教育部长陈立夫和蒋介石陈述临大迁往云南的理由，得到同意后决定迁往昆明。后来梅贻琦在纪念联大九周年校庆大会上的讲话中提到，迁往昆明，一是考虑远离前线，二是因为有滇越铁路通往海外，设备仪器可由香港经海路运往安南（现越南）再运至昆明。

1938 年 1 月 20 日，长沙临时大学第 43 次常委会作出学校迁往昆明的决定，对迁移师生发放津贴，并安排了昆明办事处，以及河口、海防、香港、广州等地接待处的事宜。

"偌大的中国，竟然都无处安放一张平静的书桌！"遥想 79 年前，姚净仍然感叹。1987 年学校扩建时偶然从地下发掘出的 3 枚日军炮弹，正是 1938 年日军轰炸长沙时所埋。在姚净的坚持下，当年公安机关准许校方留下 1 枚，作为日本侵华的铁证和爱国主义教育的实物教材。

由于没有合适地点存放展示，姚净独自承担起了保管它的责任。28 年后，这枚曾险些被其他校工当作废品处理掉的炮弹，终于作为抗战胜利 70 周年纪念雕塑的主体部分在中南大学民主楼后的草坪落成展出。

湘黔滇旅行团

炮火之中，西南联大仅在长沙停留了四个月时间，就再次被迫转移。校歌中那一句"万里长征，辞却了五朝宫阙。暂驻足，衡山湘水，又成离别"，可谓道出了那一段南迁历史的无奈坎坷。

根据师生们的身体和经济状况，长沙临时大学分海、陆两路从三条路线前往昆明，其中一路由体格健好、愿意步行入滇的师生组成湘黔滇旅行团前往,实行军事化管理。学生们一律穿军装、打绑腿,背干粮袋、水壶及雨伞,行李由汽车运送,全体队员注射防疫针。

因二哥黄培熙主动要求参加步行,黄培云便一同报名。第一次体检由于紧张,黄培云的脉搏跳得很快,考虑到路上医疗条件差,医生建议他不要参加。黄培云申请复查才通过,成为步行团一员。据黄培云回忆,步行团共编成3个大队18个小分队,他与二哥编在一大队二中队五分队,还被选为小分队队长。

自愿步行赴滇的有11位教师,组成了湘黔滇旅行团辅导团。以南开大学教务长黄钰生教授为主席,其余教师为北京大学化学系教授曾昭抡、清华大学中文系教授闻一多、教员许维遹、助教李

右起毛应斗、吴征镒、曾昭抡、袁复礼、闻一多、黄钰生、许维遹、李继侗、郭海峰、李嘉言。 引自新星出版社2010年11月出版的《联大长征》

嘉言,清华大学生物系教授李继侗、助教吴征镒、毛应斗、郭海峰、清华大学地学系教授袁复礼、助教王钟山。

未参加旅行团的师生由另两路入滇:或经粤汉铁路经广州、香港,过安南(现越南)进入云南,由樊际昌、梅美德和钟书箴带领,包括教师及家属、体弱不适步行的男生和全体女生,共计 600 多人;或乘汽车沿湘桂公路经桂林、柳州、南宁、过安南(现越南)入云南,包括陈岱孙、朱自清、冯友兰、郑昕、钱穆等十余名教授。最终愿意赴滇的学生共 878 人,其中步行团 284 人,后有学生加入共288 人。

1938 年 2 月 19 日下午,在长沙临时大学圣经学院操场举行开拔仪式后,由学生、教师、医生、临时招募的雇工 335 人组成的湘黔滇旅行团正式出发。

张治中派来中将参议黄师岳担任旅行团团长,他原是东北军的师长,西安事变后调到军委会任参议虚职。临行动员,黄师岳直言,这次"行军"的重大意义,可与历史上的张骞通西域、玄奘游天竺和郑和下西洋相比。

三千里征程

湘黔滇旅行团从长沙经益阳、常德、桃源、芷江、晃县(今新晃),贵州玉屏、贵阳、镇宁、平彝(今云南富源县),最后到达昆明。一路如闻一多所说"既得经验,又可以省钱"。

据黄培云回忆,出发前老师建议穿布鞋为好,不要穿皮鞋和胶鞋,然而上路后发现草鞋最适宜。穿一双,腰间可以再别一双,穿一天烂了换下来,沿途几个铜板就可以买到。"头几天脚都起泡,几天以后才能够走得很快。"早上五点起床把铺盖打好运到卡车上,卡车先到以便提前为学生准备食宿,到达后又返回接送走不动

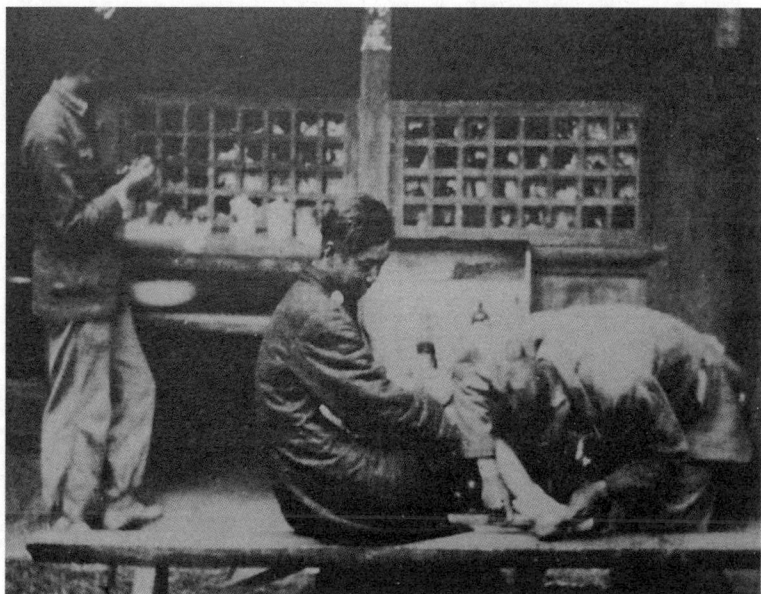

医疗服务队为团员挑水泡。　引自新星出版社 2010 年 11 月出版的《联大长征》

的伤病员。从长沙到昆明有一小时时差,黄师岳不懂时差坚持以自己的老怀表为准,于是大家便四点起床。

　　行至湘西,听闻土匪众多,黄师岳与土匪头目打了招呼才安然度过,虚惊一场。据冯钟豫回忆,湘西落草为寇者多,黄师岳沿途拜访当地豪杰,游说他们到前方去,不少湘西草莽都加入了抗日军队。由于生活贫困,湘西百姓大多年轻时就备好棺材,清华十级的林从敏爱开玩笑,还常抬一抬棺材来"恐吓"黄培云等同学。

　　闻一多一路背着画板和板凳,逢风景优美处就坐下写生,引来当地农民的称赞。

　　彼时还是最年轻助教的吴征镒,和李继侗教授一道沿湘黔滇的大山采集植物标本，向学生们讲解植物最突出的地方。他后来定居云南，投入 45 年时间主编出版了 126 册《中国植物志》，记载了中国主要的植物。

3 月 26 日旅行团挺进贵州鈩山，举行苗汉联欢会，李继侗教授和徐医官合舞华尔兹答谢。　引自新星出版社 2010 年 11 月出版的《联大长征》

　　曾昭抡步行时不穿制服穿长衫，即使在"山路四十八盘"的贵州也完全沿公路行走，不抄近路；每到中途休息或营地留宿，都取出防毒面具，向当地民众讲解防毒防空常识。团员高小文回忆，曾昭抡纽扣很少扣准，鞋袜难以蔽足，小憩时从干粮袋中取出日记本和蘸水钢笔，缓缓写上一阵。黄师岳尊重学者，跟着曾昭抡走大道，每每天黑才至。李继侗和徐姓随行医生以华尔兹回报苗民的芦笙表演那次，曾昭抡被灌得大醉。

　　冬末春初,湘西贵州天无三日晴,团员们依然边行路边考察。地质系学生跟随教授沿路采集矿物标本,生物系学生跟李继侗教授采集植物标本,文学系学生沿途采风、记录少数民族民风民歌,袁复礼教授在湘西、黔东讲解河流、地貌的构造演进。1946 年,哲学心理系的刘兆吉把收集的民歌整理成《西南风采录》交商务印书馆出版,朱自清、闻一多、黄钰生分别作序。

　　拜访苗寨、接触民众、调查社会,除了沿途风景,中国的贫瘠落后也给师生留下极深的印象。贵州是"新生活运动"的标准省份,要求戒毒戒烟。然而到了当地,黄培云等人才发现"田里种的全是鸦片(罂粟)……小道上人们一担一担挑着的也全是烟土。抽大烟的人很多,一到晚上,到处都能闻到大烟的味道"。

志同道合的爱情

　　1938 年 4 月 28 日,旅行团全员抵达昆明。教授夫人们为旅行团制作了花篮,由教授的女儿们献上。献花少女中就有西南联大教授赵元任的二女儿,当时才 15 岁的赵新那。3 年后她与黄培云在美国留学时相识,才得知他们在湘黔滇旅行团抵达昆明当日就曾相见。1945 年,两人结为夫妻,相守一生。

　　"那时没有花店,大花篮是我们两家的母亲(指赵元任和近邻章元善两家的夫人)在家里自己做的。先是找东西编篮子,然后再插上花。我们预先知道步行团会从我们拓东路的家门口前经过。"

　　在中南大学甘棠楼 9 栋"院士楼"里,"记录中国"报道团队成员见到了 94 岁的赵新那。她笑着回想起与黄培云在美国相见的情景,"他说不太记得了,可能他在队伍后面,我们站在最前面,他看不见"。

准备为旅行团献花篮的姑娘们，左起章延、章斐、赵如兰、赵新那。
赵元任摄，引自湖南教育出版社 2011 年 1 月出版的《黄培云口述自传》

后排左一为黄培云，左二为赵新那，前排左一为杨步伟，右一为赵元任。
引自湖南教育出版社 2011 年 1 月出版的《黄培云口述自传》

　　"有人问我和培云是如何相爱的，我说什么情呀爱呀，我们是志同道合。他古稀之年的时候，在一次大会上发言，说他从来没有后悔当年（1946年）回国。我一听，就懂了，我们这么多年来，一直志同道合。"赵新那说，两人都誓以科学报国。

赵新那毕业于哈佛大学拉德克利夫（Radcliffe）学院。　周笑　图

　　事实上，赵元任一家在当年7月就离开昆明，此后，赵元任一直留在美国教书。结婚、回国、放弃美国国籍，赵新那的三个决定都违背了父母的意愿，但她不以为意，"最听话的女儿这三件事没听他们的"。

　　湘黔滇旅行团经过3个省会27个县，以及数百个村镇，历经

68 天，行程总计 3 248 里，除乘船坐车，步行路程 2 548 里。最终目的地是昆明。4 月 28 日当天，大部队从东郊一路穿过市区，最后在圆通公园（今昆明动物园）止步。唐继尧墓前有一块空地，团长黄师岳拿出花名册点名，点完后，把它交给前来迎接的西南联大常委梅贻琦，"我把你的学生都给带来了，一个都不错，一个都不少，我现在交给你！"

赵新那的姐姐赵如兰收藏的宾客签名笺，记录了 1943 年前后赵元任家庭聚会的盛况。 周笑 图

六天后，西南联合大学正式开学。自离开京津，驻足长沙又继续西行，历时半年有余，西南联大终于于战火纷飞中在昆明寻得一

片能安置书桌的土地。胡适曾说:"这段光荣的历史,不但西南联大值得纪念,在世界教育史上也值得纪念。"

　　1938 年 4 月 29 日《云南日报》刊发的社论《欢迎临大湘黔滇旅行团》感吁:"惟望诸君在苦干中,时时在想着过去从平津逃出来的万里流亡,和这一次从湘到滇的三千里跋涉。"

西南联大 80 年③｜为什么是西南联大：三校八年何以合作无间

澎湃新闻记者　陈竹沁
复旦大学新闻学院学生　袁星　杨鑫

（发表于 2017 年 10 月 13 日）

　　云南师范大学校园西北角，复刻的"国立西南联合大学"校门牌匾，昭示着这里的文脉传承。一块"西南联合大学纪念碑"，立在葱荣草木间，联大老校友每每"归来"，必会走到碑前驻足。西南联大研究学者、云南师范大学教授吴宝璋曾回忆，1978 年杨振宁首次回母校，就携家人在联大纪念碑前唱起校歌。

云南师范大学校内西南联大博物馆大门。　刘佳乐　图

　　这块当年由西南联大文学院院长冯友兰撰文、中文系教授闻一多篆额、中文系主任罗庸书丹的"三绝碑"上，以千字之文述及联

大在"抗战八年"中的历史,可纪念者有四,其二云:

"文人相轻,自古而然,昔人所言,今有同慨。三校有不同之历史,各异之学风,八年之久,合作无间。同无妨异,异不害同;五色交辉,相得益彰;八音合奏,终和且平……"

末了在碑铭中亦写下:"维三校,兄弟列,为一体,如胶结。同艰难,共欢悦,联合竟,使命彻。神京复,还燕碣,以此石,象坚节,纪嘉庆,告来哲。"

同样的石碑如今还分别被复制立于北京大学、清华大学、南开大学。然而,无论是与西南联大同期设立的国立西北联合大学(主要由北平大学、北平师范大学、北洋工学院三所国立大学组成),还是迟至抗战全面爆发五年后的1942年合组的国立东南联合大学,都存在几校间意见不合的情况,维持时间短则半年,长则不到两年,均告分立。

这也给中国教育史留下了一个谜题:为什么只有西南联大走到了最后?不仅如此,还人才辈出,弦诵不绝?

联合的班底

日本同志社大学教授楠原俊代1997年出版了国外第一部西南联大研究专著,近期云南师范大学西南联大讲坛和西南联大博物馆已将此书翻译完毕。楠原俊代在书中就特别分析了三校之间的关系和差异。

该书译者卢连涛告诉"记录中国"报道团队,书中引用西南联大校友张起钧所写《西南联大纪要》一文,指出北大和清华既有创设以来的历史差异,也有巨大的校风差异,简言之"中西不同""老少不同""政学不同",但三校之间也不乏联合基础。

人员关系是一方面,如时任清华校长的梅贻琦是张伯苓创办的南开中学的第一届毕业生；清北两校的教授中很多毕业于对方学校（如清华"五霸"中的刘文典、冯友兰、朱自清皆为北大出身，胡适又是清华的官费留学生），也一直进行着兼职教授的互聘。此外，1937 年夏天，清华北大原本还计划首次联合招生，只因卢沟桥事变才"胎死腹中"。

不过放到西南联大的现实语境下，内在矛盾也是结构性的。西南联大校友何炳棣曾分析："主要是北大资格最老，而在联大实力不敌清华。而南开、清华之间自始即密切合作，因为南开行政及教学方面领导人物多是两校共同栽培出来的，自梅贻琦以降大体是如此。"

据《国立西南联合大学史料·四》记载："西南联大时期，以1939 年为例，全校教师共 269 人。其中北大 89 人，清华 150 人，南开 30 人。"清华的教师人数比北大和南开两校总和还要多。

在办学经费方面，中南大学档案馆副研究员、档案与校史编研专业委员会主任黄珊琦向"记录中国"报道团队指出："清华大学以稳定的'庚子赔款'为基金，并在长沙购买地皮。如今中南大学的'和平楼''民主楼'，即是当年清华大学修建的校舍，由梁思成夫妇设计。"而北大和南开的经费完全靠政府拨款，在战争时期时常难以保证。

三校的实力差异直接体现在行政管理、经费分配等方面，客观上形成了以清华为主导的态势。冯友兰晚年曾撰文回忆联大的领导体制，"梅贻琦说过，好比一个戏班，有一个班底子，联合大学的班底子是清华，北大、南开派出些名角共同演出"。

对此，常以"最高学府"自视的北大师生，心里难免不好受。尤以院长安排一事为导火索，险些酿成北大"独立"。

1938 年初，联大原拟定的四个学院院长中，文学院院长为北大教授，理、工学院院长为清华教授，法商学院院长为南开教授。然而胡适尚未到任即被国民政府任命为中国驻美国大使，于是联大文学院院长由清华教授冯友兰代理。这样一来,四个学院院长中完全没有北大教授。

联大文学院初期在云南蒙自办学,钱穆曾在《师友杂忆》一书中记述:"一日,北大校长蒋梦麟自昆明来。入夜,北大师生集会欢迎……诸教授方连续登台竟言联大种种不公……所派各学院院长,各学系主任,皆有偏。如文学院院长由清华冯芝生(冯友兰)连任,何不轮及北大,如汤锡予,岂不堪当一上选。其他率如此,列举不已。一时师生群议分校,争主独立。"可见当时西南联大校际关系之微妙。最后还是钱穆"此乃何时"一席话力压众议。

其实早在长沙临时大学时期,三校的矛盾就已凸显。清华外文系教授叶公超曾在一篇记述蒋梦麟的文章中披露:当筹建联合大学一度毫无进展的时候,有人劝说蒋校长干脆"散伙"。

蒋随即正色说道:"你们这种主张要不得,政府决定办一个临时大学,是要把平津几个重要学府在后方继续下去。我们既然来了,不管有什么困难,一定要办起来,这样一点决心没有,还谈什么长期抗战!"

左起依次为张伯苓、梅贻琦、蒋梦麟。　引自《新京报》

"如云如海如山"

西南联大的领导制度实行常委制，即三位校长组成常务委员会，三位校长均为常委；常委会主席由三位校长轮流担任。而实际上，常委会主席一直由梅贻琦担任。

"张伯苓曾用幽默的口吻对蒋梦麟说'我的表你带着'，意即你做我的代表，而蒋梦麟则托付三位校长中年龄最轻的梅贻琦：'联大事务还要月涵先生多负责。'"南开大学高等教育研究所教授张晓唯曾在一篇文章中写道："这大概就是 1939 年春蒋梦麟致胡适信中所说的'三校以互让为风，三位已成一体'的合作氛围。"

"西北联大彼此闹意见，闹得一塌糊涂。西南联大，彼此客客气气，但是因为客气，不免有'纲纪废弛'的坏结果。……我是不怕负责任的，但是见了西北的互争之弊，就忍受下去了。"蒋梦麟常和同人提起西北联大的过往，曾说："他们好比三个人穿两条裤子，互相牵扯，谁也走不动。"

因此，蒋梦麟才说："在联大，我的不管就是管。"他全力支持梅贻琦的工作，把更多精力放在研究书法和写作自传《西潮》，以及担任中国红十字会主席等职。

面对清华一校的分量可能过于突出引起的问题，清华校长梅贻琦采用了"合中有分"的创新体制，他没有把随校南迁的清华人员都放入联大编制内。

云南师范大学西南联大研究所研究员戴美政对"记录中国"报道团队说："联大的教学合在一起，但科研各自独立。从各自独立的研究单位来看，分为培养研究生的研究院和非培养研究生的专门研究机构。研究生共同的课程，由三校统一开设，专业课程则是各自分别讲授。专门研究机构有清华独有的特种研究所和南开的边疆人文研究室。"

除了研究单位各自独立,三校的办事机构也是如此。北大、清华、南开三校在昆明分别设立自己的办事处,保留各校原有的某些行政和教学组织系统,负责处理各校自身相关事务。

西南联大教授吴泽霖曾在书中写道:"他(梅贻琦先生)利用庚子赔款基金所拨给清华的经费,在昆明建立了国情普查、农业、航空、无线电、金属学等研究所(即特种研究所),使清华人员参加了这些机构的工作,减少了清华在联大中的名额,从而使三校在联大体现了较好的平衡,促进了学校内部的团结。为嗣后八年的顺利合作,奠定了初步基础。"

吴宝璋在《享誉世界的西南联大》一文中写道:"西南联大是抗战时期联合办学的高校中最著名的,其原因之一就是它是所有联合办学的高校中,唯一一所坚持到底的。"

黄钰生和查良钊是西南联大稍晚创建的师范学院的第一、第二任院长。有一年西南联大校庆,黄钰生谈到三校同人在一起工作和谐应归功于三校具有如云、如海、如山的风度,即清华智慧如云,北大宽容如海,南开稳重如山。查良钊就配上"自然、自由、自在"为下联。

他解释说,自然是求真不贵做作,自由是同善不尚拘束,自在是无求有所不为。他认为在如云、如海、如山的气氛中,三校同人必然向往自然、自由、自在。

在如是氛围下,西南联大自然留下了无数文人轶事。外文系教授吴宓有时间会去旁听中文系教授刘文典的课。每次,吴宓总是坐在后排,刘文典总是闭目讲课,每讲到得意处,便张目抬头望向后排的吴宓问道:"雨僧兄以为如何?"每当这时,吴宓照例起立,恭恭敬敬地一面点头一面回答:"高见甚是,高见甚是。"两位名教授一问一答之状，常令全场暗笑不已。

"抗战时期，中国大地战火纷飞，昆明上空经常投来日机炸弹，在这种环境下，教授们坚持教学。"西南联大博物馆馆长李红英在受访过程中，突然动情地讲起经济系教授陈岱孙的故事：昆明雨季很长，但校舍是铁皮屋顶，下雨天雨声噼里啪啦，陈岱孙有次上课，不得不被雨声打断，便在黑板上写了四个大字，"停课赏雨"，"此情此景，能说出'停课赏雨'四个字，是何等情怀"。

与国民党政府打交道

不过，在烽火战时，西南联大也绝非隔绝于政治的"世外桃源"。

陕西理工大学西北联大研究所所长陈海儒曾撰文指出，西北联大解体分立的原因，除了"内部分裂说"，至少还有"防共控制说""开发西北说"两种，三者互相作用。

在"防共控制说"方面，据陈海儒分析，西北联大与西南联大由国民政府教育部同期计划设立，但从最初指派管理人员上，可见教育部对西北联大有"特殊关照"和牢牢控制的意图，三位校长当即不满要求辞职。此后针对有"抗大第二"的西北联大法商学院，国民党中央和教育部要求解聘多位"亲共"教授被拒，两位校长提出辞职，不久教育部便宣布西北联大解散改组。

冯友兰之女宗璞在《漫记西南联大和冯友兰先生》中记述了两件西南联大"和政府打交道"的往事。

一件是 1942 年 6 月，陈立夫以教育部长的身份三度训令联大务必遵守教育部核定的应设课程，遵守统一全国院校教材、统一考试等新规定。联大教务会议以致函联大常委会的方式，驳斥教育部的三度训令，直言"准此以往则大学将直等于教育部高等教育司中一科"。

　　"夫大学为最高学府，包罗万象，要当同归而殊途，一致而百虑，岂可刻板文章，勒令从同……""教育部为有权者，大学为有能者，权、能分职，事乃以治。今教育部之设施，将使权能不分，责任不明……"冯友兰执笔此函，历数五条"同人所未喻"，望由学校呈请作为"训令之例外"。

　　"此函上呈后，西南联大没有遵照教育部的要求统一教材，仍是秉承学术自由兼容并包的原则。这说明斗争是有效果的。"宗璞写道。

　　正是因为这样的坚持，才有汪曾祺笔下那些不拘一格的联大教授们：刘文典讲《庄子》，开头就是一句"《庄子》嘿，我是不懂的喽，也没有人懂"，东拉西扯时还常常批评起一些没有水平的注解家和教授；罗庸讲杜诗，不带片纸，不但杜诗能背写在黑板上，连仇注都背出来；唐兰又是另一种风格，开"词选"课讲《花间集》，有时只是用无锡腔调念（实是吟唱）一遍——"'双鬓隔香红，玉钗头上风'——好！真好！"这首词就 pass 了……

陈有余接受"记录中国"报道团队采访。　刘佳乐　图

现年 94 岁的陈有余曾任西南联大总务科十五组职员。他告诉"记录中国"报道团队："有些教授的课挤满了人。比如闻一多先生的课，有人坐着，有人站着，还有许多人就站在门口、窗外听课的。教室时不时传来很热烈的掌声，有很多人是来旁听的。"在此背后，是闻一多在油灯下备课，往往为了一个字或者一句话的解释，查阅大量书籍。讲屈原的《天问疏证》，他就曾多次修改讲稿。

"教授治校，民主办学"恰是西南联大精神之一。戴美政向"记录中国"报道团队介绍："'教授治校'的体制设有校务会、教授会和专门委员会。校务会是联大的决策机构，教授会是联大的咨询机构，均为教授组成。这样教授就可以对学校的诸多事务发表意见，参与决策，充分发挥教授们在学校中的作用。"

但这些掌握着"大权"的教授，却不恋权和利。宗璞在上述文章中接着写道，1942 年，昆明物价飞涨，当时的教育部提出要给西南联大担任行政职务的教授们特别办公费，这应该说是需要的，但是他们拒绝了。

25 位担任各院院长、系主任等职务的教授给学校常委会联名写了一封信，自陈"献身教育，原以研究学术启迪后进为天职"，将课外肩负的一部分行政责任"视为当然之义务，并不希冀任何权力"。他们还提出，"际兹非常时期，从事教育者无不艰苦备尝，而以昆明一隅为尤甚"，"倘只瞻顾行政人员，恐失均平之谊，且另受之者无以对其同事"。

"这样想的不是一两个人，而是一群人。除这 25 位先生外，还有许多位教授，也是这样的。"宗璞在文中感叹，"有这样高水平的知识群体，怎么能办不好一所学校。"

"所谓大学者，非有'大楼'之谓也，乃有'大师'之谓也。"梅贻琦的这番话，流传至今。

自由与严格

抗战 8 年,算上联大附中和附小,"西南联大系"校友中后来有 174 人被评为院士,如果再加上我国台湾地区"中央研究院"院士和其他国家授予联大校友的院士头衔,数量还不止于此。其中中央研究院首届院士 27 人、中国科学院院士 154 人、中国工程院院士 13 人。杨振宁、李政道 2 人获得诺贝尔物理学奖;赵九章、邓稼先等 8 人获得"两弹一星"功勋奖章;叶笃正、吴征镒等 5 位获得国家最高科学技术奖。西南联大真正做到了使中国教育人才辈出,弦诵不绝。

"通才教育"是西南联大在今天备受称誉的原因之一。西南联大规定:文、理、法商、工学院学生 4 年汇总必须修满 136 个学分(约相当于 30 门课程),其中包括必修课和选修课两种。一般来说必修课为 50 学分,选修课为 86 学分。选修课没有院系限制,可以选本系,选别系,还可以跨学院选课。

既然以"通才"而非"专才"为目标,学校自然非常重视基础课。西南联大的基础课都由学术水平高、教学经验丰富的教授和系主任担任。如《中国史》是冯友兰教授,《微积分》是杨武之教授,《普通物理》是吴有训教授,《经济概论》是陈岱孙教授等。

自由的选课制度配合自由的转系制度,给予了学生充分塑造与发现自我的天地。如爱好诗歌和漫画的赵宝煦(当代中国政治学主要奠基人之一),从化工系转到了政治系。

教学制度的自由,与学生生源的多元,相得益彰。学校登记册上有旁听生(无法取得学籍和学位的,在联大听课的学生)、借读生(学籍在别校,在联大就读的学生)、正式生。没考上西南联大的学生慕名而来听课,便以旁听生的制度登记上学。刺杀大军阀孙传芳的"民国奇女子"施剑翘就是旁听生中的一员，给许多联大学生留下深刻印象。

与此同时，联大实行淘汰制，对学生十分严格。按照学分制、选修课制和必修课制规定，学生必须修满学分才能毕业。考试不及格者，不能补考，只能重修。

陈有余向"记录中国"报道团队回忆："当时的吃住条件很差，40个人挤一间屋子睡。有的学生交不起住宿费，就睡在食堂里。但学生们学习非常刻苦，图书馆小，每天座位都早早就坐满了。很多学生去附近茶馆学，泡一壶茶，在那里待上一天。"茶馆成了西南联大学生们日后最亲切的回忆。

"西南联大的毕业要求很严格，没修够学分的必须修完学分才准允毕业。"1945年，西南联大化学系约有1/3的学生因学分没修够或其他原因而延期毕业。戴美政说，西南联大在昆明8年多，前后在学校名册上的学生是8 000人左右，最后毕业的有近4 000人，包括获得清华、北大、南开三校文凭和西南联大文凭的毕业生（本科、专科、研究生）。毕业生数与迁到重庆的中央大学相差不多，是战时毕业生最多的两所高校。

中文系肄业的汪曾祺也有别样的体会，"工学院的机械制图总要按期交卷，并且要严格评分的；理学院要做实验，数据不能马虎。中文系就没有这一套。记得我在皮名举先生的'西洋通史'课上交了一张规定的马其顿国的地图，皮先生阅后，批了两行字：'阁下之地图美术价值甚高，科学价值全无。'似乎这样也可以了。总而言之，中文系的学生更为随便，中文系体现的'北大'精神更为充分"。

有趣的是，当时许多北大教授对现状多有不满，认为北大日益落后于他校，如哲学系教授汤用彤所言，"北大南迁以来，其固有之精神虽仍未衰，而为时势所迫，学校内部不免日嫌空虚"。1945年后，为复校而反省之声更盛，诸如管理不严、学风疏阔、学生外语程度不高等。

这些并不阻碍西南联大几十年后在国人心中登上"神坛"。李红英认为,不应神化西南联大,但联大精神在当代仍具有丰厚的资源,不仅仅是办学文化,还蕴含着国家文化传承的深远价值。

西南联大 80 年④|联大蒙自之歌：
停留不到四个月,影响至今

澎湃新闻记者　陈竹沁

复旦大学新闻学院　周奕辰　孙佳煜　樊雨轩

(发表于 2017 年 10 月 17 日)

7 月的蒙自,温度宜人,白云飘飘,碧色寨火车站的宁静被衬托得刚好。几栋黄墙红瓦的建筑穿越百年,斑驳中尤见法式风情。

1910 年,滇越铁路通车,河口与昆明的居间位置,使碧色寨成为"滇越铁路第一站";直到抗战后出于国防需要,至河口的铁轨被拆除,碧色寨才日渐冷落。如今三三两两的游客在铁轨两边穿行,已很难想象当年这处"东方小巴黎"的盛景。

碧色寨的命运,一如蒙自早前的缩影。它是云南最早开放之地,法国人曾在这里设海关、立口岸、建领事馆、办医院、开商铺,却因蒙自人誓死反对滇越铁路通过,商贸中心逐渐转向碧色寨,蒙自反而一天天败落下去。

20 世纪 30 年代末,百余位来自全国各地的大学生和教授,从碧色寨站下车,转乘个碧石寸轨铁路的小火车来到蒙自。当年的许多西式建筑空置,恰好成为师生们的教室和宿舍。

从南岳山中辗转流亡到蒙自湖畔,他们给这座走向闭塞的小城带来了久违的热闹和活力,而这座"可爱的小城"则安抚了他们在战时的万般愁绪。

虽仅停留不到四个月,"西南联大"之名,仍在蒙自余音绕梁至今。

边陲求学

1937年卢沟桥事变爆发后,北大、清华、南开三校联合组成国立长沙临时大学,由于战事发展,只上了一学期课,次年春天便匆匆迁往昆明,改称国立西南联合大学。

筹划新校舍是一大难题。昆明房屋不敷,所幸在蒙自县城近郊找到一片空闲公房,于是校方便决定,将文法学院暂迁蒙自,作为西南联大临时分校,等半年后昆明房舍建成再迁回。

文法学院包括文学院和法商学院。前者下设中国文学系、外国语文学系、历史社会学系、哲学心理教育学系;后者下设政治学系、经济学系、法律学系、商学系。

王家宅院内景。　孙佳煜　图

据西南联大 1938 届毕业生李为扬回忆，当时地方政府和当时的李县长竭诚协助，特地把海关旧址给学生作为办公处、教室、图书馆和一部分单身教授的宿舍。蒙自地方士绅及各界人士对他们的到来，热情欢迎，尽量提供方便。一些大户人家，都把一部分房子腾出来，只收取低廉费用，租给有眷属的教授居住，例如冯友兰、罗庸、罗常培等教授，就住在桂林街上的王家宅院里。早街的周家大宅更是让出三层楼房作为女生宿舍，东门外的哥胪士洋行则是作为教授们和男生的宿舍，教授住楼上，男生住楼下。

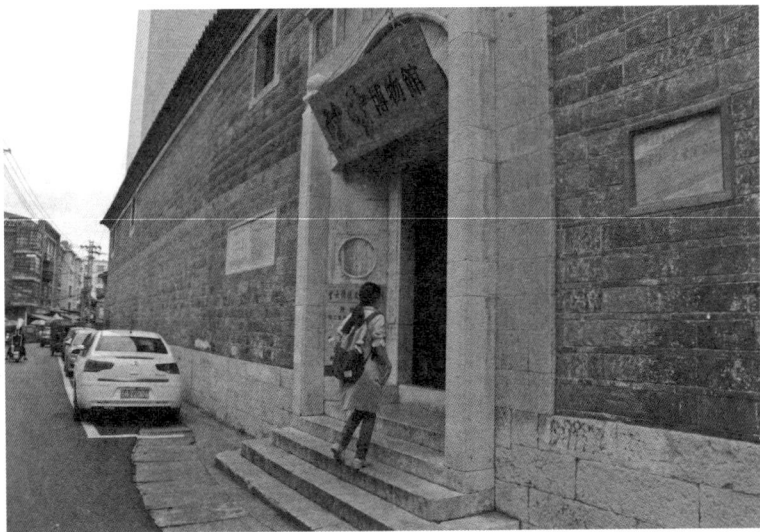

周家宅院。　孙佳煜　图

如陈岱孙所言，"文、法两院的同仁、同学，在初闻两学院不能在昆明而要远迁蒙自，这当时被认为一边陲小邑时，不少人都有点失落之感"，且到了蒙自教学条件十分欠缺，但即便如此，他们很快就对这里产生了眷恋。

以作为教学区的南湖边海关旧址来说，清华大学政治系原主任浦薛凤曾写道:"一进大门,松柏夹道,殊有些清华工字厅一带情景。故学生有戏称昆明如北平,蒙自如海淀者。"

"当时的蒙自不失为一个求学的好地方。"1940 届西南联大毕业生王宏道曾撰文回忆:在作为校园的海关旧址里的树荫下,可以看见陈寅恪、汤用彤两先生不时相聚在交谈;在网球场上,可以看到金岳霖、陈岱孙两先生在烈日下对打网球……

"朱自清先生讲宋诗,金岳霖先生讲逻辑,邵循正先生讲西洋史学名著选读,浦江清先生讲唐诗,王化成先生讲国际法……都可任凭学生自由去听课。"王宏道称,虽然各个教室里听课的学生并不多,最少的只有两三个,最多的也不过一二十人,但图书室里却是百数十人既拥挤又肃静的景象。

在冯友兰之女宗璞的记忆里,那时她和弟弟每天跟随父亲去海关旧址的办公室,到处闲逛。"园中林木幽深,植物品种繁多,都长得极茂盛而热烈,使我们这些北方孩子瞠目结舌。记得有一段路全为蔷薇花遮蔽,大学生坐在花丛里看书,花丛暂时隔开了战火……"

蒙自海关旧址历史陈列室。　孙佳煜　图

日后，战火仍然炸毁了大部分海关旧址的院落。原有 50 余间房屋，现仅存一幢建筑，辟为"蒙自海关旧址历史陈列室"，展览中自然也包括西南联大文法学院人的身影。建筑四周砌有红砖围墙，院内古柏参天，依稀可见联大当年的葱荣。

学术散步

从海关旧址出发，沿南湖向西北方向走出 300 多米，便是哥胪士洋行，2011 年改建为西南联合大学蒙自分校纪念馆，此前很长一段时间作饭店经营。

郑天挺曾在哥胪士洋行的 4、5 号房都住过，他在《滇行记》中记录了许多趣事。他与闻一多是邻屋，闻一多非常用功，除了上课

哥胪士洋行。　孙佳煜　图

外从不出门。饭后大家一起散步,闻一多也总是缺席。郑天挺便劝他说,何妨一下楼呢? 这引得大家连声发笑,于是闻一多便有了"何妨一下楼主人"的雅号。

又有一次,郑天挺与闻一多还有罗常培一同散步,途中又遇见汤用彤、钱穆、贺麟等人,大家一起畅谈中国文化史问题,相互切磋、交流想法,快慰至极。

在这看似寻常的漫步与闲聊中,却孕育了学术和思想的种子。有一回散步,陈梦家向钱穆提议,应该趁着战时写一部中国通史的教科书,以备大学教学之用。钱穆考虑再三,陈梦家屡有劝励,最终推动了《国史大纲》的诞生。

冯友兰的哲学体系奠基之作《新理学》,也是在蒙自定稿并石印的。据冯友兰自序,该书在长沙完成后,到蒙自加写一章并大改两章,"值战时,深恐稿或散失。故于正式印行前,先在蒙自石印若干部,分送同好"。此即为最初的《新理学》版本。

当时,冯友兰就住在桂林街王维玉宅,这是一个有内外天井的两层云南民宅。住在冯友兰楼上的,就有陈梦家和赵萝蕤伉俪。

现在的王家宅院如旧,只是更多了一层"大隐隐于市"之感。杂物随意地堆放在门口,现如今的"主人"沈俊以重金从当地的文物管理委员会手中租下整个宅院,文管会倒也乐意,认为有人居住其中更能保护好古建筑。

沈老板本想一边开着茶室,一边做茶叶批发生意,谁料经营惨淡,索性作罢,关了茶室只做茶叶批发。如今他很少需要像以前一样招待客人,可以悠然自得地享受这方寸之地,闲暇时看书写字喝茶,像极了当时文人的风雅。

距王宅两条街外,武庙街上的原周柏斋住宅"颐楼",几年前变成了望云传统文化博物馆,但内部同样保持着原来的风貌。宅内的墙体绿意盎然,甚至有些挤满了成片的爬山虎,女生宿舍的雅致之感扑面而来。

遥想 79 年前,远离故土的女大学生们,在这里忧国思乡,常常听着屋外风过树叶的瑟瑟之声,彻夜难眠,遂将此处改名"听风楼"。风声还是那风声,今人却已很难体会当年的心境了。

战时岁月

"蒙自小得好,人少得好。看惯了大城的人,见了蒙自的城圈儿会觉得像玩具似的,正像坐惯了普通火车的人,乍踏上个碧石小火车,会觉得像玩具似的一样。但是住下来,就渐渐觉得有意思。城里只有一条大街,不消几趟就走熟了。书店、文具店、点心店、电筒店,差不多闭了眼可以找到门儿……不论城里城外,在路上走,有时候会看不见一个人。整个儿天地仿佛是自己的;自我扩展到无穷远,无穷大。"

这是朱自清在《蒙自杂记》中的描绘。如今穿梭在蒙自老城街头,每一条道路、地标建筑,大多都能与联大当年的地图一一对应。"蒙自县政府在规划时,严格地将老城和新城分开来。正因如此,蒙自老城才基本保留了历史的原貌。"红河学院人文学院教授张永杰曾主持多个西南联大研究专项课题,对蒙自城内的西南联大旧址如数家珍。

就在不久前,他新发现一处旧址——写在吴宓日记和钱穆《师友杂忆》中的"天南精舍"。这座旧时的法国医院旁的一幢小楼,当年有八位教授合租,直到 1938 年 10 月底吴宓才最后一个离开。

此处距空军基地不远,有段时间传闻将成为空袭危险地带。吴宓被推举为舍长,常常统一指挥众人"跑警报"。钱穆当时正在撰写《国史大纲》,为了保护书稿,便每天早晨带书稿出门,直到傍晚才和大家一起回去。

南美咖啡馆。 孙佳煜 图

当年西南联大师生常去的越南人开设的咖啡馆,找起来也略费工夫。在周家大院南边的街上,有一栋与周围建筑略有差异的房子,带着典型的东南亚风格。正门口恰是一株咖啡树,夏日里正开得茂盛。这里就是南美咖啡馆的所在地,只是内部结构已不似当年,变成了民居模样。

屋内现住着两位陈姓越籍华侨,由于身体原因,姐妹俩都躺在床上需要人服侍一日的起居和三餐。姐姐的儿子阿甘告诉"记录中国"报道团队,这里还是南美咖啡馆时,母亲才9岁,母亲的上一辈一手操持了整个咖啡馆。西南联大回迁后,这里曾变为地主的房子,他们一家通过典当的方式,"典半赔半",才有了现在的空间。

浦薛凤在《蒙自百日》里曾提到,当时安南(即今越南)人开设的咖啡馆甚多,有三家较出名,分别名曰"天然""越南"和"南美"。陈寅恪有胃病,每天都去咖啡店里买面包。

浦薛凤常路过一家咖啡馆,听闻店中人原系保皇党,来滇求自由,店内尝开京戏唱片,令他感叹不已,"每过门口,辄听见醉酒、坐宫、捉放诸片，声声刺我心弦。天涯地角，何处处迫我思念旧都耶！"

有意思的是，西南联大 1938 届毕业生刘崇德曾写下一首诗歌《太平在咖啡馆里》，批评那些"不知发奋读书，终日嬉戏，把宝贵光阴消磨在有安南（即今越南）少女作招待的咖啡馆里"的"纨绔子弟、浪荡青年"。诗云："谁说中国失去了太平？失去了舒服？失去了欢欣？太平在咖啡馆里！"

这不免让人想起 1938 年 5 月 4 日蒙自分校开学那天，北大同学于典礼上发出的那份纪念"五四运动"19 周年的《告全国同胞书》。他们声称，自己一刻也不敢忘记，19 年前的青年们反抗"三座大山"压迫的艰苦斗争和伟大精神："我们知道我们的责任，我们决不放弃这种责任。我们不畏艰难，不慕安乐，不为恶习所染。我们要深入到全国各地，为中华民族的对日全面抗战，担负起后方所需要的工作。"

风气再开

不过，刚开学不久，就传来空军学校要在蒙自设立分校的消息，需要西南联大蒙自分校的校舍和附近空地。西南联大校总部指示文法学院让出蒙自校舍，因此分校于 8 月中全部搬回了昆明。

陈岱孙在回忆文章中感叹，学期考结束，大家登上支线铁路列车回昆明时，对蒙自已大有依依不舍的情绪。"固然，环境宁静、民风淳朴是导致这一情绪的一大因素。但更重要的是，在当时大敌深入、国运艰难的时候，在蒙自人民和分校师生之间，存在着一种亲切的、同志般的敌忾同仇、复兴民族的使命感和责任感。这才是我们（之）间深切感情的基础。"

宗璞也在怀念父亲冯友兰的文章中写道："在抗战八年的艰苦

1938 年蒙自分校借用校舍图。 孙佳煜 图日子里,蒙自数月如激流中一段平静温柔的流水,想起来,总觉得这小城亲切又充满诗意。……当时生活虽较平静,人们未尝少忘战争,而且抗战必胜的信心是坚定的,那是全民族的信心。"

北京大学同学会主办民众夜校。　孙佳煜　图

早在西南联大蒙自分校时期,学生们便开办了夜校,吸引失学成人前来学习。他们不仅讲文化知识,而且还讲时事,宣传抗日,教唱爱国歌曲,开展灭蝇运动,参与社会组织抗日募捐活动。这一切,对于传播进步思想、启发民智具有重要意义。如今,物是人非,只有一张蒙自民众夜校学员的合影,被翻印后,陈列于各个纪念馆中。

在此之前,蒙自民风还十分保守,这从钱能欣(于1938年在西南联大蒙自分校学习过半年)在《回忆蒙自二、三年》中的记述中便可见一斑,"例如有一次,我校有一些男女同学在离学校不远的一个草地上游乐、唱歌,有的在草地上享受日光浴,这引起当地一些乡亲的反感,认为有伤风化,并警告如再发生这样的事,必将强行取缔"。

另一方面则表现在女性的着装上,彼时蒙自当地妇女上街都是要长衣长袖还有长裤,要把身体能蒙的地方都蒙起来,即使是晴天,最好都要打一把遮羞伞。"联大的女学生穿的都是裙子,四五月份的时候蒙自非常热,她们会穿短袖和坎肩的旗袍,这对于蒙自妇女的着装起到很大的推动作用。"蒙自市文物管理所的副所长周晓燕介绍,"当她们离开蒙自,蒙自的少女还纷纷效仿联大女生的穿着,认为这样漂亮、婀娜多姿"。

聚贤茶室。 孙佳煜 图

"当年很多联大师生在我们这儿喝茶,周末的时候最热闹,同学们三三两两地来,不时还会有外国人。"南美咖啡馆斜对面的聚贤茶室女主人章丽珠,也热情地向"记录中国"报道团队讲起自己从已逝的婆婆那听来的故事,据说其中有美国"飞虎队"成员,因此她的公公在那时还练熟了几句英语。

凭借得天独厚的地理位置,沉寂了几十年的蒙自,如今正希望重新成为中国与东南亚连接开放的桥梁。红河学院人文学院副教授王凌虹分析称，"蒙自是昆明的南大门，沿着泛亚铁路一直到河口呈扇状辐射出去，对周边国家的发展，带动作用也是显著的"。

诗社文脉

从哥胪士洋行出来，一条马路之隔，便是蒙自明珠"南湖"。这小小的一方净水，仿佛上帝对联大师生的慷慨馈赠。不少教授和学子，静坐在湖中央的亭子里，捧一本书喃喃诵读。

当因战火而被迫出走他乡的联大师生，历经万难漂泊至此，自有百年文脉的蒙自南湖给予他们心灵的慰藉是无以形容的。钱穆写道，"每日必至湖上，常坐茶亭中，移晷不厌"；朱自清则"一站在堤上禁不住想到北平的什刹海"；陈寅恪写下"风物居然似旧京，荷花海子忆升平"；闻一多更将蒙自誉为"世外桃源"。

美丽安静的南湖成为文法学院师生的一隅精神家园。在湘黔滇旅行团时期，受闻一多指导搜集民间诗词的过程中，1940 级中文系学生向长清便与 1939 级教育系学生刘兆吉相约，到昆明后组织诗社，出版诗刊。但诗社名称一直定不下来，直到抵达蒙自，才确定为"南湖诗社"。

1938 年 5 月 20 日，南湖诗社在蒙自分校宣告成立，吸引了主要来自中、外文系的 20 余位学生参加，闻一多和朱自清担任导师。热心参与诗社工作的穆旦、赵瑞蕻、林蒲一起成为从南湖诗社走出来的三位著名诗人。红河学院人文学院教授张永杰长期研究中国现代文学，对此感叹，"谁能想到，蒙自这么个小地方能够进入大学文学史教材"。

1938 年 7 月底，联大师生进入学年大考阶段，南湖诗社停止活动。8 月 18 日，暑假开始，蒙自分校迁回昆明，告别了蒙自南湖,诗社再冠以"南湖"之名已不合时宜,南湖诗社至此更名为高原文艺社。存在了三个月的南湖诗社永远停留在蒙自南湖湖边。

据张永杰介绍,1988 年,南湖诗社在蒙自曾有过一次短暂的复社,系由西南联大的一些校友发起。当时正值西南联大建校 50周年,一批校友回国,来到蒙自。有六七个校友筹建恢复南湖诗社。最后以张念蒙为社长,卜兴纯等为顾问。据特邀社员李光嵘回忆,自己在成立会上还曾赋诗一首。

筹建工作完成不久,南湖诗社和当时的蒙自师范专科学校(即现在的红河学院)、蒙自市文化局联合,一共花了两年的时间编写了一本《西南联大在蒙自》,以向校友征稿为主,记录整理西南联大在蒙自的历史。"由于经费紧张,当时只印了 1 000 册,甚至连稿酬也发不起,就以书代酬,将这本书赠送给了这些来稿的校友。"张永杰说。

"联大八年,薪火相传。蒙自师专参与整理编订西南联大在蒙自的历史是一件很自然的事情。"红河学院人文学院教授张勇认为,蒙自今天的教育和文化受到了当时西南联大的影响。

为了西南联大 80 周年纪念,蒙自市文联正在筹备《西南联大在蒙自》的再版,这次也有红河学院中文系多位教师参与其中,提供资料支持。

王凌虹告诉澎湃新闻,蒙自市文联、作协 2016 年也曾打算以《蒙自》这一刊物为阵地,重启南湖诗社,同时创办诗社微信公众平台,邀请红河学院的教师、学生把诗歌作品发表在上面。"几个爱好诗歌的民间人士比较热心,但因为文联主席换人,而且主事的人也比较忙,也就搁置了。"

在红河学院,文学社团传统延续已久。蛮原文学社团兴盛一时,文学院院刊《卮言》从 2010 年起每学期发行,以学生文学作品为主,以南湖为名的校报《南湖报》则在蒙自师专的时候就开始发行。

对于红河学院而言，西南联大更直接的影响是"通才教育"的办学理念。在国立西南联合大学蒙自分校纪念馆一楼的展柜里，可以看到一张当时学生的课程表，即使文科生也要修一些化学的基础课程。

红河学院教师教育学院教师朱欣对西南联大颇有研究，有关西南联大的私人藏书达四五十册，在他教授的中国教育史课程中，也有西南联大的专题。在他看来，联大实行学分制、选修制，既有丰富的课程设置，也有比较系统的学术训练和毕业论文要求，"通才教育和专才教育相结合，恰好是我们今天所提倡的。而这些在当时就已经实行了"。

作为蒙自现今唯一的高等学府，红河学院自觉担起了"传承西南联大精神"的使命。朱欣介绍，校团委时常组织学生参加西南联大有关活动，如碧色寨至河口北站的徒步露营，还有西南联大蒙自分校纪念馆的志愿讲解员等，学生们也会自发地做一些影像收集和研究，"西南联大是蒙自的文化标识，这也是让学生们多沾点文脉"。

老兵口述｜夏世铎：
一生服膺于"刚毅坚卓""爱国革命"

澎湃新闻记者　陈竹沁　　复旦大学新闻学院学生　李洁祎

（发表于 2017 年 9 月 8 日）

　　两张发黄的黑白照片放在桌上。相片上是同一位主人公，着西装，打领结，三七分的头发梳得一丝不苟。

夏世铎 1939 年入读西南联大前留影。　受访者供图

夏世铎 1944 年在陆军大学参谋班学习时所拍。　受访者供图

　　一张还是略显稚嫩的少年，而另一张则已是青年模样，眉宇间透出一股英气。

　　"这分别是我 1939 年在西南联大和 1944 年在陆军大学时照的。"98 岁的夏世铎指着两张照片，一口京腔，中气十足。

　　夏世铎，1920 年生于北京，曾经在西南联大和黄埔军校——当时中国一"文"一"武"最好的两所高校就读。老人说，"刚毅坚卓"是联大精神；"爱国革命"是黄埔精神，两校对自己的影响都很大。

在西南联大读书的第二年，夏世铎即投笔从戎，"我们当时参军是为了国家，只想着保家卫国"。

校歌校训与联大精神

"千秋耻，终当雪"，"复神京，还燕碣"，"中兴业，须人杰"。由罗庸填词、张清常谱曲的联大校歌《满江红》，夏世铎已经没有办法完整唱出来，但这三句牢牢地印在了他的记忆中。

在这首反映了当时国家形势以及三校南迁历史的校歌中还有这样一句歌词，"绝徼移栽桢干质"，意为将国家的栋梁之材暂时移栽到遥远的边陲（这里指云南），让他们能暂时远离战火。在卢沟桥事变爆发之后，包括国立北京大学、国立清华大学、私立南开大学在内，平津和东南沿海地区共有几十所高校迁往内地。

起初，北大、清华、南开三校组成临时大学迁往长沙，名为"长沙临时大学"。

1937 年 12 月 13 日，南京失守，战火临近长沙。一个月后，长沙临时大学应国民政府教育部要求，决定迁往昆明。1938 年 4 月 2 日，长沙临时大学更名为西南联合大学，此时，参与西迁的联大师生已经陆续抵达昆明。

为保护教育资源，各高校师生一迁再迁的现象在当时数见不鲜。

对于当时联大的师生来说，雪洗国耻，"恢复神京"的方法有两种：一是努力治学；二就是投笔从戎。夏世铎选择了第二种。

1939 年 9 月他考取西南联大法律系，1940 年初被昆明空军军官学校录取。

夏世铎回忆，联大的生活和学习条件非常艰苦，食堂里没有座位,大家都是站着吃饭,吃的也是素菜和常常夹着石子的红米饭,"即使这样大家也都抢着吃,吃不饱啊"。

课堂上,学生们没有统一的教科书,也没有多余的钱来买更多的书本,上课就用教授们整理后油印出的讲义,有些课程讲义还需要手抄。西南联大自由的风气也很好,由于外面有很多学生没有考进西南联大,就跑来蹭听,"结果往往是很多正式学生从一个教室赶到另一个教室去上课时就没有位置了,都要站着听,变成我们是旁听的了"。

在教育资源紧缺的情况下,图书馆成为深受学生欢迎的地方。夏世铎回忆,图书馆每天下午六点开门,吃完晚饭去图书馆门口排队等待入馆借书、自习成为当时很多联大学生的习惯。

从教师到学生,整个联大的学习氛围很浓。"自1938年9月,日军飞机频繁空袭昆明,联大部分教职员工宿舍被炸毁。但联大师生处乱不惊,校内教学秩序井然,学生依旧勤奋读书。"夏世铎在《抗战时期的西南联大》这篇文章中回忆道。

说到上课,夏世铎印象最深的是法律系燕树棠先生的民法总则。除专业课程之外,夏世铎等年轻学子还会去旁听蔡维藩的西洋通史、金岳霖的形式逻辑等课程。

夏世铎回忆道,当时国家正受到侵略,同学们认为只有读书或者参军才能救国,所以都很用功。

这种读书救国的风气与北大、清华、南开三校的传统有关,地处平津,不少教授都受过"五四精神"的洗礼。

1938年5月4日,为纪念五四运动19周年,西南联大蒙自分校原北京大学同学发表了《告全国同胞书》,并宣誓:此次流亡,绝不是为了逃避,为了享乐。

也正是在同一天,蒙自分校正式开课。西南联大"刚毅坚卓"的校训正体现着三所学校"如山、如云、如海"的作风,也继承并发

2017 年 8 月 13 日,夏世铎在家中接受"记录中国"报道团队专访。　李洁祎　图

扬着"爱国、进步、民主、科学"的五四精神。

"西南联大存在的 8 年中,共招生 8 000 多人,算上长沙临时大学时期共有 1 100 多人参军,我就是其中一个。"夏世铎回忆,当时联大的教授们十分鼓励同学参军。梅贻琦校长的儿子梅祖彦在不到大学四年级时便提前投身军营,女儿梅祖彤也做了随军护士。

据统计,到 1945 年,被征调为翻译官的大学生共 4 000 人,西南联大学生就占到了 10%。

从联大到黄埔,爱国之心不变

最终让夏世铎决定投笔从戎的,正是爱国精神。来到昆明之后,经历过日军的轰炸,见到了国家被侵略的现实,夏世铎在进入西南联大没多久就参加了国民党空军军官学校的考试，1939年11月，他收到了空军军官学校的录取通知书。根据当时国民政府的规定，在正式入伍成为一名空军之前，陆、空两军的学员要一起去黄埔军校接受军事训练。然而这一次他并没有前去受训。

当时同济大学校长赵士卿的夫人，是夏世铎母亲的同学，赵士卿夫妇就成为他在昆明的监护人，他们将正欲参军的夏世铎劝阻了下来。

但不久后，夏世铎的哥哥又为他送来了录取的第二次通知。这次，夏世铎终于做出了离开的决定。再次接到录取通知的那一刻，他想到了文天祥、岳飞，想到了霍去病的"匈奴不灭，何以家为"。当晚，夏世铎连夜收拾东西离开了学校，老师和同学们也都不知道，哥哥和没过门的嫂子在家中为他饯行。

"我们聊了一夜，我跟他们说，去了是抱着牺牲精神的，也许以后还有机会再见，但也许这就是诀别。没想到现在还活着，抗战时打算牺牲的。"夏世铎说到这里笑了笑。

第二天一早，夏世铎与同时考取空军的五十几个人以及陆军的几十个人一起登上了前往成都黄埔军校（即中央陆军军官学校，简称"中央军校"）学习的军车，成为黄埔军校一名预备入伍的学员。到达成都后，他委托当时一位有亲戚关系的联大学生为自己在西南联大保留了一年的学籍，但却再也没有回联大读书。

入校后，所有成员都被编入第十七期第一总队，六个月的预备入伍训练后（夏世铎是第二次接到录取通知书才加入的，因此只参加了后三个月的训练），经过甄别考试，有些学员分别被"淘汰"入第二总队。夏世铎则留在了第一总队，接受正式入伍训练，1940年10月正式结束。第一总队的学员参加了分科考试，夏世铎以其所在入伍生队第一名的成绩考入了炮兵科。

"想当炮兵也是出于爱国主义和英雄情结，当时中央军校宣传它的步、骑、炮、工、辎、通信六个不同兵种中最优秀的是炮兵，并特别强调蒋介石、拿破仑等人都是炮兵出身。对我们影响很大，所以大家都以考入炮兵为荣。"

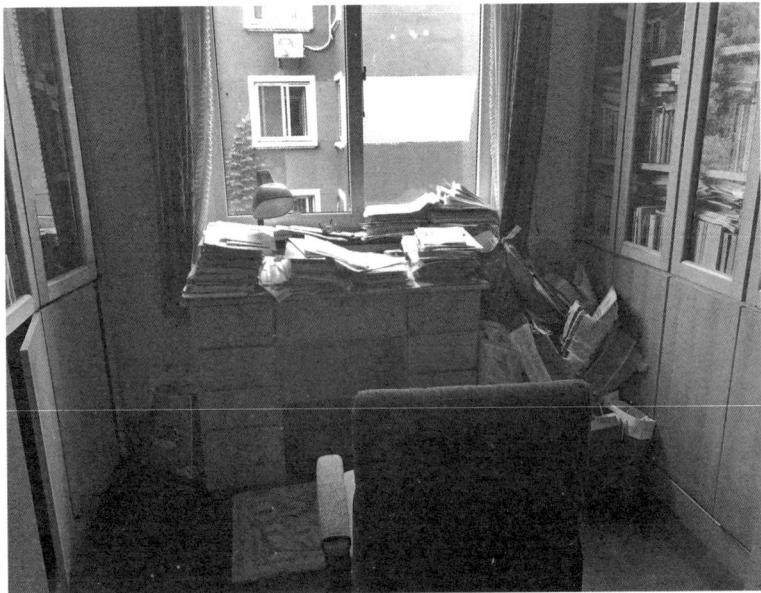

夏世铎家中书房一角。　李洁祎　图

夏世铎说，他能够进炮兵其实也沾了西南联大的光。当时中央军校里大学生非常少，西南联大全国有名，长官一听说自己是联大的就非常喜欢。体检的时候，身高 166 厘米的夏世铎离达标还有两厘米，长官就帮着他"作弊"，通过体检，进了炮兵科。

没有硝烟的后方战场

1942 年，夏世铎从黄埔军校毕业，以为终于可以投入前线上阵杀敌。但因为学习成绩优秀而被留在学校做教育、训练学生的工作。他曾写信给曾任中央军校教育长的张治中将军坚决要求去前线。

"张治中将军很快批复指出：'军人以服从命令为天职，训练军官学生的工作与前线作战同等重要。'并教育我安心努力工作。"

夏世铎一直把上前线冲锋陷阵的愿望放在心里，1943年，夏世铎借报考陆军大学参谋班的机会离校，希望能在参谋班学习到作战的实践业务。结业时，他强烈要求前往滇缅前线。然而事与愿违，这次他被分到重庆军事最高统帅部后方勤务部参谋处任中尉练习参谋。

"虽然军衔不高，但我做的工作很重要，要负责第六和第八两个战区的战时补给和物资调度，后方和前线一样紧张。"

1944年底，日军进犯黔桂边境，进逼贵阳，威胁重庆，局势危急。这时蒋介石提出"一寸河山一寸血，十万青年十万军"的口号，号召青年从军。夏世铎再一次向参谋处长请缨，希望报名参加青年军，去到战争最前线。

"出乎意料之外，参谋长不但没有同意还批评了我。说我没有整体战争的观念，后勤参谋在战争中和前线作战同等重要。"

为了提高夏世铎对"立体战争"的认识，参谋长调他去参加黔桂战区的工作。这次战役也给了夏世铎刻骨铭心的记忆，为了纪念它，夏世铎还写了一篇文章，名为《没有硝烟的战争》。

1945年中国军队开始在滇缅边境向日军发起反攻，夏世铎坚决请辞后勤部参谋的职务，要求去往前线，这次，他终于获得批准。夏世铎随即前往昆明参加部队，在炮兵训练中心接受重炮兵训练。原本训练结束后要作为炮兵营配备部队的一员入缅作战，谁料，1945年8月15日，日军宣布投降。夏上阵杀敌的愿望终未能实现。

虽然一直都在"没有硝烟"的后方战场，但是"爱国家、爱百姓、不要钱、不要命"的黄埔精神却始终在他心里。

留在大陆

1949 年，作为当时全国 24 名考取联合国军事参谋代表团工作的成员之一，夏世铎将被分配去台湾参加工作，然后被派去联合国。拿着当时为他准备的前往台湾的机票，从心底里反对内战的夏世铎感到彷徨，这是第一次面临是否要去台湾的选择。

夏世铎的表兄陈其五曾任中共上海市委宣传部副部长，而当年夏世铎离开西南联大时为他保留一年学籍的亲戚，正是陈其五的弟弟。抗战初期，夏就曾和陈家兄弟一起搞抗日宣传活动。

夏世铎在年轻时就受到共产党统战思想的影响。陈家四个兄弟都是共产党员，在北大、清华、南开这三所学校上学，给夏世铎留下的印象很好。另一个中共地下党员陈家懋，也是考取联合国军事参谋代表团的 24 个人之一，夏世铎当年差点参加其领导的伞兵三团起义，"那时，我父母也在上海，他担心万一我牺牲无法向他们交代，就没让我参加"。

选择留在大陆后，为了维持生活，夏世铎找到另外一个部队——第六军，担任炮兵营的代理营长。第六军是陈诚的嫡系部队，不久要开往台湾花莲，他借口要先送父母到昆明而请假，未随部队一同前往台湾。

后又有人介绍他去装甲炮兵团当团附，随后该部队调往台湾，夏世铎便没有去就职。

不久后，夏世铎去往国民党京沪杭警备总司令部炮兵指挥部工作。1949 年 5 月 9 日，上海解放前夕，抱定"中国人不打中国人"这一决心的夏世铎请熟人开了申请长期病假的证明，在未经批准的情况下不告而别,回家"休养"。被炮兵指挥官邵百昌派人押回部队后,邵对他拍桌子说:"你这是临阵脱逃,应该军法处置。"副指挥官邝书需保下了差点被处决的夏世铎,让他"戴罪立功"。

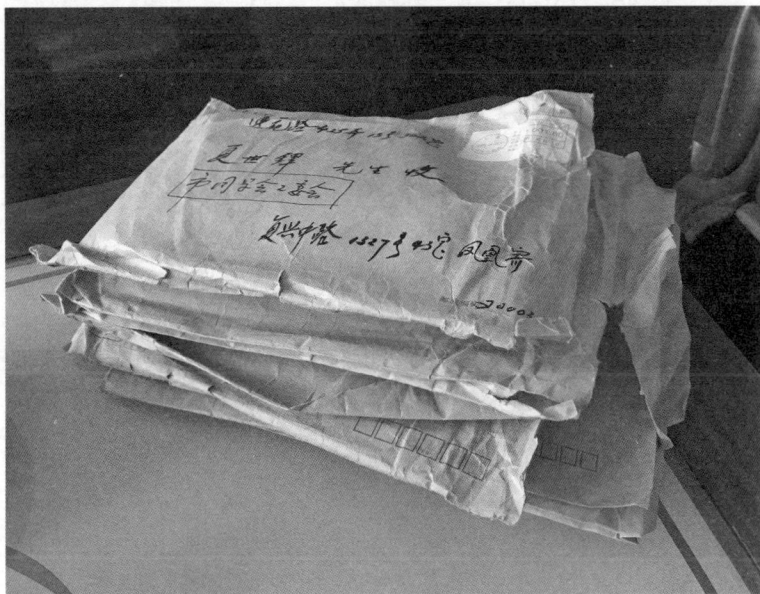

夏世铎珍藏的回忆录照片文件袋。 李洁祎 图

1949 年 5 月 12 日上海战役打响,国民党军队节节败退,决定命令炮兵、装甲等特种部队乘船撤往台湾。

"我和副指挥官一起负责掩护炮兵部队撤退,需要最后登船。趁这个机会,我策动了手下的一个驾驶兵,打算一起回到虹口区的家里。"半路上,夏世铎遇到了另外几个宪兵并受到盘问。

"我告诉宪兵我们是要去登船,他们就提出要乘车一起去码头。我当时急中生智,说自己还有个东西落在了驻地要回去拿,并让我的驾驶兵带他们先走。"

夏世铎并没有说谎，只是当时这个东西他本想丢弃的。

"我去拿的是当时在美国炮兵训练中心受训时发的蚊帐，我现在还留着。"

夏世铎说将来打算把它捐给博物馆。

夏世铎当时决心脱离国民党部队，心想"一声不响地离开总像背叛一样，心里过不去，还是要光明磊落地走"。在和副指挥官邝书需表明了自己留下来的决心后，夏世铎最终留在了大陆，"这样留下来心里稍安一些"。

守住联大校友会，延续联大精神

1986 年，上海市西南联大校友会正式成立，夏世铎自 2008 年起担任第三任会长。在联大校友会第一届领导班子里，夏世铎就开始担任理事。对校友会工作十分关心的夏世铎每次纪念日庆祝活动都会代表校友会参加。诸如 1998 年北大 100 周年校庆、1997年西南联大 60 周年校庆。

与此同时，当时 60 多岁本来已经到退休年龄的夏世铎还在民进上海市委，主要做统战工作，因此与党和政府的关系比较密切。将统战政策贯彻到校友会工作中去的夏世铎说："我们的工作主要是联络同学感情，尽量调动他们为党为国家服务的积极性和爱国精神。"

2018 年就是西南联大成立 80 周年，又碰上联大校友会换届，夏世铎面临着要不要继续将校友会办下去的选择。

"上次（2013 年）换届选举时就有这样的声音：大家年龄都大了，我们又面临着经费和人员等方面的困难，所以有人说结束校友会。现在我已经拟好了文件，在上海西南联大校友会的存废问题上准备征求大家的意见。"

　　针对校友会人员短缺的问题,夏世铎老先生决定借鉴黄埔同学会的方法。让西南联大的二代、三代也能组织起来协助校友会工作,参加相关活动,让联大精神也能延续下去。

　　"原先西南联大那些教授已经不在,现在的时代,人们的思想意识也和过去完全不同,要想恢复西南联大当时办学的教学精神是不可能的,但联大精神值得传承。"夏世铎说。

　　十年前,夏世铎开始动笔写回忆录《盛年不重来》,如今即将交付印刷。"盛年不重来"出自东晋诗人陶渊明《杂诗》。"盛年不重来,一日难再晨。及时宜自勉,岁月不待人。"这正是爱人送给夏世铎的一首诗。

　　夏世铎的爱人名字就叫盛年,以前总是他作品的第一读者,前几年去世了,取这个名字对夏世铎来说就有了双重含义,一是纪念爱人,一是人的一生就像这句诗一样,最青春年盛的时候已一去不复返。

老兵口述｜抗战老兵王炳秋的峥嵘岁月：曾与西南联大结缘

澎湃新闻记者　陈竹沁　　复旦大学新闻学院学生　杨倚天
（发表于 2017 年 9 月 9 日）

　　走进云南红河州蒙自市天马路的星光老年公寓，只要提起王炳秋，院子里消暑乘凉的老人们便会指指三楼靠走道的那间屋子，开口便是，"外语说得很好""很多人来采访他"。

王炳秋热情接待外国友人。　谈建国　图

见到他时,老人已走出屋门外迎接,身穿蓝白色的条纹衬衣外配背心,下着深蓝色的西裤,笑容满面,看起来精神矍铄。

王炳秋出生于 1923 年,即将迎来 95 岁生日的他思维清晰、十分健谈。当看到同来拜访他的人中有一位美国人时,他热情地挑了一个早就准备好的桃子,一边剥着皮,一边用地道的英语对这位外国友人说:"This peach is very juicy and sweet(这桃子非常甘甜、多汁)!"

他还特别喜欢询问来访者都是哪里人,短短几分钟里,便用上海话、云南话和天津话等几种方言向"记录中国"报道团队成员逐一问候。

这位曾经的抗战老兵、美国陆军第十四航空队的翻译员,就用这样特殊的方式,展示着自己的天赋和学养,也用他的亲身回忆述说着 80 年前的峥嵘岁月。

王炳秋向"记录中国"报道团队讲述抗战记忆。 谈建国 图

南下昆明,难忘联大师生情

1937 年 7 月 7 日夜晚,王炳秋在睡梦中听到了北平的第一声枪响——史称卢沟桥事变。时年 14 岁的他只得同母亲一起背井离乡,一路上他们辗转南下、西行,途经浙江杭州,江西南昌、新余,湖南衡阳、永州,广西桂林、柳州,贵州贵阳等地,到 1938 年底才抵达昆明,结束了逃难生活,这一走就是一年半。

那时,由北京大学、清华大学和南开大学组成的长沙临时大学西迁至昆明只有半年多时间,王炳秋没有意识到,定居昆明将成为他与西南联大缘分的开始。

那时,初中毕业的王炳秋就读于云南大学先修班。他还记得最初听了时任云南大学文法学院教授楚图南先生的一次讲座。云大同一街之隔的西南联大交流合作十分频繁,步行路程不到十分钟,两校学者也经常互通互聘。后来,王炳秋常常与联大的同学一起结伴玩耍,也与那里的师生结下了深厚的情谊。

在王炳秋的印象中,联大的学生是刻苦勤勉、自强不息的。"那时候学生们很穷,靠沦陷区的补贴上学。但联大的同学都很刻苦。"王炳秋说,听联大同学回忆,在南迁昆明的路上,虽然没有黑板,课业却没有中断,老师们用树枝在沙子上写字,沙地为黑板,树枝就是粉笔。

白天的时候,联大学生们会到油铺打菜油,晚上才能秉烛夜读。"老板要打满,一滴都不能少啊!"王炳秋一边做着提油的动作,一边学着他们当时说话的样子。

"他们的宿舍条件也很艰苦。"王炳秋低声说道,"晚上从床下往床上爬的时候,床腿都在吱吱地响。"

但苦中也有乐。王炳秋回忆,那时条件虽然苦,但同学们每个月会打一次牙祭,课余时间也常常一起结伴出游。当问起出游时学生们最快乐的事时,王炳秋提到最多的一个词就是"吃蚕豆"。同学们一起外出徒步,穿着破旧的衣服和鞋子,但只要一生起火,吃着用干牛粪烤的蚕豆,再艰苦的环境也会被快乐的歌声代替。

王炳秋讲着,便唱起了他们出游时经常唱的歌曲《告别南洋》。"再会吧,南洋!你椰子肥,豆蔻香……"伴着起伏的旋律,王炳秋的思绪仿佛又回到了那个弦歌不辍、有苦有甜的跌宕岁月。

王炳秋获赠"抗战老兵 民族脊梁"的背心。 杨倚天 图

应召入伍,投笔从戎赴国难

从小在教会学校学习成长,王炳秋外语很好,初中毕业的他就被特招进云南大学就读先修班。然而,由于数学基础只有初中水平,难以跟上先修班的进度,三个月后,王炳秋从云南大学退学,转入昆明南箐中学就读高中。

1941年,王炳秋考入了唐山交通大学,也就是今天的西南交通大学。由于唐山被日军占领,学校临时迁至贵阳办学,王炳秋就读的就是当时设在贵阳的唐山交通大学。

1944年初,日军先遣部队逼近学校,唐山交通大学不得不搬迁至重庆。其时，国民政府中央军事委员会外事局到各地大学招收翻译，就读大三的王炳秋凭借英语特长通过了笔试和面试，以译员的身份在中央训练团接受俚语、航空用语等翻译内容的集中培训。

同年，王炳秋从重庆回到云南，与几年前所不同的是，这次他着一身戎装回到熟悉的昆明。

昆明西北部的黑林铺是美国陆军第十四航空队的步兵训练基地，在这里，王炳秋以中尉军衔、翻译官职务接受美军的操练。

十多天后，一位美国军官来到这个训练基地，问道："谁是王炳秋？"不一会儿，王炳秋来到这个军官面前，行完军礼后用英语回答道："报告，我就是王炳秋。"

这位美国军官不是别人，正是国民党第五军参谋长费斯肯上校（Colonel Fisken）。抗战开始后，声名显赫的第五军以杜聿明为军长，曾编入中国远征军进入缅甸作战；到了抗战后期，第五军的主要任务就是保障滇缅公路这条中国抗战生命线的畅通，其主力就驻扎在昆明。

原来，费斯肯希望找到一个精通英语和云南话的翻译，经人推荐，他亲自来到黑林铺寻找王炳秋。在这里，王炳秋用流利的英语和云南话同费斯肯及其随行人员交谈，扎实的外语和方言功底使他成为美军第十四陆航队、中国远征军主力第五军参谋长费斯肯的翻译。因为第十四陆航队的前身正是大名鼎鼎的飞虎队，后来也有人称王炳秋为"飞虎队的翻译官"。

在担任翻译的日子里，王炳秋印象最深刻的一件事便是到深山搜救失事飞机。

1943年夏天，美国一架支援中国的运输机在昆明上空遭受强气流撞击，失控后在禄丰县坠毁，机上六名人员中五人受伤，一人牺牲。当时由于条件限制，五名生还者被营救下山，而那名牺牲的美国士兵被埋在了山上,没能带下山。

第二年3月,王炳秋接到美国第十四陆航队的命令,负责上山寻找那名美国士兵的遗体并带下山。

飞机坠毁的地方位于不通公路的大山深处,周围山岩险峻、水流湍急,还时常会有土匪出没,就连马帮通过这条路时也常常要带着武器结队而行。王炳秋所在的搜救小分队一行四个人,另外三个都是美国士兵。当得知搜救环境的险恶情况后,美国士兵因畏惧而退却了。

军人的职责使年轻的王炳秋不甘示弱也不甘放弃,他决定只身前往。他甚至做好了最坏的准备:如果遇到土匪,就把身上所有的钱和物资都给他们。

从早上八点到下午四点,在当地两名警察和五位农民的帮助

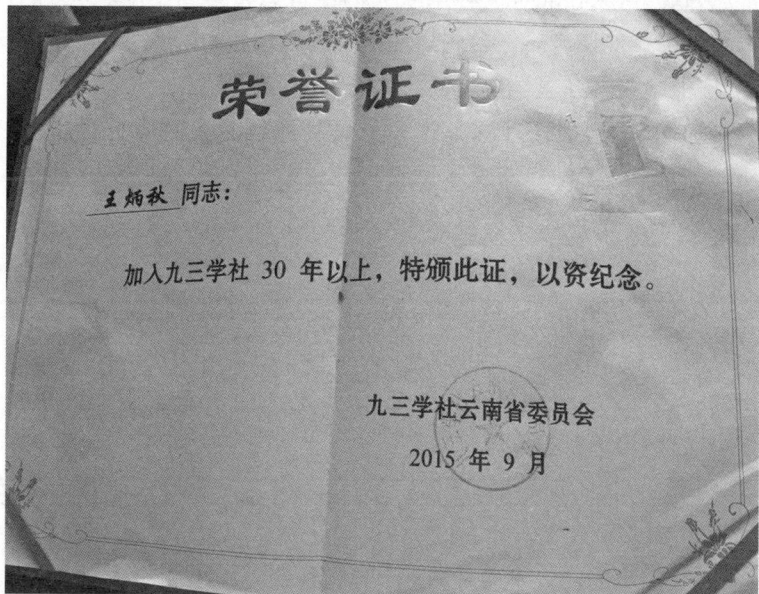

荣誉证书

王炳秋 同志:

加入九三学社 30 年以上,特颁此证,以资纪念。

九三学社云南省委员会
2015 年 9 月

王炳秋加入九三学社30年的荣誉证书。　　杨倚天　图

下,经过了八个小时的山路跋涉,王炳秋一行终于找到了飞机失事的地方。他们将那名美国士兵的遗体找到、挖出并抬往山下,又走了八个小时的山路,直到凌晨两点才回到山下。

当他们返回禄丰县的美军基地后,美国士兵对王炳秋赞叹不已。

但王炳秋却说:"为战争作出牺牲的,不仅仅是军人,还有军人背后千千万万的老乡。"

苦尽甘至,闲来犹忆少年时

青年时期的王炳秋也经历过命运的起伏多舛。抗战胜利后,王炳秋想继续完成自己当翻译后中断的学业。当时西南联大已准备迁回北方,家在北京又心系联大的他曾想转学到西南联大的土木系读书。他便与另一名同学一起找到时任西南联大教务长的潘光旦,但最终因系里学生名额已满而没能转学。

1958年,曾担任过国民党和美军翻译官的王炳秋受到冲击,从一名水利工程师,变成了每天种地、挑粪、喂猪的被改造对象。四年后他从被下放的农村回来,又因"政治关系复杂"不被单位接收。

但他始终相信"坚持"的力量。在云南个旧,他以临时工的身份与锡矿工人们一起捞矿、挑矿,四个月后转正成为个旧市永福锡矿的一名正式工人。当工人的20余年里,他不知被红卫兵批斗过多少次,但最终都挺了下来。

1981年,王炳秋获得了彻底平反,恢复了工程师的工作,并于1985年加入了九三学社。

"在困难的时候不要毁灭自己,低谷的时候不要丧失勇气,要坚持、再坚持。"王炳秋说,"You are never alone(你从来不是一个人)。"

2001年11月,老伴马桂珍去世八个月后,王炳秋从个旧搬到了蒙自这所老年公寓安度晚年。一室一厅,面积不大,好在吃住都有照应。平日里,他上午会帮公寓的绿化区除草、施肥、修修枝,午休之后便在屋里看书或是练书法,晚上还会到南湖公园参加英语角活动,他觉得与年轻人在一起能让他保持朝气和童心。

他还时常会回想起参军的岁月和与联大同学相处的时光,那段烽烟跌宕却又刻骨铭心的往事。宝刀未老的他,还会被邀请担任文字资料的翻译。

就在三年前,年过九旬的他应《云南日报》前总编辑、云南省飞虎队研究会会长孙官生之邀,借助一部30倍的放大镜,将英文版《第二次世界大战期间 P - 40 型战斗机实战记录》的小册子翻译成17 000字的译稿。这不仅是王炳秋与援华美军战斗友谊的记录,更是对其抗战老兵英雄履历的又一次见证。

"这一生最高兴的事,就是共产党把我当作一家人。认可我是抗战老兵,给了我很高的荣誉。"王炳秋说。

说着,老人缓缓起身走进里屋,拿出了他最珍惜的礼物——深圳关爱抗战老兵公益基金赠送的一件军绿色棉背心。背心后面写着八个醒目大字:"抗战老兵　民族脊梁。"

于起翔：高考只填第一志愿，
上复旦实现记者梦

复旦大学新闻学院　樊雨轩

在第一志愿栏中画上一道横线，上面填上复旦大学新闻系，下面填上北京大学图书馆系，留下第二志愿和第三志愿一片空白。这是1977年恢复高考后，于起翔填下的志愿书。22岁的他信心满满，为终于可以实现当记者的梦想而高兴。

"我真正想做的就是记者"

恢复高考这一年，于起翔22岁，已经在广西南宁二中当了四年的中学语文教师。听到恢复高考的消息，于起翔和身边所有人一样都非常高兴。尽管在教师的岗位上，于起翔已经干得得心应手，还被树立为南宁市青年教师业务学习的典型，但他内心真正想的却是当一名新闻记者。由于"性格外向、活动能力强"，他觉得自己非常适合记者这个职业："我真的愿意做记者，做一个社会活动家。"看见报纸、广播都在报道恢复高考的消息，于起翔意识到这是一个非常好的机会。

于起翔家中有兄弟三人，父母都是广西医科大学的干部和医生,非常重视对孩子们的教育。于起翔也深受家庭影响从小就爱读书。"文革"期间,其他同龄人都上街去游行了,他却悄悄爬进窗户都被砸烂了的医科大学图书馆里,看各种各样的书籍。经过全家商量,符合年龄要求的老大于起翔和老二于起峰都决定参加高考。

从听到消息到正式考试只有一个多月,复习的时间并不多,于起翔还是初三年级的班主任,上两个班100多人的语文课,一周要上12节课。"当时很多人都去脱产复习,但我没有提任何要求,学生的课程一节都没落下。"他白天上课,晚上复习;遇到晚上要加班的情况,就熬夜通宵复习。熬夜太苦,于起翔就试着学着抽烟喝茶。一杯茶、一支烟,加上几本借来的数理化书,他度过了一个个不眠之夜。"因为家里都是学医的,不让抽烟,考完试我就把烟扔了。"

虽然父亲话不多,但于起翔至今还记得有一天夜里,父亲从家里骑车来到南宁二中他的宿舍楼下,站着看了一会儿亮灯的窗口,然后悄悄地离开。"其实我知道复习备考的时候,我父母还是非常担心和关心我们的。"

"拿到语文考卷后,我一看就笑了"

"拿到语文考试卷以后,我一看就笑了。这些不都是我平时教过的东西嘛。"作为中学语文老师,于起翔对语文考试胸有成竹。但即使信心十足,他也没有提前交卷,而是像平时自己告诫学生们的那样,认真检查到最后一分钟。

这一年高考的语文基础知识部分,于起翔很快答完,一分不丢。古文翻译恰巧是他曾经在课上给学生们讲过的文章——《愚公移山》。由于时间充裕,于起翔用了三种方法将这篇古文翻译了出来："一种是直译，一种是意译，还有一种是特殊的翻译——对某个词句不同的人可能有不同的理解。"他想，这样不论是什么评卷老师什么评分标准，都不会让自己丢分。

提起高考作文，于起翔记得更加清楚："题目《记一件有意义的事情》，就像中学里要求学生写一篇记叙文。"他提笔写下了当年南宁市民含泪排队购买周恩来纪念画册的故事："周恩来在老百姓心中是一个好总理，有很高大的形象。市民一大早就在新华书店门口那儿默默地排起长队，闻讯赶来的我一边跟在队伍的后面，一边倾听着群众怀念总理的低声絮语，最后也看到大家买到了纪念册后动情而泣、不愿离去的场景。"于起翔认为自己把其中的感情写得非常真挚。他回忆后来有一次在街上吃米粉时，听见桌边有人议论说：南宁二中一个老师的高考作文写得如何如何好，把阅卷老师感动得流泪，被当作范文传着读。再一听，原来那篇范文就是写买周恩来纪念画册的故事，他想："这不就是我写的嘛！"

"厉害的同学太多啦，我才学会夹着尾巴做人"

那个年代，从南宁到上海坐火车要坐将近两天两夜，途中在柳州换乘一次，好不容易挤上了火车，可硬座更是难找。从上海火车站下车后，于起翔看到了复旦大学的迎新队伍，两天两夜没合眼的他拎着行李"都不知道是怎么走过去的"。被迎新队伍送到复旦之后，他躺在宿舍的床上睡了一整天，感觉好像还在火车上晃当晃当地颠簸着。

新班级成立以后，同学们围坐在校园毛主席雕像后面的草地上做自我介绍，要求每人表演一个小节目。看见同学随口就能朗诵一首首古诗文，于起翔感觉他们非常厉害。其实话剧、舞蹈、小品、魔术、相声之类，于起翔当年也在学校宣传队里干过，但现在轮到自己,他却躲起来不肯表演。"感觉这里卧虎藏龙,我要低调一点,"于起翔解释道,"我在广西一直认为自己是最好的,来复旦以后,才发现厉害的同学太多啦! 我才真正学会要夹着尾巴做人。"

于起翔举例说,同学们都是来自全国各省的文科尖子,有的已经创作出长篇小说;有的常在写作课上被老师表扬,拜读那些同学的范文,让他佩服得五体投地。同宿舍的汪洪洋同学知识面广泛,有问必答,堪称百科全书。隔壁宿舍罗晓岗天天捧着线装书埋头苦读,其古典文学的功底非同一般。某宿舍七个伙伴凑在一起,"踯踯七人会",妙语连珠,笑声远扬。

于起翔终于敢"冒出来"大胆展示自己是在大三的时候,当时学校流行跳交谊舞。"新闻系的老师一直说新闻系的学生,开车、骑马、跳舞,什么都要会。"所以于起翔也去学,结果一跳就跳得很不错。当时他拉着班里最小的女同学施培宁练习,进步飞快。"最难跳的是快三步华尔兹,我拉着施美女就能跳得很好,因为我们俩配合得比较默契,一旦旋转起来,三步可以变成两步来转。"这让不少同学刮目相看。

寝室熄灯时间在同学的呼吁下改到 11 点

回忆起当年的学习,于起翔认为和后来的多届学生相比,77级的学生在学习上更加刻苦,更加认真,是学风最好的一届。每次上课之前,都有同学主动给老师倒好茶水,把黑板擦得干干净净;在课堂上每个人都认真地做笔记,课堂上互动交流也很生动活跃,"同学们听得认真,老师自然更有热情"。

提到笔记,于起翔拿出了自己珍藏多年保存良好的 9 本笔记,包含了"新闻业务史""新闻采访与写作"等 11 门课程。随手打开,看到的是满页密密麻麻的钢笔字迹。于起翔说:"记笔记的方法是新闻业务课的老师教的。记笔记有三种方法：详记、略记和强记。"于起翔习惯详记，为了把课上老师讲的每一句话都记录下来，他练就了一手小字："字小，它移动的范围就小，写得就快一点，最后我自己能看得到就好了。"后来，在新闻采访的实践中记笔记，于起翔也是用的这三种方法，这对后期快速写出新闻，及时交稿，大有帮助。

由于大部分同学原有的英文基础很差，上了大学还需从 26 个字母开始学起，所以 77 级同学对学英语展现出了极大的热情。回忆自己一天的学习，于起翔印象最深的就是学英语：每天早上五六点钟起床，睁开眼睛第一件事就是晨读英语，然后再去吃早饭上课；中午基本上没有午休，晚饭之后又拿着英语书围着操场转几圈，边走边读；然后晚自习到 10 点钟，熄灯以后还要在被窝里打着手电筒学英语，"我第一本《英语 900 句》，就是在被窝里头把它读完的"。学校原本规定宿舍 10 点半熄灯，后来在大家的强烈要求下改为 11 点统一熄灯。

王中先生的启发式教育令人难忘

回忆起新闻系的老教授们，于起翔还能清晰地记起年近七旬的王中教授拄个拐杖站在讲台上的模样。"王先生的启发式教育令人难忘。他讲课的方式很像是孔子和他的弟子们在讨论问题，在一问一答中传递真知灼见。"王中先生来讲课，台下往往不仅有 77 级学生，还有 78 级、76 级，以及系里的年轻老师们。上课前他会给出一些思考题目，例如关于新闻的属性、什么是新闻的真实性之类，让大家事先做好准备。上课时，他会先问满教室的听课者："你们说什么是新闻的属性？"不但让学生回答，有时也会点名让年轻老师站起来回答。等到大家发表观点后，他再来总结，分析争论点。于起翔认为这种讨论的方式很适合当年的 77 级学生，"因为他们大多年龄比较大，已经有一定的社会阅历，况且当时并没有什么现成的专门教材"。

不同于现在各做各的毕业论文，复旦新闻系当年要求毕业论文分组合作，将三四个毕业论文选题相近的同学组成小组，组内一起讨论，互相帮助，共享资料，这种小组制实行了相当一段时间。"大家写出提纲以后互相看看，一起讨论。不像现在大家做论文都互相防着。"于起翔对比之后很有感叹。

此外，新闻系还经常和其他专业进行跨学科的讨论，中文系和新闻系一场关于"报告文学和通讯的区别"的争论让于起翔印象深刻，以至于后来在工作中，当他和同事争论自己的稿子属于什么新闻体裁时，搬出了当时系里流行的一个观点："写得好的通讯就是报告文学，写得不好看的报告文学就是通讯。"

非常感恩在复旦接受的新闻教育

看着学校食堂的大排肉从八分涨到一角再到一角五，于起翔的复旦学习生活就此告一段落。1982 年初大学毕业，于起翔回到家乡南宁进入广西日报社工作，立刻被分配到最艰苦的大石山区河池记者站当记者，开启了新闻职业生涯。此后从记者到编辑、到部主任，一直到广西日报传媒集团的总编辑，于起翔坚持奋斗在新闻一线 30 余年。

从"河池南丹，有钱难返"的偏远地区起步，困难之大可以想见。许多人认为山区落后，难有新闻，但于起翔反过来想，这里没被写过的东西肯定也多，勤跑勤思肯定能抓到好新闻。为了写好劳模阿斗的故事，于起翔跑到黔桂交界的矿山，跟矿工同吃同住半个月，一起爬矿井，铲煤石，下到最危险的地方："最窄的地方，上下只有 30 公分，随时有塌方的可能。"初出茅庐的于起翔按照在复旦新闻系学到的采访知识，安排采访计划，列出采访提纲，"我很规范地按照采访写作步骤全套走了一遍，结果真的管用！"他从采访中整理出 40 多个小故事，再筛选出 15 个，最后用了 9 个，写成了一篇精彩的通讯，同时还配上自己拍的人物照片和自己写的短评，很快在《广西日报》头版头条刊出。报社同事称赞道："复旦出来的人就是不一样，一个人把写稿、摄影、评论三人的活儿都做了。"第一年下来，于起翔好稿不断，光上头版头条的人物通讯就有两篇，受到报社表扬，在大会上介绍经验。

采访、写作和摄影，都是当年在复旦新闻系的必修课。其中的摄影课，于起翔一上就是三学期。在工作中于起翔也是带着相机边走边拍，常常因此超额完成报社的上稿任务。

于起翔谈起复旦新闻系给自己带来的影响时，除了业务知识，他提到更多的是精神层面的影响。尽管当年大家还没有提"博学而笃志，切问而近思"的校训，也没有同学会唱"政罗教网无羁绊"的复旦校歌，但当年的复旦学子于起翔却从校园里汲取了无穷的力量："专业、敬业、顽强、上进，是我在复旦学到的精神。我非常感恩复旦给我的新闻教育。"

复旦办学小现象,北碚文化大气象

复旦大学新闻学院　黄毅

复旦大学重庆旧址前嘉陵江流过。　黄毅　图

　　1937 年,日本帝国主义挑起卢沟桥事变、八一三事变,拉开全面侵华铁幕。一时间,硝烟滚滚,血腥笼罩神州大地,中华民族蒙受亘古未有之苦难浩劫。

　　而在抗战时期,复旦大学与国家同呼吸、共命运,西迁又东返。遵循国民政府教育部令与大夏大学组成联合大学内迁,西上庐山,再迁重庆,最后落脚重庆北碚。九年于斯,经历风雨飘摇,受尽困难曲折,艰难创业、办学育人,终于 1946 年秋胜利复员东返上海。

　　2017 年 7 月,复旦大学新闻学院“记录中国”团队的一组师生从上海出发,回到位于重庆北碚的抗战时期复旦旧址,探访尘封于此的复旦西迁史。

私立复旦遇国难，逼上庐山命途舛

20 世纪初在上海江湾，有一所私立复旦大学，这所学校前身是马相伯先生在 1905 年创办的复旦公学。彼时正是国家多事之秋，复旦公学只徐徐发展，于 1917 年拓展大学业务，由另一位建校巨擘李登辉先生改名为"私立复旦大学"。

私立复旦大学当此国家危难之际，颇有血性。1931 年九一八事变之后，复旦在李登辉校长主持下召开全校师生声讨大会，并成立军事训练委员会；更有 100 多名复旦后生参加号称"铁军"的国民革命军第十九路军。1935 年"一二·九"运动中，复旦学生云集火车站赴南京请愿，铁轨被破坏了，学生自己修，为此京沪铁路中断了四天，海内震惊。

但是这一次不同了，1937 年是个火光冲天的年份，日本帝国主义开始全面侵华战争。7 月 7 日夜，一场司空见惯的军事冲突，逐渐燃遍了大半个原已在日本压迫下沸腾的中国。一个月后在上海，日本挑起八一三事变，淞沪会战爆发。

大战当前，复旦大学得到国民政府教育部指令和大同、光华、大夏这三所私立大学组成联大内迁。这其中大同、光华因经费无着落而退出，复旦、大夏则组成了中国历史上第一所联大——"复旦大夏联合大学"，联大分二部分分别迁往江西、贵州，其中复旦去往庐山牯岭。

办学需要校址土地，图书仪器需要运送保护。复旦因此不断写信、拍电报给江西省教育厅厅长、江西省省长乃至蒋介石求助。据当时复旦校长吴南轩，联大校长钱永铭、王伯群与各方往来的书信、电报显示，复旦此时改变主意，认为迁移到庐山，由原有的一时的权益之事变为长期计划,甚至请求九江县政府赞助莲花洞附近近千亩地皮作为复旦的永久校址。

这其中的原因无他,经费短缺罢了。追随母校办学而来的学生已达上千人,养活学生需要钱,运送学校财产需要钱;穷得复旦给教授们打起预防针,说十月份以前的西迁费用,学校来掏;十月份以后各位自求多福,由诸先生自理了事。

江西省政府方面的回应又极冷淡,江西省教育厅厅长程柏庐对拨地一事不置可否,几经催促也没有下文;江西省省长熊式辉只是稍稍安抚了复旦急切的情绪,把征地的重任交给九江县政府自己执行。这个时候已经是 1937 年的 11 月 28 日了,而 11 月 12 日,中国军队撤离上海,日军西进占领沪宁沿线城市,兵锋直逼首都南京,庐山震动。在庐山避难的高官眷属,纷纷下山西行。

当时同在庐山的中央政治学校,亦随人群准备迁移。联大校长钱永铭、王伯群则于 11 月 28 日向蒋介石电报请求派遣专轮来运送复旦师生。12 月 1 日,受国民政府军事委员会之令的招商局"永利轮"开到九江接中央政治学校,但是该校准备不及,复旦师生抢了个先,乘"永利轮"溯江而上。

自此,复旦上山不久,又涉水行舟继续西迁。复旦校长吴南轩在后来的《复旦在北碚》一文中写道:"母校自去秋'逼上庐山',未几,又被'强迫旅行'。"

寄居重庆无处觅,安家北碚始得所

"永利轮"到达宜昌后,不肯再前;复旦交涉未果,只好下船。此时跟随学校西迁的学生仅剩 300 余人,其余的都散归家乡;于是 100 余名老师与学生们分三批搭乘轮船进入四川。

1937 年 12 月 29 日的重庆北碚地方报纸《嘉陵江日报》,报道了 60 余名复旦师生到重庆北碚参观的消息，证实了复旦师生 400 余人终于辗转来到了重庆。

然而，重庆此时挤满了人。

"渝地因政府西迁，机关林立，欲得足容数百学生弦歌之地，极为困难"，吴南轩在拍给教授章颐年的电报中描述了复旦在重庆继续办学的困难。

放眼重庆无容身之地的吴南轩，只好借着寒假的机会借菜园坝复旦中学校址上课。第二年春天还没有到来的时候，吴南轩拉着时任"新生活运动促进总会"干事的卫挺生来到重庆外围的小城北碚寻觅校址。

北碚是什么地方？

七七事变后，国民政府西迁重庆，北碚划为迁建区。它距离重庆约 100 华里，乘车 2 小时能到达，行舟则 3 小时可至。虽然北碚是一个小乡村，但是经过卢作孚、卢子英兄弟的经营，已经成为大名鼎鼎的嘉陵江三峡乡村建设实验区。

卢作孚又是何人？

新中国成立之初，毛泽东曾说，在中国近代历史上，有四个人是我们万万不能忘记的，其中就有爱国实业家卢作孚。作孚先生的地位由此可见一斑。

1927 年初春，卢作孚出任嘉陵江三峡防务局局长。上任之后，他肃清北碚匪患，建成了四川第一条铁路，修筑了重庆第一条运河，在北碚创立了中国第一所民办的西部科学院。著名科学家杨家骆考察北碚的第一句话是："北碚是兄弟久萦梦寐的地方……而诸位蓬蓬勃勃的朝气，尤非他处所易见到，故称北碚为中国曙光所在之地，亦非过誉！"

尽管划为迁建区后，北碚这个弹丸之地已经涌入机关、学校、社会事业单位 200 多个，各界人士 3 000 余人，北碚的人口也随之由6万余人骤增至10万人；但是无处立足的复旦大学仍然向卢作孚发出请求：选定北碚的东阳夏坝，作为永久校址建校。

殊不知卢作孚此时却为难起来。

事出有因。在此之前，经济部工矿调整处业务组组长林继庸已选定在此建设工矿区，计划开办30家工厂。得知此事，吴南轩、卫挺生纷纷致电卢作孚，希望能支持复旦在东阳夏坝办学。有趣的是，经济部的林先生曾经任教复旦并且在1936年担任过复旦学生义勇军的军事训练委员会主任委员，双方可谓渊源颇深。复旦于是绕过林继庸直接致电经济部部长翁文灏，请求经济部再做考虑。这位翁先生在近代史上也是一位大人物，是我国地质事业的创始人之一。

教育部部长陈立夫出马了，他在2月10日致电卢作孚，他认为虽然30家工厂集中在北碚一处，可以节省电力；但是"工厂集中战时易招轰炸，平时易生工潮"，建议卢作孚再做考虑。

卢作孚会怎么决定呢？

众所周知，卢作孚是航运巨子、中国船王，说他是爱国实业家，人人称颂；但是说他是民众教育家，却少有人知。实际上，卢作孚在北碚实验乡村建设，自始至终把教育摆到重要位置。

我国现代史上有四大著名的教育家：职业教育家黄炎培、人民教育家陶行知、平民教育家晏阳初、乡村教育家梁漱溟。他们都因为卢作孚的热情和教育民众的抱负而来过北碚，或者宣讲理念或者创办学校讲学，如梁漱溟在北碚创办的私立勉仁文学院。

而卢作孚在提出嘉陵江三峡乡村建设实验区的理念时，也曾经设想过要在北碚建立从幼稚园到大学的完整教育体系；恰好，复旦作为一所大学是这个理念实现的最后一块拼图。

工厂虽然是财源，是生产力，教育却是百年大计。最终，卢作孚选择了复旦，北碚接纳了复旦。

山清水秀洗污名，嘉陵放歌好还乡

嘉陵江从北碚城区穿流而过，山水风景极为秀丽。既然是乡村，冯玉祥将军在初次拜访北碚后的赠诗自是最为通俗贴切的：

山前满绿竹，山后遍松树。

松竹相交翠，看去似画图。

远山和近山，千处与万处。

岭下有清泉，汩汩流不住。

这是川中景，无怪说天富。

但是同时，嘉陵江也分隔了南岸主城区和北岸较为不发达的地区。复旦选定的东阳夏坝就属于北岸，来自繁华之地的复旦能不能生存下来呢？

北碚地方政府为复旦办学赞助了北碚公安分局的驻地作为复旦的办公室，动员乡绅王尔昌让出自己的王家花园充当教师宿舍，再有就是一些码头工人休息的工棚当作学生宿舍。这暂时使得复旦师生得到临时安置，吃住都有了着落。

但是东阳夏坝毕竟是一个乡村，据复旦档案馆记载"夏坝面积极小，房屋无多，商店也是稀缺"，想要 400 余名师生正常生活还需要师生共同努力。

"母校学风素来良好，然在江湾时代，以上海之环境如斯，终尤不能自以为尽善尽美。自迁北碚，学风之纯洁敦朴，亦大非昔比。"吴南轩校长这段话虽然是在称赞复旦在北碚获得新生，但是也委婉说出彼时在上海，复旦被诟病为"贵族学校"的恶名。

而北碚的土地上，内迁来的知识分子、科学家们都在艰难环境中自力更生，创造了一种"苦中作乐"、努力奋进的社会气氛。他们当中有一代文学大师梁实秋，梁先生在北碚所作的《雅舍小品》名满天下,开篇就介绍他的北碚"雅舍"是个聚蚊成雷、老鼠自然过街的家;有住在"老鼠斋"的老舍先生;有自己挖掘防空洞的林语堂先生及其家人。

恶名终究是恶名,不是事实。在这种安贫乐道的文化大气象中,复旦师生也没有拖后腿。400名复旦人在夏坝近千亩土地上,破土建校。以登辉堂兴建开端,紧接着就建造宿舍、课堂、食堂。在此基础上,又建造了工程馆、农学馆和社会生活馆,不几年工夫,学校由内迁来时的4院16系发展为5院22系的综合大学。拥有师生2 000余人,汇集了全国大量的文化名流与著名专家、学者、作家和科学家,全校有教授160多位,副教授将近40名,讲师100余名。

复旦的教师阵容比过去任何时期都强大。

而在众多名师当中,有一名青年讲师颇不起眼,该青年名叫端木蕻良,出生在辽宁昌图。1939年的一天,与他一般年纪的诗人方殷来访,看望任教复旦的老乡。

出了复旦的校门便是嘉陵江,江东边是黄桷镇,西头是东阳镇,江岸是一条满植悬铃木的林荫道。傍晚,师生们都爱踏着夕阳余晖,在这条林荫道上漫步,听鸟语,闻花香,吸泥土里冒出的清新味儿。

这一天,方殷和端木蕻良就在嘉陵江畔散步。两位来自东北沦陷区的年轻人,感叹国破家亡。端木蕻良在异乡的嘉陵江上,思念起家乡,受歌曲《松花江上》的感染,他创作了这首抗战时期脍炙人口的《嘉陵江上》:

那一天,敌人打到了我的村庄,
我便失去了我的田舍、家人和牛羊。
如今我徘徊在嘉陵江上,
我仿佛闻到故乡泥土的芳香,
一样的流水,一样的月亮,

我已失去了一切欢笑和梦想。

江水每夜呜咽地流过，

都仿佛流在我的心上。

我必须回到我的家乡，

为了那没有收割的菜花，

和那饿瘦了的羔羊。

我必须回去，

从敌人的枪弹底下回去，

我必须回去，

从敌人的刺刀丛里回去，

把我打胜仗的刀枪，

放在我生长的地方！

这首歌后来经著名作曲家贺绿汀谱曲，成为一首在海内外流传甚广的爱国歌曲。不同于《松花江上》的哀婉愤恨，它更为激昂热血，而暂时转危为安的复旦也焕发出新的生机！

根据重庆图书馆现存的《嘉陵江日报》和复旦新闻学院保存的《中国学生导报》记载：定址北碚后不足一年，复旦师生实行军事管理，纪律严明；既能上山涉水、绘图作业，也能建立自己的棒球队、排球队与足球队，和地方队伍竞赛。而复旦素来以新闻系为特色，定址北碚后，新闻系的学生与北碚当地报纸《嘉陵江日报》合作，创立了复新社，为《嘉陵江日报》供稿。

就这样，即便在战时，复旦师生仍在5月5日校友会上大大方方地向邵力子、于右任等知名校友展示了各院系最新成果。

六月寒冰日月昏，潜庐望道起争鸣

可是，冬天没有过去。

抗战时期,日本对陪都重庆进行了长达 5 年的轰炸,史称"重庆大轰炸"。1940 年 5 月 27 日,日寇 27 架飞机突袭北碚,投弹数百枚,炸死炸伤群众 200 余人。下午 2 时许,复旦大学教务长、法学院院长孙寒冰先生的住所及其主办主编的《文摘》杂志编辑部被炸,寒冰先生以及 7 名学生遇难。

舆论震骇!

寒冰先生是一位敢讲真话的先生。他麾下的《文摘》杂志顶着压力刊登了《西行漫记》,冒着风险出版了《毛泽东自传》;而《文摘》的战时旬刊,则于国内宣传"中国必胜,日本必败",于国外批评德意日轴心国。这些主张和观点在当时可谓不易。《文摘》不仅打破了国民党对中共边区的新闻封锁,而且尖锐批评了国民党右翼势力对德意两轴心国的幻想。

冬天没有过去。《救亡日报》上发表的题为"又失去了一个说真话的人"的悼念文章提醒着人们冬天没有过去,寒冰先生却已经故去。孙寒冰遇难,复旦大学举行了大规模的追悼会;直至今日,复旦总务处的办公楼仍然命名为"寒冰馆"以表纪念。

重庆大轰炸不见天日,抗战的胜利曙光遥不可期,接下来的路该走向哪里?

答案是,舆论引导前进的方向。

1940 年秋,陈望道为躲避汪伪特务的迫害,辗转回到北碚任教复旦。甫一到达,周恩来、郭沫若就来看望这位《共产党宣言》的首位翻译者,著名的教育家、语言学家和文学家。

随后,陈望道接替孙寒冰出任复旦大学教务长以及担任新闻系主任,大刀阔斧地开展工作。

好学力行!陈望道为新闻系定下这四个字的系训,也亲身带领不同观念的新闻学者引导复旦学子创建报纸、建立新闻馆、开办新闻晚会。

北碚复旦大学教务长、法学院院长孙寒冰教授之墓。 黄毅 图

当时的复旦大学被舆论称为"民主的堡垒"，而新闻系则是这堡垒的一面旗帜。复旦成立了一批抗日进步团体、出版了一系列爱国刊物；其中，由中共中央南方局青年组直接领导的"中国学生导报社"就直接设在东阳镇甘家院"潜庐"——陈望道在北碚的居所。

据重庆地方史研究专家李萱华的研究，《中国学生导报》是在周恩来的支持下创办的，报纸创刊后，陈望道就将自己租用的住房——潜庐，除留下一间作为自己的住房外，其余房间便当作了《导报》的编辑室和会议室。

不但如此，陈望道主持新闻系讲求兼容并包。新闻系教授中有欧美新闻学派代表赵敏恒，有国民党中央出版委员会委员祝秀侠，有塔斯社记者舒宗侨，还邀请来了国民党元老于右任、邵力子

陈望道先生在重庆的故居。 黄毅 图

和叶楚伧来授课。

　　紧接着陈望道建立起中国第一个新闻馆——复旦新闻馆。新闻馆设在夏坝江滨的林荫道旁,馆内有十余间木柱泥壁平房,新馆的馆门两旁贴着"复旦新闻馆,天下记者家"的对联。

　　有了新闻馆不能没有意见交锋,进步的真理越辩越明。

　　1943年秋,在陈望道的极力支持下,新闻系由部分学生创办了新闻晚会,在每周六晚召开,这个传统一直为复旦新闻系保留至今天。当时的新闻晚会多半是以当前形势的热门话题为主题,校内师生就各自观点发表意见,展开辩论。

新闻晚会每周一次，转眼间就到了 1946 年。抗战胜利了，复旦要东迁复校了。

1941 年皖南事变后，中共南方局为了扩大抗日民族统一战线的宣传，决定在北碚设立《新华日报》发行站。

·北京—天津小分队

新闻学院 2014 级本科生(武警班)　徐进

　　7 月 2 日至 7 日,我们京津组前往北京、天津,探访西南联大的旧事。六天之中,我们参观了北大档案馆、清华校史馆、百度总部、崔永元口述历史研究中心,并与相关负责人进行了深入访谈。先后采访了西南联大校友潘际銮先生、段镇坤先生、傅佑同先生,西南联大附中校友杨耆荀先生。

　　在跟老先生们面对面交流与查阅资料的过程中,我对西南联大的光辉与艰辛有了更深刻的体会。

　　令我印象深刻的是采访北京西南联大校友会的会长、中科院院士潘际銮教授的过程。尽管已经 90 岁高龄了,潘教授依然精神矍铄、谈吐流利。

　　"我们读书就为了三件事:抗日、救国、回家。"1937 年,日军全面侵华,部队节节败退,"难民挤满了九江城"。潘老一家也成了难民,卷着铺盖卷南下逃难,一路飞机轰炸,饮食也难以保障,在逃难路上潘老得了伤寒病、肠胃几近溃烂,硬是被父亲一路背着逃入云南。

　　来到云南,一家人依然居无定所,潘老三年上了六个学校,尽管如此，潘老依然没有放弃读书，还立下了"科学救国"的志向。

在西南联大期间，潘老更是一心扑在学习上，联大宽松的学制和严格的要求让他学会了自主学习，也将他的内心打磨得越发沉静。

身为一个在校大学生，聆听老前辈的学习经历无疑具有借鉴意义。在抗日烽火下，他们在乱世之中觅得一张安静的书桌，苦心读书。我从潘老身上看到了西南联大学子"刚毅坚卓"的精神：乱世动荡，我自专心治学；条件艰苦，我便以毅力克服；背井离乡，依然心忧国运。

那时的学生不为名，也不为利，就为了国家不亡、活得下去，正是这样的单纯简单才会造就一批又一批学志忠淳、严于律己的学生。这恰恰是现在的学生所缺乏的。专注、单纯，做一件事全身心地投入，做到极致，这是我从潘教授那里学到的。

同样令我印象深刻的是百度 AI 项目负责人陈立萌女士。陈立萌说，自己之所以会发起这个项目，也是受潘际銮先生的影响，"与潘老先生交流，有意无意，总听他提起"，接触了这段历史，自己深受鼓舞。她希望通过人工智能的新技术，能够吸引更多的年轻人了解这段历史。

关于责任与担当，陈立萌说了不少。隔着一张桌子，我能感受到她的真诚。

我们这代人不喜欢把情怀随便挂在嘴边，因为觉得太假、太空；但我们钦佩将情怀付诸行动者，因为真实可感而又激励人心。我想陈立萌是后者。

从她那里，我感到理想与情怀之于个人的精神发展有着怎样丰沛的助力。我是学新闻的，更注重实操，也很少去谈情怀。如何让情怀不空洞？唯有以实际行动结合所学去实践才能做到知行合一，才真正具有感召力。

新闻学院 2015 级本科生（云大委培生） 金冰茹

总是希望自己能更成熟一些，能更好完成一场跨越 80 年的对话。

老先生口中的历史，带着青年人对世界的好奇，带着鲐背老者的云淡风轻。但战火纷飞、颠沛流离的岁月，始终是厚重的。

突然很同意前一天口述史的王甜老师说的，与老人们交流，历史会变得鲜活。

傅老精神很好，95 岁，一个人住。天津下着雨的潮热夏天，他没有空调电扇。防盗门后的木门和小学教室的木门似的，刷了蓝漆，用一块小石头垫着。屋子进门就是饭桌，有个苹果切了一半，氧化泛黄。

房间不拘小节，床头柜上放了两碟酱菜，柜前有氧气瓶，超大屏电视在窗前，书桌上的报纸刚刚看过，苹果一体机已经用得有些发旧。

老旧的房子和现代化的设备放在一块儿，就像翻阅过的黑白报纸和未开封的彩色时尚杂志放在一起，竟然有莫名的和谐。

与傅老告别时，他把再版的《东北地理教本》送给了我。这本书由其父傅恩龄先生所编。有人认为正是这本书刺激得日军轰炸南开大学。书的分量很重。

那天上午也拜访了段镇坤先生。坐久了，明显能感到老先生的吃力，可他却仍然想多说几句。他毫不忌讳讲上夜班早晨打瞌睡；讲起办报的同人，不停嘱咐我们去找找对方的资料；提到刚去世的申先生，止不住叹了一口气……

短暂的交流也许无法完整地描绘一个时代。但是，他们每个人，都是一个时代。

新闻学院 2015 级本科生（云大委培生） 唐一鑫

正午时分，津城突降暴雨，地上的积水有些已经漫过了脚踝，我有些担心已经年过八旬的杨老是否方便到约定地点，可电话那头的杨老听起来精神爽朗——"这点雨，不碍事。"

当我们到达南开校友之家时，杨老已经站在玻璃门边等我们了。

先生衣着朴素，形容瘦削，背也有些佝偻。但是在回忆 70 多年前的生活时，他容光焕发又带着亲历者的庄重与严肃。

提到飞虎队击落敌机，先生用食指与无名指重重地扣在木桌上"砰砰"，"那可真解气啊！"回忆起小时候与闻一多先生家的小朋友在西仓坡玩游戏，先生喜笑颜开，童年生活好像就在昨天。

听闻我们要去南开校内瞻仰西南联大纪念碑，杨老高兴地给我们引路。老人的背虽佝偻了，却依然健步如飞，或许对于他来说，纪念碑更像是一位待他赴约的老友。

几片残叶散落在碑前的石台上，杨老轻轻将它们拂去，不经意的动作，让人想到杨老是怀着怎样的敬重之情伫立于此。

石碑上的名字，于旁观者而言，只是几个冰冷的汉字；于他而言，这些在记忆中依然鲜活的是他的兄长、老友。

先生摸着石碑上泛白的表哥的名字，沉默良久。时光流逝，带走了不少意气风发的联大学子，也使这一段历史逐渐被湮没。

走近这段历史，重扬伟大精神，正是我们此行的目的。希望我们能不辱使命，为联大精神的延续贡献自己的力量。

新闻学院 2015 级本科生（武警班） 张潘淳

整理视频素材的时候才发现，原来这些天经历了那么多事。

其实整个过程都伴随着一点压力和苦恼,因为相关的空镜头非常难收集,我们特地在采访的前一天晚上去校园踩点。

那段历史在现代校园内也并没有留下多大的痕迹,清华跟北大的联大纪念碑在偌大的校园里难以寻找,也很少有人驻足。偶尔会遇到家长带着孩子,在碑前讲联大的故事,便觉得是挺有温度的事了。

南开的联大纪念碑位置相对显眼,最近的建筑是化学楼,当天楼里在举行西南联大校友申泮文院士的葬礼,为申老敬献花圈就成了我们行程里的最后一件事。

从灵堂出来,我们都惦记起前几日采访的老人们。在那一刻真正深刻感觉到,想要完全揭开这 80 年未知的面纱真的是一件与时间赛跑的事情,因为这些耄耋之年的老人才是那段历史在现代最鲜活的痕迹。

可能十几年后他们也都会变成碑上的文字,但想到曾活生生地从他们身上看到那个动荡时代无奈又智慧的选择,看到自由的学术精神,看到薪火传承的家国情怀,便觉得是幸运的。

就像带队的黄老师说的:"他们给我们的震撼多过于任何一本书、任何校史档案和纪念碑,那种时代精神只有对话后才能理解其温度和波澜。我想这也是采访的意义吧,让无力者有力,让悲观者前行,让我们也拥有更多的信念和理想。"

·长沙—昆明小分队

新闻学院 2014 级本科生　张一璁

7月9日,飞机落地上海,悬着的心也终于安定下来。实践暂告一段落,信息整理和写作却又才刚开始,联大之旅仍在路上。

我所在的长沙—昆明分队7月3日清晨从上海出发至长沙,7月5日凌晨飞往昆明,7月9日返回,在长沙和昆明采访了中南大学档案馆黄珊琦、原中南工业大学基建处姚净、西南联大校工陈有余、西南联大研究所研究员戴美政、西南联大博物馆馆长李红英、西南联大讲坛主办及杂志编辑龙美光、杨光社校友后代杨万河等人,走访了昆明十四冶、昆明广播电台旧址、西南联大博物馆、闻一多故居、圆通公园等大量遗迹旧址。

行程中,遇到的每一位采访对象都极为热情,尽全力予以支持和帮助,提供了大量珍贵的历史资料,毫不吝啬地与我们分享各自研究成果、介绍采访线索,不畏酷暑地带领我们走访参观。同行伙伴也各有分工,一路上认真实践,妥善安排吃住,与我共度一段难忘时光。

此行长沙—昆明,感悟有三:

一是感受到我国的教育资源分配不平衡。在东部城市出生长大,于我而言,昆明虽远却不至于称落后,于是采访过程中几名采访对象对"边陲""偏远"等词的毫不讳言让我稍有疑惑。敲醒我的是云南师范大学西南联大博物馆馆长李红英所面临的困境:这所完全在西南联大师范学院基础上发展而来的学校,坐拥如此之多西南联大的物质和精神遗产,却在挖掘、保护、传播西南联大历史的过程中极度地缺乏资金和各方面支持——因为它在云南,在一所非 211、985 工程高校。如今旧馆内容、形式缺乏吸引力,新馆建设在即,李馆长与我们就博物馆设计、人工智能等技术相谈甚欢,但资金的严重短缺实为摆在她面前的一道难题。

二是感恩与这些亲历者、传承者、研究者相遇。黄珊琦、戴美政、龙美光等人都是为了史实东奔西走,在各地档案馆、图书馆里耗过无数日月只为得到一手材料的研究学者。即使辛苦,甚至得不到工作单位和家庭的重视理解,他们都坚持对事实负责,真正称得上"一丝不苟",有一份材料讲一句历史。陈有余老人 96 岁高龄依然支持张罗校友会,我们离开时,他 90 岁的老伴儿也跟出来嘱咐我们去学校某某地点时可以多留个心。姚净老人 84 岁,冒着长沙 7 月午后的烈日,背着布包骑自行车来接受采访,谈到自己找不到的资料和记不起来的事情时满是遗憾。杨光社校友的女儿杨万河女士答应接受采访后就开始整理家中各种资料,并慷慨赠予大量她父亲留下的资料和所作诗文。

三是享受这个攻坚克难,追根刨底,不断走近完整、真实和历史的过程。自 4 月份准备面试加入"记录中国"团队,后得知担任负责人和长沙—昆明小分队队长,至 7 月底初稿完成,我所经历的焦头烂额和柳暗花明或许是不同于其他队员的。面对如此庞大却距今稍远的选题,如何从大量已有资料中获得线索、选取并联系采访对象,如何拟约采邮件和采访提纲,如何与团队成员分工(前期准备、财务、宣传等),如何安排时间行程以及与采访对象接洽并维护后续联络,这些都是我近三个月以来始终头疼的。行程中,纵有美食美景,我却时时刻刻都需顾虑能否顺利完成采访,能否获得足够信息支撑稿件,能否在约定时间前抵达。在此也要特别感谢在联系采访对象以及采访过程中予以大力支持的周笑老师和陈竹沁学姐（澎湃新闻记者），幸而有他们此行才能完满，老师与学姐在采访中的表现更是让我在如何设问与追问方面收获极大。在多日行走、信息量巨大的情况下，她们依然保有十足热情，尽最大努力联系每一个可能联系上的采访对象，不断逼近细节，这些都是我和"记者"两字所相差的距离。周笑老师作为教授与我们同吃住，一同赶凌晨5点的飞机，在路边排档解决晚饭，还随行与我们交流学术和生活，颇有当年教授带队联大"湘黔滇旅行团"的风采。7月抵家中写稿，如今捋顺头绪，将庞杂的历史信息一一归位，西南联大的真面目日渐浮现，那时学者的趣闻亦是让我流连。依然印象深刻的是某日周笑老师问陈竹沁学姐：你愿意一直在一线做记者吗？学姐肯定地点头答道：我要做记者的。感动以及钦佩！

过衡湘，在山城，80年弦歌未绝。如今的高考生们总是将宿舍条件、周边娱乐都放入选择高校的标准之中，然而那时的人们却为了学问，背起行囊就从京津一路来到了西南昆明，炮火和贫穷亦无力阻挡岁月峥嵘。西南联大的故事说不尽，那些近乎脸谱化的闻一多、金岳霖、陈寅恪们，其实背后满是鲜活的、充满张力和震慑力的、烙着战火时代印记的故事。留下他们，留下历史，留下一代高校奇迹，亦留下我们对知识分子所应永远保有的尊重。

新闻学院2015级硕士研究生　袁星

近年来，在这块"国立西南联大纪念碑"面前，总会有老人伫立凝望，这些人是西南联大的校友，其中有不少已是当今中国和国际上声望卓著的专家学者。杨振宁博士曾多次回校参观，并在这座纪念碑前，带领他的家人满怀激情地唱起了联大校歌。

作为复旦大学的一个学子，面对自己在大学中的困惑与成长，面对社会对大学生的批评和质疑,我亦对中国教育充满了好奇与反思。有幸参与 2017 年"记录中国"重走西南联大的项目,这份好奇是我极大的动力。80 年前,卢沟桥事变,全面抗战爆发。清华、北大、南开三所大学南迁长沙,联合组成长沙临时大学。1937 年 11 月 1 日,长沙临时大学正式上课。不久后,南京大屠杀的消息传来,长沙局势危急。长沙临时大学常委、北京大学校长蒋梦麟专程面见蒋介石,蒋介石同意临大搬迁至昆明,并将学校更名为西南联合大学。

1937 年至 1945 年,国难时期,西南联大培养出了 174 位院士,其中,中央研究院首届院士 27 人、中国科学院院士 154 人、中国工程院院士 13 人;更有杨振宁、李政道 2 人获得诺贝尔物理学奖;赵九章、邓稼先等 8 人获得两弹一星功勋奖;叶笃正、吴征镒等 5 位获得国家最高科学技术奖。不可谓不是中国教育史上的奇迹。带着敬畏之情,我走近它。我想了解除了书上的介绍以外,它还有什么其他的故事和形象,令其反映出的价值和理念,不仅让我敬畏,还能让我有所启发和践行。

记忆最深的是西南联大研究会副会长戴美政说:"西南联大的考试要求很严格,考试不及格不准补考,直接重修。有的班级挂科率达到一半以上。"联大实行淘汰制,对学生十分严格。按照学分制、选修课制和必修课制规定,学生必须修满学分才能毕业。联大 8 年,前后在学校名册上有名字的学生在 8 000 人左右,但是拿到西南联大文凭的毕业生只有 2 000 人左右。严格的考核制度不禁让我想起最近一条关于"本科降专科"的新闻,其内容是华中科技大学近日通过了《华中科技大学普通本科生转专科管理办法(试行)》。其中第四条,未达到培养计划总学分的 3/4(二年级为 2/3)者,给予黄牌警示;未达到培养计划总学分的 2/3(二年级为 1/2)者,给予红牌警示。一次红牌警示,或者两次黄牌警示就得转入专科，而且不能再转回本科。新出的规定让很多网友惊叹："以前只见'专升本'，第一次见'本降专'，吓死宝宝了，赶紧去自习去。"本降专虽然是第一次，但早在几十年前，就有西南联大更严格的要求在先——学分修不满连本科毕业证都拿不到。可能有时候，我们只看到学霸认真勤奋的学习精神，却忽视了这种学习态度背后严格的管理制度。

其次令我印象颇深的是西南联大的通才教育，联大重视通才而非专才。西南联大规定：文、理、法商、工学院学生 4 年汇总必须修满 136 个学分（约相当于 30 门课程），其中包括必修课和选修课两种。一般来说必修课为 50 学分，选修课为 86 学分。选修课没有院系限制，可以选本系，选别系，还可以跨学院选课。曾任西南联大总务科十五组职员陈有余回忆："有些教授的课挤满了人。比如闻一多先生的课，有人坐着，有人站着，还有许多人就站在门口、窗外听课的。教室时不时传来很热烈的掌声，有很多人是来旁听的。"闻一多先生在油灯下备课，往往为了一个字或者一句话的解释，就要查阅大量书籍。他讲关于屈原的《天问疏证》，多次修改讲稿。自由的选课制度配合自由的转系制度，给予了学生充分塑造与发现自我的天地。如爱好诗歌和漫画的赵宝煦（当代中国政治学主要奠基人之一），从化工系转到了政治系。学生们能对自己所学抱以纯粹的兴趣，并对自己专业以外的知识有一个广博的视野。和过早的以工作为导向的学习相比，或许这样的学习更能挖掘自身潜能，完善自我人格。

昆明几日，我们重走了和西南联大有关的许多地方。如西南联大博物馆，闻一多故居，联大附近的文林街、凤翥街，到昆明时学校举行点名仪式的圆通公园，教授学生们课后漫步的翠湖，教授讲演、学生兼职广播的昆明广播电台……每个地方都有他们的足迹和故事。海德格尔说：地方是人类存在的方式。西南联大的文化与精神,并非只依托于人,且存在于地方。它是在地理层次上被建构的,地方是意义与社会建构的首要因素。

近年来,国内外慕名前来参观西南联大旧址的人络绎不绝。王力教授 1983 年 8 月重返故地,感慨良多,有《缅怀西南联合大学》诗云:"芦沟变后始南迁,三校联肩共八年。饮水曲肱成学业,结茅筑室作经筵。熊熊火炬穷阴夜,耿耿星河欲曙天。此是光辉史一页,应教青史有专篇。"西南联大博物馆馆长李红英对我们说:"西南联大是一个立体、多维的形象。它值得我们从不同角度去再现、去思考。它值得我们一遍遍去讲述,历史不去讲就没有了。"

新闻学院 2014 级本科生　杨鑫

在这次为期六天的采访中,我跟随团队在湖南长沙、云南昆明这两座城市里采访了七位与西南联大有关的人,重新走访了联大的旧址,对于那段历史我有了一些新的认识。

但这一路下来,自己感触最深的是要学会如何去查询、如何去倾听、如何去观察。

记得本学期在"对外报道"课上,洪老师讲过一般的特写都是以个人化的叙事为切口,中间再把该个人予以群体化来突出特征,最后再落脚于个人。在这种写作中,个人的故事对于读者来说无疑是具有巨大吸引力的,而要达到这一目标,首先就需要在采访之前确定好与此有关的线索人物,然后在具体的采访过程中要更好地去倾听、更细致地去观察。

在 7 月 3 日正式出发的前两周,按照学院的要求我们必须要提前确定好我们的采访对象。对于还在期末季并且也完全不熟悉西南联大的我来说,这任务确实有些艰巨。但这也正是每个记者都会面临的问题,不能不去解决。于是我通过上网查资料,看相关的书籍，最终确定了三位采访对象，并通过微博、电话与龙美光老师、陈有余老先生取得了联系。

在7月3日到7月8日的正式采访中，根据出发前的职责选择，我主要承担的是财务统计这方面的工作，所以在采访中我并不是主要提问的人。这反倒给了我一个好好倾听、消化对话内容的大好机会。还记得在陈有余老先生家里采访的时候，陈老坐在沙发上，老师和主问人分别坐在陈老的旁边，而我正好坐在陈老正对面的小板凳上，所以陈老回答问题时的一些面部表情、手部动作都一览无余。也正是因为正对面的关系，陈老回答问题的时候总喜欢看着我，如炬的目光让我更加珍惜同陈老的对话，所以等主问问完之后，我也问了之前在笔记本写下的几个问题。

这一趟采访下来的收获，就是老师在"新采"课上反复强调的采访技巧。但在课堂做笔记和实际去体验，完全是两码事。所以，我要感谢新闻学院能提供这样一个好机会，感谢带队的周笑老师和陈竹沁学姐，也要感谢同行的三位小伙伴。

一路欢歌笑语！

新闻学院 2015 级本科生　刘佳乐

在知晓这个项目前，我对西南联大的了解并不是很多。

作为一个惯常以视频、图片来记录见闻，表达想法和情绪的人，我很少用文字去记录些什么。文字的记录和表达细腻直白，留下的想象空间也够足，写作者的情感倾向明显，因此从一开始一点点阅读与西南联大相关的书籍时，就开启了一种于我来说，不太常用，却又细致深入的探寻方法。

2017 年，适逢西南联大成立 80 周年，我也有幸加入追寻当年的西南联大从北京、天津出发，一路暂停于湖南长沙，落脚到云南昆明的匆匆步履之中。

　　短短的几天时间，走过了长沙、昆明两座城市，置身于这些城市之中，听着西南联大旧址——云南师范大学的钟声，看着联大曾经使用过的办公楼的斑驳的台阶，再闭上眼睛，仿佛就能感觉到那种光阴荏苒，自己穿越时空置身于当年的朗朗书声当中。多少年风雨飘摇，学子换了一茬又一茬，学校也换了名头，但是这些历史建筑和昔日的路还在，它们身上留下的西南联大的痕迹也磨灭不掉。但是如果无人知晓这些痕迹的来历和故事，痕迹便只是痕迹。

　　正如西南联大博物馆的李红英馆长所说："历史不去讲就没有了。"几经风霜的楼阁亭榭或许再过个80年依然笑春风，但是随着时间的流逝，留下来的亲身经历过这段历史的人便越来越少了。时值西南联大成立80周年，我随着队伍来到这片土地，幸运地和这里愿意留下这段历史记忆的先生、前辈们汇合，从他们身上汲取到了更多我所不了解的西南联大。

　　　　万里长征，辞却了五朝宫阙，
　　　　暂驻足，衡山湘水，又成离别，
　　　　绝徼移栽桢干质，九州遍洒黎元血。
　　　　尽笳吹，弦诵在山城，情弥切。
　　　　千秋耻，终当雪，中兴业，须人杰。
　　　　便一成三户，壮怀难折。
　　　　多难殷忧新国运，动心忍性希前哲，
　　　　待驱除仇寇，复神京，还燕碣。
　　　　　　　　　　　　——《满江红》西南联大校歌

　　西南联大研究会的戴美政老师曾将西南联大的校歌唱给我们听，这是我第一次如此认真地聆听除了复旦大学的校歌之外充满人文气息的歌谣。"绝徼移栽桢干质"这句歌词我并没有十分理解，后来才知晓这句歌词恰恰道出了南迁的本质：把这些对国家有大用的良才带到偏僻的地方去，免受战争摧残。戴美政老师是一位健谈又热情的老先生，他对西南联大的研究可以说是广泛而透彻，并且相当"长情"。也多亏了戴老师，我们才能看到除了联大博物馆收入囊中者之外的更多史料和历史建筑。临走前，戴老师还赠予了队伍里的每个人一本自己编纂的有关西南联大的书，连赠书时因病不在场的我都考虑到了，一个都不能少。

能够在学问渊博的老师和专业的记者学姐带领下，参与到历史命题的调研和采写中，是不可多得的收获颇丰的经历，赶在 80 周年之际，趁着西南联大亲历者还健在之时，站在历史发生的街头，用一种看似费时费力，但却让人心尖能够切实地颤动的方式观察历史，记录历史，做历史的旁观者，做历史的聆听者，做历史的记录者，做历史的传播者。哪怕只是历史星河中的渺渺微尘，但只要切实地去做了，就不算为时晚矣。

·蒙自小分队

新闻学院 2015 级本科生　周萍

　　除去花在路上的时间,我们一行人在蒙自待了整整四天。四天的时间,对于社会实践来说并不算长,但每一天充实的安排确实让我们领略到了蒙自的独有风味。

　　在蒙自,我们围绕西南联大蒙自分校的主题展开采访调研,走过了蒙自的老城新区、大街小巷,寻找着与当年西南联大有关的线索。整个过程有苦有乐,我们也是真真切切地感受到了当年联大在蒙自留下来的气息,也有了一些意想不到的收获。这其中虽然有些收获和我们的主题并无关系,但是确实让我们更好地认识了蒙自这座宁静的边陲小城。

　　蒙自虽然比较偏僻,但无论是自然风光还是人文历史其实都有其特点,是个值得一来的地方。希望以后还可以再去一趟蒙自。

新闻学院 2016 级硕士研究生　杨倚天

　　从出发前只有三位确定对象的采访清单,到抵达蒙自后一次次更新的日程表,我们所不断修改的,就是不断充实的采访线索和对象。短短几天,收获了太多意想不到的惊喜与感动。

　　为期四天的采访中,虽然每天早出晚归,但蒙自小分队的队员们都累并快乐着。我们沉浸在交错纷繁的联大历史中，兴奋于不断挖掘出新闻点的成就感，等待和奔波的疲惫感便一扫而空。

那是一种深入民间、日进一步的满足感，我们享受跑的过程，收获写的畅快。

漫步在南湖湖畔，我看到衣袂翩翩的闻一多先生手执一卷《楚辞》，与师生探讨着文学与艺术之美；对话抗战老兵王炳秋，我看到莘莘学子投笔从戎的坚毅身影，也感受到那个年代中国青年捍卫祖国尊严的热血与决心；站在聚贤居茶室的门口，我看到美国将军手中端着一碗热气腾腾的普洱茶，正与联大的学子谈论世界局势；坐在碧色寨车站的铁轨旁，我看到长途颠簸的联大师生正从火车上走下，随之而来的是思想和风气的开化……

这一切都仿佛历历在目。

在走访历史旧址、与人们深入交谈的过程中，我们踏上了连接今昔的桥，跨过几代人的记忆，重回烽烟跌宕的联大岁月，也置身于弦歌不辍的往事云烟。

与采访对象的不期而遇，更让我感受到新闻采访的魅力所在。与聚贤茶室的章阿姨唠嗑，到王家宅院的静波轩品茶，在偶遇了这些历史书中记载的文化旧址后，同伴们半开玩笑地说，我们开发出了一条蒙自深度游的文化新路线。

采访线索不会凭空而来，很多意外线索也是在多问、多跑、多思考中得到的，只有身体力行、深入基层地扎实采访，才能掌握第一手资料，收获最新鲜实在、丰富多彩的真实故事。

这正是陈念云所提出的记者应有"三勤"中的"勤跑"，也与黄远生"四能"说之"腿脚能奔走"不谋而合。而那一刻我也才真切地体会到，脚下沾有多少泥土，笔下才会有多少真情。

新闻始于脚下，风景这边独好。这正是属于我们的中国故事。

新闻学院 2014 级本科生　樊雨轩

抵达蒙自是在晚上九点,因为大雨而晚点了一个小时的列车是蒙自站这天最后一班列车。没来得及回头看一眼蒙自站是什么样子,就一头扎进雨里,和黑车讲好了很坑的价格之后,小面包车摇摇晃晃载着我们进了城。狭窄的沥青路,20 世纪的房屋,没有路灯,给我们的第一印象是如此落后古老。也许当年联大学生们进入蒙自的第一印象也是如此吧。就像此后小城的秀丽和友好征服了我们一样,当年淳朴的边城也给联大学生们留下了"世外桃源"的印象。

蒙自是红河州的首府所在,红河在中国的河段被叫作元江,进入越南后才叫作红河。红河我是没有见到,只听说因为红土的原因河水是红色的。红土的颜色就像小时候看到的红砖。到大江南北后,总是会想起来高中学过的地理知识,在黄山看岩石,在云南看土壤。只看土壤,应该是贫瘠的。但云南这种风调雨顺的气候让植物的生长完全可以突破土壤的局限。野蛮生长的仙人掌,旧城区家家户户房顶上的多肉和茂盛的凤凰木,以及我说不出名字的许许多多的植物,无不证明了这片土地的丰饶。

天边有大团大团纠结在一起的白云,今天是第一个晴天,也是我第一次看见蒙自的蓝天白云和低矮的群山,云雾缠绕在山顶,丝丝缕缕掉到山腰,温温柔柔环绕着蒙自这座小城。

这天,阳光开始刺眼的时刻,路过挂着"过桥米线协会……"条幅的广场,看蒙自的大妈们正在尬舞,广场舞的气息,却像篝火晚会的跳法,围成圈圈、相对而立。这也许就是这个多民族的自治州首府的少数民族气息吧。

我也不知道我对蒙自的了解有多少,毕竟几天时间,所知有限。不过这些天听许多人说话,讲蒙自,讲云南,讲历史,讲现状——

蒙自是边境城市，距此 100 公里处就是河口，可以出境至越南，我在酒店电梯里也听见一家三口在讲明天要出国的事。而此地的大学里，也有许多来自东南亚的留学生，拿着红河学院的文凭在他们本国是很容易找到工作的。

蒙自是兵城，自古就是兵营驻地，穿行大街小巷时能看见不少部队的建筑。据红河学院的老师说元代开始在此屯兵屯田，当时叫作新安所。

蒙自是移民城市，自治州州府从个旧搬迁来至今，蒙自的人口有 2/3 是外来人口。我们这些天遇到的采访对象确实有很多来自五湖四海，广东、广西、湖南、河南……

蒙自是红河州首府，而红河州是哈尼族彝族自治州，因此有很多少数民族，又因此会过很多的节日，我们来的时候，彝族正好在过火把节，而哈尼族正好在过苦扎扎节。也许是因为平日里节日太多，所以这里的暑假放得晚来得早，也是有合理之处的吧。

巷子里卖冰棒的小商店让我想到小时候在农村老家那个村子里的小商店，只有一个窗口，踮着脚朝里面望。据说这里的旧城区保护得很好，所以我们按照 20 世纪的地图去找当年的咖啡馆竟也能找到。只是那对越南姐妹所言甚少，不知如何询问。

如果不是这次实践，我也许一辈子都不会来到这座城市，离别之时也是一样的感伤：再见了，再也不见了。我很喜欢你，可我不属于这里。也许当年西南联大的学生们离别之时也是这样的想法吧。

新闻学院 2014 级本科生　周奕辰

很幸运能够和大家一起，在滇南小城蒙自深度走访。这次走访收获颇多,就像破案一样,欣喜于自己得到了许多当地好心人的帮助,一步步找到了来之前从没有想到的采访对象。

整个过程是奇妙却难以描述的,想感谢的人有太多,比如聚贤茶室的章丽珠阿姨,蒙自市电视台的赵滇老师,以及经他介绍,94岁高龄却和我们滔滔不绝两个多小时的王炳秋老人等等,萍水相逢却把自己知道的故事毫无保留地告诉我们,着实令人感动。

另一个印象深刻的就是关于新闻的现场感。我们组在史料地图的帮助下,一步步还原了当时的场景,作出了很多类似于"这个地方就是当年联大师生上课的地方"之类的判断并得到了证实,觉得能够重访历史,是一件特别有意义的事。

新闻学院 2014 级本科生　孙佳煜

在动身前往蒙自之前,我读了一些背景资料,其中包括宗璞的那篇《梦回蒙自》。文章里有这样一段话:"……园中林木幽深,植物品种繁多,都长得极茂盛而热烈,使我们这些北方孩子瞠目结舌。记得有一段路全为蔷薇花遮蔽,大学生坐在花丛里看书,花丛暂时隔开了战火。"那可是家国动荡的 1938 年,我无论如何也想象不出,这些经历过漫长西迁路的文弱学生,到底是如何做到仍能"坐在花丛里看书"?文章里的这片世外桃源到底是怎样的?而当我真正到达蒙自,我似乎理解了文法学院师生的那份"蒙自情结",也理解了这片土地对于联大人的意义。

我在考察队里负责随行摄影,也就将注意力更多投向了这里的自然风物:路旁塞塞窣窣的芭蕉树,一大朵一大朵几乎要掉下来的云,晴朗干净的蓝天,还有出现在闻一多、朱自清、陈寅恪等等大师文稿中的南湖。联大学生曾说蒙自四周的环山将小城藏在了这片蓝天下,地理位置的隔离感,以及蒙自当地老百姓的淳朴与亲切感，对于从战火纷乱中逃离至此的师生来说，的确是一份难得的慰藉。记得我们去哥胪士洋行的联大博物馆参观时，展馆里有一处精巧的设计：缩小比例还原复建了当年的教室，旁边的档案写着，"文法学院来此正值蒙自雨季，常常大雨轰然而至，雨声太大师生无法上课，授课老师索性让学生们'停课听雨'"。这个细节实在动人，联大师生的乐观精神和文人气质几乎完全融在这方小城的风景里。

· 重庆北碚小分队

新闻学院 2014 级本科生　施许可

　　一周不到的时间,"记录中国"重庆组团队,圆满完成了实践任务。在炎炎酷暑中,探访重庆北碚,不仅为复旦校史的挖掘作出了进一步贡献,并且还为西南联大的校史,挖掘到了珍贵的史料。

7月3日

　　重庆组一共 5 人,刚赶到重庆就立刻驱车前往北碚,安定住所

复旦大学重庆旧址门前。　黄毅　图

后，已经接近傍晚了，但我们还是决定先去"国立复旦大学重庆旧址"周边了解大概。在向当地人询问后，我们发现它离我们住所并不远，过一个嘉陵江大桥，步行 20 分钟不到就是了。在周边观察后发现，附近的景色很好，紧挨嘉陵江畔，远处群山拥簇，又正值落日，渡船经过时仿佛回到了 70 年前复旦在此建立的那段时光，令人遐想。

在复旦大学重庆旧址可以看到壮阔的嘉陵江景。　施许可　图

7 月 4 日

上午参观完复旦大学旧址里面展列的照片和文物，并使用 EX280 摄像机进行了景点拍摄后，下午我们兵分两路。一路是在提前联系好的采访对象家中进行采访，那是一名 86 岁老人，对北碚历史有研究。虽然当时环境嘈杂，但在回答我们问题的过程中，需要查阅资料时，老人都不辞辛苦去查阅资料，他追求准确细节的

复旦旧址面貌。　北碚博物馆供图

精神,令我们感动,这一次的采访为我们提供了许多有价值的资料。另一路是和北碚区的博物馆对接,收集到了一些复旦西迁后的图片资料。

7月5日

我们马不停蹄地前往下一个采访对象的住所——重庆市区进行采访。清早,我们坐上了开往重庆市区的轻轨,一个多小时后,来到了小区。经过两个多小时的交流,发现我们的采访对象刘重来老师,不仅是西南大学的历史学教授,更是西南联大南湖诗社的创办者刘兆吉之子。这个意外之喜,为"记录中国"其他组的成员带来了珍贵的资料,确实老人手里有其父亲存留的闻一多、朱自清大师的手迹。鉴于时间因素,我们决定7日与老师再次相约,一探手迹。

下午,我们辗转了一个多小时的公交,来到重庆市图书馆,翻阅《嘉陵江日报》,搜寻复旦在当时留下的影子。因为大家都是初次使用微缩胶卷，觉得很兴奋。面对浩如烟海的报纸，大家没有气馁，而是很细心地翻阅每个版面，挖掘到了许多有意思的细节。

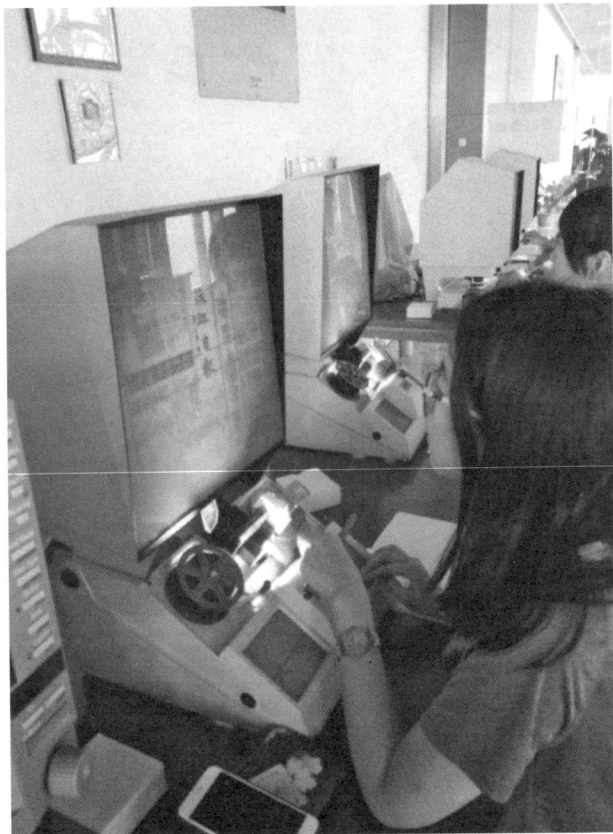

欧杨洲同学在翻看《嘉陵江日报》的微缩胶卷。　黄毅　图

7月6日

　　结束了昨日紧张忙碌的任务后，我们小组开始在复旦北碚旧址探寻陈望道先生的故居"潜庐"，经过几番问询终于找到了"潜庐"旧址。现在已经是一个四合院的民居，里面生活着在此居住了

50 多年的当地居民。门牌上"潜庐"的字迹依稀可见,斑驳的青苔,显露出历史的沧桑,见证着曾经复旦师生在这里的悠悠岁月。

陈望道北碚故居"潜庐"的门牌,也是复旦学生创办的有进步色彩的《中国学生导报》的诞生地。 黄毅 图

7 月 7 日

上午,我们赶往西南大学资料室查找与"西南联大"有关的资料,非常幸运得到了相关同学的帮助。

下午,继续采访刘老师,我们前往了他在北碚的公寓。问了许多有关西南联大的资料,并且拍摄了闻一多、朱自清等大师写给其父亲刘兆吉先生的《西南采风录》序文,资料十分珍贵。

一周不到的时间里,我们小组 5 人在山城重庆走访多地,探寻着 70 多年前复旦在北碚留下的旧踪迹,点点滴滴的印象,汇聚成的是厚重的历史沧桑。我们了解到在战火纷飞的抗战时期,复旦学子正和这个性格火辣的山城重庆一样顽强不屈,在大后方毫无畏惧地发出了时代的强音。而这些事,只是那个时代的沧海一粟,我们知道的太少。此行的目的,就是记录这些即将被我们忘却的

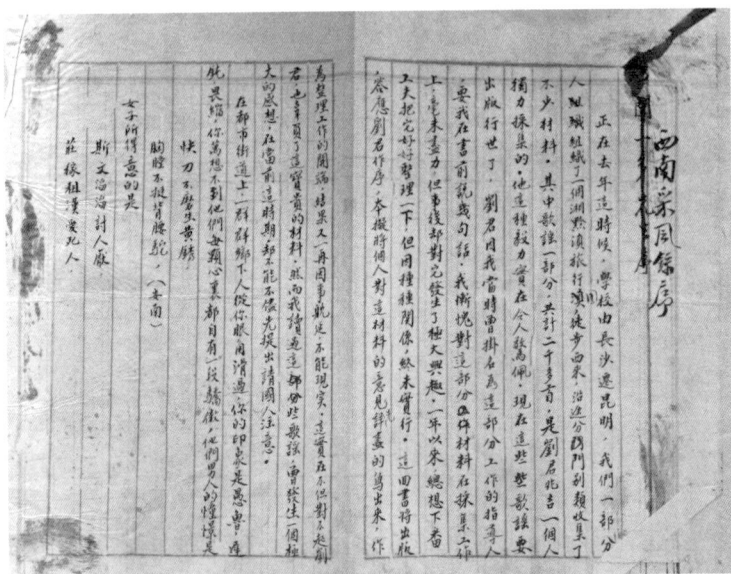

《西南采风录》序文。　黄毅　图

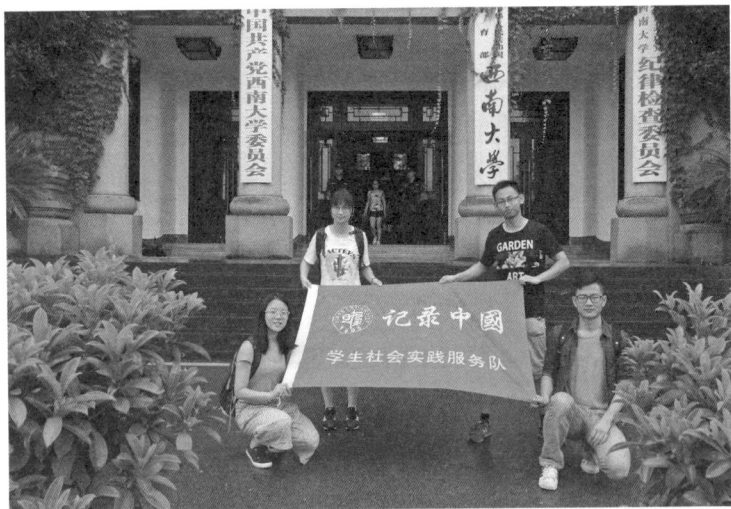

小组成员在西南大学前的合影。　黄毅　图

历史,以及将要被时代遗忘的老一辈们。在洪流之下我们能改变的太少,但触碰到真实可感的讲述者时,那种来自内心深处的震撼,那种对70年前的追思和感动毫无疑问是历久弥新,被永远回味的。

新闻学院2014级本科生 韩晓蕾

在重庆的六天,看到很多,听到很多,感受到很多。

记得第一天的时候,我们去复旦重庆旧址纪念馆踩点,在那里,依旧处处有着复旦痕迹。写着"国立复旦大学"的校门、旁边叫作"相辉堂老火锅"以及"登辉副食"的商家、住在原复旦校舍并且热情邀请我们进去喝茶的老人家,以及正对着校门连接了嘉陵江的蜿蜒漫长的台阶。挂在复旦纪念馆内一幅当年重庆复旦大学全貌的山水画告诉我们,这台阶依旧是当年复旦师生们日日走过的台阶。校门屹立于台阶伊始,步出校门,沿着台阶下去,就到了嘉陵江的码头,船只停泊在码头上,是那个年代最重要的交通工具。后面一日的采访中,做北碚历史研究的学者李萱华老师为我们朗诵了一首《嘉陵江上》,不禁令人想起,在那个战火纷飞的年代,复旦师生们若是能够偷得浮生半日闲泛舟嘉陵江上,看日落西山,也颇有些浪漫之意。

在查阅资料的过程中,我们有幸接触到了许多民国时期的旧报纸旧杂志,有复旦孙寒冰教授主编的《文摘》,还有当年重庆本地的报纸《嘉陵江日报》等。在重庆市图书馆,我们借助现代高科技手段——微缩胶卷,阅读到了将近100年前的老报纸。这些民国旧刊带着那个时代的气息,跨越了历史长河,诉说着当年的往事。复旦西迁重庆,复旦师生在炮火纷飞的重庆依旧有声有色地生活,他们踢足球、排话剧,这些形形色色的日常都透过老报纸浮现在我们面前。

而当我们采访刘重来教授的时候，还收获了意外之喜。刘教授的父亲刘兆吉先生竟是当年西南联大的学生，亲身参与过长沙西迁云南步行团，在步行至云南的过程中，他在闻一多等名师的指导下，沿途采集民谣，后将这些民谣编成一本《西南采风录》，由闻一多、朱自清先生作序。爱好文学的他不仅是南湖诗社的创始人，与闻一多、朱自清等名师大家也私交甚好。无心插柳柳成荫，我们无意中得到了与本次"记录中国"大主题"重走西南联大"密切相关的大量信息。刘重来教授不仅与我们分享了他父亲当年在西南联大的众多趣事，还为我们展示了刘兆吉先生当年到长沙临时大学报到时的入学证和闻一多先生、朱自清先生极其珍贵的手稿。能亲眼看到这些珍贵的一手历史资料，我们也感到非常幸运。

新闻学院 2014 级本科生　黄毅

马不停蹄踩点去

2017 年 7 月 3 日，"记录中国"重庆组师生一行五人从上海出发，于当天下午抵达重庆北碚区。

甫一抵达，我们便直奔抗战时期复旦大学旧址进行踩点。

印象里的北碚老校址是保护妥帖、后人观瞻景仰之处；实际上也没差，这里成了一处爱国教育的小型博物馆。登辉堂经过修缮，依然是那个精神象征、主体建筑；倒是博物馆周边的两家小店的名字——登辉副食、相辉火锅，让我们这些归来的母校学子忍俊不禁。

来之前的资料准备阶段，我已经了解到这块校址地皮来之不易。

1938 年，校长吴南轩和新生活运动促进总会干事卫挺生到北碚寻觅复旦西迁校址,选中东阳镇下坝;无独有偶,在此之前,国民党政府经济部工矿调查处处长林继庸已经选定在此建设工矿区,计划在这片土地上开办30家工厂。后来则是区长卢作孚一锤定音,同意复旦永久建校于此。

来了才知道,这里当真是一块风水宝地呀。嘉陵江畔,风景秀丽,复旦在此蓬勃发展,教职人员马上"招兵买马",学术成就蒸蒸日上,救亡图存,贡献知识力量。我们在风景如画的江边数着当年师生们共建的河畔阶梯台阶数,在江风涛影里陶冶情操,正式开启了我们记录的进程。

走进历史的屋子

时近傍晚,我们一行不舍离去,于是来到当年作为学生宿舍的地方。这里现在依然保留了外观原貌,但是内部已然变为了北碚市民休闲娱乐打牌的盈利机构。北碚人好客,一听我们是复旦学子,赶忙让进屋来,说道那些屋子里过去的故事。

"砖瓦也变了,也浇了水泥地,添了带花纹的天花板;不过这以前是你们的地呀……,后来归了羊场。"史料记载,最早的校舍是国民党峡防实验区副区长卢子英给批的煤厂的棚屋,后来经过复旦师生共同努力,校舍修建一新。

隔天下午,我们兵分两路,一组去北碚区档案馆调研资料,我这一组则来到重庆北碚地方史研究专家李萱华老师家采访。

李老师高寿八十有六,身子骨仍然硬朗。出身42军的他,退伍后到北碚工作。老人见到我们很高兴,谈起抗战时期北碚当地的许多文化趣事,我们不断引导他靠近复旦的主题来谈一谈,果然有收获。

如今我徘徊在嘉陵江上

我仿佛闻到故乡泥土的芳香

一样的流水　一样的月亮

我已失去了一切欢笑和梦想

江水每夜呜咽地流过

都仿佛流在我的心上

《嘉陵江上》，端木蕻良作词，贺绿汀作曲，这是一首脍炙人口的与《松花江上》齐名的抗战歌曲。当老人讲起歌词作者复旦讲师端木蕻良于嘉陵江泛舟时作词的故事时，我们安静地听着那个时候诗歌的浪漫。而当我们请老人为我们轻轻念起歌词时，乡愁、浪漫的乐观精神、爱国情结和厚重的岁月感走进了这间缙云山下的屋子。

渝北遇新知

7月5日，我们一行人来到渝北区采访西南大学历史系教授刘重来。刘老师是卢作孚研究的专家，就此他介绍了卢作孚与复旦的故事：审批来北碚，辟地作校舍，支持复旦办学等。

北碚作为抗战时期三大文化中心张开了怀抱，容纳了许多文化知名人士，复旦大学在此成长，在文化大现象中生长出办学的小气象。

告别刘教授后，我们来到重庆图书馆查阅《嘉陵江日报》剩余的资料。出发之前，我们于新闻学院资料室查阅到了部分《嘉陵江日报》的材料；但是显然重庆图书馆缩微胶片的保存方式保存起来的资料更为完整。

从缩微胶片查看器的屏幕上我们紧张地寻找着有关复旦印记的材料，不放过任何蛛丝马迹。找到了诸如校友节、复旦新闻系为《嘉陵江日报》供稿等宝贵的一手资料。

无论是刘老师的故事还是缩微胶片里保存的复旦记忆都让我们耳目一新，这无疑为我们填充历史细节给予了更多线索来思考，更多材料也会被加以利用。

重访北碚见故人

7月6日上午,我们计划拜访陈望道老先生在北碚时期的旧居——潜庐,以及孙寒冰教授的墓址——寒冰墓。一路打听,我们顺利找到了寒冰墓并进行了取景拍摄。

但是潜庐显然更为隐秘,这里曾经是复旦学生报纸《中国学生导报》诞生的地方,蓬勃的青年激情就在望道先生的这几间屋子里生长。沿着下坝路,伴着小雨,我们在湿滑的道路上走走停停,询问当地人有关潜庐的信息。

终于,沿着294县道,我们在当地人的指引下找到了潜庐。这里已经被改造成为两层的民房。居民在砍柴生火,我们的到来并没有产生多大妨碍。

"我们已经习惯了,你们学校总是有人会回来看看",暖心的话语中我们很快完成取景拍摄。应该说,复旦在北碚留下的印记很深,直到今天,当地的人们仍然对当初那所西迁而来、生根发芽的大学津津乐道。而从历史资料、歌曲、故事乃至遗迹中,我们也确实挖掘出平淡的校史中所忽略的细节。

新闻学院 2015 级新闻系　欧杨洲

重访学校旧址　追寻复旦记忆

复旦大学重庆旧址位于嘉陵江畔。西迁路途遥远,学校资金不足,复旦大学师生好不容易在重庆北碚安定下来,学习和生活却非常艰苦。建校之初,复旦师生借庙宇、祠堂、农家民房作为教室、办公室或者宿舍,一边治学一边建设校园;校园旁还有几块农田,供农学系、茶学院的同学种地实践。

旧址最显眼的建筑便是登辉堂,它是复旦大学内迁重庆之后新建的第一幢小礼堂,以复旦大学老校长之名命名,如今已成为复旦大学抗战史的陈列馆。站在那些珍贵的历史照片和文物面前，我们眼前仿佛浮现了抗战时期复旦师生的身影。陈列馆旁还有"相辉堂老火锅"和"登辉副食"，这些都是复旦的印记。

吴南轩校长面对当时的学校条件曾感慨："庇荫我们的屋宇之简陋，有环绕我们的大自然优美作补偿。"到达重庆的第一天我们便赶至旧址踩点，正好遇到了绚丽落日，江面波光粼粼，游船缓缓开过，历史和现实似乎于此重叠。

另两个遗存建筑就不那么好找了。小组成员冒着小雨，询问当地居民才兜兜转转找到陈望道先生的旧居"潜庐"和在日军轰炸中身亡的孙寒冰先生之墓。

采访历史学者　聆听抗战的故事

经过多次联系沟通，我们争取到了采访两位研究北碚抗战史的学者——李萱华和刘重来先生的机会。

李萱华已经是 86 岁高龄，但和我们聊起北碚的抗战岁月时依然思路清晰、滔滔不绝。他讲述了复旦搬迁至北碚的故事，包括选址的过程，师生的校园生活，陈望道、吴南轩、孙寒冰等教授的轶事，还为我们现场朗诵了端木蕻良的诗歌《嘉陵江上》。"如今我徘徊在嘉陵江上，我仿佛闻到故乡泥土的芳香，一样的流水，一样的月亮，我已失去了一切欢笑和梦想。"老人的声音不响，却饱含着故乡之思和抗战不屈的精神。

刘重来老师主要研究重庆十大历史名人——卢作孚，采访时讲述了卢作孚颁布的许多政策对复旦西迁的帮助，给我们提供了新的采访思路。同时，我们意外地发现刘老师的父亲——刘兆吉先生是西南联大的学生，并编写了《西南采风录》，和闻一多等先生均有交流，可以作为西南联大的选题素材。刘重来老师为我们展示了闻一多、朱自清为采风录作序的原稿和他父亲在长沙临时大学的学生证,均为非常珍贵的第一手史料。

埋头故纸堆 搜集新闻碎片

出发前,我们已在新闻学院档案室翻阅了1943—1945年间的北碚地方报纸《嘉陵江日报》,并采访了黄瑚老师,黄老师简要介绍了复旦西迁历史,提供了阅读参考资料。到达重庆后,我们又到重庆图书馆、北碚区图书馆和西南大学资料室,翻阅当时的报纸,搜寻更多的资料和报道,扩充完善校史。

我们联系了北碚区博物馆,馆方为我们提供了一些历史照片和《文摘》杂志。《文摘》杂志由孙寒冰老师于1937年创办,他提出《文摘》的任务是宣传"中国必胜,日本必败",树立国人抗战必胜的信心,字里行间体现的是复旦人的理想、信仰和精神,十分珍贵。

重庆图书馆保存了《嘉陵江日报》的微缩胶卷,我们第一次使用微缩胶卷放大仪阅读报纸文献。仪器屏幕很小,报纸上的字又有些模糊,我们阅读起来非常吃力,但在五个小组成员的共同努力下,我们找到了几十条与复旦相关的新闻报道,收获颇丰。

趁亲历者还在、遗迹犹存,我们就要多问、多听、多记录。我们这次重庆之行只是翻开了复旦抗战时期那段历史的一个小角,但也挖掘了一些大历史背景下的小故事,感受到了那时复旦师生的不屈和努力,不虚此行。

2018年『记录中国』专业实践项目

聚焦沿海开放城市发展 回顾改革开放 40 周年

连云港第二座机场拟取名
"花果山国际机场"，2020 年亮相

澎湃新闻记者　马作鹏
复旦大学新闻学院　陈昕　施佳一　班慧
（发表于 2018 年 7 月 14 日）

　　江苏省地级市连云港将迎来本市第二座机场。

　　2018 年内，连云港新机场将开工建设，预计 2020 年竣工。届时新机场将承担通用航空和运输航空的职能，现役的白塔埠机场将回到军用机场的历史轨道。

　　此外，连云港市机场建设发展领导小组办公室综合处负责人朱学兴表示，连云港市的新机场将取名"花果山国际机场"。

　　近日，澎湃新闻（www.thepaper.cn）和复旦大学新闻学院联合组成"记录中国"报道团队，奔赴上海、连云港、南通等 14 个首批沿海开放城市，寻访和呈现改革开放给城市带来的巨变。

　　目前在各地飞往连云港的航班即将降落时，机组都会广播提醒靠窗乘客拉上舷窗，并禁止乘客拍照。连云港白塔埠机场之所以如此特殊，正是它军民合用机场的身份造成的。

　　据连云港白塔埠机场官网公开信息，该机场为军民合用机场，占地 5 平方公里，位于连云港市西 25 公里处。1984 年经中央军委、国务院批准，使用白塔埠机场开展航空运输业务。1985 年 3

月 26 日开通第一条民用航线，至今已使用 34 年。

新机场将于 2020 年亮相

7 月 11 日，"记录中国"报道团队就连云港"花果山国际机场"修建进度采访了连云港市机场建设发展领导小组办公室综合处负责人朱学兴。

"记录中国"报道团队了解到，目前该市新机场已进入可行性研究报告编制阶段，预计 10 月将结束审批，开工建设。连云港市民有望在 2020 年一睹新机场真容。

政府资料显示，连云港市地处江苏省东北端。东濒黄海，与朝鲜、韩国、日本隔海相望，北接山东日照市，西邻山东临沂市和江苏徐州市，南连江苏宿迁市、淮安市和盐城市。

从地理位置上看，连云港南连长三角，北接渤海湾，西依大陆桥，处于连接新亚欧大陆桥产业带、亚太经济圈、环渤海经济圈和长三角经济圈的"十"字结点位置，为陆上丝绸之路和海上丝绸之路交汇点，是新亚欧大陆桥东桥头堡、中国首批沿海对外开放城市、中国重点海港城市、中国优秀旅游城市和中西部最便捷出海口岸。

2014 年 7 月，中国民用航空局正式批复同意连云港新机场选址方案，确定灌云县小伊乡为新机场场址。

据朱学兴介绍，新机场周边高速公路网线丰富，拥有连霍高速、沈海高速、长深高速 3 条高速公路及规划的连宿高速，距连云港市区直线距离 21 公里。

与白塔埠相比，市区到新机场的自驾距离缩短近 15 公里，届时还将有机场大巴、机场快速路、综合客运枢纽等配套设施，连云港市第一条轻轨也在筹建中，以打通机场到市区的最后一段路。

此前,灌云县委书记左军在接受《连云港日报》采访时表示,"花果山机场今年(2018 年)动工实施,'海、空、陆、铁、水'五通汇流的立体交通体系正在加快构建"。

取名"花果山",盘活旅游资源

有别于国内机场取名的惯例,连云港新机场没有以所在城市或乡镇的名称命名,而是以连云港市著名景点花果山作为机场名称。

原因何在? 朱学兴表示,"花果山是连云港的旅游名片,取这个名字是连云港市委集体决策的结果,并征得灌云县的同意。不过,该名称目前尚未在民航局注册,仍存变数"。

花果山风景区是国家级重点风景名胜区,位于连云港云台山境内。明代小说家吴承恩根据当地民间传说创作了《西游记》,而花果山则以《西游记》中所描述的"大圣故里"而家喻户晓。

2017 年 5 月,连云港市人民政府办公室印发《连云港市"十三五"旅游业发展规划》,指出将继续沿用"西游圣境,山海连云"的旅游形象,将连云港市的海洋资源、山岳资源和西游文化进行强化,突出连云港未来打造成国际知名滨海旅游城市的目标定位。

此外,建设大花果山景区,已经被纳入连云港市"十三五"规划和 2017 年政府工作报告,目前正在进行之中。

迁建确有必要,白塔埠已经饱和

伴随着连云港市响应"一带一路"倡议,对外开放进一步展开,以及民航事业下沉,市民对飞机出行的需求日益增长,对现有机场的承载力也提出了不小挑战。

白塔埠机场官网显示，截至 2017 年 12 月 6 日，机场旅客吞吐量突破 100 万人次，已超出设计时 100 万人次的吞吐能力，2017 年全年吞吐量增幅达到 28%。2018 年日程过半，吞吐量已超 70 万人次。

在朱学兴看来，连云港经济体量虽小，但开放程度高，机场旅客吞吐量完全是自然增长的结果。一直以来，受军民合用的制约，白塔埠机场目前国外航线有限，2010 年开通的韩国航线因为韩方开始要求对飞，不到一年就被关停。

目前白塔埠机场共开通航线 28 条，通达包括北、上、广、深等 27 个国内大中型城市，以及泰国曼谷。新机场建成后，短期内可容纳旅客 250 万人次、货物 2.0 万吨，也能满足对飞需求。

新机场建设飞行区等级为 4D 级，跑道长 2 800 米，宽 45 米，与白塔埠机场飞行区属同一级别。

据浙江发布微信公号消息，机场中最重要的一个建筑设施就是跑道。跑道的性能和相应的设施决定了什么样的飞机可以使用这个机场。原则上，飞机的重量越大，所需跑道就越长且宽。

民航机场按飞机接待能力进行等级划分，由数字和拉丁文字母组成。数字表示飞行场地的长度，数字越大跑道越长，"4"表示1 800 米以上；字母则表示能起飞和降落的飞机的翼展和轮距，从 A 到 F 越往后越大。

朱学兴告诉"记录中国"报道团队，飞行区等级没有所谓的升降级一说，各地凭发展需要进行建设。"我们连云港这种支线机场原则上说，4C 级就可以，但考虑到连云港有上合组织出海口，会有国际货物，有承载货机的需要，所以在预可行性研究的时候，就把这个问题考虑进来了。"

最终，连云港选择了符合客机、货机的翼展和飞行距离的 4D 飞行区标准。

公开资料显示,近年连云港周边地市建设的机场,如淮安、盐城、日照、临沂等地,批建时都是 4C 级。江苏省内除南京禄口为 4F,苏南硕放、徐州、扬泰为 4E,其余均为 D 级或 D 级以下。连云港市机场办对未来拓展飞行区持开放态度。

连云港新机场是江苏"两枢纽一大"规划的第三大国际机场,仅次于南京禄口国际机场和苏南(无锡)硕放国际机场,定位为区域性国际空港。

烟台朝阳街区历史建筑将全部收归国有，部分修缮工程开始招标

澎湃新闻记者　张家然
复旦大学新闻学院　徐笛　张雯　张其露

（发表于 2018 年 7 月 11 日）

朝阳街区正在拆除的建筑废墟。　张其露　图

　　一只硕大的天牛虫懒洋洋地趴在路中央，两侧的店面多数都已关闭，但从各色 LED 灯管招牌和洋酒瓶装饰上，还可以窥见这条老街原先的灯红酒绿。在这里，建筑墙体上随处可见写有"文物保护单位"以及"旧址介绍"的牌子，记录着这条老街 100 多年前的繁华。

　　近日，澎湃新闻（www.thepaper.cn）和复旦大学新闻学院联合组成"记录中国"报道团队，奔赴上海、天津、青岛、烟台等 14 个首

位于朝阳街区的庆昌五金行旧址。 张其露 图

位于朝阳街区的盎斯洋行旧址。盎斯洋行1886年由德国人盎斯设立,除了经营航运和保险业外,还是烟台首家经营蚕丝和花生出口的企业。
张其露 图

批沿海开放城市,寻访和呈现改革开放给城市带来的巨变。

"记录中国"报道团队在位于烟台市芝罘区烟台山南侧的朝阳

街区走访发现，昔日遍布酒吧、烧烤摊、网吧的百年老街原有商户多数已经搬迁完毕，部分不属于文物保护单位的建筑已被拆除，只留有一处出入口未封闭，供未搬迁的商户或居民进出。

日前，朝阳街区改造指挥部一相关负责人告诉"记录中国"报道团队，朝阳街区目前还处在房屋征收阶段，仍有不少居民或商户未搬迁，烟台市计划将朝阳街区历史建筑全部收归国有，在旧址修复、保护性开发改造的基础上，打造成胶东半岛最具吸引力的文化休闲旅游度假街区。

正在修缮中的朝阳街区老建筑。　　张其露　图

朝阳街区改造指挥部上述相关负责人透露，烟台市已经选择了朝阳街区的几处历史建筑进行试点修缮，现在正在招标修缮施工单位。全部征迁完成后，将进行整个街区的设计单位招标，设计完成后再进行建设单位招标，然后实施修缮改造。此外，烟台市计划安排一名市领导直接负责朝阳街区改造工作。

7月5日，烟台市公共资源交易网发布"朝阳街（一期）历史建筑修缮工程施工招标公告"，该工程涉及顺昌商行旧址（国家级文

正在修缮中的朝阳街区略显寂寥。　张其露　图

物保护单位）、广东街 18 号建筑（保留建筑）、金城有声电影院旧址
（山东省级历史建筑）、阜民街 16—18 号建筑（保留建筑）、广东街
7—8 号建筑（保留建筑）、海关街 43 号建筑（保留建筑）。

位于朝阳街区的英商卜内门洋碱有限公司旧址，该公司创建于 1873 年，总部
在伦敦。近代的卜内门有限公司集团是世界五大公司之一。　张其露　图

朝阳街区的范围为，东至解放路，南至北马路，西至海关街、阜民街、广东街，北至海岸街，朝阳街贯穿其间。作为国家级保护街区，朝阳街区有国家级文物保护单位 47 处，省级文物保护单位 4 处，市级文物保护单位 19 处，市级不可移动文物 30 处。但由于年久失修，历史建筑都存在不同程度的损坏。

位于朝阳街区的老建筑一角。　张其露　图

据《烟台日报》2016 年 7 月报道，1861 年烟台开埠，大量中外人口向烟台流动并在此聚居，朝阳街区雨后春笋般地涌现出一大批洋行、商行、旅馆、邮局、咖啡厅等，形成了以朝阳街为中心的繁华商贸区。朝阳街作为烟台近代城市开埠的源起，是中国近代对外开放历史的见证，已经成为研究中国近代开埠史和中西文化交流史的珍贵实物资料。

但是，一直以来，朝阳街区的保护开发工作却不尽如人意。《烟台日报》上述报道称，朝阳街区"文物保护单位"的标志下，烧烤架子已经摆上，破败的木门挡不住院内堆起的木头。街上，经营医疗器械的店铺很多，还有几家酒吧和网吧。举目望去，很少有逛街

位于朝阳街区的天祥益客栈旧址。 张其露 图

正在修缮的朝阳街老建筑内部。 张其露 图

的市民，偶尔路过的行人也是行色匆匆。作为文化旅游街，朝阳街的旅游文化产业并不突出，仅有几个卖贝壳制品的小店。

2017年，住建部将烟台市列为全国第一批历史建筑保护利用试点的十个城市之一。

位于朝阳街区的政记轮船公司，其为20世纪初华北最大的船运企业，1905年(清光绪三十一年)创立。 张其露 图

位于朝阳街道的德国邮局(1892)旧址与市立烟台医院旧址。
张其露 图

位于朝阳街区的宝时造钟厂旧址,建于 1934 年,是我国首家机械造钟工业企业。 张其露 图

　　2018 年 4 月,烟台市印发《烟台市历史建筑保护利用试点工作实施方案》。按照计划,2018 年内烟台先期开展朝阳街、所城里大街等主街两侧历史建筑保护修缮,主要将扎实做好地下管网设施建设、历史建筑保护修缮、景观和服务设施配套建设、街区外围适应性改造,完成两个历史街区及建筑的保护、修缮和利用任务。

记录中国|95年"寸铁未生"：
连云港的"神经末梢"焦虑

澎湃新闻记者　马作鹏

复旦大学新闻学院　班慧　施佳一　唐一鑫　潘璐　胡卜文
王诺伊

（发表于 2018 年 10 月 8 日）

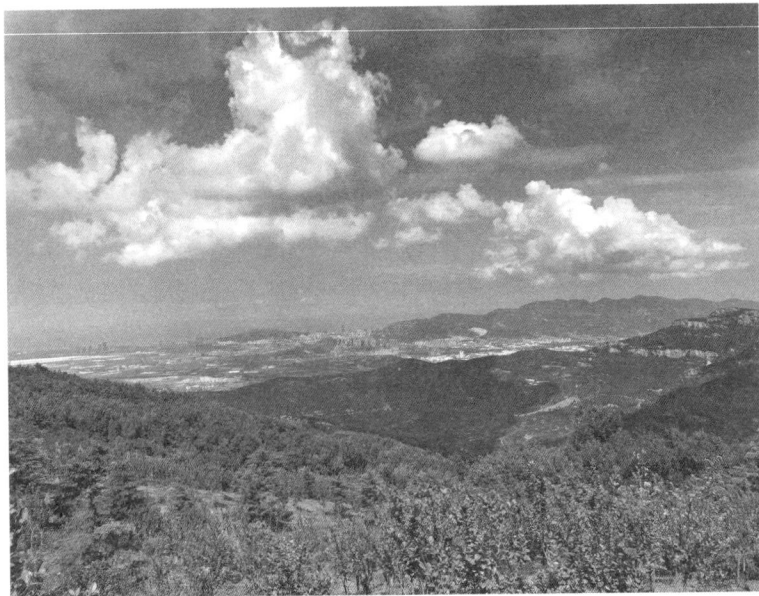

从花果山俯瞰连云港港。　马作鹏　图

西游圣境,山海连云。

《西游记》开篇有云:"海外有一国土,名曰傲来国。国近大海,海中有一座名山,唤为花果山……"

今天的江苏省连云港市就有一座"花果山"。

相传,孔子曾在此登山观海;秦始皇三巡海州(连云港旧称)立石阙作"秦东门";吴承恩居花果山撰《西游记》;李汝珍搜集海州民间传说写下《镜花缘》……连云港是古时中国著名的盐场之一,也是孙中山先生《建国方略》中提出应发展的港口。1984 年,连云港与上海、天津、大连、广州等沿海港口城市一样,被国家列入首批沿海对外开放的 14 个城市之一。

起了个大早,却赶了个晚集。2017 年,连云港市 GDP 总量为 2 630 亿元,较上年增长 7.5%,排名位列江苏省倒数第二。

如今,连云港的发展现状让江苏省内政策研究专家们着急了。

2018 年 3 月 5 日,中共江苏省委研究室内刊《动态研究与决策建议》刊发了万字长文《"百年谜团"待破解——怎样才能把连云港搞上去的思考与调查》,将这座港城再次推向了如何发展的讨论中。

上述文章写道:"从经济总量看,在 14 个首批沿海开放城市中,连云港 2017 年经济总量仅高于河北秦皇岛和广西北海,居倒数第三位;在苏北五市中,连云港 2010 年经济总量高出宿迁 129 亿元,2017 年仅超 30 亿,大有被宿迁赶超之势,事实上宿迁财政收入已超过连云港;与发展同样位于后列但稍强的淮安市相比,2010 年连云港经济总量与其差距为 195 亿元,2017 年差距达 720 亿元,差距越来越大。"

经济数字在这座滨海城市显得并不耀眼,但因其特殊的地理位置,连云港称号众多。

譬如"海、陆丝绸之路交汇点"、新亚欧大陆桥东桥头堡、中国首批沿海对外开放城市、中国重点海港城市、中国优秀旅游城市和中西部最便捷出海口岸……

黄海之滨，连接亚欧大陆的陇海铁路在连云港嵌入港口，远眺大洋。然而，21世纪是我国高速铁路飞速发展的关键时期，连云港却"静观其变"，规划落后于发展需求，成了江苏省经济和交通发展的"神经末梢"。

如何破局？

方海秋的乡愁

现年81岁的上海人方海秋已经在连云港工作生活了57年。

1961年，24岁的方海秋从北京矿业学院［现为中国矿业大学（北京）］毕业后，服从分配到原化工部化工矿山设计研究院（现称中蓝连海设计研究院）工作。

"我的老家在上海虹口区，现在还有一个弟弟在上海。"2018年7月，方海秋对"记录中国"报道团队回忆道，"1961年初到连云港工作时，交通工具极少。当时从火车站一下车，我们就被接到了山里的研究院"。

"当时我们服从国家的安排分配，没有讲任何条件。那时国家还处于探索发展阶段，为了增加农业生产，我们在连云港的山里建立磷矿。国家困难，我们就吃野菜、放羊、吃棒子面搞生产。"

这一待，就是57年。方海秋在连云港扎下了根，娶妻生子安了家，膝下两子一女。

说起乡愁，方海秋的神情显得有些落寞。在设计院工作了一辈子，在上海的父母已相继去世，只剩下一位弟弟还留在上海。

"埋头苦干一辈子，我的根扎在了连云港，但是想回去上海探亲，路有些难走，到现在铁路不通。"方海秋说道。

年逾八旬的化学工程师方海秋至今仍坚持文学创作。　班慧　图

在方海秋看来，国家的发展还是在继续，但是连云港的发展总感觉慢人一步。许多同事的子女在长大后都离开了连云港，就不再回来了。"我们是搞科研的，连云港现在还是留不住人才，科研条件还得再发展，人们来到这里接触的社会面不是很宽，有些闭塞了。"

就这样，方海秋的乡愁伴着连云港的发展，在这座海滨城市里温和地蔓延。同样有乡愁的不止方海秋一人。79岁的重庆人黄维新也在20世纪60年代来到原化工部化工矿山设计研究院工作。回乡探亲与出行，同样困扰着老人。

"最早像我60年代刚来的时候，回重庆没有4天绝对走不到家。4天已经是很快的，徐州转一次，郑州转一次，甚至到成都去转一次。那个时候还没有去徐州的火车。现在回重庆，到徐州转个车,坐济南到重庆的车,也就是 30 个小时左右。连云港到徐州的火车一天有五六趟,然后再去换乘那边的快车。"

2006 年以后,年事渐高的黄维新就不再经常回重庆了。岁月在方海秋和黄维新的脸上雕琢出痕迹。

1920 年,陇海铁路徐州至海州(今连云港市)段开建,1923 年竣工,全长 198 公里,自此之后 95 年,连云港境内"寸铁未生"。

高铁快来

生于连云港的年轻人逐渐长大,走出了故土。

在苏州上学的 90 后陈文佳从本科开始,一直保持每年回家四五次的频率,扣除寒暑假,学期中她会回去一趟,"一般会凑到起码五天的长假再回去,火车票很难买,尤其是卧票"。

即便如此,躺上一夜,八小时直达家乡的火车依旧是她的首选。她也曾试过六小时的大巴,但舒适度不高,且浪费路上时间。

苏州、连云港,一个江苏至南,一个江苏至北,不仅代表着省内悬殊的经济差异,也展现着天壤之别的通达程度。

与陈文佳同时出发,西安的同学在她到家前已晒起了回民街的羊肉泡馍,青岛的同学已漫步八大关,福州的同学可能在水煎包店门口排长队。交通问题像一道天堑,横亘在无数连云港游子与家乡之间。

眼下,沿海高铁线如毛细血管般延伸向各大城市,但连云港却显得格格不入。

然而在历史上,连云港因为交通和区位优势,也曾有过数次高光时刻。早在 1923 年,连云港还叫作"海州"的时候,通上了绵延至甘肃兰州的陇海铁路。2018 年 7 月,连云港铁路办工程处处长李汶轩告诉"记录中国"报道团队,"近 90 年来,连云港可以说是寸

陇海线穿过连云港市，直达连云港港口。 唐一鑫 图

铁未生"。

在这位铁路人眼里，铁路发展滞后，好似多米诺骨牌，直接间接地扣动了连云港困境的扳机。

"市里的人走不出去，市外的人不想进来。"他说道，每年9月举办的中国（连云港）丝绸之路国际物流博览会，本是地方在国家大命题下推广形象、招商引资的好机会，但不少来宾人还未到，抱怨声已经传来。

李汶轩回忆起2017年的经历："连云港专门派很多大巴车去徐州接客人，人家就说，哎哟，到连云港这么远，坐汽车还得两三个小时。这句话注定了以后他不会再来这里，除非有特别的原因。"

2018年4月，连云港新任市委书记项雪龙主持召开全市"高质发展，后发先至"动员大会，直陈问题。

在江苏13市中，连云港的经济总量长期徘徊在倒数第二的位置，相对倒数第一位宿迁的优势，从2009年的114亿元缩小到2017年的29亿元，大有被赶超之势；在全国首批14个沿海开放城市中，地区生产总值、工业增加值排名 13；与此同时，人民生活水平仍然较低，人均 GDP 为 58 435 元，比全省 10.7 万元的平均水平低了近 5 万元。"连云港在区域竞争中，已经处在了十分被动的位置。"项雪龙表示。

因而追问为什么 90 多年间"寸铁未生"，在"后发先至"开局之时显得尤为关键。

李汶轩认为，修铁路这项系统工程"一步慢，则步步慢"。连云港的铁路建设需要跟着江苏省的规划，而江苏在很长一段时间里，完全跟着国家布局。江苏省第一轮搞铁路开发建设时，原铁道部与地方的资金比例是 7∶3；再往后到在建的连徐铁路投入建设时，资金比例已变成中铁总公司占 30%，江苏省占 70%。可以说，连云港没有赶上政策的红利，在相对落后的状况下，棋差一招，形成了恶性循环。

再放眼江苏，铁路一直是该省综合交通运输体系中的"短板"。至"十二五"末，江苏省铁路总里程仅居全国第 21 位，每百万人拥有铁路营业里程不足全国 1/2，路网布局南密北疏，苏南地区"有线无网"，苏中、苏北地区快速铁路几乎空白。这与江苏经济总量全国第二的排名显然是不匹配的。

2018 年 5 月，江苏省拿出 1 200 亿组建江苏省铁路集团有限公司，并提出"以我为主"的理念，或将在江苏铁路发展南北明显不均的情况下，充分调度资源，给江苏铁路一剂强心针。

江苏省"十三五"铁路发展规划上显示，江苏多线并发，将在目前铁路总里程 2 755 公里的基础上，5 年内建成 4 000 公里以上的路网，其中时速 200 公里以上快速铁路达到 3 000 公里左右，到 2020 年全面形成"北接陇海、南跨沪宁、西联京沪、东启江海"的"三纵四横"的快速铁路网，届时南京与 12 个设区市及周边大中城市将形成"1.5 小时交通圈"。

所谓"三纵"是连接徐州、南京等城市的京宁通道,连接连云港、淮安、扬州、镇江等城市的中部通道,连接连云港、盐城、南通等城市的沿海通道。"四横"是连接连云港、徐州等市的陇海通道,连接徐州、宿迁、淮安、盐城等市的徐盐通道,连接南京、扬州、泰州、南通、张家港、金坛、句容等市(县、区)的沿江通道,以及既有的连接南京、镇江、常州、无锡、苏州等城市的沪宁通道。

而连云港作为"三纵四横"网状结构上的重要节点,将不再是铁路网的"神经末梢",而会成为区域性综合客运枢纽,串联沿海与苏北各市,帮助江苏省"外拓通道"。2016 年开始,连云港铁路发展进入新纪元,连盐、连青、连镇三条铁路线,还有连徐高铁全面开工建设,约 318 公里,总投资 304 亿元。据此前媒体报道,7 月 14 日,连盐铁路顺利通过静态验收,11 月份具备开通运营条件。连盐铁路与连青铁路合并称为青盐铁路,开通后,连云港前往青岛仅需 1.5 小时。

《连云港市交通运输志》的主编徐胜桥告诉"记录中国"报道团队:"连淮扬镇铁路、连徐高铁分别于 2019 年、2020 年建成,所以到 2020 年连云港将全面迈进高铁时代,融入上海 2 小时、南京 1.5 小时的交通圈。"

离家 5 年,陈文佳对家乡的感情微妙:"我蛮喜欢连云港的环境的,我们小县城也真的很好,在外面有时候也会想起家里的人、情、事。但是对连云港也慢慢有点怒其不争的意思,明明地理优势那么多,还是发展很慢……"交通或许是解开她矛盾情结的关键,她期盼着 2020 年连徐高铁通车,那时她不仅可以一线直达,行程也可缩短一半之多。

和她默默倒数的,还有所有港城建设者和港城人民。

2020 年,是十三五的收官之年,是连云港铁路枢纽建成之年,亦是连云港第二座机场——花果山国际机场预期通航之年。这座发展蒙尘的山海之城，公路已实现联网畅通，唯有向轨道问路，向天空借力，才能拂去尘埃，后发先至。

近年来，连云港的铁路建设进入高潮。预计到 2020 年，连云港每年都有一条铁路建成。日益健全的铁路网将对连云港港的发展起到重要的支撑和保障作用，从而带动连云港市的整体发展，实现"以港兴市、港市联动"的目标。

以港兴市

"在连云港港口，基本上留下了我的一生。"港口退休职工马同兴说道。

现年 71 岁的马同兴，生于连云港，长于连云港。他的父亲曾在港口码头做搬运工，他在同一个港务局做煤炭装卸。如今，他的儿子马辉也成了一位港务局员工。2007 年，马同兴 60 岁，在为港务局工作了整整 42 年后，他以另一种方式延续了自己码头人的生涯——让儿子马辉留在连云港港。

"当年我在扬州大学学习电气技术专业。上学的时候，父亲就下定决心要把我拉到港务局来。我并不排斥，我理解父亲和祖父对港务局的感情有多深。"向往南方温暖气候的马辉曾在网上投递简历，也有公司向他抛出绣球，可到最后面试的时刻，还是父亲把他拉了回来。"父亲陆陆续续跟我重复着在这里工作的好处。确实这个工作相对稳定。"马辉代父亲讲出了这段回家的故事。

马同兴说道："我父亲就是在港务局。我这一辈也都在港口，我们对港口的感情是谁也代替不了的。不管怎么说，是港口养活我家几代人，我认为港口这地方环境啊什么都比较好，关键是感情深。"

在连云港，一门三代都奉献于港口的家庭，还有很多。

连云港港码头。　马作鹏　图

　　连云港港的建设始于 1973 年。当时,我国迈入第三次对外建交高潮,对外贸易迅速扩大,贸易海运量迅猛增长。然而,沿海各港口货物通过能力不足的矛盾却日益显现。在此背景下,周恩来总理发出了"三年改变港口面貌"的全国性号召,自此,全国沿海港口进入了第一轮大建设周期。

　　为了更好地执行连云港港口建设工作,汇集全国各地科技骨干的连云港建港指挥部成立了。从改造老港区开始,直到 20 世纪 80 年代中期,老的马腰港区改造完成并交付使用。

　　与此同时,80 年代初,港口建设迎来新格局——跳出老港区建设新的庙岭港区。10 年过去,庙岭港区当时已具备民航码头、散粮码头、木材码头等泊位。连云港港的地标——6 688 米的西大堤,也合龙完工。30 平方公里的港湾形成,整个主港区的框架基本建立。

随着西大堤的建成、主港区波浪掩护条件的改善，连云港港口建设进一步向东南推进，徐圩港区的修建被提上日程。从 1992 年到 1998 年，徐圩一期工程共建成 6 个 1.5 万吨级泊位，这标志着从 70 年代开始的连云港港口建设迎来第一个建设高潮。

当时，有一定工作经验的马同兴被调到新港区，工作从卸货变成了装船。到了 20 世纪 90 年代末，随着世界经济形势的变化，连云港港口建设进入了疲乏期。据连云港港口集团工程技术部指挥卢友兵回忆："当时建港指挥部从最多时候的 300 多个人缩减到只余 100 多人，港口建设最低的一年才投资 2 000 多万，这是非常少的了。"

直到 2003 年，全国大经济环境的好转带来了连云港港口的新一轮建设高潮。15 万吨级航道扩建工程是这一阶段的关键工程，该项目 2003 年开工，两年后建成投产，成为当时江苏省最大吨级的航道。2006 年，连云港港口集团与中海集团共同投资 27 亿元建设庙三突堤集装箱码头，港区的集装箱功能进一步完善。2008 年，旗台港区建设全面开展，截至 2013 年共建成 4 个液体化工泊位，包括 70 多万立方的储罐工程。

在这第二轮港口大建设时期，连云港市委为加快提升连云港港口功能，于 2005 年提出了"一体两翼"组合港建设的新战略。一体即主港区，两翼即赣榆港区、徐圩港区。

卢友兵透露："我们赣榆港区一期工程已经在去年（2017 年）底投产，达到 700 万吨的屯量，为连云港的上量增效发挥了极大的作用。"

如今，在港口工作了十余年的马辉早已接过了父辈的旗帜，开始新的港口生涯。

"连云港发展确实挺慢的，跟别的地方比，但毕竟老人在这边，而且说实话,我在这里长大,早已产生感情了,没下定决心出去。现在我的工作已经稳定了,也代表着我的人生差不多计划好了,没有可闯的那种……我现在就是努力在自己的这个位置上,甚至是有一些创新,或者说管理方面做得更好。感觉自己未来都比较明白,所以说当时想出去走走,不确定性甚至是空间可能更大一点。"马辉说道。

1984 年,14 个港口城市乘着改革的东风,与 4 个经济特区一起,由北到南成为中国对外开放的第一线。位于黄海之滨的连云港正是这 1/14,经过近 40 年的发展,截至 2017 年,连云港港货物吞吐量居全国港口第 20 位。

提及未来港口建设的方向,卢友兵表示:"我们这几年把重点开始转向液体危险品、化工品、液体散货。除了徐圩一期工程,未来几年集中建设的主要以液体化工、原油码头、危险品这样一个专业化码头为主。近几年主港区整个功能不断完善,包括两翼港区的框架建立。随着整个经济形势的发展,是围绕连云港经济的转型,围绕产业的发展来做的港口建设。未来,连云港港将向专业化、大型化、现代化进行转变。"

在连云港港 40 多年的发展历程中,不仅有工程师从顶层设计着手规划蓝图,更有无数码头工人亲身经历港区的变化,在日常生活中潜移默化受其影响。

在马同兴看来,海边宜人的气候、相对平稳的物价,都成为他们应该选择在连云港定居的原因。的确,生活舒适是每个连云港人对这座城市的认同。

发展,要有背水一战的决心。

2018 年 4 月,在连云港市召开的"高质发展、后发先至"动员大会上,市委书记项雪龙直言,连云港"落后并不可怕,可怕的是无动于衷,甚至麻木不仁"!

项雪龙强调："大家一定要清醒地认识到，连云港已经没有任何退路！"加快发展、奋起直追是连云港唯一的出路，要拿出破釜沉舟、背水一战的决心，尽快改变被动的发展局面。

9月11日，项雪龙在答澎湃新闻记者提问时谈到，一座城市的营商环境是生产力，也是竞争力。一流的环境吸引一流的要素，一流的要素支撑一流的城市。

项雪龙说，"我们深刻认识到，营商环境的建设没有最好，只有更好。我们将树立更高标杆，确立更高追求，持之以恒，不断努力，真正把连云港打造成为审批事项最少、办事效率最高、服务质量最优、创新创业活力最强的区域之一"。

澎湃新闻注意到，2018年6月18日，连云港市就已经召开连云港市简政放权优化营商环境推进会。项雪龙在会上要求进一步深化对优化营商环境极端重要性的认识，切实把营商环境建设放在更加突出重要的位置。

在本次集中采访活动中，项雪龙强调："营商环境的建设需要政府树立更高标杆。"

值得注意的是，项雪龙还指出，优化营商环境需要全市上下共同努力。连云港将通过全市上下的共同努力，全方位优化营商环境，在全体市民中大力弘扬文明新风，打造"言出必行、有诺必践、守信激励、失信惩戒"的诚信环境，进一步引导全体市民树立"人人都是营商环境、事事关系招商引资"理念，共同关注营商环境，同心改善营商环境，让连云港真正成为客商青睐的投资热土。

记录中国｜首批国开区天津样本：从盐田到工业区再到核心城

澎湃新闻记者　张家然

复旦大学新闻学院　徐笛　张雯　王博文　程梦琴　施畅　张其露

（发表于 2018 年 10 月 9 日）

1984 年之前，这里是一片晒盐场，寸草不生，有人笑称"把鸡蛋埋进土里，一个月后就是咸鸡蛋了"。

而今，这里的人均生产总值已达中等发达国家水平，3 条高速铁路、19 条高速公路通达全国各地。

这里是天津经济技术开发区，英文名字是 Tianjin Economic-Technological Development Area，简称"TEDA"，开发区管委会更习惯干练地自称为"泰达"。这里曾是一片半荒废的盐田，年产值仅为 300 万元。1984 年，改革开放的春风吹入渤海湾，在天津港边画出 33 平方公里，成为天津开发区的发祥地。

此后，盐碱滩涂乘风蓄势，拥抱变革，摇身一变成为我国北方对外开放的前沿之一。作为首批国家级经济技术开发区的"领头羊"，中国现代电子信息产业发展的第一步从这里迈开，连续 14 年在国家级经济技术开发区、工业园区投资环境评价中夺魁的好成绩在这里实现，"投资者是帝王，项目是生命线"的口号在这里响亮。

2018 年是改革开放 40 年，首批国家级经济技术开发区伴随着改革开放的春风而起，天津开发区自 1984 年设立至今也已经

34 岁了。

2018 年 7 月，澎湃新闻（www.thepaper.cn）和复旦大学新闻学院联合组成"记录中国"报道团队，走进天津泰达，呈现 34 年来泰达从盐田到工业区，再到核心城市，一步步从蓝图走向落地的成功"密码"。

诞生

在天津开发区洞庭路与新港四号路交口处，矗立着一座造型独特的垦荒犁纪念碑，其正面镌刻有中国改革开放"总设计师"邓小平题写的"开发区大有希望"七个大字。这座造型独特的纪念碑，自 1989 年 12 月 6 日暨开发区建区五周年之际便一直屹立在此，见证着开发区每个前进的脚步。

1984 年 12 月 6 日，这是天津开发区的诞生纪念日，但故事的开始远早于这一天。

1984 年 3 月 26 日至 4 月 6 日，继在深圳、珠海、汕头、厦门四地设立特区后，部分沿海城市座谈会在京召开，会议建议开放天津、上海、大连、秦皇岛、烟台、青岛、连云港、南通、宁波、温州、福州、广州、湛江和北海 14 个沿海港口城市。随后，这 14 个城市正式成为国家首批沿海开放城市。

1984 至 1988 年间，在总结改革开放建设经济特区经验基础上，国务院首先在除温州、北海外的 12 个首批沿海开放城市批准设立了 14 个首批国家级经济技术开发区，3 个位于上海。第一个国家级经济技术开发区是在大连，1984 年 9 月获批。

在缺乏可资借鉴的经验的前提下，开发区的规划和建设全部需要自己摸索。天津开发区管委会原副主任王恺虽然没有亲历开发区从无到有的全程，但是从 1989 年进入开发区工作后，学经济的他曾对开发区的发展过程进行过系统梳理。他对"记录中国"报道团队回忆,天津在启动建设开发区之际进行的顶层设计,都是由头发花白的老同志拉着天津各方面专家从无到有、一字一句搭建起来的。

在王恺看来,立法是天津开发区为全国开发区做的一个特殊贡献。在首批 14 个沿海开放城市中,只有天津和上海为直辖市,拥有其他城市所不具备的省级立法权限。天津在当时理所当然地承担了开发区的立法责任。

从春装到清凉的夏衫上身,再到厚实冬装加身,一份饱含了各方专家大量心血的规划方案在季节流转中成形。终于,1984 年 12 月 6 日这一天如期到来,时任国务院副总理的谷牧代表中央政府审查了天津开发区的规划方案。方案予以批准实施的决定一经发布,犹如一记响锣,敲开了天津开发区建设和发展的大幕。

动工

测量,是建设动工前的第一道工序。在结了冰的泊盐沟中、在炎热的晒盐场上,第一批建设者手拖肩扛测量仪器的忙碌身影不曾缺席。野外作业往往一干就是一整天,风餐露宿对建设者来说是家常便饭。空荡荡的盐场没有遮阳挡雨的遮蔽物,白花花的盐晶反射缕缕阳光的璀璨,墨镜成了建设者们必备的劳动用品。年轻的建设者们常常戴着墨镜席地而坐,吃着盒饭的同时,仍在讨论工作。

谈起开发区初创时期的艰难险阻,王恺直言:"开发区不相信眼泪,得流汗甚至流血付出生命的代价,才能发展。"

后来,载重汽车开进来了,在松软的盐田上行驶,为了避免车头陷进去,必须倒着开车,一边卸土一边给自己开路;挖掘机开进来了，一斗一斗把从汽车卸下来的土填上、摊平；钻探机架起来了，一寸一寸往下钻，摸清建设区域的地质情况。修路、管网铺设、楼房建设，各项基础建设在地上和地下有条不紊地全面铺展开来。

建设初期，出于对本地交通运输的前瞻性考量，开发区空旷的土地上率先架设了一条联结港口和到首都高速公路的立交桥，即连接塘沽和开发区的泰达大街。这座立交桥把开发区切分为两部分，左边为工业区，右边为商务区和生活区。这条开发区最早的交通大动脉划分出的格局至今未变，有所不同的是，这片土地上的运输通道越来越密集，四通八达的交通网络犹如毛细血管般分布在开发区的各个功能区内，为开发区发展输送所需的"养料"。

大兴土木的过程中，改旧换新在所难免。在原先晒盐场边上，曾缓缓流淌着一条小河，盐田所生产的盐需要依靠这条小河用船运出来，因此它也有了"泊盐沟"这样一个名字。泊盐沟含盐量高，容易腐蚀埋在地下的管道。尽管有过将泊盐沟改造成开发区景观的想法，建设者们考虑再三，还是决定将这条为盐场做出重要贡献的小河沟彻底填死。天津开发区的地图上从此再也见不到这条盐场时期的"经济命脉"，但在其基础上填土修成的开发区第一大街，成为商务区最繁忙的交通要道之一。

九层之台，起于累土。在缺乏成熟经验、缺乏产业基础的情况下，天津开发区的建设在荒凉的盐碱地上艰难却坚定地迈开了步伐。

在王恺看来，开发区有四个"特殊"：一是"功能特殊"，开发区打开国门引进外资，借助外力谋求发展；二是"特殊立法"，完成特殊功能需要特殊立法，需要通过立法来保障经济合作；三是"特殊政策"，在税收、货物进出口、外汇进出和投资利润汇出等方面给予一定的自由度；四是"特殊管理"，计划经济的管理方式和红头文件的指令传达方式在外资企业遍地的开发区中行不通，所以得转变政府职能,从管制型向服务型政府转变,提高效率,精简机构。

设立沿海开放城市的目的在于吸收国外资金和技术落地,利用外资促进我国经济的发展,这一作用在开发区尤为凸显。但在改革开放初期,不少人对外资、市场还没有足够的理解,国内对改革开放颇有争议。

1986年8月21日,邓小平来到天津开发区视察,此时开发区内已有11个国家和地区投资。邓小平在视察后给天津开发区吃了一颗"定心丸"。他说,"你们准备向外国借100亿美元,有没有对象?可以多找一些国家。人家借给我们钱都不怕,我们怕什么?只要讲效益,有什么危险?200亿也没有什么了不起!"

在中国和丹麦合资创办的"丹华"自行车厂食堂里,为了打消民间对改革开放的疑虑,邓小平原本打算题词,"天津开发区大有希望",时任天津市委副书记、市长的李瑞环建议拿掉"天津"二字,给全国开发区的建设者们都鼓鼓劲儿。

最终,邓小平提笔写下了"开发区大有希望"。当天题字消息就传遍全国,各地开发区一时士气大振,纷纷来电求取题字的复印件。

招商

"诺和诺德在投资方面是每年不断增资的状态,利润也在逐年增长。"诺和诺德相关负责人告诉"记录中国"报道团队。

企业对开发区的信心有赖于天津市政府以及开发区管委会提供的政策支持和服务态度。零氪科技在2016年初落户天津开发区,与原有的北京中关村总部形成"双中心"运营模式。该公司负责人谈到公司从北京中关村迁入天津开发区时,提到了"礼贤下士"这几个字。

"时任开发区新经济促进局局长的李涛到中关村与中钢集团商讨项目投资事宜，一眼看到中钢大厦里有一家做大数据的企业，于是亲自过来拜访，公司与开发区的缘分就此结下。"这是零氪科技负责人记忆中公司与开发区看似有几分偶然，却并不出人意料的初次相遇。

当年，李涛结束了对零氪科技的考察后，汇报给自己的上司——现任天津开发区管委会主任的郑伟明，郑伟明马上到北京进行拜访。零氪科技作了如此比喻："随着企业的发展，我们势必要考虑其他区域展开业务，而落地到其他区域，其实和嫁女儿没有什么区别。正是开发区的积极态度，才让零氪科技最后打定主意在天津开发区落地投资。"

这不是开发区管委会领导参与招商的个例。服务的专业性一直是天津开发区在招商方面的优势，这也包括领导在其中发挥的作用。一汽大众项目招商过程中，管委会主任曾带队给公司送图纸。高层领导乐于承担招商中的基础工作，对企业投资者来说不啻于一剂强心剂。

管委会的服务不会停止在企业落户之时，而是持续在企业的整个生命周期中。据天津开发区管委会办公室副主任李伟华介绍，在开发区的新一轮改革中，管委会部门是依据企业生命周期设计的，从企业注册到建设，再到持续服务，都设有对口部门负责。好的服务为天津开发区赢得了良好的投资口碑，并逐渐形成一种"以商招商"的良性循环。

工业区内一家德国小企业一直以来对工业区的服务都感到相当满意，有一次，该公司负责人在与开发区领导交流过程中，谈到了德国有一家很好的企业正在选址。得到这个信息后，开发区管委会从上到下动员起来，全力以赴争取这个项目落地，这家企业就是最终入驻开发区西区的大众汽车自动变速器（天津）有限公司。

大众汽车自动变速器(天津)有限公司的投资额,从2012年落户之初的50亿元,到目前已累计将近170亿元。此外,大众变速器项目的落地对开发区的配套基础设施提出了一些特殊需求,得到了开发区的"企业定制"服务支持。变速器项目的成功合作,也带动了大众整车项目在2016年落户天津经济开发区。

天津开发区将招商视为"不断推进的一个过程"。从摩托罗拉到三星,从长城汽车到一汽大众,新鲜血液不断输入开发区,支撑区内产业实现持续发展。天津开发区目前形成了包括汽车产业、电子产业、石化产业、生物医药几大块在内的制造业格局。

下一步,开发区的核心产业将继续升级转型,逐步提高内资企业在开发区产业结构中所占的比重,制造业从低端的组装工业转向核心研发。

人才

天津开发区这么多年的建设发展过程中也有很多教训,比如人才外溢。李伟华说,摩托罗拉培养了很多人才,公司不行后这些人才成为国内手机企业的中坚力量,但是他们基本上都去了北京、上海、深圳、杭州等城市,留在开发区的很少。

也因此,天津开发区在留住人才方面可谓是不遗余力。

自2016年9月来到天津开发区,刘飞云(化名)就住进了开发区配套的白领公寓。20来平方米的单人公寓,里面配有电视、冰箱、空调、独立卫生间和小厨房等配套设施,每月租金800元,其中公司承担500元,开发区高科技企业一飞智控的高级媒介经理刘飞云对他的住宿条件相当满意。

天津开发区公寓管理中心网站显示,开发区拥有高级人才公寓、白领公寓、蓝领公寓和政府公屋四大类配套公寓,除高级人才公寓外之外的其他三类公寓又根据不同的价格和居住条件进行细分，满足不同人士的住宿需求。

刘飞云能申请上价格低廉的白领公寓，与他所在的企业性质有关。作为国内知名的无人机飞行控制系统的研发与制造企业，一飞智控入驻天津开发区后获得了许多优惠政策，这也与开发区的产业转型升级目标有关——科技创新型企业是开发区目前的重点发展产业之一。

国内知名的无人机飞行控制系统的研发与制造企业——一飞智控车间。
王博文　图

李伟华透露，截至 2017 年底，开发区内有 461 家国家级高新技术企业、1.5 万高层次人才和 557 家规模过亿元的科技型企业。科技创新、专利和本领域的领军人才，与企业的投资体量和税收一样，也是对企业的考核重点。

在 34 年的发展当中，天津开发区专注于做两件事情：一是招商引资，二是企业服务。如今，为了留住和吸引人才，天津开发区也在不遗余力地进行城市化建设。

李伟华认为,工业区发展到一定程度,城市化是一个必然的过程。随着大量人口涌入开发区,区内对民生功能的规划也在不断完善中。

在教育方面,目前开发区拥有包括南开大学泰达学院在内的3所高校和18所中小学校。另外,泰达夏日艺术季、全民马拉松、泰达灯光节、青年创意大赛等大大小小文娱活动的开展,为居民的休闲生活抹上更缤纷的色彩。

天津开发区在企业服务方面,开创性地学习跨国公司的服务模式,在2001年成立了第一个政府层级的呼叫服务中心,利用多年来积累的大量数据和专家经验,针对企业提出的疑问进行快速、精准的回答。

一体化服务现在也引入了城市居民服务中。2018年5月份,天津开发区召开发布会,宣布开发区将推出由城市大脑IOC中心、"聆听、感悟、关爱、服务"四大人工智能平台和N个系统建设构成的"1+4+N"的智慧城市整体框架,探索人工智能在智慧城市建设中的应用。

核心城

从一个成熟的开发区到核心城市转型过程中,有限的土地资源似乎是一个难以规避的困境。天津开发区设立之初未做控制性规划,成为其建设发展过程中的又一教训。

相比天津开发区建区伊始的33平方公里土地,目前园区的总面积已扩容到400平方公里,构成了"一园十区"的发展格局。

天津开发区经济运行局局长侯晓路在谈及开发区的核心城市建设时表示,"一园十区"的格局既是产业发展的优势,但也是城市建设的短板。没有发展预留地,现有土地用完后,才发现空间不够了，想去扩展，却已经没有空间了。"开发区发展成综合园区的问题在于配套，我们距离天津主城区远，'一园十区'还不相连，每个区都得有居住环境和生活环境的配套，成本高，一体化难度大。但不相连的区域又有利于实现产业的整体布局，特别是化工产业可以在一个分离的区域里独立发展。"侯晓路分析。

天津开发区发展和改革局副局长张瑞华认为，开发区能服务的人口目前来说还是比较有限的，这也是开发区进行城市转型的一个困境。在当前土地短缺的背景下，如果说建设核心城市是高屋建瓴，那么实现这一目标的前提是优化招商和产业布局。

如今，开发区在招商过程中，除了一直以来坚持的高环保要求外，还设立了投资门槛：一般购地投资的企业投资强度需达到500美元每平方米。这是天津开发区实打实的招商门槛。当然，对于行业特色企业、潜力企业以及业内领军企业，开发区在标准上也愿意放开讨论空间。

总之，这些举措的目的就在于让开发区目前有限的土地空间实现最优效益，这也是当前土地困境下的核心城市建设的无奈之举。

如何吸引更多人才在地工作，不仅是开发区和天津市近年来重点关注的问题，企业在人才队伍建设方面有自己的考量。零氪科技负责人在提到企业的人才需求问题时，表示了对近期天津出台的相关人才政策的认同："除了高端人才，我们其实也很需要更普遍意义上的人才，毕竟对一个企业的整体人才建设来说，既需要有专业的高级人才来进行管理，也需要一线工作人员。"

诺和诺德的员工情况可以试作为管中窥豹的一个典型。企业近1 100名员工中，超过80%是天津本地人，他们大多每天通勤于开发区与天津主城之间，下班时间一到即匆匆往家赶，住在开发区配套公寓里的员工并不多。可喜的一方面是开发区企业对天津本地人才的聘用率确实不低,但从另一方面来看,开发区企业员工的在地居住率和配套设施使用率似乎还有提高的空间。

机制的理顺是核心城市建设的第一步。2009 年底,根据国务院的批复,滨海新区行政区成立,下辖开发区、保税区、高新区、东疆保税港区、生态城等五个经济功能区。

2017 年 12 月,中共天津市滨海新区委员会泰达街道工作委员会、天津市滨海新区人民政府泰达街道办事处、天津市滨海新区人民政府泰达社会管理委员会正式挂牌。2018 年 1 月,天津开发区和区位相邻、功能定位相近的原中心商务区合并,开发区的社会管理职能剥离,由泰达街道办事处管理。李伟华说,开发区和中心商务区合并后,滨海新区的核心城区全部范围都囊括在了这片新区域。在滨海新区副区长兼泰达街道办事处党工委书记、社会管理委员会主任张国盛看来,"改革后,既能有效推动开发区强身健体、轻装上阵,增强开发区经济发展的活力和竞争力,又能够加大社会治理专业化标准化建设,可以说是一举两得"。经过这样的改革后,"泰达"一词已经不仅代表天津开发区,而且正式成为一个核心城市的名称。

记录中国|破除加快发展最大瓶颈："高铁时代"的湛江未来

澎湃新闻记者　赵实

复旦大学新闻学院　徐子婧　马纯琪　徐丹阳　赵敏　张淑凡

（发表于 2018 年 10 月 10 日）

粤西高铁——和谐号列车。　徐丹阳　图

作为粤西地区的第一条高铁，深湛铁路江（门）湛（江）段自 2018 年 7 月 1 日正式通车运营以来就备受关注。这是"D""G"字头的动车组首次延伸到祖国大陆的最南端。

改革开放40年之际,高铁降临湛江。这距离国务院批准其为中国首批沿海对外开放城市已时过34年。

但无论如何,湛江终于迈入真正属于自己的"高铁时代",成了珠三角三小时生活圈中的新成员,也迎来了属于它的又一个发展春天。

而这场春暖,也不仅花开湛江,更蔓延至整个粤西地区。近年来,由于缺少重大基础设施的政策倾斜,粤西地区的交通发展相对落后,铁路客运条件较为薄弱,公路运输效率较低——这对企业和人才的引进、旅游业的发展等都造成了负面影响。

随着深湛铁路的开通和交通设施的不断升级,粤西开始加速融入全国网络,其经济实力和对外开放水平以新的姿态走上了发展的快车道。

高铁进湛

深湛铁路江(门)湛(江)段全长约355公里,设计时速200公里,东接广珠城际铁路新会站,西至湛江西站,贯穿江门、阳江、茂名、湛江4个地级市,设有江门、双水镇、台山、开平南、恩平、阳东、阳江、阳西、马踏、电白、茂名、吴川、湛江西共13个车站。

通过中国铁路总公司官方售票网站12306可以看到,目前广州南站至湛江西站共有26对动车组,每隔30分钟左右就有一趟列车,到湛江最快只要2小时48分。乘坐高铁出行成了当地很多人的首选,售票网站上,前往湛江的车票售空已是常态。

日前,由澎湃新闻联合复旦大学新闻学院组成的"记录中国"报道团队,也体验了一次由广州通往湛江的高铁之旅。这趟"D"字头的列车共有8节车厢,分为二等座车、一等座车和餐车,下午2点半,车厢内已座无虚席,车厢连接处还站着许多购买无座票的乘客。

湛江西站外景。 徐丹阳 图

"本来准备到了广州南站再根据时间买票,结果发现 4 点以前的票都卖完了。"陈先生一家四口是来湛江旅游的,"看了大巴车要 6 个小时左右,比高铁要多花一半的时间,只有无座,我们也要买高铁"。

和"记录中国"报道团队邻座的吴先生是湛江人,经常往返于广州和湛江之间。家里有急事,他认为乘坐高铁回湛江是最优选择。"以前自己开车,最快也要将近 5 个小时,坐高铁 3 个小时就能到家,可以早点见到家里人。"

当天下午 5 点 41 分,高铁准时到达湛江西站。自助出站后,正前方约 50 米处是出租车等候区,"记录中国"报道团队乘出租车前往目的地,沿着高铁西站配套工程西城快线,约 15 分钟就到达了赤坎区。此外,还有 5 条公交接驳线路从市区通往铁路西客站(公交站)之间,解决民众进出湛江西站的需要。

湛江—海口汽车轮渡换乘中心。　　徐丹阳　图

出站口右侧,有一个"湛江—海口汽车轮渡换乘中心"。工作人员介绍,这项由广铁集团推出的公铁海联运(即高铁＋汽车＋轮船三种方式的客运联运),和湛江西高铁枢纽站同时开始运营,"通过这种方式,旅客在湛江西站出站口,可直接换乘大巴抵达湛江徐闻铁路北港码头,然后通过我们专设的旅客专属优先通道乘坐轮渡,到达海南海口铁路南港码头"。该工作人员说,从广州通过这种铁公海联运方式到达海南,要比普速火车缩短大约8小时。

"记录中国"报道团队从中国铁路总公司了解到,经过一段时间的运营和调整,目前广州南站最早去往湛江西站的动车组列车时间为7:00,最晚一趟为20:30,最晚到达湛江西站的时间为23:28,湛江西站最早开往广州方向的动车组列车为7:23,最晚一趟为21:00,最晚到达广州南站的时间为23:55,较开通时延长了1小时左右。

　　除了连通珠三角与粤西地区，从湛江西站乘坐高铁出发，现在还可以直接到达北京、上海等各大城市。湛江西站等粤西各大高铁站开行卧铺动车组，这在全国铁路新线开通史上尚属首次。如今，旅客可在湛江西、茂名、阳江、新会车站乘坐卧铺动车组，前往郑州、石家庄、保定、北京、杭州、宁波、潮州、上海等城市。

车次	始发站	终到站	到点	开点	候车室	状态
D7484	湛江西	佛山西	--:--	17:40	二层候车室	
D9744	湛江西	广州南	--:--	18:00	二层候车室	候车
D7486	湛江西	佛山西	--:--	18:30	二层候车室	候车
D7492	湛江西	广州南	--:--	19:10	二层候车室	候车
D7488	湛江西	佛山西	--:--	19:30	二层候车室	候车
D7496	湛江西	广州南	--:--	20:00	二层候车室	候车
Z201	北京西	三亚	22:09	22:15	二层候车室	候车
Z112	海口	哈尔滨西	22:42	22:50	二层候车室	候车

湛江站列车时刻表。　徐丹阳　图

克服交通落后的瓶颈

　　1984 年 5 月，湛江成为全国首批 14 个沿海对外开放城市之一。在当年《关于要求在湛江市实行特殊政策的报告》中，交通四通八达，曾是湛江申请成为沿海对外开放城市的一大有利条件。
　　但是，由于发展中的部分历史原因，加之粤西地区缺少重大基础设施的政策倾斜，湛江曾一度面临着高等级道路密度低、通行能力差,机场航班少、航线少、票价高的局面,落后的交通已成为制约湛江加快发展的最大瓶颈。

中国社会科学院区域经济研究专家徐逢贤表示,要想获得发展,湛江一定要融入全国交通网络。对外要和广西、海南、贵州、云南等地区联系起来,对内要和广东省珠三角一带城市联系起来。交通网络的形成将帮助湛江加快开放的步伐,随着人员、资金的流通力度的增加,产业结构将得到优化,经济发展也有了依靠。近几年,湛江总结经验,并借助政策优势,正在逐步完善交通基础设施的建设。在"十三五"全国的交通规划中,湛江市被定位为全国性的综合交通枢纽。

"记录中国"报道团队查阅湛江市近年来的政府工作报告时也发现,"交通基础设施建设"自2016年起,成为报告的高频词,也是报道落实过程中的一大重点,湛江对于交通建设方面的投资也明显增加。

2015年,湛江完成交通建设投资122.9亿元,增长80%。2016年,88.1亿元,2017年,132.2亿元。在铁路方面,除了深湛铁路江(门)湛(江)段通车外,黎湛铁路电气化改造也已完成,东海岛铁路完成投资过半。

深湛铁路江湛段正式通车运营当天,湛江市市长姜建军在接受媒体采访时,对湛江未来的交通部署进行了介绍。"为了解决区域协调发展的问题,我们做了一个综合交通规划,是按照海陆空铁一体化综合交通规划的一个体系,我们叫56811工程。"他解释,该工程包含5条高速铁路、6条高速公路、8条雷州半岛鱼骨状支线公路、1条环半岛滨海旅游公路和1个新的国际机场,将构成一个海陆空铁的综合交通体系。

姜建军表示,具体而言,未来5年内,湛江将新添4条高铁线路,联系珠三角、粤港澳大湾区的广湛高铁,将会在国际机场设站,标准为 350 公里/小时。向西将建设一条连接广西、沿海地区的合湛高铁，向南将建一条联通海南的湛海高铁，向北连接广西东部和湖南、湖北的西部地区，还要规划建设包海通道、湛海高铁。

对原有的机场进行迁建和升级后，新的国际机场将是广东第三大干线机场，成为广东省域副中心城市对接东盟、联系海南自贸区自贸港、对接"一带一路"建设的重要航空枢纽。姜建军透露，经国务院批准之后，该机场将于明年正式动工。

此外，规划建设的 6 条高速公路，将使湛江进一步加强与珠三角的联系，也使湛江和广西、湖南，包括海南的高速公路连接更加畅顺。8 条高速公路的支线，有助于海岸资源和主干公路的高效对接。

随着"高铁入城"，湛江还将展开一系列交通建设，促进其融入粤港澳大湾区，推进产业链跨区域布局。

先进的进站识别系统。　　徐丹阳　图

湛江市委书记郑人豪也表示,目前,湛江正以高铁开通为契机,大力推动产业蓬勃发展。宝钢湛江钢铁基地已经落地建成达产,中科炼化一体化项目将于2019年底建成投产,湛江已有两个千万吨级临港大项目。近日,湛江招商落户投资额达100亿美元的巴斯夫精细化工一体化项目,为打造沿海经济带新增长极和省域副中心城市提供了新支撑。

粤西交通蓝图

深湛铁路江(门)湛(江)段的开通,也为粤西未来的交通规划与区域发展带来更多的思考。

粤西,是广东省西部地区的简称,广义包括湛江、茂名、阳江、肇庆、云浮等市及所辖县市区,狭义上特指湛江、茂名、阳江三市及所辖县市区。

广东海洋大学副教授蒋重秀在接受《南方日报》采访时指出,改革开放以来,因采取非均衡发展方式,广东区域经济发展存在着粤西与珠三角经济的巨大差距,发展到新平台的广东经济,需要寻找新的增长极。粤西应加快推进广湛客专、国际机场和广东沿海公路等基础设施建设,增强发达的珠三角对粤西地区的辐射功能。借助发达的交通网络,珠三角地区在人才、资金、政策、产业等方面,应加大对湛江等粤西地区的扶持力度,变目前对粤西的单纯输血为增强其造血功能的扶持模式。同时,合理引导人流、物流、政策流、资金流、产业流向粤西等欠发达地区转移,着力影响和扭转粤西人口等资源净流出的状况。

公开资料揭示,除了深湛铁路江(门)湛(江)段,粤西地区已有一系列规划,致力于完善综合运输体系。

中国铁路总公司相关负责人在接受"记录中国"报道团队采访

时介绍,近年来,广东境内相继建成运营了京广高铁、广深(港)高铁、厦深铁路、贵广高铁、南广高铁、江湛铁路、广珠城际、佛肇城际、莞惠城际、赣韶铁路、广珠铁路等重大项目。党的十八大以来,广东省铁路完成基建投资 1 467 亿元,建成新线 1 173 公里,其中高铁 983 公里;截至目前,广东铁路营业里程 4 585 公里,其中高铁1 900 公里(含 7 月 1 日开通的江湛铁路 358 公里)。2017 年全省共完成旅客发送量 2.88 亿人,同比增长 12.4%,完成货物发送量8 588 万吨,同比增长 2.7%,为区域经济社会发展提供有力支撑。

该负责人向"记录中国"报道团队透露了粤西地区铁路建设的下一步规划方案:正在加快建设合湛铁路、湛江东海岛铁路等,并支持将湛海铁路扩能、铁路物流基地等项目纳入"十三五"规划,将深茂铁路深圳—江门段、广湛铁路列为规划研究项目。

关于广湛铁路项目,按照路地会谈精神,路地双方正安排设计单位抓紧开展规划研究工作,下一步将结合研究进展情况积极推进相关工作;关于深茂铁路,深茂铁路江门—茂名段 2018 年 7 月 1日建成投产,深圳—江门段,按照路地会谈精神,目前正在组织设计单位深化开展跨珠江口隧道方案比选论证,并与沿线地市加强协调沟通,争取尽快稳定全线总体方案,早日具备可研批复条件。

在公路建设方面,广东省交通集团表示,粤西湛徐高速徐闻港支线、云湛二期已进入了工程的收尾阶段,云湛高速二期(新兴至阳春段)未通车时,从湛江、茂名等地往广州需绕行罗阳高速再折返转江罗高速,通车后,将可节省路程约 60 公里,车程只需约 30分钟。

此外,广东省交通运输厅组织多次规划调研,制订了《广东省滨海旅游公路规划建设方案(征求意见稿)》,计划用 8 年时间,建成主线全长 1 570 公里,支线长 305 公里,贯穿湛江、茂名、阳江等14 个海岸城市的滨海旅游公路,以交通发展带动粤东粤西两翼加快发展。其中,湛江段规划 2022 年基本贯通,全长 467 公里,占全程总长超过 1/4。

湛海铁路扩能研究已启动

湛江是国家经略南海的战略通道,与海南岛之间的琼州海峡东西长约 80 公里,南北平均宽度 29.5 公里,最宽处直线距离 33.5 公里,最窄处直线距离约 18 公里。是否建设一条贯通湛江和海南岛的跨海通道已被提及多年,曾有过多番讨论,但尚未形成可行性方案。

据澎湃新闻此前的报道,早在 1994 年至 2002 年,广东省就先后投入 8 000 多万元,开展对琼州海峡跨海通道工程的研究,收集了社会经济、交通运输、气象、水文、地貌、地质、地震等方面的大量资料,对建设跨海通道工程的必要性、建设时机和技术标准等进行了深入的分析研究。

2005 年,交通部正式提出通道规划研究计划,同年 8 月在海口召开相关工作会议,通过了《琼州海峡跨海公路通道工程规划研究大纲》。

2006 年 1 月,交通部在北京组织召开《琼州海峡公路通道规划研究》桥隧方案的专题资讯会,对各选线方案相对应的桥梁、隧道方案重新做出评估。同年的"珠洽会"上,广东省与海南省签署高层会晤备忘录,表示两省共同推进该项目的意愿。

2007 年 4 月,在海口组织召开了琼州海峡跨海通道规划研究报告专家评审会;来自全国的 23 位各领域权威专家一致认为,建设琼州海峡跨海通道大有必要、完全可行。同年 10 月,粤琼两省联合向交通运输部和铁道部申请将该项目列入国家交通和铁路发展中长期规划。

2008 年 3 月，在国家发改委的主持下，铁道部、交通运输部、广东省、海南省四方在北京签署了合作纪要，正式启动前期筹备工作，并成立了琼州海峡跨海工程前期工作领导小组。

《海南日报》2009 年 2 月 14 日刊登的《琼州海峡跨海工程规划研究报告认为：跨海工程具有尽快实施必要性》显示，当时琼州海峡的跨海通道的方式锁定为公铁合建桥梁。2010 年，还有部分媒体报道了琼州海峡的跨海通道的海上地质钻探工作，随后项目便陷入了一段长久的"沉默期"。

2015 年 11 月 23 日，广东省政府发布的《广东省高速公路2015 年至 2017 年建设计划及中远期规划》再次提及琼州海峡跨海通道。根据规划，2018 年以后开工建设沈（兰）海国家高速公路琼州海峡跨海通道，全程为 30 公里，预计投资为 1 400 亿元。

2016 年全国两会公布的《国民经济和社会发展第十三个五年规划纲要（草案）》中，提出将在"十三五"期间建设包头银川至海口的高速铁路通道。这也将涉及如何建设琼州海峡跨海通道的问题。

2018 年 4 月 14 日，海南岛被明确全岛建设自贸区（港），迎来历史发展新阶段。7 月 25 日，交通运输部提出，研究琼州海峡通道，构建由高速铁路、高速公路、水路客滚运输等多种运输方式组成的综合交通走廊，融入国家综合运输大通道。

《中国海洋报》2018 年 7 月曾报道称："广东和海南之间即将新建一座跨海通道——琼州海峡跨海隧道。据悉，该隧道连接雷州半岛和海南岛，西连北部湾、东接南海北部，是一条公路和铁路两用的跨海通道。"但随后，《中国海洋报》9 月又报道称："日前，备受社会关注的琼州海峡跨海通道建设相关事件，经本报向相关职能部门核实了解，近期未有琼州海峡跨海通道建设项目立项申请，相关职能部门也未开展相关工作，琼州海峡跨海通道建设并未提上日程。"

中国铁路总公司相关负责人向"记录中国"报道团队表示,为支持海南自由贸易港建设,服务沿线地区经济发展,中国铁路总公司会同地方政府已于 2017 年启动湛海铁路扩能研究,并结合琼州海峡跨海通道位置及跨海方式研究,深化项目建设方案、建设模式、资金筹集等,适时推动实施。

记录中国｜重塑城市竞争力：从四大名片到再造"新宁波"

澎湃新闻记者　韩雨亭
复旦大学新闻学院　邵京　刘浏　林小婷
（发表于 2018 年 10 月 11 日）

宁波东部新城的鸟瞰图。　林小婷　图

　　夜幕降临，宁波东部新城灯光黯淡了下来，回归平静，到了白天，许多住在老城区的上班族将会纷纷涌向这里，因不少政府机构和公司把总部设立在这里，形成了上班族群的悄然"东移"现象。

　　作为正在崛起的城市新中心，东部新城规划面积达 15.85 平方公里。它西起世纪大道，东至东外环路，南起铁路，北至通途路，拥有巨大的物理空间和城市想象力。

　　俯瞰东部新城，甬新河畔高楼林立，商务写字楼、高端社区鳞次栉比，犹如一块块城市拼图，它正在搅拌机、高架吊车和建筑工人的合力下加速完成。在当地政府规划中，东部新城是一个集行政办公、金融、贸易、信息、商业和居住等功能于一体的"中央商务区",它拥有核心使命——再造一个"新宁波"。

"它将成为宁波的新引擎。"2018年7月,宁波市政府一名官员对"记录中国"报道团队称。

他称,东部新城地处宁波未来城市构架的几何中心,跟以三江口为核心的老城区一起构成"一城二心"的总体空间格局,不仅是宁波东扩的核心地带,更是宁波未来政治经济文化和商业中心。

根据规划,到2020年,东部新城基本建成。届时,总投资规模将突破2 000亿元,居住和工作人口分别达到17万和20万人。

东部新城将要呈现完全不同的产业形态。它将着重吸引来自全球的知名企业和大公司入驻,产业布局更偏向于航运、港务、银行、保险、证券、信息和咨询等行业,构建一个面向全球的金融城与资本港,为此兴建了证券金融中心、商务写字楼以及高端酒店、购物中心。

这是宁波在城市发展与经济转型上力争"突破"的行动体现。

宁波东部新城的鸟瞰图。　刘浏　图

1984 年，作为中国首批对外开放的沿海城市，国家给予的政策支持和自身的港口优势让宁波在相当长时间都是中国经济版图上的明星城市，形成了以传统优势产业为主的服装纺织、机械机电、汽车船舶和石化冶金，以及临港工业和高新技术的产业集群。

港口经济对宁波产生很大推动力，形成了"港城联动"的效果，即便在中国港口经济中，宁波扮演的角色也举足轻重。

跟许多以实体经济为主的城市一样，宁波也面临转型困境，在近年来互联网科技和高科技产业方面，宁波未能及时赶上，这多少削弱了它的竞争力。

中国社会科学院最新发布的《中国城市竞争力报告No.16——40 年：城市星火已燎原》报告显示，宁波综合经济竞争力在 2017 年的指数位列全国第 24 位，这一排名虽然不差，但相较于 15 年前的第一份中国城市竞争力报告，宁波降低了 14 位。

"宁波以前制造业比较发达，但后来互联网方面，杭州比宁波领先一步，出现了阿里巴巴。从这个角度，还有些差距。"宁波市政府原副秘书长陈国强在接受"记录中国"报道团队采访时称。

宁波当地政府也意识到了上述问题，接下来宁波应该如何加快产业转型，重新找回城市竞争力呢？这也是宁波正在面对的课题。

40 年，4 张名片

"宁波是个好地方！"——这是习近平同志 16 年前就任浙江省委书记后第一次专程到宁波视察调研时对宁波的评价。

宁波舟山港，波浪汹涌的激流声与轮船的鸣笛声交织在了一起，货轮川流不息，装卸机械搬运着五颜六色的集装箱，代表了宁波舟山港的活力。

宁波舟山港调度指挥中心，所有往来宁波舟山港的货轮信息都显示在了30米大屏幕上，这张密密麻麻的全球信息网令所有到访者都倍感惊叹。

"它才是中国和世界贸易的真实写照，最真实的晴雨表。"宁波舟山港调度指挥中心的一名工作人员称。

宁波舟山港集团是由宁波港集团与舟山港集团于2015年9月29日组建成立，之后浙江省海港集团与其深化整合，拥有目前全球第一个年货物吞吐量突破10亿吨的宁波舟山港。

港口是宁波一张重要的名片。

根据2018年2月初，交通运输部公布的2017年中国规模以上港口货物、旅客吞吐量快报数据，宁波舟山港继续稳居国内港口货物吞吐量排名第一位，集装箱吞吐量排名第三位。

另据中国港口协会公布的2017年全球集装箱港口100强名单统计，上海港以4 023万标箱吞吐量继续高居榜首；深圳港以2 521万标箱吞吐量稳居第三；宁波舟山港以2 461万标箱吞吐量稳居第四；而香港港以2 076万标箱吞吐量位居第五。

这足以说明宁波舟山港在全球贸易中的地位不容忽视。

宁波港口也是改革开放的见证，早期因作为海防前线，加上中国的经济体量限制，让宁波港口难以发力，哪怕到了2001年，它的集装箱总量也才刚突破100万标准箱，位列全球第49位。

中国加入WTO（世界贸易组织），宁波港口迎来快速增长期，到了2008年，它已挤进了全球前十名，到现在与上海港共同成为长三角对外开放经济体系的重要支撑。

2014年，国务院总理李克强到浙江调研称，长江经济带相当于中国龙身。龙头的两只眼睛就是上海洋山深水港和宁波舟山港，足见其战略重要性。

40年前，宁波正是从港口出发，开始走向世界。

新中国成立初期，由于东南沿海的紧张局势和海防城市的战略定位，宁波，经历近30年的发展停滞期，城市建设乏善可陈。

20世纪70年代中美关系正常化后，沿海紧张局势得以缓解，宁波从海防前线转变为国家深水港建设重要城市，一系列工程在宁波建成落地。

改革开放让宁波重焕光彩。1979年6月1日，国务院批准宁波港正式对外开放，宁波开始真正发挥其港通天下的重要功能，国内外船只和货物在此进出和中转。

宁波自古以来就是以港兴市，是中国对外贸易的重要港口，中外闻名的商埠，宁波港口是一个有1 200多年开埠历史的古老港口。

据史料记载，宁波港口起源于古老的河姆渡，形成了人类早期的港口雏形。公元752年（唐天宝十一年），3艘日本遣唐使船在宁波靠岸，它标志宁波港正式开埠。

在近代史上，宁波新兴工商业发展较早，而港口扮演着极其重要的作用。

40年前的北仑，只是一个小渔村，在海边有广阔的棉田，男人下海捕捞，女人下地摘棉，过着宁静的生活。

北仑港口建起来以后，来自全球的货轮与外国海员的到来，打破了田园式的宁静，让曾经的滩涂崛起了一座小城区。如今的北仑港区已成现代化深水大港的重要组成部分。

随后的1987年、1988年中，宁波分别获批计划单列市、较大的市，成为具有省一级经济管理权限和制定地方性法规、行政规章权限的市。

在此基础上，宁波与众多省会城市于1994年被确立为副省级城市，获得了更高战略地位，宁波抓住机会，一举成为长三角南翼的经济中心和明星城市。

改革开放 40 年来,从浙东海防小城到经济大市、从区域内河小港到国际深水大港、从浙东商埠小城到现代化港城,宁波实现蜕变,迎来黄金时代。

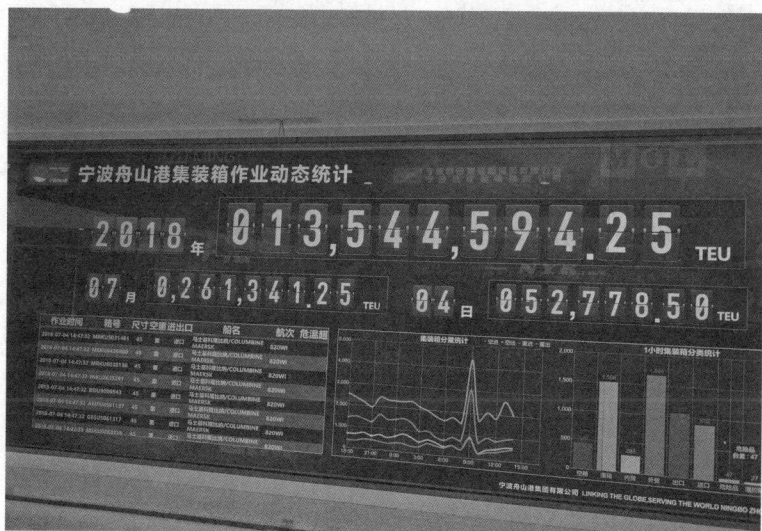

近年来,宁波—舟山港务集团的数据化、精细化、专业化管理取得了显著成就。图为宁波舟山港调度指挥中心长度约 30 米的大屏。　江健　图

1993 年,宁波被批准为率先建立社会主义市场经济体制的全国综合配套改革试点城市,这极大激发了民间投资活力,人才和资本涌向了制造业,以服装产业为主的轻工业在这个阶段获得蓬勃发展。

这造就了宁波的第二张名片——宁波装。

近代史上,宁波人做服装具有历史渊源,当年很多宁波籍裁缝闯荡上海滩,王才运就是上海滩最大一家西服店的老板,中国第一件中山装就是出自他和他父亲之手。

改革开放后,宁波再度成为中国服装产业基地。申洲、雅戈尔、杉杉、罗蒙、维科、博洋、太平鸟、培罗成、洛兹等国内外知名品

牌都先后驻扎在宁波，让宁波成为"品牌之都"，这对其城市形象塑造和传播起到至关重要的作用。

"服装产业最高时占到宁波 GDP 的 11%，现在依然占比 4% 左右。"宁波市政府经济部门一名官员称。

宁波悠久的港口历史及改革开放历程，共同成就了"宁波港""宁波装""宁波帮""宁波景"四张名片。

宁波人的经商才能闻名海内外，故此成为中国近代史上最为富庶、最为庞大的商帮之一，在改革开放中，"宁波帮"起到关键作用。

中国改革开放总设计师邓小平曾明确指出："宁波的优势有两个，一个是宁波港，一个是'宁波帮'。"

改革开放初期，宁波百废待举，邓小平号召"要把全世界的'宁波帮'都动员起来建设宁波"。

宁波籍港商包玉刚先生，捐资助建了全国重点大学——宁波大学；著名爱国人士邵逸夫先生也是宁波籍，每年向国家教育部提供 1 亿多元经费，资助全国的教育事业。

现在"宁波帮"依然是全球华人的重要商业力量，更在宁波经济建设中扮演关键角色。

近年来宁波正在力推"第四张名片"——宁波景，当地政府意识到文化的力量，正在将河姆渡文化遗址、天一阁（亚洲最古老的私人藏书楼，400 多年）、民国文化（蒋氏故里）、佛教文化（雪窦山）作为文化名片，推向海内外游客，借此扩大这座古老城市的文化影响力。

宁波舟山港"大而不强"?

"每个城市都有自己的基因，我们（宁波）以港口为基因。你去看，宁波的其他经济，包括外向型经济，外资、央企，他看中宁波的是什么,就是大港口。"陈国强对澎湃新闻称。

宁波城市宣传语是"书藏古今,港通天下",由此可以看出宁波对港口经济的重视程度。

1992 年,宁波市政府确定"以港兴市,以市促港"战略,足见当地政府对于港口对城市的经济带动给予的期待。

宁波港口与中国经济一样,走过由小到大的发展历程,前后经历纯粹的运输港、工业港与商贸物流港三个发展阶段。

宁波东部新城建设的高楼。　江健　图

2008 年梅山保税港区的设立是宁波发展史上重要转折点,它依托保税和港口的优势,大力发展港口和物流,带动城市新产业体系的建设,逐步形成以第三产业为特征的"港城互动"模式。

2011 年,宁波"十二五"规划再次提出建设"国际一流的深水枢纽港和我国重要的现代港口物流中心"的目标,希望进一步推动"港城联动"。

"如今,浙江省海港集团、宁波舟山港集团已经集'港口运营、开发建设、航运服务、投融资'四大板块业务为一体。其港口运营板块,也已形成'一体两翼多联'的架构。一体是以宁波舟山港为主体,两翼中的北翼是嘉兴港,南翼是温州港、台州港,多联是指联动发展义乌陆港和其他内河港口。宁波舟山港已成全省海港一体化发展的龙头。"宁波舟山港股份有限公司董事会秘书蒋伟对"记录中国"报道团队称。

宁波借助港口优势衍生大批临港工业园区,宁波经济技术开发区、北仑港工业区、宁波保税区、大榭开发区等先后设立,无形之中让宁波产业结构悄然由"轻"到"重"。

这正符合宁波的总体产业布局。

"以前农业占大比重,现在减少到 3%,受到三次产业结构改变,现在宁波工业和服务业占比正在提升,制造业也在变,早期以小制造为主,现在造纸、钢铁、汽车等都发展起来了。最大产业是汽车制造,去年(2017 年)生产了几十万辆;其次产业是石化,占比也很高。"宁波市发展和改革委员会副主任刘兴景对"记录中国"报道团队称。

"这一方面得益于国家的第一批沿海开放城市政策,另一方面也与'宁波帮'精神及人脉资源有很大关系。与中国其他城市类似,宁波在改革开放以来侧重于发展工业,特别是利用港口优势发展了重化工业,因此对生态环境带来了较大破坏。这一点可能比其他城市还要严重。未来宁波的发展重点应该是高端服务业。"宁波大学商学院国际经济与贸易系副教授、浙江省经济学会副秘书长楼朝明对"记录中国"报道团队称。

作为一位学者,他到宁波大学初期参与的重大研究课题就与宁波港口有关。的确如此。围绕宁波舟山港建设的六大临港产业基地基本以重工业为主,涵盖石化、能源、钢铁、造纸、汽车、船舶,面积约几十公里的临港,成为宁波经济发展的主心骨,占据近 1/4 的工业产值,但工业也对环保带来巨大压力。

另一个问题是,目前宁波港口经济还存在发展上的瓶颈。

"2017 年宁波舟山港货物吞吐量 10.1 亿吨,成为全球首个'10 亿吨'大港。但是宁波舟山港一直大而不强,在集装箱运输发展高峰期没有乘势而上,无法利用港口优势发展与之相关的生产性服务业。"楼朝明说。

"大而不强"是中国大陆港口的普遍发展现状。从货物吞吐量而言,宁波舟山港已连续 9 年稳居世界第一大港。这些增长来自其培育集装箱吞吐量增长点,中转箱、内贸箱、海铁联运箱成为拉动集装箱吞吐量攀升的"三驾马车"。

作为全球货物吞吐量最大的港口,为何还存在"大而不强"的成长烦恼呢?其主要原因是运营水准。

"我们挣的大多是依靠劳力的辛苦钱,国内的装卸费用只有外贸的一半。因此在航运服务业、竞争力、利润率方面,宁波舟山港口依然需要向国际港口学习。"宁波一位港口服务业者对"记录中国"报道团队称。

以美国港口为例,它们的货物吞吐量并不大,2015 年纽约—新泽西港、西雅图—塔科马港的集装箱吞吐量仅为 640 万标箱和 460 万标箱左右,但却是全球公认的国际强港,关键原因在于海事、金融等航运服务业支持强港建设方面领先于世界各国。

从外部竞争环境来分析,传统港口产业的盈利模式逐渐面临瓶颈。

浙江省政府也意识到上述问题。2015 年决定把宁波港集团与舟山港集团合并,组建了宁波舟山港集团,用意很明确——避免港口盲目投资建设,产能过剩,港口间功能定位重合,无法总体规划和协调,产生恶性竞争等现象,提高竞争力。

宁波舟山港正由此着力改变"大而不强"的尴尬现状。根据上海国际航运研究中心发布的 2017 年全球最具发展潜力集装箱港口排名，宁波舟山港排在新加坡港之后，位居第二位。

澎湃新闻记者与复旦大学师生参观调研宁波舟山港务局。　江健　图

产业转型

"宁波作为全国少数几个计划单列市之一，党中央、国务院和省委、省政府都寄望于宁波，对宁波高看一眼。宁波必须站得更高一些，看得更远一些，想得更深一些，发展得更快更好一些，努力在新一轮的竞争和发展中继续保持领先地位。"2002 年 12 月 20 日在宁波考察调研时，习近平既道出了理由，更对宁波发展提出了要求。

改革开放初期，宁波成为第一批沿海对外开放城市，此后它被确定为计划单列市,由此说明了中央政府对工业经济的重视。

对于宁波而言,这肯定是一件好事,但同时也让自身失去了一些机会。

"国家对于宁波城市的定位较高,这给宁波带来了巨大的机遇,但是也由于政策上的关注度过高,使得宁波在创新方面成就较少。"楼朝明称。

他认为,在信息经济时代,由于此前轻工业(纺织业)和重工业(石化业)发展过度,宁波经济对其依赖严重,加之地理位置不佳和知识储备不足等因素,宁波错过了重大机遇。与此相对,杭州则利用与上海比较近、有众多的高校,并且是浙江省的省会等优势,重点发展了信息经济。

宁波与省会杭州一直都是浙江的两座明星城市。

过去近 20 年的发展中,这两座城市已走出完全不同的产业形态,互联网产业便是一个"分野"。

尽管,杭州和宁波几乎同时推出"电子信息化产业"目标,但宁波在互联网产业上"明显慢了一步"。杭州顺势而为,培育了以阿里巴巴为中心催生的诸多新兴产业链条,更形成了互联网产业的集聚效应。网易创始人丁磊原本是宁波人,2017 年他也决定将网易部分业务迁往杭州,再造一家上市公司。

根据两地统计局公布的 GDP 数据显示,杭州作为省会城市的优势正在进一步扩大。2007 年,杭州 GDP 为 4 104 亿元,宁波为 3 433 亿元,两者差距为 671 亿;2017 年,杭州 GDP 达 12 556 亿元,宁波 GDP 达 9 846.9 亿元。

"宁波和杭州是浙江的双城记。杭州在互联网经济和新经济浪潮中把握得很好,我们应该学习。另一方面,宁波也要深入研究发挥自身优势,因为在全球产业变革中时时刻刻都有机会。"刘兴景称。

他指出,宁波正在新材料、工业互联网等领域,发挥起传统制造业的优势,来推动下一轮技术革命。

宁波统计局最新公布的《2017年宁波市国民经济和社会发展统计公报》显示,2017年宁波全年战略性新兴产业、高新技术产业、装备制造业增加值分别达到872.2亿元、1 337.5亿元和1 585.5亿元。

2018年7月,宁波正式对外公布《宁波2049城市发展战略》,这份战略报告中的关键词之一便是"动能转型",指出宁波未来产业发展方向应当突出"智造、服务"双驱动,因此要稳步退出钢铁和有色金属、纺织服装、石油化工等行业的低端低效环节,大力实施"互联网+、大数据+、机器人+、标准化+",引进一批工业互联网平台。

宁波正在努力推进产业升级,可是想要赢得下一轮发展机会,如何培养和吸引人才成为重中之重。

当地政府也意识到问题所在。近年,宁波分别与大连理工大学、浙江大学签署了合作协议,这两所大学将分别在宁波建设分校区,并设立创新平台与研究机构,为宁波在新兴的高端装备和互联网科技等方面培养人才。

"就浙江省而言,宁波对毕业生的吸引力仅次于杭州。杭州是省会城市,工作机遇、升迁机遇都比较高,对毕业生吸引力更大。但是与浙江其他城市相比,宁波吸引力还是非常明显的。"楼朝阳称。

"宁波自己在未来新一轮发展过程中,应给自己重新定位。"宁波大学商学院国际经济与贸易系副教授周琴对"记录中国"报道团队称。

她认为,宁波过去利用改革开放领先一步。在发展过程中,当地政府给予了民营经济大力支持,才让宁波经济十分活跃。

"那么宁波接下来应该是怎么样的一个城市呢?我想首先就是明确战略方向。"周琴说。

记录中国｜从海事大学回望大连：因海而兴，再"转身向海"

澎湃新闻记者　康宇

复旦大学新闻学院　王葳　于昊　许愿　张永清　张潘淳
黄羽佳

（发表于 2018 年 10 月 12 日）

"这是我到过的最漂亮的城市，有很多日式和西式风格的建筑。"

刘正江对大连的第一印象非常好。

1978 年 3 月 8 日，刘正江从江苏南通老家赶到大连，到大连海运学院（现在的大连海事大学）报到。3 个月前，他通过高考被这所学校的航海远洋船舶驾驶专业（现为"航海技术专业"）录取。

59 岁的刘正江是大连海事大学副校长，主管本科教学工作。他在这所高校学习、工作了 40 余年。用他自己的话说，他不光见证了这所有着"航海家摇篮"之称的高等航海学府的重要发展历程，也见证了改革开放以来，大连这座沿海开放城市 40 年来历经的波澜壮阔的发展变化。

在刘正江看来，说起大连，无论如何都不能绕开它独特的区位优势和强大的工程实力。如果近些年提起大连，两艘航母先后在大连下水也成为这个城市的一张重要名片。

大连地处辽东半岛最南端，三面环海，西北临渤海，东南面向黄海，在黄海和渤海的相拥之下，有着著名的特殊景观——"黄渤海分界线"。可以说，大连整座城都是依山沿海而建，拥有非常丰富的海洋资源。

而作为与这座城市区位优势相关，以及为这座城市发展提供最直接技术和人才动力的专业类高等院校，大连海事大学的学科布局、人才培养规划，也在一定程度上折射出大连优势产业造船和航运业的发展历程，以及大连在新一轮东北振兴背景下的定位和使命。

日前，澎湃新闻（www.thepaper.cn）联合复旦大学新闻学院组成的"记录中国"采访团队走进大连海事大学，力图通过一所大学的多方面发展和规划，来回看大连因海而兴之路，同时展望大连"转身向海"的新格局。

大连海事大学是我国一所高等航海学府。　张潘淳　图

沿海开放

"历史的时针旋转到 20 世纪 80 年代的第四个春天，地球的运转定格在东北亚黄渤两海相交的大连。"

全国政协文史和学习委员会编写的主题丛书《十四个沿海城市开放纪实·大连卷》的卷首这样写道。

在那个春天,大连迎来了一个新的发展机遇。1984 年 5 月,国务院决定设立 14 个沿海开放城市。大连因其独特的区位优势和丰富的资源,赢得了对外开放的先机。

1984 年 9 月 25 日,国务院下发文件,正式批准设立大连经济技术开发区。开发区的设立,极大提升了大连对外开放的程度,促使大连市外向型经济得到快速发展。国务院下发的这份文件指出了大连在某些政策上可以更开放些的一个重要优势,即"大连是东北三省的主要港口城市"。

也是在这一年,国家确定大连为全国四大"深水中转枢纽港"之一,大连港在全国率先提出建设"多功能、全方位、现代化"国际大港的发展战略。

"实际上,大连港在上世纪初就辉煌过,1912 年成为东北地区最大港口,1919 年又成为中国对外贸易的第二大港。"大连海事大学航海历史与文化研究中心主任韩庆对"记录中国"采访团队介绍道。

沿海是大连一个非常重要的区位优势,港口和航运中心的建设发展让大连在东北亚牢牢占据重要的位置。大连一些重要的工业记忆和名片都与沿海和港口有关。

比如,有着"海军舰艇的摇篮"之称的大连船舶重工集团有限公司(以下简称"大船集团")就是大连一个重要标签,每一艘重量级船舶从这里下水时激荡起的浪花,都无声讲述着这座城市的辉煌与梦想。

1958 年 11 月 27 日,大连造船厂(大船集团前身)建造的中国第一艘万吨远洋货轮"跃进"号在这里下水,标志着中国造船进入了万吨级时代。大连造船厂也一跃成为国内造船业的龙头。

　　当 20 世纪 80 年代，中国改革开放的大门开启后，大连造船厂又先人一步主动参与到国际市场的竞争之中。1980 年 5 月，大连造船厂与香港某航运公司签订 2.7 万吨散装货船建造合同。次年 9 月 14 日，大连造船厂按时交工，中国第一艘按照国际规范和标准设计建造的出口船舶"长城"号，在大连建成下水。

　　这是大连外向型经济的一个开端。1984 年，在被确立为首批沿海开放城市后，大连的外向型经济得以跃上发展快车道。

依山沿海的大连拥有非常丰富的海洋和港口资源。图为大连港。
张潘淳　图

发展布局

　　纵观大连 40 年来的发展脉络发现，依山靠海，因海而兴，从某种意义上说，也影响了大连的发展规划和产业布局。

　　造船、航运和物流是大连产业发展中不可忽视的重要一环。

2018 年"记录中国"专业实践项目 | 485

作为衡量一个国家高端制造技术和工艺重要指标之一的造船业,在大连有着举足轻重的地位。我国能建造 5 万吨以上巨型民用船舶的造船厂不少,但能建造巨型军用船舶的造船厂屈指可数,大船集团是其中的佼佼者。

大船集团被誉为中船重工的半壁江山,我国第一艘航母"辽宁舰"的续建改进和我国首艘国产航母的建造都是由大船集团完成的。大船集团之所以能承担起如此重任,除了自身拥有不俗的造船实力外,也得益于大连拥有天然的深水良港。

大连非常懂得利用自身的优势去发展壮大。

2017 年获国务院批复的《大连市城市总体规划(2001—2020年)(2017 年修订)》提到了大连的自身定位,即"大连是北方沿海重要的中心城市、港口及风景旅游城市"。在这份总体规划中,对大连整体建设的一项核心规划,就是要把大连建设成为东北亚国际航运和物流中心,进一步提高大连对外开放度,使大连成为东北地区对外开放的龙头和东北亚地区战略节点。

事实上,"记录中国"采访团队从大连市政府官网查询了解到,早在 10 年前,2008 年 5 月,大连市政府就印发了《关于贯彻落实大连东北亚国际航运中心发展规划的实施意见》。

2007 年,《大连东北亚国际航运中心发展规划》(以下简称《规划》)获批,这是当时国家批复的第一个国际航运中心规划,也是继国务院正式批复《东北地区振兴规划》之后首个有关老工业基地振兴的专项规划。

《规划》明确了建设大连东北亚国际航运中心的思路、目标和重点,阐述了以辽宁沿海为基础,以大连港口为龙头,以大连城市为载体,以东北腹地为依托,建设大连国际航运中心的发展优势、战略意义和重大作用,明确了大连在国际航运中心建设中的龙头地位与重要作用,进一步提升了大连市的城市功能以及在东北振兴中的战略地位。

此后，2009 年，随着辽宁省委、省政府提出的辽宁沿海经济带规划上升为国家战略，大连更是举全力推进航运中心的建设。

来自中国船舶网的一项数据显示，截至 2010 年底，大连市已拥有国内水路运输服务企业和国际海运辅助企业共计 682 家。其中，国际海运辅助企业 272 家，包括国际船舶代理企业 88 家、国际船舶管理企业 50 家、无船承运企业 134 家；国内水路运输服务企业 410 家，包括船舶代理企业 90 家，货运代理企业 320 家。年船舶代理量达到 3 万艘次，船舶管理量达到 440 万吨。

2018 年 8 月 30 日，根据大连市公益性事业单位优化整合方案，大连市航运和物流发展服务中心在大连市港湾广场大连航运交易市场门前挂牌成立。这家大连市政府直属事业单位，将在今后承担起为国际航运中心和物流中心建设提供服务、保障、支撑的职能。

航海学府

大连造船、航运业的发展壮大，也离不开大连当地高等教育学府的资源输出。在这座北方滨城，有一所高等院校，也与海和船有关，它就是隶属于交通运输部的大连海事大学。某种意义上说，大连海事大学和更早成立的大连舰艇学院能够选址落户大连，也充分体现出大连在整个东北亚的重要地位。

大连海事大学官网的校史显示，大连海事大学源于 1909 年设立的邮传部上海高等实业学堂船政科，此后近 40 年间，几度更名停办。新中国成立后的 1950 年，该校与交通大学航业管理系合并成立上海航务学院。

1953 年,中央人民政府决定将上海航务学院与发端于 1927 年东北商船学校的东北航海学院合并组建大连海运学院,同年,发端于 1920 年集美学校水产科的福建航海专科学校并入。大连海运学院(1994 年更名为大连海事大学)成为当时全国最为知名的一所高等航海学府。

1978 年的春天,改革开放的春风让教育界焕发新的生机。那一年,教育部印发《关于恢复和办好全国重点高等学校的报告》。被列为全国重点高等学校的大连海运学院得以重新面向社会招生。

从那时起,大连海事大学开启了专业类院校发展的路线探索,并开始与大连乃至全国造船、航运业紧密相连。

航海类招生数量的曲线变化是一个体现。刘正江回忆,20 世纪 80 年代初,大连海运学院一届招生 600 人左右,在校学生总体不过 2 000 多人。而如今包括本硕博在内,大连海事大学的在校人数超过 25 000 人,30 余年间翻了十几倍。"而前些年全国 19 所大学的航海管理专业一年招收的学生人数甚至达到 5.6 万人左右,近几年才慢慢降下来,去年(2017 年)只有 1 万多人。"刘正江回忆道。

除了学校办学规模逐步扩大的因素外,造船、航运业的兴衰也对招生规模与考生意愿有着一定程度的影响。

比如 2017 年,随着航运业企稳回暖,迎来发展新机,大连海事大学航海类毕业生也格外抢手。

来自中国交通新闻网 2017 年 11 月份的一则报道显示,2017 年 11 月中旬,大连海事大学举办 2018 届毕业生供需见面洽谈会,共 402 家单位参会,为毕业生带来 1.28 万个招聘岗位。航海类专业毕业生供需比达到 1∶2.1,供不应求。

大连海事大学副校长刘正江回忆自己与大连这座城的结缘。　张潘淳　图

人才培养

从近两年大连海事大学毕业生流向看，大连仍是毕业生们的首选就业地。

大连海事大学公布的 2016、2017 年度《毕业生就业质量报告》显示，选择在大连就业的本科生、研究生占比最大。在京津地区就业的本科生占比不到 20％，而在大连就业的两年来均不低于30％。从就业类型看，到国企就业的毕业生占比最大，2016 年和2017 年分别为 27％、21％。

"大连这个城市对于有志于从事船舶行业的毕业生来说，有着非常大的吸引力，这里有大型船企，航运业的发展也很受重视。"大连海事大学船舶与海洋工程学院教授、博士生导师梁霄向"记录中国"采访团队分析说道。

因为船企多，大连海事大学的学生有机会直接进入船企实习。

校方还为航海类专业的学生特别建造了两艘教学实习船,用于日常教学。2016 年,大连海事大学建造的教学船"育鹏"轮下水,载重量达 3 万吨,造价 3.4 亿元,87 名本科生随船首航,远赴南非,在船上进行他们的专业实习。

刘正江透露,大连海事大学强调校企合作,重视学生实习,为人才与业界接轨创造机会。"拿本科 4 年来说,学生整体实习时间累计达 10 个月左右,包括认识性实习、教学实习和毕业实习。"刘正江说,他也曾经到船队实习过,还跑过国际航线,东盟国家的大部分港口他都到访过。

对"实践"的重视,以及对人才的培养和珍惜还体现在教师职称评审上。据刘正江介绍,大连海事大学对教师职称评审采取分类做法。和航海类紧密相关的教师,除有学位、能任教外,还必须持有适任证书(全称为"中华人民共和国海船船员适任证书"),即船员能在海船上任职的凭证,可全球通用。

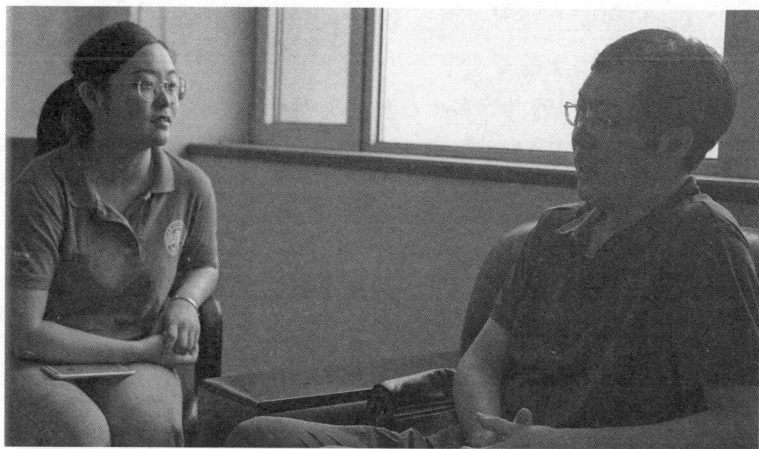

大连海事大学船舶与海洋工程专业教授梁霄接受"记录中国"采访团队采访。
张潘淳 图

对于这部分老师，刘正江说，学校在评审职称时会开放"绿色通道"。而对不上船的教师则有论文、国家级课题项目等更高的科研要求。"人人脚下有台阶，人人面前有方向。"大连海事大学力求保证各类老师均有发展所长的机会。

梁霄担任船舶与海洋工程专业教授，主要研究水动力学、无人海洋航行器等。自 1999 年进入这个行业后，梁霄除搞研究外，还多次到船厂实习，每年都要实习一个月时间。

专业扩张

位于大连市西南部的大连海事大学占地面积约为 136 万平方米，分为三个校区，即东山校区、西山校区和新区。

熟悉大连海事大学的人一句话就能概括"东山""西山"的界定。航海与轮机工程类学生在东山校区上课，而法学类等其他专业则设在西山校区。

这一定程度上映射了大连海事大学的专业扩张之路。

大连海事大学的专业由最开始的 7 个扩张为如今的 50 个，增设了人文、外语和理科等多个非工科类专业。

在刘正江眼里，大连海事大学的专业扩张有其一定的逻辑可寻：有了航海技术、轮机工程、船舶电子电气三个专业，船可以开走了，但是光开走不行，运输货物还涉及交通运输、航运管理、国际航运等专业，另外海事管理专业可负责船舶安全，如果出了海上交通事故还需要海商法等法律介入处理赔偿、保险等问题。船坏了得修，不够了还得造，所以又开设了造船专业，船上需要的仪器设备怎么办？就需要通信专业、导航专业还有自动化专业等。

"有了以上这些还不够，船员长期远洋航行容易出现心理问题，那么设置社会工作专业，就有一定必要性，可以负责船员思想与心理安抚工作。而基本的人文、数理专业设置则是出于本科教学的考虑。"刘正江告诉"记录中国"采访团队,大连海事大学的专业就是这样一步步扩张起来的。

刘正江称即使是增设这些"陆上"专业,也基本按照航运产业链来布局,"也就是说,这个行业产业链所涉及的,从头至尾学校都有"。

然而,专业扩张带来的讨论并不都是一致的。在知乎上有不少留言指出,大连海事大学的定位到底是什么?学校是坚持"海事特色"还是发展为综合性大学?重心应该放在"东山"还是"西山"?

一名身份标签显示为大连海事大学造船与海工的网友称,学校不够重视"陆上"专业的学生,尽管学生考进来的分数高,但存在感很低。这名网友进而提出如果学校把中心完全偏向航海方向可能无法提高学校整体科研水平与排名的担忧。

刘正江则觉得,还是应该坚持"海事特色"办学,集中力量打造优势学科。这一点也获得了多方肯定。2016 年 3 月,交通运输部审议通过《大连海事大学综合改革方案》,方案提到要"聚焦海事特色,打造优势学科专业,突出特色办学方向"。

2017 年 5 月,在"双一流"高校建设背景下,交通运输部又发布《关于推进大连海事大学建设世界一流海事大学的实施意见》,意见指出,要"强化特色优势,建设若干世界一流的海事特色学科",优先发展交通运输工程、船舶与海洋工程等学科。

这一指导思想在随后的大连海事大学院系调整中得到充分体现。同年 6 月,大连海事大学官方微信公布《大连海事大学机构调整及设置方案》,直接对院系和专业设置进行大幅度调整。

其中,撤销交通运输管理学院、交通运输装备与海洋工程学院、数学系、物理系,重新组建轮机工程学院、信息科学技术学院,组建船舶电气工程学院、交通运输工程学院、船舶与海洋工程学院、航运经济与管理学院等。

在刘正江看来，无论在人才培养还是专业设置调整方面，大连海事大学都坚持以引领海事教育发展，服务大连整体发展布局，服务辽宁"转身向海"的开放新格局，服务交通强国、海洋强国建设为己任。

2018 年 5 月，《中共辽宁省委 辽宁省人民政府关于加快构建开放新格局以全面开放引领全面振兴的意见》（辽委〔2018〕20 号）（以下简称《意见》）正式印发。"全面开放"被提到事关辽宁振兴发展的战略性和全局性高度。

《意见》明确的一个工作重点，就是"转身向海"扩大开放范围，发挥辽宁沿海经济带的优势，进一步推进港口资源整合。《意见》还直接提出，不妨把大连东北亚国际航运中心建设成为辽宁面向东北亚开放的桥头堡和中国北方对外开放的重要门户。

记录中国|广州故事：
白天鹅宾馆、城中村与移民大军

澎湃新闻记者　赵实

复旦大学新闻学院　张淑凡　赵敏　徐丹阳

（发表于 2018 年 10 月 17 日）

　　从白云机场出来，穿过"时空隧道"，四周圆弧状的墙壁上循环播放着飞机图案以及"欢迎来到广州"的字样。

　　走到地铁口，从买票到等车，无论是否高峰时段，这里都排着长队。

　　登上霓虹闪烁的"小蛮腰"广州塔，可以从 400 多米之上的白云星空观光厅里俯瞰广州。时值傍晚，氤氲的 7 月，水汽给远处层层叠叠的高楼大厦蒙上薄雾，江上的船熙来攘往，跨江而过的广州大桥上车流穿梭不息，分布周边的珠江新城、中轴线、海心沙等地标清晰可见。

　　穿越 40 多年的时光向前看珠江两岸，自行车、黄包车是当时最常见的交通工具，行人的服装多是单调的颜色和款式，房屋高高低低，分布稀散，这是广州亟待转身的时代。

　　1978 年，改革开放的号角在广州吹响，现代大都市的建设从那年起如火如荼地展开，20 世纪 70 年代广州的城区占地面积仅有 54 平方公里，现在已经扩展到 7 434 平方公里。

　　2018 年，坐标广州。它是沿海经济大省广东的首府，是"北上广不相信眼泪"的"广"，是一个容杂着多重元素的超大城市，是中国改革开放进程中最有代表性的沿海开放城市之一。如今走在广州街头，已经很难看出 40 年前这座城市的痕迹。

它是开放的，前进的，也是复杂的。这些气息，来自从早到晚的茶餐厅，来自香气扑鼻的牛杂摊，来自柴米油盐的城中村，来自从古至今的北京路，来自循环播放着的《广东爱情故事》……

从广州塔俯瞰城市天际线。　徐丹阳　图

广州一家茶楼的美食。　徐丹阳　图

第一家"五星级"

在广州塔上向西眺望,可以看见白天鹅宾馆模糊的轮廓。

作为中国第一家中外合资的五星级酒店,白天鹅宾馆已经成为广州的一个旅游景点。

从宾馆大门进入,即见白天鹅宾馆的标志——四周绿植环绕,瀑布倾泻而出,旁边一块石头上刻着繁体的"故乡水"。

不同于其他宾馆大厅的空旷,白天鹅宾馆上下两层的观景台上,游客连绵不断,纷纷在"故乡水"前拍照留念。作为改革开放后广州首家五星级酒店,白天鹅宾馆在很多广州人心里有着不一样的地位。

白天鹅宾馆标志:故乡水。　徐丹阳　图

1978年,十一届三中全会作出了实行改革开放的重大决策,广州成为对外开放的前沿阵地,首先迎来了对外经济贸易发展的大潮。作为中国对外贸易窗口的广交会也进入了它的崛起期,其全年成交额从 1978 年的 43.32 亿美元攀登至 1991 年的 128.49 亿美元,年均增长 21.16％,国内外商人汇聚广州,争做改革开放的弄潮儿。

然而当时,广州的宾馆较少,外地商人不断涌入,使得酒店客房"供不应求",出现了外国商人在广州"一房难求"的问题,有人无奈之下甚至在酒店的大堂、花园、餐厅等公共区域摆上大通铺。一时间,建造宾馆成了迫切需求。

20 世纪 70 年代,霍英东等人应当时国务院主管侨务工作的廖承志的邀请,赴京商量制定了一个计划:在北京、上海、广州、南京兴建八家中外合资酒店。1979 年,霍英东、彭国珍组的香港维昌发展有限公司与当时广东省旅游旅馆工程领导小组签订了兴建白天鹅宾馆的协议。

白天鹅宾馆首席运营官张添告诉"记录中国"报道团队,宾馆在建造之初曾遇到重重困难。"'第一个',就意味着没有参照物,所有的事项都需要一点点摸索。"加上处于计划经济时代,很多建筑材料在国内难以获取,只能从国外购买。

面对日益增多的外国客商,白天鹅宾馆的首要目标,仍是提供尽可能多的房间。因而,以 1 000 个房间作为建造目标,如何在限高 100 米的楼房里造出 1 000 间房,也是巨大的挑战。

然而最大的难题还是宾馆建好之后如何管理。"中国以前没有试过这么大的现代化酒店的管理,有人建议找国外公司来管理,但是霍英东坚持即使缺少经验,中国人也有能力自己管理酒店。"张添说,当时,霍英东也请了一些外国顾问,帮白天鹅筹划开业、进行员工培训,并且送员工去香港和东南亚各地进行考察。

1985 年,白天鹅宾馆成为国内首个世界一流酒店组织成员,1990 年,成为国内首批三家五星级酒店之一。

白天鹅的客人

20 世纪 80 年代国内的豪华酒店大多是封闭式的。

张添记得,当时的绝大多数宾馆在面对来客时,不住酒店的就会被挡在门外。因此,是否对公众开放,成为白天鹅宾馆在开业时遇到的难题。

但霍英东坚持把大门打开。他希望广州市民能够近距离感受广州改革开放的成果。

张添回忆,刚开业的时候,很多广州市民慕名而来,每天酒店大堂都挤满了人,"当时广州人大多穿拖鞋出门,在拥挤的时候,很多人的拖鞋都不知道去哪了,酒店每天打扫卫生都能收到一箩筐的鞋"。那个年代,卷纸和干净美观的洗手间不是每个家庭都能拥有的,公共洗手间一时成为参观的热门地点,酒店每天要消耗 400 多卷卫生纸。

那时来白天鹅宾馆的人们大多不是为了消费,而是出于好奇,"普通百姓可能感受不到报纸电视上宣传的改革开放政策到底有多好,但是当他们走进白天鹅宾馆时,这种开放之美是看得见、摸得着的"。张添说,近几年,还有客人在写给白天鹅的反馈信中写道,当年他的母亲是珠江的运沙工人,自己跟随母亲第一次到白天鹅宾馆参观之后,一直印象深刻,梦想就是来这里住一晚,多年以后的自己,已事业有成,再次来到此地,仍能看到和家人一起来这参观的孩子,就像看见了童年时候的自己,"他说,在生活水平提高之后,重回这里去体验,就像是在圆儿时的一个梦,所以白天鹅对于这些客人而言,不仅仅是个短暂的歇脚地"。

进入白天鹅宾馆的,不仅有广州市民以及各地客商,30 多年来,白天鹅还接待过 40 多个国家的 100 多位元首和王室成员。

1986 年，英国女王伊丽莎白二世对中国进行国事访问，这是英国君主对中国的第一次访问，白天鹅宾馆见证了这一重大事件，为英国女王提供了地道的粤菜；1985 年和 1993 年，美国前总统尼克松两次下榻白天鹅宾馆；1985 年，白天鹅也曾接待时任美国副总统的老布什和夫人……

今天，各式为外宾精心设计的菜单、纪念品，多国国家元首、政府要员的签名，都被珍藏在白天鹅宾馆的陈列室里，记录 30 多年来白天鹅宾馆宴请外宾的盛况。

张添提到，由于早年只有香港有较多的国际航班，外宾大多从香港进入广州，在广州住一晚后再前往其他地方，广州就成了连接中西方的桥梁，地处广州的白天鹅宾馆举办国际会议、接待外宾，是一个中西文化交流的窗口。

2012 年，白天鹅宾馆开始了长达三年的停业改造。"上世纪 80 年代，广州是为数不多对外开放的城市之一，宾馆主要是为了满足客商歇脚的需求，而到了 2015 年，广州接待游客 1.73 亿人次，旅游业总收入 2 872.18 亿元，酒店行业仅仅考虑住房因素已经不再符合市场需求，因而白天鹅要给自己一个新的定位，建造了更加全面的设施，更多面向国内游客和本地居民。"尽管在 2015 年再次开业时，白天鹅经历了一段低迷期，但张添介绍，到了 2017 年，客人数量已经有了大幅度的增加。

生长的地标

白天鹅宾馆以东 10 公里，是广州地标建筑的集中地——珠江新城。这里是国务院批准的三大国家级中央商务区之一天河 CBD 的主要组成部分。

1997 年，香港回归；也是在 1997 年，广州宣布要在一处包括猎德村等在内的 6.6 平方公里的城乡接合部上破土动工,建造广州新的城市中心——珠江新城。摄影师许培武也是在那一年的冬天开始拍摄这片土地。

20 世纪 90 年代初的珠江新城是一片荒地,垃圾堆、水塘、菜地等各种气味在这里交织。当广州把目光投向这个城乡接合部时,这片土地的命运从此斗转星移。

许培武向"记录中国"报道团队展示的他所拍摄的一张照片,是珠江新城西南端的江西菜农离开前的合影,彼时菜地已经荒芜,菜农身后,是几乎散架的木棚,远处,可以看见即将拔地而起的高楼。到了 2000 年,各路房产商陆续进驻新城,许培武镜头下的新城原住民——农民、打工者、渔民都离开了这里。

直到 2005 年,在昔日渔村的遗址上,广州歌剧院奠基,珠江新城迎来了快速成长期。许培武再次回到这里,开始在同一地点、不同时间记录中轴线以及各个地标建筑的形成。他所拍摄广州塔的数年变化的照片上,动工初期,只有这栋建筑孤零零地向上生长,随着时间推移,周围的建筑越来越多。到了 2015 年,东塔竣工时,两侧摩天大楼林立,中间绿树环绕,中轴线完整了,夜幕降临,广州塔的七彩灯光不断变换,新城的夜晚灯火辉煌。

处于珠江新城东边的猎德村,也随新城一起换了面貌。在广州城市规划展览馆里,讲解员在灰色的屏幕前挥挥手,仿佛在"拂去尘埃",昔日破旧村庄的画面焕然一新。展览馆中,这样结合现代科技的展示还有很多,大到宏观规划,小至水电管道铺设,力图让游客最直观地感受这座城市的变迁与更迭。

那块屏幕上,崭新的街景缓缓浮现,穿过刻着"猎德"二字的大门楼,可见宽阔的马路延伸向远,路的两边,被绿植环抱的高端住宅楼们,排列得整整齐齐,再也不见曾经残旧与破败的痕迹。

这是新广州的最好说明。

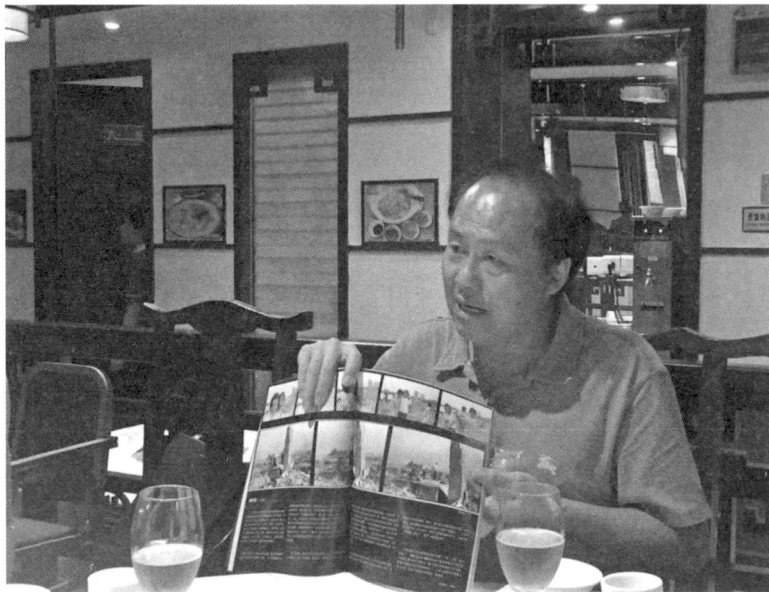

许培武讲解"珠江新城"系列照片。　　徐丹阳　图

另一个广州

　　珠江新城、天河城等虽是广州的著名地标，然而，在广州多待些时日，才知道这远远不是广州的全部。石牌村、上涌村、东风村、大塘村、石溪村……这些零零星星散落在城市繁华核心区的城中村，也是广州这个超大城市的重要部分。改革开放40年来，广州是无数年轻人的追梦之地，也是悲欢集体上演的舞台，城中村更是万象人生的集结地。

　　黄埔大道，是广州市一条双向10车道的主干道，每天往来行驶着无数的车辆。其西南侧耸立着高度将近150米，35层的高志大厦写字楼。明亮耀眼的玻璃外墙、窗明几净的办公室是这里的

"标配"。然而与之一路之隔的，便是广州最大的、历史最悠久的城中村——石牌村。

石牌村村口。　徐丹阳　图

从高志大厦前往石牌村，必须穿过长长的地下通道。而这一条地下通道，就如同一条"天梯"，连接着黄埔大道南北两侧的摩天都市与人间烟火。

"记录中国"报道团队在早上 8 时许走进石牌村。此时正是广州上班高峰。上班族们从城中区走出来。他们穿戴齐整，每个人脸上都透露着匆忙，顾不上留恋朝阳，一步赶着一步、向着无数栋办公大楼里的工位。

进石牌村的门牌，起初的 100 多米，街道还是正常宽度——车辆与行人来来往往，宽敞流畅。再往里走，道路骤然变窄，自行车等非机动车只能单向通过。一条小路的尽头，五六米见方，堆满各色货物的仓库里，赤裸着上身的两个大汉正借着黄色的灯光一箱一箱地搬运着各种货物。

路口另一侧，远远走来一个穿着拖鞋、五分短裤和 T 恤的中年男人。拖鞋在湿漉漉的地面上一脚深一脚浅地发出"噗噗"的声响。此时迎面来一个骑着电动自行车的人,中年男子赶紧让到路的一侧,侧着身子、小心谨慎,免得被刮到。

不远处是一家店面迷你的糕点房,店家和伙计在昏暗的后厨忙着倒面粉、加配料,暗得看不见时,就转身来打开灯和风扇。

对面是一家肉店,每逢买肉的人骑着电动车经过,老板直接就可以把切好的肉装好扔在车筐里,扫码支付,电动车便启动,在巷中骑远。

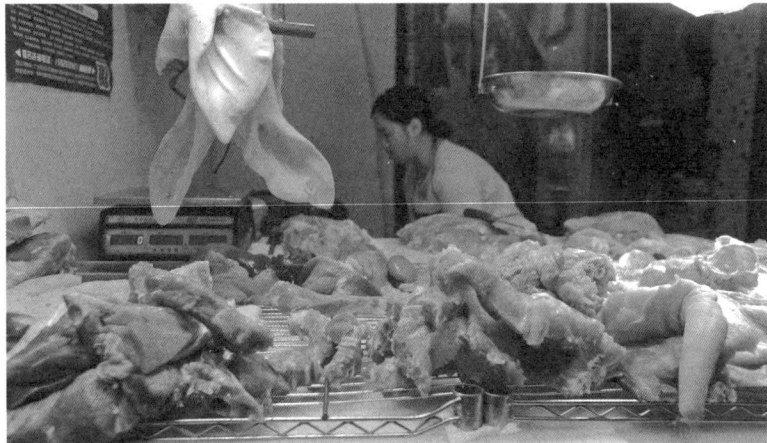

城中村肉店。　徐丹阳　图

这是城中村的柴米油盐。

这里也是寸土寸金的地方。一间 15 平方米、与合租室友共用卫生间的卧室,月租金 1 500—2 000 元。这样的房间很多年轻人都在租,尤其是年轻的打工者。像这样的城中村,广州拥有 300 多个,是近 600 万人口的落脚点,游走过来自祖国天南海北的逐梦人,温暖过,清醒过,也被现实冷酷打击过。人世百态,一入城中村,遍览无余。

　　为了改变城中村的杂乱，让它们更近地融入城市的肌理，广州城中村的升级改造工作一直都在进行。比如对于石牌村，现在的道路情况已得到了极大的改善，原本它们时有凹凸不平、泥泞破损的问题发生。2017 年，绿荷西大街、绿荷南大街、豪居大街沿街共计约 600 米长的路面用麻石重新铺设，重点街巷沿街商铺的外立面也重新做了装饰，有青色的琉璃瓦坡屋面和仿古的外墙，排水照明改造及地下综合管线整治也基本完成，项目总投资超千万元。

城中村随处可见的"接吻楼"。　徐丹阳　图

根据广州市委全会的工作部署,广州将对全市272条城中村进行全面梳理。公开报道表明,截至8月底,全市共批复城中村改造项目47个、22.65平方公里。

广州人

广州也是一座被移民青睐的城市。

1982年,广州市外来人口只有8万多人,占总人口的比重不到2%;到1990年,有56万人选择来广州。日前,广州市政协公布的专题调研报告表明,截至2018年5月底,广州市登记在册的来穗人员967.33万人,户籍人口911.98万人,非户籍人口超过户籍人口,在这些移民中,20—50岁的劳动力占85%。年轻的新鲜血液正源源不断地注入广州。

"人总是有一颗躁动不安的心。"2015年,刚刚研究生毕业的徐旺放弃了留在长沙一家设计院的工作,通过中国银行的招聘进入广州分行工作,随后历经跳槽,最终稳定下来,加入了广州移民大军。如今他已经在广州生活了三年,并且今后想一直留在这里。

但刚刚进入广州时,徐旺仍旧和其他"新广州人"一样经历了"水土不服"——工作的第一天就因语言不通而略感崩溃。"在中国银行的第一年,我基本是在柜台轮岗,在荔湾老城区,有很多土生土长的老广州人只会粤语而听不懂普通话。玻璃窗前坐着的老年人说着流利的粤语,而我只能在柜台这边干坐着,什么都听不懂,全靠同事翻译,每次听完一句就问'这是什么意思啊',心里是满满的挫败感。"为此,徐旺开始努力学习粤语,在工作三个月的时候,终于能听懂五六成,一年之后,基本上全能听懂了。

在银行工作一年后,徐旺选择了跳槽,几经变化,如今在一家金融公司站稳了脚跟,买了一套二手房,准备结婚。他也在自己的

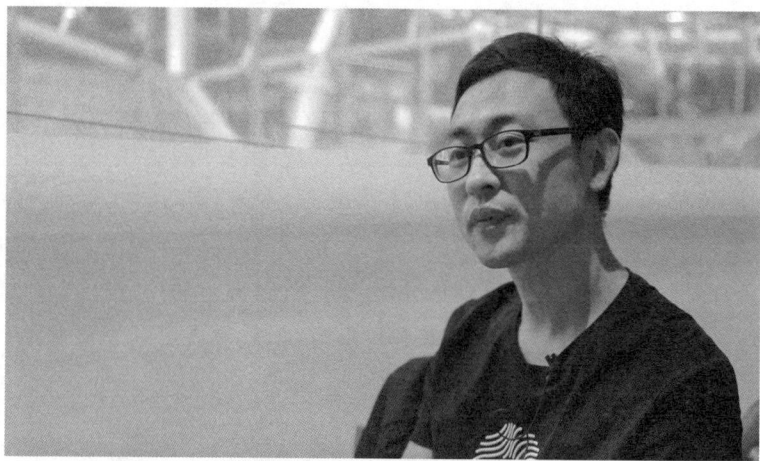

"新广州人"徐旺。 徐丹阳 图

工作与生活中融入这座大城市,"仅仅是我来的这三年间,广州就有了很大的变化,单是城市环境上,就有了很多改造,比如道路绿化,老楼电梯加装,以前的臭水沟也都没有了,整个城市很干净"。

徐旺晚上经常会绕着越秀公园或是小区跑步,常常能看到一些改变,"可能是一个很小的改造,我都会觉得很欣喜,会把这里当成自己家一样",来广州三年,他已经把这座城市当成了自己的家。

问及很多本地人对广州的评价,大多提到的第一个词都是"包容",不同的人都能在这里找到独特的生活姿态。

不同于这些来广州奋斗的新广州人们,土生土长的老广州们仍然保留着几十年来的生活习惯。早上十点,各大茶楼一如既往的座无虚席,很多老年人带着小孩子,或闲谈,或拿一份报纸细细看着。

夜幕降临,市民公园里准时响起广场舞的音乐,说着清爽粤语的阿姨们穿着统一的裙子开始扭动肢体——虽是深受粤式文化作品的影响,但她们仍然喜欢伴着 DJ 版网红歌曲《我们不一样》和普通话版本的《粉红色的回忆》跳舞。

深夜，上下长达千米的骑楼街里，五颜六色的灯管上各式店铺的名字在招牌上呼之欲出，店员们扯着嗓子招揽顾客，穿着鲜亮而摩登的游客们，握着智能手机穿梭在年代感强烈的骑楼里。画面冲突，但别具味道。

出租车上，一位从陕西只身一人来广州谋生多年的的哥，用地道而熟练的粤语笑言，"普通人来广州，可以淘金啊！"盘过宽阔而迂回的立交桥，穿梭过一条条小巷长街，车子最终也到了目的地，待看清周围的路标，他顿时笑了，"早说啊，这个地方我熟得很"。这一次，他忘记了说粤语。

记录中国|跨渤海研究 26 载：
烟大轮渡通航，桥隧仍在筹划

澎湃新闻记者　张家然　康宇

复旦大学新闻学院　徐笛　张其露　张雯　王葳　于昊
许愿　张永清　张潘淳

（发表于 2018 年 10 月 18 日）

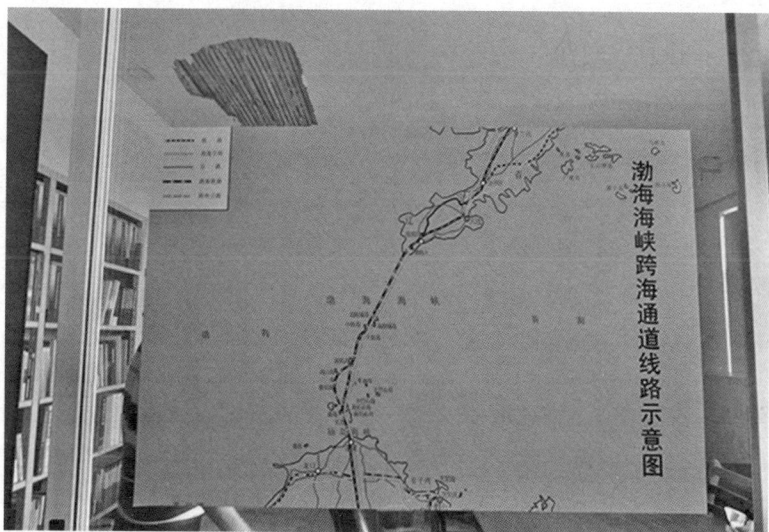

渤海海峡跨海通道线路示意图。　　张其露　图

　　165 公里，约为山东烟台至辽宁大连的直线距离，这个距离很短，却也很长。通过现有交通方式，跨过这个距离需要 1 个小时左右的飞行或 6 个小时左右的航行，抑或是 10 多个小时的高速公路绕行。不

过，有个团队"行走"这个距离，已经用了 26 个春秋，却仍未达到终点站。

他们是渤海海峡跨海通道课题组，1992 年由烟台市政府的几个年轻公务人员组建而成，如今已经壮大成近百人的团队，有不少来自国家部委的人员加入；26 年来，他们成功推动烟大铁路轮渡建成通航，将烟大桥隧的前期研究工作不断推向深入。

近日，澎湃新闻（www.thepaper.cn）和复旦大学新闻学院联合组成"记录中国"报道团队，奔赴烟台，讲述渤海海峡跨海通道课题组 26 年研究工作背后的欢笑与泪水。

"好建议"

卷帙浩繁的办公室里，从满载渤海海峡跨海通道研究资料的

刘良忠办公室内的很多书架上，满载渤海海峡跨海通道研究资料。
张其露　图

书架一格中,鲁东大学环渤海发展研究院副院长刘良忠取出一个暗黄色的牛皮纸袋和一本名为《十四个沿海城市开放纪实·烟台卷》的书籍。

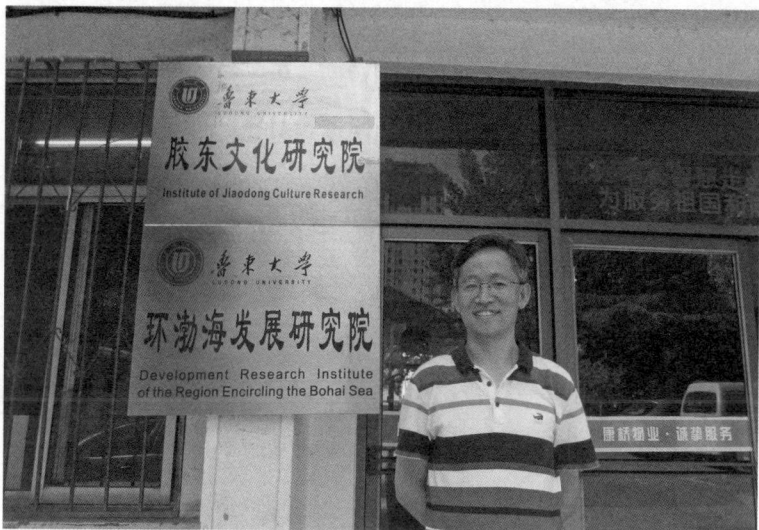

鲁东大学环渤海发展研究院副院长刘良忠。　张其露　图

刘良忠先给"记录中国"报道团队分享了《十四个沿海城市开放纪实·烟台卷》中,一位时任国务院领导对渤海海峡跨海通道于1993年11月作出的批示。

其中提出,渤海海峡跨海通道是一个"好建议",请国家有关部委、山东省有关地方等共同研究提出报告。先研究大连到烟台的铁路轮渡方案,然后再研究隧道或桥梁的方案。

"这个好建议可来得不简单呐!"说话间,刘良忠从牛皮纸袋里小心翼翼地拿出一沓编码详细的照片,那段关于"好建议"的往昔,刘良忠借着这些老照片娓娓道来。

时光倒流26年。1992年的春天,中国改革开放总设计师邓小平坐上从北京开往南方诸省的火车,先后到武昌、深圳等地视察。之后,邓小平南方谈话发表。10月,党的十四大召开,明确提出,"加速环渤海湾地区的开放和开发"。这一大背景影响下,在距离北京700多公里之外的东部海滨小城烟台,有几个年轻人凑在一起,他们就如何定位烟台未来的交通发展方向、如何解决这个城市的交通末端问题展开了激烈的讨论。

唇枪舌剑间,有人走到一幅地图前,指着地图上的渤海海峡说道:"如果能在渤海海峡上建一座大桥或者隧道,烟台不就成了对内连接南北、对外贯通欧亚的交通枢纽了吗?"这一思绪的飞舞引发了几个年轻人的共鸣,就此,一个坚持了26年的"跨海逐梦"计划就此诞生。

这几个挥斥方遒的年轻人是:时任烟台市政府办公室副主任的柳新华、时任烟台市政府办公室综合科科长的宋长虹、时任烟台市政府办公室综合科秘书的于培超、时任烟台市政府研究室科长的杨林盛。

1992年10月,柳新华等人负责起草了中共烟台市七届八次全委(扩大)会议文件《关于进一步加快经济发展步伐的意见》。该意见提出,以"两港三线"(海港、空港、烟大铁路轮渡、德龙烟铁路、蓝烟铁路复线)为骨架,加速建设"海陆空"立体交通网络,进而形成沟通东北、华东,辐射内地,连接东北亚的交通枢纽,并与欧亚大陆桥相交。

1992年12月,经过中共烟台市七届八次全委(扩大)会议进一步讨论,该方案正式通过,"烟大铁路轮渡"写入市委文件。

虽然在市委层面方案通过了,但是如何实施? 什么时候实施? 国家层面是什么态度? 这些问题让几个年轻人惴惴不安。

就在这个时候,几个人想到了一个好办法,他们利用烟台市是国务院办公厅信息直报点这一渠道,于1992年12月25日向国务院办公厅专报了第 294 期《烟台政务信息》。三天之后,两位国务院领导分别作出了亲笔批示,要求铁道部考虑提出意见。随后,相关论证启动。

烟大铁路轮渡稳步推进的同时,这几个年轻人组成了课题组,将烟大跨海通道研究向深入推进。1993 年 3 月,烟台市政府确定,研究工作由烟台市政府办公室为主承担,国家计委政策研究室、烟台市政府调研室协作。这意味着,渤海海峡跨海通道课题组第一阶段课题研究工作启动。

1993 年 9 月,时任全国人大常委会副委员长的费孝通提出建议,加快发展环渤海地区,建设跨海铁路轮渡,积极论证海底隧道方案。同年 11 月,国家计委在内部刊物《经济情况与建议》中,向中央领导报送了渤海海峡跨海通道研究报告的摘要稿。

1993 年 11 月 18 日,上述国务院领导在《经济情况与建议》上作出"好建议"的批示。

铁路轮渡落地

"好建议"中,率先落地实施的是烟大铁路轮渡的建设。

1993 年 5 月,时任铁道部副部长的屠由瑞到烟台考察,烟大铁路轮渡项目正式进入实质性运作阶段;1993 年 11 月,屠由瑞在烟台主持召开烟大铁路轮渡及后方铁路通路初可研报告审查会议;1994 年 1 月,烟大铁路轮渡项目正式列入国家环渤海地区发展规划;2001 年 11 月,烟大铁路轮渡及其相关铁路建设项目正式启动。

2002 年 1 月,中铁渤海铁路轮渡有限责任公司正式注册成立,具体负责烟大铁路轮渡项目的建设工作,现任中铁渤海铁路轮渡有限责任公司副总经理的刘典岱在成立之初加入这个团队。

随后，一系列的科研建设批复要到北京去上报，刘典岱和他的一批同事都长期"驻扎"在北京做着科研建设批复的前期工作。

那段时间刚好处在"非典"疫情暴发期间，而各类项目的批复工作又要跑多个不同的部门。在那个人心惶惶的特殊时期，工作做起来更加的困难。刘典岱说："那几个月因为'非典'的影响，约人都不好见面啊，就算是戴着口罩人家都不一定愿意见你！大家都害怕，可是建设工作又必须推进，有时候，就只能干着急！好在后来还算顺利，该有的批复都拿到了。"

前期的设计批复工作在种种困难中完成后，港口的建设和轮渡船的建造也开工了。

除了建设港口基站外，烟台方向还需要建设 11 公里的铁路对接到港口，而旅顺方向从港口出去也要建设 20 公里的铁路使之与现有的铁路网络相连。2003 年，在北京招标成功后，陆地上的建设工程正式落地了。

说起轮渡船的建造，刘典岱用"一波多折"来形容。2002 年初，中铁渤海铁路轮渡有限责任公司刚刚承建烟大铁路轮渡项目时，国际造船市场还处于比较火的"买方市场"状态，听说公司要造船，各大船厂都纷纷来询并希望可以寻求合作。

等到 2003 年，公司的船舶设计告终，准备招标建造时，市场变了，各大船厂的订单几乎都饱和了。"当时我们相关的领导到各大造船厂去，人家都不愿意搭理我们了，甚至连招标都组织不起来了，没人来参加呀！"刘典岱说道。

在这种紧要关头，公司的相关领导向铁道部汇报了自己的困难情况，铁道部将报告转到国防科工委后，国防科工委找到天津新港船厂，最终以谈判的方式确定了由该船厂来承建 3 条船。

造船厂的选定问题解决了，资金方面又出现了困难。

起初计划是以 9.3 亿元的预算造 3 条船，但在正式洽谈中，仅

中铁渤海轮渡3号渡船。　张其露　图

一条船的造价就超过4亿元。无奈之下,2004年10月开工建船时,公司与天津新港船厂只签订了两条船的合同(中铁渤海轮渡1号渡船与中铁渤海轮渡2号渡船),直到2005年才追加建造了中铁渤海轮渡3号渡船。

从2004年到2008年,在3条船的建设过程中,刘典岱和他的同事们一直守在天津新港船厂,中途只回家过两三次。1400多个日日夜夜,一个个零件的堆砌组合,一道道工序的审查签字。终于,2006年1月10日,基础工程部分建造完毕的中铁渤海轮渡1号渡船在天津新港船厂下水了。

当"掷瓶礼"的香槟荡着神圣的弧线,敲击在船首舷边发出清脆的碎瓶声响,伴着起锚的船笛,1号轮渡徐徐地驶向大海,荡起的圈圈涟漪从天津新港的码头一直划到了刘典岱的心中。

"这一天,对于我们这帮监造者来说,真的是一个难忘的日子,那种喜悦的心情像自己的小孩出生一样!"尽管时隔多年,刘典岱向"记录中国"报道团队描述当时的情形,依然难掩高兴的心情。

中铁渤海轮渡渡船,是世界上第一艘在铁路轮渡上使用第三代电力推进系统的船舶,也是我国建造的首批使用全电力推进的滚装船。每条船可载运每节80吨重的货运列车50节,衔接渡船

牵引车将满载货物的列车拉进渡船后返回。　　张其露　图

与港口栈桥的"一对五道岔"可以在十几分钟内把 50 节载满货物的火车快速安全地送上轮渡。

随着近几年私家车数量的增多，船舶上小汽车的载运数量也逐年升高。从 2006 年 11 月 6 日烟大铁路轮渡 1 号渡船正式运营至 2018 年 7 月 5 日，中铁渤海铁路轮渡有限责任公司的渡船 24 小时不停航，零事故穿梭在渤海海峡之上。烟台市和大连市隔海相距 165 公里（89 海里），是连接胶东、辽东两大半岛的最大对岸城市，在未建烟大铁路轮渡之前，从烟台到大连的火车要绕行山海关，比直接走"烟大航线"要多出 1 600 公里。

烟大铁路轮渡的建成，标志着渤海跨海通道建设第一阶段的成功，也使得处在铁路交通干线末端的烟台汇入了我国东部沿海铁路大通道，告别了交通末端城市的历史。如今，这个 10 多年前还是沼泽淤泥的港口日夜汽笛声声,从这里途经的火车跨过渤海一路北上,最远的到达德国柏林。

至此,关于渤海海峡"跨海逐梦"计划的第一个梦也圆了。

轮渡局限性

烟大铁路轮渡使烟台和大连之间实现了"软连接",但是随着需求的增加,其局限性也逐步体现。

按照烟大铁路轮渡的设计规划,其日运能力饱和度为单次载重 80 吨的货运列车 50 节和 50 辆 20 吨重的载重汽车、25 辆小汽车和 500 位左右的旅客。

经过渤海海峡跨海通道课题组的研究分析,渤海海峡之间潜在的汽车日流量至少已在 3 万至 4 万之间。随着民用汽车的保有量日益增多,汽车对跨海运输的需求量也将越来越大,预计未来海峡之间潜在的汽车日流量将超过 10 万辆,而铁路运输的需求量也是逐年上升。

其次,火车轮渡虽然有许多优势,但仍是一种海运的形式,难以解决在渤海天气恶劣的情况下对行船的安全威胁。

再有就是"软连接"的运输时间成本依然较高,165 公里在海上航行时间是 5 到 6 个小时,而如果是"硬路面",其运输速度将是质的飞跃。

对于 2014 年就居住在大连的烟台人姜娜娜来说,渤海海峡跨海通道的建设,不管是自己还是身边的亲友,大多数人都是报以期待的。

姜娜娜表示,自己往返于烟台和大连大多还是选择搭乘轮渡。飞机虽然飞行的时间短,45 分钟就到了,票价也适中,但是从家里到机场太远,去机场的路上要花费很多时间。而如果搭乘火车,时间太长，要绕行济南，而且火车票也比较贵，费用超过乘坐轮渡和飞机。"我一般都在晚上的时候坐轮渡，睡一觉就到了。但如果遇到恶劣天气导致轮渡临时停运，就会给出行甚至工作和生活带来很多不便。"

此外，渤海海峡跨海通道课题组成员、鲁东大学商学院副教授徐煜东也表示，从宏观的角度来说，兴建渤海海峡跨海通道可以极大地改善环渤海地区的投资环境，在扩大环渤海地区对外开放的同时也加强了与东北亚国家和地区的合作。

"而今，环渤海地区、长江三角洲、珠江三角洲三大对外开放地区已经形成了三足鼎立之势，但实事求是地说，发展是不平衡的，环渤海落后了，虽然其中的原因是多方的且复杂的，但渤海海峡跨海通道建好了，肯定是一个很大的促进。此外，渤海海峡的建设，对振兴东北老工业基地、加速资源和市场的融合、加强国防后勤保障等方面也有极高的价值。"徐煜东说。

渤海是中国最大的内海，从辽东半岛沿海岸到胶东半岛，似字母"C"状环抱着渤海海峡，成了横亘在两大半岛之间的天堑。

从地图上看，烟台蓬莱到大连旅顺的海上直线距离只有106公里，但陆上交通却要绕过这个"C字"，变为将近1 600公里。

渤海海峡跨海通道课题研究的基本构想是利用渤海海峡的有利地形，在蓬莱（山东烟台）—旅顺（辽宁大连）之间以海底隧道和跨海大桥相结合的形式，建成全天候、多功能、便捷通达、连接渤海南北两岸的交通运输干线，进而南北连接、上下贯通，最终形成现代化综合交通运输体系。

若以海底隧道或桥隧结合的方式，从烟台蓬莱经长岛再至大连旅顺间修建一条长约120公里的直达快捷通道，"C字"型交通将变成四通八达的"₵字"型。根据研究设计的时速，从烟台蓬莱到大连旅顺最多只需要40分钟。

第二步：蓬长段

烟大铁路轮渡是渤海海峡跨海通道建设阶段的第一步。按照现有的研究计划，第二步是推动蓬莱到长岛跨海桥隧的建设，第三步是长岛到旅顺跨海桥隧的建设。

长岛，又称庙岛群岛，是山东省唯一的海岛县，151 个岛屿南北纵列于渤海海峡，南距蓬莱 7 公里，北距旅顺 42 公里。其中有人居住的岛屿为 10 个，南长山岛为县城所在地。目前，除了南长山岛和北长山岛之间有 1 400 米的连岛大桥以外，周边其他岛屿出行均为海运。

刘良忠向"记录中国"报道团队解释了蓬长段建设的必要性。

首先是出于交通的考虑。长岛县与大陆隔海相望，岛上有数万的居民，还有驻军，主要靠渡船进出岛。目前，部分岛屿的渡船每年都有一个多月因为天气的影响无法正常通航，还有些岛屿的渡船每年停航的时间长达 70 多天，严重影响了岛上居民的生活和生产建设。

"单以从烟台蓬莱到最南端的长岛县城驻地南长山岛这一段为例，其直线距离仅仅有 8 公里，但海运时间却要花 40 分钟，这相当陆地上的公路（汽车）和铁路（火车）分别运行了 53 公里和 80 公里，仅 8 公里的距离就要花这么长的时间，距离更远的其他岛屿便不用多说了。"刘良忠说。

刘良忠表示，长岛当地的人，时常把蓬莱到南长山岛的桥隧建设称为"第一号民生工程"。

虽然岛上人民的衣食住等基本生活水平和大陆上居民相差不大，但在"行"方面是个很大的短板，这一短板影响岛民的很多方面。比如，很多岛屿上都没有学校，岛民的孩子只能每日乘船去其他岛屿上学或者借租在长岛县城（南长山岛）。有些家庭由于孩子上学和父母工作的原因，甚至出现了一家三口人住在三个不同岛屿上的情况。

说到这里，刘良忠还分享了一个"爸爸写给多多的信"的故事。长岛县大钦乡的一位基层干部，在离家 22 海里的岛上工作。这 22 海里的距离坐船需要两个半小时，这位爸爸每次和自己的孩子多多见面都要间隔 20 多天。

大钦岛地处渤海深处，远离大陆，交通不便，对普通人再简单不过的"常回家看看"，对这位爸爸和他的同事们来说却成了一种奢望。出于对孩子的思念，这位爸爸在一个公众号上给自己的孩子多多写了一封信，记录了和多多那些难忘的重逢时光。

信里说道：那天，爸爸的小天使要降临了，我心中的喜悦无以言表。妈妈为了你健康成长毅然决然选择了顺产，可你却足足折腾了她 22 个小时。而我却因为大风停航堵在了大钦，没有在妈妈身边陪产，没有感受你遭遇过的"惊险"，你的出生缺少了我陪伴，是我一生无法治愈的痛。

"多多，你知道吗？在咱们长岛，特别是北五岛和西三岛，有爸爸和无数个别人家的爸爸妈妈，常年生活在孤岛、奋战在一线。"

"这样的故事其实还有很多，每次讲起来，我都感慨无比。"刘良忠说道。

岛上的医疗条件也不是太好。据刘良忠介绍，交通部在蓬莱有一个北海救助局，每年都要出动很多航次的飞机到长岛去进行救助，很多人在岛上生了重病、急病都没有办法得到医护，只能靠救助飞机把他们运出岛，到大陆上更好的医院进行治疗。

而从社会影响来看，蓬莱到长山岛的桥隧建设，有助于岛内市场的开放，也有助于岛屿经济的发展，更有助于海岛文化的保护和传承。

目前,长岛的经济发展以第一产业(养殖、捕捞等)和第三产业(旅游服务)为主,第二产业所占比重较小,不足10%。长岛是一个风光旖旎的旅游胜地,而目前每年到长岛的游客只有300万左右,很多慕名到蓬莱游玩的游客,受交通所限无法登岛。长岛养殖的海产品也因为交通不便很难运出岛来。

此外,岛上有很多老人,不愿意离岛生活,年轻人又不愿意回去。长岛县老龄化问题越来越严重。

"如果蓬莱到长山岛的桥隧建成了,交通就便捷了,刚刚我所说的问题就能一一得到极大的缓解和改善!"刘良忠表示。

而在渤海海峡跨海通道课题组的研究推进中也发现,蓬莱到长山岛的桥隧建设,对渤海海峡跨海通道全线的建设是具有实验先导作用的。

作为渤海海峡跨海通道建设的第一段,其施工难度最低、技术要求最低、造价也最低,所以可行性最高。本着"一次规划,逐步实施"的原则,蓬长段对整个大通道建设的工程、技术、融资、海洋环境监测、地质地貌探析都有一个很好的示范作用。

目前课题组的研究设计是,从烟台蓬莱到南长山岛可作为第一段;长岛县的诸多岛屿连岛工程可作为第二段;从长岛县最北端的北隍城岛到大连老铁山可看作第三段。

针对第一段的建设研究,课题组和其他的研究团队,除了激烈地讨论了"桥隧之争"外,也设计出了两种线路规划方案。

在"桥隧之争"上,当前更多的专家倾向于以公路为载体的隧道方案。原因在于长岛本身就是一个海岛县,也是国家海洋生态环境保护区,建造桥梁对海域、海岛的生态环境影响比较大。

而两种路线的规划方案则分别为:一种方案是从蓬莱直接到南长山岛。这一方案施工距离最短、时效性最强、工程造价也最

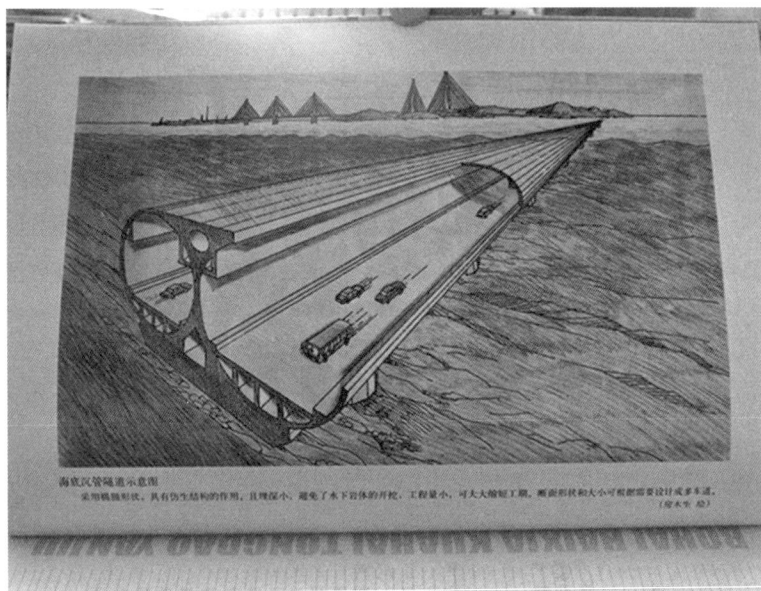

渤海海峡跨海通道课题组设计的海底沉管隧道示意图。　张其露　图

低，加上桥隧两端的引导段，路程约为 12—16 公里，初期预计投入资金在 20 亿元到 30 亿元之间。

但这个方案南端的登陆点恰好在蓬莱阁附近，北端的登陆点又紧邻长山岛的"峰山林海"，不利于两地附近的多个文化古迹保护和自然景观风貌保护。

另一种方案是从蓬莱西到大黑山岛，再从大黑山岛连接北长山岛。蓬莱西与大黑山岛相距 17 公里左右，而大黑山岛与北长山岛之间又隔着若干的小岛，每个小岛之间相距 1—2 公里不等，总路程约为 25—30 公里。由于总路程变长、各个小岛屿间也需要相应的连岛工程一起推进，所投入的资金将远远超过第一种方案。目前，两种路线规划方案都在加快论证和规划设计当中。

课题组的"新鲜血液"

渤海海峡跨海通道从提出、讨论到设计、建设的全过程,渤海海峡跨海通道课题组的成员从未缺席,这个团队也在不断更新。

1994年初,当时烟台市政府的主要领导要求渤海海峡跨海通道第二阶段的研究要继续深入,课题组牵头人要找更高层次的人担任,研究人员的层次越高越好。于是,课题组就前往北京,邀请时任国家计委党组成员、秘书长的魏礼群担任课题组牵头人,魏礼群欣然接受。

1994年3月,渤海海峡跨海通道课题组第一次联席会议在北京召开,会议确定,鉴于烟大铁路轮渡项目已基本进入国家实质性运作阶段,下一步重点应放在渤海海峡跨海桥隧工程的深入研究上。

正是在此次会议上,魏礼群成为该课题研究总负责人,并且成立了综合研究报告组、工程技术研究报告组、综合运力研究报告组、政策措施研究报告组、兴建时机及步骤研究报告组等五个专题组,国家计委、国家科委、山东省、辽宁省等部委或地方领导加入了课题组。

刘良忠回忆说,2004年,渤海海峡跨海通道项目创始人之一的柳新华从烟台市政府转到鲁东大学担任副校长,同时把这个项目带到了鲁东大学。同年,在魏礼群等人的推动下,环渤海发展研究院在鲁东大学成立。而他就是在这个契机下加入课题组的。

环渤海发展研究院的成立使得课题组拥有了常设的办公室。办公室除了负责日常的行政工作外,还是一个较完善的科研平台,承接了很多相关的调研任务以及负责很多相关学术会议的开展和学术论文的发表。

环渤海发展研究院成立十多年来，越来越多的有志之士加入其中。刘良忠说："说实话，做这个事情实际上没有什么既得的利益，科研路非常漫长，需要很大的耐心。而且很多人都有本职工作要做，有时候分身乏术，像魏礼群、柳新华两位老师，他们的本职工作非常繁重，对于渤海海峡跨海通道的研究只能当作兼职坚持进行。"

如今刘良忠一面担任教职，带领学生参加青年创业大赛，与学生一起做非物质文化遗产——渔民号子的保护传承和调研，一面担任鲁东大学环渤海发展研究院副院长，做着相关的科研工作，当问到到底什么才是他的主业时，他哈哈大笑起来，说道："都是、都是！"

"我是这个课题组的第二代研究成员了，老前辈们不容易呀，坚持了那么多年出了那么多成果，在他们身上，我看到了做事的专业态度。当时的科研环境没有现在那么好，很不容易的！做渤海海峡跨海通道研究的也不止我们一个课题组，研究技术的、海底环境勘探的，各方面都有人在做。我们也经常交流，要更加努力才行呀！"刘良忠说道。

比刘良忠晚几年到鲁东大学参加工作的徐煜东也有相似的感叹，一开始，自己也没有想着要加入这个课题组，看着刘良忠实在是忙不过来了，就帮着做一些事情，后来发现很多研究内容和自己的专业是相关的。久而久之，就被刘良忠的坚持打动了，对于这份工作也多了一份热爱。

"从我来到鲁东大学工作认识刘良忠老师开始，没有见过他发火，他做事有一股劲，和他一起工作的人常常会被他那股劲打动！"徐煜东说道。

26个春秋间，技术方案分析、政策融资环境、区域经济发展、海洋环境影响等诸多方面的研究成果从无到有，渐次开花。当初仅有 19 人的研究团队如今已经成了集结了百人力量的课题组,并先后完成了 30 余部研究报告、专著。

在这期间,多名老一辈研究人员已经去世,其中不乏军事专家和优秀的桥梁铁路设计者,新进的成员们继承老一辈的志愿和衣钵,在跨海之路上继续扬帆。

而让刘良忠和研究课题组的各位同人更加欣慰的是"新鲜血液"的加入。"现在很多年轻人也加入到我们这个课题组里来了,其中有一些还是我的学生,等我们老了,他们就是这个项目'第三代'研究人了,总有实现的一天的,只要我们坚持!"刘良忠对这个渤海海峡跨海通道的实施十分自信。

各方推进

随着课题组研究的不断深入以及相关成果的持续发布,渤海海峡跨海通道受到了越来越多方面的关注和推进。

第十一届、十二届全国人大代表穆范敏曾连续八次向全国人大提交《关于推进渤海海峡跨海通道的建议》。2018 年 4 月,全国政协委员、致公党辽宁省委主委王大鸣提出关于"进一步做好渤海海峡跨海通道建设前期工作"的建议。

2018 年 6 月,全国人大常委会副委员长、民革中央主席万鄂湘,全国政协副主席、民革中央常务副主席郑建邦率调研组,就"渤海海峡跨海通道建设"在大连进行专题调研,并召开座谈会。

辽宁省委常委、大连市委书记谭作钧,辽宁省副省长陈绿平,山东省副省长、民革山东省委主委孙继业,黑龙江省人大常委会副主任、民革黑龙江省委主委谷振春,中国工程院院士、原铁道部常务副部长孙永福,中国铁路总公司科技和信息化部首席专家、总工程师吴克非等人与会。

与会人员建议，尽快把跨海通道建设纳入综合交通网络统筹研究，并从技术、经济、社会、环境、生态、水文、地质等多方面综合论证。各有关地区和国家有关部门、科研机构应积极配合，成立相应工作机构，建立调研论证协调机制，积极开展科研和规划论证工作，尽快开展预可行性研究，启动勘探、布策等实质性前期工作，为国家决策提供充分的基础依据。

在山东，渤海海峡跨海通道被写进了多项省级或市级规划。

2011 年 5 月，山东省政府出台的《山东半岛蓝色经济区改革发展试点工作方案》提出，"积极开展渤海海峡跨海通道研究工作"；2011 年 3 月出台的《山东省国民经济和社会发展第十二个五年规划纲要》提出，"积极推进渤海海峡跨海通道前期论证"；2016 年 5 月出台的《烟台市国民经济和社会发展第十三个五年规划纲要》提出，"积极开展渤海海峡跨海通道研究论证工作"；2018 年 2 月，山东省政府出台的《山东省新旧动能转换重大工程实施规划》提出，"开展渤海海峡跨海通道前期研究论证"。

2018 年 7 月，山东省第三十二届社会科学优秀成果奖获奖名单暨 2018 年度（第十二届）山东省社会科学突出贡献奖、学科新秀奖获奖人员名单公示，刘良忠与柳新华合著的《环渤海城市与经济区协调发展研究》，获特等奖并一等奖。

现在，刘良忠和课题组的同事每隔一段时间，就会到长岛县去看看，岛上的居民得知他们是搞渤海海峡跨海通道研究的，都会主动和他们握手，还急切地询问道："渤海海峡跨海通道什么时候建呀？蓬莱到长岛这一段会建吗？"

长岛县有的党员干部说："如果'蓬长'这一段真的建成了，就给投身到研究和建设中的人每人发一个荣誉岛民证书！"

刘良忠告诉"记录中国"报道团队："我其实很惭愧，研究了这么多年却没有太多的实质性的进展，连我上高中的女儿都知道我在研究跨海隧道和桥梁,现在她每次出门旅游或者在书上看到和隧道、桥梁相关的内容,都会拍照发给我,还留言说希望对爸爸的研究有帮助。"

不过,刘良忠对渤海海峡跨海通道蓬长段的建设充满信心,他说:"我们将做更全面的研究,做更充足的准备,相信这一天会很快到来!"

记录中国｜"建三代"成程序员：
南通产业转型的蝴蝶效应

澎湃新闻记者　马作鹏
复旦大学新闻学院　陈昕　班慧　施佳一　唐一鑫　潘璐
胡卜文　王诺伊

（发表于 2018 年 10 月 19 日）

南通江海交汇，航运便利。　马作鹏　图

通长江，临东海。大江大海赋予了南通鲜明的江海风貌。

位于上海以北的江苏省南通市集"黄金水道"与"黄金海岸"于一身，江岸线长 166 公里，海岸线长 206 公里，拥有全国四大渔港之一的吕四港。

在南通,江海组合港发展格局加快完善,坐拥码头泊位 292 个,港口年吞吐量 2.35 亿吨。当飞机在夜空中飞临长三角地区时,稠密的城市群把这里连成一片,灯火通明。

1978 年,十一届三中全会举行,改革开放政策开始实施,1984 年,南通与天津、上海、大连、秦皇岛、烟台、青岛、连云港、宁波、温州、福州、广州、湛江、北海一起,被国家列入首批沿海对外开放的 14 个城市。

"跨江融合,接轨上海,加快融入长三角一体化进程,一直是南通发展的战略取向。"2018 年 4 月 26 日,南通市委书记陆志鹏在上海举行的"南通高质量发展环境说明会"上说道。

在此次说明会上,陆志鹏详细介绍了南通的交通及基础设施优势、优良的营商环境、生态环境等等。

2018 年是改革开放 40 周年,南通在城市和产业的转型发展中交出了自己的答卷。

未来,南通最有希望成为江苏第四个加入"万亿俱乐部"的城市。

数据显示,2017 年,南通预计完成地区生产总值 7 750 亿元,增长 8%。上一年的南通市政府工作报告曾提出,今后 5 年,南通力争地区生产总值达万亿元。

在南通之前,苏州、南京、无锡三城地区生产总值都已超过万亿,一路领跑。

南通是如何打造江苏经济发展"第四极"的? 产业转型和搭建是如何快马加鞭的?

日前,澎湃新闻(www.thepaper.cn)和复旦大学新闻学院联合组成"记录中国"报道团队走进南通市,探究上海"北大门"的发展诀窍。

起家：百年纺织与建工铁军

古语有云："究议宁民，劝课农桑。"

而南通本地人在谈起当地的纺织行业时，一定会骄傲地挺起胸膛。

1899年，南通人张謇在通州（现南通市通州区）筹股建立大生纱厂，这也是近代中国第一家纺织工厂。大生纱厂的建立，标志着南通机器纺织工业的开始。

历经百余年风雨苍黄，南通纺织业已经走出了一条规范化、系统化的产业模式。

在南通叠石桥，一座家纺市场为南通的纺织业进一步发展稳

叠石桥国际家纺城展示的家纺用品。　马作鹏　图

定了根基,加强了生命力。

南通市委宣传部提供的资料显示,南通叠石桥家纺产业基地覆盖周边 8 个县市(区)、30 多个乡镇,从业人员 50 多万,拥有家纺企业 2 500 多家,其中规模以上家纺企业 300 多家、外商投资企业及外贸企业 300 多家,家纺年生产能力超过 2 000 亿元,外贸供货额约占全国的 1/10,江苏省内占比拿下半壁江山。

在 20 世纪 80 年代,这里只是东部沿海地区再寻常不过的一个小乡镇。

从脚踩缝纫机绣枕巾、桌布起步,叠石桥在夹缝中生存、在改革开放中成长。叠石桥的发展壮大与当地党委、政府强力推进密不可分,特别是 1983 年后,海门叠石桥当地党委、政府借改革开放之东风,专门出台文件,积极鼓励和支持家纺产业的发展,先后 6 次将市场加以扩建,总投资 6 亿多元。

经过 30 多年发展,叠石桥家纺产业已从传统手工艺、普通缝纫机生产,发展形成"产业链条完整、公共服务优质、功能配套健全"的超级家纺产业集群,整体技术处于国际领先水平。

南通也是中国建筑之乡。建筑工程是南通的富民产业、优势产业。

改革开放初期,南通市于 1988 年在西藏援建的拉萨饭店荣获江苏省第一个全国工程质量最高荣誉奖——鲁班奖。自此,南通市建筑行业打下一个响亮的"铁军"名号。

在南通,拥有建筑特级资质的建筑企业总数达 20 家,内居江苏省第一,外拥全国地级市之首。截至 2017 年,南通累计斩获鲁班奖达 100 项,居全国设区市榜首。

2017 年大学毕业后,南通男孩宋家军随南通三建的项目来到河南汝州,司职施工放线。每晚躺在工地板房的床上,与他相伴的是屋后的塔吊和悄然的夜色。

改革开放后,上海发展步子加快,对建筑业的需求越来越大,不少南通手艺人，如泥瓦匠、木匠、工匠，搭上南下的轮船，在上海谋得生计。

朴素的传帮带模式下，南通走出了一支支建筑铁军，不仅遍布长江流域，还走向全国乃至世界。

2018 年 8 月，全国工商联发布 2018 中国民营企业 500 强，江苏入选的 86 家民企中，有 14 家来自南通，其中 11 家为房建和房地产业。2017 年南通市建筑业总产值突破 7 000 亿大关，列全省第一。

与此同时，这门优势明显的行当还在求新求变。南通 2017 年 3 月召开建筑业大会，出台转型发展实施意见，力促"四大转型"，即市场开拓由国内为主向国内外并重转变，承接任务由施工总承包向工程总承包方向转变，生产方式从传统方式向绿色装配化转变，业务领域由以房建为主向多元拓展转变。

新时代新环境的变化对于个人发展的冲击很大。对于宋家军这辈"建三代"来说，未来的职业道路已相对明晰："非 985、211 本科的大学和本地建校毕业的，基本上从施工放线做起，然后做技术负责人，或者预算员，接着项目经理。正经学土木的人会选择去设计院或者甲方房地产公司工作。"在宋家军看来，从事房建，虽日子清苦，但工资还算体面。一个本科毕业生可以拿到近 5 000 的到手工资，食宿全包。

然而，面对有迹可循的职业路径，在毕业一整年后，宋家军决定离开，回家乡考研，以实现自己的程序员之梦。

年轻人在职业选择上的细微变化，其实正是南通市产业转型发展所产生的"蝴蝶效应"。

转型：新产业、新方向和新的发展极

宋家军的职业选择与南通市的产业转型如出一辙：注意力从

传统行业转移到高新技术产业。

2016年4月13日,在南通全市项目建设动员大会上,南通市委市政府印发《市委市政府关于加快推进项目建设的意见》(以下简称《意见》)。

这份《意见》指出,要突出抓项目、抓产业、抓园区、抓服务实体经济企业,加快提升产业竞争能力、创新能力和配套能力,为十三五发展提供有力支撑。

船舶海工是南通的三大支柱产业之一。　马作鹏　图

南通市项目建设的重点也随之确定,即"3＋3＋N"产业体系:重点发展高端纺织、船舶海工、电子信息三大支柱产业,同时扶植智能装备、新材料、新能源及新能源汽车三大新兴产业,并积极培育新一代信息技术、生命健康科技等符合产业发展导向、有利于发

挥南通自身优势的未来产业。

除了培养本地优势产业，南通还在努力化解"难通"困局，以承接来自灯火相邀的苏州、上海的经济辐射。

作为"一带一路"和长江经济带的交汇点，南通大江大海的地理区位对经济的影响显著。南通市交通运输局副局长曹晓见在接受"记录中国"团队采访时表示，交通发展和区域经济发展是同向的。"像南通这种半岛型城市，南临长江，东面东海，在轮渡时代，受益于长江，但随着各地交通效率的提高，江南江北只能隔江相望，发展又受制于长江。"

2008年苏通长江大桥通车，一桥飞架南北，天堑变通途。这10年，亦是南通飞速发展的10年。南通经济总量跃居全省第四位，向苏南城市看齐；发展速度快速提升，地区生产总值连续跨越五个千亿台阶，10年平均增速11.3%，比全国平均值快3.1%；在全国大中城市的排名，上升10位，由2008年的28位升至18位。

2017年7月，南通建设上海大都市北翼门户城市总体方案通过审批。省政府在批复中要求南通紧紧围绕省委、省政府的部署要求，充分发挥靠江靠海靠上海的地域优势，积极参与上海大都市圈协同发展，全面推进交通互联互通、城市功能互补、产业协同配套、文化相通融合、生态共保共治，构建全方位、宽领域、高层次对接服务上海新格局，建设集"生态屏障、产业腹地、创新之都、文化名城"等功能于一体的上海"北大门"。

南通市委书记陆志鹏表示，加快建设上海大都市北翼门户城市，是南通抢抓国家系列重大战略机遇的关键举措，是策应上海建设卓越全球城市的实际行动，有利于推动长三角区域协同发展、融合发展水平，在实现江苏"两聚一高"和建设长三角世界级城市群中发挥更大作用。

上海的溢出效应也将助益南通科技创新的发展。2018年4

月,沪通跨江协同创新推进办公室挂牌,沪通科技合作成为每年"深化北大门建设、推动高质量发展"四个系列活动之一。

目前,上海和南通的科技创新合作已有不少成果。在 2017 年度南通市 624 项产学研合作项目中,与上海的合作项目 117 项,占比 18.75%,比 2016 年度提高了 4.23 个百分点。

截至 2017 年底,南通与上海共建了 51 家创新资源合作平台载体。其中,大院大所 9 家,科技合作园区 13 个,科技服务平台 16 个,科技合作基地 7 个,政府共建的研发中心 6 家。

为了进一步打通北大门,江苏省与上海市正按照国家规划,完善过江通道,建成"7+1"的格局。除现已通车的苏通大桥和崇启大桥外,目前在建沪通长江大桥,该桥为公铁两用大桥,为沪通铁路服务。预计到 2021 年,上海与南通的距离将缩短至 37 分钟高铁路程。

巩固:筑巢引凤,人才入袋

南通向前发展的路子并非一帆风顺,挑战始终在侧。

据南通市统计局公开信息,2018 年上半年,"3+3"产业完成产值 4 248.3 亿元,电子信息产业、新材料产业、新能源及新能源汽车产业、智能装备产业呈现快速增长的态势,船舶海工产业、高端纺织产业增长较缓。

发展的动力如何保障?南通市"盯"上了创新型人才。

2018 年 6 月 29 日,第五届中国南通智慧建筑国际创业大赛总决赛举办,此次比赛来自全球筛选出的 11 支团队展示了智慧建筑、智慧城市、智能家居等领域的前沿技术和产业前景。这项赛事已经连续举办了 5 年,到目前为止,已经为南通的建筑行业吸引了 20 多个项目落地。

南通的建筑产业在国内独领风骚。　王诺伊　图

　　时间回到 2015 年，还在上海交通大学读研究生的彭冬，看到智慧建筑国际创业大赛的宣传以后带着自己的技术和团队来到南通。在比赛中他的团队带来的"Surfstar"无损检测技术项目拿到二等奖，并且获得了相匹配的在南通创业的优惠政策。

　　其实，早在进入决赛前，经上海交大牵线，彭冬团队所注册的企业已在南通开发区落户。"南通开发区为我们提供厂房、办公室、人才公寓，可免费使用 3 年，为创业人才提供购房补贴。我们 7 人团队中将有包括外籍教授在内的 5 人在南通定居。"当时的彭冬在采访时说。

　　经过 3 年的发展，现在的彭冬已经是拥有 2 000 多万产值，30 多位员工的江苏筑升土木工程科技公司的总经理。

　　2018 年第五届智慧建筑国际创业大赛总决赛的前一天，南通江海英才创业周暨青年人才发展大会举办。会上，彭冬作为创业成功典型分享了自己的创业经历以及创业过程中南通市政府给予的支持。

"相较于北上广深一线城市,在南通市创业的劣势很明显,但是优势也很明显。"彭冬在采访时说道,上海等一线城市有它对于年轻人的吸引力,机会多,可竞争压力大。

"南通虽然城市不大,但是地方优势很明显。首先地方政府给予了很大的扶持。其次,潜心在这儿做技术,积累一些核心案例,慢慢地我们的业务触角伸到了北上广深。现在上海、广州、深圳都有我们的业务,相当于'农村包围城市'的这么一个打法。"彭冬说道。

此外,南通作为"建筑之乡"也为彭冬所在的建筑类行业提供了极大的帮助。"我们经常在外地遇到南通的施工队,因为我们也是本地出来的,同等的价位下优先选用南通人。"彭冬这样说。

智慧建筑国际创业大赛只是南通市吸纳创业项目,广泛吸收创新人才的人才举措之一。近些年来,南通市大力弘扬"包容会通,敢为人先"的城市精神,吸引人才动作不断,江海英才计划、产业人才发展 312 行动计划等人才政策纷纷出炉。

7 月 4 日,在南通"2018 年江海英才创业周"大会上,南通市委副书记、代市长徐惠民在介绍南通市的人才政策时提到,"深入实施高端人才引领、青年人才倍增、通籍英才归雁、高技能人才培育"四大计划,制定出台"人才八条"以及 22 个配套办法和实施细则,并且在创业扶持、项目补助上也为项目落户南通提供了很多的优惠政策。

盘点 2018 年以来各地城市的抢人大战中,西安、天津等地"大招频频",南通却表现得十分淡定。

用南通市委组织部人才处处长吴佳华的话来讲,是因为"我们早就在做引进人才这件事了,今年(2018 年)以来全国各地引才的

南通市委组织部人才处处长吴佳华与"记录中国"团队座谈。　陈昕　图

嚎头居多"。

南通市早在 2011 年就开始布局"江海英才计划"。计划中显示，要实施"三大工程"，即"百千万人才引进工程""百千万人才培养工程"和"人才支持体系建设工程"，江海英才计划拟为南通集聚以"三带"（带技术、带项目、带资金）为特征的来南通创业的高层次人才，给予他们资金支持、要素支持与全方位的保障服务。

不仅如此，为补充和延伸江海英才计划在留住本地人才上的不足，2016 年，南通市又出台了南通人才八条新政，将"市外引进"与"家里培养"结合起来，不断加强南通人才政策的吸引力。

在吴佳华看来，以财政资金补贴来抢大学生，并不是一条可持续的策略。

"人才留在一个地方有两个先决条件,一是要有施展才华的空间,第二个要满足他足够的生活需求和配套。"吴佳华解释说,在吸引人才和留住人才两个方面,南通市的思路是很明确的。

为筑巢引凤,南通市在人才的配套设施上下足功夫。

南通市日前正在抓紧建设 17 平方公里的中央创新区,并且出台"双百政策",拿出 100 万平方米的人才公寓,通过限价租售或者免费提供给人才居住。拿出 100 亿的人才基金,吸引高端人才,对于高校引进的包括自身培养的院士、千人计划等高端人才,将拿出资金进行专项资助。

9 月 7 日,江海明珠网发布消息,在当日举办的南通中创区招商推介会新闻发布会上,南通中央创新区建设投资有限公司董事长胡拥军透露,围绕"科创特区"目标定位,南通中央创新区将建设成为区域科技创新引领区、沪通创新资源合作承载区、城市转型发展示范区以及南通未来城市核心。

此外,为更好地服务科创企业和人才,南通中央创新区规划建设科创、文创、医学、会展四大中心。目前,医学综合体、大剧院、美术馆、创新一小、创新初中都在紧张建设中。已开工建设的科创中心一期总建筑面积 60 万平方米。科创中心和人才公寓计划将于 2020 年竣工交付使用。

当然,仅仅有政府支持的优势也是不够的,南通的地理位置、长三角的加速融合等都为南通吸引人才的政策积蓄了能量。

在对高端人才的吸引上,南通的政策确实有着很大的吸引力。但是南通的高等教育薄弱,高等院校毕业生留通发展意向也普遍不强。张斌来自黑龙江,目前在南通大学读大三,他表示,自己将来很大程度上不会留在南通,应该会去上海或者南京吧。身边留在南通的同学也不是很多,留下来的大都是本地人。家在安徽的周志翔,现在是南通大学电子信息学院大四的学生,暑假在学校备战考研，他说，"将来不会留在南通，我们这个专业发展空间不大，没有什么相关的产业"。

2018 年 6 月南通人才网发布的《2017 年南通市高校毕业生就业质量年度报告》显示，2017 年南通市吸纳高校毕业生的工作满意度，研究生为 84.65％，本科毕业生为 80.61％，专科毕业生为 83.42％，虽然整体上与全省总体水平基本持平，但是收入低和个人发展空间小成为毕业生对工作不满意的主要原因。

"跨江融合、接轨上海"是南通市未来五年的战略目标。南通与上海仅一江之隔，江海交会，是长三角北翼经济中心，目前正在全力准备承接上海的产业转移。

上海社科院应用经济研究所副所长李伟在此前向"记录中国"报道团队表示，南通和上海产业对接，不能简单地理解为将上海的落后产业转移到南通去，而应使南通成为上海全球科创中心的产业支撑腹地。在理念上要正确认识，南通对接上海不应该是简单地将上海的落后产业转移到南通，而是应使南通成为上海城市功能转型升级的重要支撑。

目前，南通所做的人才、产业、交通上的准备，将为承接上海的产业转移打下基础。

记录中国|"大福州"时代来临，力争海峡西岸核心城市

澎湃新闻记者　韩雨亭

复旦大学新闻学院　邵京　刘研宁　江健

（发表于 2018 年 10 月 24 日）

夜幕降临，南江滨西两岸灯火璀璨，一栋栋高楼大厦与波光粼粼的闽江水交相辉映，当地政府的夜景灯光工程建设，让福州这座千年古城披上了一层华衣。近几年，当地政府力推的"大福州"时代正式来临，曾经被视为"二线"的省会城市正在发生巨变。它正在力争超过厦门，扮演海峡西岸核心城市的角色。

一座城市的欲望和追求，往往能从建筑上体现出来。

在闽江北岸，一个占地 42.78 亩的工地正在有序动工。6 年后，这栋名叫福州世贸大厦（俗称 108 大厦）的建筑将在此拔地而起，它将超过海峡对岸的台北"101 大厦"，也成为海峡西岸最高楼。《福州晚报》将其称为"城市新高度"。

福州世贸大厦所在地块由世贸集团旗下企业——福建世茂新里程投资发展有限公司以 15.3 亿元竞得。世贸集团是中国知名的房地产公司，已拥有 30 多年发展历程，它在 30 余个大中城市的 70 余个项目，不少成为当地的地标。

"为什么落地在福州呢？它在海西地区经济活力是很好的，其次还要全面去对标台北 101 大厦，且全面超过它。"福建世茂新里程投资发展有限公司一名工程师对澎湃新闻称，他认为福州世贸大厦建成后将成为"海西地区经济活力的辐射中心"。

作为拥有多年开发经验的地产公司，世贸集团的团队在确定投资前，先要对所在城市进行详尽的调研和评估。经过研究，世茂集团发现福州已经具备向外辐射的能力，将会和江西、浙江西南部几个附近交界城市形成关联。此外，在未来 5 至 8 年，福建将会在两岸交流中扮演更重要的角色。

"我们任何投资都不是拍脑袋，这个项目我们想了 7 年了。"上述工程师对澎湃新闻称。

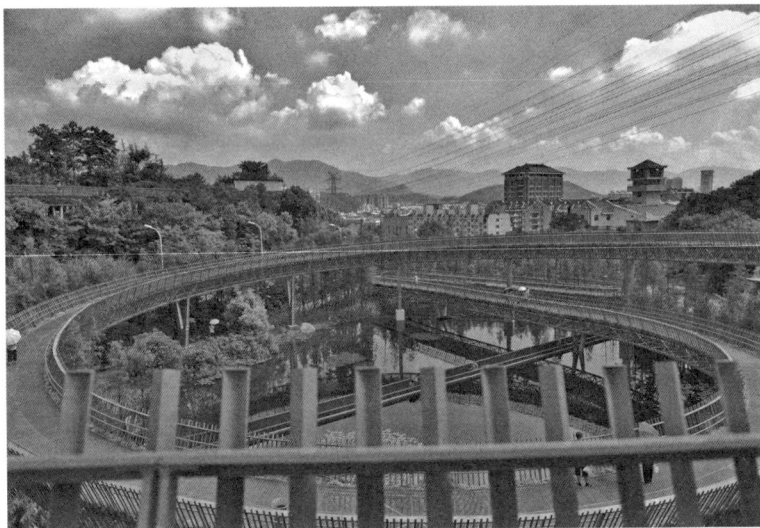

福州城市森林步道全程采用首创钢架镂空设计，主轴线长 6.3 公里，环线总长约 19 公里。 江健 图

"大福州"战略的滨海新城

福州是一座伴海而生，因海而兴，拓海而荣的港口城市。

改革开放后，作为沿海城市的福州获得了发展机会。1984 年

5月,福州被国务院确定为中国首批 14 个沿海港口开放城市之一。作为全国首批沿海开放城市,国家给予福州市利用外资、引进技术、改造老企业等方面更大权限。

从被确认为全国首批沿海开放城市至今,福州市对外经济贸易已经走过了 34 年的历程,无论是政治、经济、文化和城市面貌都发生了很大变化。

福州统计局数据显示,2017 年福州市 GDP 总量为 7 104.02 亿元,位列全省第二,落后于泉州市的 7 548.01 亿元,但却高于厦门市的 4 351.18 亿元。

福州滨海新城正在以每年 3—5 公里的速度建设。 江健 图

虽然作为福建省的省会,福州在相当长时间里却处境尴尬。

在外界看来,作为福建省政治中心,它在经济上不如泉州,城市影响力上又不如厦门。

作为华东地区省会城市，福州相比杭州和南京，在经济总量和城市面貌上已经相对落后。

近年来，福州当地政府一直在为建设"大福州"而努力，也尽量在"一带一路"倡议中扮演角色。

2015年9月9日，《国务院关于同意设立福州新区的批复》正式公布。初期规划范围包括马尾区、仓山区、长乐市、福清市部分区域，规划面积800平方公里。这对福州发展至关重要，将让福州有机会站在更高起点推动城市发展，包括积极参与"一带一路"倡议实施，努力培育新的经济增长极，最终与平潭综合实验区实现一体化发展。

在福州当地政府的努力争取之下，中央也赋予福州多重战略定位：生态文明先行示范区、21世纪海上丝绸之路核心区、自由贸易试验区、福州新区和自主创新示范区等，"五区叠加"为福州迎来难得的发展机会。

如何让福州充分利用国家战略和省会城市的龙头作用，这是摆在福州面前的一道考题。

按照规划，到了2020年，福州市将形成一个特大城市（福州中心城区）、两个大城市（福清市、平潭岛）、两个中等城市（长乐市、连江县）、四个小城市（闽清县、永泰县、罗源县、闽侯县）以及若干个小城镇，并构建"一主一区两副"的中心体系格局。所谓"一主"特指福州中心城区、长乐市区—滨海新城和连江；"一区"即平潭综合实验区；"两副"即福清市区、罗源县城两个副中心城市。

近年来，福州已大幅度提升城市层级与格局，奋起直追，之所以这样，是因为此前城建上的欠账太多。

位于福州长乐沿海地区的福州滨海新城，此刻犹如一个巨大的工地，钩机上下挥舞，渣土车来回穿梭，国家健康医疗大数据中心 IDC、数字生命产业园、福建省超算中心、东湖悦榕湾酒店及海峡青少年活动中心等多个项目正在建设之中。

根据福建省委省政府、福州市委市政府的决策部署,福州滨海新城将按照"数字中国"示范区目标打造智慧新城,依托数字福建(长乐)产业园,重点发展健康医疗大数据产业、VR 产业、互联网产业等,促进大数据与物联网、云计算、虚拟现实和人工智能融合发展。

按照规划,福州滨海新城面积 188 平方公里,规划人口 130万,其中核心区面积 86 平方公里。截至目前,它的总投资已达2 300亿元,生成 136 个重点项目。这是一个庞大的建设计划。当地政府为了用最快时间建设出一座新城,大量道路交通、港口码头、教育医疗、高新产业、输变电工程、租赁住房等工程正在马不停蹄地开工。

福州滨海新城对建设"大福州"富有极其重要的战略意义。

"福州承担了福建以北的带动作用,为此滨海新城也不仅指福州的滨海新城,实际上它辐射带动福州、莆田和宁德,以及辐射福州北部的江西、湖北和湖南,战略地位很重要。"福州市人民政府办公厅城建处一名政府官员对澎湃新闻称。

福州滨海新城作为福州新区的组成部分,始于福州"东进南下"战略规划。20 世纪 90 年代初,时任福州市委书记的习近平提出了"东进南下"战略构想,以此有力推动福州实现历史性大发展。

2017 年 2 月 13 日,"滨海福州"建设正式启动,"东进南下"成为"大福州"主要方向。曾经的沿海渔村立刻成为热火朝天的建筑工地,一栋栋高楼拔地而起。

"东进南下的战略,东进就是沿着从福州到滨海新城通道向东拓展,南下就是用福清作为产业支撑。"福州市规划设计研究院主任工程师邹倩对澎湃新闻称。在福州市政府的主导之下,福州滨

近两年，福州全面贯彻"东进南下"的发展战略，"大福州"正在形成。　江健　图

海新城正在加快建设步伐。

"每年以 3—5 平方公里的进度在推进。"上述福州市人民政府办公厅城建处官员称，这并不代表到处开发，目前只是涉及产业与民生的基础建设。

根据规划显示，滨海新城在轨道、公路、铁路、机场和港口上都会和福州中心城区连为一体，学校、医院等相关民生基础设施都在陆续建设。

"现在做的都是市政配套设施，学校、医院先上，把环境弄好。今年（2018 年）9 月份一所学校建成，明年就可以开始招生了。"福州滨海新城建设总指挥部一名官员称。

根据福州滨海新城发展总体规划，福州长乐区将引进教育资源，在滨海新城内重点建设 10 所幼儿园、中小学。

从产业角度,福州滨海新城也是福州产城融合的载体,当地政府希望把它打造成为国家大数据产业集聚区、"数字中国"应用示范区及国家大数据应用创新基地。

位于福州滨海新城东湖片区的数字福建云计算中心被誉为福建"最强大脑",它拥有全省单体容量最大、设计和实施等级最高的数据中心。

作为一个互联网产业相对落后的城市,福州力图在大数据上有所作为。2018年4月,"数字中国建设峰会"就在福州滨海新城召开,马云、马化腾等互联网大佬们也都来到这里。

"福州滨海新城暂时没有重工业,主要以轻工业、先进制造业及航空航天为主,它也是福州一个新的经济增长极。"

产业效应

作为福州新区的组成部分,福州滨海新城只是一个缩影。

按照国家战略定位和发展规划,福州新区初步规划"一核两翼、两轴多组团"的空间结构,所谓"一核"指的是新区核心区,包括三江口、闽江口和福州滨海新城,将重点发展商务金融、经贸交流、创新研发、文化会展等高端服务功能。当地政府大笔投资投向福州新区。根据数据统计,自获批以来,福州新区共梳理出近700项重点项目,总投资超万亿元。

福州新区正在扮演福州发展的龙头作用。2017年,福州新区地区生产总值1 648.17亿元,同比增长10.1%,固定资产投资1 359.69亿元,同比增长18.4%,规模以上工业增加值约840亿元,同比增长9.5%,分别约占福州市总量的23.2%、24%、38.5%。"我们现在想如何让规划的产业落地。"邹倩称。

在福州新区的南翼发展区,主要是以福清为重点的综合发展区,将重点发展海洋经济、临港重化、电子信息等产业,打造新区临港产业崛起的主战场,而北翼发展区,是以环罗源湾为主的产业发展区,将着力打造以能源、冶金、机械制造业为主的产业发展区。

福州新区引入的大量新兴产业都坐落在福州滨海新城,福州滨海新城相关负责人敏锐地察觉到了近年来的产业发展动态,将大数据产业和 VR 产业作为自己的发展重点。

根据福州新区统计,东南大数据产业园现已注册企业 197 家,2017 年 1—8 月份完成销售额 109 亿元,超过 2016 年全年销售额;实现税收 6.83 亿元,是 2016 年全年税收的 2.5 倍。

作为福州知名的高科技企业——网龙网络控股有限公司,它的总部大楼设立在福州新区,从天空俯瞰,犹如宇宙飞船。

"福建 VR 体验中心",目前是全球最大的 VR 体验中心。　江健　图

福建省政府与网龙有限公司打造了一个全球最大的 VR 体验中心——"中国福建 VR 产业基地",该基地规划覆盖了 VR 产业

的各个领域,凭借自身的专业能力,积极将 VR 技术应用于游戏、教育、家居等业务领域,促进产业升级发展。

"早在 2000 年,福建已经提出数字化、网络化、可视化、智慧化的建设目标。福建多年精心建设打造的'数字福建'信息化工程,为网龙孵化 VR 产业提供了硬件基础。"网龙公司品牌负责人刘诗诗介绍称。

福州正在全力打造 VR,将它作为这座城市的未来产业。

2017 年 11 月,福州市 VR 产业基地项目推进小组办公室发布了 VR 产业规划。规划明确提出,福州 VR 产业园定位是中国乃至全球的"一区、一平台、一支点",即中国领先的 VR 产业集聚区、全球重要的 VR 产业创新创业平台。

福州 VR 产业园产业发展将坚持"两个面向"(面向全球 VR 产业发展、面向中国东南大数据产业园发展),五项发展方针(政府引导、市场驱动、产业带动、资本撬动、卓越运营),形成"一主一辅一突破"的产业体系。

在福州新区内的传统产业结构中,石化、钢铁、纺织等都是重要组成部分,面对福州新区对产业的要求,当地的传统企业正在想方设法转型升级。

最具有代表性的传统企业——恒申集团,现在它是全球最大合纤科技生态总部基地,年产值超 200 亿元。

恒申集团董事长陈建龙始终把世界知名企业巴斯夫、帝斯曼作为学习目标和竞争对手。近几年,他通过推动技术变革、采购体系升级和生产现场精益化管理实现了公司转型。

这是福州新区的产业方向,既扶持新兴产业,也抓传统产业优化,对传统产业实施智能化、集成化、绿色化改造,推进电子信息和机械装备等产业提升发展;大力扶持壮大物联网、大数据、VR、新能源、生物医药等战略性新兴产业。

在做好规划与建设好基础设施的基础上，如何吸引更多的企业与人才入驻福州并留在福州，让福州经济拥有长久可持续的发展引擎，是福州新区规划执行中的重要问题。

为了进一步推动公司的人才提升，恒申集团大力吸引高级管理人员。福州作为两岸交流的窗口城市，他们首先想到了台湾地区的人才。

"恒申已经预备向 3.0 发展，管理将会更加自动化和数据化，对高端管理人才的要求也会更加多。"恒申集团研发部副总助理赵杰对澎湃新闻称。

记录中国|温商 40 年流变：
从"出走"到"回归"

澎湃新闻记者　韩雨亭　　复旦大学新闻学院　邵京　王跃
（发表于 2018 年 12 月 3 日）

温州五马街夜景。　江健　图

温州地处浙江东南部、瓯江下游南岸。它四面环山，植被茂密，拥有美丽的自然风光。

过去 40 年的改革开放，凭借敢闯敢拼的创业精神，温州人被全世界视为中国最会做生意的人。这给外界留下一个想象中的

"印象"：温州是一座财富之城，满城高楼，遍地豪车。

眼前的温州城显然不完全符合人们想象，老城区基础设施和楼房相对陈旧，道路较为狭窄，交通不尽如人意，城市生活节奏舒缓。

中国改革开放的 40 周年，也是温州城市崛起的 40 年。

改革开放初期，温州城市建设仍基本围绕着原先古城范围进行，落地房、小街巷是最常见的形态，如今我们漫步在老城区，依旧能看到这样的场景。

经过 40 年发展，现在温州城市格局已发生很大变化，从老城改造到新城开发，从小平房到城市地标，从缺乏绿地到"绿满温州"，从沿街商铺与百货到城市综合体。

譬如，位于温州东部的新城见证了温州鹿城区的改变——城市广场、博物馆、科技馆、图书馆、大剧院、公园以及商业综合体拔地而起。

"温州正在努力转型。"温州市招商局信息调研处处长吴晓梦对澎湃新闻（www.thepaper.cn）称，近年来温州当地政府正在全力改变城市环境，以此吸引更多人到温州投资。

温商返乡

哪里有市场，哪里就有温州人在经营，哪里没市场，哪里就有温州人去开拓市场，这已成温州商人群体中最常见的现象。

改革开放初期，温州人大批走出温州，他们定居在北京、上海、杭州、广州之类的大城市，乃至于移民国外。

"温州华侨移民国外，起步基本是靠三把刀：剃刀、剪刀、菜刀，大家就是靠三门手艺生存下来。"温州市政府外事侨务办公室经济联络处主任科员郭显选对澎湃新闻称。

温州自古以来就是"百工之乡",改革开放初期,大批温州人凭借手艺到全国乃至世界各地艰苦创业,积累丰厚财富。

根据统计,温州目前有逾 245 万人在国内外经商,分布在全国各地约有 268 个商会及在世界 93 个国家约有 300 多个侨团。

"温州华侨国际上还是有一定名气,主要是以侨为主,而不是以华人为主,他们大多是改革开放后出去的。"郭显选说。

温州人在外经商,创造惊人财富,而给家乡带来的改变却不如人意,因此形成尴尬的境况:"温州人"和"温州"由此分野,"温州人"是勇于创业打拼、创造财富的经济群体,"温州"则只是一座被称为故乡的留守城市。

作为一个资源稀缺城市,无论企业还是商人群体都以"走出去"作为主要形态。

改革开放初期,温州在经济上表现还算强劲,但近 5 至 10 年,温州经济发展已呈明显平缓趋势。

"增量永远是地方经济发展的源头活水,如果只靠存量而没有增量,肯定不行。"吴晓梦说,如果以经济地理的角度,温州也很尴尬,地处长三角和海西交界点的边缘地区,国家层面对温州当地投资也不多。

最让当地政府感到危机的是,温州作为创业型社会,伴随时间推移,第一代创业家步入老年,年轻一代还没真正成长起来,这对温州当地经济发展十分不利。

"这间接说明温州社会的创新活力有限。"吴晓梦称。

如何把温州人的经济优势转变为温州本土经济优势,成为摆在温州政府面前的重要课题。

为了让温州经济保持活力,温州市政府推出"温商回归"工程,此举是针对吸引 200 多万在外经商的温州人返乡投资。温州市政府通过举办世界温州人大会,设立招商局,并把吸引温商实业回归作为"一号工程"。

吴晓梦称，现在每年温商举办两个富有影响力的大会，第一个是世界温州人大会，每五年举办一次；其次是世界温商大会，针对遍布世界的温州工商界人士——它们都是"温商回归"的重要平台。

改革开放后，温州人很早就在世界各地设立商会组织，它首要功能是联结亲情乡情，其次是抱团发展。

"温州商会能把家乡和自身发展结合在一起，包括促进城市之间的经济合作交流。"吴晓梦说，改革开放 40 年，伴随温州商人的投资脚步，他们在全国各地乃至地级市都设立了相应的组织。

1995 年 8 月，温州成立了第一家合法异地商会组织——昆明温州总商会。20 世纪 90 年代，在异地成立民间自治组织极其困难，必须突破原有体制框架，温州市政府主要领导为此先后奔走好几年，经历许多曲折。

"商会组织也是中国经济到了一定地步的产物。"吴晓梦说。

温州人在外创业难免有孤独和无助感，起初组织只为寄托乡情，创业到达一定层面，生意做大了，组织功能外延。在中国改革开放 40 年时间里，温商群体有效分享了中国经济成长的红利，涌现出了很多创业精英和企业家。

"以前温商主要投资传统行业，现在不少温商从事高科技行业，说明温商在知识创新上取得了进步。"吴晓梦称。

如今温州商会影响力不局限于国内，他们已在国际层面发声，扮演着民间外交角色。

2005 年，时任浙江省委书记的习近平看到浙江商人大量外流现象，特别提出了"浙商回归"的口号。

"我们倡导'温商回归'时完全沿用 2005 年提出来'浙商回归'的理念。早期是以省级商会组织为单位，组织十几个地级市商会会长和副会长到温州来考察、投资及洽谈。"吴晓梦称。

为了表达诚意,温州当地党政主要领导,只要时间允许,通常都会亲自会见各温州商会回乡投资考察团。

当地党政主要领导特别把温商回归视为温州赶超发展第一大资源对待,多次专门召开动员大会,出台富有含金量的政策。

效果也很明显,国内外多个温州商会先后组织代表团回乡考察投资环境、洽谈合作项目,参与到工业园、重大基础设施、现代产业体系建设以及社会事业发展多个领域。

如何吸引"温商回归"也成为各级官员的重要工作任务。当地各级官员都要负责向返乡考察的温商认真介绍相关机制,包括从"情、利、义"三个角度论述其价值和意义。

温州市政在加大力度改变城市面貌。　江健　图

从"温州人经济"到"温州经济"

温州当地政府不仅吸引遍布全国各地的温商，对海外温商也是着力不少。

根据温州市外侨办统计显示，温州目前海外侨胞 68.84 万人，他们分布在世界 131 个国家和地区，他们拥有强大资本力量，这对于温州赶超发展意义深远。

招商引资，宣传先行。

为了团结遍布世界各地的温籍侨商，温州日报报业集团控股了总部设在罗马、欧洲发行量最大的华文媒体——《欧华联合时报》，这份报纸在欧洲 12 个国家设有记者站，完全依托百万温籍华人华侨遍布世界各地的人脉优势。

"作为改革开放的前沿阵地，温州是否可以在'文化走出去'当中，有一个新的突破呢？"《欧华联合时报》报社社长兼总编辑吴敏对澎湃新闻称，他的另一个身份——温州市委市政府引才大使，如何用媒体影响力为温州引商引才也是他的使命。

改革开放之初，温州便善用媒体团结温籍侨商。现已泛黄的《温州侨乡报》（现为《温州都市报》）就是见证者。1984 年底，香港温商筹备成立同乡会，时任温州市委书记的袁芳烈受邀参加，他询问在外乡贤对故乡有何要求时，海外温商提出简单要求——"我们需要了解家乡的信息。"1985 年 4 月 22 日，《温州侨乡报》开始试刊。1987 年 1 月 1 日，它以海外温州籍华侨和港澳台同胞为读者对象正式创刊，成为温州第一份向国外公开发行的报纸，办报口号——"向世界宣传温州、让温州走向世界。"

"这张报纸最重要的功能是联系温籍侨商与家乡的感情。"温州日报副社长薛元对澎湃新闻称。他认为伴随着中国社会和市场

2018 年"记录中国"专业实践项目 | 555

环境的变化,媒体功能也在悄然改变,《温州侨乡报》更名后服务功能在变化,而《欧华联合时报》是温州走向海外,维系侨商的新纽带。

2015 年,温州市委市政府提出要实施"五化战略",把实施国际化战略放在突出位置,为海外温商贸易回归明确了战略导向。

温州也在尽力改变自身开放条件,大幅度提升国际通达能力,比如温州港口岸扩大开放获得国家验收通过,综合保税区正在全力申报争取;"温州韩国产业园"加快报批推进,海峡两岸(温州)民营经济创新发展示范区获得批复,外部环境为海外温商贸易回归创造便利条件。

温州自身产业基础和消费市场,也为海外温商提供商业机会。

近年来,温州也力图复制和推广中国(上海)自由贸易试验区改革创新经验,以此推动落实跨境贸易人民币结算机制,打造国际时尚消费品进口贸易基地。

为了吸引海外温商,温州已在近 50 个国家建立了 70 家温州市海外投资促进联络处。

"温州是以侨为主,而不是以华人为主,他们大多是改革开放后出去的,所以很多人并没有在所在国家入籍,成立的侨团很多,这是和广东福建不一样的地方。不过伴随时间久远,现在温州侨二代、三代已经出现了,如何把返乡投资和传统文化学习相结合,这也是我们的工作重点。"郭显选称。

温州市外侨办作为温州市政府的一个工作部门,不仅负责传统意义上的联络与联谊,每年在重大节日和假期还会举办活动、夏令营,包括举办海外温籍华侨社团负责人研习班。这已成温州侨务工作的品牌。

温州外侨办也承担了部分招揽温商外资任务,上述工作目标也很明确——"招商引资,引智引才"。

"我们工作重心出发点有两点：一点为侨服务，第二是为地方发展大局服务。"郭显选说，为海外温州华侨提供优质的公共服务才是最好招商引资的手段。

2017 年 12 月底进行的浙江省"最多跑一次"改革成果调查评估显示，温州市改革满意度指数在全省 11 个设区市中排行第一。

世界温商大会和世界温州人大会也成为温州海外侨商返乡投资的重要平台。

2018 世界温州人大会主旨大会已于 11 月 9 日在温州举行，当地政府把它视为一项"重要政治任务"，历届政府都高度重视温州人资源和联谊平台的建设。

从 2003 年至今，世界温州人大会已连续举办四届。此次世界温州人大会不仅吸引了 1 300 余位温籍嘉宾从五湖四海赶来，同时盛情邀请全球各领域、各界别非温籍友人共襄盛举。

每次举办世界温商大会或者世界温州人大会，来自海内外的温州侨商都会踊跃参与，根本不担心会出现冷场的局面，相反最让主办方头痛的是邀请名单的确定。

"我们名额特别有限，经常有人打电话质问为何没有邀请他，我们的评估标准是他是否在海外掌握了资源，他们在当地究竟做得怎么样？对当地贡献大不大啊？"郭显选说。

严格的遴选标准让海外温商之间多了一丝竞争心态。

"我们往往也是很为难。"郭显选说。

现在海外温商工作面临新挑战，年轻一代华侨变成"香蕉皮的人"，外表看是黄色的皮肤，文化观念与行为习惯已完全西化，故乡情结因此断掉。为树立年轻一代对中华文化的认识，温州当地政府也通过举办寻根之旅夏令营，让年轻一代温州华侨子弟了解中国文化，加深对中国的认识和了解。

"现在，温州华侨第二代已开始有些脱离，第三代估计更难了。"《温州日报》副社长薛元对澎湃新闻担心地说。

不过，年轻一代的温州华侨也涌现出了很多优秀人才，温州鹿城区"海外传播官之家"负责人许鹏怀就是杰出代表。他用公益组织，不断地为华侨群体提供服务，因此被推荐成为温州市政协委员，维护侨胞权益、为当地发展建言献策。

"通过面对面的交流，让海外温州人更加能亲身参与到温州的建设之中。"温州市政协港澳台侨和外事委员会副主任林宏华对澎湃新闻称。

每年温州都会借市"两会"之际，邀请港澳华侨委员和港澳台列席人士共商发展大计。

迄今为止，每年参加市政协会议的海外人士都有 100 多人，其中一部分是正式委员，一部分是列席人员，他们可以参与到温州市

"记录中国"采访团采访温州招商局。 江健 图

政府工作报告，人大、政协和两院报告等的讨论审议，为温州发展建言献策。

在邀请温州华侨作为地方"两会"的列席人士时，温州市政府也特别注意邀请海外年轻人。

为了让温商二代回归乃至反哺家乡，温州市政府也做出了不少努力。

近年来，温州市招商局积极鼓励全国各地温州商会成立"新生代温商联合会"，推动本地区青年温商一代交流成长，并且在本部门成立全国性的"新生代温商联盟"。

2017年，温州经济开始出现了回暖迹象。

温州市统计局公布的数据显示，2017年，温州GDP突破5000亿元大关，增长8.4％，增速居浙江省第三，总量居全国第35位；2018年上半年GDP实现2405亿元，增长8.4％，增幅继续居浙江第三。截至目前，已有70多家大企业回归，累计到位资金超过5000亿元。

"这说明连续多年推动温商回归取得了一定效果。"吴晓梦说。

记录中国｜青岛重新发现高铁

澎湃新闻记者　张家然

复旦大学新闻学院　徐笛　王博文　程梦琴　施畅

（发表于 2018 年 12 月 16 日）

2008 年,第二次改造之后的青岛火车站外景。　　王博文　图

　　人来人往间,几百米远处是湛蓝大海,眼前的红瓦黄墙在鳞次栉比的高楼大厦映射下显得特立独行,不断有人在这里驻足,用镜头记录眼前的一切——拥有百年历史的青岛火车站既是城市的出入口,又是这座海滨城市的一个景点。

　　在中国铁路济南局集团有限公司青岛火车站客运党总支书记纪胜看来,青岛火车站是时间刻度上的岁月回响、地理坐标上的城

历经百年的青岛火车站保留了德占时的建筑风格。　王博文　图

市文脉。

从建成至今的一个多世纪间，青岛火车站和胶济铁路历经多次改造，站房不断扩大、车速不断提高。与之相伴随的是，青岛这座城市也在历经风云变化，从沦为德国殖民地到被日军占领，从国民政府管辖到全境解放，从临海小城到国家沿海重要中心城市。

特别是改革开放 40 年来，作为山东经济社会发展重要一极的青岛，不仅入选首批沿海开放城市、获批成为计划单列市，而且成功举办了 2008 年北京奥运会帆船比赛、2018 年上合组织青岛峰会等国际活动，还在 2016 年成为全国第 12 个 GDP 总量跨越万亿元的城市，在山东各地市中率先挺进"万亿俱乐部"。

然而，在中国人民大学公共管理学院教授李东泉看来，青岛的发展还差点火候，因为没有尽早建设高铁，在由高铁时代带来的区域资源优化整合过程中，青岛的重新定位和布局已经落后一步。

　　值得庆幸的是,青岛正在努力追赶中国高铁时代的步伐。2018 年底,济青高铁、青盐铁路都计划建成通车,青岛将再添两条重要的交通要道,青岛火车站也将成为这个更密集的交通网的重要一极。青岛火车站客运车间主任修海波称:"为了统一车站的管

乘客在青岛火车站售票大厅自主取票。　　王博文　图

青岛火车站,等候乘客上车的和谐号列车。　　王博文　图

理规范,济青高铁从邹平往青岛方向途经的八座车站都将交由青岛火车站管理。"

日前,澎湃新闻(www.thepaper.cn)和复旦大学新闻学院联合组成"记录中国"报道团队,走进青岛,一窥中国铁路变迁史与岛城发展路。

渔村变身

"青岛是我出生、长大的地方,在我的记忆中是一个干净、美丽的小镇,生活气息浓厚,我至今以自己是青岛人自豪,在外面被问起是哪里人时,一直自称我是青岛人。1995 年回青岛工作,因为家在青岛,而且觉得青岛很好,这是在读大学和研究生期间游历过中国南北方一些城市之后更深切的感受。"

李东泉是青岛人,1995 年在西安建筑科技大学研究生毕业后,回到了青岛,在青岛建筑工程学院(现已更名为"青岛理工大学")担任教职。回想起自己这段经历,她向澎湃新闻这样感慨。

2000 年,李东泉考取了北京大学城市与环境学系人文地理学专业的博士研究生。也是在这一年,她的生活重心转移到北京,此后每年便如候鸟一般,定期返回家乡。

即便是离开了家乡,但是在生活、工作、学习中还是能很容易地找到家乡的影子。

李东泉在准备博士论文时,将研究对象瞄准了老家青岛,研究时间段为 1897 至 1937 年,也正是在这段时期,青岛从小渔村发展成一座初具规模的现代城市。最终,她写作完成《青岛城市规划与城市发展研究(1897—1937)》,并由中国建筑工业出版社于 2012 年出版发行。

李东泉分析说:"青岛虽然有区位优势,但是这种潜力要转换为城市发展的动力,首先需要一个现代化的港口,其次是连接港口与内地的交通线,这也成为德国人在占领青岛之初就已明确的规划。"

青岛在 19 世纪末还只是一个偏僻渔村,德国人修建的青岛港和胶济铁路成为青岛最初发展的基础动力。

青岛昔称胶澳。1897 年 11 月,德国强占胶澳,之后强迫清政府签订《胶澳租界条约》,胶澳沦为殖民地,德国同时获得在山东修筑铁路的特权。1898 年 9 月,德国对外宣布胶澳作为自由港向全世界开放,首段铁路(胶澳至胶州段)在胶澳和胶州同时开工。

1901 年 4 月,首段铁路交付使用,距离海边几百米处的青岛火车站也于同年投用。至 1904 年,胶济铁路全部建成通车。

20 世纪初,当中国还处于晚清统治时期,大多数地区还处于经济相当落后的状态、不知城市为何物时,青岛走在了其他城市的前面,借助世界先进的城市规划和港口铁路建设,从一个普通的小渔村,转变为具备世界级先进港口和城市建设标准的现代城市。

青岛火车站内景。 王博文 图

改革前沿

对青岛而言，20世纪初可以被看作是这座城市被迫开放所带来的快速发展期，而1978年应该是它主动抢抓改革开放机遇奋起发展的一个起点。

1978年12月18日至22日，中国共产党第十一届中央委员会第三次全体会议在北京举行，全会作出了实行改革开放的决策。

1979年7月26日晚，在青岛火车站，自1968年进入济南铁路局工作的薛安国参与了一次重大人物的接站工作，伴随着习习海风，一位个头不高的领导微笑着走下火车，与迎上来的山东地方领导们一一握手。他说，我很想来青岛看看。

这位"个头不高"的领导就是中国改革开放总设计师邓小平。

1979年7月28日，邓小平在八大关小礼堂召开山东省委、青岛市委书记会时指出，青岛地处胶东半岛，是一个轻纺工业和港口旅游城市，同时也是中国东部和山东地区工业基础和社会发展较好的城市，要想进一步发展，改革开放是最好的出路。

1979年7月31日，邓小平离开青岛。自此，青岛巨变的大幕拉开。

在青岛期间，当了解到青岛缺水比较严重时，邓小平说，缺水的问题不解决，青岛就不能发展。为从根本上解决青岛缺水问题，1983年10月中央同意将莱西、平度两县划归青岛，后来又批准"引黄济青"调水方案。

1984年3月26日至4月6日，继在深圳、珠海、汕头、厦门4地设立特区后，部分沿海城市座谈会在京召开，会议建议开放天津、上海、大连、秦皇岛、烟台、青岛、连云港、南通、宁波、温州、福州、广州、湛江和北海14个沿海港口城市。随后，这14个城市正式成为国家首批沿海开放城市。

1986 年，青岛城市发展再获最强助力：10 月，国务院下发《关于对青岛市实行计划单列的批复》。

该批复称："青岛市是沿海开放港口城市，在国民经济中占有重要地位。为了加快青岛市对外开放的步伐，进一步探索沿海开放港口城市经济体制改革的路子，充分发挥中心城市的作用，国务院决定对青岛市在国家计划中实行单列，赋予其相当于省一级的经济管理权限，并同意在青岛市进行经济体制综合改革试点。"

无论是区划调整，还是行政体制的改变，都给青岛发展提供了强有力的政治支撑，与城市发展相伴随的还应该有便捷交通的建设。

1984 年 10 月，时任中共中央总书记的胡耀邦在青岛考察时曾提出，青岛是山东经济、文化和科技中心，从发展眼光看，也是交通中心，要求尽快把青岛建成连接五大洲 120 多个国家和地区的枢纽之一。

1990 年 12 月 28 日，胶济铁路复线全线贯通，结束了自 1904 年以来胶济铁路单线行车的历史。复线开通后，列车运行时速由 80 公里提至 100 公里，年货运能力由 1 800 万吨提至 3 000 万吨以上。

伴随着胶济铁路复线的建设贯通，青岛火车站为应对不断增长的客流，改建项目启动。

"车站改建规划完成后，制作了模型在中山公园展示，以征求公众对车站改建的意见，最终确定保留德式建筑风格特点，钟表楼、候车室的一部分用原有材料异地重建。"薛安国回忆说。

1988 年 2 月 1 日青岛火车站改建工程奠基；1991 年 2 月 15 日青岛火车站候车楼改建工程开工；1992 年 7 月 1 日青岛火车站广场开工改造，总投资约 2 亿元，面积 3.1 万平方米；1994 年 8 月 8

日青岛火车站广场地下建筑工程主体提前封顶。

青岛火车站改造后，站房均保持了原老火车站红瓦黄墙的欧式风格，白色的防雨棚在阳光照射下闪闪发光。也是在 1994 年，修海波调到青岛火车站工作，她说："以前也看过很多地方的火车站，像青岛火车站这么漂亮的真的很少！"

此次改造后的青岛火车站创下多个"全国之最"——唯一仿欧式铁路车站，风雨棚跨度全国最大，地下候车室全国最大。

奥运荣光

青岛火车站也是中国铁路变迁史的"活化石"。

纪胜刚参加工作时，是在售票员岗位，这个岗位的人员基本上能手绘出全国所有火车站包括所有线路的示意图，他对中国铁路近些年的变化感同身受。

他说："以前只能通过车站窗口和代售点购票，所以每当春运，购票的旅客排到了大门外面，还有人提前一天，早早地拿马扎子坐等出票，一等就是一天一夜。现在开通实名制网络购票后，明显便捷了很多。"

薛安国对铁路的更新迭代有更深的感受，他称："从青岛乘火车到济南，解放前需要大约 12 个小时，上世纪 80 年代减为 8 小时，上世纪 90 年代约为 6 小时，2000 年前后大约 4 小时，而现在只需 2 个多小时。"

薛安国所说的这种提速，是以机车和铁轨等相关运行设备和基础设施的技术保证为前提的。胶济铁路建成 100 多年来，经历了蒸汽机车、内燃机车、电力机车牵引列车等三个阶段，这也是中国铁路机车的发展演变史。

铁路总是因城市而变。承办第 29 届奥运会帆船比赛，是青岛发展史上的大事,为迎接这一国际赛事,铁路提速、车站改造被提上日程。

2001 年 7 月 13 日,时任国际奥委会主席的萨马兰奇先生在莫斯科宣布:北京成为 2008 年奥运会主办城市。随后,青岛被确定为北京奥运会伙伴城市,承办奥运会帆船、帆板水上运动项目。

青岛火车站改造工程被提上日程,并明确为由铁道部和青岛市政府共同投资建设的 2008 年奥运重点工程,总投资 13.2 亿元。

2007 年 1 月,青岛火车站改造工程开工建设。2008 年 7 月,奥运会开幕前夕,改造后的青岛火车站投入运行,新的青岛火车站拥有 6 个站台、10 条线路,地下候车室建筑面积达到 10 000 多平方米,站台上方的无柱风雨棚达到 65 000 平方米,这也是青岛火车站现在的样子。

在此之前的 2006 年 9 月,始于 2003 年的胶济铁路电气化改造工程全面竣工,成为山东省第一条实现电气化的铁路线。2007 年 1 月,胶济铁路客运专线工程开建,2008 年 12 月全线建成通车,胶济客运专线基本上与原胶济线平行,投入使用后实现了铁路运输的客货分离,从根本上解决了当时客货混行、运输负担重的实际困难。

2007 年 4 月 18 日,伴随着全国铁路第六次大提速,青岛首次开行动车组。纪胜说,经过二次改造的青岛火车站是胶济铁路上大量动车组的始发站,成为城际列车及高等级旅客列车重要枢纽,百年胶济线已经达到世界铁路既有线提速最高水平,从此驶入"高速时代"。

奥运会来了,青岛火车站迎接了来自世界各地的朋友,2002 年退休的薛安国主动当上了奥运会志愿者。薛安国说:"当志愿者期间,服务了很多陌生人,听到了他们对青岛的评价,所以对国家的强大和青岛的发展也算有了切身的体会!"

　　为了迎接奥运会，当时担任青岛火车站售票处主任的修海波和她的同事们请来了外教，掀起了学习外语的热潮。她说："那段时间，我们每个人都抱着学习手册练习，每天早晨的点名会议上每人都要秀一段英语！"

　　2008 年 8 月 9 日至 21 日，第 29 届奥运会帆船比赛在青岛举办，先后进行了 9 个级别 11 个项目的 117 轮比赛，举行 11 场奖牌轮比赛，产生 11 枚金牌。中国帆船队殷剑在女子帆板比赛中获得金牌，实现中国帆船帆板项目奥运金牌"零"的突破。

　　奥运会让更多的人了解了青岛，但是青岛并没有很好地抓住赛事给城市带来的机遇。

　　在位于青岛市崂山区东海东路 78 号的青岛规划展览馆内，展示着一张青岛城市地位的历史演变折线图，2008 年第 29 届奥运会帆船比赛之后，青岛城市地位曾有过一段下行的过程，被视作是"后奥运时代迷茫期"。

　　"原因之一是没有尽快建设高铁，在由高铁时代带来的区域资

因为紧邻黄海，青岛火车站常被海雾环绕。　　王博文　图

源优化整合过程中,青岛重新定位和布局的机会已经落后一步。济青高铁今年(2018年)年底才通车,沿海铁路只计划到连云港,应该尽早通到上海。"李东泉分析称。

上合机遇

走过了"后奥运时代迷茫期",与奥运会时隔十年,青岛又迎来一次更高规格的国际性会议——2018年上合组织青岛峰会。

为迎接峰会,车站与城市再次联动了起来。

"车站与青岛当地相关部门组织了多场安保、消防、医疗等方面的演练。车站还专门设立了外宾接待站,还配有一名精通三国语言的志愿者,确保参会的每一位嘉宾都能到达要去的地方。"修海波称。

6月9日至10日,中国国家主席习近平在青岛主持上海合作组织成员国元首理事会第十八次会议。欢迎晚宴、小范围会谈、大范围会谈、双边会见、三方会晤……短短两天时间,20余场正式活动,峰会达成广泛共识,取得丰硕成果。

初夏时节的青岛,成为中国又一"国际会客厅",见证中国特色大国外交的成功实践。习近平主席在大会讲话中评价6月的青岛是"风景如画"。

峰会后带火了青岛的旅游业。

修海波说:"以前我们火车站还有淡旺季,峰会后只有旺季。每个周末都有很多来自全国各地的游客来到青岛,在青岛火车站前面合影拍照,还有人向我们打听,怎么去看灯光秀。"

带动的不仅是旅游业,青岛也对城市发展"迷茫期"说不。

据新华社2018年7月报道,习近平对上合组织青岛峰会成功举办作出重要指示指出,举办上合峰会,为青岛、为山东的发展带来了新的机遇，希望认真总结"办好一次会，搞活一座城"的有益经验，推广好的做法，弘扬好的作风，放大办会效应，开拓创新、苦干实干，推动各项工作再上新台阶。

2018年6月，中国共产党青岛市第十二届委员会第三次全体会议举行。会议要求，要放大上合组织青岛峰会综合效应，以中国—上海合作组织地方经贸合作示范区建设为牵引，深度融入"一带一路"建设，主动融入国家开放大局，打造对外开放新高地。

入选首批沿海开放城市30多年后，中国—上海合作组织地方经贸合作示范区有望成为青岛发展的又一重大机遇。

目前，青岛市商务局正在抓紧研究完善《"中国—上海合作组织地方经贸合作示范区"发展规划概要》，并将紧密对接上合组织实业家委员会秘书处，将修改完善后的规划方案反馈至上合组织各国，争取各国对示范区项目支持。

在城市发展的定位方面，青岛也对自己提出了更高的要求。

政府公布的信息显示，《青岛市城市总体规划（2018—2035年）》已经启动编制，作为中国—上海合作组织地方经贸合作示范区核心区的承载地，胶州市空间发展容量、人口规模等因素拟被纳入青岛市中心城区规划编制范围进行综合考虑。与此同时，山东省委省政府已明确支持青岛建设国家中心城市，青岛市正在积极争取。

而在《青岛市城市总体规划（2011—2020）》中，青岛城市定位为国家沿海重要中心城市。这意味着，青岛从国家沿海重要中心城市向国家中心城市迈进的号角已经吹响。

如果说中国—上海合作组织地方经贸合作示范区为青岛"后上合时代"的发展开辟了新天空，那么青岛还需要一双飞往新天空的翅膀，便捷的交通运输体系应该是这双翅膀。况且，综合交通枢纽能力、对周边地区的辐射能力，本身就是建设国家中心城市的必

上合峰会后,青岛外国游客数量激增。　王博文　图

要条件。

　　"现在借新总规编制,确实需要面对未来,重新整理思路。青岛自然环境优越,城市优美,市民朴实热情,一方面可以借鉴旧金山湾区的经验,进一步提升城市生活环境质量,培育社会资本,为城市创新发展提供条件,另一方面,适应全球化发展趋势,从更大尺度的区域城市网络,甚至世界城市网络的角度,拓宽青岛的发展空间。"李东泉这样分析。

　　在李东泉构思的发展思路里,区域性的快速交通网依然发挥重要的基础设施支撑作用,借助高铁建设,可以集聚胶东半岛乃至江苏北部的资源和要素,可以与北京、上海更紧密地联系在一起,提升青岛作为山东省的龙头的地位。

　　"近年青岛的龙头地位虽然有所下降,但还没有其他城市能够替代。近代历史已经证明,青岛发展得好,会带动整个山东的发展。"李东泉称这是地方决策者应达成的共识。

　　2018年12月底,经过近三年的建设,中国第一条以地方为主投资建设的高速铁路济青高铁将正式通车，另一条青岛至盐城的青盐铁路也在与济青高铁同步开展按图行车试验，有望同期通车。

济青高铁全线设济南东站、章丘北站、邹平站、淄博北站、临淄北站、青州市北站、潍坊北站、高密北站、胶州北站、青岛机场站、红岛站等 11 个车站，最高运营时速 350 公里。

修海波最近这段时间周末都不能休息，除了车站的日常工作，她还要组织对济青高铁沿线多数车站的工作人员进行岗前培训。

她说："青岛火车站现在不单指一座车站了，青岛境内的所有火车站都归青岛火车站管理。而且，济青高铁从邹平到青岛这一段的 8 座车站都由青岛火车站管辖，主要管理人员都来自青岛火车站。"

济青高铁的开通，让长期处在交通末端的青岛加快了与外界交流的速度。

纪胜分析说："济南至青岛运行时间由原来的近 2 个半小时缩短至约 1 小时。同时，济青高铁东接青岛枢纽，与青荣城际、青连铁路等衔接，成为通达山东沿海烟台、威海、日照各中心城市快速客运的主通道，形成山东省内的'2 小时'交通圈。"

在中国铁路变迁和岛城发展的过程中，年逾百岁的青岛火车站既是"见证人"，也是"参与者"，它们之间的故事仍在继续发生。

记录中国|浮沉 1990 年代：
北海超常规发展往事

澎湃新闻记者　赵实
复旦大学新闻学院　徐丹阳　马纯琪

（发表于 2019 年 1 月 9 日）

如今的北海。　赵实　图

　　再过一阵子，等广西北海告别冬季，四川路上龙眼树开出的白色小花，就会飘散起清甜；分布在云南路的芒果树加劲生长，预备着盛夏的果实；无论结果与否，椰子和芭蕉都能一如既往地茂盛，以园林绿植的角色，点缀着北京路、广东路的四季。

长年保持 20 余摄氏度的温润气候，缤纷丰富的热带果植，热情而独特的宁静海滩，是北海展示给造访者们的初印象。

但一条条以全国各省市之名所命名的道路，则令人玩味。

"北海的路名，就像翻着中国地图，随机取出来的。"一位受访的年轻北海人，如此评价北海市政道路的命名规则。

实际上，澎湃新闻记者在深入北海探寻其发展故事时了解到，这些道路名称，是这座城市改革开放往事的最直接记录。

20 世纪 90 年代初，南国边陲小城北海掀起了新一轮改革开放的高潮。得天时造大势、大开发大建设的决策在北海铺开，一时间，投资者大量涌入，房地产进入白热化，全国有 35 个省份来此设立办事处，共同参与北海的开发建设。

北海市区这些独特的道路名称正是由此而来。

这个属于北海的超常规发展年代，并未持续太久。1993 年中央宏观调控政策出台后，大潮走向停摆。

此后，留下 130 多万平方米的烂尾楼，潮退后的萧条，和外界关于"北海现象"的复杂评价。

但不可否认的是，20 世纪 90 年代初期的这段深刻往事，为北海打造了沿用至今的架构与基础——曾构筑起近 200 平方公里道路框架，新建和扩建北海铁路、机场、港口、水厂等城市设施。

时光来到改革开放 40 周年的 2018 年。年初的北海市政府工作报告表明，该市正在朝着向海经济和电子信息、石油化工、临港新材料三大主导产业的转型升级转身。

被确定为首批沿海对外开放城市 34 年后，北海站在了又一个全新发展阶段的起点上。

但已经远去的 1990 年代，给北海改革发展所带来的探索与思考，也深刻影响着这座城市的现在与未来。回望已经远去的那个时代,可以给未来提供镜鉴。

寂寥的 1980 年代

"在被确定为首批沿海开放城市之后的那几年,北海改革开放的步子依旧迈得不大。"

北海地处广西南端、北部湾东北岸,东邻广东,南与海南省隔海相望,西濒越南,是广西乃至西南地区连接香港、澳门的前沿,是大西南连接东盟地区最便捷的出海口,是我国海上丝绸之路最早的始发港之一,也盛产珍珠,是著名的南珠的故乡。

根据《北海市志》记载,新中国成立后的北海,在较长一段时间内,隶属关系曾"三进三出"广西、广东,级别区划"三上三下",新中国刚成立时为省辖市,1956 年降为县级市,1958 年又被降为人民公社,1964 年恢复为县级市,1983 年才恢复为地级市。

行政体制的几度变迁,直接制约了北海的开发建设与生产力发展。时任北海军分区政治委员兼北海市委常委的邓增宇在其撰写的回忆北海改革开放历程的文章中,记录了北海在改革开放初期的落寞,"每到晚上,街上行人稀少,特别是冬夜,更是十分冷清而近于凄凉"。直到 1984 年,北海被国务院确定为 14 个首批沿海开放城市之一。《北海晚报》的报道显示,当年的北海国民生产总值为 15 912 万元,人均国民生产总值仅 940 元。

"当时并没有多少人清楚北海以往的历史,也没有多少人关注默默无闻的北海的未来。"邓增宇说,在被确定为首批沿海开放城市之后的那几年,北海改革开放的步子依旧迈得不大,"与其他沿海开放城市相比,无论城建规模、文化水准和知名度都大为逊色"。

广西北部湾发展研究院区域研究专家蒋斌向澎湃新闻记者表示,被列入首批沿海开放城市之初的北海发展的步伐小,主要是由于国家对广西开放开发战略的定位影响，"在(20世纪)80年代，与其他城市相比，北海的发展并没有得到足够的重视与政策支持"。而且，与其他具有沿海城市的省份相比，广西当时的开放意识也并不到位。

20世纪80年代末以后，中越关系开始正常化，双方多年的经贸往来逐步恢复，给环北部湾周边的国家和地区的政治、经济、社会环境带来了变化，为寻找出海口，向东南亚国家拓展贸易，西南各省份开始将目光投向了北海。

1990年，51岁的广西壮族自治区石化厅副厅长帅立国出任北海市委副书记、市长。他向澎湃新闻记者展示的1984—1990年的北海经济社会发展情况记录表明，进入改革开放时期并被确定为沿海开放城市的7年间，北海的经济取得了长足的进步，市区工农业总产值增长了1.03倍，建成了北海机场、两个万吨级泊位、金海发电厂、110千伏变电站等一批城市基础设施和工业项目。

但仍然要面对的现实是，相对于其他的首批沿海开放城市，当时北海的经济社会发展仍然相对落后：1990年，北海城市人口20万人，建成区14平方公里，没有一条人行道硬底化的马路，没有一辆出租汽车，只有6条公共汽车线路，1盏红绿灯，1个交通指挥岗；全市工业总产值不到5亿元，主要是小型化肥、农药、机电、纺织、造漆、蔗糖以及原轻工系统的烟花爆竹、日用陶瓷等；市区地方财政预算收入只有8042万元，全市发电量只有1391万度，第七个五年计划期间实际利用外资只有1052万美元。

"这些都是当时制约北海快速发展的致命弱点。"帅立国说，面对相对落后的经济社会基础，和投资环境诸多因素制约的现实，北海想要实现突破并超常规发展，就必须确立一个科学有效、不落窠臼的经济发展战略。

蒋斌说，广西真正的开放开发，是从20世纪90年代初期才真

北海市前市长帅立国接受澎湃新闻记者专访。　赵实　图

正开始的,这也得力于西南出海大通道战略的提出。而北海的超常规发展时代,也从此时开始起步。

大改革、大开放、大开发

"北海成了世人关注的中心,成了中国大开发的热点城市。"

1990年11月,有中央领导同志到北海视察,听取了帅立国对北海发展基本思路的汇报后,用"后起之秀,前途无量"评价北海,并以"千里之行,始于足下"来鼓励北海干部群众们扎实做好工作。

帅立国提出"造势、布阵、用将"北海经济发展战略思路后,并将这两句话制作成标语,竖立在北海的入口处,人们只要进入北海就都能看到。

这是北海当时"造势"的其中一个方式。"在北海造就一种大改革、大开放、大开发的大态势，组织一切可能的宣传工具，大讲特讲北海的优势，大造特造北海改革开放之大势。"帅立国说。

为了提高城市知名度，北海决定率先发展旅游业。

第一步，就是从开发银滩开始。

在北海市档案馆查阅到的 20 世纪 80 年代的银滩照片，与如今的银滩今非昔比。1990 年之前的北海银滩，名叫白虎头。海滩上只有一间平房，岸边搭着一些破旧的用于供洗海澡的人更衣使用的竹篱，旁边甚至还有散养的鸡鸭。

1990 年，北海市政府筹集 1 072 万元的投资资金，用于建设开发银滩，经规划设计后，银滩一期工程于 1990 年 11 月 23 日破土

1991 年 5 月，开发后的北海银滩公园向游人开放，这片海滩焕发了青春，一度游客如潮，在当时，节假日的每日游客量就能多达 1.5 万人次。图为如今的银滩公园。 赵实 图

动工,于 1991 年 5 月建设完成,随后向游人开放。

不久后,海滩公园、银滩规划路两旁的酒店、度假村、别墅、商场等设施也作为二期工程于 1991 年 12 月 18 日开建。海滩公园建成后,巨型雕塑《潮》也成为北海市的地标性建筑。

海滩公园中的巨型雕塑《潮》,是北海的著名地标。　　赵实　图

时光也在此时步入了 1992 年春。北海大改革、大开发、大开放决策迈入快速实施时期。

北海市政府开始采用多种策略,布局北海的对外宣传、城市建设、产业发展、招商引资、文化建设。特别是在城市建设上用"墨迹布阵"法,就是在市区建设几个大规模的成片开发区,好似画家在宣纸上泼下几块重墨,当开发区扩展时,就如同重墨在宣纸上迅速浸润扩散一样,一个城市就可以快速成长起来。

配合"墨迹布阵"，北海市政府还采取"引凤筑巢"和"筑巢引凤"相结合的方式引进资金和人才。"市政府只控制开发区的总体规划、产业发展规划和环保三项，将项目批准权限下放给开发区，各开发区可以利用这些权利，可以独立进行招商引资，这样就如同变一个政府为十个政府。"帅立国说。

由于北海的大规模造势，加上成片开发区政策的吸引力，北海的热度骤然升温。全国各地的投资者和被成片开发政策所吸引的商家蜂拥而至，北海成了世人关注的中心，成了中国大开发的热点城市。

邓增宇所描述的此时的北海之夜，与80年代时已截然不同："入夜，北海花灯闪烁，舞台热闹，娱乐一条街灯红酒绿。北海这座滨海小城人来人往、南腔北调、车水马龙，热闹非凡。"

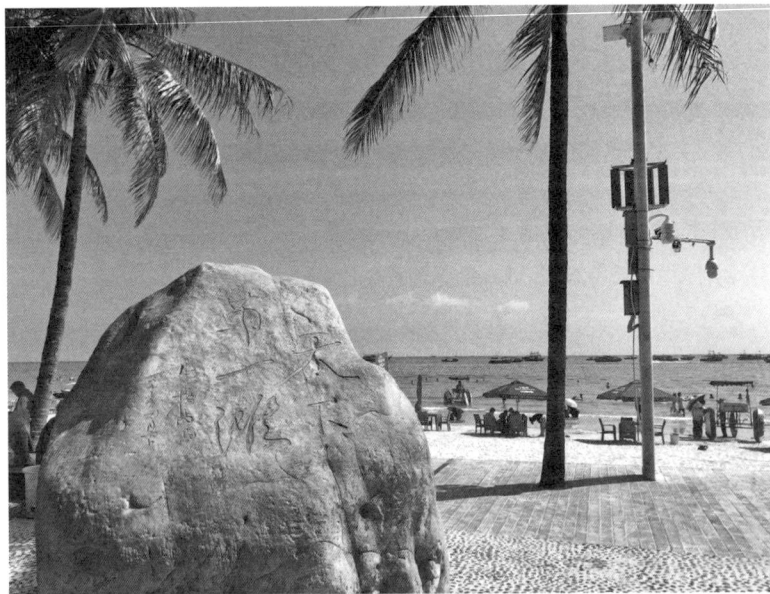

有"天下第一滩"之称的北海银滩。　赵实　图

房地产白热化

"整个北海市区就是一个大工地。"

北海空前的城市基础设施建设序幕,于 1992 年 3 月 6 日拉开。

帅立国说,就是在那一天,市政府作出决定,修建北海大道、四川南路、解放南路(即现在的北京南路),随即广东路、云南路、北铁公路等也相继开工,构筑起的道路框架达到了近 200 平方公里,北海铁路、机场、港口、水厂等也先后迎来了新建和扩建。

26 年后的今天,再至北海,这些道路已是市区最主要的市政路,支撑着城市的运转轴线。

北海市档案馆中的年鉴资料也记录了 1992 年北海发展的迅猛与繁盛:国民生产总值增长 40.9%,国民收入增长 47.3%,工业总产值增长 49.16%,全市城镇居民人均生活费增长 25.7%;年内投入交通、能源、通讯和旅游设施的建设资金创北海之最,投资硬环境跨入全国 40 优行列;口岸进出口总值增长 36%,其中本市自营出口创汇增长 90%。

在诸多发展领域中,最受瞩目的,是当时北海白热化的房地产。

邓增宇也在文章中写道了当时急骤升温的北海房地产热潮:"1992 年,全市注册登记的房地产公司 800 家,到 1993 年 5 月达 1 160 家,共有数百亿元资金涌入北海,呈现出一场房地产开发的大战……弹指一挥间,全市已有 130 余个投资百万以上的项目剪彩……全市十多个开发区的土地成片开发全面铺开,轰鸣声彻夜响个不停。"

"各个开发区及在北海市主干道上进入设计阶段的大楼,20

层以上的有 130 多栋,30 层以上的有 30 多栋,最高楼 56 层的'川西北大厦',已经启动了奠基仪式。除了高层大厦以外,城区各地、各开发区、度假区的写字楼、商住楼、公寓楼、饭店、商场、别墅都在普遍开花。"帅立国还向澎湃新闻记者回忆,甚至有 6 个财团向他送上联名报告,要求建 98 层的大厦,要创当时全国之最。

这一切,足见北海当时房地产的疯狂程度。

"大潮期间,整个北海市区就是一个大工地。"帅立国说,当时的北海市区,建筑脚架林立,灯火昼夜通明,道路被纵横挖开,两旁巨大的下水管排成长龙,数不尽的塔吊高耸入云,北海大道东段,两旁满载砖瓦砂石的载重汽车排出数公里望不到头,停靠在北海港湾的运送建筑钢筋的万吨货轮,最多时达到 20 艘,等待月余都卸不了货。

炒地热也带来了地价飙升。邓增宇提到,在北海的房地产最火热时,有个别人甚至由炒房地产变成炒红线图、蓝线图,一单几百、上千万的房地产交易根本不用去现地察看,双方交易只在图上完成,"这种脱轨的状态大大偏离了北海市决策者的初衷,造就了当年北海的疯狂、矛盾和尴尬"。

帅立国也在 2014 年时写下的回顾自己五年北海市市长经历的文章中提到,"我 50 岁开外才到北海担任市长,留给自己的时间不多了,只想拼命干,一味贪大求快,不顾及其他;看自己城市的小利益多,顾及国家全局的利益少;引进开发项目急于求成,房地产开发有泡沫;政策制度不健全,留下许多产权纠纷;社会管理不严格,致使许多苍蝇蚊子都跑来北海危害民众等,这许多的问题和教训,应该好好总结和改进。"

蒋斌也认为,作为一个没有工业资本积累的开放型地级城市,对于当时的北海而言,选择以土地资源和房地产开发来进行资本化运作,获得金融资本来发展,是一种必然,除此之外,没有别的办法。

但 1990—1992 年期间的北海房地产,确实远远超出了其自身的承受能力,"当时的北海主政领导们思路超前,积极抢抓机遇,并没有把握好适当的度,有些盲目乐观,这是出现无序开发局面的主要原因之一"。

停摆

"许多工程被迫下马,未完成的房屋建筑成了烂尾楼。"

北海的超常规发展并未持续太久。

转折从 1993 年开始发生。

1993 年 6 月 24 日,中共中央、国务院下发《关于当前经济情况和加强宏观调控的意见》(以下简称《意见》),提出了严格控制货币发行,稳定金融形势等 16 条加强和改善宏观调控的措施。

国务院新闻办在此前整理公布的对于《意见》的描述中提到:"我国经济在继续大步前进中,也出现了一些新的矛盾和问题,某些方面的情况还比较严峻。在解决问题时,要切实贯彻在经济工作中要抓住机遇,加快发展,同时要注意稳妥,避免损失,特别要避免大的损失的指导思想,把加快发展的注意力集中到深化改革、转换机制、优化结构、提高效益上来。"

确切地说,宏观调控的政策在 1994 年底,才开始影响北海。

帅立国说,对于中央收紧银根等调控措施,他与市委书记统一的意见是:要想保持北海的开发势头,只有加强引进外资。"宏观调控在某种意义上也是一种机遇,各种投资成本都会降低,更便于开发建设,只要我们资金跟得上,就没有问题。中央现行政策对引进外资并没有控制,我们要在引进外资上下大力气,北海就不会垮下来。"

随后，北海市政府与前来访问的德国著名咨询公司 V.康绍尔特公司董事长奥斯特瓦尔德先生达成了合作的共识，目标是把北海建设成为中国一流的、现代化、国际化的港口、工业、旅游新型城市，对北海进行整体策划、规划、包装，在地缘经济优势的推动下整体招商。

帅立国回忆，当时，奥斯特瓦尔德还向北海市政府建议，利用他在德国的影响力，由 V.康绍尔特公司出面，组织德国排名前十的大公司以及引进国际财团整体开发北海，而且他在回国后便联系好德国许多排名前列的大公司，要求北海市尽快组织政府考察团到德国访问。

1995 年 4 月 3 日，以帅立国为团长、副市长蒋天辰为副团长的考察团前往德国。"经过考察后，奔驰公司董事会提出，已决定在北海投资建设奔驰中国家用汽车厂，汉堡港务公司、克虏伯公司、ABB、宝马公司、汉诺威展览公司、德意志商业银行等 10 家公司，也都表示愿意参加整体开发北海。"帅立国说，他们经过谈判，还形成了合作合同，所涉及的总投资额约为 435 亿德国马克。

"返回北海后，我立即将德国的考察会谈情况向市委常委会汇报，常委会通过了我的汇报和我们与德国合作的合同。可惜的是，我们还来不及上报自治区政府，5 月 2 日，北海市全体领导班子成员被叫到南宁，自治区党委领导分别谈话，传达自治区党委的决定，更换北海市班子，我和市委书记及副市长王芳春调离北海。"帅立国评价说，这是一次闪电式的换班，5 月 4 日，全部程序便已完成，他向北海市人大常委会辞去市长职务。

至此，帅立国的北海市市长岁月画上句号。

1990—1995 年的五年任期，也是他在北海的全部政治时光。辞去北海市市长职务后，他赴自治区就职，自此再未回归北海政坛。

"离开北海后,我两次给后来继任的市委书记推荐此事,他们也两次邀请奥斯特瓦尔德先生到北海谈此项目,但还是没有成功引入此项目。"他感叹,德国之行,是当时的北海市委市政府力图维持北海大潮的重大举措,但遗憾的是,它以失败而告终。

1995年后,国家的宏观调控力度越来越大。北海一度的炽热最终退潮降温。邓增宇说:"许多工程被迫下马,未完成的房屋建筑成了烂尾楼,旅店、酒家门庭冷落,一些娱乐场所冷冷清清。"

蒋斌指出,当时的北海想迈向开放的最前沿,但自治区政府宏观调控的手和市场并没有即时结合起来,缺乏逐步的引导和支持能力,以至于中央的宏观调控政策出台后,正在高速发展的北海一时间难以适应局面。

几年的时间,北海便经历了从沉寂到炙热,从几近疯狂到戛然冷却的沧海桑田。

"北海现象"破疑

"当时的我们,头脑太热了。"

北海潮退,城市萧条,"北海现象"陷入了纷繁争议。

有观点认为,当年的北海是泡沫经济。1998年,《焦点访谈》连续七集播放北海的烂尾楼。

邓增宇认为,超常规发展的北海现象,是在特定历史条件下催生形成的,"北海作为一个后发展的海边小城,一个丧失过发展机会的城市,如何实现突变,是领导者和广大群众迫切的愿望"。

他看到,由于"上得太急太快",各级领导思想准备不足,又缺少经验,对成绩和隐患并存的现实缺乏认识,某些决策对可持续发展预见不够,有些政策、制度和做法不规范,一系列低门槛政策在执行中存在不到位现象,加上教育、生活配套设施、商业、医疗卫生和干部素质等都跟不上，因此，巨变的梦想未能如期实现。

离开北海后的多年间，帅立国始终都在思考1990—1995年这五年间的"北海现象"。

对于外界所认为的北海的"泡沫经济"，他解释称，"北海大潮时并没有虚拟资本进入，到北海开发的资金，是公司的自有资金，北海土地的一级市场是政府控制的，我们只是将土地成片转让给开发商，利用他们的资金进行成片开发再转让。这些开发商当中，许多是各地省市党委、政府的主要领导亲自来北海组织实施的，目的是为了抢占出海口，建设出口基地，将部分土地出售，也是为了换取资金开发土地"。

帅立国说，尽管当时有极个别人来北海倒卖土地，但炒卖土地的最高价格仍在可控范围之内。"为了控制土地乱象，北海市政府及时出台了一系列土地管理文件，并被列为土地试点城市，北海还率先建立了二级土地交易市场。因此，当时的北海现象不能被认为是泡沫经济。"

2003年4月10日，北海市成立了停缓建工程处置工作领导小组，依据该小组公布的数据，北海市停缓建工程（即烂尾楼）130个，共计面积130多万平方米。

一度疮痍般的烂尾楼，让帅立国反思当年"墨迹布阵"法的利弊：可以提升城市发展速度，实现跨越式发展，是后进城市赶超先进的利器；但一旦大投资环境发生变化，墨迹还来不及扩散，就会形成一片片孤零零的建筑群。

"这个问题，是我们把握不住的。"帅立国承认，1993年宏观调控收紧银根后，北海出现的烂尾楼局面，证实了这一点。

"当时的我们，头脑太热了。"他也对这段往事进行了很多的反思，"我们来不及打扫'战场'，给我们的后来者留下了许多后遗症。"他在回忆文章中，也向北海的后来者表示歉意，并说"对不起"。

2000 年 7 月,共青团广西区委前书记、梧州市委前副书记温卡华出任北海市委书记。《21 世纪经济报道》曾写道,温卡华到任后,单房地产一项就有 200 亿资金被套牢,当时北海的财政收入才 10 多亿元,因此,处理烂尾楼、将北海从烂尾楼中解套,成为他就任后的头等大事。

2002 年 12 月 30 日,财政部、国家税务总局下发《关于处置海南省和广西北海市积压房地产有关税收优惠政策的通知》,北海市政府清理烂尾楼的工作,被称为"破冰之旅"。

紧接着,2003 年,广西壮族自治区提出"三新",即树立新形象,实现新跨越,建设新北海,改变北海千疮百孔的现状成为首要任务。温卡华还提出,通过发展处理遗留问题,通过处理遗留问题寻求更大发展。

在随后的几年里,北海逐步消灭了烂尾楼,开始走向新阶段的发展。

实际上,北海大潮退去以后,并不是像泡沫破裂那样一切化为乌有。邓增宇评价:"市领导借助加快改革发展的东风,发挥土地优势,通过大规模土地征用、开发和转让,把土地推向市场,在短时间内,让土地使用权出让积聚了巨大的建设资金,并用于机场、港口、铁路、公共交通和城市基础设施建设,构建起初具规模的现代化都市框架,创造了中国城市建设史上的奇迹。"

时光已至 2018 年。退休后的帅立国,重回北海定居多年。

他先后担任北海中华文化促进会主席、荣誉主席,为北海的文化事业发展积极奔走。耄耋之年,他最终选择在帅氏家族艺术世家的沿袭上落墨。

他现在更喜欢以普通市民的视角去观察如今的北海:1990—1995 年期间未完成的城市主干道和断头路,已全部被修整完工,还建设了滨海路等新的城市干道，房地产重新恢复了活力，大片楼盘建成。

2018 年 10 月 26 日，现任北海市市长蔡锦军接受《广西日报》专访时提出："千方百计抓招商、上项目、强产业、优环境，北海保持经济平稳健康发展。"

2018 年前三季度，北海地区生产总值增长 7.1％，全市财政收入 191.6 亿元、增长 13.7％。

广州—湛江—北海分队

新闻学院 2018 级博士研究生　赵敏

　　我记得有句话是这么说的:"禁得起多大的诋毁就受得住多大的赞美。"很多人认为这是励志之语。但我从其中看到的,更多的是一种延展的人生跨度,是一种"不以物喜,不以己悲"的明智与豁达。而这个暑假,我有幸因为"记录中国"实践项目,走进超大城市广州,从多个角度、多个层面观察这片容纳着百态人生的土地。

初识广州|珠江沿岸　绵延超城

　　2018 年 7 月 8 日,逢着上海难得的晴好,"记录中国"广州线队员们启程南下。两个多小时的飞行,我们飞过祖国的东南丘陵、闽江水系,最终安全落地广州白云国际机场。广州是个热情的城市。水蓝的天空上云朵依稀,当然,气温也分外感人。

　　一行人在一路拥挤中坐上地铁。令我印象深刻的是,下午三四点,并非上下班高峰时期的广州地铁却依然熙熙攘攘、分外拥挤。换乘车站更是摩肩接踵,一不小心就会被挤出自然形成,同时又脆弱不堪的队伍。人口大城——这个未到广州就有的印象因亲身经历得到印证。

广州这座城市位于珠江三角洲的北缘。登上广州塔，便可一览城市风貌。珠江水绵延向海，城市建设也沿着珠江扩展。上游、下游均不见尽头。

感受广州｜千面超城　跨度人生

我们有幸在广州采访了历尽 20 年拍摄珠江新城的许培武老师。他拿着自己厚厚的相册，向我们展示了如今广州的地标性建筑群——珠江新城是如何一步步从破败的小渔村、荒草地发展起来的。这让我们这群 90 后学生惊叹不已。改革开放对于广州经济、城市发展之影响，从珠江新城便可略见一斑。

我也在清晨去探访广州历史最为悠久、规模最大的城中村——石牌村。在石牌村里，我看到"相互依偎"的"接吻楼"；看到赤裸上身搬运啤酒的搬运工；看着逼仄的楼宇间被遗弃的自行车；听过小店里播放的粤语歌曲、不时起伏的"让一让"……这是不同于光鲜羊城的另一面。这里，即使是晴好的白天，狭窄的小路上依然需要昏黄的灯光照明；这里，没人能打开窗户让自己透透气，因为窗户打开可能就伸进了别人家的窗台；这里，没有所谓的街巷，唯有一条条狭窄小道纵横穿插，不熟悉的人一定在这里摸不着头脑；这里，是无数年轻人蜗居之所，他们怀揣着怎样的梦？是满怀希望还是早已身心俱疲？没人知道。

我在其间穿行，满是压抑。石牌村的对面就是高耸的办公楼，就是宽阔的双向 10 车道的主干道。但是这里，唯有电动车、自行车可以通行。超大广州的一方容身之处，尽是唏嘘。

然而，我也能够理解这样的反差。超大城市仍在改革发展进程中，跨度相差如此之大的种种，便也属于正常现象。因为仍有问题，所以要发展；因为仍然贫富悬殊，所以要发展——这里是广州。

新闻学院 2015 级本科生　徐丹阳

　　此番"记录中国"之行，远比之前自己所想的要丰富。在广州的短短数天中，我们探访了广州最大也是历史最为悠久的城中村——石牌村，也在标志性建筑"小蛮腰"的塔顶俯瞰过广州全景。采访过颇负盛名、记录广州城市嬗变的摄影师许培武先生，也与一位位在广州工作的普通人有过深入的交流……这座城市的复杂性超乎想象，却又有其特殊的规律性。而以下两段经历，则是让我最为印象深刻的。

　　一是探访石牌村。站在石牌村大门前的时候，并没有觉得这里是广州最大的城中村，通往石牌村的大道上往来的行人和电动车络绎不绝，向村外走着的人们个个打扮得光鲜亮丽，典型的都市白领上班族。沿着大道再往前，道路逐渐变窄，走在居民楼下的时候，突然有一种从白天转入黑夜的感觉，楼与楼之间挨得很近，两幢房子的防盗窗已经紧紧地贴在了一起，"接吻楼"的密集程度着实让我吃惊。两楼的间隙中堆满了共享单车，地上遍布污水，散发着一股恶臭。整个村子走下来可以说卫生环境亟待改善。不过还是有许多令人欣喜的场景：肉铺的大娘切好排骨，直接丢进小伙的自行车篮中，像极了王家卫的电影；村中的老年活动室被几棵百年老榕树怀抱，甚是凉快，老人们在树荫下打打麻将，下下象棋，怡然自得；而随处可闻的粤语和人们脸上的笑容更是给足了亲切感。

　　二是与广州记录者——许培武先生的交谈。见到培武先生已近晚上 8 时，粤菜馆中依然是热闹非凡。我们一行与培武先生在饭桌上亲切交谈，从广州美食聊到了广州近 30 年来的城市变迁与发展。我惊叹广州改革开放 40 年来的飞速成长，更叹赞培武先生记录广州数十年如一日的毅力和热爱。从培武先生身上学到的绝不仅仅是城市摄影的技巧，更是其对这个城市规划、记录、情绪表达的掌控，对于摄影美学的极度追求和坚持。在做摄影记者之前，培武先生是一个画家，有着自己的审美和"捕捉能力"。顾铮先生曾对培武先生如此评价："他的照片从各个侧面呈现了都市的谜一般的丰富。"在看培武先生拍摄的珠江新城和南沙系列时，我们感受不到太多撕扯的声音，它就像是一部默片，记录下来，然后安静地离开。这种安静，或许给不了其他记录转折期时人的表情的那种冲击感，但却让人感受到另外一种力量——时间。

从一个个小故事中，我们从多个方面、多个层次深入了解了这座复杂而有趣的城市，何其幸哉！

"记录中国"，好学力行，永不止步！我们，在路上！

新闻学院 2017 级本科生　马纯琪

向南飞行 2.5 小时后，飞机终于降落在体感 33 摄氏度的白云机场，羊城就徐徐展现在我们的面前。在地铁站中随着人群穿梭的时候，看见流光的走道和变换的墙灯，不禁感慨羊城仿佛是从未来感和科技感中拔地而起的城市。

第一天晚上在点都德内和澎湃的记者老师见面，讨论稿件的要点和工作安排；敲定广州的稿件以"浮世绘"的形式展现"改革开放 40 周年"浪潮下的个体影像，以白天鹅宾馆、老港式点心店的转型、城中村居民的生活状态和摄影记者的采访为切入点；而湛江的稿件以刚刚开通的"广湛"高铁为切入点，展现粤西的交通布局改善状况。

第二天下午联系了老式点心店，但是茶楼和商铺总部都推辞拒绝采访，在给陶陶居出了采访函之后，我们一行人匆匆赶去广州塔，俯瞰广州城市布局变革。在小蛮腰上俯瞰羊城，整个城市自中轴线向花园广场展开,跟广州图书馆和大剧院相接,改革开放40周年,地标建筑在改变,城市布局在改变,迁徙的个体和流动的人口在这座城市中穿梭。在拍摄完毕之后,我们开始赶回酒店,与约好的摄影记者许培武老师见面,许老师拍摄广州整整20年,最喜欢运用的手法就是老照片和视景的对比。许培武老师比想象中更亲切,从法国的摄影记者做到《人民日报》的特约摄影记者,却并没有大架子,而是眉飞色舞地向我们介绍起那些老照片背后的故事。许老师拍摄小蛮腰也已经很多年,还举办过相关的展览,他在细数羊城那些老建筑的同时,也叙说起街头巷尾的人;有些个体卷入改革的浪潮后获得了更加宽广的发展空间,也有的个体就寂寂在浪潮中销声匿迹。

第三天走过广州的城市规划馆之后,我和学长学姐以及澎湃的记者老师一起坐上了开通不久的广湛高铁,进行"体验式"报道。广湛高铁是广东省规划建设的东西走向的沿海高速新通道,同时也是串联长三角、海南、粤港澳大湾区、北部湾以及东盟贸易区的沿海高速新通道的重要组成部分,但是建成之后一直无法回避时速低、票价贵以及车次少的问题。于是我们就三个半小时的颠簸旅途,在列车上随机采访了无座的乘客,询问大巴的票价和高铁的对比,以及影响他们出行方式的重要因素,之后在湛江的出租车上我们也随机询问出租车司机对广湛高铁的看法。在早期查阅资料的时候,广湛高铁带给我的直观印象是非常平面的,只是城市交通布局更新的一环,建设的艰难和斥资的巨大都只是停留在表面的数据;但是只有亲身坐上这一趟列车,从车中人的口中得知他们对于车次的看法和意见,在行程的过程中体验高铁的服务和车厢环境,广湛高铁才真正成为我"鲜活"印象的一部分。

第四天,我们在湛江旁边走走停停,看整座城市的发展;作为第一批沿海开放城市,湛江的发展程度似乎并不符合我们的想象,这或许和粤西交通的限制以及城市定位、发展计划的制定有着密不可分的关系。

走过城市规划馆，也登上过小蛮腰；走过湛江海腥味十足的夜晚，也颠簸过开通不久的广湛高铁；品尝过港式点心老店的菜品，也从纪录片《人生一串》中初识一座城市的独特气息。作为大一的学生，能有这样直接接触澎湃老师的机会，并且和优秀的学长学姐们共同完成稿件，磨砺新闻采写、摄影的硬技能，真的是十分有幸了。在整段广州行的过程中，气候的湿热导致身体不适应，但是广州线的大家相互扶持，相互照顾，让我意识到，也许记录的意义还有一大部分在于同行之人。

这个夏天，"记录中国"，力行永远在路上。

新闻学院 2018 级博士生　　徐子婧

2018 年是改革开放 40 周年，对于媒体而言是一个十分有意义的节点。非常幸运，能够获得一个机会参与到"记录中国"的项目，去往第一批对外开放城市，去感受时代的变迁和城市的发展历史。

在广州、湛江的采访经历十分可贵。对于象牙塔里的我们而言，走出虚拟空间，直面现实，直面这个巨变的时代，正视当下世界，是非常宝贵的经验。一方面，我们通过接触一个不一样的世界，看到了真实的中国，有了更广阔的视野；另一方面，采访中的种种不顺利和挫折的经历对于这次实践来说或许更为重要。这样的经历让我们明白，在报道和评论中出现的看似只是普通的内容、常识性的见解，事实上在采访和刊发之前，都需要相当的努力。同时，理解转型中国的深度与广度，使我们实现了新闻传播专业能力水平、结构的跨越升级。

同学们真正走出象牙塔深入社会生活，也学会了要用自己的能力来承担社会给予我们的责任，尽力去帮助社会上的弱势群体。

宁波—温州—福州分队

新闻学院 2015 级本科生　刘浏

　　其实,"记录中国"给我带来的最大的收获是让我知道了自己有很多的不足,非常多的不足。虽然作为学生,我一直很努力并且很认真地在课堂上吸取老师们所传授的知识,但当我真正地面临这些实践的时候,我才发现我的能力是那么不足。理论虽然是实践的基础,但更多的经验性的知识与技巧,还是需要在真正的实践中不断地去发现。

　　因此,"记录中国"是一个探索与提升的过程。我们在一路上探索外部,也探索自身的内部,挖掘自身的潜力。一方面我们提升了自己原有的能力,另一方面我们也将外部的探索内化进自身。

　　在宁波第一站进行采访的时候,由于经验不是很足,刚刚结束完期末考试便踏上征程的我并没有准备得非常充分。因此,在采访的过程中,经常不知道该问哪方面的问题,也不知道自己问的问题是否会和自己最终的成稿有关。但很庆幸,随队的老师会给予我们非常诚挚的建议,并在采访的过程中引导我们去发现问题和解决问题。

　　每天的采访完毕后,老师也会带领我们一起总结在整个采访的流程中,大家存在的一系列问题,并告诉我们第二天的采访应该往哪方面努力,所以在随后温州和福州站的采访当中,我们把握住了比较关键的中心点进行访谈,收获了比较丰富的资料。

　　随后,在写稿的过程中,我和其他同学也是感受到了自己能力的不足，虽然我们花了近两周的时间来搜集相关的资料，并且通过阅读大量的文献来加深对这两个城市的了解，但在写作的过程中还是会觉得自己写的东西非常幼稚，不成熟。毕竟我们还没有进入到工作岗位，对很多城市没有大量新闻材料阅读方面的积累，因此也就很难达到较高的水准。稿子不仅耗时，而且反反复复不断修改。但这真的是一次非常好的对自我的挑战。

彼得·海斯勒曾在《寻路中国》中表达过对中国现状的担忧，他担心人们对快速变化所作出的反应，适应变化是值得崇敬的，但如果这个过程来得太快，是要付出代价的。然而我们拜访的这三所城市，虽然或多或少在发展上都面临着困难与挑战，但大多都没有过于着急地去改变，相反他们更注重脚踏实地。宁波舟山港的逐步转型、温商报业的蓬勃发展、福州滨海新城的稳扎稳打，都是一步一个脚印靠相关人员的努力去完成。他们不仅在带领各自的地区，也在引领中国走上更为辉煌的一级新台阶。

新闻学院 2015 级本科生　江健

第一次参加"记录中国"项目，跟随着澎湃新闻的资深记者，走访三个改革开放前沿城市，也是第一次真正参与一次采访报道。

实地去接触感受一个个城市的历史和变迁。虽然在行前就搜集了大量关于这些城市的资料，但是亲身体会是看再多资料也无法比拟的。一个城市的轮廓，只有资料加实地了解过，我们才真正有一个清晰的认识。

学习了很多，也认识到了自身的各处不足。自己去实地采访，也和事前想象的完全不一样，每一个细节，都要考虑周到，被访者的每一个动作，或者说深情，都要去体会感受，很可能都是你要写的点。

真正去采访去提问也是和课堂上讲的有很大不一样，会遇到各种各样的情况或者意外,比如常常被访者的回答都太官方和表面,抑或是经常答非所问,如何去引导被访者将真实的东西展现给你需要一个长期积累的经验。实践让我们认识到了自己更多的不足与亟待成长的地方。

前期采访都还比较顺利,但是真正写一篇能在媒体上发表的稿子也是一个巨大的考验,如何用采集的素材去组织一个生动的故事,不仅仅是对写作能力的考验,也是对记者知识面的考验。只有对稿子所涉及的方方面面都有一个具象的了解,方能下笔。

把一条条带方言的嘈杂的录音整理成稿件,但最后下笔的时候发现大部分都是没有什么价值的东西,能用到的材料寥寥无几。补采加搜集资料,才能逐渐搭成文章的基本框架。好不容易写完一篇,老师的一通批语就把稿子全盘否定,似乎一无是处。然后在老师的建议下不断修改,不断完善,逐渐去领会一篇真正的稿子该怎么去写,该如何去组织一个故事,该怎么让稿子既写实又有吸引力⋯⋯

读一篇稿子十分钟,但是真正去写一篇并不是想象的那么简单,从前期准备,到中期采访,再到后期的撰写,每一项都是烦琐的工程。

也是从这次"记录中国"实践项目中,我认识到了自己距离一名真正的记者有很大的差距,自己的专业水平还亟待提升。不论是文字水平还是报道的逻辑能力,都有巨大的差距。作为一名临近毕业的学生,专业能力却有很大的欠缺,这是非常不应该的。

一次实践,正是认识自我的一个过程。还应在以后的日子里继续锻炼,继续丰富自己的知识,提高自己的能力。

新闻学院 2017 级硕士生　王跃

本次"记录中国"暑期采访实践活动,我被安排在了宁波—温州—福州一线,6 天的时间里,我们马不停蹄地拜访了 3 座沿海开放城市,包括 12 家政府和企业单位,仅在各市区步行就累计 7 万多步,对于我来说这是一次前所未有的实践经历,在采访写作、团队合作等方面都有了很多的收获,更切身地感受到了改革开放 40 年来这些沿海开放城市的发展,增长了阅历。

由于老师的悉心指导和大力支持、团员们的紧密配合,我们在启程之前就已经对行程安排讨论多次,并按照城市做了分工。我根据自己的兴趣选择了温州作为自己主要负责的采访城市,随后有针对性地去图书馆和网络查阅相关的资料,及时确定采访主题和采访对象,在微信语音讨论过程中得到了澎湃新闻韩老师的指导,这让我进一步明确了采访的角度并最终确定了采访对象,随后在学院邵老师的帮助下撰写了采访函并联系了采访对象,为实地采访做好了准备。

7 月 6 日是抵达温州的首日,也是那一周的最后一个工作日,我们必须抓住机会采访尽可能多的对象,因为后两天周末无法采访。于是我们上午先后在温州市政府大楼采访了温州市招商局、市外事侨务办公室和市政协的相关负责同志,下午又迅速赶往温州报业集团大楼采访了前《温州侨乡报》和《欧华联合时报》的负责同志,了解这两份对外报刊从创办到发展的历程,我们深深为老一代报人的理想主义精神和探索的激情所感动,一天的劳累也得到了慰藉。

这次实践活动最后的成果是稿件,这一方面我个人做得不够好。由于实践结束返回上海一天后,我马上前往西南地区参与挂职锻炼活动,结束后又有学院的编码工作,因此时间安排比较紧张,虽然挂职期间完成了 73 000 余字的录音整理工作,但给写稿的时间却比较少。但我相信,在澎湃新闻韩老师的指导下,在采访对象的激励下,我会全力以赴写作修改,最终交上合格的新闻作品,为这次活动画上圆满的句号。

学院的活动为我们提供了践行院训"好学力行"的好机会,最后感谢为此活动辛苦付出的老师和同学,愿这一实践活动越办越好。

马克思主义学院 2017 级硕士生　林小婷

六天三城,用脚步丈量沿海开放城市,用文字记录开放缩影。我们走访了港城宁波、侨乡温州、榕城福州,看到了这些城市立足本土、服务国家的使命担当,也看到了政府和民间多方力量在这些城市发展中所起到的重要助推作用。"记录中国"是一场知行合一的实践,这个夏天有幸参与,感怀于心。

改革开放掀开了历史的大幕。沿海开放城市作为改革开放的先头兵,发展变化备受瞩目。此行,便是要用文字和图片记录下 3 座城市的 40 年风雨历程。

如何驾驭如此宏大的主题是我们面临的第一个考验,一座城市乃是一个多维综合体,里面有不同的主体,承载着不同的故事。沿着不同的线索会有不同的发现。以宁波为例,我们需要找到一个能够以小见大的角度,从这个角度的剖面可以纵览宁波发展的全局,通过宁波的发现再传导到改革开放一盘棋。小组成员查阅了众多材料和报道,在多次请教指导老师后,将突破口锁定在了宁波改革开放 40 年的得失变化上。

阶段的实地采访,则考察作为记者的观察能力和提问能力。通过采访来调整之前的判断,并搜集新的资料。紧接其后的第三阶段,是对我们写稿能力的考验。作为改革开放的观察者和记录者,在采访中,我们发现一些城市先发制人,一些城市后来居上,发展的轨迹各不相同,而追溯其发展的历史脉络,审时度势、把握历史机遇是城市发展速度的保证，这恰恰触及了改革开放的深层含义。地方在时代大浪潮中明确自身定位，实现局部与总体的协调，方能谋得长久发展。这既需要深谋远虑的眼光，也需要灵活务实的态度。

大连—秦皇岛分队

新闻学院 2015 级本科生　许愿

2018 年是我第二次参加"记录中国"社会实践,这是一次学习锻炼的旅程,也是一段令人难忘的回忆。

还记得 2016 年的暑假,我第一次参与"记录中国"项目,那时与队里的老师、同学们前往金华武义进行扶贫报道,作为一个专业知识储备还不充足的新生,我通过那一次实践学到了很多。而时隔两年,经过专业知识和课外实践的不断积淀,我又一次参与到"记录中国"项目组当中。本次实践,我荣幸地成为"大连—秦皇岛"组的小组长,自豪之余身上也多了一份责任。

2018 年恰逢改革开放 40 周年,因而 2018 年的"记录中国"以"聚焦沿海开放城市发展,回顾改革开放 40 周年"为主题,将 14 个沿海开放城市分成 5 组,队员们分头进行实地调研采访。我们小组的目的地是大连和秦皇岛两个城市。

大连是黄渤海之滨的"浪漫之都",也被誉为"北方明珠"。宜人的气候、优美的环境、热情爽朗的民风等等,都使我们备受感染。作为一个鲜少踏足北方的南方人,我也切实地感受到了独属大连的魅力。我们在大连停留了三天时间,就大连这座城市的城市亮点和特色、造船业、航海经济、旅游业、"渤海通道"等问题进行了实地考察与深度访谈。紧接着,我们又去往下一站——秦皇岛。秦皇岛南临渤海,北依燕山,拥有得天独厚的地理优势和数不胜数的历史文化资源。在秦皇岛停留的两天半时间内，我们走访了燕山大学、燕山大学科技园、秦皇岛港、秦皇岛港务局、新开河、山海关等地，就秦皇岛的城市规划、产业结构、港口吞吐现状、高校教育资源等问题进行了访问和了解。

亲临实地，我们对大连、秦皇岛这两座城市有了更加全面深入的了解。1984 年，大连、秦皇岛都是我国首批沿海开放的城市之一，到如今，已经走过了 34 载开放历程。但由于种种原因，这两座城市长期以来的发展并不如一些南方的沿海城市。近几年，它们也在努力进行着自主创新和产业升级，追赶时代发展的大潮。除了经济和城市发展，我们也感受到了北方沿海城市的魅力，以及独特的城市精神。船来船往的大连港、秦皇岛港，气质鲜明的大连海事大学、燕山大学，气势如虹的老龙头、山海关，这些都是我们之前所不曾见过的，自此也将深深烙印在我们每个人的记忆中。

开展一次有质量的社会实践并不容易。前期花费大量时间进行的资料查找和联络等工作、实践过程遇到的一些突发情况和困难、实地走访结束后写稿时的瓶颈……回想起这一幕幕画面，由衷感谢指导老师和随队记者的无私的关心与帮助，以及无时无刻的提点与指导，也感谢每位组员都能够团结一致，尽自己所能，为实践付出努力。

回顾改革开放的风雨历程，对于我们新时代的新青年来说有着非比寻常的意义。我们没法再去体验和经历一遍过去的种种，但我们可以通过今天的探寻去拼凑历史的碎片。在这一过程中，我们有所感悟，有所收获，有所成长，让这个夏天变得富有意义。

作为新闻学院的一名高年级学子，我也将始终秉持"好学力行"的院训，以实践探真知。多走、多听、多看、多实践，有所思、有所悟、有所为。"记录中国",我们始终力行在路上!

历史地理研究中心 2017 级硕士生　于昊

作为外专业同学能参加"记录中国"采访活动,感到非常荣幸和激动。荣幸于自己能得到这样一个向记者老师,新闻专业老师、同学学习的宝贵机会;激动于终于可以近距离接触、体验新闻工作者的日常工作状态。7 月 3 日凌晨由沪抵连,还在机场摆渡车上就看到微信群里热烈地讨论着第二天的采访计划,在惊异于老师、同学的严谨态度和工作热情外,更迫不及待地想加入这个团队,并与之一同奋斗。

在首站大连的采访中,从海事大学的专家学者到在大连港乘船的普通市民;从首次来连旅游的花甲夫妇到在异乡漂泊十年的本土歌手;从旅客对"渤海通道"的期待到船舶专家对一艘理想中"大船"的设想,让我在某种程度上更加深刻地理解这座城市,和生活在这座城市中的人们。印象里,大连,这座纬度比天津更低的东北城市,距海太近,却在心理上离东北太远。但在大连三天的采访,让我重新认识到行政区划对弥合区域文化差异的重大意义,"计划单列"在行政层级中的影响日渐式微。2016 年海峡对岸的烟台在经济总量上首次超过大连,在很多大连人看来,这座城市还有很长的路要走。但在采访中,乐观的大连人仍然对这座北方明珠的未来充满信心和期待,因为他们深爱着这片土地。

次站秦皇岛,燕山大学和煤运码头作为秦皇岛改革开放后的两项标志而成为我们的采访主题。1984 年时称东北重型机械学院的燕山大学选择了秦皇岛,到如今已走过 30 余年的时间。这30 年时间里,燕山大学不仅为中国机械行业培养出大批专业技术人才,也为秦皇岛市各行业的发展源源不断地贡献着人才、智慧和科技成果。30 年前燕大选择了秦皇岛，让中国重型机械高等教育的种子在这片山与海之间的土地继续生根发芽。如今燕山大学已宛如枝繁叶茂的参天大树，依偎在秦皇岛这片风景如画的土地上，汲取着养分，也回馈着这座山海之间的城市。

就在燕山大学迁址秦皇岛的前一年，1983 年 7 月，与京秦铁路配套的秦皇岛港煤码头一期工程建成投产，形成晋煤外运、北煤南运的水上大通道，也奠定了改革开放后秦皇岛作为全国最大能源转运港的地位。而今在秦皇岛城市经济转型的大背景下，秦港煤运历史也或将在几年内终结。2018 年 8 月 5 日，秦皇岛西港花园正式开园，百年秦港华丽转身，而秦皇岛这座港城也在改革开放40 年后开启了自己新的征程。

暑期参加"记录中国"实践活动的时间虽然短暂，但却在其中收获巨大。一方面是对新闻采访有了直观的感受和认识，了解了采访的前期准备、现场采访、后期整理直至最终成稿的整个过程；另一方面通过这次实践和学习，了解到新闻工作所需要的多种素质和能力：采访主题的背景知识、采访语言的亲和力、机敏的思维和多角度的思考方式等。在这一过程中感谢记者老师，新闻专业老师、同学对我的指导和帮助，使我这样一个初次接触新闻采访的外专业学生能快速适应新的角色和任务，不但圆满完成了这次"记录中国"的采访任务，更收获了一份诚挚的师生情、同学情。

新闻学院 2015 级本科生　　张永清

参与此次我院同澎湃新闻合作的"记录中国"实践项目，虽只有短短一礼拜，但是收获颇丰，感触良多，主要有三：

做记者"不打无准备之仗"。采访前需要仔细仔细再仔细地制定采访提纲和部署缜密的采访计划，这样方不会在突发状况前手忙脚乱。而且,这样也是方便前期联系的一个必要的准备工作。做选题应该多线并举,这也是此次实践中所学习到的,正因如此,采访才不会因联系不到人而停滞不前。

采访应平易近人。在大连港海采乘坐轮船的乘客时,这一招大有裨益。采访,尤其是在面对大众海采时,平易近人容易卸下被采者的防备,聊天就能"套"你想要的答案。反而上去就十分正式,很容易遭人婉拒,或令人不适。

人心齐,泰山移,这次实践就团队协作给我上了生动的一课。实践,何以有条不紊地进行?团队协作让我们散沙得以凝聚,劲往一处使,但是却在此中各有分工。比如采访分三队,多点同时进行,效率是一行人来回奔波的三倍。在采访中,我们总是交替工作,时而提问,时而做记录,时而摄影,时而整理和补充……大家都尽可能多地体会各个不同的位置,全面体会和成长。

虽然此次实践也曾碰壁多次,皆因无法联系上一些部门或者企业,使得这部分的采访出现空缺,加之时间紧,任务重,于是我们略有侧重但同时也尽量完善,也会联系后期补采。第一次参与"记录中国",表现虽不尽如人意,但实践中明显感受到自己的点滴进步,这也正是此次我院和澎湃合作的初衷,我由衷地感谢此实践项目。也十分感谢在此次实践中认识的这群可爱的人,我们一起研讨,一起交流,一起吃着外卖,一路载欢载笑,虽相处时日不多,但却相当暖心。

新闻学院 2015 级本科生　张潘淳

再次回忆这段经历的时候,7 月的夏天带着点海水的味道,可能就是大连和秦皇岛这两座城市在那短暂几天里给我留下的印象。

踏上陌生的土地给人新鲜感和探索的欲望，同时也是在不断地触及自己的知识盲区。其实不光是这两座城市，改革开放40年，我们对城市历史的了解是匮乏的，我觉得这也正是这次项目的意义所在——靠我们自己的力量，去观察城市在40年间或明显、或微妙的变化，去发掘影响城市变迁的因素。这不仅是了解历史，调查现状，还有展望它未来的发展，并且最终得出一个全面的了解。

当然，这是一段极具挑战的艰难过程，但却让人难忘。忘不了第一次登上中国最大的海上客运港大连港码头，惊叹之余用镜头记录下船来船往的繁忙景象；忘不了在大连海事大学与教授们的交流学习，为无处不在的海洋因素所动容，也感受到了"坚定、严谨、勤奋、开拓"的"大海精神"；忘不了秦皇岛"东临碣石，以观沧海"的壮阔风貌，还有对这座"车轮上的城市"面临的产业结构、城市规划、港口吞吐现状、高校教育资源等问题进行的访问和了解。

走出课堂，走出校园，在实践中检验自己，在社会的大舞台上增长见闻、施展才华、磨炼意志，乃至暴露诸多问题，回到学校后更加珍惜在校学习的时光，都是这段珍贵经历给予我的。

对于即将毕业的我来说，这是最后一次参加"记录中国"的项目，但它带给我的影响却远没有结束。今后的人生里，或许有更多重要的事情需要我去做，但是我相信，像这样的实践仍是不可缺少的一环。因为它既帮助我看到一个更大的世界，又让我度过一段美好的时光。更重要的是，当全身心地投入去做一件事的时候会收获到那种难以言表的简单快乐。

连云港—南通—上海分队

新闻学院 2017 级本科生　胡卜文

　　大一刚入学的时候,我就听说了"记录中国"这个项目,那时候看到西南联大的推送,就想着以后一定要参加。幸运的是,在一年后的暑假,我如愿进入了 2018"记录中国"的"梦三队",与连云港线的带队记者、老师和队友们一起完成了连云港、南通、上海三座城市的走访实践活动,探寻记录了它们在改革开放 40 周年来的发展历程。

　　7 月中旬,我们首先到连云港和南通进行了采访活动。说实话,那几天是比较辛苦的。这一点首先体现在交通不便上。由于这两座城市未通高铁和地铁,因此除了第一天的飞机,我们只能靠出租车和大巴辗转各地。但这也成了我们关注的一个重要新闻点。交通的发展能反映城市的发展,连云港和南通也不例外。在实践过程中,除了参加座谈会和实地观摩,我们以自身的出行经历感受两座城市的交通情况,并在路途上观察两座城市的风土人情。从一开始带队记者指出交通这一关注点并强调我们要亲身体会,到学姐与当地出租车司机攀谈从而了解普通人对城市发展的看法,他们的新闻敏感性和获取信息的技巧,让我受益匪浅。

　　而这仅仅是这次实践过程中的一个方面。在本次"记录中国"的活动中,我对连云港、南通和上海三座城市改革开放 40 周年以来的发展轨迹、发展成就有了整体的了解。其实我原来的第一志愿是宁波线，但是现在我发现，在连云港和南通为期六天的实践活动给了我一个机会，让我走出原来的生活圈，去了解我原先所不了解的城市，并逐渐与这两座城市感同身受，欣喜于它们的成就，忧心于它们的困境。另一方面，在上海的采访活动让我有机会去了解老年教育这一十分重要而对我来说有些陌生的领域，这样的经历也可以算是一种有效的学习过程。

除了能够了解和记录三座城市改革开放 40 周年来的发展历程，这次实践活动还让我收获了真挚的情谊。整个团队在采访前后的思考和讨论、火锅店里的闲聊、记者和老师对我们的指导和教诲……这些都让我感受到温情。大家共同的努力和陪伴，更加让我觉得我们的实践活动是有意义的，也让原本辛苦的实践过程变成了后来回想起就会觉得美好的存在。

"行进在中国，力行在路上。"我们都是中国发展的亲历者，而我很荣幸能参与到这次实践活动中，在改革开放 40 周年之际，记录下当下的中国。

新闻学院 2017 级本科生　王诺伊

从 7 月 9 日到 7 月 14 日，从连云港到南通，我们在一次次采访政府机关、走访居民家庭、调研当地情况的过程中，不仅对这第一批沿海开放城市的整个改革开放历史进程与格局发展有了更为深入和多方面的了解与感悟，更是在这为期六天的"记录中国"实践中收获了特别的经历和快速的成长。

想先谈谈我所看到的东西。在第一天从连云港机场坐出租车去酒店的路上，从记者老师和出租车师傅的对话开始，我就意识到"记录中国"之行真正启程了。当时我和另一位同学坐在后座，听到记者老师和司机师傅一直在自然地攀谈，从新机场的修建到高速公路的情况,再到连云港人口组成等等,短短十几分钟便获得了接触这座城市的第一手信息,这才相信真真是"了解一座城市首先得从出租车司机出发",而观察与沟通也都是记者必不可少的基本素养。

在此后数次与市宣传处、城建局等等政府机关的交流和沟通过程中,我也渐渐意识到善于沟通和细于观察对于记者的信息获取和采写工作是多么重要。因为给出的真真假假、虚虚实实的信息太多了,别人希望你报道什么,不希望你报道什么,想让你知道什么,不想让你知道什么,这些东西已经不只是我们采写工作的操作性问题了,更需要记者敏锐的观察力与分辨能力。同时在脱离正式采访之外的沟通中,如何处理与采访对象的关系,如何交谈,如何从正常的打交道中获取信息,这也是脱离采写层面却需要我们去掌握的能力。离开学校这所象牙塔,真正体验社会层面的记者工作,虽然仍然有"记录中国"学生团队这一保护层在,但着实是让我们对社会、对采写、更是对记者这一身份应该说有了更为明晰的定位和认识吧,也让我更为明了如果选择记者这份工作将来会面临的是什么。

说到我自身层面,在这六天高强度且密集的采写实践中,我也得到了较大的成长。由于很少接触群访的形式,最初经常会找不到状态,抓不住重点,来不及思考好的问题,甚至是不敢问、不自信,但在记者老师的鼓励和同伴的激励之下,我开始慢慢找到状态,边做笔记边记录存疑的问题,渐渐能够大胆从容地提问,抓住遗漏的一些细节和重点去追问等等,我想这是我收获最大也最感激的成长和进步。

感谢"记录中国",让我"看见",也让我成长。

新闻学院 2017 级硕士生　　班慧

此次"记录中国"之行,我参与的是连云港—南通—上海一线,对于我来说，这次历练不仅仅使我提升了新闻专业能力，更拓宽了视野，增长了见识，多了很多深刻的体会与思考。

此行第一站：连云港。

山海相拥，大圣故里。从位置上来看它是中国十大海港之一，改革开放初期沿海开放的 14 座城市之一。从文化上来说，连云港文脉久远。相传孔子曾在此登山观海；秦始皇三巡海州（连云港旧称）立石阙作"秦东门"；吴承恩居花果山撰《西游记》；李汝珍搜集海州民间传说写下《镜花缘》。可以说是个环境宜人的好地方。曾经两次到连云港旅游，这个美丽宜人的海滨城市都给我留下了深刻的印象。但是旅游并不触及城市发展的深度问题，而我们此次来到连云港却是为了寻找答案。

赴连云港之前我们查阅了大量的资料，连云港从曾经的交通发达的东方桥头堡，到现在经济在江苏省倒数第二，全境仅有一条陇海铁路，多年未有长进。连云港丰富的旅游资源也一直"养在闺中"，我们对于它的这么多年停下的脚步感到愤怒和疑惑。

来到连云港以后，在短暂的时间里我们进行了大量的密集的采访，我们去了连云港港口、交通局、规建局、铁路办、机场办等 9 个单位采访了 40 余人，还去了星化社区了解了连云港的生活情况、市民的幸福感等。可以说是收获颇丰，完全刷新了我们对于这座城市的肤浅理解。发展滞后必然是有着很多掣肘因素，也有很多的难言之隐，我们在进行学习之后感触颇深。

此行第二站：南通。

连云港的采访刚结束我们就前往南通，在南通我们来到了南通市交通局，从局长处了解到南通市交通发展的整体概况，内容涉及南通特殊的交通区位对于经济发展、产业优化等各方面的作用。同时，交通局综合处等部门也向大家介绍了南通关于过江通道建设以及航空发展方面的计划，队员们对于南通将要打造的"综合交通运输体系"目标有了更加深刻的了解和体会。

不仅如此,我们对于南通市的人才引进政策十分感兴趣,特地去了南通市人才办了解人才引进的情况,虽然南通市在人才引进方面做了不少工作,但是成效还需要继续观望。为了了解南通市对于人才的吸引,以及本地人才的挽留上的效果,在返沪的那天上午,我们还特地去了南通大学路采了不少同学,问及他们的毕业去向,以及对于南通这座城市的看法。不少同学表示以后不会留在南通发展,但是南通的确也是个宜居宜人的好地方。从当地生活好几年的同学口中感受到对这座城市的态度,特别真实。

此行最后一站上海的采访还在策划中,生活在上海,学习在上海,我们也非常期待去更近距离地把握这座城市的脉搏,更加了解它的历史。

此次"记录中国"之行,于我来说,不仅仅是一次简单的实践经历,更是像它的名字一样在记录中国,用脚步丈量祖国大地,在漫走祖国的过程中,学习和成长。对于自己来说是非常重要的一段经历!

新闻学院 2017 级本科生　潘璐

非常幸运自己能够参与到这次"记录中国"的实践活动中。在为期七天的实践中,我们不仅作为记录者,更作为城市生活的参与者,通过自己和亲历者的眼睛,感受改革开放给这两座城市带来的机遇和考验。

从连云港的老机场到快捷方便的 BRT 专线,从引入新技术与和一带一路接轨切入寻找新机遇的港口到厚积薄发即将在实践中启程的铁路建设,连云港正如老工程师期待的那样,在保持着宜居、安宁的特点的同时,发展得越来越好。而城市发展牵一发而动全身，南通创新积极的人才政策和重视教育的政策倾向带动了当地的高新技术产业发展，城市宽阔的道路和林立的高楼也处处体现出城市规划的用心。

在采访的过程中也发现了自己的诸多不足：前期准备条理不够清晰，在听座谈的过程中无法把城市发展的各方面联系在一起，对于专业词汇的陌生导致无法跟上受访者的节奏；没能很好地抓住提问机会提出有效问题；在街坊随采连云港当地老人时采访思路容易被带偏，无法把握采访节奏。在不断改进自己的同时也收获满满，澎湃新闻的马老师和学院的陈老师用自己的从业经验给了我们很多的鼓励和建议，和学姐和小伙伴们也一起度过了一段并肩行走互相学习的难忘时光。谢谢学院给予的珍贵机会，让我能够遇见一群很棒的人，记录下我们在这几座城市的所见所闻。

新闻学院 2017 级硕士生　　施佳一

暑假我参与了澎湃新闻与学院合作的"记录中国"项目，走在时政报道的第一线，对专业报道的"专业"有了切实体会。我把这种专业狭义地定义为"智识"。

"记录中国"每年有个主题，2017 年是西南联大，2018 年是改革开放 40 周年。30 多位学生兵分五路，由一名澎湃时政组的记者带着，分别去往第一批开放的 14 个沿海城市采访，从一城一地来考察这 40 年的发展成果。我们连云港—南通—上海这条线，带队老师是马作鹏，新闻学院 16 届毕业的硕士研究生，总的指导老师是陈良飞。

7 月 9 日出发，我们提前一个月着手敲定选题。陈老师是时政专家，在项目开工大会上，他分享了自己对 14 个城市的观察思考。如从政经角度看福建、浙江以及山东，这几个省 GDP 贡献率最高的城市并不是我们想象中的省会城市,这种情况叫作"双子星城市",为什么会出现这种情况? 这便是定选题时的问题意识。那天陈老师讲得手舞足蹈,就像位将军,在开战前拿着作战地图,指给兵卒们看行军路线。

在他的指引下,我们大约知道要做什么样的报道。简言之,既要有立足全国的视野,又要有地方特定问题的观测点。这种宏观、中观、微观的组合拳说来简单,可真到自己出手的时候,才知道非一日之功。

我们去连云港统计局的网站上找思路,在政治、经济、文化、社会、交通等种种范畴里找可能性,但提出的选题并不符合澎湃新闻的要求。例如有同学提到"连云港之夏"这一文化活动,并想以此为由头看这座城市在旅游上的布局。陈老师认为这个活动没有新闻价值,马记者则觉得旅游的点不错,但需要更全面。比如连云港作为一个交通指向型的城市,发展旅游有没有对标城市,有没有先例? 同时,我们是否考虑到为什么这座城市有着第一批沿海开放城市的先天优势,却处在 14 个城市里 GDP 末流的位置,在江苏省排名倒数第二? 最后,经过讨论,我们决定从交通这块撕开一个小角,剥开整个连云港发展滞后困局。

定选题花了不少精力,其后搜集资料,写采访提纲,补充采访,写稿,每一个步骤也都充满挑战性且生动有趣。我们以为消息稿最好写,可光是查资料,梳理事件背景都要消耗几个钟头。因为对这方面的了解几乎为零,要达到澎湃新闻 30 分钟出篇消息稿的要求,还差了两年的功力。我想,速度来源于熟悉:对领域的熟悉,以及对写作的熟悉。两者一个是智识,一个是操作能力,相辅相成,缺一不可。

通过这次实践,我更加清楚记者的智识决定专业新闻报道的上限,记者在特定领域的专业程度决定了这篇新闻报道的天花板在哪里。记者作为传播者，他们的主观视角尤为重要，因为读者借着他们的眼睛看世界。记录者眼界多宽，间接关系到读者所处的"拟态环境"。

新闻学院 2015 级本科生　唐一鑫

2018 年 7 月，我非常幸运地再一次被选入参加"记录中国"实践项目，作为连云港—南通一线的队长，我也被赋予了更多的责任。这对我个人而言，既是一次小小的挑战，也是一次在实践中成长的宝贵机遇。

2018 年是改革开放 40 周年，在这个重要的时间节点上，我国第一批沿海开放城市发展现状无疑受到了社会各界的关注。实地调研这些沿海开放城市，对我们来说不仅是亲身体会改革开放发展成果，更是通过与官员、市民等各种社会角色交流来发现、思考在新时代背景下这些城市的发展瓶颈。

我们"梦三队"从上海出发，第一站到达了连云港。雨后来到连云港，印象最深刻的莫过于随处可见的低矮黛色小山，其中最有名的就是孙大圣老家花果山，这给迷雾笼罩中的港城增添了几分神秘色彩，吸引着我们外来客进一步去了解它。随着采访的开展，我们走进了繁忙却有序的港口，看到了亚欧大陆桥的起点；围绕连云港陆地交通与海运交通的发展现状，我们采访了铁路办、建设局、港口集团等单位，在与有关部门的访谈中，我对这座城市有了更深刻的体会。除了优美的自然风光之外，连云港的对外交通依然滞后，港口发展也受到对外交通、经济腹地的局限，这些困境因何而成、如何破解，值得思考。

离开连云港，我们来到了南通。坐在大巴上，南通给我的第一印象非常直观——公路两旁的高楼鳞次栉比，各处楼盘正修得火热。作为上海"北大门"的南通,无疑具有连云港不具备的优势。在之后几天,我们采访了南通市人才办工作人员,随机采访了南通大学的学生。每座城市都有自己的瓶颈,对于连云港来说则是人才流失。优质的中小学教育培养了大量人才,可待大学生们学成,却不愿再归来。这其中的原因及政府相关措施,我们在采访中也有了更深的了解。

"纸上得来终觉浅",真要到实践的时候才能懂得这句话的真正含义。以前,课本里对东南沿海的描述常常一笔带过——"东南沿海经济发达",可是,经过一周的调查采访,我意识到,发达只是相对而言,每个城市的发展可能有一定的优势,但一定也会遇到不同的困境。

一周实践结束之后,我希望能够用文字将自己的观察感受记录下来,让更多人了解到改革开放 40 年来,这些海滨城市的发展与现状。

天津—烟台—青岛分队

新闻学院 2016 级本科生　程梦琴

这次"记录中国",在青岛之行中我尤为深切地感受到"记录"二字的意义。从百年老站——青岛火车站来展现其与青岛同呼吸、共发展;在青啤博物馆的参观中体会城市的啤酒文化,走在街道上,可以看到人们提着塑料袋在打酒。我们迫切地想用笔记录下这个城市跳动的旋律。

新闻学院 2017 级本科生　张其露

在七月伊始吹着干燥而温暖的风一路北上,体验了烟台的无限风光,参观了似"海上移动城堡"的中铁渤海轮渡,参访了天津技术开发区的多个企业,对于我来说一切都是那么新奇和美好。几个采访下来,问了许多抓不住关键的"蠢问题",通过老师的讲解和引导才发现了自己的愚钝,豁然开朗时也带有一丝内疚,果然"实践出真知"呀! 尽管每天都舟车劳顿、马不停蹄,但有所得、有所获,也就快乐无比了。这一路,获得了各个队友的细心帮助,获得了两位老师的耐心辅导,能以这样的方式参与到"记录中国"暑期实践之中,我备感幸运。

新闻学院 2016 级硕士生　张雯

　　在烟台待了不到三天,住过市中心,也住过海边;有过在烟雾缭绕的老城区中穿行的经历,也体验了一把海滩漫步。尽管行程略为匆忙,但在记者老师的关照下,前期准备以及采访进行得还是比较顺利的,进了鲁东大学。上了渤海铁路轮渡。走访了改造中的朝阳街,从专家学者到路采,我们更深入了解了烟台这座沿海城市奋力发展的勇气和决心,以及烟台人民对这个城市发自内心的热爱。烟台人民热情、直爽、好客的性格特质,不仅在采访过程中给予了我们诸多方便,也为我们的出行和生活带来了不少便利。

新闻学院 2016 级硕士生　王博文

　　捧着脆弱又顽强的传媒理想,揣着"记录"二字的美意,因为看到了家乡的名字没有犹豫地来了。

　　18 岁的人生里我都与"青岛"这片土地紧密依存,高考时立志冲出山东省的我就这样在两个遥远的南方城市度过了 6 年。我喜欢旅行,喜欢出去见更大的世界,也努力地见过了很多,但是却忽视了身边最熟悉的地方,总以为随时都能回来看看,却发现总是将它排在列表里的最后。

　　"哪一天,会不认识她吧。"我畏惧着这样的想法,于是想要借这次机会哪怕从一个微小的侧影也能了解一下她,从外来人的眼光好好了解一下她。

　　乐莫乐兮新相知。

　　了解一座城,跟了解一个人一样,好奇、惊喜、感激。

新闻学院 2018 级硕士生　施畅

7 月 9 日深夜从天津飞回上海，结束了这次"记录中国"行程，疲惫之外，最多的就是感谢。这次历经青岛—烟台—天津的行程，受队员们各自考试或在外省实习的限制，又是 7 月 3 日就出发，着实称得上时间紧、任务重。很多采访资源是临行前两天才确认，甚至有些关键人物到了当地才沟通下来愿意接受采访，出行和采访计划也随时需要做出调整。好在我们最后还是完成了既定的采访任务，也分配好了三地稿件的写作任务。

感谢徐笛老师真正无微不至的关心和关键时刻亲力亲为的指导，7 天实地学习新采课完全是不同于学院内的一番体验。感谢澎湃新闻张家然记者，淡定地在背后帮我们打通诸多关节，解决了诸多采访上的困难。也很感谢我们队员一行人，即使前期兵分两路各自为战，还是能"花开两朵，各表一枝"。七天里一半的时间大家熬夜拟提纲，讨论框架，整理录音，甚至有时到凌晨三点，所以徐笛老师在高铁上偷拍我们的每一张照片都睡得跟猪一样。

最后，就像在邓小平题写的"开发区大有希望"纪念碑下合影的那个下午，我们齐喊"行进在中国，力行在路上"。此刻我想说，按时交稿大有希望！

作者名单

2016 年

澎湃新闻记者
程　真
康　宇
李闻莺
卢梦君

指导老师
潘　宵
邵　京
谈建国
许　燕
阳　歌
杨　敏
姚建华
章灵芝

学生作者
董子豪
方芷萱

费林霞
付怡雪
郭　孜
韩可欣
韩晓蕾
郝　晔
黄驰波
姜娜莉
蒋芷毓
林芊蔚
刘日炜
乔等一
邵雨航
施　钰
施许可
汤禹成
王　宇
王梦卉
王媛媛
吴畅雪
许　愿

张烨媛

张一然

赵 婷

朱琳娜

2017 年

澎湃新闻记者

陈竹沁

官雪辉

卢梦君

指导老师

黄羽佳

潘 宵

谈建国

于 晴

周 笑

学生作者

丁般若

段思宇

樊雨轩

付怡雪

顾小雨

韩晓蕾

郝 晔

黄 毅

金冰茹

李洁祎

梁方圆

刘佳乐

刘日炜

欧杨洲

潘 婷

彭 琪

施许可

孙佳煜

唐一鑫

王 洁

夏子涵

谢履冰

徐 进

杨 鑫

杨铭宇

杨倚天

于 昊

袁 星

张 晶

张潘淳

张榕潇

张一璁

赵慧敏

周 萍

周华萌

周奕辰

2018 年

澎湃新闻记者
韩雨亭
康　宇
马作鹏
张家然
赵　实

指导老师
陈　昕
窦丰昌
黄羽佳
邵　京
徐　笛

学生记者
班　慧
程梦琴
胡卜文
江　健

林小婷
刘　浏
刘妍宁
马纯琪
潘　璐
施　畅
施佳一
唐一鑫
王　葳
王　跃
王博文
王诺伊
徐丹阳
徐子婧
许　愿
于　昊
张　雯
张潘淳
张其露
张淑凡
张永清
赵　敏